捧 读

触及身心的阅读

櫻ち刃

[日]尾崎英子 著

孟令堃 译

日本民间故事集

南方出版社

海口

图书在版编目（CIP）数据

樱与刀:日本民间故事集/(日)尾崎英子著;孟
令堃译.—海口:南方出版社,2023.6
ISBN 978-7-5501-7700-0

Ⅰ.①樱… Ⅱ.①尾… ②孟… Ⅲ.①民间故事－作
品集－日本 Ⅳ.①I313.73

中国版本图书馆CIP数据核字(2022)第134605号

樱与刀:日本民间故事集

YING YU DAO; RIBEN MINJIAN GUSHIJI

〔日〕尾崎英子 【著】　　　孟令堃 【译】

责任编辑:　焦　旭
封面设计:　陈旭麟
出版发行:　南方出版社
邮政编码:　570208
社　　址:　海南省海口市和平大道70号
电　　话:　(0898)66160822
传　　真:　(0898)66160830
经　　销:　全国新华书店
印　　刷:　河北鹏润印刷有限公司
开　　本:　889mm×1194mm　1/32
印　　张:　18
字　　数:　432千字
版　　次:　2023年6月第1版　2023年6月第1次印刷
定　　价:　78.00元

目录

译者序

花中樱花·人中武士 01

壹

女子之卷
女子の巻

贰

武士之卷
武士の卷

叁

异人之卷
異人の卷

伍　肆

奇闻之卷
異聞の巻

动物之卷
動物の巻

月冈芳年　月百姿・月宫迎（辉夜姫）

月岡芳年　月百姿・金時山之月（金太郎）

月冈芳年　月百姿・张弓月（源赖政）

月冈芳年　月百姿・五条桥之月（源义经）

月冈芳年　月百姿・大物海上月（武藏坊弁庆）

月冈芳年　新形三十六怪撰・藤原秀乡龙宫城射蜈蚣图（俵藤太）

月冈芳年　新形三十六怪撰・源赖光斩土蜘蛛图

老婆鬼腕を持去ス圖

月冈芳年　新形三十六怪撰・老妇人持鬼腕而去图（渡边纲）

内裏小猪早太

鵺試刺

圖

月冈芳年　新形三十六怪撰・猪早太皇宫刺鵺图（源赖政）

月冈芳年　新形三十六怪撰·茂林寺文福茶釜图

译者序

——花中樱花，人中武士

　　很高兴您能翻开这本《樱与刀》，这是一本日本民间故事集，收录了四十七篇故事。本书的作者是一位生活在一百年前的名叫尾崎英子的日本女性，相较于书中的桃太郎、源赖光、辉夜姬这些在中国也小有名气的人物，您或许都没听说过她的名字。接下来，我将首先向您介绍一下尾崎英子，然后再对她的作品以及我的翻译过程做一些说明。

一

　　尾崎英子（1870—1932）是活跃于日本明治后期的女作家、翻译家，全名叫英子·西奥拉多·尾崎（英子·セオドラ·尾崎），尾崎英子是她的作品在日本出版时的署名。她之所以会取这么一个与普通日本人明显不同的名字，是因为她是一个出生在英国的英日混血儿。她的故事要从父亲尾崎三良讲起。

　　尾崎三良（1842—1918）出生在京都郊外西院村的一个里长家，他自幼父母双亡，但因一直怀揣着追求学问的志向，而被日本政治家三条实美[1]看中并收养。二十岁时，他跟随三

1　三条实美（1837—1891），日本德川幕府末期尊皇攘夷派与讨幕派的中心人物之一，明治维新后成为太政大臣，他也是日本最后一任太政大臣。

条实美去往江户（东京），第二年却因为"八月十八日政变"[2]，又随着被驱逐的三条实美前往长州藩。

1865 年，尾崎三良又随三条实美迁往太宰府[3]。他在那里学习了击剑、骑马，阅读了大量书籍，并作为三条实美的代表，担任与西乡隆盛[4]等尊皇攘夷派的联络人。在此期间，他的思想也逐渐向"日本开国"转变。

1867 年，尾崎三良去往长崎，与坂本龙马[5]等维新志士结为好友，并参与策划了日本封建时代结束的标志性事件——大政奉还。这年 12 月，坂本龙马去世，对其讲述的海外故事憧憬不已的尾崎三良决心出国留学，并在伊藤博文[6]的支持下，于次年 3 月与三条实美的嫡子公恭等另外七人一同从长崎启程，赴英国留学，作为牛津大学的旁听生学习英国法律。

1869 年，尾崎三良与其借住的英语教师家的女儿芭琪亚·凯瑟琳·莫里森（Bathia Catherine Morrison，1843—1936）结婚，这也是日本明治时代的第一场跨国婚姻。次年 12 月，尾崎英子出生，是尾崎三良的长女。

在英子未满三岁时，尾崎三良回日本出任负责法制整备的太政官，并于次年接受家族的包办婚姻，取了出身名门的户田八重。虽说后来他被分派到俄国圣彼得堡的日本使馆工

---

2 "八月十八日政变"，末代幕府将军德川庆喜以及萨摩藩、会津藩等公武合体派，将尊皇攘夷派的势力长州藩从政治中心京都驱逐出去的政变事件。三条实美等七位公卿随长州藩逃出京都，史称"七卿落难"。

3 太宰府，位于日本福冈县中部的城市，是九州古城大宰府的所在地，因此其名称常被误写作"大宰府市"。

4 西乡隆盛（1828—1877），日本德川幕府末期的萨摩藩武士、军人、政治家，"明治维新三杰"之一。

5 坂本龙马（1836—1867），日本德川幕府末期的土佐藩乡士、政治家、思想家、倒幕维新运动活动家。

6 伊藤博文（1841—1909），日本近代政治家、明治九元老之一，日本第一任、第五任、第七任、第十任内阁总理大臣。

作，与芭琪亚得以团聚，但他们的婚姻已几近破裂，两人于1881年正式离婚。

此时芭琪亚已为尾崎三良生育了三个女儿，她们迁往伦敦同芭琪亚的父母一同生活，直到芭琪亚的父亲去世，家庭陷入困境。根据之前的离婚协议，芭琪亚如果无力抚养女儿，可以将她们送往日本。于是英子在十六岁时，与三妹君子一同去了日本。

英子曾在她的作品中回忆说，她很享受跟父亲在日本的那一段生活，但当父亲也试图将她置于包办婚姻的囚笼时，从小生活在英国的她与父亲在价值观上爆发了冲突。在先后四次拒绝了父亲的包办婚姻后，英子离开了家，通过做英语家教和文秘工作来养活自己。最终她结识了英国驻日公使休·弗雷泽的妻子，并于1891年成为英国驻日公使馆的秘书。

1894年，休·弗雷泽去世，英子陪同弗雷泽夫人前往意大利生活了两年，之后回伦敦与母亲生活。但还是因为经济困难，她们的日子过得并不轻松。1898年，英子的窘境传到福泽谕吉[7]那里，在他的同情和介绍下，英子于次年返回日本，在庆应义塾幼稚舍（小学）担任英语教师，借住在寺院里。

在意大利生活期间，英子的写作才能得到了弗雷泽夫人的弟弟的赏识。正巧那时日本有一位名叫长谷川武次郎的富有创新精神的出版商，他趁着日本刚刚打开国门不久，海外尤其是西方世界对这个神秘的东方国度充满好奇的时机，聘请了很多在日本的外国学者担任翻译、著名的日本艺术家担任插画师，组织出版了一系列英文版的日本民间故事。每一篇故事都是作为单行本出版的，从1885年到1922年一共出版了二十八篇（册）。日本怪谈文学的代表人物小泉八云也

7　福泽谕吉（1835—1901），日本近代著名启蒙思想家、明治时期杰出的教育家、日本著名私立大学庆应义塾大学的创立者。

　　　译者序——花中樱花，人中武士

为他翻译过五篇作品（参见我参与翻译的《怪谈》）。正是受到长谷川武次郎的成功的鼓舞，英子开始翻译并写作日本民间故事，陆续在一些英文杂志上发表。

1903 年 10 月，英子的第一部作品集《日本童话》(*Japanese Fairy Tales*) 由凯利和沃尔什（Kelly & Walsh）出版公司在伦敦出版，1922 年再版时改名为 *The Japanese Fairy Book*。这本书也是至今为止最受西方人欢迎的日本童话书之一。

1908 年，凯利和沃尔什出版公司在东京出版了她的《宝珠传奇及其他童话》(*Buddha's Crystal and Other Fairy Stories*)。

1909 年，《日本武士及其他故事》(*Warriors of Old Japan and Other Stories*) 由霍顿·米夫林出版公司（Houghton Mifflin Company）在纽约和波士顿出版。

1919 年，《日本传奇》(*Romances of Old Japan*) 由布伦塔诺出版公司（Brentano's）在伦敦和纽约同时出版。

开始从事写作工作后，英子经常收到杂志社、出版公司寄来的信件。有趣的是，她的信件时不时会被误寄到与她同姓的东京市长尾崎行雄（1858—1954）那里。一来二往，英子便与尾崎行雄发展出了恋爱关系，两人于 1905 年结婚，先后生下了三个孩子。他们夫妻俩日常用英语交流，家里也基本过上了西式生活。但因为英子混血儿的身份，他们的婚姻遭到了守旧人士的非议。

这里提一下尾崎行雄，他参与起草了二战后的日本新宪法，被誉为日本的"宪政之神""议会政治之父"。他也是一位著名的反战人士。一战后，尾崎行雄游历欧洲，目睹了被战火灼烧之后的悲惨景象，内心深受震撼，从而走向了反对扩军、拥护和平主义和民主主义的政治道路。20 世纪 20 年代，他因厌恶日趋军国主义化的日本政坛，退出了所属政党。

"九一八"事变后，对日本现状担忧的他一度写下遗言并公之于众。日本侵华战争全面爆发后，他开始隐居山庄，拒绝参加帝国议会，却依旧热心帮助同他一样的反战政治家。他甚至因写诗揶揄裕仁天皇治下的时局，差点儿被以"大不敬"的罪名投入监狱。二战结束后，他因为自己坚定的反战立场而一度成为政坛红人，被日本皇室招揽起草《日本国宪法》。他于1954年去世，享年九十五岁。

1930年，英子在去伦敦探望家人时突感肩膀不适，然而日本的医生却认为这只是意外跌倒造成的，直到去美国才被检查出是长了肿瘤，并做了切除手术。

1932年，英子在伦敦的家中病逝，享年六十二岁。

二

接下来说一说她的作品和我在翻译过程中的一些事情。

英子的故事来源于日本传统民间文学与戏剧作品。例如，她的第一部合集《日本童话》是基于日本童话作家岩谷小波的童话集创作的。此外，书中的《画中的美人》和《樱花恋》分别出自日本志怪小说集《夜窗鬼谈》中的《画美人》和《花神》，《浦里》出自歌舞伎剧本《明乌梦泡雪》，《裂裟御前》也出自她亲自观看的歌舞伎，《源义经》则主要参考了日本古籍《义经记》，等等。但正是她通过外部文化的视角，用现代的文学创作手法对日本古典故事进行重塑，才使得它们焕发了生机，从故纸堆中走向了全世界。

英子的四部民间故事集原本共有五十篇，但《日本童话》中有两篇分别讲述黄帝和女娲的中国神话，我在翻译时去掉了这两篇，并将《日本武士及其他故事》中讲述源赖光的两篇故事合为一篇，故本书总计四十七篇。又考虑到这四部原著本身在题材归类上不甚合理，且各部篇目数不均衡，于是我按照"女子""武士""异人""动物""奇闻"的题材，将这些故事重新分为五卷。因为"女子""武士"两卷的容量占了全书一多半，我就结合《寻刀》里的那句"花中樱花，人中武士"（花は桜木、人は武士），将本书取名为《樱与刀》。

这本书的原著是用英文写成的，为了突出故事中的日本味道，我在翻译过程中对一些具有日本特色的词没有意译为中文词，而是采用了它的日文汉字写法（一些词用的是对应的简化汉字），比如"障子""草履""缘侧"，并通过脚注对其进行解释。为了便于读者理解故事并了解其背后的日本文化，我在书中添加了大量注释，包括人物、地点、事件、风俗、诗词、俗语，等等，虽然有些内容可以通过网络搜索到，但那毕竟会打断阅读过程，降低阅读体验。需要特别说明的是，本书的内容属于民间故事，虽然有一些人物是历史上出现过的，但他们的故事并不一定符合史实。

我在翻译时，通过对比书中故事的原始出处和日本通行版本，对原著一些细节上的错误做了修正，主要集中在年代和人物上；对一些原著没有提到的细节做了补充，主要是将一些模糊的内容换成了更明确的内容。

这四部民间故事集的原著中有一百二十多幅描绘故事场景的插图，由日本插画师武内桂舟、藤山鹤等绘制。我另选了十幅日本浮世绘大师月冈芳年的作品放在书前的彩页部分，作为内文插图的补充。

希望这本书能带给您阅读的快乐。书中难免会有错误或疏漏，还望多多指正。

孟令堃

2022 年 8 月 23 日

尾崎三良

尾崎英子（右）与丈夫尾崎行雄

《日本童话》第 2 版封面

《日本传奇》初版封面

《日本传奇》初版扉页

壹

女子之卷
女子の巻

本卷所选的十二篇故事都是关于女子的故事，尾崎英子的女性视角让这些古老的故事焕发出新的活力。

画中的美人

画美人

一

画中女子似乎一天比一天有生气，面容也愈加精致。

很久之前，江户有一个叫藤子华的年轻人。他的家族属于旗本武士这一贵族阶层，能够在幕府将军的旗帜下行军作战。他的父亲是德川幕府中的一位高级官员。

藤子华是个爱幻想的人，天性懒散，也没有工作。他过得很轻松，完成学业后便住进了青山[1]郊外的家族别墅。

藤子华对社交不感兴趣，除了偶尔回家看看，或者拜访挚友，他哪里都不去。他远离尘世，安静惬意地度日，读书、养花、修习茶道、写诗、吹笛。他是个多才多艺的年轻人，对艺术颇有研究，收集了不少被日本人视若珍宝的古董和著名的书法真迹，尤其钟爱名画。

有一天，一位数月未见的朋友来拜访藤子华。朋友刚从长崎港访问归来，知道他的喜好，所以带来一幅清人所绘的美人图作为礼物。

1　青山，位于今日本东京都港区，德川家康的重臣青山家曾在此处广修别墅，故得此名。江户时代，此地散布贵族别墅和商铺。

藤子华对这份礼物非常满意。他仔细研究了这幅画，虽然没有找到画家的落款，但凭借对画的了解，他知道这幅画很可能是某位清国名家的作品。

藤子华看着画中的妙龄女子，凭直觉便断定她是真实存在过的人。那张脸散发着迷人的光彩，他注视得越久，就越被女子的魅力所吸引。他把画拿到自己的房间，挂在凹间[2]里。每当感到孤独的时候，他就会到自己的小天地里，在那幅画前坐上几个小时，看着画中女子，甚至对她说话。随着时间的推移，那女子似乎渐渐焕发出生命的光彩，藤子华开始把她当作真人看待。他特别想知道女子的原型是谁，很羡慕那位有幸能够欣赏她美丽容颜的画家。

画中女子似乎一天比一天有生气，面容也愈加精致。藤子华如痴如醉地凝视着她，渴望了解她的来历。那令人难忘的惆怅表情，那双含情脉脉的黑眼睛流露出的渴望，如音乐般激荡着他的心池。

藤子华被迷住了。随着这种痴迷的日渐加深，他开始把鲜花摆在画前，并且每日更换。晚上，他把被褥铺在画前，这样睡觉前看到的最后画面就是画中的女子。

藤子华读过不少关于绘画大师们的奇闻逸事，知道他们能把被画者的意识——无论是人的还是动物的——描绘进画卷中，画中之物也能凭借这高超画技中蕴含的灵力获得生命。

随着这种感情越发强烈，藤子华的脑中冒出一个念头——画中女子拥有灵魂。他仿佛看见她的胸脯在随着呼吸轻轻起伏，那如石榴花般红艳的嘴唇在微微嚅动，好似要跟他说话。

一天晚上，他写了一首措辞夸张的汉诗来称赞她的美丽：

---

2 凹间，日语称作"床の間"，是日本传统住宅内部的必备要素，是屋内角落处的一个内凹小空间，里面通常布置有书画、盆景、插花。凹间前方的座位被视为上座，贵客应背对凹间而坐。

窈窕也妖娆，今春仅二八。

艳颜如李花，蛾眉似纤月。

朱唇点残葩，素手白于雪。

更不假铅粉，香腻自然洁。

珠簪与金钗，鬓[3]发光彩发。

弱质[4]缠青罗，细腰垂绣绂[5]。

手携小团扇，袴下见锦袜。

嫣[6]然辅靥[7]生，盱睐欲恼杀[8]。

妙画来精神，不识谁氏笔。

更怜去故乡，蹈海求良匹[9]。

何图宿世缘，冰人[10]伴我室。

西施沉五湖，太真[11]死黄钺。

佳人与名将，不许见白发。

汝是在纸上，悾然[12]守贞节。

不老又不衰，无忧复无疾。

恨不共衾枕，与我为欢悦。

　　面对自己的妄想，藤子华笑了笑，他知道她与自己的关

3　鬓，头发黑而稠密。

4　质，身躯、身形。

5　绂，丝带。

6　嫣，笑的样子。

7　辅靥，脸颊上的酒窝。

8　盱睐，微微看。恼杀，程度深。此句意为女子轻轻看了男子一眼，便扰乱了他的心绪。

9　良匹，佳偶。

10　冰人，古代指媒人。

11　太真，指杨贵妃，其号为"太真"。

12　悾然，孤独无依的样子。

系仅存于幻想。假如那个美人曾经活在世上，那么她肯定在自己出生前很久就不在人世了。

然而，他还是认真地写完了这首诗，把它裱在卷轴上，并为画中女子大声朗读出来。

那是一个芳香四溢的春天，屋里的障子[13]敞开着，藤子华面朝庭园而坐。清风徐来，桃花的芬芳飘进房间，当日光逐渐消失在柔和的暮色中时，一弯新月投下了如玉的柔光。

藤子华感到莫名的幸福。他不知道为什么，只是独自坐着，读书，思索，直到深夜。

忽然，在午夜的沉静中，他身后的凹间里传来一阵沙沙声，他急忙转过身来，看到了令他惊讶得喘不过气的一幕——那幅画上的女子竟然真的活了。那个美人从画纸上探出身，下到席子上，轻轻地向他走来。他几乎不敢呼吸了。她越走越近，径直走到藤子华对面，向他深深地鞠了一躬。

藤子华从未见过如此优雅美丽的女子，他惊得说不出话来，只能呆呆看着。

终于，女子开口说话了，清澈的声音就像黄昏时分夜莺在梅林中低吟。

"我是来感谢您的怜爱和关照的。像我这样一无是处的人，不应该如此冒昧地出现在您面前，但我禁不住被您那动人的诗吸引出来了。我觉得我必须亲自告诉您，您若真像诗中写的那般想念我，我就永远陪伴您。"

这一席话让藤子华欣喜万分，他握住女子的手说："从你来到这里开始，我就深深地爱上你了。做我的妻子吧，我们将永远幸福。告诉你你的名字，你是谁，从哪里来。"

13　"障"即遮挡之意。起初，日本将从中国传入的所有能遮光挡风的建筑部件（比如屏风、隔扇）都称为"障子"。如今特指那种在格子木框外糊一层纸的推拉门。没有格子框、用于分隔房间的推拉门被称为"襖"，即隔扇。

　　女子眼中闪烁着泪光，甜蜜地微笑着，回答道：

　　"小女名叫小丽。家父姓崔，是名士季珪[14]的后裔，家族世居金陵。在我十八岁那年，土匪洗劫了我们的村子，把我和其他漂亮的女子一同掳走了。我就此与父母分离，再也

14　崔琰，字季珪，东汉末年名士，曹操的谋士。

没有见过他们。几个月来，我从一个地方被带到另一个地方，过着漂泊的日子。后来，唉！谁能料想到，我被那些恶徒卖作奴隶。您永远不会知道那苦不堪言的日子带给我的悲痛与恐惧，我无时无刻不在期盼着父母的音信。有一天，一位画家来到囚禁我们的房子，把我们全部看了一遍，然后夸赞起我的脸，说我是繁星中的月亮。他画了我的像，并拿给所有的朋友看。我就这样出名了，无数人在谈论我的美丽，过来看我。但是我受不了这样的日子，内心因为自己的不幸遭遇和父母的音讯全无而饱受折磨。于是我病倒了，不到半年就离世了。这就是我全部的悲惨经历。如今，我来到您的国家，来到您这里，一定是因为我们之间的缘分。"

听女子讲完她的悲惨故事，藤子华备感同情，觉得自己比以往任何时候都更爱她，一定要用诚挚的爱来抚平她内心的伤。

随后，他们开始一同写诗。藤子华发现小丽有着不错的文学素养，擅长书法和诗词创作。他内心充满喜悦，因为自己找到了一位知心伴侣。

他俩对于切磋诗词兴味盎然，各自写好之后便轮流朗读，相互比较与指点。就在藤子华为小丽朗诵诗作的时候，他突然醒了过来，发现自己刚才是在做梦。

他不愿相信这愉快的经历只是黄粱一梦，便转向凹间——他珍爱的画像就挂在那里，纸上那迷人的身影生动如常。这一切都是幻觉吗？他看着眼前精致的面庞，满腹疑团地回忆昨晚发生的事。看哪！那甜蜜的小嘴在朝他微笑，就同他昨晚经历的一样。

他焦急地等着天黑，希望睡梦能再次把小丽带到他身边。夜复一夜，她一直在梦中出现。他相信，是诗的力量唤醒了画中的灵魂。这个命运多舛的女子虽早已香消玉殒，却凭借画家的妙笔和他的诗作重回人间。

半年过去了，藤子华一如既往地做着同样的梦。然而有一天晚上，小丽看起来十分悲伤。她像往常那样坐在书桌旁，既没有说话也没有作诗，而是抽泣了起来。

藤子华忧心忡忡，因为他从未见过小丽有这样的坏心情。

"这是怎么了？"他焦急地问，"和我在一起不幸福吗？"

"不是您想的那样。"小丽把脸藏在袖子后面，哭诉道，"您给我的幸福是我从未奢望过的，哪怕我们只能在夜晚相聚。正因为我们是如此幸福，我才无法承受分别之苦。唉！我们的缘分就要走到尽头了。"

藤子华简直不敢相信她的话，万分痛苦地看着她，问道："我们为什么要分开？你是我的妻子，我永远不会娶别的女人。你为什么要说分别？"

"您明日自会明白。"她故作神秘地答道，"我们今晚的相处到此为止了，不过如果您没有忘记我，我或许会在不久的将来再见到您。"

藤子华伸手想留住她，但她已经站起来飘进了凹间，身影在他哀求的目光中渐渐消散，一去不返。他失落极了，生活中的所有欢乐都是小丽带来的，没有她的日子一天也过不下去。

第二天，他缓缓睁开眼睛，环视房间。他听见麻雀在屋顶叽叽喳喳地叫着，晨曦中，夜灯的火苗缩成了萤火虫般的火花。

他站起身来，推开关得严严实实的雨户[15]，发现自己起得太晚，此时已日上三竿。他无精打采地梳洗、吃饭。他的老仆们担心主人是不是身体不舒服，连干活儿都忐忑不安。

下午，一位朋友来拜访藤子华。寒暄之后，朋友突然说："你已经到了谈婚论嫁的年纪，不想娶个媳妇吗？我知道一个漂亮姑娘，和你挺般配的，我这次来就是和你商量这件事的。"

藤子华礼貌但态度坚定地拒绝道："不要因为我的事给你添麻烦了，求你啦！我现在压根儿没想跟任何女人结婚，你的好意我心领了。"他毫不犹豫地摇了摇头。

这位不请自来的媒人从藤子华的脸上看出说媒成功的希望渺茫，在说了几句老生常谈的话之后，便告辞回家了。

朋友刚走，藤子华的母亲就来了。她像往常一样带了许多礼物——一盒盒他最爱吃的糕点，以及绸缎做的春装——她知道儿子喜欢这些。

藤子华亲切地道谢，努力在母亲面前表现得开朗。可是，他的心依旧在痛。他一心只想着小丽，想知道她的告别是最终诀别，还是像她隐约暗示的那样会再次相逢。他心中默默祈祷，如果能再次把她揽在怀里，自己情愿献出余生。

---

15 雨户，为防风、防盗、挡雨、遮挡视线等，在房屋门窗处安放的木板。

母亲注意到他心事重重，担忧地看了他许多次，终于低声说："华儿，听娘说两句！你爹和我都觉得你到该结婚的年纪了。你是家里的长子，我俩希望在入土之前抱上孙子。我们认识一个漂亮姑娘，她能当你的贤妻。她是咱们家一位故交的女儿，她父母愿意将她托付给你。我们想让你答应这门婚事。"

在母亲说明来意之后，藤子华顿时理解了小丽的话，心里嘀咕道："啊，这就是小丽的意思——她预见到了我的婚姻，因为她说过我今日会明白的。可是，她承诺还会再见到我——这真是太奇怪啦！"

他决定接受命运的安排，答应了母亲说的婚事。

母亲高兴地回家了。她对儿子能答应这门亲事很有信心，因为他的性格向来温顺，不愿违逆父母的意愿。所以，她提前买好了聘礼，第二天就去女方家提亲了。

与此同时，藤子华还是日复一日地看着那幅画。这是他唯一的慰藉，因为心爱的小丽不再来梦中看他了。没有她的日子是那么孤寂，他只得思念她可爱的样子。如果不是她答应过会再来找他，他是不会独活的。无论怎样，他觉得小丽仍然爱着自己，并且会再次出现在他面前，因此愿意苦苦等待。关于结婚的事，他想都不敢想。可他是一个孝子，知道自己必须履行对父母和家庭的责任。

日子一天天过去，藤子华注意到画中女子渐渐失去了生气，脸上动人的表情和生命的色彩慢慢淡去，最后变成了一幅普通的肖像。但他没时间为这一变化而难过，因为母亲传口信叫他回家准备结婚了。他发现全家人都很重视这件事，那个大日子终于来了。

母亲将亲手为儿子缝制的婚服摆放整齐。藤子华像做梦一样穿上它们，接受亲戚、家臣和仆人的祝贺。

在过去，新娘和新郎直到婚礼时才能见面。当新娘被领进房间，坐在藤子华对面时，他看到新娘不是别人，正是画中的爱人——他在梦中娶的那个女子。他简直要被喜悦冲昏头脑了！

不过，她与画中人并非一模一样——几天后，藤子华乐滋滋地把她领进自己的房间，将她同画中的女子比较，她甚至更漂亮十倍！

樱花恋

桜 の 恋

二

就在他感到绝望的时候，一个女孩突然从黑暗中冒了出来。

大约一百年前，在京都住着一个名叫平春香的年轻人。故事开始的时候，他大概二十岁。他仪表堂堂，性情温和，品位高雅，最喜欢的消遣是写诗。春香的父亲决定送他去东都江户完成学业。他不愧是一个天资聪颖的人，比同窗们更加聪慧，很受教书先生的喜欢。

来到江户几个月后，他偶染微恙，便住在叔父家养病。待他康复之时，正逢初春，樱花季的呼唤在春香心中激起涟漪，于是他决定去以樱树闻名的小金井[1]看看。

在一个晴朗的日子，他天一亮便起床，带着小饭盒和装满清酒的葫芦出发了。

小金井自古以来便以春日美景闻名，成千上万棵茂盛的樱树分布在多摩河两岸，河岸上的步行道成了壮观的林荫大道。当这些樱树绽放出晶莹剔透的花朵时，远近游客蜂拥而

1　小金井，位于今东京都多摩地区。

来，加入到"花中女王"的狂欢之中。在形如拱门的大树遮蔽下，两岸的茶肆星罗棋布。茶肆的障子朝着四面八方热情地敞开着，诱人的河鲜——鳟鱼、竹笋、蕨卷，以及其他各式各样的美味佳肴，吸引着前来寻开心的游客。

春香在河边的一家客栈休息，喝了一大口葫芦里的清酒来提神，然后打开他的小饭盒，里面盛着美味的鳟鱼，是茶肆用河中的鲜鱼精心烹制的。

在酒精的作用下，烦恼的思乡之情渐渐远走，他变得快乐起来，觉得自己就像在京都的家中。他漫步在树下，唱了几支歌来赞美这可爱的花儿。他被笼罩在一层缥缈的花云中，仿佛是在天地之间飘荡。

他被眼前仙境一般的美景迷住了，不停地往前走，仿佛遗忘了时间，直到突然意识到天色渐暗。一阵风吹来，纷飞的花瓣如同飘落的香雪。春香环顾四周，发觉最后一拨游客已经走了，这里只剩他一人。归巢的鸟儿叽叽喳喳地叫着，提醒他应该像其他人一样，踏上回家的路。

然而，他坐在樱树下长满青苔的河岸上，陷入沉思，然后用随身携带的笔墨写了一首赞美樱花的诗：

> 不厌珠河[2] 长路艰，寻芳尽日醉花间。
> 山风一阵天将暮，恋着娇姿不忍还。
> 香云簇白万樱围，金井桥头月影微。
> 懊杀夜风鸣树杪[3]，飞花历乱[4] 点征衣[5]。

2　珠河，即多摩河，又称玉川。

3　杪，树枝的细梢。

4　历乱，形容花开烂漫。

5　征衣，旅人穿的衣服。

他从树荫下站起来，把写有诗句的红笺系在树的枝丫上，然后转身往回走。他突然意识到，暮色已经消失，新月的微光照亮了他头顶上深蓝色的天空。就在出神的时候，他已经偏离了那条被人踏出来的小路，走上了一条完全不为人知的路，这条路在群山之间变得越来越曲折。

真是漫长的一天，他又饿又累，快要晕倒了。就在他感到绝望的时候，一个女孩突然从黑暗中冒了出来，像是神话里才有的邂逅。借着女孩提的那盏忽明忽暗的灯笼，春香看出她长得十分秀美，断定她是某个大户人家的侍女。令他吃惊的是，女孩像是在这里等他出现似的，礼貌地向他鞠了个躬，然后说："我家小姐正在府上迎候公子。请跟我来，我给您带路。"

春香更惊讶了，他以前从未来过这个荒无人烟的地方，也想象不出在这么晚的时候，什么人能以这样的方式邀请他。

他沉默片刻，向女孩问道："敢问你家小姐芳名？"

"公子一见便知，"女孩回答道，"我家小姐吩咐，既然您迷路了，就由我来迎您去府上，所以请不要耽搁，跟我来。"

春香听了这些话，感到更加困惑。不过他想了想，也许对方是一位住在小金井的朋友，只是自己忘记了。于是，他决定不再多问，跟着女孩走。

女孩快步走着，领他进入了一个小山谷，一条山涧从多石的河床中潺潺流过。这是一处偏僻而隐蔽的地方。不一会儿，小路拐了个弯，他们来到一栋宅子前，开着花的樱树将房子遮得严严实实。女孩在小竹扉前停了下来。春香犹豫了一下，女孩却微笑着看向他。

"这是我家小姐住的房子，请进来吧！"

春香照做了，他穿过小花园来到门口。另一个女孩出现了，她拿着点亮的蜡烛，领着春香穿过几间前室，来到一间

很大的客房。

这间客房悬在清澈的湖水之上，湖面映着点点繁星，就像金色的花朵。他注意到这里装饰的主题是樱花，房间里的陈设极其华丽：一簇簇盛开的樱花点缀着屏风和凹间；高大的烛台是用大量白银铸成的，炭盆也是如此，它们发出的光辉驱走了春夜的寒意；炭盆旁边放着漂亮的绉绸坐垫，仿佛在等待一位贵客；稀有香料的馨香混合着樱花的芬芳，弥漫了整个房间。

春香早已被漫长的旅途弄得头昏脑涨、疲惫不堪，没办法继续深思了。他像是童话里误入仙境的男主角，坐在垫子上等待着，不知道接下来会发生什么。

突然，绉绸衣服的沙沙声引起了他的注意，房间里的屏风无声地向后滑动，一个美丽少女的身影出现了，她穿着拖地长袍，显得精致优雅。

少女看上去不满十七岁，她衣服的颜色是一种浓郁的蓝色，仿佛将春日的天空映在了上面；绉绸半掩在绚烂的樱花瓣下，在月光下闪闪发光。春香觉得，这身装束一定是春之女神用月光织成的。她的面容堪称完美，尽管春香来自美女如云的京都，但他从未见过如此美丽的女子。

美丽的女主人注意到他的窘态，莞尔一笑，在炭盆旁坐下，做了一个温柔的手势，让他坐在对面。

她深鞠一躬，说："小女一直孤独地住在这个地方，只能与山川为友，公子的到来让我喜出望外、倍感安慰。我为公子准备了一桌接风宴，可是，唉，在这密林深处，实在没有什么东西可以来款待贵客。奴家招待不周，还恳请公子不要见怪。"

一个侍女端着托盘出现了，托盘上摆满了美味佳肴，还有一个金酒壶和一个水晶杯。

听到她的声音，茫然的春香似乎被笼罩在一张魔网中，喜悦之情悄悄袭上他的心头，让他沉醉于神秘女子的魅力。

美丽的女主人把水晶杯递给客人，然后提起金酒壶，斟了满满一杯琥珀色的酒。

春香一饮而尽，心想这是凡人从未品尝过的甘露。他喝了一杯又一杯，直到对未知环境的忧虑渐渐消散。他开始臣服于此刻的安逸，一种奇怪的愉悦感充满了内心。侍女们默默地走来走去，端来新鲜诱人的美味，摆在他面前。

在他们相谈甚欢时，那位少女从春香身边离开，坐到琴旁，开始弹唱一首热烈而动听的歌。这首歌的旋律听起来既古怪又精妙，而她唱的正是春香不久前写下的、系在盛开的樱树上的那首或许早已被风吹走的诗。春香完全被迷住了，他想永远待在这里。他想到不久之后就得和这樱花谷中的神秘少女分别，心头不由得感到一阵剧痛。

当最后一段哀怨的和弦颤抖着归于沉寂时，隔壁房间响起了凌晨两点的钟声。

少女将琴放在一旁，说："都到这个时辰了，公子今晚怕是回不去了。隔壁房间已经备好了一切，请公子休息吧。请原谅，在小女的陋室里，我无法用更合适的方式招待您。"

接着，侍女们走了进来，拉开隔扇，让客人入内。春香

走进隔壁房间，躺在柔软的榻上，裹着舒适的被子，很快便沉沉睡去。

突然，春香被刮在脸上的寒风弄醒了。天已破晓，东方的地平线上泛起玫瑰色的晨曦。他慢慢恢复知觉，发现自己躺在一棵樱树下，这棵树正是他前一天作诗的灵感来源。然而，昨夜美妙的奇遇，那迷人的女主人、可爱的侍女们都已经不在了！大惊失色的春香一遍遍回想昨晚那鲜活的记忆，那景象是如此生动，让他相信绝不仅仅是梦中的幻影。他的心中产生了一种强烈的信念：那个美丽的女子一定存在于现实世界中。

春香从小就对樱花情有独钟，每年春天都热衷于到一个以樱花闻名的地方游玩。难道是因为他为那棵樱树献了一首诗，那棵树便化为人形出现在他面前，以酬谢他一直以来的忠诚吗？

他站起身来，伸了伸紧绷的四肢，回味着消失得无影无踪的"樱花仙境"，开始漫无目的地走，终于踏上了回家的大路。

尽管回归了平常的生活，但他始终忘不了在樱花谷的经历，那些回忆在寂静的夜晚越发清晰，萦绕于他的脑中。三天后，他又去了小金井，满怀希望地想要再次唤出那个将他迷得神魂颠倒的少女。

但是短短几日，一切都变了，樱花的花期是如此短暂！灰暗的天空曾经是那么蔚蓝，那么美丽；曾经梦幻又充满生机的景象，现在变得惨淡荒凉；没有了花儿，那些树也不再美丽，一片片绯红花瓣也被无情的寒风吹到了远方。

和上次一样，他在河边那家小茶肆休息，等待夜幕降临，然后在渐浓的暮色中四处游荡，焦急地寻找着什么标识，却徒劳无功。樱树林中的小房子消失得无影无踪。在陌生的小路上，他找不到引他到竹扉的美丽使者。一切都变了模样。

之后的每年春天，春香都会满怀希望地到那个地方重游。梦中少女完全占据了他的灵魂，虽然他的忠诚始终没有得到回应，但希望之花从未凋谢。他下定决心，非那位少女不娶。

五年过去了，春香突然收到一封家书，告诉他父亲病重，让他赶快回家。

他当天就把一切安排妥当，处理了为数不多的学习用品，准备第二天拂晓就出发回家。

正值秋季，小鹿在火红的枫林中休憩，年轻人的心里充满着日本人所说的"物哀"[6]之情。

春香很伤心，他非常想念那个让他痴迷的美丽姑娘，但是一想到父亲的病，心情就沉重起来。

他越来越沮丧，大声朗诵了一首和歌：

> 难波泻的芦苇节间短，
> 你说这世不再相见。[7]

一位老翁碰巧听到了这段悲伤的朗诵，对春香产生了怜悯之情。

"抱歉，我这个陌生人不该过问你的心事。"老翁说，"我们总有因为心情不好而对生活悲观的时候，或许是你走得太久，脚酸体乏了。若是如此，就请到那边山谷里的陋室稍作歇息，吃点儿东西吧。"

看着和蔼的老翁，春香欣然接受了他的邀请。在享用了

6　"物哀"，日本文学中的理念，用衰败、萧条的事物来表达人物内心深处的哀伤。

7　平安时代女歌人伊势（877—938？）所作的歌，原文为："難波潟短き蘆のふしの間も 逢はでこの世を過ぐしてよとや。"意思是，你说短得像难波潟（大阪市上町台地西侧海域的古称）滩涂上芦苇节与节的距离一样的相逢都不必了，就这么度过这一世吧。

丰盛的一餐后,春香和老翁聊了很久,便上榻休息了。

春香刚闭上眼,就梦到了小金井和在那里遇到的美丽女子。微风中弥漫着花香,他注意到一片如白蝴蝶般的樱花瓣飘然落下。他欣赏着景色,忽然看到一根低矮的树枝上挂着一张纸条。他走近后发现,纸条上写着一首诗:

> 旧事参差梦,新程逦迤秋。
> 故人如见忆,时到寺东楼。[8]

他一遍又一遍地吟诵这首诗,直到醒来时,发现自己还在下意识地吟诵。他冥思苦想,如何才能解开梦中谜一样的信息呢?这究竟预示着什么?

第二天,春香继续他的西行之旅。他的父亲已经病入膏肓,大夫们对治疗已不抱任何希望。几周后,父亲去世了,春香继承了他的遗产。那是一个悲伤的冬季,春香和他的寡母一连数月闭门不出,过着服丧期的幽居生活。

不过,春香最终从悲痛中恢复了过来。到了四月,他约一位老友一同去看他最喜欢的樱花,想让自己陶醉在蓝天与繁花中,以此来抚平忧伤。父亲的死以及处理继承家业的事务,让他没有时间去徒劳地追忆残梦。过去几个月所经历的家庭变故,让他对那个曾经朝思暮想的梦的记忆,多少有些模糊了。

然而此时此刻,他有一种不可思议的感觉——命运在不知不觉中指引着他走到了东山。他们选的这条路直通知恩院[9]东边,他信步走着,脑海中突然闪过一段文字:

8　这首诗是唐代诗人杜牧的《别沈处士》。

9　知恩院,日本佛教净土宗寺院,位于今京都市东山区。

旧事参差梦，新程逦迤秋。

故人如见忆，时到寺东楼。

他们走上了著名的樱树林荫道，被一团好似香雾的花瓣雨包裹着。春香猛然意识到，这个童话般的地方与小金井有着惊人的相似之处。

就在这时，他看见一个闪闪发光的小玩意儿躺在一棵樱树的根部。那是一枚金戒指，上面刻着汉字"花"。

临近傍晚，他们来到一家看上去很雅致的茶馆，在那里休息。随着斜影渐渐伸到暮色中，他们也从疲惫中恢复过来。

在这宜人的春夜，隔壁房间飘来两三个女子的说笑声，听起来轻柔悦耳。

春香无意中听到了她们谈话的只言片语——

"今天真是风和日丽，只可惜阿花小姐的戒指……"

接着传来银铃般的声音："弄丢戒指本身没什么大不了的，只不过戒指上刻着我的名字。一想到它会落在陌生人手里，我心里就很不是滋味。"

听到这番话，春香急忙站起身，走到隔壁房间。

"请恕我冒昧，"他大声说，"莫非这就是您丢失的戒指？"他把午后在樱树下捡到的戒指递向三位女子。

她们中年纪最小的是一个十七八岁的优雅少女，她深鞠一躬，低声表示感谢。而一个显然是她乳母的老妇人，走上前来接过丢失的戒指。

当那个少女抬起头时，一种令春香心潮澎湃的熟悉感震荡着他的全身。神灵们终于回应了他的祈祷，在他面前的正是他朝思暮想的梦中少女。房间里的人，以及周围的一切都渐渐消失，他的灵魂穿越时光隧道，回到了遥远的梦之谷。

这就是陋室中那首神秘的诗的真正含意，他经受住了时间的考验，终于被认为配得上他期盼多年的意中人了。

老乳母意识到他的窘态，为了化解尴尬，她端来酒和点心，向他打听了一些事情，比如戒指是在哪里找到的，他住在何处。

春香无心言语，草草回答之后便深鞠一躬退了出去，魂不守舍地慢慢朝家走去。

真是让人喜出望外啊！他沉浸在遐想中，在此之前，他几乎对再见到她不抱任何希望了。他的脑子里一片混乱，心跳得厉害，即使到了午夜，这场奇遇依旧让他难以入睡。直到破晓时分，他才勉强睡着。

快到中午的时候，他那迟来的睡眠被一个仆人打断了。仆人通报说有一位客人来了，急着要见他，他赶忙起来。在客房等他的是前一天那位阿花小姐的乳母，席子上放着许多贵重的丝织品，她解释说这是她家小姐的父母送来的，为的是答谢昨天的事情。

相互行过礼后，春香再也无法对他最关心的问题保持沉默了，他请求乳母把关于阿花小姐的一切告诉他。

"我家小姐出自武士之家。家里一共有三个孩子，她是唯一的女孩，也是最小的，只有十七岁。她因美貌而远近闻名，许多人热情地向她求婚，但都遭到了拒绝。她对世俗之事毫不关心，一心扑在读书上。"

"她为什么拒绝嫁人呢？"春香的心怦怦直跳。

"哎呀！这里面有个离奇的缘由！"乳母的声音低得像耳语。

"那是几年前的春天，当时她还是个孩子，我和夫人带她去清水寺 [10] 看樱花。你知道的，所有情侣都会向寺里大慈

_____

10 清水寺，京都最古老的寺院，建于 778 年，主要供奉千手观音。

大悲的观音菩萨祈祷，求菩萨保佑他们爱情美满，观音坛周围的白栏杆上系着数不清的祈祷爱情的纸带。夫人后来告诉我，当我们从观音坛前走过的时候，她为女儿将来的婚姻幸福做了特别的祈祷。

"在走到寺院外的瀑布附近时，我们突然寻不见小姐的踪影。她似乎被那樱花盛开的美景迷住，循着潺潺流水一个人走远了。猛然间，一阵风吹来，真是冻死人了！我们到处寻找小姐，你可以想见，我们心里是多么害怕。我心急火燎地东奔西跑，终于寻见了倒在地上的小姐。她脸色苍白，昏迷不醒，身上被水花打得湿淋淋的。

"我们把她抱到最近的茶肆里，想尽一切办法试图唤醒她，可在那度日如年的一天里，她一直昏迷不醒。夫人怕她已往生极乐，便哭了起来。等到太阳落山时，小姐还是没有任何好转，我们在绝望中等待着，不知道该怎么办。

"突然，一位老和尚出现在我们面前。他手持锡杖，穿着破旧的袍子，像一个来自过去的幽灵。他久久凝视着昏迷不醒的小姐——小姐当时脸色苍白、浑身冰冷地躺在那里，好像死了一样。然后，那和尚跪在小姐身旁，专心致志地默念经文，时不时用念珠轻抚小姐毫无生气的身体。

"整个晚上，我们就这样看着小姐，从来没有觉得时间会这么漫长。终于，在天亮之前，老和尚的努力奏效了。那神秘的经文让小姐有了生气，脸上的苍白逐渐褪去。随着一声轻轻的叹息，小姐活过来了。

"夫人喜极而泣，等到小姐能说话的时候，便开始低声念着'南无大慈大悲清水观音'。我们一次次地向那位古怪的和尚表示感谢。

"然后，和尚从袍子褶里抽出一张写着诗的红笺，递给了我家夫人。

"他说：'此乃令爱夫君所书，不出数载定然相逢，且留诗为凭。'

"说完这句话，他就像来时那样突然神秘地消失了。我们问遍了寺院里的每一个人，却没人再看到过那位老和尚的踪迹。小姐虽然昏迷了好长时间，不过并无大碍，于是我们就回家了。对于在清水寺的那一昼夜发生在她身上的离奇之事，我们都感到非常惊奇。

"从那时起，小姐简直像变了个人，不再像个孩子了。她虽然只有十三岁，却变得严肃起来，善于思考，刻苦读书。她在音乐方面的技艺尤为出色，大家都对她出众的才华感到惊讶。随着年岁的增长，她的美貌和魅力变得家喻户晓。夫人意识到此时的小姐青春靓丽至极，便数次试图找到那首诗的作者。可惜迄今为止，她的尝试都是白费力气。

"幸运的是，我们昨晚遇见了你。请恕我冒昧，在我看来，是命运特意将你引向了我家小姐。回到家后，我们把这一切都告诉了夫人。她喜不自禁地听着我们的转述，然后高兴地大喊：'谢天谢地，我终于找到那个盼望已久的人啦！'"

春香的神情变得恍惚。他知道阿花昏迷的那天，正是他遇到梦中少女的那天。他很清楚，是神明们为他指引了脚步，使他向着渴望已久的目标迈进。

的确，至高无上的命运将他们的人生连在了一起。

与老乳母辞别时，春香托她把一封红笺转交给自己命中注定的新娘，那是他五年前在樱树下写出的不可思议的定情信物。

毫无疑问，阿花的命运真的应验了，老和尚预言的新郎终于来了，母亲在清水寺的祈祷被菩萨听到了。阿花的父母都为上苍赐予他们爱女的美满姻缘感到高兴，他们请教了一位著名的占卜师，选定了一个良辰吉日来举行婚礼。

当热闹的新婚宴会结束，只剩下春香和美丽的新娘时，他注意到新娘的翠蓝婚服上点缀着樱花刺绣，和他在梦中见过的那件一模一样。

春香心中充满了喜悦，他觉得眼前的新娘正是他梦中情人的化身，她们是同一个人。

阿花在清水寺失去知觉时，樱树之灵确实进入了她的身体，姻缘之神化作老和尚，用爱的红线将他们的命运编织在一起。

春香温柔地抚摸着新娘，说："自从你的灵魂从清水寺来到我这里，我就知你、爱你、等你。"

然后，他把自己在小金井的故事统统告诉了她。这对年轻的情侣发誓，他们将彼此相爱，白头到老。

浦里

浦里

　　浦里和时次郎是一对恋人，他们还未成婚便生下了孩子阿绿。时次郎是负责看守领主宝库的武士，性格粗心大意，放荡不羁。当他沉醉在与浦里的男欢女爱中时，大名的传家宝——一幅名画被偷走了，负有责任的时次郎被立刻解职了。

　　为了给时次郎提供生资，以便他能及时追回丢失的宝物，浦里带着不知自己身世的孩子阿绿，卖身于一家叫山名屋的风尘场所。店主名叫勘兵卫，是个泼皮无赖，喜欢收藏古董。根据故事的来龙去脉可以猜想，这对不幸的恋人怀疑失窃的画就在店主手中——后来证明的确如此——所以浦里才特意选择了这家店。

　　时次郎一心想把深爱的浦里救出来，然而贫穷的他无法光明正大地与她相见。因为勘兵卫知道他是一个毫无油水的穷光蛋，也知道他正在寻找那幅画，于是禁止他来店里，并阻挠浦里和阿绿打听他的下落。

　　在日本古老的爱情故事中，男主角往往被描述成软弱的角色，因为贪恋女色的男人被认为是柔弱和卑贱的，那些尚武的大名们严禁武士这么做。另一方面，女人即使被命运抛弃，也会将自己置于祭坛之上，她们对自己的定位就如同西方的摩洛克[1]。她们的英雄主义和自我克制往往达到了令人崇敬的高度。据说，这种矛盾只有在日本这样的社会条件下才会产生。身陷囹圄的浦里能让人联想到一句话：出淤泥而不染。在痛苦和恐惧的折磨中，她的感情是如此温柔，又是如此坚强、忠贞。

接下来的详述出自净琉璃[2]的剧情，讲述了浦里被禁足后，情人偷偷与她见面，两人无意中发现了失窃的画，以及浦里和阿绿最终从可怕的山名屋逃脱的故事。

这个故事名为"明乌"，意思是"黎明的乌鸦"，表达了时次郎和浦里在黎明时分手的痛苦。伴随着乌鸦飞过朦胧天空时的哇哇叫声，黎明——他们分手的时候到了。

这个故事取自义太夫[3]，吟唱者要在三味线的伴奏下，模仿不同角色的声音和动作。

柔和的暮光笼罩在房子上，天空渐渐昏暗，微风为松林吹奏着摇篮曲——在一天结束之时，万物都安静了下来，预示着世界已经睡去。尽管周围的一切很平静，但从浴室出来、穿着精致柔软的绉绸浴衣的浦里却高兴不起来。夜晚带给她的不是平静与安宁，而是不断积累的不幸与悲痛。

浦里疲惫地上了楼，推开房间的障子，瘫倒在榻榻米上，跟在她身后的小侍女阿绿拿起烟草盆，放在浦里身边。

1　摩洛克（Moloch），上古时期盛行于地中海东南岸的神，古代文献曾提到人们在其神像前烧祭儿童。在当代欧美语言中引申为需要极大牺牲的人物或者事业。

2　净琉璃，日本的一种说唱叙事曲艺，通常使用三味线伴奏。

3　义太夫，"义太夫节"的略称，江户时代前期，大阪的竹本义太夫始创的一种净琉璃，是日本非物质文化遗产。

　　　　　　　　　　　壹　女子之卷

浦里把烟丝放进烟斗里，抽了一两口，又重新装满，借烟草填满孤独的内心。倒烟灰时，烟斗轻扣在烟草盆上，发出"咯哧、咯哧"的声音，还夹杂着她的叹息声，除此之外再没有别的声音了。

寒风中，时次郎在篱笆外焦急地等待着。他躲在暗处，以免被屋子里的人发现，否则今晚就没有机会见到浦里，甚至今后永远见不到她了。他不敢想象一旦他们的私会被发现，将会发生什么。为了看深爱之人一眼，他在雪地里走了很远，甚至迷了路，徘徊了几个时辰才来到这里，又累又冷又难受。

"人生无常，"时次郎喃喃自语，"就像奔流不息的河。前段时间，我弄丢了家主一幅古老而珍贵的卧龙梅[4]图。我真该更用心地看管，那样就不会被解职了。我正在暗中寻找那幅画，但直到现在也没有找到任何线索，甚至把烦恼带给了浦里。唉！真是不想再活下去了，就算见不到浦里，我至少能再看一眼阿绿的脸，然后与这个世界永别。想得越多，我们的誓言就显得越加无望，我对这朵被囚之花的爱就越来越深。如今，唉，我再也见不到她了，这就是痛苦的人生啊！"

此时，浦里正在与阿绿谈话。

"阿绿，你确定昨天没人看到我给时公子的信吗？"

"您不用担心，是我亲自交给时公子的。"阿绿答道。

"嘘，"浦里说，"不要这么大声，当心被人听到！"

"好的。"小女孩乖乖地低声说。她离开浦里的身边，走到露台朝庭园望去，看到时次郎站在篱笆外。

"您瞧，"阿绿兴奋地说，"时公子在篱笆外面。"

听到这句话，浦里的心中充满喜悦，悲伤的脸上绽开了笑容。她的疲惫感一扫而空，赶忙从坐席上站起来，快步走

4　卧龙梅，枝干贴地横向生长，形如卧龙的梅树。

到露台，手扶栏杆将身体探出。

"嗨！时次郎先生，"浦里喊道，"你终于又来了，见到你真是太高兴啦！"

时次郎听到呼唤声，目光穿过重重松枝向上望去，看到她的那一刻，眼中泛起泪花。他们的心在爱的深渊里越陷越深，即便是来自地狱的威胁也扯不断两人之间的纽带。

"唉！"浦里悲伤地说，"我前世究竟犯了什么错，今生才会被见不到你的日子折磨？与你相见的渴望只会使我们的

爱越来越浓。我要告诉你的事就像梳子上的齿一样多，可是我们相隔甚远，我不能将它们一一述说。你不在的时候，我只得枕着自己的手而不是你的手臂，独自入睡。我的枕头被思念你的泪水打湿，如果它是邯郸[5]的枕头，我至少可以梦到你在我身边。我对你的爱，只有在梦中才能寻到可怜的安慰！"

说话的时候，浦里一直从露台探着身，这场景洋溢着青春、优雅与美丽。她的腰身柔软纤细，如同被微风吹拂的柳枝，周围弥漫着早春之雨带来的惆怅。

"唉！浦里！"时次郎悲伤地说，"我在这里待得越久，越会让你的生活变得糟糕。一旦我们见面的事被发现，不单是你，连阿绿也会受罚，她根本不知道自己会遭遇什么，那时你会怎么做。唉，太痛苦啦！"

浦里把孩子拉到身边，温柔地抱住她，放声大哭。

突然传来的脚步声把她俩吓了一跳。浦里立刻挺直身子，把孩子推开，擦去眼泪。一贯聪明伶俐的阿绿将一张纸卷成球，迅速扔过篱笆。这是预先安排好的危险信号。时次郎明白了，随即躲到了视野之外。

房间的障子被推开，出现的不是可怕的店主，也不是他的泼妇妻子，而是和蔼可亲的发型师阿树。

"让你久等了。"阿树说，"我也想早点儿来，可是顾客实在太多了，一时走不开。我一有空闲就出来找你。不过，浦里小姐你怎么了？你的脸色很不好，眼都被泪水弄湿了，你生病了吗？阿绿，你得好好照顾她，给她拿一些药。"

"我也想让她吃点儿药，"阿绿说，"但她不吃。"

"我一直不喜欢吃药。阿树，谢谢你的好意，我不知道为什么，今天觉得不舒服，甚至不想梳头。"

5　此处借用了"邯郸梦"（黄粱梦）的典故。

"这太可惜了，"阿树回应道，"你的头发需要梳直，两边太乱了，让我把它梳回去，你自己也会感觉好一些的。"

"阿树，"浦里绝望地说，"就算我的头发梳直了，也还会再落下来。你知道，我是快乐不起来的。"

"解开让你烦恼的发髻是我的工作，"阿树回复道，"到梳妆台来，来吧！"

浦里不好意思拒绝善良的阿树，勉强接受了她的提议。浦里坐在镜子前，心却和时次郎一起在篱笆外面。对浦里来说，等着阿树完成她的工作简直是一种折磨。

"人无法理解别人的感受，除非自己也经历过同样的事。"阿树站在浦里身后，一边说着，一边用灵巧的手指理顺凌乱的头发，"即便是过去的我，也无法理解现在的我。说这种话似乎有点儿傻，不过我一直很同情你。如果你愿意听我唠叨，我就跟你讲讲我的故事。有句谚语你应该知道：'十八的魔鬼，刚沏的粗茶。'[6] 就算像我这种丑女人也有自己的青春。在我十八岁那年，我的丈夫爱上了我。"

阿树"呵呵"地轻声笑了笑，继续说："我们海誓山盟，爱得越来越深。之后他需要钱了就来找我借，说'借我两分[7]钱'，有时候说'借我三分钱'。那些日子，他只是把我当作储钱箱。我没有放弃他，我想这一定是因为我们的命运在前世就注定了。我听之任之，因为我爱着他，毕竟青春不复来。他实在太穷了，我卖了全部的衣服来帮他，直到衣柜空了，然后我把他的情书放在里面。走到这山穷水尽的一步，我们都想一死了之。好在被一个知道我们要轻生的朋友劝阻，我们才活到了今天。可从那以后，一切都变了，但凡遇到一

---

6 这句谚语的日文是"鬼も十八番茶も出花"，意思是即便是魔鬼，年轻的时候也是美丽的，就如刚沏好的粗茶也会有芳香。用来形容任何女子在年轻时都有魅力。

7 分，日本江户时代的货币单位，一分等于四分之一两。

点儿麻烦，丈夫就要跟我提离婚。我有时候会恨他，不想再为他劳累了。有句谚语说得好：'千年之爱也会变冷。'我的经历告诉我，这句话说得没错。"

"阿树姐，"浦里回应道，"不管你怎么说，在这个广阔的世界上，没有人能像你爱着他那样，全心全意地爱着我这个不幸的人。"

"你现在这么想，是因为已经到了爱得死去活来的年纪。"阿树说，"当爱情走到绝路时，一些人会选择结束自己的生命，但你还得为阿绿着想，你不能，一定不能自寻短见。人活着才有责任和爱。哎呀，我絮叨了这么多，都忘记给你夹鬓直[8]了。"说着，阿树把发夹扣在浦里的头发上，将散乱的发丝拢在颈后。

听了阿树的安慰，浦里的内心反而被悲伤填满了，她的灵魂像一面朦胧的镜子，笼罩在忧愁之中。可此刻她却欲哭无泪。阿绿被这段哀伤的对话触动了，她一边在榻榻米上走来走去，把栉箱[9]放在这里，把垫子铺在那里，一边落泪。

阿树跪在地上深鞠一躬，与浦里告别。"好啦，我要去东屋那边了，再见！"说罢，她便下了楼，朝侧门走去。她一边回头看，一边对阿绿说："阿绿，我要从侧门出去，不走厨房了，你跟在我后面把门拴好。"

说完这句话，她一把抓住躲在暗处、一脸惊慌的时次郎，把他推进屋里，然后"啪"的一声关上了门。阿树神色坦然，似乎什么都没有发生。雪已经开始下了，她撑起伞，点亮小灯笼，脚步轻快，头也不回地穿过雪地。

就这样，在阿树的掩护下，时次郎终于进入了屋子。他

---

8 鬓，日本发式里位于脖颈与脑后之间突出的头发。鬓直是固定鬓的发夹。

9 栉箱，装着梳子等打理发型的用具的箱子。

迅速跑上楼，走进房间，攥住了浦里的手。

"浦里！我再也受不了这样的命运啦，离开你我简直活不下去。我终于能告诉你，我是多么渴望和你共赴黄泉，因为我们不能再彼此相属了。可是如果我们就这样死去，可怜的阿绿会怎么样？多么悲惨啊！不，我有主意了，你不必牺牲自己，我一人赴死就够了。浦里，请为我的灵魂祈祷吧！"

"时次郎，你太绝情了，不能抛下我们不管。"浦里泪如雨下地说，"如果你今晚死了，阿绿和我该怎么办？让我们和孩子携起手来，一起渡过三途川 10 吧，永远不再分离。"

"浦里！"他们突然听见楼下有人用刺耳的声音喊道，"下楼来，叫你呢，快点儿下来！"接着，他们听到一个女人上楼的脚步声。

----

10 三途川，日本民间传说中的冥河，被认为是阴间与阳世的分界。

浦里的心狂跳不止，然后又似乎被吓得停止了跳动。她迅速将时次郎藏在被炉架子下，阿绿也像往常一样机灵，拿过一条被子将他盖住。之后，浦里快步走到了房间的另一端。一眨眼的工夫，这一切便做完了。

"阿萱，"浦里说，"你干吗大呼小叫的？找我做什么？"

"浦里，"阿萱一进房间便说，"你别装模作样地不知道，店主让我来叫你，阿绿也要一起来，这是他的命令！"

浦里没有回话，跟着阿萱走了。她既担心藏在被炉里的时次郎，也对这突如其来的召唤感到害怕。她的心怦怦直跳，不知该如何是好。她和阿绿都觉得阿萱就是折磨人的魔鬼，那凶狠的眼神甚至能刺穿她们的身体。

阿萱领着她们穿过庭园，来到房子的另一侧。柔和的暮色消散了，只剩沉闷的夜晚。此时正值二月，夜风凛冽，冬天的最后一场雪压弯了竹子。然而，作为逆境中勇气和力量的象征，早梅绽放的芬芳已经在空气中弥漫。忐忑不安的浦里感到一阵寒意，对黑夜的恐惧传遍全身。在她身后，阿绿的木屐发出的尖锐回响吓得她心脏狂跳，身体不禁打起了寒战，因为那声音就像恶毒的木精灵在嘲笑她的苦境。她的内心因痛苦和不安而变得脆弱。她们踏着雪往前走，木屐发出"喀啦空、喀啦空"的响声。"呵呵呵！"风吹进竹林，回荡着木精灵的嘲笑声。

她们走到中庭对面屋子的缘侧[11]上，阿萱推开障子，只见头发花白的店主勘兵卫坐在炭盆旁，看上去既凶狠又愤怒。浦里和阿绿一见到他，魂便被吓出窍了，如同看见爆闪的光。

不过，浦里还是让自己平静了下来，她在缘侧上坐定，双手贴在地板上深鞠一躬。店主转身怒视着她。

11　缘侧，日本传统住宅的构造，是在建筑物外侧边缘架空铺设的木质回廊，上方是伸展的屋檐，通常立有廊柱。

"浦里，我只是有个问题要问你。"勘兵卫说，"那个小流氓时次郎找你打听过这里的东西，对吧？立刻回答我，这是真的吗？我都听说了，跟我说实话！"

浦里虽然害怕，但还是控制住自己，平静地回答道：

"就算您这么说，但我不记得有人向我打听过什么。"

"嗯，看来从你嘴里套出话来不容易啊。"他转向阿萱说，"来，阿萱，照我说的做，把她绑到庭园里的树上，打得她招认为止。"

阿萱从榻榻米上站起来，一把将哭泣的浦里拽起来，解开她的腰带，然后把纤瘦的她拖进庭园，用腰带把她绑在一棵树皮粗糙、被雪覆盖的松树上，那里恰巧对着浦里的房间。

阿萱举着竹扫帚恶狠狠地说："快说！浦里，你扛不住的，所以最好还是如实招来，救救你自己吧！你怎么能忠于像时次郎那样的臭流氓呢？我已经警告过你很多次了，但不管怎么劝，你还是继续和他私会。你的惩罚还是来了，但这不是我的错，所以请不要怨恨我。我一直请求店主原谅你，今天晚上也曾恳求他放过你，可是他不听。没有办法，我必须服从命令。快说吧，在你挨打之前招了吧！"

阿萱一边斥责一边恳求。浦里没有回应，只是默默抽泣。

"真是个固执的女孩！"阿萱说着，举起扫帚打了下去。

心如刀绞的阿绿冲上去，试图挡住即将落在她心爱的女主人身上的一击。阿萱用左臂推开阿绿，同时向下挥动扫帚，开始无情地打浦里，直到她衣衫凌乱，头发散乱地披在肩上。

阿绿再也看不下去了，发疯似的跑向勘兵卫，央求他，然后又猛冲回去抓住阿萱的衣服，对两人喊道："请原谅她，请原谅她！别再打她啦，求求你们！"

此时的阿萱火冒三丈，一把抓住正在哭诉的阿绿。

"我连你一起教训。"说着，她将阿绿的手反绑起来。

时次郎此刻正从浦里房间的露台朝下看，然而他只是一个心急如焚却无可奈何的旁观者。他已经忍无可忍，正要从露台跳下去救她们。这时，浦里恰巧抬头看到了他，她摇了摇头，设法在其他人没有注意的情况下对他说：

"你千万不要出来，千万不要！"

在阿萱绑好阿绿后，浦里立刻说："阿萱小姐，不要！你一定是因为同情阿绿才捆着她的，一定是这样的。可这在店主面前是行不通的！不管用！"她故意语无伦次地对阿萱说着，同时用眼色向时次郎示意，不许他出来——她的话是对时次郎讲的，却打着跟阿萱说话的幌子。

时次郎知道他什么也做不了，他完全没有能力救下浦里，如果他冲动地跳进庭园，那只会把事情弄糟一千倍。于是他回到被炉里，咬着被子，愤怒地哭泣。

"她所遭受的一切都是因为我。啊！浦里！啊——"

这时，勘兵卫走到浦里身边，抓住她的头发，扯着嗓门喊："你不知道你为何会遭受如此惩罚吗？时次郎是来找那幅别人托付给我的画的！这真是荒唐。哈！你看起来很惊讶啊。你看，我什么都知道。瞧！那幅画不就挂在我的房间里吗？我甚至不允许有人指着它。啊！浦里，我肯定时次郎曾要求你拿到它。好了，现在肯说实话了吗？"

"我从来没有被要求去偷这个东西。"浦里哭泣着答道。

"啊，你这个固执的女人，什么也不能让你招供吗？阿绿，过来。时次郎在哪儿？立刻告诉我。"

"我不知道。"阿绿答道。

"阿绿没理由知道这些。"浦里辩解道，试图保护孩子。

"阿绿一直跟你在一起，她肯定知道。"勘兵卫说罢，转身打阿绿，"赶快坦白吧，时次郎现在藏在哪儿？"

"哇——你打我！"孩子哭喊道。

"好啦，老实交代，"勘兵卫面无表情地说，"说完我就不会再伤害你了！"

"哇，浦里，"阿绿朝她喊道，"请小姐原谅我。要是他现在杀了我，那我就永远见不到未曾谋面的爹爹了。"

时次郎此时又回到了露台，他听见了这一切，喃喃自语道："真是一个生来可怜的孩子。"

勘兵卫仍在一下又一下地打着阿绿。

"小丫头，我听不懂你在说什么。"他愤怒地尖叫起来，"让你尝尝铁灸[12]的厉害，看看你是不是依旧不肯说。"

在这地狱般的折磨下，阿绿几乎喘不过气了。这个可怜的孩子想要爬开，但她被绳子捆着，动弹不得。

勘兵卫粗暴地抓住她的肩膀，继续打她。最后，阿绿疼得大叫一声，失去知觉，像死了一般倒在地上。

这时，勘兵卫害怕了，他没打算杀掉阿绿——只是想让她告诉自己时次郎住在哪儿或藏在哪儿。他不再打她，而是站在一边，因浦里和阿绿的抗拒而气急败坏。

浦里抬起头，看着这个倒地的孩子，开始抱怨自己。

"这孩子受的苦都是我造成的，"她自言自语道，"一切都是我的错。原谅我，我的孩子——你不知道，我是你娘啊。你虽然只是一个孩子，却已经能理解我、帮助我了。你看到我在爱中挣扎，总是为我的爱人担心。你上辈子究竟犯了什么错，让你摊上我这样的娘。这都是，唉，都是我们前世的罪业啊。"浦里的眼泪如泉水般涌出，把地上的雪都融化了。

这时，阿萱走到浦里面前，说："你真是顽固不化！如果你不如实招来，就和你的侍童一起去冥途[13]吧！"说着，她举

12　铁灸，架在火盆上烤鱼用的细铁棍。

13　冥途，也被写作"冥土"，在日本民间指人死后去往的黑暗世界。

起扫帚痛打浦里。

这时，店里的伙计彦六跑了过来，将阿萱推开。彦六爱着浦里，常常徒劳地向她求爱。

"你不要帮浦里！"阿萱生气地喊道。

"走开，"彦六说，"惩罚她是我们伙计的事。虽然我只是一个仆人，但无论我多么卑微，这件事都轮不到你插手。"

然后，彦六转向勘兵卫，满怀歉意地说："店主，请原谅，我有话对您说。事情是这样的——亲爱的浦里，哦不，我是说阿绿和浦里——我永远不会忘记她们，啊，不，不是！我了解她们的性格，她们心地善良。这种惩罚是伙计的工作，只要您把浦里交给我，我保管让她招认。我相信我能对付她，如果您能将审问浦里的事交由我来负责，我将感激不尽。"

勘兵卫已经累了，他点了点头，说："嗯，这种事我从不会交给旁人，但我相信你。彦六，我给你一段时间，你务必要让她坦白，不许失败。我去休息了。"说着，他一边走向屋子，一边盘算着如果彦六因为对浦里手下留情而没能问出真相，那么就将责任归咎于他。

彦六陪店主进到屋里，又退回到门口朝店主深鞠一躬后回到浦里身边。

"你听到店主说的话了吗？他不是说除了我，他不会把这件事交给任何人吗？他只肯交给我——彦六。你还看不出我的好吗？你要是以前也听我的话就好了，就不会遭受这般痛苦了。我会帮你的，浦里小姐！也许你会怀疑我是这一切的罪魁祸首，但并非如此。我和你不同，我生活在另一个世界。你会听我的话吗？但是，你有一颗与众不同的心……哎呀！我该怎么办？"他十指紧扣，语无伦次地对浦里说着。

阿萱一直在听彦六说话。她爱上了彦六，总是忌妒他对浦里的关心。她走上前来，耸动着双肩说："彦六先生，你在说什么？你可是答应店主要让浦里招认的！你每次看到浦里都是这样，从不考虑我对你的感情。我觉得很受伤，受不了啦！你这样是不能让她招认的。我来替你，让开！"

彦六一把推开阿萱，说："我决不会再让你伤害她。这不关你的事，店主已经交代给我了。至于你，你居然说爱我，真是好笑。你不看看自己有多丑！呸！瞧你那狛犬[14]一样的脸，你不感到羞耻吗？一想到你对我说的话，我在店主面前就毫无脸面。你现在就给我滚，我要给可怜的浦里松绑！"

阿萱试图把彦六推开。彦六拿起扫帚打她，毫不在意打得有多狠。他不停地打，直到她被打倒在雪地里，昏了过去。

在解决了阿萱之后，彦六立刻放了浦里和阿绿。就在他抱起阿绿时，她的眼睛睁开了。

"呀，呀！娘，你还在吗？"

阿绿知道浦里是她的母亲吗？还是当她恢复意识时，本能地叫出了这个亲切的字眼呢？听到阿绿的声音，浦里以为自己是在做梦，她以为孩子已经被勘兵卫打死了。

"你还活着吗？"她惊叫着把阿绿抱在怀里，欢喜的泪水顺着苍白的脸颊流下来。

彦六满脸得意地看着她们，对自己所做的事感到高兴。

"浦里小姐，你必须逃离这里，既然我救了你们俩，我也不能留在这里，否则我也会受罚的。我也要逃离这里！嗯，和你一起逃跑当然比留在这里好。让我们一起逃走吧，跟我来。不过，在走之前，我得去取我的钱袋。在这里等我，我会拿一点儿积蓄回来，这些钱之后可以帮到我们。不要让任何人发现你。"还未等浦里回答，彦六就跑进了屋子。

浦里和阿绿站在松树下抱在一起，她们又累又痛，冻得

14　狛犬，日本版的石狮子，形似狮子和犬的结合物。

直哆嗦。突然，一个声音让她们抬起了头——时次郎出乎意料地站在她们面前。他爬上屋顶，绕了庭园一圈，来到她们的头顶，然后顺着松树下到地面。二人一看见他，便转悲为喜。

"哎呀，"浦里用几乎听不见的声音说，"时次郎，你是怎么到这儿来的？"

"嘘，"时次郎说，"别这么大声说话，我全都听在耳中、看在眼里了。唉！我可怜的浦里，一想到你为我受了这么多罪，我就心痛不已。不过，在所有这些不幸之外，有一件事是值得我们高兴的。我听勘兵卫说完那幅画的事，就蹑手蹑脚地溜下楼，摸进他说的那个房间，找到了家主遗失的画。瞧，就在这儿！我终于拿到它了。谢天谢地，我终于得救了，我一定能回到家主身边。这是我欠你的恩情，我一辈子都不会忘记。"

忽然，时次郎听到有脚步声靠近，赶忙躲到门柱后。他藏得真及时，只见彦六跌跌撞撞地从屋子另一端穿过庭园而来。

"浦里小姐，这里，我们现在可以一起逃走了。我带了钱，我们可以从大门出去。稍等一下，我偷偷进去给你拿画。"

彦六一走，时次郎就冲上前去，抓住浦里和阿绿的手，急匆匆地把她们带出庭园。一到外面，他们就觉得自己从死神手中逃了出来。

彦六死活也找不到那幅画，只得匆忙回来找浦里。这时，他碰见了恢复知觉的阿萱。她从雪地里站了起来，神情有点儿迷惑，不知道发生了什么事。

"你是彦六吗？你是彦六吗？"她叫喊着，把他抱在怀里。

看到她的脸，彦六既厌恶又害怕地大叫起来。

"呀！滚开，讨厌的家伙！滚开，魔鬼！"

听到彦六的叫喊，时次郎抓起阿绿将她背起来，然后和浦里手拉着手，以最快的速度逃走了。当他们把可怕的山名屋甩在身后时，天空开始破晓，鸟儿们唱起了歌，乌鸦飞来飞去。

　　让他们分别至今的黎明乌鸦，此刻又让他们团聚了。想到这里，时次郎和浦里看着对方流下了热泪，眼睛里闪耀着重获新生的希望之光。

长谷姬

長谷姬

四

在长谷姬十三岁的时候，她已经作为一位才华横溢的女诗人而被世人熟知了。

很久以前，古都奈良[1]住着一位博学的丞相，名叫藤原丰成[2]。他有一位高贵、善良、美丽的妻子，名叫紫夫人。根据日本旧俗，他们在很小的时候就定了娃娃亲，从此一直幸福地生活在一起。然而，有一件事让他们痛苦了很久，那就是膝下无子。他们渴望有一个孩子，能让他们安度晚年，并延续家族香火。

经过长时间的打听和考虑，丰成夫妇决定去长谷观音寺[3]朝拜，他们相信大慈大悲的观音菩萨会回应自己的祈祷，给他们送来孩子。于是，他们开始长住在观音寺里，每天向观音菩萨上香祈祷，以求实现他们的毕生心愿。

终于，他们的祈祷应验了，紫夫人生下一个女儿。当紫

1　奈良，在 8 世纪曾作为日本都城 74 年，始于 710 年日本第四十三代天皇元明天皇将都城迁至平城京（奈良），终于 784 年桓武天皇将都城迁至长冈京。

2　藤原丰成（704—766），日本奈良时代的贵族，官至从一位、右大臣（右丞相）。

3　长谷观音寺，即位于今奈良县樱井市的真言宗寺庙长谷寺。

夫人高兴地把孩子抱给丈夫看时，他们认为这是长谷观音对祈祷的回应，于是决定叫她"长谷姬"。在他们体贴入微的抚养下，长谷姬长得既健康又漂亮。

在长谷姬五岁时，紫夫人得了重病，所有医师开的药都救不了她。弥留之际，她把女儿叫到身边，抚摸着女儿的头说：

"长谷姬，你知道娘活不久了吗？但就算娘不在了，你也要长成一个好姑娘，尽量不要给家里人添麻烦。也许你爹会再娶，有人会代替娘做你的新母亲。到时候，你也不要为我难过，要像对待娘一样对待新母亲，不管是她还是你爹，你都要孝顺。记住，你长大后要顺从地位比你高的人，善待地位不如你的人。娘的遗愿就是希望你能成为女子的楷模。"

紫夫人说话时，长谷姬恭敬地听着，并答应照她说的做。俗话说："三岁看大，七岁看老。"[4] 尽管长谷姬还很小，不明白失去母亲是多么大的不幸，但她确实如母亲所希望的那样长大，成了一位善良孝顺的好女儿。

紫夫人去世后不久，丰成就续弦了，后妻名叫照夜夫人。

4　此处的日本谚语是"三つ子の魂百まで"，意为"三岁孩子的心魂到一百岁都不变"，表达的是孩子小时候的性格会影响其一生。

她不像紫夫人那样善良，根本不爱长谷姬，常常刻薄地对待这个失去母亲的小姑娘。她还自我辩解说："这不是我的孩子，不是我的孩子！"

长谷姬默默忍受着所有委屈，反而体贴地服侍继母，在任何事情上都服从她，从不惹麻烦，就像善良的紫夫人在临终前教导的那样。因此，照夜夫人没理由找她的麻烦。

为了教育好女儿，丰成请了技艺最精湛的大师来教她琴艺、书法和作诗。长谷姬非常勤奋，每天都要花上几个时辰练习。

很快，长谷姬长到了十二岁。此时正逢樱花祭，皇宫里要举行盛大的庆祝活动，她和继母一同被召进宫中，为天皇演奏。

天皇沉浸在节日的欢乐之中，下旨让长谷姬在御前弹琴，照夜夫人用笛子伴奏。

天皇坐在高台之上，面前挂着一道用纤细的竹条和紫色流苏编成的帘子，好让他既能目观一切，又不被他人看到，因为普通人不允许窥探他的圣颜。

长谷姬年纪虽小，却琴技高超，她出众的记忆力和天赋常常令她的老师们惊叹。她在这个重大场合发挥得很好。而懒惰的照夜夫人从来不肯下功夫练习，伴奏得一塌糊涂，后来不得不让一位宫女代替了她。这对照夜夫人来说是莫大的耻辱，她一想到继女大获成功，自己却失败了，便妒火中烧。更让她难受的是，天皇为奖励长谷姬的精彩演奏，赏给她不少珍宝。

此外，照夜夫人还有另一个嫉恨长谷姬的缘由，那就是她很幸运地生了一个儿子。她在心里不停地说："如果没有长谷姬，我的儿子就能得到他父亲全部的宠爱。"

她根本不知道如何控制自己的情绪，听任这种欲望发展成想要谋害继女的邪念。

于是有一天，她偷偷买了毒药，将下过毒的甜酒倒入一个酒瓶，再将正常的甜酒倒入另一个相似的酒瓶。那天是五月五日男孩节，长谷姬正和弟弟一起玩耍。弟弟把他所有的武士和英雄玩偶摊在地上，长谷姬则给他讲述他们每个人的精彩故事。当照夜夫人端着两瓶酒和一些美味糕点进来的时候，姐弟俩正在和侍从们一起欢笑。

"你们俩都是好孩子。"照夜夫人假意微笑着说，"我给你们带了一些甜酒作为奖励，还有可口的糕点。"

随后，她从两个酒瓶里分别倒了一杯甜酒。

长谷姬从没揣测过继母的险恶用心，她拿起一杯甜酒，把另一杯递给了弟弟。

在两个孩子喝下甜酒之后，照夜夫人一直焦急地注视着长谷姬，却没有在她的脸上发现任何异样。就在照夜夫人感到疑惑不解的时候，她的儿子突然尖叫起来，扑倒在地板上，疼得直不起腰。原来，虽然照夜夫人仔细地在毒酒瓶上做了记号，但是她一走进房间就浑身紧张，不知不觉中把毒酒倒入了儿子的杯里。

照夜夫人飞奔过去，先把她带到屋里的两瓶酒打翻，以销毁证据，然后才把儿子抱了起来。侍从们急忙去请医师，却没能救下这个孩子——不到半个时辰，他就死在了母亲的怀里。在那个古老的时代，医师们知道的并不多，他们认为这酒不适合男孩喝，才导致他抽搐而死。

照夜夫人就这样受到了惩罚——她想谋害继女，却失去了自己的孩子。可她非但没有将此事归咎于自己心术不正，反而变本加厉地恨起长谷姬来。她急切地寻找着继续加害继女的机会，却迟迟没有遇到。

在长谷姬十三岁的时候，她已经作为一位才华横溢的女诗人而被世人熟知了。在日本古代，这是一个女子有修养的表现，她由此备受尊敬。

那时奈良正处雨季，洪水肆虐。流经皇宫地界的龙田河涨到与堤岸齐平，日夜奔涌的河水冲过狭窄河床时发出的阵阵轰鸣，打搅着天皇休息，让他患上了严重的神经紊乱。于是天皇下令，让所有佛寺的僧侣向上苍祈祷，以阻止洪水的肆虐。但这没有起到丝毫作用。

此时，皇宫中出现了一则流言：很久以前，一位才貌双全的女诗人以诗为祷，感动了上苍，给干旱的土地带来了降雨；如果右大臣藤原丰成的女儿长谷姬也写一首诗作为祷告献给上苍，不就能阻止洪水，拔除天皇的病根了吗？这则流言最终传到了天皇耳中，他便据此向丰成下了谕旨。

当长谷姬被父亲叫去，得知谕旨的内容之后，她真是又惊又怕。她年幼的双肩上压着不轻的担子——用诗拯救天皇。

祷告的日子终于到了。长谷姬把诗写在一张涂满金粉的纸上，和父亲、侍从以及几位朝廷官员一同走到河流边。然后，她对着奔腾的河流，双手将诗作捧向天空，大声朗诵起来。

河水停止了咆哮，平静的水面回应了她的祈祷。在周围的人看来，这太不可思议了。天皇也很快恢复了健康。

天皇十分高兴，派人把她召进宫中，并赐予她"中将"[5]的位阶以彰显功绩。从那时起，她就被称为"中将姬"，受到世人的尊敬和爱戴。

只有一个人对长谷姬的成就不满，那就是照夜夫人。她在试图毒杀长谷姬时害死了自己的孩子，这成了她心中永远抹不去的伤痛。对她来说，看到长谷姬获得权力和荣誉，得到天皇的恩宠和整个宫廷的景仰，简直是一种羞辱。她妒火中烧，向丰成说了许多关于长谷姬的谗言，丰成非但没有听信谗言，反而正言厉色地告诉她，不要再说长谷姬的坏话了。

最终，照夜夫人趁着丰成出远门的机会，把府上的老仆加藤田叫到面前，告诉他长谷姬惹出了大丑闻，而避免家族蒙羞的唯一办法，就是把她带到奈良周边最荒凉的云雀山[6]，然后杀掉她。

虽然照夜夫人为这道离谱的命令编了不少理由，但加藤田知道长谷姬是无辜的，决定挽救她的性命。他知道在家主外出的情况下，假意服从才是最明智的做法。于是，他听从照夜夫人的命令，让长谷姬坐进驾笼[7]，然后陪她去了偏远的云雀山。可怜的长谷姬心里明白，无情的继母是要以这种离奇的方式把她送走，也明白反抗是徒劳的，所以也认命了。

加藤田明白，除非真的杀掉长谷姬，否则他无法回去交

---

5 "中将"，负责宫中守卫的近卫府次官，位阶从四位下。

6 云雀山，据说是位于今奈良县宇陀市的日张山。

7 驾笼，类似中国古代的轿子，只有贵族可乘坐，其样式是身份的象征。

差，于是他决定和小姐一起留在云雀山。

在一些农夫的帮助下，加藤田很快修了两间茅屋，并暗中派人把他的老伴儿叫来，两位善良的老人尽心尽力地照顾厄运当头的小姐。长谷姬自始至终信任着父亲，知道他回家后发现自己不在了，肯定会立刻寻找。

几周后，丰成回到府中。照夜夫人骗他说长谷姬做了天大的丑事，因为害怕受罚而离家出走了。丰成听后，担心得几乎病倒了。府中的每一个人都在讲述着同样的事——长谷姬突然不见了，没人知道为什么，也没人知道她去了哪儿。由于担心流言蜚语损害女儿的名誉，丰成没有将此事声张出去。他找遍了每一处能想到的地方，但一无所获。

一天，他想忘掉烦恼，就召集了所有随从，说自己要去山里行猎数日，让他们做好准备。

他带领随从向云雀山策马疾驰，不久就将大部队远远地甩在身后，最后只带着两位随从来到了一处风景如画的狭窄山谷。

他在环顾四周、欣赏美景时，注意到不远的小山上竟然有茅屋，还从那里传来了清脆的诵读声。他不禁感到好奇，在这么偏僻的地方，是谁如此勤奋好学？他留下一位随从看马，然后带着另一位随从爬上山坡，朝茅屋走去。院门敞着，一位女子正面朝屋外的美景而坐，十分虔诚地诵经。他更加好奇了，匆忙跑进小院，抬头一看，那女子竟然是自己失踪的女儿。

此时，长谷姬还在心无旁骛地诵经，没有看到他，直到他开口喊道："长谷姬！是你吗？我的长谷姬！"

长谷姬被惊住了，几乎没有意识到叫她的人是她亲爱的父亲，愣了片刻之后才反应过来。

"父亲！真的是你呀，父亲！"她一边来回说着，一边

跑到他跟前，一把抓住他厚厚的袖子，把脸埋进去，放声大哭。

丰成抚摸着女儿乌黑的头发，温柔地问她发生了什么事。但长谷姬只是哭个不停，让他怀疑自己是不是在做梦。

忠实的加藤田从屋里走了出来，在家主面前深深鞠了一躬，将照夜夫人编造的谎言和盘托出。

知晓了事情的真相后，丰成又惊又怒，他立刻终止了行猎，带着女儿匆匆赶回家。一名随从在前方疾驰，把这个好消息告诉了府中所有人。恶行败露的照夜夫人不敢面对丈夫，仓皇逃回娘家，从此再也没有人听到关于她的消息。

为了奖赏加藤田，丰成将他提拔到府中的最高职位，让他能够安度晚年。加藤田把自己的一切都献给了长谷姬，她也从未忘记是这位忠实的老仆救了自己的性命。她不再因无情的继母而感到不安，与父亲一起过上了幸福安宁的日子。

丰成失去了唯一的儿子，便收养了一个公家[8]的幼子作为继承人，并将女儿许配给他。几年后，他们正式结为夫妻[9]。

长谷姬活了很大岁数，大家都说她是丰成大人那座老相府里出过的最聪明、最虔诚、最美丽的女主人。在父亲隐居[10]之前，她高兴地把未来家督的位置传给了儿子。

直到今日，当麻寺[11]里还保存着一件名叫"当麻曼荼罗"的佛教绣像，据说是长谷姬亲手用莲花茎上的细丝绣的。

8　公家，在日本泛指为天皇与朝廷工作的贵族、官员。

9　在日本历史中，没有男性子嗣的家庭有时会选择让婿养子作为继承人。婿养子既是女婿，又是养子，入赘到收养家庭中，改妻姓。这段剧情并不符合史实，历史上的藤原丰成有四个儿子。

10　隐居，这里指日本旧时的一种家庭继承制度，始于奈良时期，即家督（一家之主）将自己的位置让给他人，放弃相应的权力。

11　当麻寺，位于今奈良县葛城市的真言宗与净土宗寺院。寺中珍宝"当麻曼荼罗"实际上是由中国传入的锦缎绣像。

辉夜姬

かぐや姫

五

她看上去就像是光做的，房间里总是充盈着柔亮的光，即使在夜里也如同白昼。

　　很久以前，有一位砍竹翁，他的日子过得既贫穷又凄惨，而且上天也没有送一个孩子来给他鼓劲儿。他从未指望过从劳作中抽身休息，除非他死了，躺在幽静的坟墓中。每天清晨，他都会到山林中去，那里的竹子伸展着轻盈的翠叶。他会削掉竹叶，把竹子竖着劈开，或者砍成一节一节的，然后把竹材带回家，让它们变成各种家居用品。他和老伴儿就是靠卖这些东西来维持生计的。

　　一天，砍竹翁像往常一样出去干活，他发现了一丛漂亮的竹子，就动手砍倒一些。突然，翠绿的竹丛里发出了柔亮的光，如同满月从那里升了起来。老翁好奇，便放下斧头，走到亮光处一看，原来这光来自竹茎上的空腔。更奇妙的是，里面站着一个只有三寸高、外表异常美丽的女婴。

　　"这一定是上天送给我的孩子。"老翁说着，把女婴捧在手里，带回家交给老伴儿抚养。对于这个如神迹般到来的孩子，他们欣喜地把全部的爱倾注在她身上。老妇把娇小可爱

的女婴放进篮子里，避免她受到伤害。

从此，老翁经常在劈开的竹腔中发现金子或宝石，这让他从穷苦的砍竹人，摇身一变成了富家翁。他花钱建了一处漂亮的宅院。

很快，几年过去了，竹子里的女婴成长为一个健康的女孩。那对老夫妇一直在亲自照顾她，为她梳头，给她穿上漂亮的和服，还把她像公主一样藏在屏风后面，以免别人窥视到她。她看上去就像是光做的，房间里总是充盈着柔亮的光，即使在夜里也如同白昼。她的到来为这家人增添了祥和的气氛，每当老翁悲伤之时，他只要看看女孩，伤心事就烟消云散，整个人变得快乐起来。

到给女孩起名的日子，老夫妇请来一位当地出名的起名人。他给女孩起名"辉夜姬"，因为她的身体能发出柔亮的光，说不定是月神的女儿。

为女孩起名的庆典一连持续了三天，老夫妇的亲朋好友都出席了。每一个见到辉夜姬的人，都说自己从未见过如此美丽的女孩，这片土地上所有的美人，站在她身边都会黯然失色。辉夜姬因她的美貌而名声远扬，许多求爱者都想赢得她的芳心，可惜他们连一睹芳容的机会都没有。

远近的求爱者站在老翁家的院子外面，在竹墙上凿出几个小洞，期盼着辉夜姬沿着缘侧从一个房间走到另一个房间时，能让他们看一眼。他们夜以继日地守着，连觉都不睡，只为换来看她一眼的机会，却始终没能实现。最终，大多数人意识到这样追求是没希望的，于是丧失耐心各自回家了。

不过，有五位贵族例外，他们分别是石作皇子、车持皇子、右大臣阿倍御主人、大纳言[1]大伴御行、中纳言石上麻吕。他们的热情和决心非但没有消退，反而越挫越强。他们带着所有能带的家当，一直守在院子外面，甚至连饭都不怎么吃。无论天气是晴还是雨，他们始终站在那里。

他们有时会给辉夜姬写信，但从未收到过回信。他们还给她写诗，告诉她无望的相思让他们茶饭不思，却依旧没有收到回应。

冬天过去了，冰雪和寒风把位置让给了和煦的春光。夏

1　大纳言和中纳言都是日本律令制下太政官的次官，官阶分别为正三位、从三位。

天来了，白日灼烧着天地间的一切，而五个痴心的贵族仍然在守望着。在漫长的等待之后，他们终于不顾礼节地向老翁喊话，恳求他可怜一下，让他们看一眼辉夜姬。但老翁只是回应说，他不是辉夜姬的生父，不能强迫她做违心的事。

五位贵族听到这斩钉截铁的答复后，各自回到家中，仔细思量着怎样才能打动骄傲的辉夜姬，哪怕是给他们一个倾诉心声的机会。他们手拿念珠，跪在神棚[2]前，点上名贵的香，一连几日不休不眠地祈祷，祈求佛祖能实现他们的心愿。

然后，五位贵族又去了老翁家。他们这一次幸运地见到了老翁，并请求他告诉他们，辉夜姬是不是下定决心永远不见任何男人。他们恳求老翁代为传话，告诉辉夜姬他们对她的爱是多么深沉，以及他们在寒冬酷暑中等待了多久，不论什么天气，他们都露宿在院子外面，不眠不休，不饮不食，只为赢得她的芳心。只要辉夜姬能给他们一次倾诉爱意的机会，他们愿意把这长久的守候当作一种乐事。

老翁乐意倾听他们述说爱意，因为他在心底也同情这些痴情的求爱者，并希望美丽的养女能嫁给他们其中某一位。于是，他走到辉夜姬面前，虔敬地说："虽然在我眼中，你如同天人，但我还是把你当作自家孩子抚养。你愿意满足我的心愿吗？"

辉夜姬回答说："我把您当作亲生父亲来敬爱，愿意为您做任何事。至于我自己，我已经记不得来到这里之前的事了。"

听她说出这番孝顺话，老翁高兴极了。他告诉辉夜姬，他多么渴望能在入土前看到她嫁人，过上平安、幸福的生活。

"我已经老了，七十多岁了，随时都可能死去。你应该看看这五位求婚者，从他们中间挑选一位。"

2　神棚，在住宅、办公室等地祭拜神道教神明的祭坛。

"为什么？"辉夜姬苦恼地说，"我必须这样做吗？我现在还不想结婚。"

"我是在一束耀眼的白光的指引下，找到了藏在竹子里的你，那时候你还只是一个三寸高的小婴儿，所以我一直相信你不是凡间女子。在我还活着的时候，只要你愿意，日子就可以照旧过下去。但总有一天，我会离开这个世界，那时候谁来照顾你呢？所以，我希望你能抽出时间，见一见这五位勇敢的人，并下定决心嫁给他们中的一位。"

辉夜姬说："我并不认为自己真如传闻中那么漂亮。况且，即便我答应嫁给他们中的某一个，但那人未必是理想的丈夫，说不定以后也会变心。尽管您告诉我，他们是值得尊敬的贵族，但我心里没底，目前还不想见他们。"

"你说得有道理，那你想见什么样的人呢？我不认为外面那五位苦等你数月的人是轻浮的。他们整个冬夏都站在那里，常常不吃不眠，为的就是得到你的心。你还能要求什么？"

辉夜姬说："我必须对他们的爱意做进一步考验，如果有谁能从遥远的国度带回我要的东西，那么我就与他见面。"

当晚，五位求爱者又来了，他们吹起笛子，唱着自编的歌，诉说着炽热而不知疲倦的爱。老翁走到他们面前，首先对他们所忍受的一切，以及为了赢得辉夜姬的芳心所表现出的耐心表示同情。接着，他把辉夜姬的考验告诉了他们，说她愿意嫁给一个能满足她心愿的人。

五位贵族欣然接受了考验，并认为这是一个极妙的安排，可以避免他们相互忌妒。

随后，辉夜姬让老翁分别向五位贵族转达考验的内容。

石作皇子要去印度寻找佛钵，也就是佛祖用过的石钵。

车持皇子要去寻找蓬莱玉枝。东海有一座蓬莱山，山顶上有一棵神树，它长着银树根、金树干，树枝上还会结出白玉。

阿倍御主人要去中国寻找火鼠裘。那是用火鼠皮制成的衣服，在烈焰中也不会烧起来。

大伴御行要去寻找龙首珠，也就是龙头上的五色宝珠。

石上麻吕要去寻找一枚燕产子安贝。那是燕子产卵时偶尔会产出的宝螺，可以保佑孕妇平安生产。

老翁觉得这些考验比登天还难，犹豫着要不要转达过去，但辉夜姬没有再提别的条件，于是，这些要求被逐字逐句地转达了。五位贵族听完之后，都表现出沮丧和反感，他们也认为这些考验是不可能完成的，于是心灰意冷地回家了。

然而，过了一段时间，他们又开始想念辉夜姬，心中重燃爱火，决定试着去寻找她要的东西。

首先是石作皇子，他在三年后敲响了老翁家的门，让老翁把一个用金布包着的钵转交给辉夜姬，并转告说，他在考验公布的当天就出发了，为的是能尽快找到佛钵。

辉夜姬很诧异，因为石作皇子回来得比她预计的快多了。她把钵从金布里拿出来，想让房间里充满光明，但它一点儿也不亮。于是，她知道这不是真正的佛钵，立刻把钵还给了石作皇子，并拒绝见他。

原来，石作皇子没有勇气去印度——在古代，长途旅行是非常困难和危险的。于是，他去了京都的一座寺庙，付给僧人一大笔钱，从佛坛上拿了一个钵，再用金布包起来放了三年，最后把它带给了老翁。

石作皇子失去了赢得辉夜姬芳心的机会，他绝望地扔掉了那个钵，灰溜溜地回家了。

第二位找到老翁的是车持皇子，他拿来一个漆盒，里面装着一根玉枝。老翁看他风尘仆仆的样子，像是长途跋涉归来的，便试图说服辉夜姬见他。但辉夜姬一直沉默着，看起来很悲伤。老翁把玉枝拿出来，称赞它是一件奇珍异宝，在全国任何地方都找不到，又说车持皇子是多么英俊，多么勇敢，竟然真的去了遥远的蓬莱山。

辉夜姬拿起玉枝仔细看了看——它的主体是金的，上面还有银细枝和玉果实——然后说："他不可能这么容易就从生长在蓬莱山的神树上取得玉枝。很遗憾，这是假的。"

老翁走了出去，问车持皇子是在哪里找到玉枝的。车持皇子向他讲了一个很长的故事：

"三年前，我乘上船开始寻找蓬莱山。逆风航行了一段时间后，我来到了东海。接着，起了一场大风暴，我被海浪抛来抛去好多天，连罗盘都看不清了，最后被吹到了一个陌生的岛上。我发现那里是鬼[3]居住的地方，它们威胁要把我杀死吃掉。幸运的是，我设法与这些可怕的家伙成了朋友，它们帮助我和水手们修好了船，我得以再次起航。我们在船上耗尽了食物，饱受疾病之苦。终于，在出发后的第五百天，我看到远处的地平线上有一座山。驶近一看，原来是一座中央耸立着高山的岛。我上了岸，漫无目的地走了两三天后，看见海滩上有一个浑身发光、手拿金碗的人。我走到他面前，问他此地是不是蓬莱山。他回答说：'是的，这里就是蓬莱山！'

"我好不容易爬上山顶，发现那里果真长着一棵有银树根、金树干的神树。那个神秘岛屿上奇景众多，如果挨个向你讲述，我就收不住了。尽管我想在那里多待些时日，但还是决定抓紧时间带着玉枝往回赶，返程又花了四百天。您也看到了，我的衣裳被风吹浪打，现在还湿漉漉的。我没回家换衣服，就迫不及待地把玉枝带给辉夜姬了。"

就在这时，六名珠宝匠来到老翁家，向他递交了一份账单，要求支付工钱。珠宝匠说，他们辛苦了一千多日才为车

3　在日本文化中，"鬼"通常指的是"鬼族"，即头上长角、过着野蛮的群居生活的人形生物。中文语境下人死后所化成的"鬼"，在日本被称作"幽灵"。

持皇子做出了玉枝，如今他把玉枝送给了辉夜姬，但他们还没有收到一分工钱。就这样，车持皇子的骗局被揭穿了。

原来，车持皇子问了许多人，但每一个人都宣称蓬莱山属于传说之地，是现实中不存在的。于是，他想出了造假的计划：先向父母说他为了健康考虑要换一个环境居住——其实是羞于表明离家的真正原因；然后让人转告辉夜姬，说他要去蓬莱山找玉枝了。

他让仆人们陪他走到海边，就把他们打发回去，自己登上一艘小船，航行三天之后在另一个地方上了岸。他在那里雇人建了一座不方便进出的房子，然后把自己和六名技艺精湛的珠宝匠关在一起，拼尽全力制作出他认为能让辉夜姬满意的玉枝。之后他就回来找老翁了，并尽力让自己看起来是因为旅行而疲惫不堪。

辉夜姬很高兴又摆脱了一个纠缠不休的求爱者，她把玉枝还回去，慷慨地给珠宝匠付了钱，让他们高高兴兴走了。然而，在他们回家的路上，失意的车持皇子追了上来，以泄密为由把他们打得半死。之后，他知晓自己不可能赢得辉夜姬的芳心，便斩断尘缘，隐居在深山中，过上了孤独的生活。

轮到阿倍御主人了，他恰好有一个朋友去了中国，便写信托朋友帮忙找火鼠裘，并说好只要能找到，不管多少钱他都愿意出。在收到朋友返航的船将要进港的消息后，他立刻骑了七天的马去港口，给了朋友一大笔钱，得到了火鼠裘。回到家后，他小心翼翼地把火鼠裘装进盒子里，再包上一层袱纱[4]，然后立刻去了老翁家，把它交给老翁，自己在外面等待答复。

老翁像前两次一样把东西拿给辉夜姬，想哄她马上去见

4　袱纱，用丝绸制作的小四方巾。

等在外面的贵族。但她拒绝了，说必须先把它放进火里试一试。她解开袱纱，打开盒子，把里面的东西扔进火里——果然，阿倍御主人也失败了。

轮到大伴御行了，他不敢亲自去寻找头上驮着五色宝珠的龙，于是把侍从们叫到一起，命令他们去日本各地和中国寻找，并严令找不到龙首珠不许回来。

侍从们向不同方向出发了，但他们并不想遵从这个不可能完成的命令，便不约而同地都去乡下度假了，同时抱怨主人的蛮横无理。

大伴御行认为侍从肯定能找到龙首珠，让他赢得辉夜姬的芳心，便回到家里，把房间装饰得很漂亮，以迎接辉夜姬的到来。

在漫长的等待中，一年过去了，但侍从们仍然没有带着龙首珠回来。他绝望了，再也等不下去，于是只带了两个人，租了一条船，命令船长出海寻龙。船长和水手们拒绝接受这个荒谬的工作，但最终在他的胁迫下出海了。

出发没几天，他们就遇到了一场持续很长时间的大风暴，等到风暴减弱时，大伴御行已经决定放弃寻龙了。那时的航海技术还很落后，他们最终被吹上了岸。大伴御行由于旅途不顺和内心焦虑而疲惫不堪，得了重感冒，只能肿着脸睡觉。

地方长官听说了他的困境，就派人送去一封信，把他请到家里。这时候，他对辉夜姬已经由爱变恨，把自己吃的一切苦都归咎于她。他想，很有可能是辉夜姬为了摆脱他的追求，要害死他，所以才让他去做那不可能完成的任务。

被派出去寻找龙首珠的侍从们纷纷来看望主人，他们惊讶地发现等待自己的不是责备而是赞扬。大伴御行说，他恨透了冒险，以后再也不想接近辉夜姬的房子了。

和前几位一样，石上麻吕也失败了，他找不到燕产子安贝。

这时，辉夜姬的美貌传到天皇耳中。天皇派了一位女官[5]去看她是否真如传闻中那么迷人。如果真是这样，就把她召到宫里当女官。

钦差女官到来后，辉夜姬不顾老翁的恳求，拒绝见她。女官坚持说，这是天皇的命令。辉夜姬让老翁转告说，她如果被迫服从天皇的命令进宫，就从世上消失。

天皇得知后，便决定亲自去看辉夜姬。他计划先到老翁家附近打猎，然后私下去看她。他将这一计划转告给老翁，老翁同意了。第二天，天皇带着他的队伍出发了，不过他很快就把大部队支开，带着一位贴身随从找到老翁的房子，下了马，走进院子，径直走到辉夜姬和她的侍女们休息的地方。

天皇从未见过如此美丽，而且身上散发着柔亮光芒的人，情不自禁地凝望着她。辉夜姬意识到有一个陌生人在看她，试图从房间里逃出来。天皇一把抓住了辉夜姬，请求她听自己说几句话。她唯一的回答就是把脸藏在袖子后面。

天皇深深地爱上了她，请求她到宫里来，并许诺给她一个荣耀的职位和她所希望的一切。他认为她的美丽优雅应该用来装饰宫廷，而不是藏在一个老翁的小屋里。

辉夜姬拒绝了天皇的邀请，说："我如果被逼进宫，就会立刻变成泡影。"说着，她的身体开始变得透明。

天皇看了一眼，她的身影果然就要从视线中消失了，只好答应她，只要她能恢复本来的模样，就给她自由。她照做了。

天皇要回去了，否则会让随从们担心，于是他与辉夜姬告别，带着一颗悲伤的心离开了老翁的房子。对他来说，辉夜姬是世界上最美丽的女人，在她身边，所有的一切都显得暗淡无光。他日夜思念着她，花了大把时间来写诗，向她倾

5　女官，即高级宫女，有一定的品秩，领有俸禄。

诉爱意和忠诚，然后托人传给她。辉夜姬虽然拒绝再见天皇，却不吝以自己创作的诗作为答复，温柔而亲切地告诉他，她不会嫁给世上的任何人。这些小诗总能给天皇带来欢乐。

不久，那对老夫妇注意到，辉夜姬开始夜复一夜地坐在露台上，一连几个时辰凝视着月亮，并且总是垂头丧气，甚至泪流满面。一天晚上，老翁发现她哭得很伤心，便恳求她告诉自己因何悲伤。

辉夜姬泪流满面地说："您猜得对，我确实不属于人间。实际上，我是从月宫来的，留在这个世界的日子不多了。到了八月十五，月宫的朋友就要来接我，我必须回去，我的亲生父母都在那里。我在人间生活了很久，几乎忘记在月宫的日子了，一想到要离开好心的你们，离开这个让我快乐了很久的家，我就忍不住哭了。"

听到这个消息，辉夜姬的侍女们也非常伤心，一想到她这么快就要离开了，难过得睡不好觉。

消息传到天皇耳中，他马上派御史去老翁家打探虚实。

老翁变得更加苍老，看上去远超他七十岁的年纪。他痛哭流涕地告诉御史，这个消息千真万确，他准备不惜一切代价对抗月宫的使者，尽其所能阻止辉夜姬被带走。

御史回去后，把这些都告诉了天皇。八月十五当天，天皇派了由两千名训练有素的弓箭手组成的卫队，去守护老翁家，一千人站在房顶上，一千人把守房子的各个入口。老夫妇则把辉夜姬藏进一间内室。

老翁告诉家里所有人，晚上谁也不许睡觉，都要保持警惕，注意观察，做好保护辉夜姬的准备。他希望通过这些防范措施以及天皇武装的帮助，抵挡住月宫使者。

"这些为留住我的努力都是无用的，根本阻止不了来接我的月宫使者，即便是天皇也无能为力。"辉夜姬流着泪说，"一想到要离开你们，我就无比痛心。我一直把你们当作亲生父母来爱戴，如果可以选择，我会陪你们安度完余生，并尽力回报你们给我的爱和善意。"

夜深了，金色的丰收之月高挂空中，照耀着沉睡的世界。寂静笼罩着松林、竹林和屋顶，上千名弓箭手在那里等候着。

之后，天色转灰，黎明将至，大家都以为危险已经过去了。突然，负责警戒的人发现月亮周围出现了一团云。就在他们盯着看的时候，这团云开始向地面飘来，越来越近，所有人都沮丧地发现它正朝老翁的房子而来。

不一会儿，他们头顶的这片天空就被云完全遮住了。最终，那团云在离地面只有十尺的地方停下，罩住了房子。云中有一辆飞车，车上有一队周身闪着光芒的人。其中一个国王扮相的人走下车，在空中泰然自若，唤老翁出来。

　　"是时候让辉夜姬回到她所来之处——月宫了，"这人说，"她犯了大错，被下放到凡间生活一段时间。我们知道你把她照顾得很好，所以在竹子里放了黄金宝石作为谢礼。"

　　"我抚养辉夜姬二十年了，她从来没有做过一件错事，您要找的姑娘不可能是她。"老翁说，"恳求您到别处看看。"

　　月宫使者高声喊道："辉夜姬，从这卑贱的住所里出来，不要再藏着了。"

　　话音刚落，辉夜姬房间的障子自动拉开了。她依旧光彩夺目，万分美丽。

　　月宫使者把她领了出来，安置在飞车上。她回头看着悲痛欲绝的老翁，安慰了他一会儿，最后说："我也不愿意离开您，今后，当您望向月亮时，我也会回望你。"

　　老翁恳求月宫使者，让他陪辉夜姬同去，但被拒绝了。辉夜姬脱下了她的绣花外衣，送给老翁留作纪念。

　　飞车上的一位月神拿来一个小瓶，里面装满了不死药，他让辉夜姬喝下去。她咽了一小口，准备把剩下的给老翁，但被阻止了。

　　就在辉夜姬即将被披上羽衣时，她说："等等，我不能忘记我的好友天皇。趁着还能维持人类的样子，我得给他写一封辞别信。"

　　尽管月宫使者和驾驶飞车的月神都很不耐烦，但辉夜姬还是让他们等着自己写完了信。她把那瓶不死药和信放在一起，交给老翁，请他转呈给天皇。

　　然后，飞车升上天空，驶向月亮。当下面的人都泪眼汪

　　　　　　　　　　　　　　　　　壹　女子之卷

汪地注视着远去的辉夜姬时，太阳出来了，飞车和它里面的一切都消失在晨风中，天空中只剩下一朵朵玫瑰色的云。

辉夜姬的信被送到天皇手中。天皇不敢碰那瓶不死药，就把它和信一起送到日本最神圣的山峰——富士山上。日出之时，御使们在山顶焚烧了不死药。所以直到今天，人们还能看到有烟从富士山顶升上云霄。

松山镜

松山镜

刀是武士的灵魂，镜是女人的灵魂。

很久以前，有一对夫妻生活在越后国[1]松山村，他们结婚多年，育有一个女儿。她是夫妻俩一生的快乐和骄傲，是他们晚年生活的幸福源泉。

在他们的记忆中，那些如金子般重要的日子无不见证着她的成长。在她出生三十天时，母亲给她穿上和服，抱着她去神社参拜，让她接受屋敷神[2]的庇护；在她的第一个雏祭[3]，父母送给她一套人偶和属于它们的小配饰，之后年复一年地添置；最重要的日子是三岁生日，她的小腰上第一次系上了绯色与金色相间的宽腰带，标志着她不再是婴儿。现在她已经七岁，学会了说话，学会了哄父母开心，他们的幸福之杯似乎已被斟满，全日本也找不到比这更幸福的小家庭。

---

1 越后国，日本古代令制国之一，领域相当于今日的新潟县（除佐渡岛外）。

2 屋敷神，日本神道教神名，即家庭的保护神，人们为祈祷家庭幸福而祭祀之。

3 雏祭（雛祭り），日本女孩子的节日，亦称雏游、偶人节、上巳、桃花节、女儿节，是日本民间五大节日之一，原本在农历三月三日，明治维新后改为公历三月三日。

一日，家里变得热闹非凡，因为父亲突然有要事被召到都城去。在铁路、人力车和其他快捷旅行方式盛行的今天，我们很难理解从松山村到京都的这一段旅程，对当时的人来说意味着什么。道路崎岖不平，几百里的距离，平民百姓们得一步步走过去。在那个时代，去都城是一件大事。

因此，在帮丈夫准备长途旅行所需的东西时，妻子非常焦虑，她知道丈夫面临着多么艰巨的任务。她希望能跟丈夫一起去，可是这段路对于她们母女来说太远了，况且料理家务也是妻子的责任。

一切都准备好了，丈夫站在玄关，家人围在他身边。

"别担心，我很快就会回来的。"丈夫说，"我不在的时候，拜托你照顾好一切，尤其是我们的小女儿。"

"放心，我们不会有事的。倒是你，必须照顾好自己。路上一天也不要耽搁，尽快回来。"妻子说着，泪如雨下。

只有小女儿在笑，因为她还不知道离别的痛苦，也不知道远赴都城和走到邻近的村庄完全是两码事。她跑到父亲身边，抓住他的长袖，让他停留片刻。

"爹爹，我会乖乖等您回来的，所以请给我带个礼物。"

父亲转过身来，最后看了一眼哭泣的妻子和满脸期待的女儿，他觉得好像有人在揪着他的头发让他不要离开。对他来说，把妻子和女儿留在家里实在太难了，因为他们此前从来没有分开过。但是他知道这次召见是无法推脱的，他费了好大劲儿才让自己不再多想，毅然转身，快步穿过小院，出了大门。妻子抱着女儿一直追到大门口，看着他走到两旁长着松树的路上，直到只能看到他那顶古怪的尖顶帽子，最后连那顶帽子也消失在了远处的薄雾中。

"父亲走了，在他回来之前，我们必须照看好一切。"母亲在回屋的路上说。

　　"嗯，我会很乖的。"女儿点点头说，"等爹爹回家时，请告诉他我有多乖，他说不定会送我一件礼物。"

　　"父亲一定会带回来你想要的东西，我交代过了，让他给你带一个人偶。你必须每天想着父亲，祈祷他旅途平安，直到他回来。"

　　"是啊，当他回来的时候，我该多幸福啊！"女儿拍着手说，她的脸变得明亮起来。

　　之后的日子，妻子开始为一家三口做冬衣。她架起简易的木制纺车，在织布之前先纺线。在这段日子里，她只能从工作中得到安慰。工作间隙，她会陪女儿做游戏，给她讲故事。时间在这个安静的家里过得很快，丈夫终于办完差事回来了。

　　此时，这个男人已经和出发时判若两人了。他日复一日地走了一个月，穿行在各种天气中，皮肤被晒成了古铜色。但妻子和女儿一眼就认出了他，飞奔出去迎接。丈夫和妻子发现彼此安然无恙后都很高兴。他的草履[4]被解开了，他的大

4　草履，一种日本传统凉鞋，形似木屐，由稻草、布匹、皮革等材料制成，与和服搭配。

斗笠被摘了下来，他又回到了家人中间，回到了在他外出时空荡荡的旧起居室里。

他们刚在白垫子上坐下，父亲就打开了随身挎着的竹篮，拿出一个漂亮的人偶和一个装满糕点的漆盒。

"这是给你的礼物。"他对女儿说，"是我不在的时候，你把母亲和家里照看得这么好的奖励。"

"谢谢爹爹。"女儿把头俯到地上说，然后伸出枫叶一样的小手，张开手指急切地去拿人偶和漆盒——这两样来自都城的礼物比她见过的任何东西都更漂亮。她高兴得说不出话，脸似乎都要笑得化掉了，眼睛里完全没有了别的东西。

丈夫再次把手伸进篮子，拿出一个用红白相间的绳子细心捆好的方木盒，递给妻子说："这是给你的。"

妻子接过木盒，小心翼翼地打开，拿出一个带把手的金属圆盘。圆盘的一面是亮的，像水晶一样闪闪发光；另一面有凸起的松树和鹤的形象，都是在圆盘光滑的表面雕刻出来的，栩栩如生。对于自出生起就没出过远门的她来说，这辈子还从没见过这种东西。她凝视着亮闪闪的圆盘，抬起头来，

脸上露出惊奇、疑惑的表情，说："我在这个圆圆的东西里看见有人在看我！你给我的是什么？"

丈夫大笑道："哎呀，你看到的是你自己的脸。我给你带的东西叫镜子，在它光滑的那一面能看到自己的形象。虽然在这个偏僻的地方还寻不到它，但在遥远的古代，都城里的人就开始用它了。在那里，镜子被看作女人必不可少的物件。有一则古谚说'刀是武士的灵魂，镜是女人的灵魂'[5]。根据流传甚广的说法，女人的镜子是她内心的外在体现，如果她让镜子明亮清澈，那么她的心就是纯洁善良的。镜子也是象征天皇的宝物之一。所以你必须珍视你的镜子，小心使用它。"

妻子听完丈夫的这番话，很高兴自己学到了这么多新东西，对这件礼物更满意了。

"这面镜子代表了我的灵魂，我一定会把它当作贵重的财产来珍惜，决不会随便使用它。"她把镜子举得和前额一

5　原句是"刀は武士の魂 鏡は女の魂"。

　　　　　　　　　　　壹　女子之卷

样高，以表示感谢，然后把它装进木盒里，收藏了起来。

妻子看到丈夫十分疲惫，便着手准备晚餐，想尽量把一切安排得舒舒服服。在以前，这个小家庭似乎还不理解什么是真正的幸福，现在一家人又团聚了，真是太高兴了。当晚，丈夫讲了许多话，讲他的旅途和他在都城所看到的一切。

时光流逝，女儿已经长成了十六岁的美丽少女。夫妻俩用无微不至的关爱把他们的掌上明珠养大了，他们的辛劳得到了回报。女儿会帮着母亲做家务。父亲也为她感到骄傲，每天看到她，就能想起妻子刚嫁过来时的模样。

可惜，这个世界没有什么是永恒的，月亮也有阴晴圆缺。一天，善良温柔的妻子病倒了，打破了这个家庭的幸福。

在她生病的头几天，丈夫和女儿以为她只是着凉了，并不十分着急。但日子一天天过去，她的病情没有好转，反而越来越严重。郎中也很困惑，他用尽了办法，这个可怜的女人还是一天比一天虚弱。父女俩悲痛欲绝，无论白天黑夜，女儿都守在她的身边。然而无论他们怎样努力，都救不了她的性命。

一天，女儿坐在母亲的榻边，试图用微笑掩饰内心的痛苦。母亲醒了过来，拉起女儿的手，慈爱地凝视着她的眼睛，气若游丝地说："女儿，我心里明白，现在无论做什么都救不了我。我死之后，你要照顾好你亲爱的父亲，做一个孝顺的好女儿。"

"母亲，"女儿泪如泉涌，"您千万别这么说。您要做的就是赶快康复——这才是我和父亲想要的幸福。"

"是啊，知道你们多么渴望我能好起来，对我来说就足够了，但我是不可能好起来了。不要愁眉苦脸的，前世的业注定了我的今生会在这个时候死去。知道这一点，我就听天由命了。我有东西要给你，我死之后，你在看到它时就能想

起我。"

她伸出手，从枕头旁拿出一个用丝线和流苏系着的方木盒，小心翼翼地打开，从里面取出多年前丈夫送给她的那面镜子。

"在你小的时候，你父亲去了一趟都城，把这个宝贝当作礼物送给我。这叫镜子，我要把它传给你。在我离开人世后，你如果感到孤独，渴望见到我，只要拿出这面镜子，你就能在光滑的那一面看到我——这样，我们就能常常见面，你可以把心里事都告诉我。虽然我不能说话，但无论你将来遇到什么事，我都会理解你，支持你。"说着，这个垂死的女人把镜子递给了女儿。

这位慈母的心情似乎平静了下来，那天她没有再说一句话，她的灵魂静悄悄地离去了。

失去亲人的父女俩痛苦得要疯掉了，他们陷入极度的悲伤之中，既难以向这个占据着他们整个心灵的女人告别，也不想把她的身体交给冥途。但当这一阵呼天抢地的悲痛过去之后，他们又重新控制住了自己的心绪，对命运屈服了。尽管如此，女儿还是很痛苦，她对亡母的爱并没有随着时间的流逝而减弱。她的怀念是如此深沉，以至于日常生活中的每一件事，甚至是刮风下雨，都能让她想起离世的母亲。

有一天，父亲外出了，女儿一个人在做家务，她无法忍受孤独和悲伤，倒在母亲的房间里撕心裂肺地哭了起来。可怜的孩子，她只希望看一眼心念之人的脸。她突然坐起来，头脑中响起了母亲的临终遗言。

"啊！母亲把那面镜子作为遗物传给我时，告诉过我，无论我何时朝镜子里看，都能见到她。我差点儿忘了她的遗言——我真笨啊。我现在就把镜子拿来，看看是否真的如此！"

她赶紧擦干眼泪，走到壁橱前，取出装着镜子的木盒，拿起镜子，凝视着光洁的镜面，心怦怦直跳。看哪，母亲的话是真的！她在镜子里看到了母亲的脸！镜中的母亲让她回想起童年时那个年轻美丽的女人。她觉得镜中的那张脸就要开口说话了，那双眼正热切地望着她，她几乎听到母亲又在对她说，要她做一个好人，做一个孝顺女儿。

"我看到的肯定是母亲的灵魂。母亲知道如果没有她的陪伴，我会多么痛苦，她是来安慰我的。每当我渴望见到她时，她就会在这里与我相会。我对镜子真是感激不尽啊！"

从此，她心中的伤感大大减轻了。每天早晨，她都要拿出镜子来看，给自己鼓劲儿，好完成一天的工作；每天晚上，她也要拿出镜子来看，在躺下休息前得到安慰。天真的她以为镜子里的人是母亲的灵魂，殊不知那是她自己。她长得越来越像母亲，并且对所有人都温柔善良，对父亲也非常孝顺。

一年的服丧期就这样过去了，父亲在亲戚们的劝说下再婚，女儿意识到她即将要生活在继母的管教之下。她依旧每天思念着自己深爱的母亲，并努力成为母亲希望她成为的那种人，这使她变得逆来顺受。她决心要好好孝敬继母，守好做女儿的本分。在继母刚开始管事的一段时间里，家里看起来一切都很顺利，生活平静，没有什么不和谐的风浪，父亲对此感到心满意足。

然而，心胸狭窄的人是危险的，继母的心不像她微笑时那样善良。日子一天天过去，继母开始对这个失去母亲的姑娘刻薄起来，她想在父女之间横插一杠。

继母有时会找丈夫抱怨继女的行为，但丈夫不相信她的指控，反而更加关心女儿了。继母无法接受这一切，开始在心里盘算着用什么办法才能把继女赶出家门。她的心渐渐扭曲了。

继母开始像拿着放大镜般整日盯着继女。一天清晨，她偷偷溜进继女的房间，看到了一幕诡异的场景。她认为自己发现了继女的罪行，于是立刻转身去找丈夫，在他面前流下几滴假惺惺的眼泪，伤心地说："今日，请允许我离你而去吧。"

她的要求提得如此突然，丈夫完全被吓住了，不知道发生了什么事。

"你是不是觉得在家里住得不舒服？"丈夫问道，"住不下去了？"

"不！不是的！这与你无关——即使在梦中，我也从未想过要离开你。但是，我如果继续住在这里，就会有性命之忧，所以，让我回娘家是最好的选择！"

继母又哭了起来。丈夫看到她这般伤心，心里很难过，说："你的话是什么意思？你在这里有何性命之忧？"

"既然你问我，我就如实相告。你女儿不喜欢我做她的继母。有一段时间，她从早到晚把自己关在房间里，我路过时，发现她做了一个我的人偶，她每天都在诅咒我，想用巫术杀死我。事情就是这样，我待在这里已经很危险了。真的，我没胡说，我必须走了，我们不能再住在同一个屋檐下了。"

丈夫听了这番令人毛骨悚然的话，不相信温柔的女儿会做出如此恶毒的事。女儿是从哪儿学来这种恶毒的东西呢？这是不可能的。不过，他自己也注意到，女儿近来常常待在自己的房间里，不与任何人接触，即使有客人来访也不例外。他把这件事和妻子的惊慌联系在一起，认为这桩怪事的背后可能隐藏着什么。

他的内心在妻子和孩子之间摇摆不定，他不知道该怎么办。他决定立即去找女儿，设法查明真相。他安慰妻子，向她保证她的担心是毫无根据的，然后悄悄潜进女儿的房间。

在之前很长一段时间里，这个女孩过得并不快乐。她试着用友善顺从的态度来释放善意，让父亲新娶的妻子能放宽心。但她很快发现她的努力是徒劳的。继母从不相信她，似乎误解了她的一切行为。这个可怜的孩子也清楚地知道，继母经常对她的父亲说一些尖酸刻薄、子虚乌有的事。她不禁把自己当前的不幸处境与一年多前母亲在世时相比——在这么短的时间里她的生活竟发生了如此大的变化！不论是早晨还是晚上，她都沉湎在回忆里哭泣。只要一有机会，她就回到自己的房间，关上障子，取出镜子凝视"母亲"的脸。这是她在这些日子里唯一的慰藉。

父亲推开障子，看见女儿正聚精会神地伏在什么东西上。女儿转过头来，出乎意料地看到了父亲，因为父亲想要跟她说话的时候通常会派人来叫她。女儿为自己看镜子的事被人发现而局促不安，因为她从未把母亲的遗言告诉任何人，把它当作神圣的秘密保守着。于是她在转身面对父亲之前，把镜子藏进了长袖里。父亲注意到她的慌乱，意识到她在隐瞒什么，便厉声道："女儿，你在干什么？你的袖子里藏着什么？"

女儿被父亲的严厉态度吓坏了，他从来没有用这种语气跟她说过话。她由慌乱变得恐惧，脸色由绯红变得煞白。她默然坐在那里，满脸羞愧，无法回答。

这个年幼女孩的表现无疑是对她不利的。她一副心虚的样子，父亲以为妻子的话是真的，便生气地说："那么，你真的每天都在诅咒你的继母，让她死吗？你忘了我告诉过你的话吗？虽然她是你的继母，但你必须对她孝顺听话。是什么邪祟占据了你的心，使你如此恶毒？你的确变了，女儿！是什么让你如此不忠不孝？"

父亲斥责着女儿，他的眼中也充满了泪水。

女孩不明白父亲说的是什么意思，因为她从来没有听说过这种迷信的说法。但她明白自己必须答话，无论如何都要为自己洗脱罪名。她深爱着父亲，无法忍受他被愤怒冲昏头脑的模样。她把手放在他的膝盖上，不快地说："父亲！父亲！不要对我讲这种可怕的话。我还是您的孝顺孩子。真的，相信我。我无论多么糊涂，都不可能诅咒您身边的任何人，更不可能祈求您所爱的人去死。一定是有人在骗您，让您昏了头，或者是有恶灵侵占了您的心。至于我，我不知道您指责我的那件惨事，我连一丝一毫都不知道。"

但父亲记得他刚进屋时，女儿藏了什么东西，所以即便女儿这样诚恳的申辩也不能让他信服，他希望彻底消除疑虑。

"那你为什么这些天总是一个人待在房间里？你袖子里藏了什么？马上拿给我看。"

女儿虽然羞于承认她是多么思念母亲，但她明白，为了洗脱自己的冤屈，她必须把一切都告诉父亲。于是她把镜子从长袖里抽出来，放在他面前。

"这个，"她说，"就是您刚才瞧见的我在看的东西。"

"为什么？"他大吃一惊地说，"这不是我多年前去都城时买来送给你母亲的那面镜子吗？这么说你一直保存着它？你为什么要花那么多工夫看这面镜子？"

女儿把母亲的遗言告诉了父亲，并说母亲承诺过，每当自己照镜子的时候，她都会去看她的孩子。父亲还是难以理解，因为他不知道女儿在镜子里看到的是她自己的脸，而不是她母亲的脸。

"你说的是什么意思？"他问道，"我不明白你怎么能从这面镜子里看到你已经成佛的母亲的灵魂？"

"这千真万确，"女孩说，"如果您不相信我的话，您就自己看吧。"于是她把镜子拿到面前。从光滑的金属圆盘中反照出来的，是她自己可爱的脸庞。她严肃地指着镜子里的自己，抬头望着父亲的脸，认真地问："您还怀疑我吗？"

父亲恍然大悟地惊叹了一声，使劲拍了拍双手。

"我真笨！我终于明白了。你的脸和你母亲的脸很像，就如同一个西瓜的两面——所以你看到的其实是自己的脸，你还以为是在和你成佛的母亲面对面！你真是个忠实的孩子。这说明你的孝心有多深，你的心有多么纯真。你对母亲的思念让你的性格变得和她一样纯真善良。她真聪明，竟然告诉你这么做。女儿，我敬佩你。一想到有那么一瞬间，我相信了你那多疑的继母编的故事，怀疑你变坏了，并打算严厉地责骂你，我就感到羞愧无比。我在你面前丢尽了脸，请你原谅我。"

　　说到这里，父亲哭了起来。他想到她所遭受的一切，这个可怜的女孩一定很孤独。在这种困境下，女儿仍然坚守着她的信仰，以极大的耐心和友善来独自承受所有的烦恼。这让父亲愿意把她比作出淤泥而不染的莲花。

　　继母急于知道事情怎么样了，一直站在房间外。她非常好奇，于是推了推障子，看到了眼前发生的一切。她突然走进房间，跪倒在地，在继女身前低下头，伸出双手。

　　"我真是太惭愧了！"她断断续续地喊道，"我不知道你是这么孝顺的孩子。我一直不喜欢你，但这不是你的错，而是我的忌妒心作祟。我很讨厌你，所以自然而然地以为你会有同样的感受。因此，当我发现你总是待在自己的房间时，我就偷偷跟着你，然后发现你每天都会长时间地凝视镜子。于是我断定你出于报复心理，想用巫术夺走我的性命。唉！只要我还活着，我就永远不会忘记我曾冤枉了你，让你父亲怀疑你。从今天起，我要抛弃我那颗腐朽罪恶的心，换上一颗全新的、纯洁的、时时忏悔的心。我要把你看作我的亲生女儿。我将全心全意地爱你、珍惜你，并以此来弥补我给你带来的所有不幸。所以，请让之前的所有事情都随风而去吧，我请求你，把你一直以来对你成佛的母亲的爱分我一些吧。"

　　继母谦卑地恳请得到她曾经伤害过的女孩的原谅。

　　女孩的性格是那么温柔，她欣然原谅了继母。从此以后，继母对她没有丝毫怨恨了。父亲从他妻子的脸上看出，她真的为过去所做之事感到难过，看到可怕的误会已经解开，他感到非常欣慰。

　　从此，他们三人像水中的鱼儿一样幸福地生活，家里再也没有类似的烦恼了。女孩渐渐忘记了那些不幸，沉浸在继母对她的爱和关怀中。她的忍耐和善良终于得到了回报。

孝女白菊

孝女白菊

七

既然一家人奇迹般地重逢了，那就没有什么能把他们分开。

在九州阿苏山[1]脚下一个偏远的村庄里，钟声正从寺院缓缓响起。此时是秋天，暮色来得很快。在这片孤寂之地和渐渐深沉的黄昏中，那庄严的音乐在山峦间回响，似乎给尘世万物敲响了丧钟。

离寺院不远处有一栋小屋，门口站着一个少女，正焦急地等着父亲回家。她不时擦去眼角的泪水，神情中流露出极大的悲伤。她只有十五岁，年轻而苗条的身影站在那里，看起来就像春雨中绽放的樱花。

几天前，父亲出去打猎后就一直没有回来。从那以后，她就没有听到过父亲的任何消息。她和父亲是彼此的全部。母亲已经去世。哥哥对她来说只是一个名字，她已不记得他了。在她还小的时候，哥哥就离家出走了，没有人知道他后来怎么样。

---

1 阿苏山，位于日本九州中央、熊本县阿苏地方的火山群，最高峰海拔1592米。

白菊——这位少女的名字——内心充满了悲伤和不祥的预感。她盼着父亲回来，心绪被万物牵动——树上飘落的叶子、枝头叹息的风儿、竹筒从山涧引入小屋的流水……这些声音不时在她耳边响起，她多么希望能从中听到父亲回家的脚步。但时间一分一秒过去，父亲仍然没有回来。

山雾腾起，乌云开始聚拢，草地上的虫儿窸窸窣窣地鸣叫，刚刚落下的雨轻拍着宽阔的芭蕉叶，更添了一层寂寥。

最后，夜幕降临，可怕的沉寂让白菊感到压抑。她再也忍不住了，决定去找父亲。

白菊从竹扉跑出去，回头看了一眼那依偎在松树下的小屋，这场景真叫人心酸。然后，她毅然转身朝深山进发。她头戴一个大蘑菇状的斗笠，拄着手杖，沿着荆棘丛生的小路，向消失在漆黑夜色中的高山走去。

雨越下越大，白菊踉跄地走在陡峭的山路上，不时拧拧已被雨水和泪水打湿的衣袖。三天前看到父亲从这条路进山的她，此时满心想的都是找到父亲，都没有注意到暴雨要停了。突然间雨停云散，皎洁的月光照耀着大山。天气的变化终于引起了少女的注意，她环顾四周，发现这条小路延伸到山谷里。她如释重负地舒了口气，脚步又快了几分。

走了大约一个时辰，她看见前方不远处有一束黄光透过黑暗传来。那里是一户人家吗？能打听到父亲的消息吗？希望出现了，她匆匆向亮光处走去。

她很快来到一座被层层松树和柳杉遮蔽的古寺前，里面传来诵经声。是谁在深夜这么偏僻的地方做功课呢？

白菊走进寺门，月光下的一切清晰可见，整个寺庙显得破败不堪，许多地方的篱笆都倒下了。庭园里，石板路的间隙中长满杂草，连支撑寺门的柱子也在风中摇晃。

白菊走到玄关，敲了几下沉重的木门，叫了几声，才听见里面有动静。有人低声应了一句，雨户被推开，一位年轻僧人出现了。僧人的目光落在少女身上，吃了一惊，他默默地注视着她，好像是在猜她是谁，为什么要来这里。

白菊见僧人在端详自己，便用甜美的声音低声说："我在找我的父亲，他几天前出来打猎，一直没有回家。实在很抱歉深夜打扰，您能否告诉我，在过去两三天里，有没有人来寺里休息或用膳？"

白菊的声音那么轻，目光又那么温柔，年轻僧人立刻放心了。她写在脸上的痛苦引起了僧人同情。僧人再看向她的时候，发现她像花一样美丽，皮肤像雪一样白，被暴雨打乱的黑发像柔美的柳条一样垂在肩头。僧人觉得她一定不是凡间之女，而是一位天人。僧人请她进门，说："告诉我你是谁，从哪里来，为何要在下着暴雨的夜晚出来。如果你愿意讲述你的故事，我会听的。"

寺院周围又刮起一阵风，在这座古刹的墙缝里打着呼哨，庭园里传来猫头鹰的哀鸣。荒凉的景色深深触动了白菊悲伤的心，她哭了起来。过了一会儿，她的情绪平缓下来，擦了擦眼睛抽泣道："我是熊本城[2]某位武士的女儿。我们家曾经过着富足兴旺的日子，我们生活幸福，不知道有什么可牵挂或悲伤的。可是当西乡叛乱[3]爆发后，一切都改变了：我们家周围的草地上沾满鲜血，甚至连风中都有血的味道，很多人家背井离乡、骨肉分离，到处都能听见父母寻找失踪孩子的哭声，以及孩子呼唤父母的哭声。看到这些情景，我心中的情感是无法用语言来表达的。我父亲也参战了，母亲和我一

2　熊本城，位于今日本九州岛中部熊本市中央区，始建于 1607 年，是日本三大名城之一。

3　西乡叛乱，即萨摩藩武士西乡隆盛（1828—1877）在熊本等地发起的士族叛乱，时间为 1877 年 2 月至 10 月，是日本历史上最后一场内战，史称"西南战争"。

起逃到阿苏山。她在那里的寺院附近找到一处小屋，我们依靠她带出来的钱，还可以勉强生活。

"后来我们被告知父亲加入了叛军，这让我们大为惊骇，哭得连擦眼泪的衣袖都干不了。早晨、中午、夜晚，我们日复一日地等待着，希望父亲回来——夏天就这样过去，秋天来了，大雁成群地向南飞，但仍然没有父亲的消息。母亲因悲伤和焦虑日渐憔悴，最后离世了。那时就只剩下我孤身一人了。我觉得这好像一场噩梦。每当想起那段日子，我的心就会被悲伤刺痛。之后的日子，我是在为自己的不幸哭泣和为自己的命运哀叹中度过的。如果不是村里邻居们的善心，我早就活不下去了。

"去年春天，父亲回来并找到我。我告诉他母亲的死讯。从那以后，他便陷入了无尽的悲伤中。我试图安慰他，告诉他死亡是所有凡人的命运，可这并没有让他得到安慰，我们就这样悲伤地熬着日子。前几天他外出打猎，从此再也没有回来。我又变成孤身一人了，我再也忍受不了这种孤独，所以今天晚上进山找他，才来到这么远的地方。

"我们家姓本田，我叫白菊，父亲叫昭利，母亲叫竹。我还有个叫昭英的哥哥，可我几乎记不起他的模样了。在我还小的时候，他就因为做了坏事害怕父亲生气而离家出走了。虽然他离开了我们，但我和母亲从没有忘记他。在早晨下雨的时候，在冬夜寒风吹过的时候，我们都盼着他能回到家中。可是从那天到现在，我们没有听到关于他的任何消息，也不知道他怎么样了。母亲和我讲过很多关于哥哥的事，她坚信总有一天我们会再见的，哥哥会尽到他作为儿子的责任，使我们家回到从前富足幸福的日子。这是母亲的遗愿。"

当白菊要继续讲述她的故事时，那个专心倾听的年轻僧人脸色突然变了，泪水从他眼中滑落。过了一会儿，他对白菊说："可怜啊，可怜的姑娘！你的经历真是悲惨，我为你感到难过。今晚你不能继续往前走了，在这里休息吧，明天早上再赶路！"

僧人说话时，白菊觉得他的声音很熟悉，虽然印象中他们从未见过，但不知为何，她觉得他并不陌生。僧人随后去给白菊拿来晚餐和被褥，他是那么善良、温柔而富有同情心。被童年的回忆搅动着心绪的白菊想起了离家出走的哥哥——如果他回来的话，岁数和这个年轻的僧人差不多，而且肯定会好心对待任何一位处于困境中的人。她很高兴能找到过夜的地方。她多次向僧人表示感谢，并为给他带来的麻烦致歉。

僧人向白菊道了声"晚安"便离开了。白菊跪在房间里的佛龛前祈祷，阿弥陀佛和观音菩萨在莲花和梵香之上安详地俯视众生。只有借助众神的慈悲，她才有希望找到父亲；只有借助众神的帮助，她失散已久的哥哥才能回到年复一年等待他的家人身边。跪在地上虔诚祈祷了好一会儿，悲伤又疲劳的她再也撑不住了，躺在地上睡着了。在夜晚最寂静的时刻，白菊看见父亲走进房间，靠近她的枕头。他眼里噙满泪水，用悲伤的语气说："白菊，爹从悬崖上掉了下去，现在在一个几百尺深的谷底。这里荆棘丛生，竹草茂密，我找不到出去的路。我可能活不到明天，这是我在人世间最后一次来看你了。"

白菊一边伸出手想抓住他的衣袖，一边喊着"爹爹"，但刚喊出来，她便醒了。

白菊一下子坐起来，期待能看到父亲，但房间里除了夜灯在微弱地闪烁，什么动静也没有。正当她还在琢磨这景象究竟是梦还是现实时，天空开始破晓，寺院中响起了木鱼声。

日出后不久，白菊便起了床，吃完只有米饭和味噌汤的简单早餐，迅速离开了寺院。她没有再去见那位好心的僧人，尽管对方曾说会尽其所能帮助她。因为她记得僧人昨晚羞怯的样子,认为他很可能学习的是禁止与世俗交往的教派,所以为自己打搅了他的修行而感到抱歉。

对白菊来说,那个梦如此真实,她仿佛听到了父亲的呼救,于是她再次下定决心要尽快找到他。远处树林里传来狐狸的叫声,她走过芒草丛生的小路,脚下沙沙作响。寒冷的晨风穿透她的身子,让她瑟瑟发抖。她沿着崎岖的山路向前走,惊恐的野兽仓皇逃进树林,鸟儿在头顶的树枝上唱着歌。

终于,白菊到达了山顶,那里云雾缭绕,让她觉得自己似乎会被流云卷走。山实在太陡了,她坐在一块石头上先缓了会儿力气。不久云开雾散,她站起来环顾四周,希望能找到父亲的踪迹,然而目光所及,只有蓝天下绵延起伏的群山。

突然,一阵响动从白菊身后的灌木丛里传来,她吓了一跳,还没来得及逃跑,一群山贼就冲过来抓住了她,把她捆得死死的。她大声呼救,但回应的只有山谷的回声。山贼们把她掳到山下,赶着她走了一整天,直到来到一处外形奇怪的屋子前。

屋子看起来没人打理,墙上长满青苔,竹扉紧紧关着,一点儿阳光也照不进去。

当山贼们靠近屋子时,一个头目样子的人走出来,他一看见白菊,就不怀好意地笑道:“你们这次可真给我带回来好货了!”

山贼解开白菊的手,把她带进屋子,然后走入一个备好晚餐——米饭、鱼和大量的酒的房间。白菊觉得他们就是一群魔鬼。头目递给她一些食物,逼着她吃。白菊走了很长一段路,现在饿极了,尽管她既害怕又焦虑,但还是吃下了食物。

等她吃完饭后,头目扭头对她说:“你被我的手下抓到这里,一定是命运的安排。你要把我看作丈夫,终身侍奉我。

我有一把好琴，一直小心保管着，你必须经常在我面前弹琴唱歌来取悦我，因为我喜欢音乐。如果你拒绝服从，我就会让你的日子过得像爬剑山、穿针林一样难。"

白菊宁死也不愿嫁给这个人，但她无法拒绝。在头目的命令下，一个山贼把琴拿来放在白菊面前，她开始抚动琴弦，眼泪夺眶而出。琴声是那么悦耳，连心狠手辣的山贼也被打动了，甚至还有一两个人窃窃私语说，她的命运太悲惨了，希望能想办法救她。

一位年轻人站在屋外的树影中，看着发生的一切，听着琴声和歌曲。从歌声中，他知道少女就是自己要找的人。琴声一停止，他就冲进屋中疯狂攻击山贼。愤怒的他展开凌厉的攻势，山贼们被吓得无力抵抗。片刻间头目就被杀掉了，另有两个山贼躺在席子上不省人事，其余的都逃走了。

然后，那个穿着黑色僧衣的年轻人拉着白菊发抖的手，把她带到月光洒下的窗前。白菊感激地望着救命恩人，惊讶地发现他正是昨晚在寺庙接待自己的年轻僧人。

"别害怕！"僧人平静地安慰道，"我不是旁人，正是你的哥哥昭英。我现在要告诉你我的故事。你不记得了，因为在你还是三岁小孩的时候，我就因为办坏事惹恼父亲，从家里逃往京都。我在筑紫港[4]登上一艘小船，在波涛汹涌的大海上航行几天之后，由须磨[5]、明石[6]绕过淡路岛[7]，抵达了武库浦[8]，之后开始徒步。那时已是晚春，樱花正在凋谢，地上铺满了粉红的花瓣。但我的心里没有春天的喜悦，想到父母的

---

4 筑紫港，位于今日本福冈县西部。

5 须磨，今日本兵库县神户市西部的须磨区。

6 明石，今日本兵库县南部濒临明石海峡的明石市。

7 淡路岛，日本濑户内海中最大的岛屿。

8 武库浦，流经今日本兵库县西宫市与尼崎市边界的武库川河口附近的海岸。

恼怒和我迈出的可怕一步，我的心情就沉重起来。

"刚到京都，我就拜一位僧人为师，开始刻苦学习，因为我开始后悔曾经游手好闲。在师父的教导下，我的心被感化了。我想起父母对我的爱，并对过去做的事感到后悔，整日以泪洗面。几年过去，我的思乡之痛愈加强烈，最终决定回家请求父母原谅。我希望能在父母年老时伺候他们，弥补过去的错误。然而新的难以克服的困难出现了——战争爆发了。这个国家变得面目全非，城市变成荒野，道路上长满又高又密的杂草。回到家乡之后，我既找不到咱家老宅，也找不到任何一个知晓你们行踪的人。对我来说活下去已成为一件难事。你可以想象我当时的感受，但我讲不出来。所以，当时孤苦无依的我决定离开尘世，出家为僧。

"四处漂泊之后，我在你找到我的那座古寺住了下来。但即便是诵经念佛也消不去我的懊悔。你和父母的去向一直萦绕在我的心头。你们是生是死？我还能再见到你们吗？这些问题一直折磨着我。每天早晚，我都会在佛龛前，就是你昨晚睡觉的房间里祈祷——祈祷我能得到你们所有人的消息。感谢大慈大悲的佛祖！当你昨晚告诉我自我离家出走后发生的一切时，我内心悲喜交加。我当时就想向你坦白，但我太羞愧了。然而对我来说，隐藏秘密比说出它要难得多，因为我是全心全意地想要告诉你。

"今天早晨，当我走进你睡觉的房间，发现你已经离去，就赶紧找到你跟在你身后，生怕你落入那些山贼手中。所以当你被山贼掳去后，我才能及时救下你。你不知道能救出你我有多么高兴，但是，唉！因为过去的回忆，我无颜见父亲。如果我能尽到做儿子的责任，如果我没有作孽地离家出走，那么母亲和你就不会遭受如此大的痛苦！我真是罪不可赦！"说着，昭英拔出一把短刀想要自杀。

看到昭英要自行短见，白菊大叫一声，用尽全力抓住他的手，阻止这可怕的行为。白菊用轻柔的话语安慰他，告诉他父亲已经消气了，每天都盼着他回来；等到父亲年老时，与他这个长子所带来的幸福和安慰相比，年少时的过错根本不值一提。白菊请求昭英记住母亲的遗愿，在父母去世后，他能重修老宅，并在神棚前继续祭奠先祖。听完这些话，昭英打消了寻死的念头。月光下的宁静给兄妹俩的内心带来慰藉。当他们互道晚安时，四周一片寂静，只听见远方的雁鸣。

第二天一大早，兄妹俩手牵手离开了屋子。没走多远，他们就听到身后传来追赶的脚步声，回头一看，只见昨晚逃走的那两三个山贼追了上来。昭英嘱咐妹妹赶紧逃命，他则留在后面阻拦山贼，为她争取逃脱的时间。

白菊在树木的掩护下逃出树林。她跑啊跑，来到了一处安全之地。但她一想到落在后面的哥哥，心就害怕得狂跳，她不知道哥哥怎么样了，是击败了山贼，还是被他们杀死了？她找到了哥哥，却以这种悲惨的方式再次与他分开。她不敢往回走，但又急于想知道哥哥的下落，于是爬上最近的山顶，想看看能否找到他，可是只有满目的丘陵和松林。

白菊朝附近看了看，发现不远处有一间小神社。这两天来所发生的一切让她心惊胆战，她挪着步子向神社走去，然后跪下虔诚地祈求神明相助，保佑哥哥和父亲的平安。

一位正在树林里割草的老人看见了哭泣的白菊，很可怜这名少女，于是走到白菊跟前，问她发生了什么事。听过白菊的悲惨遭遇后，老人把她带回家，并说会好好照顾她。

此时已是秋末，松针铺满地面，农舍周围的菊花正在凋谢，草丛里传来微弱而清脆的虫鸣。

白菊在这个荒僻之地过着平静的生活。老人和他的老伴膝下无子，他们像对待女儿一样对待白菊，她在老夫妇眼中是那么亲切，那么有耐心，那么乐于助人。老夫妇对白菊说，希望她能陪他们安度晚年。白菊竭尽所能来回报老夫妇对自己的恩情，但始终没有停止对父兄的思念，并期盼着再次团聚的时刻。尽管遇到了种种挫折，她依然怀抱希望。她不时恳求老人让她去寻找家人，但老人从未准许，说让一个没有保护的女孩在山里游荡太危险了，肯定会再次落入山贼之手，等待父兄来找自己，要比去找不知在何处的他们明智得多。对老人尊崇有加的白菊听从了这番话，开始耐心等待，每天起床后都盼望父兄能在天黑之前找到她。

就这样过了三年平静日子，白菊一天比一天漂亮，成了一名焕发着青春魅力的女子。那寒酸的棉袍——老人能给她的唯一东西——根本遮盖不住她的魅力。她就像在一片野花群中绽放的美丽菊花。

没过多久，白菊就成了当地公认的美人。一个春日，村长向她求婚，老人考虑到他的地位，立刻同意了。

然而当老人告知白菊这门婚事时，她沮丧极了，哭着恳求他为自己找个借口婉拒对方。白菊告诉老人，她在找到父亲之前是不会考虑嫁人的。但老人没有听进这话，反而劝白菊说，如今安顿下来的日子才是最好的。

当晚，白菊躺下休息时，用衣袖蒙住脸痛哭了很久。

"我如何能接受这样的安排？"她抽泣着对自己说，"不，现在的我比以往任何时候都更清楚地记得母亲的遗言：'白菊，你并非我的亲生女儿。多年前的一天，我去寺院参拜，回家时穿过一片田野，看见一个婴儿在白菊丛中哭泣。谁会如此狠心地把这么可爱的孩子抛弃？这里面一定有什么缘由！我把婴儿抱回家当作自己的孩子抚养。那个婴儿就是你。为了祝福你，我给你起名白菊，因为我是在一簇白菊铺成的小床上发现你的。我死之前，还必须告诉你一件事——这世界上有一个人，你必须把他看作兄长和丈夫，他不是别人，正是我们那个离家出走的儿子。自从他走后，我们就没听到过他的消息，但我相信他如果还活着，会回到家人身边的。你爹和我——你的养父母——一直想要你嫁给他。我的遗愿就是你能拒绝所有男人，等待着和我们的儿子结婚，因为我相信他总有一天会回来的。然后你们会一起在老宅过着幸福的生活，为我们离世的灵魂祈祷。'母亲的话还在耳边回响，我听得比以前更清楚了。我欠母亲一条命，怎么能违抗她的遗愿呢？可是，我该怎么拒绝老人的要求呢？这三年来，他一直像父亲一样照顾我。我该怎么办？唉！该怎么办？"

老人日复一日地劝说白菊接受这门婚事，而白菊也在日复一日的等待中回绝他。最后，她发现自己既不愿违背母亲的遗愿而背上不孝之名，也无法实现老人的心愿，于是决定以死来结束这场内心争斗。

这时，求婚者的媒人给白菊送来了彩礼——一卷做衣带的金襕[9]，一卷做衣服的锦缎。老夫妇为白菊的好福气感到高兴，认为事情已经解决了。邻居们都来祝贺他们，并顺带看一眼村长相中的新娘。

然而白菊已经下定决心，当晚就在秋雨中偷偷溜出老人的小屋。她多次惆怅地回望这个长期以来为自己提供食物和庇护的地方，但她没有办法，因为她无法违背母亲的遗愿。在被强加了这桩意想不到的婚姻后，过去十多天的经历已经让她疲惫不堪，失去了再寻父兄的动力，但她宁死也不愿违背养母的遗愿嫁给一个陌生人。

夜色漆黑，天空中乌云密布。白菊走在空荡荡的小路上。她穿过一片寂静的稻田，一直跑进幽暗的松林中，想找一个

9　金襕，金线织花的锦缎。

了结自己生命的地方。

终于，耳边传来滚滚水声，她知道自己来到了河边。在她听来，松林间飒飒的风声仿佛是有人在追逐自己。她停下来环顾四周，但没有看到任何人。走进树丛中后，通向河边的小路变得更加崎岖，但白菊要走到河边的决心始终没有动摇。终于，她看到了如一条白练般在夜色中闪闪发光的河流。

"我就要离开这个世界了。"白菊哭泣道，"可是，唉！父亲和哥哥听到我的死讯会多么难过啊。原谅我！啊，父亲！啊，哥哥！让我先走一步吧！我会在母亲身边等你们！"

白菊走到河岸边，口中念着"南无阿弥陀佛"准备跳进河里，突然发觉自己被人拽住了，一个熟悉的声音响起："等一下！告诉我你是谁，为什么要寻死。"

那人正是白菊的哥哥昭英。借着从云层中露出的月光，白菊抬头凝视着昭英，然后他俩紧紧搂住对方，哭了起来。

一阵笛声从附近的村子传来，打破了夜晚的寂静。他们看到雨停了，星星一颗接一颗地闪耀着。昭英领着白菊来到一块大石头前，他们坐在这里，把分别以后发生的一切告诉了对方。

正当他们彼此述说时，天亮了。他们一起欣赏旭日升起，看数以千万计的露珠在叶片上闪闪发光。

"我们去把发生的一切都告诉那对善良的老夫妇吧。"白菊含泪微笑道，"我必须向那位老人告别，我们必须向他道谢，因为我欠他一条命。"

昭英和白菊走回村子，立刻去老人那里把他们的故事告诉了他。白菊请求老人原谅自己没有遵照他的意愿与村长结婚。然后，昭英将母亲的遗愿告诉了老人。兄妹俩流着泪感谢老夫妇在白菊困难时的相助，这是他们永远不会忘记的。兄妹俩还郑重许诺将来一有机会就会来看望老夫妇。最后，兄妹俩在祝福声中与老夫妇告别了。

之后，昭英与白菊开始了一段愉快的返家之旅，他们白天翻山越岭，晚上在路过的农舍或小屋里过夜。

当他们到达阿苏山山脚下的谷中小屋时，已是五月初。杜鹃在歌唱，空气中弥漫着橘子花的芳香。尽管被遗弃多年，庭园中的草长得又高又密，屋顶上铺满青苔，但小屋仍然如白菊离开时那样安稳地矗立着。在这个春日清晨，和煦的阳光照耀着庭园，抚慰着他们年轻的灵魂。

白菊在竹扉前停留片刻，说："哥哥，这就是我们的家！"然后他们跑进庭园，迅速推开房子的木门，走了进去。他们是醒着还是在做梦？他们看到前来迎接的人竟是他们的父亲。他们沉默了片刻，激动的心情无法形容。

"父亲！父亲！"昭英与白菊一起喊道，"真的是您吗？您平安无事吗？"

"孩子们，我的孩子们！"父亲惊呼道，"我终于找到你们了吗？"

昭英跪在父亲面前，脸贴着地恳求父亲原谅他过去犯的错，并坦白了一切——他多么悔恨自己当初的冒失行为，如何努力地改过自新，花了多长时间寻找家人却徒劳无功。现在他唯一的心愿就是向父亲当面赔罪。

父亲面色凝重地听完这一大段悲伤的往事，而后原谅了儿子，告诉他不必再自责。在白菊讲完她的经历后，父亲对她的孝顺、勇气和耐心赞叹不已。既然一家人奇迹般地重逢了，那就没有什么能把他们分开。

就这样，这个小家庭又找回了失去的幸福。

一家人其乐融融地在一起吃晚餐，父亲将这三年来发生在他身上的一切告诉了兄妹俩：

"三年前我外出打猎时从悬崖上掉了下去，然后发现自己在一个百尺深的谷底，根本出不去，只能靠野果和溪水撑了几天。

"一天早晨，我偶然看到一群猴子爬上一根巨藤，像过桥一样横穿山谷。我也学着猴子的样子攀上巨藤，很快就脱离了困境，回到了山坡上。我急忙赶回家里，却发现白菊你已经不见了。你们可以想象我的痛苦。我向村里每一个人打听，可是没有一个人看见你是什么时候走的，也没有一个人能告诉我关于你的任何消息。我能做的只有一件事，那就是设法找到你。于是我走遍各国寻找你，但没有找到一点线索。最后我觉得没希望了，就放弃了寻找，昨天才回来。"

这个小家庭此时的欢乐无法用语言描述。这意想不到的重逢——他们灵魂深处的最大愿望——让他们无比幸福。他们屏住呼吸，默默感激着这场奇遇。此时此刻只有一件伤心事，那就是死去的母亲无法与他们一同欢聚。但母亲并没有被忘记——他们谈论她，想念她。白菊站起来，打开房间尽头壁橱里的小神龛，在母亲牌位前点上几炷香。白菊虽知道她并非自己的生母，却依旧思念她，因为她就是自己唯一的母亲。父亲、儿子和养女在小神龛前双手合十，低头祈祷。

白菊取出琴，调好音，唱起父亲爱听的歌。哥哥则迈着庄重的步子跳起传统舞蹈。父亲把他俩叫到身边，说希望他们成婚，就像母亲一直期待的那样。

父亲说他已经老了，不指望能活多久，只希望在临死前能看到儿子成家。

父亲决定为他们提前举行婚礼。昭英只是一个见习僧，结婚并不算违犯戒律，于是点头表示同意。白菊的脸红彤彤的，为实现母亲的遗愿而高兴。

太阳下山了，鹤在屋后的小山上鸣叫，一颗又一颗星在蓝宝石般柔和的暮色中出现。小屋里，三位漂泊者的心中充满了安宁与欢乐。

戴碗姑娘

鉢かづき姫

八

继母就对戴碗姑娘的怪模样感到震惊，她做梦也想不到世界上会有如此怪人。

很久很久以前，在日本河内国[1]交野郡附近，住着一位曾当过备中守[2]的富翁——藤原实高，据说他家里堆满了奇珍异宝。他还是一个博学之人，在很多方面颇有造诣。他一直过着奢侈安逸的日子，不知何谓"忧虑"与"贫乏"。

相较于财富，实高更珍爱他的女儿。她是他唯一的孩子。他和妻子怀着极大的爱与温柔把女儿抚养成人，就好像她是稀有的花朵或脆弱的蝴蝶。小女孩实在是太美了，人们看到她时，都会怀疑是不是天照大神以她的形象再临人间。

没有什么能破坏这个家庭的幸福和睦，直到女儿十五岁时，此前从未生过病的母亲突然病倒了。她起初只是略受风寒，但病情没有好转，反而越来越糟。母亲自觉即将走到人生终点，于是将女儿唤到枕旁，从榻边拿起一个大漆碗扣在

1　河内国，日本古代令制国之一，领域大约相当于现在大阪府的东部。

2　"备中"指日本古代令制国之一的备中国，领域大约为现在的冈山县西南部。"守"是由朝廷派遣的地方官。历史上并无名叫藤原实高的备中守。

她的头上，说：“可怜的孩子，我希望你一直戴着这个碗。在你对世界还一无所知的天真年纪，你就要失去母亲了。我打心底里心疼你，唉！如果你有十七八岁，我就可以安心死去。但你还这么小，我真舍不得走。你要努力做个好孩子，永远不要忘记娘。”

母亲的眼泪夺眶而出，泣不成声地抚摸着小女孩的手。

家里人想尽一切办法挽留她的生命，可大夫用尽手段也没能救回这位母亲。

失去亲人的实高父女承受着无法言说的悲痛，一段时间之后，家里的生活才渐渐恢复正常。父亲注意到女儿头上戴着一只垂得低低的碗，完全盖住了脸，便把她叫到自己身边，试图取下那难看的头饰，可是费了好大功夫也取不下来。他把所有家臣和仆人都叫来想办法，但没有人能取下那个碗，它牢牢地粘在女儿头上。全家上下没有人能弄明白这桩怪事。

此时的戴碗姑娘除了为失去母亲而悲伤，还为自己的境况感到苦恼。她不得不头戴丑陋的碗，用这种怪模样过一辈子。她不明白母亲为何要把碗扣到自己头上。如果没人能成功把碗取下，她得终身戴着它，那将多么痛苦。尽管如此，她也从未抱怨过母亲，在漫长的每一天里，她无时无刻不在思念母亲。每天早上，她一起床，就会把一小杯茶和一碗米饭放到母亲的牌位前，恭敬地上香，然后再跪下来为母亲的灵魂祈祷。

与此同时，亲戚们时常来劝实高续弦：“独身对你不好，该娶一个合适的女人帮你打理家务，照顾年幼的女儿了。她现在是最需要照顾的年纪。”

起初，实高不愿听他们的劝告，因为妻子的音容笑貌时常浮现在他眼前，他觉得哪怕是有续弦的念头，也是对爱妻的不忠。然而几个月过去，他发现自己被家务琐事弄得心烦意乱，常常感到不知所措，于是决定还是听从亲戚们的意见。

亲戚们的劝说终于起了作用，他们立马给实高安排了一位他们认为各方面都配得上他的贵妇。

他们咨询了占卜师，为婚礼选了一个良辰吉日。在两家人的祝贺声中，新妻被接到实高家中。唯有戴碗姑娘看到有人代替了母亲的位置，从心底里感到难受。但她不能反对父亲续弦，那是不孝的，所以她掩饰着心里的不愉快，微笑着接受了这一切。

初次相见时，继母就对戴碗姑娘的怪模样感到震惊，她做梦也想不到世界上会有如此怪人。从见到她的那一刻起，继母就心怀鄙视与憎恨。

一年之后，继母生下了一个女儿，她对戴碗姑娘的恨意随之越来越浓。她希望自己的女儿能独享实高的宠爱，为达成这极度自私的目的，她必须把戴碗姑娘赶出家门。于是，她决定先编造一些戴碗姑娘品行败坏的谣言，来离间他们父女的感情。

戴碗姑娘很快明白继母是讨厌她的。她知道家里已没有可以让她倾诉的人，向任何人抱怨继母的不好，都是不孝的。她遇到烦恼时该怎么办呢？除了自己的母亲，她还能找谁呢？所以她时不时就会到墓地去，跪在母亲坟前倾诉苦恼。

"母亲，为什么我要头戴这只丑碗活在世上？继母确实有理由讨厌我这样的孩子。她现在有了自己的女儿，就更想抛弃我了！曾经那么爱我的父亲，也会很快就把他所有的爱给新女儿，然后忘掉我！唉！唉！唯一让我不必担心被人讨厌的地方，就是母亲您的身边。坐在极乐世界莲叶之上的母亲，请您也带我同去吧。啊！这样我就可以逃离这个悲伤世界，踏上佛国净土！"

尽管戴碗姑娘眼含泪水，在绝望中发自肺腑地恳切祈祷，但母女俩已阴阳相隔，她收不到任何回答。只有风过松林的叹息声回应着跪在坟墓前的小姑娘。回家之时，她想到自己已把一切告诉了母亲，心中也得到了些安慰。

继母得知戴碗姑娘经常去墓地后，非但没有同情这个失去母亲的女孩，反而借此机会向丈夫诋毁她。

"我听说那个戴碗姑娘因为忌妒，时常到她母亲坟前诅咒我和我的孩子！你作何感想？她是不是一肚子坏水？"

戴碗姑娘一天天从家里走到墓地，继母也一天天在丈夫身边假装担惊受怕。她心里很清楚，是对爱的渴望把不幸的继女推向了生母的坟墓。最后，继母向丈夫说她害怕戴碗姑娘的诅咒会降临到她和她的孩子身上，她无法和继女继续生活在同一个屋檐下了。

向来不怎么听妻子闲言碎语的实高，此时终于被她不住的纠缠说服，相信了她的话。实高把戴碗姑娘叫来，对她说："我听到了什么，不孝女？我早就看不惯你的丑模样了，但只要你表现好，我就能容忍。我听说你现在每天都会到母亲坟前诅咒继母和无辜的小妹。我是不可能让你这样身心俱丑的家伙继续待在家里了。从今以后，你爱去哪儿就去哪儿，但是不能再在这个家里待下去了！"

在实高恶狠狠地说出这番话时，继母就坐在他身后，嘲笑着可怜的戴碗姑娘，并为她的恶毒计划成功而沾沾自喜。

"戴碗姑娘要倒霉了！"

在实高的命令下，仆人们脱下戴碗姑娘的丝质长袍，给她换上乞丐们穿的寒酸布衣，把她赶到了外面的大街上。

面对突如其来的厄运，戴碗姑娘不知所措。

她觉得自己像一个误入陌生之地、迷失在黑夜里的流浪者。起初，她心烦意乱，只是呆呆地站在大街中央，不知道该往哪里走。但每一个从她身旁走过的人都会盯着她看，她很快意识到自己不能整日站在这里，便开始漫无目的地走动。

戴碗姑娘来到一条大河边。她站在岸边看着流水，不禁想到：与其忍受眼前艰辛的命运，不如让自己成为河床上的泥沙；与其像乞丐一样四处流浪讨饭吃，不如去和母亲团聚。她决定投河自尽。听着河水震耳欲聋的咆哮声，她犹豫了一会儿，却还是鼓起勇气，跳了下去。

说来也怪，那只一直被视为诅咒的碗，此时却成了救命的法宝——它让戴碗姑娘的头始终露在水面上，没有沉下去。当她顺流而下时，正巧有一艘渔船经过。渔夫看见一只大碗在水中漂着，就把它捞了起来。他发现碗下居然有一个人时，大吃一惊，以为是什么妖怪，就把她扔到了岸上。

可怜的戴碗姑娘被摔得昏了过去。醒来后，她为自己未能如愿死去感到遗憾。浑身湿透的她从地上爬起来，一副惨兮兮的模样。她继续走了一段路，发现自己来到了一座城镇。

这里的人一看见她，就对她指指点点，嘲笑她头上那只怪模怪样的碗。

"嘿！你们看见那个从山上下来的戴着碗的奇怪家伙了吗？瞧啊！"一些人走到她跟前，"真是怪事，一个妖怪竟长着这么漂亮的手脚。可惜啊，这家伙没能投生成女人！"

就在这时，当地国司[3]藤原山荫[4]打猎回家经过这里，看到人群聚集，便停下来询问。山荫顺着家臣们手指的方向看去，发现那怪人的脸虽然被碗遮得严严实实，但身材苗条、举止端庄，断定应是一个年轻女子，便下令把她带到自己面前。两三个家臣依他的命令，把不幸的戴碗姑娘带了过来。

3　国司，日本古代地方一级行政单位令制国的行政官僚，由朝廷派遣赴任，分为守、介、掾、目四等官。

4　藤原山荫（824—888），平安时代前期的公卿，官至从三位、中纳言，又被称为山荫三位中将。

"跟我说实话，"山荫对她说，"你是谁？什么来历？"

"我是一个名叫实高的人的女儿，我家在交野附近。这只碗是母亲临终前扣在我头上的，自她去世后就牢牢地粘在上面了，没有人能把它取下。我不得不一直戴着它，就像您现在看到的这样。我因为这副怪模样被赶出了家门。没人可怜我，我只能四处流浪，夜里不知该睡在哪里。"

"好了，好了！"善良的山荫说，"你真是太可怜了。我来帮你把碗取下来！"

说着，山荫命令家臣们取下姑娘头上的碗。大家都想让她从那讨厌的碗下解脱，可是碗依旧牢牢粘在她头上，所有尝试都是白费力气。当家臣们用力拽碗时，姑娘大声哭喊、呻吟起来。大家都被这无法解释的怪事弄得目瞪口呆，最后都笑起来。

山荫看没能帮到戴碗姑娘，又问："那你今晚打算在哪儿过夜？"

"我无处可去，"戴碗姑娘伤心地答道，"不知道今晚该在哪儿过夜。世上没人可怜我，因为头上的碗，看见我的人不是嘲笑我就是被吓得逃开。"

山荫心里充满怜悯，心想：把这个怪家伙领回府，会给我带来好运吧！然后他转向戴碗姑娘说："那就去我府中暂住吧。"

于是山荫便把戴碗姑娘交给了家臣，让他们带她回府。

把戴碗姑娘领回府很容易，但给她安排活计时却犯了难。山荫夫人反对她做侍女，说谁也不能忍受这么一个怪家伙伴随在身边。最后，家臣们把她带到浴室，让她去打水和烧火，这就是她的工作。

戴碗姑娘生来就没干过这种活儿，因此吃了不少苦头。但她逆来顺受，努力把这些苦差事做得无可挑剔。

然而戴碗姑娘未能改变她的悲苦命运。虽然她在山荫府中得到了安稳的住所，但来府中办差的粗鄙的捕吏们会取笑她，有些人甚至想从碗口朝里看一眼那张美丽的脸。她在白天受到这样的骚扰，到了晚上，家臣们则用专横的命令让她不得休息——"倒热水！""倒凉水！""把浴室准备好！"……

　　这个可怜姑娘默默忍受着粗鲁的役使，但在干活儿时，她还是会情不自禁地想起母亲在世时自己快乐的童年时光，想起在家里享受的尊宠地位。她在端着热水或是给浴室生火时，便假装那些因悲伤而流下的眼泪是被水汽或烟熏出来的。夜晚爬上床哭泣时，她觉得这些天的经历一定是一场噩梦。

　　山荫有四个儿子，年长的三个都娶了当地国司的女儿，只有曾在京都的花花世界生活过一段时间、如今回到府中的四子宰相[5]尚未成婚。

　　只要在去洗澡时看到戴碗姑娘，善良的宰相便会被她那不幸的样貌、谦恭的举止以及麻利的动作所触动。

　　宰相在和戴碗姑娘交谈时，惊奇地发现她并非一般仆人——她言谈文雅，虽然年轻却读过很多诗文，能机智地答出一个文学典故并切中要点。几次交谈之后，戴碗姑娘把她的悲惨经历告诉了宰相。虽然她没有将自己的出身如实相告，但宰相已猜出她来自某个显赫的家庭。从那时起，他就经常去找戴碗姑娘，并渐渐发现和她偷偷聊天已成了一天当中的主要乐趣。

　　一天，宰相偷偷朝碗里看了一眼，便疯狂地爱上了戴碗姑娘，下定决心要娶她为妻。

　　山荫夫人很快听说了宰相与戴碗姑娘之间的情愫，在得知宰相想要娶戴碗姑娘后，便告诉他不要胡思乱想。起初，

5　在这个故事中，四子名叫"宰相殿御曹司"，并非指他身为宰相。"宰相殿"即宰相大人，"御曹司"指公卿贵族子弟。

她以为宰相对此事并非当真，但当她派人叫来宰相，郑重地问他传言是否属实时，宰相回答说："我真的很想娶戴碗姑娘为妻！"

宰相坚决的态度让山荫夫人非常生气。他怎么会爱上一个头上戴着碗的姑娘呢？谁听过如此荒唐的胡话？

山荫夫人又叫来宰相的乳母，试图和她一起劝他打消这个荒唐的念头。

宰相不得不听她们唠叨，但没有回话，因为他既不肯答应，也无法拒绝。他知道，如果他坚决说不，那必然会掀起一场反对风暴，谁也不知道会招致什么后果。山荫夫人很快发现宰相根本不听劝，便开始迁怒于戴碗姑娘，并下定决心要在丈夫知道此事前把她从府中赶出去。

宰相听完母亲的话，回应说，如果把戴碗姑娘赶走，他就跟着一起走。我们可以猜到山荫夫人的内心有多么难受，她处处受挫。最后，山荫夫人竟说戴碗姑娘是一个邪恶的魔女，她向宰相施了魔咒，不将其害死就不会离开。

山荫夫人决定，不管用什么手段，她都要把二人拆散。她想了很久终于想出一个计策，并自信可以让那个讨厌的姑娘不再留在府中。她把这个计划称为"儿媳评比"——在府中举办一次所有亲戚都参加的亲族聚会，并叫来三位儿媳，让她们在所有人面前与宰相中意的戴碗姑娘进行比较。如果戴碗姑娘有一丝自尊，她就会因自己的怪模样和穷出身而羞于露面，主动逃出府以免遭羞辱。多完美的计划啊！为什么之前从没想到呢？

于是，山荫夫人急忙派信使到所有亲戚那里，请他们出席"儿媳评比"仪式以及之后的宴会。

宰相听说此事后非常不安，他知道这意味着什么——母亲打算让他心爱的姑娘和三位富裕美丽的嫂子比较，以此将她从府中赶走。怎么办？他该如何帮助可怜的戴碗姑娘？

看到愁眉苦脸的宰相，戴碗姑娘感到难过，便把责任归到自己身上：“很抱歉我没能给你带来快乐，都是因为我才让你平添这些烦恼。我的命好苦啊！我还是就此离开为好。”

宰相立刻回应说：“我决不会让你一个人走。如果你要走，我会和你一起走。”

举行“儿媳评比”的日子终于来了。宰相和不幸的戴碗姑娘在天亮前就早早起床，挽着对方的手离开屋子。

尽管宰相深爱着戴碗姑娘，也决心不惜一切代价娶她为妻，但一想到要这样离开父母，他还是非常难过。他对自己说，父母永远不会原谅他的固执，很可能会拒绝再见他，所以这一走可能就是永别。他每走一步，就觉得自己的心在抽搐一下。他和戴碗姑娘手挽手慢慢走出庭园，然而他们刚把脚迈出门，姑娘头上的那只碗就“砰”的一声裂成碎片，掉在地上。

这对他俩来说真是天降喜事！宰相惊讶得说不出话来。他第一次直视戴碗姑娘的脸，她竟美得如此耀眼，只能将她比作十五夜里的满月。面对这意外的解脱，这对年轻恋人高兴得说不出话来，互相凝视着。

我们终于知道母亲为什么要用那令人讨厌的碗盖住女儿的头了。母亲担心没有自己的照顾，女儿的美貌会给她带来危险，于是就用这种方法藏起她的容貌。母亲的强烈愿望带来不可思议的力量，因此所有试图把碗取下来的努力都是徒劳的，直到戴碗姑娘不再需要它的那一刻。

这对恋人弯腰去捡碎碗，却惊奇地发现地上到处都是财宝——金簪、银杯、宝石、金币、一套十二单[6]嫁衣，以及一件用鲜红织锦做成的褶裙。

6　十二单，正式名称为五衣唐衣裳，一般由五到十二件衣服组合而成，是日本公家女性传统服饰中最正式的一种。

"哎呀，这些一定是母亲为我准备的嫁妆。果然，母亲对女儿的爱是超越一切的！"戴碗姑娘说完，激动得哭了。

宰相告诉她，现在没有必要离开了。她不仅是有着华贵嫁妆的新娘，而且脸也不再被那讨厌的大碗遮着，她是那么美丽，即便是国主也会以娶她为傲。她不必再害怕出席即将到来的仪式和宴会。于是，二人转身回去，急匆匆地为戴碗姑娘的"儿媳评比"做准备。

天一亮，客厅里就热闹起来，仆人们忙里忙外地迎接和侍候着已经到来的亲戚们——他们的喃喃细语声就像浪花拍打着遥远的海岸，所有谈话的话题都围绕着可怜的戴碗姑娘。每一位来宾都被仆人们告知，她正在自己的房间里为宴会做准备。他们都为戴碗姑娘竟没有羞愧地逃走感到奇怪。

"儿媳评比"仪式终于开始了，所有家庭成员和亲戚都在这个三十叠[7]大客厅的上首就座。

首先进来的是雍容华贵的长媳妇。她二十二岁，穿着一套与秋天非常搭配的鲜艳衣服，猩红的褶裙拖在身后奶油色的席子上。她这一身装束的确很漂亮！她送给公婆带来了礼物——放在精美漆盘上的十匹华丽丝绸和两套十二单小袖[8]。

接着是二媳妇。她年方二十，美艳动人，身材苗条，长着一张白皙的鹅蛋脸。她身穿一套厚重的丝绸衣服，外披一件飘逸的金线织花锦袍，褶裙上绣满深红色的梅花。温文尔雅的她静静走入客厅，把三十套丝绸衣服作为礼物送给公婆。

之后是三媳妇。年仅十八的她与前两位高傲美人完全不同，虽身材娇小，却更加可爱、迷人。她的衣服由绣有樱花的贵重丝绸制成。她送给公婆的是三十匹珍贵而精美的绉绸。

---

7 叠（畳），日本榻榻米的单位。一张标准榻榻米长1.8米，宽0.9米，面积1.62平方米。

8 小袖，日本平安时代公家的贴身衣服，被看作现代和服的原型。

三位媳妇肩并肩坐着，骄傲与贵气由内而外地散发出来。人们都注视着她们，谁也说不出哪位媳妇更加出彩，因为她们都很讨人喜爱。

　　在离所有人都很远的客厅下首，铺着一张破席，那是给戴碗姑娘准备的座位。

　　"我们已经见过家里的三位大媳妇了，她们皆容貌秀美，衣着华丽，相信国内没有其他女子可媲美。"亲戚们说，"现在轮到奢望嫁给幺子的戴碗姑娘了。当她头顶那个怪碗走进来时，让我们用笑声迎接吧！"

　　满屋人都在热切地等着戴碗姑娘到来。三位大媳妇也很好奇，想看看那个她们听闻已久的怪姑娘长什么样子，并傲慢地互相抱怨，这样一个丑家伙怎么敢奢望跟她们做妯娌？

　　与他人的期盼不同，山荫夫人根本不希望看到戴碗姑娘出现，她安排今日仪式的目的就是希望戴碗姑娘能意识到自己是个丑陋的讨饭女，羞于在这么多人面前露面，宁愿逃走也不来参加评比。当得知戴碗姑娘还在房间里时，她隐隐为

自己的安排感到后悔。

山荫夫妇终于等得不耐烦了，派人吩咐戴碗姑娘赶快过来。仆人们赶到客厅北面供戴碗姑娘居住的一间三叠小屋，向她传达了命令。

"我这就来。"她在障子后应道。

戴碗姑娘走了出来，步入正在进行"儿媳评比"的客厅，每个人都在那里等着她。她只有十六岁，却长得那么美丽，使他们想起清晨里挂着露珠的樱花。她的头发如鸦羽般乌黑光亮，脸庞比他们见过的任何女孩都可爱。她的褶裙由华丽的白绸制成，上身穿着绣有白色和粉色梅花的紫袍。三位大媳妇在她耀眼的美貌面前黯然失色，就像星星在皓月之下显得暗淡无光。

所有人都觉得这个悄然走入的女孩应该是服侍观音菩萨的天女。他们原以为会看到一个头顶大碗的穷姑娘，可看到进来的是一位魅力四射、衣装华丽的女子，他们都愣住了。

戴碗姑娘正要坐到给她预留的位置上，山荫却让她坐在自己夫人旁边，说不能让她坐在那么卑贱的位置。随后，戴碗姑娘送给公公一个金座银杯，里面放着一百枚金币；又端着精致托盘送上三十匹丝绸；接着又为山荫夫人送上最珍贵、最美味的日本水果——江南橘和玄圃梨；最后送给二老挂在金架上的一百卷彩布。

她非凡的美貌、优雅的仪态、华丽的服饰、奢华的礼物，让其他儿媳相形见绌。在场的人都被她惊艳得说不出话来，只是注视着她。三位大媳妇已经够美丽了，但她们与戴碗姑娘之间的差距就像卵石与珠宝一样明显。

此时，山荫三位年长的儿子正从隔扇的缝隙中望着戴碗姑娘，十分忌妒宰相有福气娶到这样一位美丽的姑娘。就连同台竞争的其他儿媳也不能否认，她美得令人目眩。但她们依旧在窃窃私语，说除非她精通一切女子才艺，否则就算长得再漂亮，也不会比寻常人家的女儿好到哪里去。妒火中烧的儿媳们大声提议，让她们和戴碗姑娘来演奏四重奏——长媳妇弹琵琶，二媳妇吹笙，三媳妇打手鼓，戴碗姑娘弹奏和琴——没有经过多年练习，谁也弹不好这种乐器。

谦虚的戴碗姑娘本想婉拒此事，可她转念一想又自言自语道："她们叫我这样做是想考验我，认为我不会弹和琴。好吧，那我就去弹，因为母亲教过我。"她把和琴拉到身前，用手指滑动象牙琴柱，然后开始拨动琴弦。琴声响起，每个人都被她高超的琴技折服。

戴碗姑娘的演奏让三位大媳妇感到尴尬，她们的演奏水准无论如何也无法与她相比。这时，她们建议她作一首和歌。

"作一首和歌，描绘每个季节的特点，比如春天桃花和樱花盛开，夏天的橘子花和紫藤花，秋天的菊花之美。"

"哎呀，"戴碗姑娘说，"这对我来说确实太难了。除了此事，诸位姐姐没有别的事要我做吗？我可以打理浴室，从井里打水，加热洗澡水。我的日常工作就是这些，怎么可能会咏歌呢？更别说现作一首了。"她说着脸都红了。

但"儿媳评比"的竞争者们坚持要她写，最后她只得拿起诗笺和笔写了起来——

> 春天的樱花
> 夏天的橘子花开
> 秋天的菊花
> 该把露水给哪朵
> 让人苦恼无法选[9]

---

9 这首歌原文为"春は花 夏は橘 秋は菊 いづれの露に 置くものぞ憂き"。

她一挥而就写出几行娟秀的字，连小野道风[10]的书法都不能与之相比。

三位大媳妇从客厅退了出去，嘴里嘟囔着戴碗姑娘的坏话："她一定是个魔女，可能是被古时的玉藻前[11]附体了！"

山荫对戴碗姑娘很满意，递给她一杯酒，同意了她与儿子宰相的婚事，并赐给他们二千三百町土地，附带二十四名仆人，又将竹轩分给他们做新房。

就这样，宰相和戴碗姑娘终于结婚了，他们所有的烦恼都烟消云散。人们从来没有见过这样快乐的婚礼，这样迷人的新娘，这样幸福的新郎。日子一天天过去，一周周过去，一月月过去，人在幸福时，时间过得飞快。

有一天，宰相对戴碗姑娘说："我不信你是普通人家的女儿。能告诉我你的父亲是谁吗？我想知道。无论你之前受过什么冤屈，现在也没必要继续隐瞒身世了。"

戴碗姑娘深知，如果告诉丈夫真相，就必须提起那个恶毒继母的名字，而谈论那个女人的恶行是极其不孝的，因为她是父亲的妻子。于是戴碗姑娘决定不告诉宰相，推托说他很快就会知道的，请他再等一段时间。

甜蜜的婚姻过去一年后，戴碗姑娘生下一个儿子。这对恩爱的小夫妻把日子过得幸福美满。然而，随着日子过得越来越幸福，戴碗姑娘也越来越思念父亲——他过得怎么样？多想让他看看自己的儿子啊！她对自己说，如果连这个愿望都得以实现，她将是世上最幸福的女人。

10　小野道风（894—967），日本平安时代的贵族、书法家。

11　玉藻前，日本传说中由白面金毛九尾狐变化而成的绝世美女，据传在平安时代末期、鸟羽上皇院政期间出现，由于其才识广博又绝世美艳，被世人称为"天下第一美女"以及"日本第一才女"。然而本故事的时代背景当为平安初期，此处是故事创作者的不严谨。

现在让我们回过头看看实高和他恶毒的妻子究竟过得怎么样。随着时间推移，妻子的脾气变得越来越坏，最终所有仆人都不堪忍受，纷纷离开。没有人来照料孩子、打理家务，夫妻俩也渐渐坐吃山空。与亡妻在一起生活时的甜蜜与和睦早已不再，如今的家里充满着不和。

实高对自己的家庭生活感到厌倦，决定离家去朝圣。他从一国徒步到另一国，从一座寺院走到另一座寺院，尽可能地向僧人们请教佛法。他不再受泼辣妻子的骚扰，开始认真思考过去的生活。任何语言都无法描述他对赶走长女这件事的悔恨。想起长女被像乞丐一样赶出家门，他彻夜难眠。

实高每天都在问自己，长女在这些日子里遭遇了什么？他要走遍全日本去寻找她，如果她还活着，自己一定会再见到她的。他不停地在各地游荡，在沿途的村庄过夜，在每一座寺院里祈祷。无论她在哪里，自己都要找到她。

最后，实高到达了大和国[12]初濑山著名的长谷寺[13]，那里的长谷观音能给予世人最需要的一切，实现他们心中最大的愿望。实高真诚地为他失去的女儿祈祷，祈祷她能免于所有疾病，祈祷长谷观音能大发慈悲，让他们早日相见。

巧的是，宰相和戴碗姑娘正是这座寺院的檀越，经常来这里为儿子祈祷。这日，他们照例带着儿子和几个随从来了。小男孩穿着用绉绸制作的漂亮衣服，一看就是贵族出身。

侍从们先走上寺院的台阶开路，发现有一位朝圣者在佛坛前忘我地虔诚祈祷。

"喂，让开！"他们叫嚷道，"我家大人来参拜了！"

朝圣者听到有人朝自己喊话，便站起身望向那群人，然

---

12 大和国，日本古代令制国之一，领域大约相当于今天的奈良县。

13 长谷寺，位于今日本奈良县樱井市初濑山，是真言宗丰山派总本山，供奉本尊位十一面观音。

后挪到一边让他们通过。他因长途跋涉而疲惫不堪，别人一眼就能看出他是被某种忧愁压垮了。他深情凝望着从身边经过的小男孩，泪水从眼里落下来。一位侍从觉得他的行为很奇怪，就问他为何哭泣。

"这个孩子，"朝圣者回道，"让我想起了一直在寻找的女儿。看着他的脸，我就不由得流泪。"他把经历的一切都告诉了那个侍从，为终于有一个人愿听他的倾诉而欣慰。

听完那个侍从的转述，戴碗姑娘吩咐侍从把朝圣者带来。当侍从把他领到面前时，戴碗姑娘一眼就认出来——尽管这个朝圣者年老体弱，但他不是别人，正是自己的父亲。

"我是您的女儿啊！"她当即喊了出来，一把抓住父亲的衣袖，为这次意外的相遇喜极而泣。

宰相为妻子和岳父的团聚而高兴，在鞠躬致意后说："我深信夫人出自贵人之家，尽管当我问起她的父母时，她总是保持沉默。现在我明白了，毕竟她是藤原实高大人的女儿。"

宰相坚持要岳父放弃漂泊生活，和他们住在一起，安享晚年。

实高为自己的女儿嫁给了门当户对之人感到高兴，即便在梦中，他也不会有更高的期待了。对戴碗姑娘来说，那日，她是怀着多么愉快的心情走进家门的啊！她带着父亲回去，让儿子来认姥爷，并告诉父亲丈夫对自己是多么好、多么忠诚，而自己那时只是一个可怜的、被人鄙视的戴碗姑娘。

他们都觉得自己的幸福之杯已被斟满，在彼此陪伴的欢乐中，过去所有的悲伤都被抛诸脑后。

这就是戴碗姑娘的故事。在日本所有家庭中，从祖母到母亲，从母亲到女儿都在讲述这个故事。

海女

九

如果您答应这件事，我就去海底把宝珠找回来，哪怕为此牺牲性命。

一

很久很久以前，日本有一位名叫藤原镰足[1]的大臣，他是著名的五大贵族[2]之一藤原氏的祖先——天皇的妻室只能从这五大贵族中选择。镰足是日本家喻户晓的人物，因为他不仅是一名血统高贵的武士，还是一位忠于天皇的贤臣。他曾为平息苏我入鹿[3]叛乱做出重大贡献。

除了荣华富贵、声望显赫，镰足还为有一个名叫红白女[4]

---

1 藤原镰足（614—669），本名中臣镰子，后改名镰足，日本飞鸟时代政治家，大化改新的中心人物，其后作为中大兄皇子（天智天皇）的心腹而活跃。他临终前被天智天皇赐姓藤原，成为日本历史上最大氏族藤原氏的始祖。他的功业为藤原氏的繁荣奠定了基础。

2 五大贵族，即源氏、平氏、藤原氏、橘氏、丰臣氏。

3 苏我入鹿（611？—645），日本飞鸟时代豪族，苏我虾夷之子，大和朝廷权臣。

4 在真实历史中，藤原镰足并无名为红白女的女儿。本篇故事出自16世纪的日本民间戏剧《大织冠》（大繖冠）。

的女儿感到幸福。她是镰足眼中的光芒、心中的欢乐。看到清纯可人、美如桃花的女儿，他便立誓只有帝王才配娶她。然而他从未对旁人提起过这个豪言，人们很疑惑，为什么那些贵族子弟一个接一个地去镰足家提亲，却都被他婉拒了。

随着年岁增长，红白女变得更加优雅美丽。在红白女长到十六岁的时候，所有人都说她是他们见过的最美丽的女孩。她娇小的身材如百合般纤细，一张小小的鹅蛋脸白得恰到好处，两颊如娇嫩的樱花，眉毛如两弯新月，小嘴如桃花的蓓蕾，手脚可以与雪白的白莲花瓣媲美。

红白女的性格远比样貌更加可爱。她从未对任何人说过一句刻薄话，也从未忤逆过父母，除了在特定节日和家族纪念日到附近的兴福寺[5]走走。她每天都能透过官邸里高大的松树和柳杉，隐约看到寺院的巨大屋顶。在寺院里，她会在巨大的家族墓碑前插花、倒水，在美丽庄严的殿堂内祈祷，在祖先牌位前烧香祭奠，或是在神圣的佛龛前低头拍一拍手。

就这样，红白女在与世隔绝的幽居生活中平静地度过一天又一天，丝毫没有考虑过父亲为她计划的将来。然而她的命运即将来临，尽管她自己毫不知情。镰足显然是被神眷顾着，他的希望很快就实现了。

一日，官邸的中庭里热闹起来，负责传报的差役们跑来跑去，宅子里的人都想知道发生了什么。大门打开，一支仪态庄严的队伍走进来，他们举着一面绣着龙形图案的黄旗。这是大唐朝廷的使者。使者带来高宗[6]皇帝的圣旨：皇帝听闻

---

5 兴福寺，源自 669 年藤原镰足为夫人病情好转还愿而建于山城国（今京都府南部）的山阶寺；710 年借日本迁都平城京之际，镰足之子不比等将寺院迁至奈良，改名为兴福寺，正式成为藤原氏的家族寺院。该寺作为"古奈良历史遗迹"之一被列为世界文化遗产。本故事中，兴福寺的出现时间被提早到了藤原镰足在世时。

6 关于爱上红白女的皇帝，日本民间有唐太宗和唐高宗两个版本。如果从两位皇帝的生卒年考虑，选用唐高宗更为合适。

红白女的美丽、优雅和聪慧，遣使向她求婚，愿将一半天下送给她；如果镰足同意将女儿嫁给皇帝，红白女可以从大唐无数财宝中任意挑选，以充实她的出生之地和家族庙宇。

使者们受到了隆重款待，官邸里一整排侧房都被安排给他们使用。镰足请求使者们给他几天时间考虑此事，毕竟红白女才刚刚成年，待他和女儿谈完再给他们答复。在双方行了多次礼之后，镰足心满意足地退出来了。尽管这一套礼节颇为繁复，但他没有丝毫敷衍之意。

一回到自己的房间，镰足就拍了拍手，吩咐仆人去唤红白女赶快到这里来。

红白女来到父亲房前，推开障子走进去，跪在乳白色的垫子上朝他鞠了一躬。

"尊敬的父亲，您派人唤我，我来了！"

"是啊，红白，我唤你来是要告诉你一个好消息：你离开家的时候到了，你现在必须嫁人了。正如你母亲和我经常对你说的，你总有一天要嫁给一个我们认为配得上你的人。女儿，唐国皇帝要你做他的皇后。六周之后，你必须和唐使们一起启程，他们会把你送到你未来的家。"

"尊敬的父亲，我必须这么快就离开您和母亲吗？"红白女的脸色变得苍白，眼里噙满泪水，"我必须漂洋过海到一个从未去过的地方吗？这是您的心愿吗？"

"是啊，红白，这就是我的心愿。女人早晚要嫁人，你在新家会幸福的——比你以往任何时候都幸福。你将成为皇后，皇帝会把唐国所有财富都堆在你的脚下。你可以考虑一下能为你心爱的兴福寺做些什么，你生下来刚满百日就被带去那里接受祝福了。我的女儿，不要那么悲伤！想想你的灿烂前景，你难道不高兴吗？我为你选得不好吗？"

红白女从小就把父亲的意志视为准则，除了服从，她从未想过做任何事。于是她跪在铺着垫子的地板上，将雪白的小手合十，深鞠一躬说：

"父亲，我一如既往地听从您的安排。只是一想到要离开家和母亲，到那么远的地方去，我就感到难过。但既然这是您希望的，那对我来说一定是好事。"

红白女平静地接受了自己的命运，回到她的房间，把将要发生的事情告诉了侍女们。听到这个消息，一想到要和红白女分开，侍女们便用长袖遮住脸庞，伤心地哭起来，也惹得红白女跟着哭起来。

就在她们忧愁地围坐在一起时，红白女的母亲走进来，叫她们擦干眼泪。母亲说，一些侍女将被选中和红白女一起去唐国，并在婚礼结束之后再被送回日本。她们听后又笑了起来。一两个小侍女探过身去抚摸红白女的手，发誓说对她的爱如山高似海深，即便在唐国，也会一直陪在她身边。

出发之前，红白女去参拜了兴福寺。她几乎是在寺院斜屋顶的影子下长大的，从她记事起，每当日出日落时，沉重的钟声就会在寂静的空气中响起，标志着一天的开始或是夜晚的降临。对未知事物的好奇和恐惧使她年少的心变得烦躁不安，她便起身把乳母叫来，陪自己到寺院祈祷。在冬天的夜晚，她赤脚走过积雪的道路，来到兴福寺，寻求佛祖保佑。她祈愿，如果能安全到达那片陌生的土地，她将寻找三件无价珍宝，送到寺院作为感恩的供品。

二

红白女的祈祷被听到了。她平安地到达唐国，并隆重地嫁给了唐国的高宗皇帝。在漫长的仪式和庆典结束之后，她终于站到了皇帝面前。虽然怀着极大的勇气和自豪感，但她还是禁不住有些发抖，因为她心中充满了怀疑和担忧。

"新郎会是什么样子？"红白女问自己，"父亲安慰我的话会成为现实吗？父亲说我会幸福的，在皇帝的爱与关心下，我会得到我想要的任何东西。可最重要的是，我知道皇后的职责是什么吗？我有能力取悦这个伟大的男人吗？要是能回到父母那里，回到过去平静的生活中去，该有多好。"

红白女还没来得及多想，皇帝就来到她的身边，握住她的手，举到自己的面颊上，同时用低沉而甜蜜的声音和她说话。一切担忧都消失了，她鼓起勇气抬头望着皇帝的脸，看到一双乌黑的眼睛正含情脉脉地注视着自己，皇帝说：

"来自日本的小樱花，告诉朕你很漂亮的人没有撒谎，不过那位画家连你的一半美貌都没有画出来。不必担忧，朕爱你，会让你幸福的。在经过漫长得让人疲倦的等待之后，朕终于采到了'远山上的杜鹃花'，并把它栽到这御花园里。朕心里充满欢乐！"

皇帝履行了诺言，红白女的确很幸福，这片陌生的土地让她焕发了新生。皇帝带她参观了一座座宫殿，向她展示了唐国的奇观，这种帝王之爱带来的喜悦让她兴奋不已。

一个夏日，皇帝和红白女来到山下凉爽幽静的行宫。已经厌倦了旅行的红白女请求皇帝让她在那里住上一段时间。他们手牵着手在宽阔的林荫道中漫步。到了夜晚，他们在凉爽的湖面上划着船，回头一瞥，就能望见成千上万的彩色灯笼点缀在宫殿与花园之间，美如头顶星光灿烂的夜空。

正如春的气息温暖了严冬中贫瘠的土地，有时幸福也会改变人们的容貌。红白女越长越漂亮，在爱情的滋润中如玫瑰蓓蕾般慢慢绽放，变得更加成熟而有魅力。皇帝对自己说，他要让红白女的名字和她的美丽万世流传。

于是，皇帝召集了所有皇家金匠和园丁，命令他们为皇后修建一条世界上前所未闻的道路——以金银雕刻的莲花为垫脚石，让她每次在树下或湖边漫步时都能踩在上面，她那双玉足从此再不会被泥土沾染[7]。从那以后，中国和日本的文人都爱在诗歌中把他所爱女人的脚称为"金莲"。

尽管红白女的身份发生了翻天覆地的变化，成了显赫的皇后，但她没有忘记自己的出生之地，没有忘记在兴福寺许下的誓言。她告诉皇帝，她打算向日本的寺院送去还愿的供品，感谢佛祖对她祈祷的回应，让她过上如此幸福的生活。

"陛下，请帮妾身选一件能配得上您的皇后的礼物，它的价值要与妾所享受的无上恩宠相称。"

听完红白女的请求，皇帝高兴地命人打开府库，把里面最好的宝物呈上来。皇帝和红白女幸福地坐在一起，看着摆在他们脚边的众多珍宝，为他们拥有的财富感到惊奇。看着每天被运进行宫的琳琅满目的珍宝，红白女觉得自己像是来到了仙境，每一间新打开的库房里都能找到比之前更让人惊叹的宝物。在这种情况下，他们很难做出选择。但当三件具有法力的稀世珍宝被呈到面前时，他们终于不再犹豫。

第一件珍宝是名为华原磬[8]的乐器。它被敲击后，声音会一直响，永远不会消失。

第二件珍宝是名为泗浜石[9]的砚台。它里面的墨不管怎么

---

7 这里借用了南朝齐东昏侯的典故："（东昏侯）凿金为莲华以帖地，令潘妃行其上，曰：'此步步生莲华也。'"（出自《南史·齐本纪·废帝东昏侯》）

8 华原磬，本指唐朝华原县（今陕西省铜川市耀州区）所造石磬。故事中的华原磬原型为日本兴福寺西金堂的法器，古称"金鼓"，室町时代更名为"华原磬"。关于它的由来有两种说法，一是制作于奈良时代，二是由唐朝传入。兴福寺华原磬于1952年被认定为日本国宝。

9 泗浜石，产自中国泗水岸边的石头，可以用来制作砚台和磬。另有一种说法是送给日本的泗浜石与华原磬是一对磬，依据是白居易的诗作《华原磬·刺乐工非其人也》中写道："华原磬，华原磬，古人不听今人听。泗浜石，泗浜石，今人不击古人击……华原磬与泗浜石，清浊两声谁得知。"

蘸，永远也用不完。

第三件珍宝是面向不背珠[10]。无论从哪个方向看它，都能清楚地看到一尊骑着白象的佛。这颗宝珠有着夺目的光泽，无论是谁凝视着它，看到佛的宝相，都能心境平和。

当这三件珍宝摆到红白女面前时，她高兴极了。她能想象得到，远在日本兴福寺里的老住持见到这些珍宝时会是怎样喜不自胜，他定会骄傲地在寺里焚香。红白女怀着万分感激的心情跪在皇帝脚前，用千万赞美之词答谢他的礼物。

随后，皇帝召海军大将万户入宫，将华原磬、泗浜石、面向不背珠交与他，命令他亲率最好的船迅速去日本，把它们交到兴福寺的住持手里。

"万户将军，这三件大唐珍宝，汝须用生命守护，特别是这颗面向不背珠。"红白女说，"另外，请尽快将兴福寺住持的回信带给吾。"

万户收好这些珍贵的礼物，并发誓用生命来保护它们。

三

万户小心翼翼地将三件珍宝存放在最大的海船上，带上最有经验的水手，扬帆起航。天气晴好，一路顺风，他很快就看到了日本海岸。正当他为自己的好运感到庆幸，准备将船驶入赞岐国志度浦[11]的时候，一场猛烈的风暴突然袭来。

一想到他的船有沉入大海的危险，万户就惶恐不安。在这紧急时刻，他把全部的注意力都放在船只航行上。他们此

_____

10 面向不背，指将多尊佛像摆成环形，无论怎么转都只能看到佛像正面，看不到背面。据说藏于宝严寺（位于今日本滋贺县琵琶湖内的竹生岛）的水晶佛珠，是面向不背珠的原型，内有四面外形相同、由白檀制成的释迦三尊像。

11 志度浦，位于今日本香川县赞岐市志度町的海湾。

前从未遇到过这种海况，海浪翻腾如山，雷声轰鸣，船像毽子一样被巨浪抛来抛去。有那么一瞬间，船倾斜到几乎要翻的程度，大家都以为自己要完了。

就在万户断定自己要葬身大海时，风暴停了，天空瞬间转晴。万户环顾四周，发现他们已经进入海湾，接近陆地了，这让他感到宽慰和欣喜。危险远去后，他连忙去查看那些珍宝，生怕它们受到任何损坏。他走下甲板查看，发现华原磬和泗浜石都安然无恙，然而三件珍宝中最神圣、最有价值的面向不背珠凭空消失了。他被吓得呆若木鸡，额头直冒冷汗。

"它怎么不见了？去了哪里？"万户一遍遍问自己。它是一颗珠子，可能在船只的颠簸中滚了出来，要么在附近的某个角落，要么已经掉在海底。他叫来手下，找遍了船上每一个角落，可是哪里也找不到。

万户的脸色愈加苍白，他摸索着自己的短刀想要以死谢罪，他觉得自己已颜面尽失，但现在还不是谢罪的时候，他必须先寻找丢失的宝珠，如果找不到，再自尽也不迟。现在只有一件事可做，那就是赶快将宝珠丢失的事情告知镰足。

得知使者所述的情况后，镰足很快猜出了宝珠丢失的原因——是这片海域的龙王偷走了它。龙王听说宝珠将被运送至日本，就开始觊觎它。作为大海的主人，龙王能轻易掀起一场风暴，让众人无暇看护船舱中的珍宝。就在风暴最猛烈的时候，龙王溜上船偷走了宝珠，得手后又让大海平静下来，并悄悄把船推进海湾。也只有龙王才能有这样的手段。

然而镰足没有将他的猜测告诉万户，但他承诺将安排人手在丢失宝珠的海域搜寻。毫无疑问，龙王一得到那颗梦寐以求的宝珠，就把它放到了自己的领地——这片大海的深处。

于是，镰足命令家臣们跟随自己，从奈良前往志度浦，他要从海里找回面向不背珠。他们来到了志度海岸，面前这片迷人的又随时会变脸的大海，此刻正被朝阳火热的唇吻着。

镰足看到了停泊在平静海面上的大船，上面满载着女儿精心挑选的珍贵财宝。一想到女儿真的当上了皇后，自己的凤愿实现，他便满足地笑了。但当务之急是赶快找到宝珠。

海岸上有许多皮肤被晒成古铜色的渔夫，他们或在拉网，或在拖船，或在补船。镰足和家臣们走到一伙渔夫跟前，向他们说："有一颗面向不背珠遗失在片海域，不论是谁，只要能潜入海中找到这颗宝珠并将它交还于我，我就会赏给他一大笔酬金，足够他后半生享用。"

听到这种条件，渔夫们急切地扔下渔网和绳索，跳入水中寻找宝珠。他们相信如果宝珠真的在海底，就一定能找到。对他们来说，这片海域就像家一般熟悉。然而没过多久，渔夫们就全都浮出海面，喘着粗气，抖落身上的水，朝等待他们的大人走去。他们伸出空空的双手，表示自己一无所获。

镰足非常失望，双臂交叉坐在岸边，思考着如何才能找到丢失的宝珠。细浪漫过闪亮的沙滩，在他的脚边涨落，仿佛在嘲弄他。一位家臣跪在旁边，将一顶华盖撑在镰足头上。看到家主如此忧愁，其他人也都默不作声。

就在镰足思绪万千时，他突然发觉有一个女人跪在自己面前。镰足不知道她在这里跪了多久，因为他之前陷入了沉思。镰足疑惑地看着女人，想知道她想要什么。镰足看出她是一个靠潜入海底采贝为生的贫穷海女，怀里抱着一个小小的婴儿。在发现镰足注意到自己后，海女开口了：

"大人，请原谅我的冒昧，但也许我能帮您找到您需要的东西。我在这片海岸生活了一辈子，无论是岸上还是海底，我都了如指掌。恳求您让我去海底寻找宝珠吧。"

镰足看着面前的海女——面黄肌瘦，一副病态，还抱着一个婴儿，便对她提出的请求感到惊奇。

"你？"镰足问道，"一个抱着婴儿的瘦弱海女，你觉得自己能做到强壮的渔夫都做不到的事吗？"

"我能。"海女回答道，"如您所见，我是个瘦弱的海女。不过我一定能潜到海底，把宝珠给您找回来。但作为回报，您必须答应我一件事。您愿意听我继续说吗？"

镰足决定听一下海女的条件，他点头表示同意，说："你需要我做什么？"

"我不是为自己，"海女回答道，"而是为我怀里的孩子恳求您。我虽然是个贫贱的母亲，但我这辈子唯一的希望，就是希望小儿有朝一日能成为武士，受到良好的教育，过上比穷渔夫更好的生活。唉！我无法教他读书写字，如果您不愿意帮忙，他就得像他的父亲和爷爷那样一辈子当个穷渔夫。我恳求您把这个孩子带走，等他长大后，训练他成为您的武士，这样他就能摆脱赤贫的生活了。这就是我的请求。当然对您这样伟大的人来说，这只是一件小事。如果您答应这件事，我就去海底把宝珠找回来，哪怕为此牺牲性命。"

"如果你能把宝珠带回给我，我一定会把你的孩子培养成一名武士，满足你的愿望。"镰足同意了可怜母亲的请求。

说这番话的时候，镰足想起了自己当初对女儿的心愿，这让他对这位母亲感同身受。

"您真的愿意把我的孩子当成您自己的武士培养吗？您愿意以武士的身份向我保证吗？"海女问道，她似乎不相信镰足说的话，希望他再次确认这个承诺。

"我当然愿意，这位勇敢的母亲。如果你能说到做到，我也会说话算数。我以内臣镰足 [12] 的名义起誓。"

12　内臣镰足，日本飞鸟时代至平安时代初的非常设官职，作为天皇最高顾问，拥有与掌握政务机要的大臣相当的权力。日本历史上仅设置过四位内臣，皆为藤原氏出身，镰足为首位内臣。

这个可怜海女的脸上闪过一丝微笑。她鞠了一躬，然后为自己要完成的艰巨任务做准备。她把孩子交给旁边的一个渔夫，脱下上衣，将一根长绳绑在腰上，在粗糙的腰带间插了一把锋利的短刀，用来抵御深海怪物的攻击。

这时，不少围在海女身边的渔夫都被她的胆识惊呆了。许多人想阻止她，说："我们之前找过宝珠了，根本是白费力气，你再下去找也只是在做蠢事，甚至可能会被淹死。你要是死了，这没爹没娘的孩子该怎么办呢？"

面对渔夫的劝说，海女一言不发地走到礁石边，将长绳的一端交到她身后的镰足手中。

"尊贵的大人，我一拿到宝珠就会拉动绳子，您的家臣必须尽快把我拉上来。"

说完，海女从礁石上跳下，消失在海中。镰足和他的家臣们站在岸边，沉默地望着海女潜入大海，为她担心。渔夫们则谈论着各种意外的情况——抽筋，撞在礁石间受重伤，被什么海怪吃掉——她可能将永远不会再浮出海面。

镰足手中攥着绳子，目光越过礁石注视着大海，想知道这个可怜的海女能否把宝珠找回来。他希望自己能将汹涌的大海驯服，甚至让海水直接把宝珠从大海深处带到他的脚下。但大海不会听他的话，他只能坐在那里等啊，等啊。

四

与此同时，海女越潜越深，几乎毫不费劲就触到了海底。她看到了岩石、海草和激流中的沙砾。她仿佛被某种力量牵引着，不断向前，根本没有考虑自己所面临的危险，因为她心中燃烧着渴望之火——找到宝珠，为幼子赢得应许的幸福。有一种感觉告诉她，她的愿望会实现的。

终于，透过这满是海水的世界，海女看到前方出现了一座宫殿的屋顶。这个勇敢的女人看着眼前宏伟奇异的建筑上用珊瑚制成的屋顶和大门，意识到自己来到了常听人说起的龙宫。她知道自己的旅程快结束了，那颗宝珠就藏在龙宫里的某个地方。

海女饶有兴趣地把龙宫从上到下打量了一番，发现龙宫中央耸立着一座用白珊瑚搭成的巨塔。她用目光一层一层扫着巨塔，一直扫到最高层，发现塔尖有一颗皎洁如明月的珠子。她的心一下跳到了嗓子眼儿，她相信发出那光芒的就是丢失的宝珠。

海女兴奋地注视着巨塔顶端的宝珠，同时也注意到有数条凶恶的海龙盘踞在龙宫周围。这些海龙是龙宫的守卫，但这个地方很少有人来打扰，所以它们全都毫无戒备地躺在那里，打着瞌睡。海女清楚，如果自己被它们发现，那么带回宝珠的机会将变得渺茫。一想到取宝珠时要被那些可怕的恶龙追赶，她就怕得浑身发抖，但此时已经无法回头，她不能空手回去见镰足。她已经看见那颗丢失的宝珠了，哪怕拼上性命也要把它拿回来——自己孩子未来的幸福全靠它。她不再犹豫，伸手抽出腰间的短刀，然后奋力一蹬，冲向白珊瑚塔顶端。向上，向上，不断向上！在游完这段仿佛无穷无尽的距离后，她终于摸到那颗闪闪发光的宝珠，并把它捧在胸前了！那些长着闪亮鳞片的海龙们会一直睡到她安全离开吗？不！她刚从塔顶把宝珠取下，海龙就如从噩梦中惊醒般睁开了眼。它们瞪着火红的眼睛，抬起巨大的前爪，甩动着尾巴冲上去抓捕海女。

可怜的海女心想一切全完了，但她还是在绝望中鼓起勇气，将手中的短刀刺向那些凶猛的追赶者。可是海龙不惧怕刀刃，它们在水里飞快地追赶着，只差一点儿就能抓到海女，

再用利爪撕裂她的手，夺回被盗走的宝珠。"不行！"海女发誓绝不让它们抢回宝珠，于是用短刀猛地划开左乳，把宝珠藏进流血的伤口里，再用手捂紧割裂的皮肉。

我们无法确定海女是否知道那些海龙害怕死亡和鲜血，因为龙宫也算一处仙境，和平是那里永恒的旋律。当海龙看到海女受伤出血后，它们立刻停止了追击，转身游了回去。

海女发现自己再也不用担心海龙了，这才想起捆在身上的绳子，于是使出全身力气拉动起来[13]。

五

一阵猛的拉力惊动了在岸上等待的人，这拉力大得差点儿让绳子从他们手中脱开。此前几乎放弃希望的人们使尽了全力，想把海女拉上来。当海女快被拉出海面时，他们看到海水中出现了一些血色，心里暗道不妙，于是拉得更卖力了。

13　另有一种版本是海女将宝珠藏进乳房后便被海龙咬死了，宝珠随她的尸体被拉回岸上。

终于，海女露出了海面，她已完全失去知觉，乳侧的伤口正在汨汨流血。她像死了一般躺在沙滩上，一只手紧握短刀，另一只手捂着乳房。镰足的心沉了下去，看来海女没找到宝珠，或是在海底昏厥后松手丢掉了它。但她乳侧那道伤口是怎么回事呢？

"勇敢的女人，"镰足想，"她尽了最大努力来完成我的任务。就算她没能取回宝珠，我也会兑现对她儿子的诺言。"

疗伤药很快被送来了。海女慢慢苏醒过来，她睁开眼，把宝珠从左乳中拿出来，放在一脸震惊的镰足手中，说："我已经完成了任务，您不要忘记对我儿子的承诺。"

"勇敢的女人！不必担心，你的儿子将和我的儿子一样，以武士的身份侍奉我。我以你找回的这颗面向不背珠起誓。"

镰足一边说着，一边用双手将宝珠捧到额头以示敬意。海女的力气用尽，她无法说出感谢的话，只能用一丝微笑来表示感激，然后呻吟着倒在沙石之上，死去了。

藤原镰足俯视着海女的尸体，内心深受感动。他缓了一会儿才开口对家臣们说："今天，我们看到了一位甘于自我牺牲也要完成任务的典范。这位死在我们面前的女人为了她的儿子献出生命。我们不知道她在海底遭遇了什么，但很明显，比起失去生命，她宁愿给儿子赢得一个有希望的未来。我们今天可以学到很多东西。这位女人有着真正的武士精神，她的儿子也必定会成为真正的武士。"

说完，镰足命令家臣们虔诚地收殓海女的遗体，并在可以俯瞰大海的山上找了一座大寺院，将她安葬在那里。

镰足和万户一起将面向不背珠和另外两件宝物带到兴福寺，以红白女的名义将它们交给住持。回到唐国的万户向红白女禀告他已经完成使命，并讲述了这期间发生的所有事情。

　　镰足把那个失去母亲的婴儿带回了家，为他取名房前[14]，把他当作自家儿子抚养，并在他长大成人之后，让他成了一名武士。

　　最后，房前接替镰足的次子不比等当上了太政大臣[15]。在得知母亲牺牲性命为他换来武士身份的事后，房前在志度浦附近为母亲修了一座寺庙。这座寺庙被称为志度寺[16]，至今香火不绝。

14　历史中的藤原房前（681—737）是藤原不比等的次子。因此在另一个版本中，三件珍宝是红白女得知父亲镰足去世后送去的祭品。不比等得知面向不背珠丢失后，便隐瞒身份去志度与海女结婚，生下一子房前，数年后才说出自己的来历，并说服海女为他取回宝珠。海女在得到让房前作为藤原氏继承人的承诺后下海取珠。民间之所以将藤原房前选为海女之子，是因为他的生母苏我姆子在史料中生平不明，有加工空间。

15　太政大臣，日本律令制下的朝廷最高官职，相当于宰相。

16　志度寺，位于今日本香川县赞岐市志度町，据说源自 626 年所建的一间小佛堂，藤原不比等和藤原房前分别于 681 年和 693 年对其扩建，并在第二次扩建时改名为志度寺。

袈裟御前

袈裟御前

十

她望着窗外的庭园，静谧的秋夜似乎在嘲笑她的悲哀。

我在少女时代就熟知《袈裟御前》[1]的故事了。那时，我与朋友文子手牵手走在学校的花园里，我怀着少女浪漫的天性听她讲了许多日本古代的故事，她尤其喜欢讲女性的故事。

文子是一位海军军官的女儿，她精通日本文学，也是一位优秀的英语学者。我作为一个在英国长大的英日混血女孩，刚到日本时，对父亲的祖国一无所知。

一位哲学家说："友谊是被发现的，而不是被建立的。"以我和文子的例子来说的确如此。在她那令人愉快的陪伴下，我忘记了对英国的思念之情，学会适应这个陌生的国家。没有什么比年轻人的极度孤独和彻底绝望更痛苦的了，过去的经历不会告诉他们，痛苦和快乐一样，只是一种状态，它们会随着时间淡去，也可以随着时间交替。谁能说出是什么让我们走到一起的呢？然而，当她把手放在我的手心，让我成

---

1 在日本古代，"御前"是对身份高贵之人的妻子的称呼，考虑到其在千百年的流传下已成为所属女性名字的一部分，故本书在翻译时将其保留，没有译为"夫人"。

为她的知己时，我感到从未有过的快乐；当她结婚后，我独自在花园踱步，回忆她给我讲过的所有故事时，我感到无比悲伤。我写作之魂的觉醒要归功于她对那些古老悲剧的热爱。

那段岁月已经过去多年，但当我听说团十郎在歌舞伎座[2]剧场演出《袈裟御前》时，脑海中又浮现出我和文子的那些如同在修道院里的日子。

> 瞧，像一个天真热切的少女
> 倚靠着这个世界渴望的边界
>
> 梦想着远方的光辉与荣耀
> 美妙的求爱和优雅的泪水
> 梦想着什么样的眼神和多么甜蜜的坚守
> 恋人在隐秘的岁月里等待[3]

这个关于爱与责任的故事像初次降临这个岛国的黎明一样古老。然而，当心随着完美的乐曲跳动时，它又永远是鲜活的。

不过，我很久没听《袈裟御前》的故事了。一部名为《那智瀑布文觉起誓》的舞剧——他们在剧名中忽略了女主角（这是典型的日本作风）——讲述了这个关于日本人理想的女子品德的故事。这部由日本名角市川团十郎[4]主演、于1902年10月在歌舞伎座剧场演出的舞剧，成了浪漫剧和悲剧的高峰。

2　歌舞伎座，位于日本东京都中央区银座四丁目的歌舞伎剧场，开业于1889年。剧场经五次改建，现在的建筑是2013年启用的。

3　这首诗出自英国诗人迈尔斯（Frederic W. H. Myers, 1843 — 1901）的长诗《圣保罗》（*Saint Paul*）。

4　市川团十郎，日本一个始于江户初期的歌舞伎世家，历代首席世袭"市川团十郎"的名号，至今已传至第十三代，文中为第九代。

一个女人无所畏惧、甘愿牺牲的悲怆故事撕裂人心。女主角不是弗兰切斯卡·达·里米尼[5]那样的人物——被情欲的旋风裹挟、无法掌握自己的命运，而是一个意识到自己遇到了矢志不渝的爱情的女人，她无法摆脱爱的束缚。因此，为了挽救丈夫的名誉、母亲的生命以及自己的贞操，花样年华的她借助冲动的爱慕者之手，平静地谋划了自己的死亡。

这起悲剧发生在1160年，关于它的完整描述或许能在《源平盛衰记》[6]中找到。那是一部记录两大对立家族——平氏和源氏兴衰的书。两家的争霸战争使日本动乱多年。

在历史上，这个故事其实是这样的。女主角阿都磨是一位名叫衣川的寡妇的独生女，她的父亲和祖父都是武士。母亲的名字和其出生地有关，"衣"指的是僧人的法衣，女儿也因此被叫作"袈裟"。母女俩过着隐居生活，总是处于贫困的边缘，时不时会遭遇生存的威胁。

衣川还照顾着一个比袈裟大不了几岁的孤侄，这对年幼的堂兄妹从小一起长大。按照老套的剧情，男孩会爱上女孩。他们也是如此。在堂兄远藤盛远十六岁的时候，或许是因为家族事务，他不得不离开袈裟，此时的袈裟已经如含苞欲放的花朵般美丽绝伦。临行前，远藤恳求姑妈答应他和袈裟的婚姻大事，衣川应允了。转眼间五年过去了，远藤还没有回来。就在这时，一位名叫渡边渡的英俊富裕的年轻武士向袈裟求婚。她的母亲从世俗的角度考虑这门亲事的好处，背弃了对远藤的承诺，把袈裟嫁给了渡边渡。在他们结婚两年后，远藤盛远回来看望他心爱的堂妹。尽管分别了七年，但他的

---

5 弗兰切斯卡·达·里米尼（Francesca da Rimini, 1255—约1285），意大利拉文那领主的女儿，因政治联姻嫁给了跛脚的乔瓦尼。但她爱上了丈夫已婚的弟弟保罗，两人保持通奸关系长达十年。后来乔瓦尼发现他们的奸情并杀死了他们。

6 《源平盛衰记》，日本镰仓中期的军记物语（战争文学作品），作者不详，约成书于1247至1249年，共四十八卷，增补了《平家物语》的内容。

赤子之爱一见到她就燃成了无法抑制的激情。当他绝望地得知女孩已另嫁他人时，远藤一气之下决定杀死姑妈，她的言而无信使他的人生坠入苦海。他闯进姑妈家，对她拔刀相向。为了争取时间，她有气无力地答应侄子当晚就能见到袈裟。远藤闻言便退了出去。衣川赶忙写信叫女儿过来。

当袈裟到来时，她发现母亲已经做好了自尽的准备。在了解情况之后，她先安抚好痛苦的母亲，然后决定去见堂兄。

袈裟去见了远藤，告诉远藤自己一直爱着他，但在成为他的人之前，必须先把自己的丈夫除掉。远藤对此欣然同意。她嘱咐远藤当晚到她家里来，她会让丈夫洗完头后喝酒，好让他睡死过去，并让远藤半夜偷偷溜进屋来，摸着潮湿的头发找到他的情敌，然后杀死对方。袈裟一回家便洗了头发，然后睡在她指示给远藤的房间里，让丈夫睡在里屋。

这是一个引人关注的心理学视点，西方读者可能不太理解。日本的道德教化向妇女灌输了这么一个观念：在重大的危机中，她都是要被牺牲的人。与其因为自己而引发冲突，让丈夫、母亲与远藤结下世仇，袈裟宁愿牺牲自己。这样做不仅可以挽救与此事有关的所有人的性命，还能以无声的方式感化她的堂兄——他的粗野行为违背了日本道学家的教诲。

那个痴迷又鲁莽的爱慕者来了，他用欢喜的目光注视着情敌被砍下的头颅时，惊恐地发现自己杀害了深爱的女人。他向袈裟的丈夫坦白了罪行，之后两人一同出家了。

多年后，经过长期的苦修和自我赎罪，一位名叫文觉的僧人成长为一颗冉冉升起的政治新星，成了源氏首领源赖朝[7]大将军的朋友和幕僚。这个僧人文觉，就是武士远藤盛远。

有人认为袈裟真的很爱远藤，是她的孝顺迫使自己嫁给

7　源赖朝（1147—1199），日本平安时代末期至镰仓时代的武将、政治家，镰仓幕府首任征夷大将军，日本幕府制度的建立者。

母亲为她选择的男人。后来，她发现堂哥对自己的爱是那么深时，便意识到自己要回报他的爱意。但是，她不可能在不承担任何罪责的情况下做他的女人。她心甘情愿赴死，为能死在自己心爱之人的刀下而欣喜。

这种说法更美丽，也更令人悲痛，因为一个女人在最强的诱惑——对情欲的渴望面前取得了胜利。袈裟以死换取的忠贞，使家门避免遭受辱没。

如今的舞剧不承认后一种观点，而是建立在前者的基础上。这个悲剧自始至终都是史诗般的，一开始就被提升到命中注定的高度。命运如可怕的蜘蛛，编织着充满爱与厄运的致命之网，袈裟身陷网中。这台舞剧让人想起关于卢克丽霞[8]的希腊戏剧和罗马悲剧。袈裟不允许自己以崇敬之心做任何狭隘、卑鄙之事，虚荣心无法诱使她偏离正确的路。她知道她没办法让远藤放弃他那无法遏制的爱欲，于是决定去死。"在危险面前，恐惧也会凋零"，她很快下定决心，不再犹豫，也不再回头，而是带着崇高的尊严，心甘情愿地向死亡前进。那时袈裟只有十七岁。

第一幕

舞台上是户外场景。大阪附近建了一座新桥，远方是的小山和苍松。众多穿着华丽法衣的僧人在为新桥的安全祈福。

紧接着，舞台上出现了一些村役人[9]、一位指挥现场工作的远藤盛远的家仆，以及袈裟的小叔子渡边薰，这位年轻武

8　卢克丽霞（Lucretia），古罗马贵妇，死于约公元前510年。她被罗马王政时代第六位国王塞尔维乌斯的儿子塔克文强奸，次日用匕首刺进自己的心脏。这一事件成为罗马王政时代终结的导火索，之后罗马进入共和时代。

9　村役人，日本江户时代以农民身份承担村落行政管理事务的基层官吏的总称。

士告诉在场的人，他的嫂子袈裟要来看新桥的落成仪式。

不一会儿，年轻优雅的袈裟出现了。她穿着迷人的绉布和服，面容被薄纱被衣[10]遮掩着，像一只闪光的蝴蝶从桥上振翅而过，紧随其后的是玉琴和音濑两位侍女。在向她的小叔子渡边薰行礼前，她摘掉薄纱被衣，露出了一张美艳绝伦的脸——轮廓如鹅蛋，肤色如百合，朱唇如桃花，细长的眼睛[11]上方长着新月般的眉毛。她和小叔子交谈起来。渡边薰说他要去见她的表兄——新桥的主管远藤盛远。于是袈裟准备离开，她在侍女的服侍下披上薄纱被衣，转身回家。正当她离开时，骑马过桥的远藤盛远瞥见了这个美丽的女子，看着她消失在远方。

僧人和村役人向他礼貌地鞠躬致意，但他对周围的一切视而不见，因为他的目光紧紧追随着袈裟的背影。他欣喜若狂，童年和少年时代的美好回忆涌上心头。

悲剧从这里开始。远藤盛远在分别几年之后第一次见到他的堂妹，他的心被一种强烈的爱意震荡着，却得知这个在少年时被允诺嫁给他的人，已经是他的亲戚渡边渡的妻子了。

第二幕

幕布拉开，袈裟的母亲出现在京都附近乡村的小茅屋里。从小屋的外观可以看出，这是一户虽贫穷却有教养的家庭。她们过着宁静的隐居生活，把这里打理得一尘不染。陪伴袈裟的两位侍女——玉琴和音濑正在小客厅里交谈。衣川，这位有着一头灰白飘逸长发的老妇人从内室走出来，招待她的

10　被衣，日本平安时代至镰仓时代公家和武家女子出行时披在头上遮挡面容的单衣。

11　江户时期，日本女性以眼睛细长为美，如浮世绘上的女性通常都是细眼的形象。

两位客人。谈话间，两位客人请求衣川告诉她们，她为什么会在陆奥国[12]那样偏远的地方住那么久。应她们的请求，衣川说：

"我是武士之女，父亲为侍奉他的领主在那里操劳了一辈子。我丈夫是陆奥大名的家臣，所以我们婚后搬到了衣川居住，女儿袈裟就出生在那里。不久之后丈夫去世了，我便带着孩子回到老家，从此过着平静俭朴的生活。我回来的时候，这一带的人都用地名衣川来称呼我。我的女儿叫袈裟，虽然她的本名是阿都磨。她在这里长大，嫁给了渡边渡。"

这时，一位似乎与老妇人相熟的村役人五六郎走了进来，他坐在炭炉旁，为在场的每个人沏了茶。炉子是方形的，嵌在地板里，水壶挂在火上。在端茶的时候，五六郎开始抱怨远藤盛远在修桥期间的举止——这位年轻气盛的武士对待工匠的态度实在太严苛了，导致他们不再愿听从指挥，给五六郎的管理工作带来了大麻烦。通过这件事，年轻武士的性格可见一斑。衣川赶忙为侄子远藤造成的麻烦向五六郎道歉。

就在他们谈话时，袈裟在她丈夫的家仆木曾田的随同下走了进来。她把草履放在通往缘侧的踏脚石上，摘下被衣走进屋子，向老妇人深鞠一躬。她说自己和丈夫刚刚去寺庙参拜，回家路上顺道来看望母亲。不一会儿，两位侍女玉琴和音濑便告退，袈裟和母亲则进了内室。

接下来，我们看到远藤盛远沿着花道[13]向小屋走去，在大门口通报姓名。衣川回应了一声便出来迎接他，并问他为何事而来。远藤回复说他为私事而来，一定要和她密谈。衣

12　陆奥国，日本古代令制国之一，其领域大约包含今日的福岛县、宫城县、岩手县、青森县、秋田县东北的鹿角市与小坂町。

13　花道，日本歌舞伎舞台的附属部分，是一个长而高的平台，从剧场后方穿过观众席，与舞台中心偏左处连接，通常用于角色出入，也可以用于布置主题情节之外的旁白或场景。

川随后将侄子领进内室。就在远藤走进屋子的时候，他突然一惊——他一眼就看到了踏脚石上有一双女式草履，他猜袈裟就在这里。老妇人做梦也想不到一场风暴正在酝酿，她请侄子坐下。然而他依旧手握佩刀站在那里，这是个危险的信号。突然，年轻的武士眼中闪过一道寒光，他拔刀出鞘，一把抓住惊愕的姑妈，将按捺已久的心伤和万念俱灰的痛苦发泄了出来："准备受死吧！我可是渡边党[14]的人，我们从来不会让敌人活过哪怕一天。"

"我做错了什么，你居然要杀我？"吓破胆的女人惊叫道。

"五年前，在我临走之时，你答应过要把袈裟许配给我。我归来之后，在渡边桥的落成仪式上看到了她，只是她已为人妇。我一直深爱着袈裟——无望的爱和绝望的心使我痛不欲生。我们之间确实没有写信沟通感情，但那与你的承诺无关。我已经思念成疾，没有她我不能也不愿活下去。这都是你的错。你我有不共戴天之仇，你必须得死！然后我也会自尽。我们共赴黄泉——准备好下地狱吧！"

"等一下！"惊恐万分的母亲尖叫道，"我并不想违背诺言，但是渡边渡强迫我把袈裟嫁给他。如果你真的还爱她，我会设法让她回到你身边的。只要你冷静下来，听我一声劝。"

但远藤已经陷入癫狂，老妇人的央求无济于事。他猜到袈裟就在隔壁，决定利用她的孝心逼她出现。他举起手中的刀，再次抓住姑妈，就在他要下手的时候——屏风滑动，传来女人绸衣的沙沙声，心爱的袈裟猛冲到远藤与她的母亲中间——他的胳膊被她的小手拽着，一个让他在漫长的孤独岁月里渴望已久的声音战栗不安地说："放过我可怜的老母吧！"

母亲扑到袈裟和远藤之间，声泪俱下："我已准备好去死

---

14 渡边党，摄津源氏旗下的武士集团。远藤盛远出身于渡边党中的远藤氏。

了。你不能为了救我而牺牲自己的贞操。"

　　袈裟再次冲到远藤和母亲之间，母亲也又一次惶惶不安地挡在他们中间。但最终袈裟还是说服老妇人退了回去，一切交由她处理。随后，衣川走进隔壁房间。武士凝视着他美丽的堂妹，激动得浑身颤抖，占有她的决心变得空前强烈。他认为如果按先来后到的规矩，袈裟理应属于自己。他曾向她求婚，在渡边对她有想法之前，她就答应了自己，她的母亲凭什么又把她嫁给渡边？怒火烧尽了他的所有记忆，他忘记了姑妈对他的恩情，只剩下了忌妒、欲望，以及自以为是的憎恨。袈裟温柔的恳求和劝告徒劳无功，远藤似乎对复仇大业被如此拖延不耐烦了，再次举起长刀，冲向内室。这时，袈裟转过身与他脸颊相贴，绉绸华服轻抚着他，素手揽着他的胳膊，在他耳边悄声说：

　　"我一直爱着你，远藤。如果你真的像你所说的那样爱我，你必须先把我丈夫除掉，那样我就是你的人了。"

　　"我怎么能杀他呢？"这个男人低语道。

"你明晚再来，偷偷溜进我丈夫的卧房。我会用酒把他灌醉。你摸摸他的头发就能认出他，因为我会劝他在睡觉前把头发洗洗，你会发现他的头发是湿的。"

这个孤注一掷的武士紧绷的身子渐渐松弛下来。他满怀希望和热情地转向她，看到了他们未来和睦幸福的幻象——他强烈的爱欲得到了满足。天性狂野不羁的他做梦也想不到，这位高尚的女人会以这样的方式解决这件事情。

第三幕

映入眼帘的是袈裟丈夫渡边渡的精致宅院。缘侧和廊柱上的米色木料散发着迷人的光泽，榻榻米上纹路精细，墙壁和屏风上描绘着考究的白色和金色，这些都是日本富裕家庭精致生活的一部分。我们看到袈裟和她的丈夫并肩坐在一处朝向庭园的房间里。缘侧下的踏脚石是一大块花岗岩石板，一排错落有致的石板铺成了通向竹扉的小径，竹扉外面则是庭园。整个布景和氛围都是日本家庭的真实写照。

两个年轻人都穿着华丽的和服，他们刚刚宴请完客人回到起居室。房间里摆着一个刀架，武士把他的长刀和象征荣誉的徽章放在上面。他们面前摆着一张叫"三方"[15]的白木矮桌，上面放着白色的酒壶和酒杯。袈裟将两个侍女打发出去，然后为丈夫斟酒。这个微不足道的动作不仅加深了妻子将要牺牲的悲情氛围，也是凄美的、无法挽回的绝情仪式。

渡边渡做梦也想不到这将是妻子和他一起喝的最后一杯酒，他一饮而尽，然后把酒杯递给袈裟，为她倒酒。袈裟喝罢酒，终于被一种她丈夫无法理解的悲伤击倒，转身哭泣起

---

15 "三方"，神道教仪式中放置供品的木台，在古代也用于为身份高贵之人呈献物品。

来。她说，自己一想到夫妻间永恒不变的爱，这种爱甚至可以在死后延续，眼泪就不禁涌了出来。丈夫回应道，他们对彼此的忠贞应当带来快乐，而非忧伤。当他们在静谧的夜晚交谈时，寺庙柔和的钟声宣告午夜的到来。袈裟说服丈夫今晚去她的卧房休息。她跪在地上，推开通往内室的屏风。待丈夫进去后，她俯首向地板鞠了一躬，然后关上屏风。她再也见不到丈夫了，然而她的自控力是如此之强，没有露出任何破绽。她知道这是永别，但也只是用日常的问候让渡边渡从她的视野中离开。

袈裟如丢魂般在原地站了一会儿，然后才定下心来。现在，即便是第一次了解这个故事的人也能猜到那不幸的结局。她那又湿又重的乌黑长发披散在肩上，她边走边摸，以确认头发是湿的。她的胳膊上挎着丈夫的和服和礼帽，这些对骗过远藤来说都是必需的。她的脸上流露出悲伤和无奈。在缓缓走向外屋的路途中，她两次停下来落泪。她望着窗外的庭园，静谧的秋夜似乎在嘲笑她的悲哀。在她的悲痛第二次爆发时，她的决心似乎在那一刻动摇了。她把脸贴在和服上，一想到自己幸福的婚姻生活，她的泪水就落了下来。当她的老母亲将来离世时，将无人为她祈祷。她永远也体会不到生儿子为夫家延续香火的骄傲。真是太遗憾了！

终于，她抬起头继续向前走。丈夫的名誉、母亲的性命、自己的贞操都处在危险之中，悲痛带来的软弱被抛到九霄云外。她的美丽是一种罪过，因为它激起了远藤的爱欲，她必须为美丽付出代价——她的生命就是祭品。

她将睡在丈夫的卧房里，在远藤进来后，他的刀会砍下她的头颅。她走到缘侧尽头，掀开挂在房前的竹帘，从容赴死。

空荡荡的舞台一片漆黑，随之而来的是一段令人难忘的沉默。观众们感受到悬在袈裟头顶上那即将降下的灾厄和死亡，内心一阵悸动。丈夫躺在妻子的卧房里安然入睡，那也是他们幸福的洞房。可怜的是，他没有意识到距他几尺远的地方正在上演着悲剧。在外屋，年轻的妻子孤寂地躺在黑暗中等待着夺命的刀。有谁能体会到，最后几分钟的不安因提心吊胆而变得漫长？万一她的计划失败了，她的丈夫或堂哥必有一死，甚至两人同归于尽。如果渡边渡被一些轻微的响动惊醒，发现远藤在接近她睡觉的房间，那该如何是好？他会如何想？她因痛苦和孤独而变得敏锐，她觉得自己听到了隐约传来的远藤偷偷摸摸的脚步声。她默数着靠近的脚步声，随着黑暗中竹帘被掀起，刀"嗖"的一声落下，她笑着想，难熬的挣扎终于结束：她成功了，正如她计划的那样，她以超凡的勇气迎来了死亡。

舞台旋转[16]。下一个的场景是一处寺庙的中庭，四周是围墙，有一条石阶通往外院。我们看见凶手从台阶顶端走下

16　在歌舞伎舞台中央的地板下方，有一个巨大的旋转机关，可以使舞台通过旋转的方式切换布景。该装置最早由大阪狂言作者、初代并木正三于1758年使用。

来，来到月光下，胳膊下夹着什么东西。他带着一种狂热而邪恶的愉悦，准备好好看看情敌的头颅。他转身朝向倾泻的月光，露出胳膊下夹着的头颅。然而，令他无比恐惧和惊愕的是，月光下竟然露出了袈裟——他的心爱之人的头。他不敢相信自己的眼睛，提着湿漉漉的头发再次把头举到皎洁的月光中。他没有看错。当真相迫使他不得不接受这一现实时，

他全部的力量都从身上流走了。他像一个醉汉似的左摇右晃，步履蹒跚，怀着极度的痛苦和悔恨，大口喘着粗气倒在台阶上。在那个可怕的瞬间，他看到了自己的丑恶罪行和邪恶内心。就像日本人所说的，黑云从他的灵魂中滚滚而出，他被悔恨和痛苦击倒在地。

这一幕的第四个场景是渡边家的院门，时间是第二天早晨。门外站着许多卖米、卖鱼的商贩，还有一些武士，他们都进不去。虽然已经日上三竿，但院门还是紧闭着。反复敲门之后，木曾田和音濑出来告诉他们，由于家里发生了不幸的事，他们今天不许来做买卖了。商贩们随即抱怨着走开了。

接下来的场景回到昨夜渡边和袈裟并肩而坐的那个房间。房间中央平放着一条寿被，盖着袈裟的遗体，她按照自己的意愿华丽地死去。她的丈夫坐在年轻妻子的遗体前，悲伤的他没有任何表情。丈夫的对面是衣川，在她身后是玉琴和音濑。渡边告诉他们，昨天晚上他依着妻子的意愿睡在她的卧房里，妻子则睡在他的房间。今天清晨，他发现妻子被杀害了，头颅也被带走了，并且找不到凶手的任何线索或踪迹。

这时，一位侍者冲进来，说远藤坚持要见渡边。渡边让他传话说自己现在无法接待他。侍者回复说，远藤强行闯进了院子，根本拦不住。远藤如旋风一般冲了进来，坐在屋外的缘侧上。他在众人面前低下了头，坦白了自己的罪行。接下来是整场悲剧最令人心碎的部分。老母亲轻轻解开装着女儿头颅的包裹，把头抱在胸前，积压已久的悲痛再也忍不住了，她号啕大哭，变得歇斯底里，完全沉浸在突如其来的哀痛之中。渡边偷偷拭去缓缓流下的泪水。玉琴拿来袈裟写的信，是在她被杀害的房间里发现的。远藤将信一把夺过，在面前展开，大声读了出来。信是袈裟写给母亲的：

"我总听说女人是有罪的，担心很多人因我而面临生命危险。母亲，我知道如果我死了，您会很伤心。我一想到将带给您的痛苦，心里就非常难过。我打算以死赎罪。不要为我哭泣，当我踏上死亡之旅的时候，我恳求您为我的灵魂安息祈祷。我能理解您的悲伤，但这是我此刻唯一能做的选择。"

远藤读完了信，把自己的刀交给渡边，主动要求偿命。渡边却说并不想杀他，因为他已经坦白并忏悔了自己的罪行。"让我们放弃世俗生活，成为佛陀的信徒，用余生为袈裟祈祷吧。"

之后，渡边和远藤两位武士先后拿起刀削去自己的头发。玉琴搬来一张矮桌，衣川把袈裟的头放在上面，把一个盛着香炉的托盘摆在那惨白的头颅面前。悲痛欲绝的母亲点燃了香，拿起念珠低着头为这个勇敢的亡灵祈祷。渡边走到这个临时的祭坛前，掩面祭拜。

对于忏悔者远藤来说，他已经无法承受这悲痛凄凉的现实了。他站起身来，最后看了一眼就要与之永别的红尘世界。就这样，这个悲剧在纷乱、凄凉的高音中落幕了。

作者按：这部舞剧的名字《那智瀑布文觉起誓》取自最后一个场景——僧人文觉坐在这著名的瀑布下不要命地苦修，若非两位佛教神明从天而降救了他，他就会死在这里。我省略了这一部分，因为我认为这是一个扫兴的结尾。

阿珠

お珠

他为对那个美丽姑娘绝望而炽热的爱而悲叹，这种爱燃烧着他的灵魂。

他们内心感受到第二人生的神圣激情。

心怀最好的希望，却拥抱现在——

过去的命中注定之女。

爱情最终会战胜一切。

——丁尼生[1]

日本人普遍认为，灵魂可能不止一次地转世。佛谚曰：

一世亲子，

二世夫妻，

---

1 丁尼生（Alfred Tennyson，1850—1892），英国维多利亚时代最受欢迎及最具特色的诗人。这三句诗出自其长诗《六十年后的洛克斯利大厅》（*Locksley Hall Sixty Years After*），在原诗中并不相连。

三世主仆。[2]

一些日本人甚至相信，在强烈的爱情或忠诚的信念激发下，灵魂可以转世七次之多。

多年前，江户深川住着一位富有的木材商，他和妻子和睦地生活着。不过，虽然他们的生意蒸蒸日上，财富一年比一年多，但他们仍然是一对多愁善感的夫妻，因为他们人到中年仍膝下无子。这令他们伤心，他们最大的愿望就是能有一个孩子。

最终，商人决定和妻子一起去寺庙朝拜。艰苦的朝拜之旅结束后，他们俩去了一处以温泉闻名的山间度假胜地。妻子真诚地希望这种具有疗效的泉水能改善她的身体，并带来她渴望的结果。

一年过去后，商人妻子终于生了一个女儿。他们都很高兴，因为菩萨回应了祈祷。他们小心翼翼地养育这个孩子，把她看作掌上明珠，并给她取名为阿珠。

当阿珠还在咿呀学语的时候，她就许愿要成为窈窕淑女。在豆蔻年华之时，她实现了这个愿望。父母的朋友们都说，他们从未见过如此美丽的姑娘。人们把她比作一朵挂满露珠的牵牛花，散发着黎明的清新。

她雪白的脖子上长了一颗小痣，这是她仅有的瑕疵。

阿珠是个有天赋的孩子。她在阅读和书写汉字方面天资过人，在学习中远超同龄女孩。她舞姿优美，唱曲弹琴令人陶醉，还精通插花和茶道。

等她长到十六岁时，父母认为是时候给她找一个如意郎

2　日语原句为：親子は一世、夫婦は二世、主従は三世。意思是父母与子女的关系只是现世的；丈夫与妻子的关系是前世与现世或来世的，跨越二世；主人与仆从的关系跨越前世、现世、来世三世，是最牢固的。

君了。由于她是独生女，她的丈夫将成为家养子，这样家族就得以保证香火不断。然而事实证明，要找到一个符合他们要求的人如同大海捞针。

碰巧，附近一栋小屋里住着一个姓林的人。他是一位国侍[3]，由于某些原因离开了大名的领地，定居江户。他的妻子早已去世，但他有一个受武士阶层教育的独生子。他们家很穷，因为所有武士都被教育要安贫乐道，他们对经商赚钱不屑一顾。

父子俩过着俭朴的生活，靠教授古典文章、书法，以及给旁人占卜算命来维持他们的小小家业。他们因为学识丰富且为人正直，受到了所有认识他们的人的尊敬。

故事开始时老林刚去世，儿子那时只有十九岁。

这个年轻人英俊潇洒，一身贵族气质，黑目细长如鹰隼，皮肤白净似奶油，无论走到哪里都是人们关注的焦点。他是一名乐师，在吹笛方面很有天赋，而他最爱的消遣方式是下围棋，这种爱好使他很受老年人喜爱。

他经常路过富商家门，于是阿珠便注意到了这个拿着笛子的年轻人。问过乳母后，她知道了他的经历、他的贫穷、他的学识，还有他作为乐师的技艺。

除了被他的外貌吸引，阿珠打心眼里同情这个年轻人的不幸和孤独。她恳请母亲邀他来家里当她的音乐教师，这样他们便可以合奏——他在她的琴声伴奏下吹笛。

母亲同意了，于是年轻的武士成了商人家里的常客。当小林展示了自己的棋艺时，阿珠的父亲喜出望外，经常邀他晚上来家里下棋。吃过晚饭，阿珠的父亲立刻叫人拿来棋盘，然后邀请小林对弈一局。

---

3 国侍，日本江户时代居住在某位大名领地内的武士、大名的家臣。

　　就这样，他们之间的关系越来越亲近，阿珠家把这个年轻人看作值得信赖的自家人。

　　这对年轻的师徒就这样日复一日地见面，很快便坠入爱河，因为两人正当青春貌美之年，相似的爱好使他们的情谊紧紧黏在一起。他们合奏时选择表达爱情的乐曲，通过音乐这种浪漫的媒介交流情感。两种乐器在完美的和声中交织，伴奏的琴声热情地回应着笛声的哀伤旋律——他为对那个美丽姑娘绝望而炽热的爱而悲叹，这种爱燃烧着他的灵魂。

　　阿珠的父母对这一切毫不知情，但她的乳母很快就猜到了这对年轻人的心事。这个女人真心实意地爱着被自己照顾的阿珠，不忍心看到她闷闷不乐，便傻傻地帮这对有情人私下见面。在这样的机缘下，他们彼此许诺要共度余生，并想方设法让长辈们同意他俩的婚事。然而，小林认为商人望女成龙，不可能接受家境贫寒、默默无闻的自己当女婿。所以他迟迟不敢向她求婚，直到为时已晚。

　　一个被阿珠父母认为与自家门当户对的有钱人来上门提

亲，她的父母立刻同意了。阿珠必须为婚礼做准备。

阿珠被绝望压垮了。那天小林应约来和她的父亲下棋。乳母设法让这对恋人先见了面，借此机会，阿珠把父母安排的联姻之事告诉了小林。她一边哭泣，一边说私奔是让他们逃出困境的唯一办法。小林答应当晚就和她一起逃到远方，他把她搂在怀里，试图让她的呜咽平静下来。阿珠紧紧地抱住他，情真意切地说宁死也不愿和他分开。

就在他们耳鬓厮磨之时，阿珠的母亲突然出现了，他们的儿女私情再也瞒不住了。母亲好言好语但态度坚决地把阿珠从小林身边带走，然后把她像囚犯一样关在屋内。母亲不许女孩离开她的视线，小林则被禁止再来家里。

小林害怕她的父母迁怒于他，便搬到城里其他地方住了，没有向任何人说他的去向。

阿珠悲痛欲绝。她苦苦思念她的如意郎君，不久就病倒了。父母为她精心置办的嫁妆都已备齐，但婚礼不得不推迟举办。

日子一天天过去，阿珠的父母变得焦虑万分，他们的女儿不但没有好转，反而眼看着消瘦下去，虚弱得甚至下不了床。为了给她解闷，他们把她带到剧院之类的消遣之地，或者去以花木闻名的花园散心。最后，他们把她带到箱根、热海[4]这样的地方，希望舒服的温泉浴和美丽的景色能缓解她的病情。但这一切都是徒劳的，尽管父母为阿珠倾注了大量心血，但她的病情还是愈加恶化。担惊受怕的父母找来大夫。大夫断言阿珠得的是相思病，还说除非她能和她朝思暮想的男人在一起，否则她可能就此月坠花折。

这时，她的母亲恳求丈夫允许女儿与小林成婚。虽然小

---

4 箱根位于神奈川县西南部，热海位于静冈县东部，两地均以温泉闻名。

林不是他们中意的女婿，但女儿嫁给他总好过为情而亡。

然而，此刻他们面临着一个做梦也想不到的困难——小林已经搬走，没人知道他去了哪里。他们拼了命地寻找，但徒劳无功。

不知不觉一年过去了。起初，当阿珠得知父母已经同意她嫁给自己深爱的情郎时，她的心中充满了希望，并且身体很快就变好了。可是时间过去了一年，小林始终没有回来。对于这个弱不胜衣的年轻姑娘来说，这种苦等和失望实在是太沉重了。最终，她在刚满十七岁那天抱憾去世。

小林从未忘记那个美丽的姑娘，也没有忘记他们一同许下的诺言，他发誓今生不会娶别的女人为妻。他渴望得知阿珠的音讯，也意识到和一个年轻姑娘私订终身的行为是多么草率，并为此感到深深的自责。他害怕一旦回到她家附近——哪怕只待一天——她的父亲也会杀了他。他有气无力地自言自语道，阿珠多半已经将他忘了，一定是嫁给了她父母选中的男人。

一个晴朗的早晨，小林去隅田河钓鱼，直到夜幕降临时才回家。他在沿着河堤漫步、双脚被河水轻轻拍打时，看见一个少女的身影在夕阳的光辉中向他靠近，轻柔得如同夏日的风。

他一下子就认出了那是阿珠，看到她的第一眼，他的心就高兴得怦怦直跳。他含情脉脉地看着她，称赞她愈发美丽了，然后向她问起了他们被残忍拆散以后所发生的一切。

阿珠用悲伤至极的声音颤抖地回答说："在你离家以后，那个疼爱我的老乳母就因为帮助我们私会而被解雇了。从那天起，我再也没有见过她，她捎信给我说她已经回老家了。"

"那你还没结婚吗？"小林的心扑通狂跳，满怀期待地问。

"哦，没有，"阿珠莫名其妙地看着他，回答道，"你以

为我会忘记你吗？即便到了下辈子，你也永远是我的情郎。那门强加于我的婚事以及对你的思念使我病了好久，难道你不知道吗？父母看我整日愁眉不展，便心生怜悯，解除了我的婚约，然后设法找你。可是你却消失得无影无踪。就在今日，我下定决心去恳请老乳母帮忙找你。我正在去她家的路上。能在这里碰到你，真是令我喜出望外。你难道不想带我去你家，让我看看你住在哪里吗？"

随后，阿珠跟着小林去往他简陋的住所。他是多么幸运啊，得到了美丽的阿珠忠贞不渝的爱。

一路上，他们幸福地相互倾诉着永远爱着对方的誓言。小林告诉阿珠，为了珍爱的她，他曾发誓决不会娶别的女人。

他们一起进了小屋，看着近在咫尺的阿珠，小林兴奋得指尖微颤。他迫不及待地跪下来点好灯，把它放在矮书桌上，然后转身与她说话。

但阿珠已经走了。他找遍屋里院外，提着灯笼沿着大路张望，可是哪儿也找不到她。她一转眼就不见了，就像她突然出现一样。

小林认为这件事太匪夷所思了。他独自回到空荡荡的屋里，不祥的感觉让他浑身颤抖，突如其来的幸福像被冷风吹过的花儿一样凋零了。他整夜辗转反侧。当第一道晨光划破天空时，心急如焚的他再也忍不住了，他迫切地想要知道阿珠的消息。于是，他急匆匆地启程前往深川。

小林赶到一位老友家里，打听那位商人的家事，尤其是阿珠的情况。他这才得知阿珠在几天前刚刚去世，而且阿珠是因为思念他才死去的。他也回想起来，那时遇到的阿珠似乎是在贴着地飘，而不是在走路。

他回到家里，因悲痛而神思恍惚，因自责而痛苦不堪。

"噢，阿珠！我的爱人！"他一头倒在房间里，万念俱灰，痛苦地哭号着，"要是我早些知道你病了，我就来找你了。昨天出现在我面前的是你的灵魂。噢！再来看看我啊！阿珠！"

小林一连病了好几周，当他恢复健康、能够静下心来思考时，他觉得自己再也无法在这个悲惨的世界生活了。他觉得自己应当为那个年轻女孩的早逝负责。为了摆脱这无法忍受的痛苦，他决定出家为僧，并加入了一个被称作虚无僧[5]的游僧团体。

虚无僧享有庇护之地，他们大多是想隐藏身份的武士——有的是违犯法令，比如杀死了朋友，不得不割断与大名的主仆关系；有的是家族世仇迫使他花费数年时间来追杀仇人；有的是因悲伤或失望而厌恶这个世界，就像小林这样。这些

5　虚无僧，信奉普化宗（日本禅宗之一）的僧侣。德川幕府规定他们托钵时需穿蓝色或灰色无纹衣服、腰袋内配尺八（类似笛子的乐器）、头戴天盖（类似柳条筐的帽子），授予他们自由行旅的特权。1871 年，明治政府废止普化宗，将虚无僧编入民籍。1888 年后逐步恢复虚无僧行脚。

游僧将他们出家的种种缘由深埋于遥远的回忆之中。

虚无僧总是被敬如上宾，享受着客栈和船家的盛情款待，并且可以自由通过朝廷设立的所有关卡。他们穿着挂络[6]而非法衣，也不像寻常僧人那样剃发。他们的显著标志是那顶奇怪的帽子——一个倒置的柳条筐，直扣到下巴处，把脸遮得严严实实。他们的戒律禁止他们结婚、吃肉、喝酒超过三杯。托钵行乞之时，他们不可脱帽，也不可向任何人鞠躬，即便是他们的父母。在这些戒律之外，他们虽然名义上是僧人，过的却是世俗生活，不理佛事时可以随心所欲地将时间用在练武或学习上。

虚无僧必须每天外出乞求施舍，这是他们的修行。他们吹奏尺八，这种乐器用离根部最近的竹竿制成，那是竹子最坚固的部分，它是一无所有的僧人每日化缘的道具，必要时还能当作自卫武器。小林擅长吹尺八，他认为虚无僧的生活最适合他了。

离开江户前，他前往埋葬着逝去爱人的寺庙祭拜，跪在她的墓前。他将用整个余生为她灵魂的安息和幸福的转世祈祷。他把她的戒名[7]写在厚纸上，无论走到哪里都装在胸前。

每年万物复苏之时，小林总会找一个安静的去处，在阿珠的忌日那天从他的忏悔之旅中抽身出来，休息一下。

此刻，他待在一处僻静的房间内，把阿珠的戒名放在凹间里，在它前面摆上一个香炉，点燃香烛，让它们从旭日东升燃到夕阳西下。他跪在这临时祭台之前，拿出尺八，将自己灵魂深处的绵绵爱意倾注在哀伤婉转的曲调中。他虔诚地将音乐献给她。

6　挂络，禅僧使用的方形简式袈裟，穿戴时像披肩那样从两肩垂到胸前。

7　戒名，日本佛教信徒死后由僧人起的名号，通常用在墓碑、牌位等祭祀死者的地方。

　　随着时光流逝，悲伤的重负与悔恨的烦躁从小林的灵魂中消散了，痛苦之后的平静与安宁终于来到他的身边。

　　他云游了许多年，最终，旅程把他带到多山的甲州[8]。到达那里时已是夜幕低垂，他在黑夜中迷了路。他累得筋疲力尽，开始琢磨该去何处过夜，因为无论远近都看不见房子，周围除了连绵的丘陵和空寂的荒野，什么都没有。

　　寻觅了几个时辰，他终于望见远处山坡上有一束孤零零的火光在摇曳。他松了一口气，大步流星地赶往那里。

　　他敲了敲农舍的外门，一个面目狰狞的人给他开了门。房主得知这个陌生人想要在此借宿一晚后，愁眉苦脸、一声不吭地把他领进了单间。单间隔壁是个小厨房，屋子不大。小林偷偷环顾四周，注意到屋里没有一件农具，反而在一个角落里竖着一把刀和一杆火枪。

8　甲州，甲斐国的俗称。甲斐国，日本古代令制国之一，其领域为今山梨县。

房主拍了拍手，一个大约十五岁的少女应声而出。房主吩咐少女给客人端来火盆和一些食物。

少女专心致志地服侍小林，她进出厨房的时候，时常用哀怨的眼神瞥向他。小林想知道她是如何来到这里的，因为尽管她看上去脏兮兮的，但他能看出来她其实长得颇为清秀，周围的环境显然配不上她娴雅的举止。

不一会儿，房主带着武器出门了，少女这才来到小林面前跪了下来，痛哭流涕地说："无论你是什么人，我劝你赶紧逃走，趁现在还来得及。那个招待你的人是个强盗，他可能会为了夺取财物而杀害你。"

小林对眼前的少女充满同情，问她为何会住在这样一个荒无人烟的地方。少女为他讲述了一个悲惨的故事。

"我家住在邻国，"她一边说，一边用袖子擦拭眼泪，"就在家父刚刚过世之时，这个强盗闯进我家，向母亲要钱。只因母亲没有给他钱，他便把我掳走，要将我卖身为奴。他把我带到这间屋子之后没多久，就在一次外出抢劫中受了伤，不得不在屋子里休养了一个月。这就是你还能在这里见到我的原因。但他现在已经康复，可以继续出门了。我恳求你带我一起走，否则我将再也见不到我的母亲，我的命运会苦不堪言。"

听罢少女的悲惨遭遇，天性仗义的小林内心燃烧了起来。他拉着少女逃离了强盗的巢穴，逃进了茫茫黑夜。

跑了一段时间，他们离小屋已经很远了，小林放开少女，两人安稳地走了一夜。天亮时分，他们越过甲州的边界，进入了邻国。走在大路上，少女认出了这个熟悉的地方，兴高采烈地朝回家的路走去。

当发现被掳走的孩子平安归来，悲伤的母亲欣喜若狂，她满怀感激地拜倒在小林的脚边，对他千恩万谢。

与此同时，获救的少女也来感谢她的救命恩人。收拾干净的她如同变了一个人，小林看得目瞪口呆——她和多年前死去的阿珠简直是一个模子刻出来的。回忆如潮水般向他涌来。她们不仅相貌惊人相似，他还注意到一处小小的胎记——少女脖子上的胎记与阿珠雪白脖子上的一模一样。

　　不一会儿，他控制住情绪，能够说话了。

　　"请告诉我，"他转向少女的母亲问道，"莫非你在江户有什么亲戚？你的女儿与我多年前认识的一个人很像，可惜她已经不在人世了。"

　　这个女人仔细打量了他一会儿，然后问道："你不是十五年前住在深川的小林吗？"

　　他被这句突如其来的话吓了一跳，她知道他的过去。

　　看到他尴尬的表情，女人擦拭着眼中的泪水继续说："你刚到家里时，我就觉得你的声音让我感到熟悉，可是你现在的装束让我想不起来你是谁。

　　"十五年前，我曾在深川那个富有的木材商家里干活，经常帮助阿珠小姐与你私会，因为我很同情你们二人。如果某一天她没能见到你，她就会闷闷不乐。她的父母对我做的蠢事非常生气，就把我解雇了。我回到家，紧接着就结婚了。不到一年，我生了一个可爱的女儿。这孩子长得跟我故去的小主人太像了，我便给她取名阿珠。随着她越长越大，不仅是她的容貌和身材，还有声音和举止都会让我想起阿珠小姐。你救了我的孩子，这难道不是前世的因缘吗？"

　　小林聚精会神地听完这个女人讲的故事，然后问她女孩的出生日期。

　　真是太不可思议了，女孩的生日恰好是永远铭刻在他记忆里的那天——十五年前的那个春天，阿珠出现在他眼前的那天。

听小林讲完这离奇的相遇后，女人确信她的女儿是阿珠小姐的转世，因为阿珠在十五年前亲口告诉小林，她要去找她的老乳母。

"记住那句古老的谚语：最深不过因缘。"她最后补充道。

随后，她恳求小林娶她的女儿，因为她相信只有这样，阿珠小姐的灵魂才能得到安息。

但是，小林认为如今的他们年龄相差太多，这会是通向幸福婚姻的绊脚石。他拒绝了。他年纪太大了，也太不幸了，不可能让年轻的新娘幸福。不过，他决定在这里住上一段时间，尽可能地给这位老乳母一些安慰和帮助。

转眼间几个月过去了，这片土地发生了翻天覆地的变化。天皇归政，新政权由天皇而不是幕府将军执掌国家大权[9]。全国各地都兴建了学校，而小林所属的虚无僧被国家法令废除。

小林在这个村子里深得民心，村民请求他留在新学校当老师。他已经失去了虚无僧的身份，便接受了这个能解决他前途之忧的建议。

当地的镇长被小林高尚的品格折服，并详细了解了他过去悲伤的故事。与所有日本人一样，镇长相信命中注定的因缘，劝说小林尊重命运的安排，偿还过去的情债——娶了那个阿珠转世的女孩。

这桩婚姻被证明是幸福的。从那一天起，小林家日益兴旺，孩子们一出生，他们的生活更是充满了欢乐。

---

9 1867年，第十五代将军德川庆喜把政权归还天皇，标志着持续260多年的德川幕府统治结束，史称"大政奉还"。

阿绢

十二————

他们的回忆像火一样燃起，只需一个契机，这团火焰就能激起无法熄灭的浓浓爱意。

在很久很久以前的美好时光，大阪城里住着一位富商。幸运之神眷顾他，让他的生意规模翻了十倍，直到他拥有了这个世界所能给予他的一切。此外，他还为有着一个名叫阿绢的小女儿而感到自豪，她长得如佛教里的飞天般美丽。女儿声名远扬，所有看到她的人都惊艳她非凡的美貌。

与这个富翁的富裕和显赫形成鲜明对比的是，在他家隔壁一间茅茨土阶的屋子里，住着一个卑贱的烟草贩，但他有一个异常英俊的儿子，叫国藏，恰好与阿绢同龄。

从很小的时候起，阿绢和国藏就几乎每天都在一起玩耍，分享童年的欢乐和悲伤，他们之间产生了一种深厚而持久的感情。所有看到这两个孩子的人都会不由地感到高兴。金童玉女，两个孩子在一起的时候就如同一幅画。

然而，随着阿绢和国藏的年纪越来越大，富商和他的妻子开始阻止两人之间的亲密往来，阿绢不得不远离国藏。

可即便阿绢和国藏不能像往常那样玩耍，他们之间的强

烈爱意还是将彼此紧紧连在一起。他们在心中默默怀念着相互陪伴时度过的快乐时光。

阿绢到了十七岁，她的美貌和魅力变得家喻户晓。于是，她被一个大贵族的儿子求婚了。她的父母为自己的女儿能嫁入这样的豪门而乐不可支，马上答应下来。一切准备工作都被迅速安排好，以便婚礼早日举行。

一日，阿绢和几位女伴在老乳母的陪同下外出看戏。她的母亲希望即将嫁入名门的女儿能成为众人注目的焦点，于是给她穿上了精致的和服。当她出现在戏院时，所有目光都注视着这光彩照人的画面——观众们更多是在看她，而不是在看戏。

真是造化弄人！那天，国藏碰巧也去了同一家戏院。他坐在后排不起眼的位置，目光跟随着其他人扭头的方向望去，很快就认出了他从前的朋友和玩伴。阿绢坐在一个显眼的位置上，被朋友和侍从簇拥着，与她日益高贵的身份相称。

国藏很想走过去跟她说话，但又不敢。唯一让他感到慰藉的，就是又能看见那个美丽的身影，虽然如今他们的距离就像飞蛾离星星一样遥远。

与此同时，阿绢也很快从人山人海中认出了与她青梅竹马的熟悉面孔，他们隔空暗送秋波。他们的回忆像火一样燃起，只需一个契机，这团火焰就能激起无法熄灭的浓浓爱意。

就在这对爱侣在那个拥挤的地方互相凝望之时，两颗年轻的心都挣脱了时间和环境的束缚，他们以一种压倒一切的信念意识到，把他们的灵魂永远拴在一起的爱情枷锁是多么牢固。

那天晚上，国藏沮丧地回到他简陋的家，他满脑子想的都是过去的那些快乐时光，那时他可以和他心爱的阿绢在一起。而如今，他们之间出现了一道鸿沟，就像天堂与地狱之间的鸿沟那样无法逾越！就这样，可怜的国藏沉湎于痛苦之中，病倒了，一连几天困在自己的房间里。

与此同时，待嫁的新娘也心情沉重地回到家。她回忆起戏院里国藏的目光，他那俊俏的脸上写满了期待，此情此景深深地打动了她，让她难以忘怀。最后，她也病倒了，一段时间之后，虚弱得连床都下不了。

她觉得自己像一只可怜的小虫，被困在残酷命运编织的罗网中。一想到父母给她安排的那桩"美满"的婚姻，她就感到厌恶。她每天都躺在床上，翻来覆去，烦躁不安，祈求上天告诉她一些逃脱的办法。

阿绢只敢向那位忠实的老乳母吐露让她备受折磨的烦心事。那位老婆婆眼看着受挫的阿绢越来越忧郁，整日哭泣，也万分痛心，最后答应她给国藏捎个口信。

随后，阿绢用一首小诗表达了她的哀伤。她抚琴伴奏，在房间里反复吟唱这首诗。

乳母很同情这对苦命鸳鸯，很快将阿绢所作的情诗告诉了国藏。国藏明白他的感情得到了回应，消沉的心变得欢快起来，身上所有的病症一扫而空，他又能够正常生活了。

但阿绢还是老样子。日日夜夜，她的脑子里只有国藏一人，她越想见到他，就病得越厉害。

由于女儿被突如其来的怪病击垮，商人和他的妻子陷入深深的痛苦和焦虑之中。医术高超的大夫们被急匆匆地召集到她的床边，但他们的一切努力都无济于事。

虽然国藏是在贫苦、卑贱的环境中长大的，但他受过良好的教育，一直对文学，尤其是诗歌怀有极大的热忱，极有作诗的天赋。因此，当他得知他的心爱之人因病卧床时，便为她写了一首小诗，表明他的心意，并拜托她忠实的乳母转交给她。

咫尺如千里，云梯不可攀。
一夜孤床梦，为蝶入帘间。

这首诗让阿绢深感宽慰，她此前只是猜测国藏的心意，并没有得到过正面回应。她满心欢喜地写了一首诗作为回应。

不厌仙山远，与君挈手攀。
富贵非我愿，相共避尘间。

从那以后，坠入爱河的两人每天都在交换他们爱情的信物，爱情带来的幸福感让阿绢完全康复了。

阿绢的父母因女儿的康复喜出望外，他们赶忙为她的婚事挑选了良辰吉日，并满怀热情地开始准备。

当不幸的阿绢意识到她已命中注定要成为另一个男人的

妻子时，她几乎要疯掉了。

她无法违抗父母的意愿，从早到晚都在思量那个令人不快的局面。然而，似乎只有奇迹发生，才能阻止或者推迟那个令她反感的婚礼。

经过日日夜夜的盘算，她那一团乱麻的脑袋里只剩下一个办法：一到那位贵族的家里，她就借口生病，把自己关在闺房里；如果新郎坚持要她出席婚礼，她就只有一条路可走——既然注定不能成为爱情的新娘，那就成为死亡的新娘。

在与寝食不安的国藏辞别时，阿绢将这个孤注一掷的抉择告诉了他。她划破手指，用鲜血写了一封信，并把这封不祥的信用一绺乌黑柔顺的头发系起来，以表达她坚定不移的决心。

决定命运的那天到了。无可奈何的新娘不得不打开门迎接侍者，让她们为她纤细的躯体穿上华丽的婚服，用充满艺术性的饰品衬托她的白皙。于是，当她出现在为送亲而来的亲朋好友面前时，大家都齐声赞美她的天仙之貌。

终于，夜幕降临，出发的时间到了。阿绢正式与她的父母告别，然后，她怀着要摆脱包办婚姻的坚定决心，走进了她的驾笼，被慢慢地抬往新郎家。紧随其后的是由父母、媒人和侍从组成的长长队伍。

在几年前，这位新郎曾与一位有名的舞女有过一段风流韵事，按照当时的风俗，他把她安顿在家里。那女子希望有朝一日能成为他的正妻，能成为那栋豪宅的女主人，以回报她的付出。因此，当她听说她的情郎即将和一位绝世佳人结婚时，她明白美梦彻底破灭了。这让她失去了理智。

于是，在婚礼当晚，她看到送亲队伍的彩灯沿着大路慢慢向夫家靠近的时候，她再也压不住心中的怒火。忌妒和绝望让她发了疯，她冲进庭园，用刀刺穿自己的胸膛，最后在一阵狂躁的抽搐中，将自己血流如注的身体投进井里。

就在这时，厚重的大门被打开了，迎面而来的是新娘华丽的漆面驾笼，周围有许多提灯笼和举火把的随从。

突然，一阵怪异的阴风刮起来，在宅子周围猛烈地打着转儿，把所有的灯火都吹灭了。在这无月的暗夜中，所有人都看到了惊悚的一幕——那个被弃情妇的幽灵挡住了新娘的去路！在一团淡蓝色的薄雾中，它那惨白的脸和血迹斑斑的衣服，以及在身后随风飘动的散乱长发，将那些目瞪口呆的旁观者吓得魂飞魄散。它举起双手伸向新娘，驾笼中传出一声疯狂而刺耳的尖叫。

新郎在大门口目睹了这可怕的场面。他怒不可遏，拔刀冲向怨魂，疯狂地想砍倒那妒忌的情妇的灵魂。然而当他的刀落下时，幽灵瞬间消失了。

受到惊吓的仆人和轿夫们渐渐从恐惧中回过神来，他们点亮火把和灯笼，打开了驾笼的门。

哎呀！这位美丽的新娘已经死了。她仰面躺在垫子上，脸色苍白，一动不动，如同一朵白百合。

大夫们急忙赶到现场，但都无力回天——她的阳寿已尽。

可怜的阿绢就这样香消玉殒。她在精神上遭受的痛楚达到了顶点，她脆弱的灵魂根本经受不起这样的惊吓。

在一片哀号声中，阿绢心碎的父母带着心爱女儿的遗体回到家中。他们所有的骄傲都灰飞烟灭了。

两天后，这对悲痛欲绝的夫妇把他们的爱女以及她留下的一切都葬入墓中。他们决定用全部余生来怀念她。

国藏也获知了这个悲惨的消息。他立刻下定决心，不能让她的灵魂独自前往阴间。既然他们今生今世的情缘被无情地割裂了，那么就让慈悲的死神帮他们来生再会吧。不过，在他离开这个痛苦的世界之前，他想要至少再看一眼阿绢的美丽脸庞。

怀着这个决心，他在阿绢下葬的当晚来到墓地。棺桶[1]很容易就被挖了出来。他撬开棺盖，奇迹发生了，阿绢没有长眠，而是轻轻叹了一口气，从狭窄的棺桶里站起来，用迷茫的目光望向面前惊惶失措的国藏。

突如其来的冷风吹醒了可怜的阿绢，将她徘徊的灵魂唤了回来。结婚当晚发生的事让她吓掉了魂，陷入深度昏迷中，那样子和死去并无二致。

有谁能描绘出这对年轻恋人的欢乐与狂喜呢？他们在经历了这番无常的人生之后，居然奇迹般地重逢了！国藏几乎幸福得要疯了，他竭尽全力地照料他心爱的女人，待她完全恢复后，温柔地用外衣将她裹住，急匆匆地将她带到了住在远处的姑妈家，在那里她可以安稳藏身。

1　棺桶，形如木桶的棺材。日本古代流行将死者以坐姿安放于棺桶中下葬。

　　姑妈对侄子的深夜造访感到十分惊讶，这对逃亡恋人的故事更是让人难以置信。不过，她从这些事情中清楚地看到了上天的旨意，愿意为他们提供一个栖身之所，并尽其所能帮他们。

　　在黑夜的掩护和亲戚的帮助下，他们逃走了，然后渡过大海，平安抵达四国岛。在那里，他们在一个叫丸龟的地方找到国藏家的另一位亲戚。他在著名的金刀比罗宫[2]附近经营一家生意兴隆的客栈。

　　这对逃亡的恋人受到热情款待，在熬过所有磨难和痛苦之后，他们在这个繁荣的小镇安了家。每年都有成千上万的香客来此朝圣，阿绢的美丽和才艺为客栈带来了更多生意，这也给他们的恩人帮了大忙。就这样，这对有情人远离故乡终成眷属，过上了幸福的生活。他们的感情就像蓬莱岛上被

2　金刀比罗宫，位于日本香川县仲多度郡琴平町的神社，供奉海上交通之守护神。

施了魔法的花朵一样不会凋谢，永远芳香四溢。

由于担心阿绢被迫履行与那个倒霉贵族的婚约，使得他们再次被无情地拆散，他们始终不敢向家人透露他们爱情的奇迹。

不过，在这几年中，因痛失女儿而伤心欲绝的阿绢父母一直在为她哀悼，他们四处朝圣，到一些名刹烧香拜佛。

他们的朝圣之路终于抵达了丸龟，金刀比罗宫也在他们的行程中。有道是无巧不成书，他们恰好住进了国藏叔父开的客栈。

当他们被领进给他们安排的房间时，首先映入眼帘的是一扇漂亮的屏风，上面有一首用精湛的书法写成的诗。那独特的笔迹一看就是阿绢的字，那首诗也曾被她不断地深情诵读。

他们开始浮想联翩，急忙把店主叫来。在长谈中，他们得知了阿绢从墓中复活的故事。

欣喜若狂的父母对着上苍千恩万谢，因为它以这样一种令人惊叹的方式让他们重逢，他们从没想过能再见到死去的女儿。在这次幸福的团圆中，所有人都流下了喜悦的泪水。

他们不会再分离了，这对老夫妻坚持要把女儿和女婿带回大阪，幸福长久地生活在一起。整个街坊都对阿绢从墓中归来的这段奇妙往事赞叹不已。

贰

武士之卷

武士の卷

本卷所选的十二篇故事是关于日本古代武士的，以『源平之争』的故事为主，引出了日本古代那些颇具传奇色彩的英雄人物。

日本武尊

日本武尊

十三

他身上一切武士的痕迹都消失了，在光洁的镜面上，只有一位美丽的女士回望着他。

日本皇室有三件被视为神器的珍宝，自古以来就被小心翼翼地守护着。它们便是八咫镜、八尺琼勾玉、天丛云剑。

三件皇室珍宝之一的天丛云剑——后来也被称为草薙剑，被视为无上至宝，因为它是这个武士之国力量的象征，是天皇战无不胜的法宝，所以它被供奉在祖先的神龛里。

大约两千年前，这把剑被保存在伊势神宫里。那里供奉着伟大而美丽的天照大神，据说她是日本天皇的祖先。

这是一个关于武士的冒险与勇气的故事，也解释了为什么这把剑的名字会从"天丛云"改为"草薙"，即"割草"之意。

很久以前，景行天皇——日本帝系初创者神武天皇的第十二代后人——有了一位皇子。这位皇子是景行天皇的次子，名叫小碓尊。从童年起，小碓尊就表现出非凡的力量、智慧和勇气。景行天皇注意到小碓尊胸怀大志，所以比起长子，他更喜爱小碓尊。

此时，小碓尊已经长大成人，这个国家被一群亡命之徒困扰着，他们的头目是熊袭建兄弟[1]。这些叛乱者以背叛国主、违犯法律和藐视一切权威为乐。

景行天皇命令次子小碓尊去制服这些土匪，如果可能的话，就把他们赶离这片土地。此时的小碓尊只有十六岁，但根据律法，他已经成年。他虽然如此年轻，却拥有着老成武士的无畏精神，没有人的勇气能与他匹敌。于是他欣然接受了父皇的命令。

小碓尊立即准备出发。当他和他的忠仆们聚集在一起，擦亮并穿戴好盔甲，准备远行时，皇宫各处都热闹了起来。在离开之前，他去伊势神宫祈祷，并向他的姑妈倭姬命告别。一想到自己将要面对的危险，他的心情就有些沉重，觉得自己需要得到女祖先天照大神的庇佑。姑妈倭姬命出来迎接他，并祝贺他被父皇委以重任。随后，她把一件自己的华服送给小碓尊，让他带着留作纪念，说是能给他带来好运，并且在这次远征中一定会对他有所帮助。然后，她祝小碓尊此行一切顺利，早日凯旋。

年轻的小碓尊给姑妈深鞠一躬，恭敬地接受了她的厚礼。

"我现在要出发了。"说罢，小碓尊回到皇宫，率领他的军队出发。他穿过河流，越过山丘，来到土匪们的巢穴——南方的九州岛。

小碓尊步步为营地向土匪头目熊袭建兄弟的大本营前进。在这个过程中，他遇到了大难题。他发现这地方极其荒凉，山险峻，谷幽深，大树和巨石盘根在道路上，大部队几乎寸步难行。

小碓尊虽然年轻，却已见多识广，知道继续带领士兵前

---

[1] 熊袭建兄弟，"熊袭"是日本古代南九州的一支原住民族，兄弟俩分别被称作"兄建"和"弟建"。

进只是徒劳，他自言自语道："对于我的士兵来说，这个地方既陌生又难以通行，在这里打仗只会使我一败涂地。我们不能一边开路一边战斗。在我看来，要出其不意地突袭敌人，这样才能事半功倍。"

于是，小碓尊命令他的军队停下来。随小碓尊一同出征的还有他的妃子弟橘媛，他吩咐弟橘媛把姑妈给他的华服取来，帮忙把他打扮成女人的模样。在弟橘媛的帮助下，小碓尊穿上华服，把头发披散在肩上。小碓尊接过弟橘媛递来的梳子，把它插进黑色发辫里，然后戴上一串串珠宝。当小碓尊完成梳妆后，弟橘媛把镜子递给了他，他微笑着看着镜中的自己——伪装得天衣无缝。

他身上一切武士的痕迹都消失了，在光洁的镜面上，只有一位美丽的女士回望着他。

经过完美伪装的小碓尊，独自一人去侦察敌军营地。在他丝绸外衣的褶裥里，藏着一把锋利的匕首。

当小碓尊来到敌军大营时，土匪头目熊袭建兄弟正坐在大帐里歇息。他们谈论着最近传来的消息，天皇的儿子带着一支大军进入他们的地盘，并决心消灭他们。他们俩都听说过这位年轻武士的大名，有生以来第一次感到害怕。谈话间，他们偶然抬起头来，看到大帐门口有一位穿着华服的美丽女子。她像一个美丽的幽灵，出现在柔和的暮色中。他们做梦也想不到，此刻站在面前的竟是让他们害怕不已的敌人。

"多美的女人啊！她是从哪儿来的？"他们看着这个柔情似水的闯入者，把战争、会议和所有的一切都抛到脑后。

他们向乔装打扮的小碓尊招手，叫"她"坐下来陪他们喝酒。小碓尊狂喜，因为在这一刻，他已经知道他的计谋定会成功。不过，他掩饰得很巧妙，装出一副羞怯的可爱模样，眼睛如受惊的小鹿般，慢腾腾地挪向土匪头目。熊袭建兄弟

完全被"女孩"的美貌迷住了，"女孩"不停地为他们斟酒，他们就一杯又一杯地喝，直到最后喝得酩酊大醉。

勇敢的小碓尊等的就是这一刻。他扔下酒坛，抓起醉醺醺的兄建，用藏在外衣褶裥的匕首迅速将其刺死。

看到这一幕，弟建吓得魂不附体，试图逃跑，但小碓尊的反应太快了，不待弟建跑到大帐门口，他就已经尾随而至。

弟建的衣服被一只有力的手紧紧攥住，一把匕首在他眼前闪过。就在弟建倒在地上将死未死之时，他突然抓住小碓尊的手，痛苦地喘着气说："等一下！"

小碓尊稍微松了松手说："我为何要停下来，恶徒？"

那土匪挣扎着站起身说："请告诉我，你是从哪里来的，我在有幸跟谁说话？迄今为止，我一直相信死去的哥哥和我才是这片土地上最强大的人，没有人能胜过我俩。你仅凭一己之力就闯入我们的营地，击杀我俩！莫非你不是凡人？"

这时，年轻的小碓尊带着骄傲的微笑回答道："吾乃天皇之子，名为小碓尊，吾奉父皇之命，惩奸除恶，斩杀一切叛逆之人！吾之百姓必不再因汝等谋财害命而惊恐！"说罢，他把那滴血的匕首举过土匪的头顶。

"啊，"将死之人吃力地喘着气说，"我常听人说起你。你真是个厉害人物，如此轻易地击败了我们。请允许我给你起个新名号。从现在起，你将被唤作日本武尊[2]。我把我们的头衔赠给你，你是日本最勇敢的人。"

说完这些话，弟建向后倒下，死去了。

日本武尊就这样成功地消灭了父皇的敌人，率领手下返回都城。回来的路上，他经过出云国，在那里遇到了另一个名叫出云建的不法之徒，其已在此地为非作歹多时。日本武尊再次用计，伪造身份与那强人假装结交。他做了一把木刀，把它紧紧插在自己结实的刀鞘里。无论在任何场合，他都把这把木刀挂在腰间。

某日，日本武尊把出云建约到肥河边，并说服他同自己一起在清凉的河水中游泳。

那是一个炎热的夏日，出云建毫不犹豫地跳入河中。就在敌人游泳之时，日本武尊转身以最快的速度游上岸，趁没人看见，把出云建锋利的钢刀换成了自己的木刀。

出云建对此一无所知，不久便游回了岸边。他刚穿上衣服，日本武尊就走了过来，要和他比试刀法。日本武尊说："让我们来比试一下，看看谁是更厉害的刀客！"

出云建欣然接受，他觉得自己一定能赢，因为他在自己的地盘上是有名的刀客，此前还未逢敌手。他迅速握住刀柄，以防守姿态站好。哎！出云建拿的刀是日本武尊用木头做的，

2　在后文中，我们将用"日本武尊"来称呼小碓尊。

他想把刀拔出来，但徒劳无功——刀被牢牢卡住了，他用尽浑身力气也没有拔出分毫。即便他的努力成功了，这把刀也没用，因为它是木头做的。日本武尊看到他的敌人已中计，高高举起从出云建那里骗来的刀，以巨大的力量和灵巧的手法，砍下了出云建的脑袋。

就这样，日本武尊时而运用智慧，时而运用强力，有时也运用诡计，一个又一个地击败了天皇的敌人，给国家和百姓带来和平与安宁。

日本武尊回到都城后，天皇表彰了他的勇敢行为，在皇宫举行宴会庆祝他平安回家，还送给他许多珍贵的礼物。从那以后，天皇比以往任何时候都更加喜爱日本武尊，不让他离开自己身边半步，并对别人说他现在把这个儿子视为臂膀。

在日本武尊大约三十岁的时候，虾夷人造反的消息传来。虾夷人是日本列岛的土著居民，曾被大和国征服，被迫向北迁移。此时，他们离开了分配给他们的土地，在东部诸国造反，引发了大骚乱。天皇决定派一支军队与之作战，平息叛乱。但是由谁来领导这支大军呢？

日本武尊自告奋勇要去平定叛乱。天皇十分喜爱日本武尊，不忍让他离开自己的视线——哪怕只有一天的时间，当然更不愿意让他踏上危险的征途了。但是在整个军队中，没有一个武士像日本武尊那样强壮勇敢，因此，天皇不得不同意了他的请愿。

日本武尊出征之时到了，天皇赐予他比比罗木之八寻矛，命令他去平定东夷，即虾夷人。

在那个上古时代，比比罗木之八寻矛被武士们格外珍视，就如同在现代军队的出征仪式上，国家元首送给士兵的旗帜。

日本武尊毕恭毕敬地接过天皇的矛，然后率领军队离开都城，向东进发。在出征路上，他首先去参拜了伊势的所有神社，斋王[3]——也就是他的姑妈倭姬命——出来迎接他。正是她把自己的华服给了日本武尊，帮助他击杀了西方[4]的土匪。

日本武尊告诉姑妈说，她的礼物在他上次出征中起了很大作用，衷心感谢她。

当她听说日本武尊又去和他父皇的敌人作战时，她走进神宫，再出来时拿着一把剑和她亲手缝制的锦囊，里面装满燧石——那时候，人们用它代替火柴生火。这些是她送给日本武尊的饯行礼。

这把剑就是天丛云剑，是日本皇室象征的三神器之一。她没有更多东西能给她的侄子了。她叮嘱日本武尊，一定要在最需要的时候使用它。

日本武尊和他的姑妈告别，他再次来到队伍的最前面，率领军队穿过尾张国[5]，向最东边进军，然后到达骏河国[6]。骏河守护在这里热情地欢迎日本武尊，并设宴款待他。宴会结束后，他告诉日本武尊，其国以良鹿闻名，建议他猎鹿为乐。日本武尊被主人的热诚欺骗了，其实这种热诚全是装出来的。他欣然同意去参加围猎。

骏河守护领着日本武尊来到一片广阔的荒野，这里的草长得又高又密。日本武尊不知道骏河守护在此设下了圈套，想要置他于死地。正当日本武尊驱马逐鹿之时，他突然看到大火和浓烟从面前的灌木丛中冒了出来。他意识到处境危险，急忙调转马头撤离，就看到马头前方的草丛也烧了起来。与此同时，他左右两边的草丛也燃起了大火，并迅速向四面八

---

3 斋王，又称斋皇女，指在伊势神宫和贺茂神社出任巫女的未婚内亲王和女王，她们代表日本皇室侍奉天照大神。传说倭姬命是第二代斋王。

4 熊袭位于大和国的西方偏南。

5 尾张国，日本古代令制国之一，其领域大约为现在的爱知县之西部。

6 骏河国，日本古代令制国之一，其领域为现在的静冈县中部及东北部。

方蔓延。他寻找逃脱的机会，却无路可走。

"这次猎鹿不过是敌人的阴谋诡计！"日本武尊自言自语道，他环顾四周，只见火焰和浓烟从四面八方涌来，"我真傻，竟像野兽一样被诱进了圈套！"当他一想到笑里藏刀的骏河守护，就气得咬牙切齿。

此时，日本武尊虽身处险境，却一点儿也不慌乱。他想起了姑妈在临别之时送给他的礼物。他知道姑妈一定有先见之明，预见到了他的困境。他冷静地打开姑妈给他的那个装满燧石的锦囊，在身旁的草地上点起了火。然后，他从剑鞘中拔出天丛云剑，开始以最快的速度割掉两边的草。他决定置之死地而后生，从绝境中搏出一条生路，而不是坐以待毙。

说来奇怪，这时风向突然发生了变化，开始向反方向吹。曾经威胁着他的那些烧得最旺的火苗，现在却被风吹歪了。日本武尊连一根毫毛都没有烧焦。与此同时，风势越来越大，烈火借着风势吞没了骏河守护，使他葬身于自己放的大火中。

日本武尊认为他能够死里逃生，完全是仰仗着天丛云剑的神力，以及天照大神的守护。天照大神掌控着包括风在内的所有元素之力，守护所有在危险时刻向她祈祷的人。他将那把宝剑多次举过头顶，以示尊敬，并将其重新命名为草薙剑。而那个他被大火围困的地方，则被他称作烧津。如今，在东海道铁路沿线有一个名叫烧津的地方，据说就是这件惊心动魄之事的发生地。

勇敢的日本武尊就这样逃出了敌人设下的圈套。智勇双全的他最终智取并降服了所有敌人。他离开烧津，向东行军来到伊豆国[7]海岸，想从那里渡船去上总国[8]。

7　伊豆国，日本古代令制国之一，领域大约包括现在静冈县东部的伊豆半岛及东京都所属的伊豆诸岛。

8　上总国，日本古代令制国之一，领域大约为现在千叶县的中南部。

在这充满艰难险阻的路上，日本武尊的身后始终跟随着他忠贞而美丽的妃子弟橘媛。只要能帮到日本武尊一点忙，她便觉得长途跋涉的劳累和战争的危险都算不了什么。她对夫君的爱是如此深沉。

然而日本武尊满心都是战争和征服，对忠贞的弟橘媛一点儿也不关心。由于在征途中久经风霜，以及夫君冷淡态度的折磨，她已容颜不再，象牙色的皮肤被晒成了棕色。有一天，日本武尊对弟橘媛说，她应该待在寝宫的屏风后面，而不是和他一同出现在战场上。尽管夫君没有肯定她的随军的行为，弟橘媛也不忍离他而去。对她来说，也许回宫才是更好的选择——在途经尾张国时，她的心几乎都要碎了。

在尾张国一座苍松遮盖、门庭雄伟的宫殿里，住着一位名叫宫簀媛的女子，她美得如同春日朝霞里盛开的樱花。她的衣服光彩照人，皮肤洁白如雪，因为她从来没有品尝过跟随行军、风餐露宿是什么滋味。日本武尊为他被晒黑的、风尘仆仆的妃子感到羞耻，吩咐她留在营帐，自己单独去拜访宫簀媛。接下来的一段时间，他每天都要在新朋友的花园和宫殿里待上几个时辰。他只顾自己享乐，很少关心他那留在营帐里哭泣的可怜妃子。然而，弟橘媛是位忠贞不贰、性格坚忍的妃子，她从不会抱怨，也不让一丝颦眉破坏脸上的甜蜜。她总是面带微笑，随时准备迎接夫君的归来，或是准备和他一起出发，无论他要去哪里。

终于到了日本武尊必须出发赶往伊豆，渡海去上总国的日子，在他与宫簀媛做隆重告别时，他让弟橘媛以侍女身份跟在随从后面。宫簀媛穿着华丽的长袍出来迎接，她似乎比以前更美丽了。日本武尊一看到她，便忘记了他的妃子、他的职责。他发誓战事一结束，便回尾张国娶她。说完这番话，他抬起头，目光碰上了弟橘媛的杏仁大眼，她用说不出的悲伤和惊愕的眼神注视着他。日本武尊知道自己做错了，然而他却硬着心肠上马赶路，毫不在意给妃子带来的痛苦。

在日本武尊的大军抵达伊豆海岸后，他的手下想找一些船渡过海峡到上总国，却很难找到足够的船来容纳所有士兵。于是，以自己的力量为傲的日本武尊站在海岸上，一边嘲笑手下一边说："这不是海！只是一条小溪！你们为何要用那么多船？只要我想，我甚至可以跳过去。"

当他们终于都上了船，正准备横渡海峡时，天空突然乌云密布，一场大风暴来临了。巨浪滔天，狂风怒号，电闪雷鸣，载着弟橘媛、日本武尊以及他的随从们的小船在海浪中颠簸，小船从一个浪头被抛向另一个浪头，让船上的人觉得每一秒都是生命的最后一刻。这场风暴的起因是龙王听到日本武尊的讥讽，于是愤怒的他要向日本武尊证明，即使看起来如小溪一般的海，也蕴藏着可怕的力量。

惊恐万分的水手们放下船帆，小心翼翼地掌舵，但一切努力都徒劳无功——暴风雨似乎愈加猛烈，所有人都认为自己将命丧于此。这时，忠心的弟橘媛挺身而出，她忘记了夫君给她带来的悲伤，怀着强烈的爱意一心想要救他。只要能把他从死神手中救回来，她愿意牺牲自己的生命。

狂风在他们身边怒吼之时，她站起来说："想必，这一切都是因为皇子殿下的玩笑话激怒了龙王。如果是这样，那么除非把殿下的生命交给龙王，否则他是不会善罢甘休的。"

然后，她对着大海说："我，弟橘媛，愿意代替日本武尊殿下平息您的愤怒。此刻，我将把自己投入您愤怒的深渊，替他献祭生命。所以请您听我一言，把他平安送至上总国的海岸。"

说完，她就跳进了波涛汹涌的大海，转瞬间便被海浪卷走，消失在众人的视野中。说来奇怪，暴风雨立刻停止了，海面变得风平浪静，海神们消了气，天放晴了，阳光灿烂。

正如弟橘媛所祈求的，没过多久，日本武尊的大军便抵达对岸并安全登陆。日本武尊在战争中表现得英勇非凡，经过几轮战斗，他成功征服了东夷，也就是虾夷人。

日本武尊把他的安全登陆归功于弟橘媛的忠诚，她在他最危险的时刻甘愿牺牲自己。一想起她，日本武尊的心就软了下来。他此时才想珍惜她善良的心以及她给予他的伟大的爱，但已经太迟了。

在返回都城的路上，日本武尊来到碓冰峠[9]的高处，站在那里凝望脚下的美景。整个国家都展现在他眼前，山峦、平原和森林构成一幅巨大的画卷，宛如银丝带的河流在大地上蜿蜒。然后他朝大海远眺，水波粼粼如一团光雾，在那里，弟橘媛把她的生命献给了他。他面向大海伸出双臂，想起自己曾经轻视她的爱，以及对她的不忠，心中突然迸发出一阵痛楚，悲鸣道："啊！吾妻啊！吾妻！"

直至今日，东京还有一处地方被叫作"吾妻"[10]，这正是为了纪念日本武尊的悲鸣。忠心的妃子跳海救他的壮举仍然被人们纪念着[11]。因此，虽然弟橘媛生前并不快乐，但历史上的她永葆鲜活，她壮烈牺牲的故事将被永远传唱。

日本武尊已经将父皇的命令一个不落地完成，他平息了所有叛乱，扫除了所有土匪和叛军，让这片土地恢复和平。他靠着智勇双全名声大震，整个国家没有一个人能站出来与他为敌。

9　碓冰峠，一段位于日本群马县安中市松井田町和长野县北佐久郡轻井泽町交界处、跨越日本中央分水岭的道路，海拔约960米。

10　"吾妻"，是日本关东地区的雅称；东京都墨田区有"吾妻桥町"，其名称来自隅田川上的"吾妻桥"；在临近东京的茨城县筑波市有名为"吾妻"的街区。

11　群马县吾妻郡、千叶县富津市、千叶县木更津市、神奈川县中郡、东京都墨田区等地，都有纪念弟橘媛的吾妻（嬬）神社。

正当日本武尊打算沿着来时的路直接返回都城时，他忽然觉得选择另一条路会更加有趣，于是他穿过尾张国，向着近江国[12] 进发。

当日本武尊到达近江国时，他发现那里的百姓惶惶不可终日，到处都是一副破败的景象。在询问当地人原因后，他知道山上出现了一个骇人的怪物，它每天都会下山袭击村子，吞掉它抓到的任何人。许多人家里变得冷冷清清，男人们不敢到田里干活，女人们不敢到河里淘米。

听了这番话，日本武尊勃然大怒，咬牙切齿地说："从九州西岸直到虾夷东隅，吾已荡平天皇的所有敌人——无人敢违犯法令，也无人敢背叛天皇。难以置信，在离都城如此之近的地方，居然有一个邪恶的怪物敢占山为王，以吞食无辜百姓为乐，使天皇的子民惶恐不安。吾即刻动身，将其除掉。"

说完这番话，他就向怪物盘踞的伊吹山[13] 出发了。他走了很长时间的山路，突然，在一段蜿蜒小径上，一条巨蛇出现在他面前，挡住了去路。

"这一定是那个怪物！"日本武尊说，"吾无须用剑就能对付它。"

于是他扑向那条巨蛇，想赤手空拳把它勒死。没过多久，他那惊人的力量就压制住了巨蛇，使其死在自己脚下。突然，山上一片漆黑，急风骤雨转瞬席卷了伊吹山，让日本武尊几乎看不清路。就在他摸索着下山时，天转晴了，我们勇敢的英雄很快就回去了。

回到村子后，日本武尊开始感到不适，脚上有灼热的痛感，他明白这是中了巨蛇的毒。他感到剧痛无比，几乎挪不了步子，

12　近江国，日本古代令制国之一，领域大约为现在的滋贺县。

13　伊吹山，位于岐阜县和滋贺县交界处，自古以来就被认为是一座灵峰。

更不用说走路了。于是，他让人把自己抬到山里的一处温泉，那里的温泉水是从地底冒出来的，几乎是被下面的火山烧煮着的。

日本武尊每天都在温泉中沐浴，渐渐恢复了体力，直到有一天，他欣喜地发现自己已经痊愈了。此时，他急忙赶往伊势神宫——你还记得吧，他在这次远征之前曾在那里祈祷。他的姑妈出来迎接他的凯旋。他向姑妈讲述了一路遇到的种种险情，以及他是如何奇迹般保全性命的。姑妈称赞他的勇武，然后穿上自己最华丽的长袍，返回殿内，感谢他们的祖先天照大神对日本武尊无微不至的保护。

菅原的悲剧

菅原の悲劇

几个世纪以来，贵族藤原氏（皇后总是从这个家族中选出）保持着对京都天皇的最高影响力。9世纪，另一个贵族——菅原氏开始崭露头角。最终，菅原氏从天皇那里获得足够的权力，对藤原氏的专权构成了严重威胁。9世纪末，一位杰出的政治家、学者、爱国志士和诗人出现了，他就是菅原道真。

宇多天皇很器重菅原道真，把他从文章博士提拔到右大臣[1]的位置。897年，藤原氏成功迫使宇多天皇将皇位让于十二岁的皇子，期盼这个孩子能成为他们手中更易操纵的傀儡。这个男孩成了日本第六十任天皇醍醐天皇，他在父皇的建议下打算给予菅原道真朝政大权。藤原朝臣们的心中燃起了忌妒之火，在左大臣藤原时平的阴谋下，他的对手道真被诬以叛国罪流放九州。在贫困的流放生涯中，道真于903年与世长辞。如今，道真凭借死后的尊号"天神"为人所知，

---

1 菅原道真是由醍醐天皇提拔为右大臣的，此处为作者误记。

许多神社都是为纪念他而建的，学生们仍然将他视为学问之神来崇拜。

接下来要讲的是日本文学中最受欢迎的歌舞伎之一，这个故事讲述了发生在菅原家分崩离析之际的一件英雄事迹，是关于菅原夫人、菅原的家臣松王丸和他的妻子千代的故事。

为了更好地侍奉家主，松王丸假装对菅原家不忠并投靠敌人——事实上，他成了卧底。藤原大臣完全被骗了，他向松王丸透露了如何最终击垮流放在外的菅原，并杀害其子的密谋。松王丸的伪装是如此天衣无缝，以至于连他自己的父亲和兄弟都被骗了。他被所有认识的人中伤，被指控对家主不忠（在日本古代，这是一种不可饶恕的罪行），并被家族剥夺继承权。最后，松王丸和千代为了将他们的少主从死亡的危险中拯救出来，心甘情愿地用自己的孩子小太郎将其换走 在封建时代，忠诚是武士对家主的一项重要义务，这种忠诚的精神常常伴随着痛苦的自我牺牲。"不仅他对家主忠心耿耿，甚至他的孩子也可以为此轻易地献出生命。"

接下来述说的就是关于这种忠诚的经典悲剧。

人物介绍

菅原夫人：被流放的丞相（右大臣）菅原道真的妻子，在松王丸家里躲避敌人。

松王丸：菅原道真忠诚的家臣。

千代：松王丸的妻子。

小太郎：松王丸和千代的小儿子。

春藤玄蕃：菅原道真的敌人藤原时平的傲慢使者。

武部源藏：京都郊外的一位教书先生，也是菅原道真的家臣。

户浪：武部源藏的妻子。

菅秀才：菅原道真的儿子，一个俊俏聪明的八岁男孩。

其他：几个乡学的孩子和他们的父母。

场景一

松王丸在京都的小屋，夜晚。

房间里点着提灯。

在古都京都离皇宫不远的地方，住着一位名叫松王丸的武士，还有他的妻子千代与他们八岁的小儿子小太郎。

千代恭敬地跪在小太郎身旁，将里屋的隔扇推到一边，露出坐在垫子上的菅原夫人。夫人俯身向前，双手掩脸，流露出悲伤绝望的神色。

千代深鞠一躬，轻声说："作为一位尊贵的夫人，您在白天连缘侧都不敢去，生怕被敌人看见，我一想到这个就觉得难受。您一定感觉自己像个囚犯，这让您很沮丧吧！在您躲在都城的时候，您的秘密行踪就被泄露了，有被抓的危险——在那紧要关头，我的丈夫救了您，把您带到这里。您被困在这简陋的屋子里，一定很不自在；您习惯了孤独之后，心里一定很消沉。但请不要绝望！您可能会比预想中更早地与丈夫和儿子团聚。您要忍受一切艰难困苦，直到幸福时光到来。"

"唉！"菅原夫人愁眉不展地答道，"你是那么体贴善良，就算到了下辈子，我也永远不会忘记你的好。因为坏人的嫉恨，我的丈夫被流放到一个遥远的地方，我可怜的孩子和我都无家可归，对他们的思念萦绕在我的心头。在这种处境下，生活对我来说就是日复一日的煎熬，除了痛苦什么也没有。不过死之前，我要坚持到再见到他们的那一刻，哪怕只有片刻。你可爱的小太郎让我不禁想起我的儿子，他俩长得真像。"

说着这些伤心话，这位不幸的夫人哭了起来。千代被她的悲惨境况深深触动，和她一起哭泣，两个女人的哭声打破了房间里的宁静。

忽然，外面有人大声通报，有一位贵人的使者来了。

两个女人都站起来。就在千代刚刚把菅原夫人藏到里屋后，几名提着灯笼的侍者依照礼数引着使者春藤玄蕃来了。玄蕃趾高气扬地走进房间，坐在凹间前的上座。

这时，千代的丈夫松王丸正在另一间里屋休息，他听到一阵喧闹，便出来迎接客人。

"鄙人身患重病，请恕我礼数不周，不能穿公服接待您。"松王丸恭敬地深鞠一躬。

玄蕃傲慢地回应道："不管你病得多重，你都必须听命于时平大人。我们之前一直不知道菅秀才的藏身之处，不过终于有人发现了这个秘密，这个男孩此刻就在武部源藏家。源藏看上去是个汉文先生，但实际上是道真隐秘而顽固的支持者，他用自己的儿子冒充菅原的小儿子。我们这边除你之外无人认识菅秀才，所以你的任务是将他辨认出来，并将其头颅作为战利品带给时平大人。作为你出力的回报，你将被获准休病假，等你康复之时，便立你为播磨国守[2]。没时间让你浪费了，你必须即刻做好准备。"

千代在隔壁房间听得心脏怦怦直跳，深感不安，因为她的丈夫近来格外喜怒无常、寡言少语。她看不透丈夫在想什么，也不知他会怎样作答。

松王丸如此回应道："我们的主公真是太会体恤下属了啊！对我们家来说，没有比这更大的荣耀了，我马上照办。

---

2 播磨，即日本古代令制国之一的播磨国，领地大约是现在的兵库县南部。国守，是令制国的地方长官。

不过由于我生病的缘故，诸事难以如我预期的那样迅速安排好。如果那个源藏碰巧听到我要袭击他，他可能会和菅秀才一起逃走。”

“你不必为此费心，”玄蕃回应道，“那里不过是个浪人小屋，甚至没有包围的必要。”

“但是武部明知时平大人正在搜查这个男孩，仍然敢窝藏他，这个教书先生肯定不是一般人。我们对待他必须慎之又慎。”松王丸提出建议。

“你说得很对，”使者回应道，“如果他们设法逃走了，我们两人都要为此负责。”

“是的，的确如此，”松王丸表示同意，然后似乎突然想到什么，“恕我冒昧，但请让您的手下在夜里严密监视村子的每一个出口。”

“没问题，”对方回应道，“这方面你不必担心，我们会采取一切必要的防备措施。”

“好，那么明天一早我就陪你去武部家。”松王丸说。

“麻烦你了。”两人互相道别，玄蕃像来时那样傲慢地离开了屋子。

松王丸不安地注视着使者，直到他的队伍消失在远处。在实施自己的计划之前，他必须先征求妻子的意见。

在他们谈话期间，千代一直在隔壁房间等着，默默聆听着丈夫和时平的使者之间的对话。玄蕃一行人刚一离开，她就打开了隔扇，面如土色地看着丈夫。

“看来，”千代说，“根据玄蕃的说法，我们小主人的藏身之处最终还是被发现了。在刺客还没来得及动手之前，让我们派人把他接来吧，趁这个可怜的孩子还未落入敌人手中，设法把他救出来。不能再浪费时间了。”

松王丸没有回应，千代再三催促他不要耽误时间。

终于，他冷笑了一声。

"你好像一点也不知道我在想什么！我把菅原夫人从北边的府宅带到这里，如此一来我就可以把她儿子的脑袋和她一起交出去——这就是我把她藏在这里的原因。"

"你说什么？"千代倒吸一口气说，"你真的打算把他们出卖给时平吗？"

"没错，"丈夫平静地看着她的脸回答道，"现在是时候实现我长久以来的愿望了——我的好运终于来了。"他微笑着。

这是松王丸第一次流露出对无辜的菅原夫人和她儿子的险恶用心，千代对此深感震惊和恐惧，以至于一时半会儿都说不出话来。在此之前，她一直深信丈夫会将他的忠心献给他们敬爱的前丞相。苦涩的泪水从千代眼中流出来，她伸出一只手搭在他的胳膊上，过了一会儿才结结巴巴地说出话来。

"啊，夫君，你从何时起有了这个可怕的念头？为了菅原家，我已经坦然接受了你被误解、被公公家剥夺继承权以及和你的兄弟们断绝一切来往的现实。真的，你之前对丞相是那么忠心耿耿、死心塌地。我一直想在合适的时机向你的家人道歉，向他们解释事情的来龙去脉。现在，你竟然如此突然、毫无预兆地背叛了你坚守一生的忠诚。无论你的野心有多大，你都不能把家主菅原的妻儿出卖给时平。你究竟是魔鬼还是恶龙？这种卑劣的行径带来的惩罚不仅会降临在你自己身上，还会落到你的孩子身上。啊！我恳求你洗心革面，把菅原夫人和她的儿子安全送到在筑紫[3]的前丞相那里去！"这个悲痛欲绝的女人举起双手向丈夫祈祷，泪珠顺着她的脸颊滚下。

但松王丸对她的恳求无动于衷，依旧轻蔑地笑道："这真

---

3 筑紫，今九州北部福冈县一带。

是妇人之见！我现在既无父母又无兄弟，他们对我来说就是陌生人！为了那个被朝廷流放的人而把自己孩子的幸福抛在脑后真是够傻的。你可能会说这是背信弃义，但我这么做是为了孩子——没有什么比儿子的幸福更宝贵的了。"

"呜呜！"千代哭诉道，"你真是没心没肝！靠牺牲他人来实现自己的野心，这种亏心事不会给你带来任何好处。你的人生将会因为那种事而在悲伤和痛苦中走到尽头。"

松王丸勃然大怒，强令他的妻子闭嘴。

"如果菅原夫人偷听到你的话而逃走的话，一切就都完了，你这个蠢女人！"说罢，松王丸便转身离开了房间。千代抓住他的衣角，想把他拽回来。

"你不要妨碍我！"松王丸怒气冲冲地说着，把千代推到一旁，朝菅原夫人的房间走去。

千代倒在地板上，被丈夫要做的事情吓呆了，过了好一会儿才平复了心绪。

"啊，这真如噩梦一般。"她万分悲痛地喃喃自语，"这么多年来，我一直和松王丸幸福生活着，他肯定不是坏人。为了我们的孩子，他丢掉了良知。可怜的夫人！可怜的夫人！她那么信任松王丸，把他当作首席谋士和支柱，却完全不知道他变了心意。这之后我该怎么面对她？为了向她证明我跟丈夫不是一伙的，我最好以死明志，到另一个世界请求她的原谅。"

这个可怜的女人在悲伤和迷茫中不停地哭泣颤抖。过了一会儿，她擦干眼泪，打定主意坐了起来。

"现在已不可能改变我丈夫的豺狐之心了，"她大声自言自语道，"我单纯的儿子小太郎会被教坏的，他长大后会成为一个不成器的人，并且难以善终。最好现在把他也带走，让他纯洁的灵魂陪我走过那段通向来生的长路。此外，当小太郎不在人世后，松王丸可能会找回他的良知，为他那背信弃义的阴谋忏悔。即便在死后得知这个消息，我也会瞑目。"

这时，小太郎笑嘻嘻地朝她跑来。他不知道命运如同一只可怕的蜘蛛，正在他的周围编织一张不幸的死亡之网。他淘气地抱着母亲，明亮的眼睛闪闪发光，小脸上洋溢着笑容。

"娘，里面的夫人在叫您！快点儿来！"

千代看着孩子无辜的小脸，泪水夺眶而出。

"呜呜！小太郎，我的儿子，过来。"她一边呜咽着，一边把他拉到自己身边，"呜呜！小太郎，你要像个好孩子一样认真听我说。里屋的夫人是你爹娘的，也是小太郎你的家主的妻子。多年来，我们从他们那里得到的唯有恩惠和仁慈，因此，我们对他们两位都欠下了极大的人情。小太郎，你爹告诉我说，他打算杀死那位善良而不幸的夫人——我们家主的妻子，所以，你娘我再也没脸活下去了。我已经决定，我的灵魂将继续作为家臣陪伴她到另一个世界。不过，小太郎，你是你爹最疼爱的人，也许你愿意和他一起留在这个世上呢。"

"噢，不，"孩子回答说，"我不愿意和这样一个狠心的父亲待在一起。如果您要走，我愿意和您一起！"

"唉，小太郎，你真懂事。就算你不想死，我也一定会因为你爹的缘故而带你走。你那么聪明，想要和我一起死。当你爹看见你躺下死去的时候，丧子之痛可能会让他为自己选择的邪路感到后悔。几天前，我给你小叔樱丸的墓缝了一面圣幡。我当时做梦也没想到，我会把它用到自己儿子身上。"

说着，她抽出藏在腰带里的匕首，举起来要刺向孩子。

"住手，不要冲动！"松王丸尖锐的声音打破了沉寂。突然间隔扇被拉开了，松王丸拉着菅原夫人来到惊慌失措的千代身前，她的手正准备朝小太郎挥出致命一击。松王丸向菅原夫人伸手示意，请她坐在凹间处的上首位置。

松王丸在靠近房门的下首位置与不幸的菅原夫人相对而坐，拜倒在她的面前。

"夫人您与拙荆不知我的真实心意，这是很自然的。现在就让我据实相告。"松王丸平静而肃穆地说，"在尊家被迫害，菅原大人被流放之后，我的兄弟成了浪人并和我发生争执，于是我便投靠了时平。没过多久，我就对他的所作所为感到厌恶，觉得那里并非久留之处，便告了病假，以求能找到令郎，全力以赴使尊家恢复昔日荣光。

"我竭尽所能帮您，但令我沮丧的是几乎每个人都与敌人勾结。您得知道，这是我计划的一部分，为的是转移我们敌人的视线。正是为了达成这个目的，我才向他效忠，假装是他们一伙的。我把自己的角色演得很好，甚至骗过了家父，他以为我是背信弃义之人而看不起我，谴责我所做之事，还剥夺了我的继承权。为了达成这个计划，我也与我的兄弟们断绝了交情。在这种情况之下，我确信我能在危急时刻帮助您和令郎。这一步真的走得很绝，不过时平完全被误导了，事情的发展正如我所预料的那样。

"您一定听说了，我今天晚上接到严令，要去辨别令郎的头颅。武部是一个忠仆，他不会杀害少主，这一点您大可放心。可是，唉！他势单力薄，对手却人多势众。今天晚上，当我听到夫人您说的话时，心里便有了这样的想法——如果家主的孩子出了什么意外，那将是永远无法挽回的。

"小太郎跟少主长得很像，于是我脑子里突然闪过一个念头，那就是可以用犬子来顶替少主，从而把少主救出来。同时我想到，如果拙荆对小太郎的爱阻挠了我的计划，我将无能为力。所以，为了验证她心中的想法，我说了一些并非我本意的狠话——为了犬子，我会背叛您和令郎。她不明白我的意思，当场就决定带着小太郎自杀，用这种方式来让我从所谓的诱惑中醒悟过来，让我心生悔意。多么高尚的妻子啊！"

千代听到心爱的丈夫这一大段解释后喜极而泣，菅原夫人也为家臣们日月可鉴的忠诚激动不已。在她看来，他们比普通人高尚得多——就像处在一个无私世界的净土中的神。

"你因为忠义而被令尊从家中赶了出来，如今，你要为了我们而杀死你唯一的儿子，这让我愁肠百结，无法释怀。我承受不起这般牺牲！我可能会遭受天谴吧。不，你决不能害死你的小太郎，即便是为了你的家主。即便诸事不像我们所期待的那样，你也必须同时救下小儿和小太郎。"被流放的丞相的绝望之妻恳求道。

内心从未动摇的松王丸拜倒在菅原夫人面前。

"您为我们着想，这让我感激不尽，但是村子的每一个出口都被严密监视着，没有办法逃出去。"

然后他转向妻子。

"你在半个时辰之前就已经做出了抉择，我不认为你现在还会为牺牲我们的孩子而犹豫。"

说罢，他又向前倾身，微笑地看着他的儿子。

"小太郎，你太小了，还不明白这些事，但是为了你的少主和你的父母，无怨无悔地离开这个世界吧！"

孩子目光炯炯，充满信任且毫无畏惧地望着父亲，尽管他努力让自己保持镇定，身体还是不由自主地打了个寒战。但是忠诚需要牺牲，必须不惜一切代价拯救菅原家。为了不让自己心软，松王丸闭上眼睛，好让自己看不到儿子微笑的画面。调整好情绪之后，松王丸又一次坐直身子，冷漠地盯着儿了，脸色苍白，如同戴着面具。

菅原夫人和千代不敢看他，两人用袖子捂着脸哭起来。

"不要因一时心软而坏了大事。"最终，松王丸逼着自己严肃地说，"如果我们这样耽搁下去，一切就都完了。看，天开始亮了。准备好立刻带小太郎去武部家。快，快！"

"好。"母亲同意了，她心情沉重地慢慢站起来，拉着小太郎的手。她知道儿子活不了多久了。

"我现在要走了吗？"小太郎勇敢地说，"父亲，你不向我道别，最后一次叫我好孩子吗？"

就这样，母子俩踏上了牺牲之路。

场景二

这是一所由武部源藏和他的妻子户浪经营的乡学，二人都是被流放的丞相菅原道真的忠实家臣。菅秀才混在武部的学生中间，他们把这个男孩伪装成自己的孩子。小主人虽然只有八岁，但在学生中出类拔萃。他继承了父亲的本事，能熟练地书写汉字。这里还有一个年龄大的学生，他是一个懒惰、愚笨、调皮捣蛋的家伙，已经十五岁了，根本不知道学习。

"先生这会儿出去了，不用浪费时间练字了。看！我把字都写在脑袋上了。"这个懒惰的男孩走上前去，给同学们看他剃得光光的脑袋，上面被墨染得乌黑一片。

菅秀才看着他说："你要是能每天学一个新字，一年就能学三百六十五个字。你要去学习，不能把时间浪费在玩儿上。"

但那个大男孩只是朝他嘻笑，离开自己的书案在房间里胡蹦乱跳。

其他男孩都站在菅秀才这边，对这个懒惰的男孩愈加讨厌，想要惩罚他。教室里顿时一片喧闹，男孩们在一起大喊大叫，离开他们的位置追打他。

户浪被喧闹声吵得心烦意乱，从里屋走出来。

"怎么啦？你们又吵架了吗？先生今日出门了，他受朋友之邀，我也不知他何时回来。我们正在期待今日要来的新学生，我也焦急地盼着先生回来。如果你们是好孩子，早上用功学习，下午我就给你们放半天假。"

孩子们因为这个许诺欢欣鼓舞，大家立刻回到座位上，打开书本和墨盒，专心致志地读书写字。

就在这时，一阵声响从玄关传来，户浪赶忙把障子拉开。一位温文尔雅、贵妇模样的人站在外面，身边站着一个大约八岁的俊俏男孩，此外还有一个抬着书案的男仆。

一番寒暄后，来访者解释道："我家在村子另一头，此次来拜访，是想请您按照前些日子的安排照顾好这个淘气的孩子。我听说您有一个和他差不多大的孩子。我真想见见他！"

户浪朝菅秀才招了招手。

"好啊，当然可以。这是我们的嗣子！"

"啊，多可爱的小朋友！他看上去真聪明啊！"那位妇人环顾了一下教室，继续说，"要照顾这么多学生，您一定很辛苦吧。这些事肯定很麻烦，还要担很大的责任。"

"是啊，您能想象得出来，照顾他们并不容易。这就是您要交给我们的那个男孩吗？他叫什么名字？"

"他叫小太郎！"孩子的母亲答道。

"这孩子看起来真聪明！可惜我丈夫和几位朋友约好了，不得不出门。如果您来不及等他回来，我这就去叫他。"

"不必了，"那位妇人便是松王丸的妻子千代，她推辞道，"我还有别的差事要做，等回来的时候再来拜访。到那时他估计已经回来了。"

她随后叫来仆人，吩咐他把自己带来的礼物拿进来，一份儿是给先生的，还有一些糕点是分给学生们的。那位高兴的女主人用几句优雅的话答谢了客人的好意。

"哎呀，这没什么，只是我对我儿子给您添的麻烦表示一点小小的心意。"然后她转向小太郎，补充道，"我要去下一个村子，所以你要像个好孩子一样在这儿等我——千万别忘了我跟你说过的事！"

"啊，娘，我想和您一起去！"当千代正要踏进玄关时，小太郎突然大叫起来，抓住她的袖子。

"不要淘气！"千代责备道，"像你这样的大男孩不应该追着你娘到处跑。您瞧，户浪夫人，他还跟个娃娃似的！"

"哎呀，这再自然不过了，可怜的小家伙。看这里，小太郎！跟我来，我给你一些好东西。"说罢，她转向千代，补充道，"请尽快回来。"

"好的，小太郎，如果你当个好孩子，我马上就会回来。"

趁这个机会，千代从玄关溜了出去，她的仆人跟在后面，关上障子，两人脚踏木屐啪嗒啪嗒地快步走着。这个可怜的母亲很想再回去看一眼，她知道今生今世再也见不到小太郎了，但她还是义无反顾地继续前行。

正当户浪试图安慰小太郎，并把菅秀才介绍给他认识，以分散其注意力的时候，她的丈夫武部回来了。武部脸色煞白，显然十分焦虑。他走进教室，挨个儿仔细打量这些男孩。户浪一眼便看出一定发生了什么不寻常的事。

"唉，这些小家伙实在是太粗俗了！"武部烦躁地咕哝着，"不管我花多大工夫教他们，这些乡下的野孩子一点儿也不堪用。"他愁眉苦脸地望着他们，好像有什么事情重重地压在心头。

妻子走近他，不安地问道："怎么了？你今天看上去心事重重的。你从一开始就知道那些乡下的小家伙根本成不了识文断字的人，所以你不应该这样批评他们。话说回来，我们今天来了个新学生。试着收起你的坏脾气，看看这个新来的男孩吧。"说着，她把小太郎带出来，但武部只顾得上想自己的事情，没有注意到这个孩子。

小太郎走上前来，恭敬地鞠了一躬说："先生，我希望您现在就开始教我。"

听到这番洋洋盈耳、有板有眼的话，武部从沉思中惊醒过来，双眼注视着新来的学生，一个新的思路在脑中闪过，脸庞也渐渐恢复了光泽。

"多么俊俏、多有气质的男孩啊。你一眼看上去就会被当作贵族或者某个贵人的儿子。你真是个好小子！"

"这孩子的确如此，"户浪微笑着答道，"我想你很乐于看到这样一个有出息的学生。"

"是啊，是啊，没有比这更令我高兴的了。"武部喃喃低语地表示赞同，仿佛是在自言自语，然后大声说，"带他来这儿的孩子母亲在哪里？"

"就在你外出之时，她到邻村办事去了。"妻子回答道。

"真是太好了！"武部说，他越来越高兴，"把这个孩子和咱家儿子送到里屋去，让他们一起玩儿。"

户浪转向班里的学生们——自打先生回来，他们就比以往任何时候都表现得更加刻苦——说："现在你们都可以放假了。快跑去花园里玩吧！"

户浪把那两个特殊的受照料的孩子送到隔壁房间之后，疑心重重地环视周围，发现没有人在后面偷听，才压低声音对丈夫说："你刚进来的时候，看上去非常疲惫不安，但是自从你看到那个男孩之后，你的神情举止就像换了一个人。这是为什么呢？你难道不愿意与我分享这个秘密吗？"

"我简直不知所措，被惊得目瞪口呆。"武部答道，"为了骗我过去，他们假装邀请我去村长家赴宴。可当我到了之后，很快便发现根本没有什么宴会，而且房子被时平的家臣春藤玄蕃和另一个名叫松王丸的人占据着。松王丸曾受过前丞相极大的恩惠，如今却弃菅原家不顾，不知廉耻地投靠了敌人时平。想必松王丸是被派来核验我们少主的头颅的，因为少主在这儿被我们看护的风声已经走漏了，时平下令要将他斩首。

"这两个人带着几百名随从，充满敌意地围着我，威胁道：'我们收到了情报，说是你把前丞相的独子藏在家里，伪装成自己的孩子。你若不立刻杀了他，把他的首级带到我们这里来，我们就攻下你家，亲手杀了他。'

"我别无选择，不得不假装答应他们的要求。我原以为我们的学生中肯定会有一位甘愿为他牺牲的人，但当我回到家，面对着那一排下等人的面孔时，才意识到一个显而易见的事实——没有一个人符合要求。所有这些野孩子都是粗俗的，跟我们这个在宫中长大的孩子不同，他们的脸上没有丝毫贵族气质，举止也毫无高贵可言。我本已万念俱灰，但是，当我看到这个新来的学生时，觉得他似乎是上天特意派来代替少主的。他俩之间的差异并不像乌鸦和白鹭那么大。只要我能用那个男孩的头瞒过他们片刻，我就和少主一起逃到河内[4]去。"

妻子打断他的话，说："可是，自菅秀才三岁时起，那个叫松王丸的人就和他非常熟悉了。他怎么会被瞒过呢？"

"难就难在这里。"武部说，"但是人死之后的面容总会发生某种程度的变化，而小太郎毫无疑问地与少主有一些相似之处，甚至连松王丸也可能被骗过。无论如何，我们都要冒这个险。如果这个计谋被识破，我就立刻杀死松王丸，并且拼尽全力从看守中间冲出去。但如果他们过于强大，我将

4　河内，即日本古代令制国之一的河内国，属京畿区域，领域大约相当于现在的大阪府东部。菅原道真的好友在此地拥有强大势力。

和少主一同死去。这是我的抉择，不过目前最令人担心的是那个男孩的母亲。如果她在这之前回来，我们要采取什么行动呢？"

"把她交给我好了！我会试着瞒住她！"户浪提议道。

"不，那样不行——一个大计划往往会因为一些小的失误而功亏一篑。"武部斟酌了一会儿，又说，"唔，好吧，我想她也必须死！"

"什么！"户浪惊恐地叫道。

"安静，"武部告诫她，"为了少主，我们必须不择手段。这是为了我们的家主，记住这一点！"

"是啊，如果我们心慈手软，我们的大计就会失败。让我们成为魔鬼吧。这些学生就跟我们的亲生儿子差不多。那个男孩在这个关键时刻成了我们的学生——上天一定是因为他母亲前世的罪业而把他交给了我们。唉，好吧！也许不久后我们也会遭受同样的命运。"说到这里，他们将压抑的感情释放出来，两人都流下了眼泪。

没过多久，玄蕃和松王丸就到了门口。二人身后紧跟着一些村民，他们是学校里普通学生的家长。所有家长的情绪都异常激动，大声疾呼着要求保护自己孩子的安全。

松王丸几乎笑了出来，那场面就像一场糟糕透顶的滑稽剧。显然，每一个乡下人都认为自己的儿子很容易被误认为是那个小贵族！

"喂，我儿子很漂亮，"一个男人猛地朝玄蕃喊道，"你千万不要把他和真正要杀的人搞错。把我的儿子还给我。"

"不必为你们的儿子担心，"玄蕃平静地对灰头土脸地蹲在地上、惊慌失措的家长们说，"如果你们想要自己的儿子，马上就可以任由你们把他们领回去！"

松王丸把他的长刀当作手杖拄着，从驾笼中走出来。他和玄蕃都坐在侍从们摆好的凳子上。

"稍等一下，"松王丸说，"对待这些乡下人，我们再怎么谨慎也不为过。我之所以同意来当核验人，是因为没有人比我更了解那个小贵族的脑袋。这些人允许菅秀才住在村子里，所以他们很可能会同情那位前丞相，此时此刻也许会冒领他的儿子，假装是他们自己的家人，从而帮他逃跑！谁知道呢？"

随后，他转向那些激动的村民，说："乡亲们，你们现在可一个挨一个地喊出孩子的名字。我会仔细核验每一张脸。你们自己的孩子会平安回到你们身边，对此大可放心！"

教书先生和他的妻子在屋子里从头到尾地听了这些话，松王丸坚决而傲慢的举动使二人愈加恐惧。事情比他们所预想的还要难办。

一位老人走上前去，大声喊道："长松，长松！"

作为回应，一个其貌不扬、长着麻子的男孩跑了出来，他的脸上还沾满了墨迹。

松王丸瞥了他一眼。

"他俩的差别就像白雪和木炭一样大。他可以走了！"一个接一个，余下的学生都被仔细核验过了，但无人与命运多舛的菅秀才有丝毫相似之处。当这些安定下来的村民心满意足地把孩子带走后，玄蕃和松王丸走进了教书先生的房子。

"源藏！"玄蕃用威严的语气开口道，"你答应过要将菅秀才斩首，我现在就要他的脑袋！"

武部源藏面无表情地回应道："没错，不过他是前丞相的儿子。我们不能像杀普通孩子那样杀他。请稍等片刻！"

"哈，你骗不了我们，"松王丸立刻说，"这般磨蹭只不过是争取时间的借口。不过你现在想要逃走已经来不及了，房子后面有几百人看守着，连一只蚂蚁都逃不出去。你可以找一个替身的头，解释说死人和活人的脸外观不同。我不会被你的诡计骗过的。耍这样的花招只会让你追悔莫及！"

最后那番话给了武部沉重一击，但他并没有心神大乱，而是平静地回应松王丸："多么牵强的想法啊！你的眼睛在你久病之后估计看不清东西了吧，不过，我一定会照你所要求的，把少主的头给你。"

"在你口干舌燥之前，"玄蕃不耐烦地叫喊道，"马上把他的脑袋砍下来！"

"我会照办的！"武部回复道，随后走进一间里屋。他的妻子听得真真切切，因焦虑而痛苦万分，脸色苍白，浑身发抖。

松王丸用锐利的目光环视整个房间。"真是奇怪啊，"他突然说，"已经有八个学生回家了，但这里有九张书案。在那张多出来的书案上学习的学生怎么了？"

户浪猛地一惊，解释说是来了一个新学生。松王丸看到她犹豫不决的样子，低声说："你真傻！别说了！"随后，户浪意识到自己犯了一个多么致命的错误，她镇定下来，结结巴巴地说："那是菅秀才的书案！"

但是，她的拘束不安已经被敌人察觉了。玄蕃起身怒吼道："这种细节会害我们的计划落空的！"

就在这时，一道刀光"嗖"地从半空中降下，划破寂静，连房间的屏风都在震颤，松王丸和玄蕃还没来得及走到分隔内外房间的墙板前，武部就出现了，手里还拿着一个白色的木托盘。托盘中的东西被罩住了，然而有一条细细的殷红血痕从边缘渗出，一看就是不祥之物。武部跪在二人前面的垫子上，把那个可怕的东西放在他们面前。

"我别无选择，只得将少主斩首。愿上天宽恕我！此事至关重要，不应有误，所以请仔细核验吧。"

说罢，武部将手悄悄放在刀柄上。他的每一根神经都在警惕着，一旦松王丸意识到被自己欺骗了，武部就要在电光火石间砍倒他。

"那是当然。"松王丸漫不经心地应道，然后专横地对随他进屋的士兵们下令，"立刻包围这对夫妇！"

几个卫兵从房子后面进来，在武部夫妇身后的玄关站岗。

可怜的户浪在精神上已经不堪重负，几乎晕过去，因为她不知道这出可怕的戏的最后一幕会是什么样子。正在旁观的玄蕃敏锐地注意到了这一点。

一切取决于松王丸的决断，那一刻的悬念让人忧心如焚。

松王丸缓缓从木托盘上掀开边缘沾血的罩子，一个被砍下的男孩头颅暴露在眼前。那是小太郎的头。

武部的目光紧紧盯着松王丸。他明白，一旦松王丸宣称这个头颅是假的，他就该咽下最后一口气了。这个绝望的男人看着核验人，他们的生死存亡都系在松王丸的下一句话上。

户浪颤抖地握住藏在袍子下的短剑，这把剑是丈夫偷偷交给她的，是为最坏的情况而准备的。

松王丸故意从各个角度细致彻底地检查儿子的头颅。他仔细端详着那张小脸，他现在是那么平静、那么苍白。他时不时眨眨眼睛，以遮掩集聚的泪水，脸部甚至因为悲痛而抽搐了一阵，但最终他还是大声宣布了结论。

"嗯，毫无疑问，这是菅原大人的儿子菅秀才的头。"他彰显忠心的密谋成功了，心中的狂喜征服了其他一切感觉，他猛地将罩子盖了回去。

玄蕃对这件事没有出现纰漏感到很满意，这个任务已经圆满完成，武部也因砍下男孩的头颅而受到称赞。

"作为对你弃暗投明的回报，你窝藏他那么久的罪责就不再计较了！"玄蕃转向松王丸继续说，"让我们赶快把他的

脑袋献给时平大人吧。"

"是啊，最好别再浪费时间了，"松王丸应道，"不过既然我的任务已经完成，那我可以请病假了吗？"

"当然，"玄蕃回答道，"既然你的使命已经圆满完成，你可以走了。"

然后，玄蕃拿起那个盛着血淋淋脑袋的托盘，大步走到门口，停下来，对武部嘲弄道："哈，哈，哈！虽说你平时对这孩子照顾得不错，但当你自己的生命受到威胁时，你还是会砍下他的脑袋！哈，哈，哈！"

松王丸默默地跟着他走出屋子，钻进他的驾笼。

现在只剩下武部夫妇了，他们已经被之前那半个时辰的紧张情绪搞得筋疲力竭。他们走出去，关上门。一时间，两人高兴得说不出话来。武部如释重负地叹了口气，低下头，朝着罗盘指明的四个方位，默默地感谢他所求助的神灵。

"啊，感谢上苍！"武部终于叫了起来，"神明们为我们完成大义给予了莫大的帮助，并且大发慈悲地让松王丸两眼不明，以至于把另一个男孩的头误认为是我们少主的。上天显然已经在帮助我们的家主了。娘子，让我们为之欢庆吧！"

"是啊，"户浪回应道，"刚才真是担心死了！家主一定是以某种高深莫测的方式灵魂出窍，在松王丸的眼睛上蒙了一层纱，又或者那个头颅会变成一尊金佛来帮助我们完成大义。虽然那两个男孩有些许相似之处，然而，他们实际上的区别还是像砖头和黄金一般。我为我们的计划成功高兴得快要疯了，当我瞧见松王丸被骗过的时候，我高兴得几乎要哭出声。"

当这对忠心耿耿的夫妇发泄完他们的情绪之后，他们同时冲向侧屋——那里藏着他们宝贵的被托付照料的人。他俩一人从侧面，一人从正面推开一扇屏风。武部掀起一张榻榻米，露出地板上的洞，洞里露出了菅秀才充满贵族气质的身形，他很安全，没有受到敌人的伤害。

突然，一阵敲门声惊扰了他们。

"我是新学生的母亲。让我进去！"

他俩吃了一惊，急忙将屏风拉回原处。在这种突如其来的变故之下，户浪智穷才尽，不知道该怎么办才好。她疯了似的在房间里跑来跑去。

武部看到户浪已经神志不清，正要激动得大喊大叫，赶忙用衣袖裹住手，捂住她的嘴巴，紧紧地把她抱在怀里。

"记住我刚才说的话，意思很简单——没有什么比我们的少主更宝贵。你这个软弱的妇人！"他看到妻子惴惴不安的样子，便轻蔑地加了一句嘲讽，然后转身开门。

"恐怕我那调皮的孩子一定给您添了不少麻烦吧，他现在怎么样了？"千代问道。

武部回答道："他在屋里和其他孩子们玩耍呢——学校今天不上课，所以你得把他领回去。"

"那好吧。"千代同意了，朝里屋走去。

她刚一转身，武部就拔出刀，想从背后砍倒她。然而，千代是一名女武士，也是一个训练有素的剑客。她瞬间明白了武部的意图，如闪电般冲向一旁，好险啊，差点儿中了那致命的一刀。那个孤注一掷的男人一次又一次地向她猛刺——一旦这个女人发现她的孩子做了他们家主之子的替死鬼，一切努力都将灰飞烟灭。千代手里拿着一个木匣，熟练地挡开了攻击。

"住手，住手！你怎么啦？"千代气喘吁吁地问道。然而，那发狂的对手激动得根本听不进去，他一心只顾着劈砍那被她当作盾牌的木匣，很快就把它劈成了两半，里面的东西掉出来，在微风中展开、飘动。那是一小卷裹尸布，还有给死者用的圣幡，上面写着黑色的汉字——"南无阿弥陀佛"！

武部因看到这个意想不到的东西而停下了动作，他不明白这是什么意思，疑惑地瞥了千代一眼。

"在你看来，我家孩子是否配得上做我们少主的替身？"千代问道，同时用一双明眸凝视着武部，"跟我说实话！"

听到这些完全出乎意料的话，武部愈发困惑。

　　"啊，啊！"他结结巴巴地说，"你预见到这一切了吗？"

　　"是的，当然，"勇敢的母亲答道，"正如我预料的那样，我准备好了这些东西，并把它们放进了小太郎的殓匣里。"

　　"你是谁家夫人？"大吃一惊的武部一面叫道，一面把刀插进鞘里。

　　千代还没来得及回答，门外就响起了诵诗的声音：

这世间，

梅花飞落，

樱花枯萎。

松树怎能，

薄情于我？ [5]

"欢喜吧，我的爱妻！我们的孩子已经尽了他的责任！"
当这几句简短的话传达给那位英勇的女性，告知她所珍爱的
儿子已经在悲惨的命运中牺牲的时候，她顿时勇气全无，昏
倒在地。

"真是个可怜的女人！"千代的丈夫一边叹道，一边走
进房间。

松王丸的意外到来，令武部夫妇比之前更加困惑，但武
部依旧努力试图让自己恢复冷静。

"你，松王丸，一个被我们都认为是叛徒的人，竟做出
如此事来！这到底是什么意思？"

"你理解不了，这再正常不过了。我，松王丸，最近投
靠了时平，因此我被父亲断绝了父子关系。我如此伪装自己，
是为了更好地侍奉菅原大人。前不久，有关菅秀才藏身之地
的风声传到了时平耳朵里。一位使者告诉我，如果我愿意接
下核验我们少主头颅的任务，我将被允许告病还家。我想是
时候报答我们那位慷慨的恩人了，于是我和拙荆商量了一下，
决定送出我们自己的孩子来代替菅原大人的儿子。这就是我
验书案的原因，我要看看他是否已经在这里了。我刚才引用

---

5 这是日本歌舞伎剧目《菅原传授手习鉴》中的和歌，原文为"梅は飛び 桜は
枯るる世の中に 何とて松の つれなかるらん"。其中"松"指松王丸，"梅"
指松王丸的哥哥梅王丸，"樱"指松王丸的弟弟樱丸。

的那首诗是菅原大人写的，彰显了他对我的性格的敏锐认识。在那首诗中，他问道：'松树怎能薄情于我？'世人对这几句诗的理解是相反的，大家都指责我是一个懦弱的背信弃义者。源藏，你可以想象我是多么厌恶这种事。如果我没有儿子，我一定会背负着叛徒之名度过此生。没有什么财物能比儿子更珍贵了。"

这时，已经从昏厥中苏醒过来的千代正在沉着镇静、聚精会神地听着丈夫的解释。听了这番话，她再也抑制不住自己的感情，放声大哭起来。

"噢，我们的小太郎听到他父亲这样说，即便在另一个世界也一定会高兴。这句话是他最好的安魂曲。当我不久前离开他时，他看上去异常悲伤——因为他明白他就要死去了。噢！我想再一次看到他，哪怕是死去的面孔，于是我回来了。如果我们的小太郎生得丑，像个普通孩子一样长大，他也许就不会招此杀身之祸。可是正因为他的美丽、忠顺、善良，他才被选作牺牲品。"

可怜的千代被痛入骨髓的悲伤和抛弃儿子的苦楚击垮了，她脸朝下倒在席子上，试图抑制住撕心裂肺的哀号。

这时，户浪走到这位悲伤的母亲身边，用同情的语气低声说："不到半个时辰前，我丈夫下定决心要小太郎来代替少主时，那孩子走到他面前，天真地说：'先生，请多照顾！'虽然我只是个外人，但一想到这个，我的心就要碎了。我能想象得到，失去这样一个可爱的孩子，他真正的母亲会多么伤心。"说着，泪水便从她的眼中落下来。

"不，别这么想，户浪！不，不要悲伤，尊敬的夫人！你不能哭。是我们自己狠下心来让他替我们的少主去死的。千代，你应该为在外人面前表现得如此狼狈而感到羞耻。"松王丸忐忑不安地转向武部，"虽说我用心地向我的孩子解释了他为何会有如此命运，也告诉了他应该如何慷慨赴死，但请告诉我，他是窝窝囊囊地死去的，还是像一个武士那样死去的？"

"是啊，嗯，是啊！"武部立刻回答道，"当我告诉这个勇敢的男孩，为了救我们的少主，也是他恩人的孩子，他必须献出自己的头颅的时候，他从容不迫、一声不吭地伸出脖子，准备接受那一刀。他既没有试图躲藏，也没有试图逃避即将来临的厄运。你一定把他管教得很好，他在最后甚至还笑了。请放心吧！"

武部再也说不下去了，他极力克制住自己的感情，装出一副要笑的样子，可是强颜欢笑到最后，他的喉咙里还是发出哽咽声。

这时，铁石心肠的松王丸忍不住哭了起来，他一边擦去泪水，一边低声说："我们的小太郎既善良又聪明。他是个孝顺的孩子，一个有福气能完成此事的孩子！"

菅秀才——他之前并不知道因自己而酿成的这场悲剧——无意中听到了这个可怜母亲令人心碎的哭诉，他脸色苍白、胆战心惊地从里屋走出来。

"我如果知道他会为我而死，就不会允许你们这样做。噢！真令人难过！"他一边感叹，一边用长袖擦去夺眶而出的泪水。

松王丸和千代转过身来，向这个声泪俱下的小家伙鞠了一躬。为了这个孩子，他们献出了在这个世界上所拥有的一切，包括欢乐、希望和雄心壮志，为自己安排了一个惨淡、凄凉、香火断绝的晚年。为了崇高的理想，这些单纯的殉道者毫不犹豫、毫不畏缩，不顾自身及所受的剧烈痛苦，做出了这种巨大的割舍。

松王丸站起身，走到玄关。

"我给我们少主带了一份厚礼。"他吹了一声口哨，唤来一直在花园里候着的驾笼。驾笼刚一放下，菅原夫人就从里面走了出来。

"啊，娘亲！娘亲！"菅秀才几乎叫起来。

菅原夫人快步走进屋子，金线锦缎长袍和深红色衬里随着步子闪出五色光芒。"噢，我的儿子，我亲爱的儿子！"她喜出望外，把孩子抱在胸前。

武部夫妇认出了来者的身份，高兴地欢呼起来。武部问道："我一直在努力寻找您的藏身之所，夫人这段时间在何处避难？"

松王丸替她回答道："当夫人躲在郊外时，时平的家臣发现了她的踪迹。我知道她面临危险，于是将自己扮成山伏[6]，设法及时救出了她，自那以后，她就一直躲在我家。现在，你必须马上护送她和菅秀才到河内，这样他们一家人就可以再次团聚，免遭敌人追捕。"

然后，他转身对妻子说："现在，让我们把小太郎的遗体抬回家，为他准备葬礼。"

不过还没等千代做出反应，户浪就恭敬地把孩子的无头遗体抱进了驾笼。千代跟在后面，跪下来，把白色的裹尸布和圣幡盖在了小太郎身上。

松王丸和千代脱下外衣，露出为葬礼准备的白色丧服。武部和户浪则比画着手势表示惊讶与反对。

"父母参加自己儿子的葬礼是不符合习俗的。这种麻烦事就交给我们吧，我们会替你们做好一切。"他俩喊道。

"不，"即便他唯一的儿子是因家主而死的，松王丸仍然坚持说，"这不是我儿子的遗体。我们要埋葬的是少主！"

6　山伏，日本修验道行者的统称，即为得神验之法而入山修行的苦练者。

说完这句话，松王丸和千代就辞行了。他们默默地转过身来，跟着被临时当作棺材的驾笼走了，驾笼里装着他们心爱的孩子留给他们的一切。他们虔诚地低着头，朝着他们凄凉的、空荡荡的家走去。菅原夫人和她的儿子，以及武部和户浪，他们都热泪盈眶，看着这支小队伍慢慢消失在路上，融入夜色之中。

俵藤太

十五　它那一百只脚上发出的光，就像无数灯笼在缓缓地向岸边移动。

在很久很久以前，日本有一位家喻户晓的勇敢武士，大家都叫他俵藤太[1]，意思是"米袋阁下"。他的真名是藤原秀乡[2]，关于他是如何改名的，有一个非常有趣的故事。

武士的本性让秀乡受不了无所事事的日子，某一天，他决定出发去探险。于是他带上两把刀，拿起比他还高的大弓，背着箭筒出发了。没走多远，他就来到了横跨在风光秀丽的琵琶湖[3]一端的濑田唐桥[4]。刚踏上桥，他就看见正前方横卧着一条龙。它身躯庞大，看起来如同一棵巨松的树干，霸占了整个桥面。它的一只巨爪搭在桥一侧的栏杆上，尾巴刚好紧贴着另一侧。这个怪物好像睡着了，每当它呼气的时候，

1　"俵"是"米俵"（日语中指米袋）的简称。"藤太"即藤原家的长子。

2　藤原秀乡，日本平安时代中期的武将。

3　琵琶湖，位于日本滋贺县，形如琵琶，是日本最大的湖泊。

4　濑田唐桥，位于日本滋贺县大津市，是日本三大名桥之一，早在公元6世纪便已成为交通要道，此后历经多次毁坏与重建。

鼻孔里就会喷出火焰和烟雾。

　　起初，当看到这条可怕的爬虫躺在他的必经之路上时，秀乡不禁感到一阵惊慌。然而，他是一个勇敢的人，他将所有恐惧抛在脑后，毫无畏惧地向前走。嘎吱，嘎吱！他脚踩着龙的躯干过了桥，甚至没有回头看一眼就继续赶路了。

　　他刚走几步，就听到背后有人喊他。他转过身来，惊讶地发现巨龙已消失得无影无踪，原先的位置上出现了一个相貌奇怪的人，正在恭敬地深鞠躬。那人一头红发，头戴一顶龙头样子的冠冕，海青色的衣服上点缀着贝壳图案。秀乡立刻意识到此人并非凡人，他对这桩怪事感到非常好奇，就在这转瞬之间，龙去了哪里？抑或它幻化成了眼前这个人？这一切意味着什么呢？当这些想法闪过他的脑海时，他走到桥上的那个人跟前说："刚才是你在喊我吗？"

"没错，是我，"那人回答道，"我想向你提出一个诚挚的请求，你觉得你能接受吗？"

"如果是我力所能及之事，我一定会的。"藤原秀乡回复道，"不过，首先要告诉我你是何人？"

"我是湖中的龙王，我的宫殿就在桥下这片水域里。"

"你想要我做什么？"秀乡问道。

"我想请你帮忙除掉我的死敌蜈蚣，它就出没在那边的山上。"龙王指着湖对岸的一座高峰说，"我在这片湖里住了很多年，有一个儿孙满堂的大家庭。然而，最近以来，我们一直生活在恐惧之中，因为有一只大蜈蚣发现了我们的住处，每到夜里它就会来叼走我的一位家人。我没有能力拯救他们。如果再这样下去，我不仅会失去所有的孩子，而且自己也会成为这个怪物的腹中食物。我为此郁郁寡欢，走投无路之时，决定寻求人类的帮助。带着这个想法，我化身为你看到的那条可怕的龙，在桥上等了许多天，希望能有一个强壮勇敢的人出现。遗憾的是，所有从这条路来的人，一看见我就吓得跑开了。你是第一个不畏惧我的人，所以我知道你是有大勇的。我请求你可怜可怜我，帮忙除掉我的死敌蜈蚣，好吗？"

听了这番话，秀乡对龙王的遭遇深表同情，并欣然答应尽其所能帮助龙王。秀乡问蜈蚣在哪里出没，这样他就可以立刻去猎杀那只怪物。龙王回答说，它的巢穴在三上山[5]上，不过它每天晚上都会在固定时间来湖中的龙宫，所以最好等到那个时候动手。于是，秀乡被带到水下的龙宫。说来奇怪，就在他跟着龙王往下走的时候，湖水被分开了，出现了一条能让他们行走的通道。当他从水中穿过的时候，衣服上甚至

5　三上山，位于滋贺县野洲市，别名近江富士。

没有丝毫潮湿的感觉。首先映入眼帘的是一座由白色大理石建造的宫殿，秀乡从未见过如此美丽的建筑。他经常听说海底有海王宫殿，那里的所有仆人和侍从都是咸水鱼，令他意想不到的是，在琵琶湖的中心也有一座宏伟的建筑。美丽的金鱼、红色的鲤鱼和银色的鳟鱼，侍奉着龙王和他的客人。

秀乡被为他准备的盛宴惊呆了。盘子是用荷叶和荷花做的，筷子是用最稀有的乌木做的。他们刚一坐下，隔扇就被拉开了，十位美丽的金鱼舞者走出来，后面跟着十位拿着琴或三味线的红鲤鱼乐师。时间过得飞快，转眼到了午夜，美妙的音乐和舞蹈让秀乡忘掉了关于蜈蚣的事情。正当龙王准备用一杯新酒敬这位武士时，突然间，宫殿被一下又一下的重踏震得摇来晃去！如同有一支强大的军队在不远处进军。

秀乡和龙王站起身来，冲到露台上，看到对面山上有两颗大火球越来越近。龙王站在秀乡身旁，吓得浑身发抖。

"是蜈蚣！那两个火球就是它的眼睛。它来猎食了！现在是时候杀掉它了。"

秀乡朝龙王手指的方向望去，微弱的星光下，在那两个火球的后面，他看到了大蜈蚣长长的身躯在群山间蜿蜒。它那一百只脚上发出的光，就像无数灯笼在缓缓地向岸边移动。

秀乡面无惧色，他试图让龙王冷静下来：

"别怕。我一定会杀了蜈蚣。把我的弓箭拿来。"

龙王照他说的做了，秀乡注意到他的箭筒里只剩下三支箭了。他拿起弓，把箭筈[6]搭在弓弦上，仔细瞄准后射了出去。

箭射中了蜈蚣的脑袋正中，却没有击穿它，而是轻擦过去，掉在了地上，没有造成丝毫伤害。

秀乡毫不气馁，又拿起一支箭，搭在弓弦上射了出去。

---

6 箭筈，箭尾端的插槽，用于将箭固定在弓弦上。

箭又射中了目标，还是正好射中蜈蚣的脑袋正中，却依旧是轻擦一下便掉到地上。蜈蚣是刀枪不入的！看到即便是这个勇敢武士的箭也杀不死蜈蚣，龙王万念俱灰，瑟瑟发抖。

　　秀乡的箭筒里只剩一支箭了，如果再不成功，他就没机会杀死蜈蚣了。他望向湖面，那只巨型爬虫将它可怕的身躯在山上绕了七圈，很快就会下到湖边。它那火球般的眼睛里发出的光越来越近，一百只脚上的光开始在平静的湖面上投下倒影。

　　猛然间，秀乡想起他曾听人说过，人类的唾液对于蜈蚣来说是致命的。但这不是普通的蜈蚣，它真是太可怕了。秀乡决定赌一把，于是他拿起最后一支箭，先把箭头含在嘴里，再将箭筈搭在弓弦上，然后再一次仔细瞄准，射了出去。

这一次，箭又射中了蜈蚣的脑袋正中，但它没有像前两次那样毫无伤害地擦过去，而是直接刺进了蜈蚣的脑袋。接着，那蛇一般的躯体颤抖了一阵，便停止了行动。它那巨大的眼睛和一百只脚上的光暗淡了下来，像暴风雨后的落日一样，随后便在黑暗中熄灭了。顿时，天空被无尽的黑暗笼罩，电闪雷鸣，狂风怒吼，好像到了世界末日。龙王和他的孩子以及侍从们蜷缩在宫殿的各个角落，吓得半死，因为宫殿的地基都被震坏了。

可怕的一夜终于过去了。天亮之时，晴空万里，三上山自此以后便没有了蜈蚣的威胁。

这时，秀乡把龙王叫到露台上，因为蜈蚣已死，没有什么可害怕的了。

接着，宫殿里的所有水族都欢天喜地地走了出来。蜈蚣的尸体漂浮在湖面上，湖水被它的血染成了红色。

龙王感激不尽，全家人都来向秀乡鞠躬，把他誉为龙宫保护者，是全日本最勇敢的武士。

又一场宴席准备好了，比先前的更加丰盛。龙宫的侍从穷尽所有方法料理的各种各样的鱼，生的、炖的、煮的、烤的，盛在珊瑚盘和水晶盘里，摆在秀乡面前，酒也是秀乡这辈子喝过的最好的。灿烂的阳光之下，一切都显得更加美丽，湖水如钻石般闪闪发光，白天的宫殿比在夜晚时美丽千倍。

龙王劝秀乡多待几天，但秀乡坚持要回家，他说自己已经完成了使命，必须回去。对于他的离开，龙王及其家人都感到非常遗憾。不过既然他要辞别，他们便恳请他收下几件薄礼（他们是这么说的），以表达他们对他的感激之情，感谢他把他们从死敌蜈蚣的威胁中永远地解救出来。

当秀乡站在玄关告辞时，一群鱼突然变成了人类随从的

模样，所有人都身穿礼服、头戴龙冠。他们带来的礼物如下：

第一，一口大铜钟。

第二，一袋稻米。

第三，一匹丝绸。

第四，一口炖锅。

秀乡并不想接受这些礼物，但龙王坚持要送，他也不好拒绝。

龙王亲自陪着秀乡走到桥上，再三鞠躬，向他致以美好的祝福，然后同他告别，留下仆人们带着礼物陪秀乡回家。

秀乡的家人和仆人们发现他昨天一夜未归，担心极了。他们觉得他肯定是被暴风雨困住了，在某个地方避灾。当秀乡归来的时候，全家人都出来迎接他，并且对跟在他后面的那些带着礼物、扛着旗帜的随从感到非常好奇。

龙王的侍从们放下礼物，便消失不见了。随后，秀乡向大家讲述了发生在他身上的一切。

　　他发现，自己从龙王那里收到的礼物大都具有神奇的魔力。只有那口大铜钟是寻常之物，对秀乡来说没什么用，于是，他把它送给了附近的寺庙，挂在庙里，让洪亮的钟声为周围的街坊邻居报时。

　　那一袋稻米，无论秀乡和他一大家子人怎样日复一日地从里面取米做饭，也从来没有减少过——这袋子里的米是取之不尽的。

　　那匹丝绸也是一样，为了给秀乡做一身过年时进宫穿的新衣服，家人一长段一长段地裁剪这匹布，可它从来没有变短过。

　　那口炖锅也非常神奇，不管放什么东西进去，它都能做出想要的美味，而且不需要生火——真是一口非常省钱的锅。

　　秀乡由此声名远扬。因为他不需要花钱买稻米和丝绸，也不需要烧火做饭，所以他变得非常富裕，从此被人们称为"米袋阁下"。

源赖光

源頼光

十六

酒吞童子和它的侍从们都被逗乐了，它们此前从未见过男人跳舞。

很久以前，日本第六十六代天皇一条在位时期（986—1011），他手下有一位非常勇敢的大将，名叫源赖光。

在那个时代，大将们通常会选出四名精锐武士做护卫，他们以胆识过人、力量强大和剑术娴熟而闻名。这四位勇士被称为"四天王"，他们参与首领的所有开拓和远征的事业。

源赖光也不例外。他的手下有渡边纲、碓井贞光、坂田金时、卜部季武这"四天王"。从北到南，从东到西，在这个广阔的世界里，你找不到比"赖光四天王"更勇敢的武士了。据说这四位每一个都能单枪匹马对付千人。他们为冒险而生，以战争为乐。

接下来，我将向大家讲述源赖光消灭酒吞童子、鬼童丸与土蜘蛛的故事。

一　酒吞童子篇

那时，京都附近的丹波国[1]有一座叫大江山的高山，里面住着一个名叫酒吞童子的恶鬼，它的种种恶行到处流传。这个恶鬼长得非常可怕，那些曾瞥见它的人，直到临死之时都不会忘记那一幕。它有时会幻化成人，离开巢穴，偷偷溜进都城，在街上游荡，带走童男童女，然后将他们掳到大江山荒野的城堡里。在那里，酒吞童子让他们干活，服侍它，最后吃掉他们。

在很长一段时间里，都城的青春之花就这样被掳走，没有人知道被掳走的孩子们会遭遇什么。

朝廷里有一位名叫池田的中纳言，他因为有一个漂亮女儿而无比幸福。她是家里唯一的孩子，池田和妻子都非常宠爱她。一天，这家人的心肝宝贝消失得无影无踪，全家陷入极度悲痛之中。母亲最后决定向阴阳师占卜，她来到著名阴阳师安倍晴明[2]家里。晴明告诉她，她女儿被大江山的恶鬼掳走了。母亲惊恐万分地赶回家，父亲得知这个可怕的消息后，悲伤得一句话也说不出来。池田放弃了朝中职务，他伤心欲绝，除了为女儿日夜哭泣外，什么也做不了。

一条天皇听说了发生在池田身上的悲剧。想到这可恨的恶鬼竟敢未经许可进入神圣的都城，掳走他的臣民，天皇龙颜大怒，一跃而起，扔下他的流苏扇，大喊道："难道在朕的御下，就没有人能讨伐并彻底除掉这个恶鬼，为它对朕的百姓所做的恶行报仇，让朕舒心吗？"

于是天皇召集群臣，把这件事摆到他们面前，寻求最佳

1　丹波国，日本古代令制国之一，领域大约包含现在京都府中部及兵库县东隅、大阪府高槻市一部分、大阪府丰能郡丰能町一部分。

2　安倍晴明（921—1005），平安时代有名的阴阳师，深受贵族信赖。

的解决办法。他决定不惜一切代价，为都城除掉这个可怕的祸害。

"它怎么胆敢到朕的御下，在朕的皇城里下手残害百姓？"天皇痛苦地喊道。

大臣们恭敬地答道："陛下的疆域内有许多勇敢的武士，但没有人能像源赖光那样完全听命于您。臣等斗胆建议陛下派人召源赖光，命他除掉恶鬼。臣等的愚见或许难让陛下满意，但此时也别无他法了！"

天皇对这个建议很满意，回应道："朕时常听人说起赖光，此人是一位忠实勇敢的武士，不知道何为恐惧，朕对此毫不怀疑。正如诸卿所言，他就是最佳人选。"于是，天皇立刻下旨召源赖光进宫。

源赖光接到这出乎意料的谕旨，急忙跑到宫中。当被告知任务时，他跪倒在御座前，谦卑地接受勅命。事实上，源赖光对即将到来的冒险满心欢喜，因为京都已经平静了好些时日，他和手下的勇士们早就对无事可做的闲散日子感到烦闷了。

他越认识到这项任务有多么艰难，就越有勇气和意志面对它，越能下定决心完成它，抑或在挑战中牺牲。

回家后，源赖光想了一个行动计划。

由于对手不是人类，而是可怕的恶鬼，他认为最明智的做法是用计谋，而非硬碰硬对抗，所以他决定只带一批最信任的人，而非大量士兵。然后，他召集了"四天王"：坂田金时、碓井贞光、卜部季武和渡边纲。此外还有另一位武士藤原保昌[3]，绰号"一人"，意思是"唯一的武士"。

源赖光将这次远征的计划告诉他们，并解释说，由于对

---

3 藤原保昌（958—1036），平安时代中期贵族，官至正四位下、摄津守。因住在摄津国平井，又被称作平井保昌。

付的不是寻常敌人，而是恶鬼，所以乔装去大江山是明智之举，这样就更有可能也更容易战胜它。其他五人都同意首领所说的，并满心欢喜地开始准备。他们擦亮铠甲，磨利长刀，试穿头盔，为即将面对的战斗欢欣鼓舞。在开始这项危险任务之前，他们认为应当先去寻求神明的保佑和祝福，所以源赖光和藤原保昌去男山八幡宫[4]祈求战神帮助，渡边纲和坂田金时去住吉大社[5]祭拜神功皇后[6]，碓井贞光和卜部季武去参拜熊野权现。在每一座神殿中，武士们祈求神佑和力量，他们跪在地上，双手交叠，以祈求神明保佑他们远征成功，平安返回都城。

随后，这支勇敢的队伍把自己打扮成山伏，戴着头襟，穿着袈裟，把铠甲、头盔和武器藏在背着的箱笈里，右手握着锡杖，左手拿着念珠，脚上穿着粗糙的草鞋。见到这几位庄严肃穆的僧人，没人会想到他们是来讨伐大江山的酒吞童子的。旁人做梦也想不到，这支队伍的领头者，正是这个岛国上勇气和力量都无人能比的武士源赖光。

就这样，源赖光和他的部下长途跋涉，抵达丹波国，来到大江山的山脚下。既然酒吞童子选择大江山作为它的巢穴，你可以想象要进山有多么困难！源赖光和他的部下是惯走山路的人，但他们从未到过如大江山这般险峻的地方。这里真是难以形容。巨石拦住道路，树枝在头顶浓密地交错，即使中午，阳光也无法穿透枝叶，树影幽黑，武士们庆幸自己带着灯笼。有时，山中小路会将他们引向悬崖，可以听见河水

---

4 男山八幡宫，石清水八幡宫的旧称，位于今京都府八幡市八幡高坊，是日本三大八幡宫之一。

5 住吉大社，位于今大阪市住吉区，是全日本住吉神社的总本社。

6 神功皇后（170—269），日本古坟时代的皇族，第十四代天皇仲哀天皇的皇后、第十五代天皇应神天皇的生母，原名不可考。

沿着深谷奔流而下的声音。山谷极深，以至于源赖光和他的部下从悬崖边走过时，都感到头晕目眩。此时，他们第一次意识到这次的任务是多么艰险。他们时而在树根上歇一会儿喘口气，时而在涓涓泉水旁停下来捧一把水解渴。好在他们没有气馁，当他们感到情绪不振时，就互相鼓励，向大山更深处前进的脚步从未停滞。他们有时也会冒出这样的想法："如果酒吞童子或者它的手下潜伏在岩石或悬崖后面，将会怎样？"

突然，三个老者从一块岩石后出现。机警勇敢的源赖光猜想肯定有一些恶鬼已经得知他到来的消息，它们是把自己装扮成受人尊敬的老者，来欺骗他和他的部下，但他不会被这样的把戏骗过。他用眼神示意身后的部下警惕，部下遵照示意摆出防御姿态。

三个老者立刻看出了源赖光的心思，故而朝他微笑，走近他，向他鞠躬。最前面的老者说："诸位不要怕，我们不是这座山的恶鬼。我来自摄津国 [7]，这位朋友来自纪伊国 [8]，那位住在都城附近。我们都被酒吞童子夺走了心爱的妻女。在过去的日子里，我们痛失妻女的悲伤之情非但没有平息，反而越来越强。我们年纪大了，没办法救出她们，听闻您要来，便在这里等候，请您救救身处不幸之中的我们。这是我们莫大的请求。我们恳求您，如果遇到酒吞童子，就请除掉它，不要手下留情，为我们的妻女和许多花之都的家庭报仇。"

源赖光听完老头这番话，回应道："既然告诉了我这么多，我就不必对你们隐瞒真相了。"接着他讲述了接到天皇敕令，准备除掉酒吞童子，摧毁它的巢穴的事情。他尽其所能安慰

7　摄津国，日本古代令制国之一，属京畿区域，领域大约包含现在的大阪市、堺市的北部、北摄地域、神户市的须磨区以东。

8　纪伊国，日本古代令制国之一，领域大约包含现在和歌山县全境及三重县南部。

三个老者，并保证会尽全力解救他们被掳走的妻女。

三个老者听后大喜过望，脸上绽开太阳般的笑容，热情感谢源赖光的好心相助，深鞠一躬道："为表达谢意，我们希望将这瓶神奇的酒送给您。它被称为神变奇特酒，对人来说是香甜的美酒，对鬼来说却是毒药。鬼如果喝了这酒，便会浑身无力，瘫倒在地。您在向酒吞童子出手之前，先让它喝这酒，之后就不会有什么难事了。"

说着，最前面的老者递给源赖光一个装酒的小白玉瓶。当源赖光接过瓶子时，一团阳光般的光辉突然照射在三个老者周围，他们升腾而起，直到闪耀的身影消失在云层中。

武士们惊住了，目瞪口呆地向上凝望。源赖光首先从惊讶中回过神来，拍手笑道："不要被你们的所见吓倒，我确信出现在我们面前的这三位不是旁人，正是我们之前参拜过的神明。那位自称来自摄津国的老者一定是住吉的神明，来自纪伊国的是熊野权现，来自都城的是男山八幡神。这是大吉之兆。三位神明的礼物，定能成为我们战胜恶鬼的法宝。因此，我们必须感谢上天保佑。"

源赖光和他的五名勇士在山口跪下，俯身于地，充满敬畏地默默祈祷了好一会儿。源赖光一跃而起，虔诚地把那瓶酒举过头顶，然后将其和铠甲、武器一同放在背后的箱箧里。做完这些，他们继续赶路。此刻，他们内心感到了十足的安全与自信，带着神酒的源赖光觉得自己比任何恶鬼都强。有一句谚语是"给鬼以铁棒"[9]，意思是让强者更强，用在源赖光身上正合适。现在轮到酒吞童子值得同情，它要吃苦头了！

他们加快速度赶到一处山涧，发现一名少女正在水边洗带血迹的衣服。少女不时停下来用袖子擦去眼泪，因为她哭

---

9 日语中是"鬼に金棒"。

得很伤心。源赖光的内心被少女的痛苦触动了，他走到她面前说："这是一座恶鬼出没的山，我怎么会在这儿看到像你这样的姑娘呢？"

少女惊讶地抬起头，说："这确实是一座恶鬼出没的山，迄今为止还没有寻常人类到过这里。你们是怎么到这儿来的？"她看看源赖光，又看看他的部下。

源赖光说："我就直截了当地告诉你实情吧。天皇陛下令我等除掉恶鬼，这就是我们来这里的原因！"

少女没等听完，就欢喜地跑到源赖光身边，紧紧抱住他，磕磕巴巴地喊道："你真的是，我经常听说的那个，伟大的源赖光吗？你能来我太高兴了。我会做你去恶鬼巢穴的向导。赶快，勇士赖光，除掉恶鬼！我已经觉得自己得救了！"

听到这些话，武士们知道她也是被恶鬼捉来的。少女转身领众人上山。不久，他们看到一扇由两个恶鬼守卫着大铁门。右边的恶鬼红彤彤，左边的恶鬼黑黝黝，各自拿着一根大铁棒。少女低声对源赖光说："看，这是恶鬼的巢穴。进入大门，你会看到一座华丽的宫殿，它从地基到屋顶都是黑铁所造，因此被称为黑铁宫。它很大，里面和国主的府邸一样华丽。在黑铁宫的围墙内，酒吞童子夜以继日地举行盛宴。伺候它的侍女和我一样，都是被它从都城和各国掳来为奴的。它喝的酒是被倒在深红色的漆碗里的人血，宴席上的食物是那些被杀死的人的肉。我都不知道看见有多少人消失了，唉！他们都被杀掉了，变成那些食人鬼可怕宴席上的酒食。我多么希望上天能惩罚这个怪物啊！但当看到朋友的命运时，我怎么能奢望自己能活下去呢？不知道什么时候就会轮到我了。但遇到你们，我就觉得我们都要得救了，喜悦和感激之情无以言表！"

这时，他们已经走到了大门外。少女上前对守卫说："这些可怜的旅行者在山里迷了路。我很同情他们，就把他们带到这里来，让他们歇一歇再上路。希望二位能善待他们。"

两个恶鬼早就看到了源赖光这一队僧人，只是它们做梦也想不到这些人是谁，更想不到来者的目的。两个恶鬼心里笑着，竟有如此好的猎物落到手里，它们肯定会被允许分享这些新鲜血肉做成的盛宴。

两个恶鬼朝少女笑，告诉她做得很好，吩咐她带着六名旅行者进入黑铁宫，并向酒吞童子通知他们的到来。就这样，六名勇士像被邀请的客人一样进入了恶鬼的巢穴。他们为计划的成功而心花怒放，彼此对视一下，便穿过那扇大铁门，来到了玄关。少女领着他们穿过许多宽敞的房间和长长的廊道，最后来到宫殿中心。他们被领进一个大厅，在厅内首席上坐着的正是鬼王酒吞童子。勇士们即便是在梦中也没见过这么可怕的怪物。它身高十尺，皮肤鲜红，蓬乱的头发像一把扫帚，穿着深红色的裙裤，巨大的手臂搭在架子上。勇士们进来时，它用如盘子般大的眼睛狠狠地瞪着他们。这恶鬼的模样足以让任何人害怕得发抖，如果源赖光和他的勇士是懦弱之人，一定会被吓得昏过去。

源赖光恨不得立刻向恶鬼扑过去，但他控制住了自己的冲动，谦恭地鞠躬，以免引起敌人的任何怀疑。

酒吞童子瞪着他，傲慢地说："虽然我根本不知道你们是谁，也不知道你们是如何找到进山的路的，但请不要客气！"

源赖光谦卑地回应道："我们是来自出羽国羽黑山[10]的低贱山伏。我们在大峰山寺[11]朝拜之后赶往都城，没想到在这

---

10 出羽国，日本古代令制国之一，领域大约为现在的山形县及秋田县，但不包含秋田县东北隅的鹿角市和小坂町。羽黑山位于山形县鹤冈市，是修验道的信仰中心之一。

11 大峰山寺，位于日本奈良县吉野郡天川村的修验道寺院。

贰　武士之卷

群山中迷路了。正当我们犹豫不决，不知该走哪条路的时候，一位被您收容在宫里的人遇到了我们，好心地把我们带到这里。请原谅我们擅入您的领地，给您带来了这么多麻烦！"

"不用介意，"酒吞童子说，"听闻你们的遭遇，我很难过。你们在这里不必客气，一起用餐吧。"说罢，它转向鬼族侍从们，大声吩咐端上晚餐，并拍了拍它红彤彤的双手。

房间之间的隔板就此拉开，穿着华丽长袍的美丽少女们快步走进来，把她们高举的大酒杯、酒瓶和盛着各种鱼的盘子摆在丑陋的恶鬼和客人们面前。源赖光知道，所有这些可爱的少女都是酒吞童子从都城掳来的，它不顾她们的眼泪和痛苦，把她们留在这里做侍女。源赖光在心里地对自己说，她们很快就会自由了。

酒杯都端上来了。源赖光抓住机会，从箱箧里拿出三位神明给他的神变奇特酒，对酒吞童子说："这是我们从羽黑山带来的酒。这虽是一种不入您贵眼的劣酒，但我们发现，当我们疲惫不堪时，它总是能给我们提神，给萎靡不振的精神带来活力。如果您能尝尝我们的劣酒，我们会受宠若惊的，虽然可能不符合您的口味！"

酒吞童子似乎很享受这种恭维，递给源赖光一个空杯子，说："倒酒，我想尝一尝。"然后它一口就把酒喝干了，咂咂嘴说，"我从未喝过这么好的酒。"说着，又让源赖光把酒续上。

你可以想象源赖光有多高兴，因为他非常清楚酒吞童子已经是瓮中之鳖。但他掩饰得很高明，一边给酒吞童子斟酒，一边说："很荣幸尊贵的主家能屈尊喜爱我们这低劣的村醪。我和同伴们愿斗胆献舞，以助酒兴。"

接着，源赖光向他的部下打了一个手势，他们开始伴唱，而他自己开始跳舞。

酒吞童子和它的侍从们都被逗乐了，它们此前从未见过男人跳舞，认为这些陌生人颇为有趣。

恶鬼们开始高兴地传着品尝神变奇特酒。一些少女们则在窃窃私语，对这六名旅行者报以同情，他们完全没有意识到即将到来的可怕命运，这是他们最后的自由时刻，也许是生命中的最后几个小时。

不过，神变奇特酒已经开始发挥作用了，酒吞童子变得昏昏欲睡。瓶里的酒无论被倒出来多少，似乎都不见减少，所有恶鬼都喝了一些，此时已在各个角落里彼此靠在一起，或倒在地板上陷入深睡。不一会儿鼾声四起，整个房间都在颤抖，恶鬼们对即将发生的一切毫无察觉，就如同一堆木头。

"时机到了！"源赖光说着，跳了起来，示意部下们动手。他们急忙打开箱箧，取出头盔、铠甲和长刀，全副武装。一切准备就绪，他们跪下来，双手合十，虔诚地祈祷神明们能在他们最需要和最危险的时刻伸出援手。

正当他们祈祷之时，一束光照亮了房间，三位神明在一片祥云中再次现身。"不必害怕，武士源赖光。"他们说，"吾等已禁锢了恶鬼的手脚，你已经没什么好怕的。让你的勇士们砍掉它的四肢，你砍掉它的头颅，就能消灭恶鬼，完成任务。"说罢，三位老者就像来时那样神秘消失了。

源赖光欣喜万分，他满怀感激地向消失的神明拜了拜。勇士们站起来，拿起刀，用水浸湿目钉[12]，以便把刀牢牢固定在刀柄上，然后蹑手蹑脚、小心翼翼地向酒吞童子移动。他们不再是懦弱的山伏，而是全副武装的复仇勇士。他们两眼放光，勇敢地穿过房间。

站在周围的被俘少女们意识到，这些人是从她们朝思暮想的首都来的救星。有些少女高兴得欢呼起来，有些少女用

---

12 目钉是用于固定刀柄和刀茎的柱状物，一般由竹木制成。用水浸湿目钉是为了使其吸水膨胀，增强摩擦力，不易脱落。

袖子捂着脸轻声哭泣，还有一些少女高举双手感叹道："佛祖降临地狱！这些勇士一定会杀死恶鬼，解救我们。"她们双手合十，恳求勇士们除掉将其掳来的恶鬼，带她们回家。

此时，源赖光握着出鞘的刀站在沉睡的酒吞童子面前，将刀高高举起，对着它那圆桶般的脖子用力一挥，将它的头颅砍了下来。然而可怕的是，酒吞童子的头颅并没有掉到地上，反而愤怒地飞向空中，在源赖光的头顶喷着火焰并盘旋了一会儿，然后俯冲下来，好像要咬源赖光的脑袋。但它被源赖光头盔上的闪闪星辉吓住了，后退了一些，惊讶地凝视着这个变了模样的人。源赖光忍受着酒吞童子喷出的火焰，再次举起长刀，砍向那骇人的头颅，终于将其打倒在地。

战斗的喧闹声和武士们胜利的喊声惊动了其他恶鬼，它们虽然依旧神志不清，但还是尽可能快地让自己醒过来。它们惊恐万分，不等拿起铁棒，就朝源赖光猛冲过去。然而它们醒来得太晚了，五位勇士冲了进来，左右夹击，只消片刻就将它们如秋风扫落叶般消灭了。

少女们看到强掳她们的恶鬼都被消灭了，高兴得挥着长袖，手舞足蹈，喜悦的泪水顺着白皙的脸庞流了下来。她们跑到源赖光面前，抓住他的袖子称赞道："啊！赖光大人，您是一位多么勇敢和高尚的武士！我们真的很感激您的救命之恩。我们从来没有见过这么厉害的武士。"她们笑逐颜开地围拢在源赖光身边，此时，欢声笑语早已盖过了恶鬼们垂死的呻吟声。

既然酒吞童子和它的手下都被除掉了，源赖光和他的部下就应把这些俘虏从恐怖城堡中带走，尽快返回都城了。

源赖光用一根结实的绳子捆住酒吞童子的头颅，并吩咐五位勇士扛着它，少女们则跟在后面，这支队伍就这样离开了大江山，踏上了回家之旅。当他们抵达京都时，源赖光凯旋的消息像火一样传开，人们成群结队地出来欢迎英雄们。

那些再次见到女儿的父母们觉得就像做梦一般，他们的掌上明珠竟能安然无恙地回来。他们的赞美声和珍贵的礼物都把源赖光淹没了。

源赖光把酒吞童子的头颅带到天皇那里，并汇报了所经历的一切。天皇陛下对源赖光及其远征队伍大加赞扬，给源赖光记了大功，并授予他比之前更高的官阶。

全国各地的人们都在谈论着源赖光的名字，他被公认为这片土地上最伟大的武士。即使在偏远的乡村，也没有一个贫苦农民不知道这位名将的英勇事迹的。

从那时起，源赖光的肖像就被日本男孩熟悉，因为他经常被画在风筝上。

二　鬼童丸篇

在源赖光讨伐大江山后不久，鬼童丸的名字开始萦绕在这个国家上空。鬼童丸是一个强盗，他因生性残暴和频频劫掠而臭名昭著，无论老少，所有人都惧怕和憎恨他。

一天傍晚，源赖光和"四天王"打猎回来，碰巧经过三弟源赖信的住所。源赖光已经在外面度过了漫长的一天，在回到自己的住所之前，还有一段很长的路要走。此时他又累又饿，一想到在这孤寂的暮光下，兄弟相伴共享美餐是一件乐事，便在源赖信的住所外停了下来，并派人告知三弟：打了一天猎的源赖光，回家时正巧路过这里，如果源赖信能为兄长提供些茶点，他就在这里过夜，因为他累坏了。

即便是现在的日本，哥哥姐姐也会受到家里弟弟妹妹的尊敬，因此源赖信对兄长的屈尊拜访非常高兴。

传信人很快回来了，说源赖信很乐意接待兄长，已经吩咐家仆准备宴会，来庆祝这件难得的事。他孤身一人，没有什么能比兄长的偶然到访更让他高兴的了。他谦恭地请求源赖光能屈尊与自己共享晚宴，并原谅他的招待不周。

源赖光对三弟的热情招待很满意。他迅速把缰绳扔给马夫，下了马，一边往屋里走着，一边心想：源赖信为什么要为自己安排宴会呢？在被领进房间后，源赖光发现源赖信正坐在席子上喝酒，而家仆们正端上晚宴的第一道菜。寒暄之后，源赖信递给源赖光一杯酒。源赖光接过一饮而尽，然后问三弟他所说的宴会是什么意思，是有什么喜事吗。源赖信得意地笑起来，在席子上转过身，朝庭园打了个手势。

随后，源赖光顺着三弟手指的方向看去，只见一个年轻人被绑在一棵大松树上。那人不到三十岁，生得孔武有力，满脸愤恨与残暴。他身体魁梧，粗大黝黑、肌肉发达的四肢如松树干一般。他的头发又糙又乱，眼睛瞪得大大的，似乎要从眼窝里跳出来。事实上，在源赖光看来，这个粗野汉子与其说是人类，倒更像魔鬼。

"好吧，赖信！"源赖光说，"你开宴会的理由再平常不过了——捉住那只野兽一定给你带来了很大乐趣。但请告诉我，被绑在外面的那个人是谁？"

"你听说过臭名昭著的强盗鬼童丸吗？"源赖信答道，"他就是！我的一名手下发现他正在山上睡觉，就捉来了。城里的人一直在通缉他，人们有一大笔账要和他清算。我打算今晚就这么捆着他，明日再送交官府！来吧，晚宴已经准备好了，让我们尽情欢乐吧！"

听到源赖信和他的手下捉住了这个恶贯满盈的强盗，源赖光拍手称快。这个强盗无法无天的恶行，让京都的百姓担惊受怕好长一段时间了。亡命徒鬼童丸最终被三弟源赖信捉住了，这是源氏一族可喜可贺的大事。

"你为国家立了大功，"源赖光说，"但是仅用一根绳子来捆这只野兽，就太荒唐了。你能想象用一根漂亮的风筝线就把一头野牛捆住吗？你现在的做法并不比其更牢靠。赖信，听我的劝，用一根铁链把他捆结实，否则他很快又会逍遥法外的。"

源赖信认为兄长的建议非常明智，于是拍了拍手，命家仆取一根铁链来。然后，他在源赖光一行人的陪同下走进庭园，将铁链在鬼童丸身上绕了几圈，最后用挂锁固定在一根柱子上。

此前，鬼童丸一直因自己被草草捆住而窃喜。他知道凭自己的蛮力可以轻易扯断绳子，打算等天黑后趁夜色掩护逃跑。你可以想象他对源赖光的插手有多愤怒，他的逃跑计划变得渺茫。

"可恶！"鬼童丸小声嘀咕道，"我一定会让你付出代价！给我记好了！"说着狠狠瞪了源赖光一眼。

但源赖光并不在意鬼童丸射来的凶光，只是笑了笑，说：

"这就对了！这条铁链肯定能捆住他，可千万别让他逃掉！"

说罢，他就和源赖信回到屋子。晚宴已经备好，兄弟俩畅谈着过去的时光，待休息时已经很晚了。

此时，鬼童丸知道源赖光就睡在源赖信家，便下决心在当晚将其杀掉，因为他已被源赖光的所作所为气疯了。

"让他看看我的能耐！"鬼童丸晃着如长毛狗般粗糙蓬松的脑袋，自言自语地低吼。他静静等待着，直到屋里的人都睡了，四周一片寂静，这才站起来，舒缓了一下因被捆得太久太紧而僵硬的身子，然后张开粗壮的双臂，对捆着他的锁链轻蔑一笑。他的力气是如此之大，以至于刚一发力铁链就断了。铁链"当啷"一声掉在地上。之后，他像老鼠一样悄声接近屋子，爬到屋顶，用巨大的拳头狠狠一捶，把瓦片和椽子砸烂。鬼童丸打算趁源赖光睡觉之时跳到他身上，出其不意地把他的头砍下来。然而源赖光在躺下休息时就做好了迎接敌人偷袭的准备，他睡得很轻，一听到屋顶的声响就立刻清醒了。为了警告敌人，他咳嗽了一声，清了清嗓子。鬼童丸是一个不知害怕的狠人，在发现源赖光醒着后，也丝毫没有放弃自己的计划，继续在天花板上砸出一个足够让他跳下去的大洞。

源赖光坐起身，大声拍手招呼睡在隔壁的随从。"四天王"之首的渡边纲立刻赶来等候家主的吩咐。

"渡边，"源赖光说，"天花板上有什么东西在动，打扰到我的休息了。可能是一只鼬，因为那东西太吵闹了；不会是老鼠，因为老鼠太小，闹不出这么大动静。不管是什么，看来今晚都没办法睡觉了，所以给马套好鞍，让所有人准备出发。我要起床了，然后骑马去鞍马山上的寺院。所有人都要跟着我同去。"

藏在屋顶和天花板之间的鬼童丸听完这番话，自言自语道："什么！源赖光要去鞍马山！这真是个好消息！我不会像掉进陷阱的老鼠那样在这里浪费时间，我要马上出发，赶在那些蠢货之前到达鞍马山，截住他们，把他们都杀光。"于是他又回到地面，以最快的速度奔向鞍马山。

从城里到鞍马山要途径一大片原野，那里生活着许多野牛。鬼童丸来到这里时，脑中闪过一个可以偷偷接近源赖光的计划。他迅速朝着一头体形硕大的牛的头上打了一拳，连续三拳之后，那头牛倒在他脚边死掉了。鬼童丸接着剥下牛皮——这是一件很费力的事情，但一身蛮力的他很快就完成了——然后盖在自己身上，伪装成一头牛，伏在地上等待源赖光一行人的到来。

没过多久，源赖光就出现在他的视野中，后面跟着"四天王"。看到原野上的牛群，源赖光勒住马，转身对"四天王"说："我们可以在这儿找点儿乐子。不必去鞍马山了，我们在这儿打猎吧！看那群野牛！"

"四天王"一致表示赞同，因为他们和源赖光一样热衷消遣和冒险，很乐意能有一个机会显露自己娴熟的狩猎手段。此时太阳刚刚升起，晴朗的早晨让众人消遣的乐趣更浓。每个人都拿出弓箭，做好了狩猎的准备。

躁动的牛群却不喜欢这种消遣，人类的乐子意味着它们的死亡。鬼童丸刚刚杀死它们中的一员，源赖光一行人又兴奋地骑马来到它们面前，朝它们射箭。这群牛愤怒地喷着鼻息，扬起尾巴，顶着犄角左冲右突。牛们都逃走了，"四天王"注意到有一头牛一动不动地伏在草丛里。起初，他们认为这头牛一定是瘸了，或者病了，所以把它晾在一边没在意。源赖光策马过来仔细看过后，果断命令渡边纲朝它射箭。

渡边纲照办，拿起弓向那横卧的牛射了一箭，可惜没有射中。令"赖光四天王"吃惊的是，那头牛的皮被一下掀开，鬼童丸从里面蹿了出来。

"源赖光，是你吗？"鬼童丸叫道，"知道我有多恨你吗？"说着，他拿短刀向源赖光刺去。但源赖光并未离鞍，而是熟练地拔出刀保护自己，两三个回合后便砍下了鬼童丸的脑袋。令人惊讶的是，哪怕头被砍掉了，鬼童丸的身体还稳稳地站着，直到右手紧握的短刀刺中源赖光的马鞍之后才倒下。身边的武士们都被鬼童丸强烈的杀意所震撼。

臭名昭著的鬼童丸就这么死在了勇士源赖光的手中。在源赖信家中时，源赖光就从鬼童丸恶毒的目光中得知他打算杀死自己，于是巧妙地将他远远引到鞍马山而后除掉，以免给三弟家添麻烦。这一做法为源赖光赢得了赞誉，也彰显出他一如既往的智慧和勇气。

然而，鬼童丸刚被除掉，都城就传来消息：又有一个名叫袴垂的强盗冒了出来，模仿鬼童丸劫掠财物，并做出其他恶行。

在一个月光皎洁的夜晚，袴垂在京都与鞍马山之间的原野上等着人路过，他希望能碰上好运，让一些富人落入手中。不一会儿，他听到有人吹着笛子走来。他觉得有些奇怪，就藏在草丛里，等着看来的是什么人。悦耳的笛声越来越近，然后吹笛人出现了。月光把一切照得清清楚楚，袴垂看到一个英俊潇洒的武士，穿着漂亮的丝绸长袍，腰间挂着长刀。

"机会来了，今晚运气真好。"袴垂暗想着，从藏身的地方站起来，悄悄跟在武士后面。其间他有几次机会抽刀砍向猎物，但没有动手，他在等待最佳时机。

突然，武士转过身来，目不转睛地盯着开始发抖的袴垂，然后转回身继续平静地吹笛，似乎对身后的危险完全无动于衷。袴垂又跟了上去，想把武士砍倒，却始终没有等到机会——每次他刚举起刀，就迅速收回。武士身上似乎散发着一种高贵的气魄，吓退了身后的袴垂，使他变得畏首畏尾。在日本有一种共识：所有高贵的武士都能通过周身散发出的气魄来征服那些地位较低的人，因为他们所佩之刀有强大的能量。的确，日本人对刀的神秘力量深信不疑，据说坏人是无法驾驭宝刀的。

迟迟未能动手的袴垂也说不出自己变软弱的原因，认为可能是受笛声影响。他发现自己居然陶醉于这轻柔的笛声中，甚至开始品味其中的吹奏技巧。他注意到武士走路时的沉着以及身上的强大气魄。那人知道自己被跟踪了，却一点儿也不担心。袴垂试图转身往回走，却发现除了跟着前面的人之外，自己什么也做不了。这对奇怪的搭档就这么进了城。就在袴垂努力摆脱控制，试图转身逃离这个不可抗拒的怪人时，武士突然转身对他说："袴垂，谢谢！麻烦你护卫了我一路。"

听到这番话，袴垂吓得跪倒在地，一时间呆若木鸡。过了一会儿，他才开口说："我不知道您尊姓高名，但请求您原谅我！我刚才想要杀您！"

袴垂向武士坦白了一切，讲述了自己犯下的暴行。百姓都认定他是个残酷无情的魔鬼，哪怕面对身无分文的农夫也不曾手软。"我从未见过像您这样的人。"袴垂继续说，"我发誓不再做强盗，求您把我收为您最卑微的家仆，让我效忠于您。"

武士把袴垂领回家，给了他一些好衣服，并告诉他当他再次陷入困境，需要钱或衣服时，可以再来这里，但不要再做伤天害理的事情，以致卷入让自己反受其害的境遇，那是不明智的。

武士的善良和仁慈感化了袴垂的心，他从那天起改过自新，成为一个守法的人。

这位武士不是别人，正是藤原保昌。他是陪同源赖光远征并除掉大江山恶鬼的勇士之一。有句话是"强将手下无弱兵",说得很对。源赖光是一个智勇双全的人,他的手下——比如我们刚刚读过的藤原保昌也同他们的首领一样。全日本没有比他们更勇敢的人了。这证明了那句老话所言不虚。

三 土蜘蛛篇

还有一个与源赖光有关的故事,你可能会喜欢听。源赖光杀死鬼童丸所用的刀被称为蜘蛛切,关于这个名字有一个有趣的故事。

源赖光有一段时间身体不适,不得不待在自己的房间里。每天午夜时分,都会有一个小沙弥来到他的床边,温柔和善地把药倒给他吃。源赖光不认识这个沙弥,但因为下人居住的地方有许多他未见过的家仆,所以他也不觉得奇怪。然而源赖光发现自己的身体非但没有好转,反而越来越虚弱,尤其是在服药之后,他总是感觉身体更糟了。

终于有一天,源赖光询问管家每天晚上是谁给他送药。但管家回答说他对此事一无所知,家里也没有沙弥。

源赖光怀疑自己被邪祟缠上了,说:"有个邪物想利用我的病对我施术,或是害死我。等那沙弥今晚再来的时候,我会查明他的真面目。他可能是一个化形的狐狸或妖怪。"

于是,源赖光等待着沙弥出现。

午夜时分,沙弥像往常一样带着药来了。源赖光平静地从沙弥手中接过碗,说:"谢谢,麻烦你了!"但他没有喝下去,而是连碗带药一同掷向沙弥的头,然后跳起来抓起床边的刀,向冒充者砍去。

随着刀锋落下,沙弥发出愤怒而痛苦的尖叫,然后快如闪电地移开,在它转身逃离房间前朝源赖光扔出一样东西。

那东西不可思议地呈尖锥状向外展开，变成一张黏糊糊的白色大网罩住源赖光，紧紧贴在他身上，使他几乎动弹不得。源赖光挥刀砍断缠在身上的网，挣脱束缚；沙弥又抛出一张网罩在他身上，源赖光再次切开；沙弥又将一张巨网抛在源赖光身上，然后逃走了。源赖光喊来"四天王"，然后筋疲力尽地倒在床上。

应召而来的渡边纲在回廊碰见沙弥，心下觉得奇怪——一个陌生僧人，而且这么年轻，怎么会在午夜时分从家主的房间里出来，便拔刀出鞘将其拦住。

沙弥一言未发，只是把网罩在渡边纲身上，然后神秘消失了。

渡边纲大为惊慌，急忙破开网跑到源赖光那里。当看到家主被网紧紧黏住时，他万分惊恐。

"你看！"源赖光指着仍然黏在自己和渡边纲身上的丝叫道，"刚才来的是土蜘蛛！"

源赖光下令追捕土蜘蛛，但那家伙无处可寻。他们在白席子和回廊上发现了红色血滴，这表明它受伤了。

"四天王"及藤原保昌循着血迹进入庭园，穿过城市进入大山，一直追到一个洞穴前，血迹在这里消失了。洞穴里传出痛苦的呻吟声，他们确信已经找到了目标。

"土蜘蛛肯定藏在洞里！"他们异口同声地说，然后拔刀而入，发现一只巨大的蜘蛛正痛苦地扭动身子，它的头部有一处很深的流着血的刀伤。他们立刻将其杀死，然后抬回源赖光那里。

源赖光经常听人说起这些可怕的蜘蛛的故事，但此前从未见过。

"原来是这只土蜘蛛想要吃掉我，这是我遇到的最怪异的险境。"

当晚，源赖光下令为他所有的随从准备宴会，并为五位勇士的健康干杯。

从那以后，那个沙弥再也没有出现，源赖光很快恢复了健康和活力。

这就是蜘蛛切的故事。这把刀之所以被如此命名，正是因为源赖光用它砍伤了谋害自己的土蜘蛛。

渡边纲

渡辺綱

渡边是一个勇敢无畏的武士，他不容许自己的名誉受损，于是快马加鞭地冲进黑夜。

很久以前，京都城里的百姓被一个鬼的传说吓得胆战心惊。据说，在黄昏时分，这个被称作茨木童子[1]的鬼会在罗城门[2]出没，抓走任何经过的人。失踪的受害者再也没有出现过，所以大家都说茨木童子是可怕的食人鬼，它不仅杀死了那些不幸的受害者，还把他们吃掉了。城里和附近的居民都非常害怕，日落之后，没有人敢在罗城门附近走动。

那时，京都城里住着一位名叫源赖光的大将，他凭借自己的英勇事迹闻名遐迩，他的名字响彻这个国家，因为他消灭了盘踞在大江山的一群鬼族以及它们的首领酒吞童子。酒吞童子喝的不是酒，而是人血。他把鬼族一举击溃，并砍下了酒吞童子的脑袋。

这位勇敢的武士身后总是跟随着一群忠心耿耿的勇士，

1　茨木童子，酒吞童子的手下。

2　罗城门，日本古代都城的正门，位于朱雀大路南端，与北端的朱雀门相对。后世也有"罗生门"一说。

其中有五位最为英勇善战。一天晚上，五位勇士坐在酒席上，大口大口地喝着碗里的清酒，吃着各种各样的鱼——生的、炖的、烤的，为彼此的健康和功绩干杯。第一位勇士藤原保昌对其他人说："你们听说过这样的传言吗，每天日落之后，罗城门就会有鬼出没，凡是从那里经过的人都会被它抓走。"

第二位勇士渡边纲回应说："别胡说八道！这不可能是真的。所有鬼族都被我们的赖光大人在大江山消灭了，就算有鬼从大捕杀中逃脱，它们也不敢在城里露面。因为它们明白，如果我们英勇的主公知晓它们还活着，就会立刻将其消灭。"

"那么，你是不相信我说的话，认为我在胡编乱造吗？"

"不，我不认为你是在说胡话，"渡边说，"你听到的不过是一些老太婆讲的故事，那是不值得相信的。"

"那么，证明我所言的最好办法，就是你亲自去那里一趟，看看是不是真的。"平井说。

渡边觉得他的同袍肯定会认为自己是在害怕，这是他无法忍受的，于是很快回应道："没问题，我马上就去，我要亲自查明真相！"

渡边立刻做好了出发准备——佩上长刀，穿上盔甲，戴好大头盔。临出发前，他对其他人说："给我一样东西，让我能证明我去过那儿！"

听到他的要求，其中一位勇士拿出一卷纸，以及墨盒、毛笔，四个同袍把他们的名字写在纸上。

"我会拿着这个，"渡边说，"把它贴在罗城门上，你们愿意明天一早过去看看吗？到那时，我或许已经抓到一两个鬼了。"说着，他骑上马，勇敢地去了。

那是一个漆黑的夜晚，没有星月为渡边照亮前路。突来的暴风雨使周围更加黑暗，大雨倾泻而下，风呼啸着像山里的狼嚎。这时候，任何一个普通人哪怕是想到要出门，都会抖上三抖，但渡边是一个勇敢无畏的武士，他不容许自己的名誉受损，于是快马加鞭地冲进黑夜。他的同袍们听到马蹄声在远处渐渐消失，之后关上雨户，围聚在炭火边，很好奇接下来会发生什么——渡边是否会遇到那些鬼中的某一个？

渡边终于来到了罗城门，他在黑暗中仔细观察，却没有发现鬼的踪影。

"跟我想的一样，"渡边自言自语道，"这儿肯定没有鬼。这只是一个老太太讲的故事。我把这张纸贴在城门上，他们明早来时就知道我来过了。然后我就回去，好好嘲笑他们。"

他把那张签有四个同袍名字的纸贴在城门上，然后掉转马头飞驰而回。

他突然察觉身后有什么人，同时有个声音叫他等一等。然后，他的头盔被人从后面抓住。"什么人？"马背上的渡边毫不畏惧地问，然后伸出手四下摸索，想找出是谁抓住了他的头盔。他摸到一个像胳膊的东西，上面长满了毛，粗如树干！渡边立刻意识到这是一只鬼的胳膊，拔刀朝它砍去。

随着一声痛苦的尖叫，茨木童子冲到了武士面前。

渡边惊得双目圆睁，因为他看到茨木童子比城门还高，它的眼睛像阳光下的镜子一样闪着光，它的巨口大张，火焰伴着呼吸从口中喷出。

茨木童子想恐吓它的对手，但渡边从来没有畏惧过。他使出浑身力气攻向茨木童子，一人一鬼面对面相持了许久。最终，茨木童子发现它吓不倒渡边，而且自己可能会被击败，便逃走了。但渡边下定决心不能让鬼逃走，便策马追赶。

尽管武士骑得很快，但茨木童子跑得更快。渡边失望地发现自己追不上了，鬼渐渐消失在黑夜中。

渡边回到刚刚发生激烈战斗的城门，从马上下来。就在此时，他被地上的什么东西绊了一下。

　　他弯腰去捡，发现那是一条巨大的鬼臂，是他在战斗中砍下来的。他为得到这样一份战利品而喜上眉梢，因为这是他遇鬼的最好证明。于是他小心翼翼地把它收好，带了回去。

　　回去之后，渡边把鬼臂展示给同袍们看，他们都称他是英雄，并为他举行了盛大的宴会。不久，他的壮举在京都传开，远近的人们都来看那条鬼臂。

　　此时，渡边开始感到不安，不知该如何保管那条鬼臂。他知道失去手臂的茨木童子还活着，坚信它一旦从恐惧中回过神，就会找上门来，设法把手臂夺回去。于是，渡边用最结实的木头做了一个箱子，用铁条扎好，将鬼臂放进箱子，然后把沉重的盖子盖上，不让任何人打开。他把箱子放在自己的房间，亲自保管，不让它离开自己的视线。

　　一天晚上，他听到有人在敲玄关，想要进来。仆人走到门口，只瞧见一位雍容华贵的老妇人。当被问到来者何人，有何贵干时，老妇人笑着回答说，她在这家主人还是婴儿的时候就给他当过乳母，如果主人在家，恳请允许她拜访一下。

仆人让老妇人在门口稍等，回去告诉主人，他的老乳母前来拜访。渡边虽然对她这个时候来感到奇怪，但一想到老乳母待他就像养母一样，自己已经有很长时间没有见过她了，一种亲切之情在心中油然而生，便吩咐仆人领她进来。

老妇人被领进了房间，在照例的鞠躬和问候之后，她说："主人，您和罗城门的鬼英勇战斗的事迹已广为流传，就连您卑下的老乳母也听说过。大家都说，您砍掉了鬼的一条手臂，这是真的吗？如果真的如此，您的壮举应当流芳百世！"

"其实我很失望，"渡边说，"我没能把鬼擒住——那才是我所希望的，而不是只砍下一条手臂。"

"我真为主人感到骄傲，"老妇人回应说，"您的胆魄举世无双。我死之前，最大的心愿就是能看看那条鬼臂。"

"很抱歉，"渡边说，"我不能答应你的请求。"

"为什么？"老妇人问。

"因为，"渡边回答说，"鬼是报复心极强的家伙，如果我打开箱子，很难说它会不会突然出现，并抢走手臂。我特地做了一个有着牢固顶盖的箱子，把鬼臂妥善保存在里面。无论发生什么事，我都不会把它给任何人看。"

"我非常理解您的警惕心，"老妇人说，"不过我是您的老乳母，您一定不会拒绝给我看那只鬼臂的。我刚刚听说你的勇敢之举，等不到明天早上，就立刻来了。请您给我看看！"

渡边因为老妇人的恳求而动摇，但他仍然坚持拒绝。这时老妇人说："您在怀疑我是鬼派来的细作吗？"

"不，我当然不会怀疑你是鬼的细作，因为你是我的老乳母。"渡边回答说。

"那么，您总不能再拒绝我了吧？我最大的心愿就是有生之年能看一次鬼臂！"

渡边无法再坚持拒绝，他让步了，说："那我就给你看看那条鬼臂，毕竟你是那么恳切地想看。走吧，跟我来！"他领着老妇人去了自己的房间。

两人进了屋，渡边小心地关上门，走到角落处一个大箱子前，掀开沉重的盖子。然后他叫老妇人过来看。

"它是什么样的？让我好好瞧瞧。"老乳母欣喜地说。

她似乎很害怕，小心地探着头往前走，直到她站在箱子边上。突然，她把手伸进箱子，一把抓住鬼臂，用可怕的声音尖叫起来，整间屋子都在颤抖。

"啊，太好了！我的手臂回来了！"

与此同时，她突然从一个老妇人变成了高大骇人的鬼！

渡边大惊失色，猛地往后一跳。他认出了对方就是在罗城门袭击他的茨木童子。他像往常那样鼓起勇气，决心一定要除掉它。他紧握刀柄，眨眼间就把刀从鞘中抽了出来，想把茨木童子砍倒。

渡边的动作是如此之快，以至于茨木童子差点儿就没了命。但它还是跳上天花板，冲出屋顶，消失在云雾之中。

茨木童子就这样带着手臂逃走了。渡边失望得咬牙切齿，却也无可奈何，只能耐心等待新的机会来除掉茨木童子。但茨木童子畏惧勇武过人的渡边，再也没有在京都找过麻烦。这样，城里的百姓又能在夜里毫无畏惧地出门了，渡边的英勇事迹被人们永远铭记！

金太郎

金太郎

很久以前，京都有一位勇敢的侍卫，叫坂田藏人。他爱上了一位美丽的女子[1]，并娶她为妻。此后不久，他因一些同僚的恶意中伤而在宫中蒙羞，遭受罢黜。他在内心的折磨之下，不久便离世了，妻子则因惧怕他的敌人而逃到了足柄山[2]。在那片荒无人烟的森林里，除了樵夫，谁也不会来。她在那里生下一个小男孩，并给他取名金太郎[3]。这个孩子有个异于常人的地方，就是他十分结实。随着年龄的增长，他变得越来越强壮。到了八岁的时候，他砍树的速度就跟樵夫一样快了。于是，他的母亲给了他一把大斧头，他常常去森林里帮樵夫的忙。樵夫们管他叫"怪童丸"，管他的母亲叫"山姥"，因为他们不知道她出身高贵。另一种让金太郎喜爱的消遣方式是砸石头，你可以想象他有多强壮！

1　在日本传说中，金太郎的母亲是雕刻师十兵卫的女儿八重桐。

2　足柄山，又称金时山，位于今日本神奈川县。

3　在日本传说中，金太郎出生于 956 年。

与其他男孩不同，金太郎独自在山野中长大，没有小伙伴，于是他就和所有动物成了朋友，学会理解它们，学会说它们奇怪的语言。渐渐地，山里的动物们都变得相当温顺，把金太郎看作它们的主人，金太郎则把它们当作仆从和信使。不过，他有几个特别的侍从：熊、鹿、猴子和兔子。

　　熊时常把它的幼崽带到金太郎那里，让他们一起玩耍。等它来带小熊回家时，金太郎会爬到它的背上，骑着它前往熊洞。他也很喜欢鹿，不会被它的长角吓到，常常用双臂搂住它的脖子一起玩耍。

　　一天，金太郎像往常一样上山，后面跟着熊、鹿、猴子和野兔。他们上山，下谷，穿过崎岖的道路，走了一段时间后，来到一片开满野花的开阔草地。

　　这里的确是个好地方，他们可以尽情嬉闹。鹿用角蹭着树取乐，猴子在挠它的背，兔子在捋它的长耳朵，熊发出了满足的咕哝声。

　　金太郎说："这是一个比赛的好地方，你们觉得来场相扑比赛怎么样？"

　　熊是这里体格最大，也是最年长的，它替其他动物答道："那太有趣了！就由最强壮的我来为大家做擂台吧。"说罢，它开始动手挖泥土，然后拍成擂台的形状。

　　"很好，"金太郎说，"你们相扑的时候，我就在旁边看着。我会给每轮比赛中的胜者颁奖。"

　　"太有趣了！我们都要争取得奖。"熊说。

　　鹿、猴子和兔子起劲儿地帮熊垒高擂台，它们要在上面相扑。当擂台完工后，金太郎喊道：

　　"猴子和兔子先来比试一局。鹿先生，你来担任裁判！"

　　"呵呵！"鹿应道，"我来当裁判。猴先生和兔先生，如果你们俩准备好了，请走到擂台上各就各位。"

话音刚落，猴子和兔子都敏捷地跳到擂台上。鹿作为裁判站在它俩中间，喊道：

"红背！红背！"这句话是对猴子说的，在日本，猴子的背是红色的，"你准备好了吗？"

然后，它转向兔子："长耳！长耳！你准备好了吗？"

两个小相扑手面对面站好，鹿举起一片叶子作为信号。当它把叶子丢下去的时候，猴子和兔子喊着"嗨哟，嗨哟"，朝对方冲了过去。

猴子和兔子一旦互相推搡到擂台边缘，有摔下去的危险时，鹿就会对它俩发出鼓励的叫声或者大声的警告。

"红背！站稳了！"鹿叫道。

"长耳！坚持住，不要让猴子击败你！"熊咕哝着说。

于是，在朋友们的鼓励下，猴子和兔子使出浑身解数想要击败对方。最后还是兔子占了上风。猴子似乎绊了一跤，兔子使劲推了它一下，让它猛地一跳，飞出擂台。

可怜的猴子坐了起来，揉着背，生气地尖叫着："噢！噢！我的背好痛啊！"

看到猴子的窘态，鹿举着树叶说："本局结束，兔子胜。"

金太郎打开他的午餐盒，拿出一个粽子，递给兔子说："这是你的奖品，你赢得了它，很好！"

这时，猴子站了起来，它看起来很生气，就像日本人说的"肚子都鼓起来了"[4]，因为它觉得自己没有被公平地击败。于是，它对金太郎和其他站在一旁的伙伴说："我没有被公平地击败。我的脚滑了，这才摔了一跤。请再给我一次机会，让兔子和我再比一局。"

金太郎同意了，兔子和猴子又开始相扑。众所周知，猴

4　日语为"腹が立つ"，表示生气，相当于"气死了"，这里按字面意思翻译。

子是一种生性狡猾的动物，它下定决心，这次如果有机会，一定要胜过兔子。为此，它认为最好也最可靠的办法就是抓住兔子的长耳朵。它很快就做到了。兔子被狠狠地揪了一下长耳朵，疼痛难忍，完全放松了警惕。猴子终于抓住机会，拽住兔子的一条腿，让它躺倒在擂台中央。这次，猴子赢了，它收到了金太郎送的粽子，高兴得不得了，把背疼都忘了。

这时，鹿走过来问兔子是否准备好再来一局，如果准备好了，是否愿意和它比试一下。兔子同意了，于是它俩都站起身来准备相扑。熊走上前来当裁判。

长角的鹿和长耳的兔子同台竞技，对于观看这场奇特比赛的人来说，这一定是最奇特的一局。[5]

就这样，这轮是这个伙伴获胜，那轮是那个伙伴获胜，这个小团体尽兴地玩着，直到筋疲力尽。

最后，金太郎站起来说："今天玩够了。我们找到了一个

---

5 相扑规则中，使对方身体任一部位（脚掌除外）着地即为胜利。

相扑的好地方，明天再来吧。现在，我们都要回家了。一起走吧！"说着，金太郎领路往回走，动物们跟在后面。

走了一小段路，他们来到一条流经山谷的河边。金太郎和他四个毛茸茸的伙伴站在那里，四处张望着看哪里能过河。这里没有桥，河水"咚咚"地奔流而过。所有动物都面色严肃，想着今晚该如何过河回家。

金太郎说："稍等，让我花几分钟搭一座结实的桥。"

熊、鹿、猴子和兔子都盯着他，想看看他此刻要做什么。

金太郎从沿着河岸生长的一棵棵树旁走过，最后在一棵长在水边的巨树前停了下来。他抱住树干，用尽浑身力气拔它，一下，两下，三下！拔第三下的时候，金太郎使出千钧之力，把树根都弄松了。树"哗啦，哗啦"地倒了下来，形成了一座横跨小河的桥。

"好了，"金太郎说，"你们觉得我的桥怎么样？它非常安全，跟着我走吧。"说罢，他就先踩着独木桥过了河。四只动物跟在后面，它们之前从未见过如此强壮的人，纷纷惊叹道："他太强啦！"

一个碰巧站在岩石上俯瞰小河的人，目睹了"造桥"的整个经过。他看到金太郎把一棵树连根拔起后，揉了揉眼睛，确定自己不是在做梦。

从那人的衣着来看，他似乎是个樵夫，他对自己所看到的一切大为惊奇，自言自语道：

"这不是一个普通的孩子。他会是谁家儿子呢？我一定要在日落之前弄清楚。"

他赶忙跟在这群奇怪的家伙后面，随他们过了桥。金太郎对这此一无所知，也猜不到有人在跟踪他。到了河对岸，他和动物们分开了，它们回到树林里自己的家，他去往正等着他的母亲那里。

他一走进松林深处那间火柴盒似的小屋，就向母亲问候道："娘，我回来了！"

"噢，儿子！"母亲很高兴看到儿子平安回家，脸上挂着灿烂的笑容说，"你今天怎么回来这么晚？我担心你出了什么事。你都去哪儿了？"

"我带着我的四个朋友——熊、鹿、猴子和兔子上山了，在那儿我让它们比试相扑，看谁最强壮。我们都喜欢这项运动，明天还会去同一个地方比赛。"

"谁是最强壮的？"母亲假装不知道，问道。

"哎呀，娘，"金太郎说，"难道你不知道我是最强壮的吗？我没有必要和它们中的任何一个比相扑。"

"那么，除了你，谁是最强的呢？"

"熊的力气仅次于我。"金太郎答道。

"在熊之后呢？"母亲又问。

"熊之后就很难说谁最强壮了，因为鹿、猴子和兔子看起来都差不多。"金太郎答道。

突然，金太郎和他的母亲被外面传来的声音吓了一跳。

"小男孩！你下次去的时候，带上我这个老头子一起看相扑，我也想耍一把！"

原来是那个从河边跟着金太郎过来的老樵夫。他脱下木屐，走进小屋。金太郎和母亲被吓了一跳，瞪大眼睛看着这个闯入者，他们之前从未见过他，异口同声喊道："你是谁？"

樵夫笑着说："我是谁并不重要，不过，让我们看看谁的胳膊最强壮——是这个男孩，还是我？"

从出生起就一直住在森林里的金太郎不假思索地答道："如果你愿意，那就比一下，但是不管谁输了，都不能生气。"

然后，金太郎和樵夫都伸出右臂，互相握住对方的手，就这样掰起了腕子。他俩僵持了很长一段时间，他们都试图把对方的手臂压下去，然而老人非常强壮，这对奇怪的选手旗鼓相当。最后，老人喊停了，宣布这是一场平局。

"你真是个强壮的孩子。很少有人能承受住我右臂的力量！"樵夫说，"几个时辰前，我在河边第一次看见你，当时你把那棵大树拔起来，在急流上搭了一座桥。我简直不敢相信我的眼睛，于是跟着你回家了。我刚刚试过你手臂的力量，证明我今天下午所看到的不假。等你长大了，你一定会成为全日本最强壮的男人。你藏在这荒山之中，真是可惜。"

然后，他转向金太郎的母亲："还有你，孩子的母亲，你没有想过带你的孩子去都城，教他带一把武士用的刀吗？"

"您这么关心我的儿子，真是太客气了。"母亲回应道，"可是您瞧，他是个没受过教育的野孩子，恐怕很难如您所愿。他还是个婴儿时力气就很大，每个靠近他的人都会被他弄伤，所以我便把他藏在这人迹罕至的地方。我常常希望有一天，能看到他成为佩带双刀的武士，可是，我们在都城里没有有影响力的朋友帮忙引见，我的心愿怕是永远实现不了。"

"你不必为此费心。实话告诉你，我不是樵夫，而是日本最厉害的武将之一——碓井贞光，是实力雄厚的源赖光大人的家臣。他吩咐我走遍全国各地，寻找那些潜质非凡的少年，以便将他们训练成他手下的武士。我想，我最好乔装成樵夫来办这件差事。真是幸运，我竟遇见了你的儿子。现在，如果你真的希望他成为一名武士，我将把他推荐给赖光大人，作为侍奉大人的候选者。你意下如何？"

当好心的贞光逐渐铺开他的计划时，母亲欢喜得心花怒放。她看得出来，这是一个绝佳的机会，可以实现她一生的心愿——在她死之前看到金太郎成为武士。

她把头贴到地板上，深鞠一躬，答道："如果你能说到做到，我就把儿子托付给你。"

　　金太郎一直坐在母亲身边，听着他们说些什么。母亲刚一说完，他就叫道："啊，太好了！我要和碓井大人一起去，我总有一天会成为武士！"

　　就这样，金太郎的命运被定了下来，贞光决定立即动身，带着金太郎前往都城。不用说，母亲对金太郎的离去感到悲伤，因为他是这个世界留给她的一切。然而正如日本人所说，她用坚毅的面孔掩盖了自己的悲伤。她知道孩子是时候离开她了，这是为他好。在他准备出发的时刻，决不能让他泄劲儿。金太郎发誓，永远不会忘记母亲，并说自己一旦成为佩带双刀的武士，就会为她建一栋房子，在她年老时照顾她。

　　所有动物，包括被金太郎驯服来服侍他的熊、鹿、猴子和兔子，一发现他要走了，就都来询问它们以后是否可以像往常那样照顾他。当它们得知他将一去不返，便跟着他到了山脚下为他送行。

　　"金太郎，"母亲说，"记住要做个好孩子。"

　　"金太郎先生，"忠实的动物们说，"我们祝你一路安康！"

　　然后，它们纷纷爬上树，想看他最后一眼。它们从高处望着他，他的身影变得越来越小，直到消失在视野中。

贞光为能发现金太郎这样的奇才而高兴了一路。到达都城后，他立刻把金太郎带到源赖光那里，告诉家主关于金太郎的一切，以及自己是如何找到这个孩子的。听闻此事，源赖光非常高兴，吩咐贞光将金太郎带到面前，并立刻把他封为家臣，改名坂田金时。源赖光的大军因"四天王"而闻名。这四位武士都是他亲自从最勇敢、最强壮的士卒中挑选出来的，这支队伍因其成员拥有无畏的勇气而名扬日本。

坂田金时成年后，家主让他做"四天王"的首领，因为他是四人中最强壮的。没过多久，城里传来消息，有一个吃人的怪物盘踞在不远的地方，人们被吓坏了。源赖光命令坂田金时前去解救百姓。他立即动身，为有机会试刀而欣喜。

出乎洞中怪物的意料，坂田金时不费多大工夫便砍下了它巨大的头颅，并得意扬扬地把头带回了家主那里。

这时，坂田金时成了国家最伟大的英雄，巨大的权力、荣誉和财富向他涌来。他信守诺言，为年迈的母亲在都城建了一栋舒适的房子，陪伴着她安享晚年。

源赖政

源赖政

十九

五月雨下，水漫池堰，不知该取哪株菖蒲。

很久很久以前，日本有一位勇敢的武士，名叫源赖政[1]，又被称作源三位赖政。"赖政"是他的名，"源"是他所属的显赫姓氏——历史上有名的源氏，"三位"表明他在朝廷里的位阶——从三位。

源赖政是一位大名鼎鼎的武士，直到今日，日本小孩在新年放飞的风筝上面，还有他的画像。你如果去参观东京的浅草寺[2]观音堂，甚至可以在那儿看到他的肖像。在五月五男孩节，家家户户的男孩子都会把他们最喜欢的日本英雄的人偶摆在凹间里，你肯定会在这些人偶中发现这么一个射手形象——从头到脚穿着艳丽盔甲，手持大弓，背后挂着装满箭矢的箭筒。这就是在纪念勇敢可敬的源赖政。

1　源赖政（1104—1180），日本平安时代末期武士、歌人。

2　浅草寺，位于日本东京都台东区浅草二丁目，始建于628年，是东京都内历史最悠久的寺院，供奉的本尊是圣观音。该寺保存有日本画师高嵩谷（1730—1804）的画作《源三位赖政灭鵺》（源三位赖政鵺退治）。

源赖政是除掉大江山鬼族的伟大武士源赖光的玄孙。源赖政在年轻之时，就以勇猛和箭术而闻名，他很快被召入宫廷，担任大内守护[3]的重要职务。

尽管源赖政能力出众，是当时最厉害的射手，尽管他因为做过一些引人注目的事而名声大振，然而出于某种难以名状的原因，他在朝中的位阶一直没有变化，并没有从他被准许进入清凉殿[4]时的正四位得到晋升。一日，源赖政对自己笑了笑，坐在书案前写了一首诗，哀叹自己的不幸。日本人从幼年时就训练自己，当他们的感情因一些快乐、悲伤或失望的事件而激荡的时候，不要屈从于感情，而是充分控制住这些思想，就着这个主题作一首和歌。

源赖政的和歌有三十一个音，在五行短句里，他温文尔雅地说："我没有爬到树上的方法，只得在椎树下捡拾果实度日。"[5]在日语中，"椎（しひ）"与"四位（しい）"发音相近，所以他用双关手法在这首歌中表达了自己对没有得到提拔的失望。源赖政笑着把这首歌读给一些朋友听，他们欣赏他的才华，吟咏并谈论这首歌，直到这首歌在宫中广为流传，最后传到了天皇耳朵里。天皇的怜悯之心被唤起，不久之后源赖政的位阶被晋升到从三位[6]。从此以后，他就以"三位"的称号为人所知。

3　大内守护，负责护卫皇宫内廷。从第一代大内守护源赖光起，到第八代大内守护源赖茂止，这一职位一直由源赖光的后代摄津源氏世袭。源赖政是第四代大内守护。

4　清凉殿，天皇的日常居所。公卿以及取得"升殿"资格的位阶四、五位的人有权利进入清凉殿的南厢房。历史上，源赖政是在五十四岁时取得"升殿"资格的。当时他的位阶是从五位。本篇属于民间故事，在一些细节上与史实不符。

5　原歌为"のぼるべき　たよりなき身は　木の本に　しひを拾ひて　世を渡るかな"。

6　历史上，源赖政是在七十四岁晋升从三位的，处于高仓天皇（日本第八十代天皇，1168年至1180年在位）统治时期。

故事回到几十年前。当时近卫天皇突发大病，夜不能寐，从早到晚因为烦恼和强烈的压抑感而抱怨不已。朝臣们心急如焚地彻夜守候，想看看能否找出是什么原因让天皇如此烦躁。他们有的守在寝宫内外，有的守在宽阔的缘侧上，有的守在皇宫中庭里。守在缘侧上和中庭里的人注意到，每当日落时分，就会有一团乌云从京都东方的地平线上飘来，越过整个城市，最终落在天皇的寝宫——紫宸殿[7]的屋顶。这团云一落下，天皇就如同做了噩梦一般从睡梦中惊醒。在御榻周围值守的人能听到屋顶上传来奇怪的刮擦声和别的声音，好像那里有什么可怕的野兽。这些不寻常的声音会和天皇的噩梦一直持续到黎明，人们注意到乌云总是在此时退去。

皇宫里乱作一团。以保护天皇免受一切伤害为职责的左右大臣就如何解决这件事进行了长时间的磋商。皇宫里的每一个人都认为，那团乌云里藏着一只不知为何一直纠缠天皇的怪物。可以肯定的是，除非杀死这只怪物，否则天皇就有生命危险，因为他消瘦得一天比一天厉害。问题是，谁有足够的勇气来承担这项任务？皇宫里的守卫已经被吓破了胆，指望他们是没有用的。他们必须寻找一位以胆识和射术闻名的勇敢武士，让他在夜间值守，并在怪物出现时杀死它。朝臣们都说源赖政就是他们要找的人。于是，宫里立刻派出一名敕使去找源赖政，并带去一封告诉他需要做什么的敕令。

源赖政在读敕令的时候表情非常严肃，因为他感受到了这个新任务所赋予他的责任，这不同于其他工作。天皇每日都受到夜里萦绕其身的噩梦的折磨，病情明显恶化。此时，天皇的康复全靠他了。

源赖政是个智勇双全的人，一刻也不耽搁地准备着。他

7　另有一种说法是清凉殿。

小心翼翼地把他最好的弓上弦，把两支箭的钢头插在箭筒里，接着披上铠甲，在铠甲外面套上狩衣[8]，并为了显得更有风度而把头盔换成礼帽。源赖政选择了他最喜欢的家臣——他手下所有士兵中最为勇敢强壮的猪早太来陪他同行。源赖政平心静气地出发了，好像只是去处理日常工作。左右大臣一得知他抵达皇宫的消息，立刻召见他，告知他发生在宫中的一切——每晚日落时分，会有一团乌云从东方飘向皇宫，最后落在天皇寝宫紫宸殿的屋顶；接着屋顶上会传来持续整夜的怪声、哭声和刮擦声。大臣们继续说，他务必要倾其所能地杀死那只怪物，如果那真有怪物的话。所有守卫都已被吓破了胆，并没有人敢去同怪物肉搏。虽然天皇的禁卫弓手们一次次地放箭射向那里，但没有人有本事在黑暗中射中它。

源赖政神情严肃地听着这桩怪事。他看到整个皇宫都处在惶恐不安中，但他没有失去信心，而是镇定自若地等待着这一天的结束。太阳一落山，天气突然变得糟糕，风雨交加，狂风骤起，电闪雷鸣。勇敢的射手没有被狂暴的天气吓倒，他等啊等啊，直到接近午夜，他看见一团浓密的乌云直冲皇宫而来，落在宫殿的屋顶上。他吩咐猪早太准备好佩刀和火把，紧紧跟着他。乌云在铺着灰瓦的屋顶上沿着屋脊移动，直到停在东北角——正好位于天皇寝室的上方。

源赖政小心翼翼地跟着乌云移动，猪早太跟在他后面。源赖政睁大眼睛，借着一道明亮的闪电看见一个巨兽的身影。他的眼睛一直盯着刚才看见的怪物的头部，头顶上，隆隆雷声像大炮一样轰鸣。在闪电过后的黑暗中，当那只怪物向前移动时，他先后看到了两只发光的眼睛。

源赖政自言自语道："这必定是打扰天皇休息的怪物！"

8　狩衣，在日本平安时代为公家的便衣，也是武家的礼服。狩衣起初是在打猎时所穿的运动服装，袖子与衣服本体之间没有完全缝合。

　　说着，他把一支箭搭在弓上，瞄准怪物闪着光的左眼的左边，把弓拉得如满月，一箭射出。源赖政感觉到箭射进了怪物身体里。与此同时，黑夜中传来一阵可怕的嚎叫声，接着是沉重的撞击声，以及某个东西痛苦的扭动声。这些都表明源赖政很好地完成了他的使命。

　　猪早太冲向那只怪兽，一手拿着熊熊燃烧的火把，一手拿短刀"骨食"在它身上连刺九下，迅速杀死了它。然后他俩都扯开嗓门呼唤守卫和朝臣们过来看这幅奇景。他们中间从未有人见过这个倒在面前的怪物，它有一匹马那么大，长着猿猴的头，老虎的身子和爪子，蛇的尾，鸟的翅膀，龙的鳞片。终于，有见识的人指出这只怪物便是一些古书中记载的鵺[9]。关于鵺的传说一直被人们认为是无稽之谈，今晚它真实地出现在人们眼前。众人都惊愕得说不出话来，默默看着面前那只奇异可怕的怪物，又看向消灭它的源赖政，然后从他们的唇齿间爆发出惊叹之声。众人都转向这位勇敢的射手，称赞他的壮举、胆量和射术，无休止地向他喝彩。

众人剥下鵺的皮毛送入殿中，天皇下令把鵺的皮毛作为珍品保存在皇家宝库中。天皇喜出望外，派人去召源赖政来，将名刀"狮子王"赐予他。此时正值五月初，月牙像挂在朦胧天空的银弓，布谷鸟在附近的树林里叫了三两声。于是，将刀递给源赖政的左大臣藤原赖长即兴作了一首歌的前半部分："布谷，汝之名直上九天！"[10]

源赖政双膝跪在地上，低头抬手接过刀，同时接上了这首短歌："听凭张弓如月射之。"[11]

藤原赖长用在树上鸣叫的布谷鸟为喻，称赞源赖政凭借其壮举，在宫廷里声名鹊起。源赖政谦虚地回应道，这并不都是由于他的射术，更多的是因为他的弓——它被他比作统御天空的新月。两人都从当时的景致中寻求灵感——藤原赖长表达他的赞美，源赖政以谦卑和优雅的态度接受赞美。

听闻此事的鸟羽法皇[12]想到源赖政爱慕着自己的女官菖蒲，认为这是一个好时机，便在御前为他和菖蒲赐婚。关于这件事也有一个美丽的故事。

菖蒲是宫中最美丽的女官。她不仅长得漂亮，而且在思想和心灵上都远胜其他宫女，法皇和皇后都很器重她。许多

9　在《平家物语》中，鵺被描述为长着猿猴的脸，貉的躯干，老虎的四肢，蛇的尾巴。

10　原歌为"ほととぎす 名をも雲井にあぐるかな"。"雲井"即指天空，也指皇宫。

11　原歌为"弓張月の射るにまかせて"。

12　鸟羽法皇，即鸟羽天皇（1103—1156），日本第七十四代天皇，1107 至 1123 年在位。1123 年，他将皇位禅让于崇德天皇，自己为上皇，又称法皇。

宫廷贵族爱上了她，但都无法取得她的芳心。无论多么位高权重，多么富有，多么英俊，没有人能让她投来哪怕一抹微笑。这些高贵的求婚者一次次给她写信作诗，告诉她他们无可救药的爱，恳求她的回复，哪怕只有一行字，但回应他们的只有沉默。她对一切恳求都置之不理。

一日，源赖政在宫中执勤时瞥见了菖蒲。从那一刻起，他的心就无法安宁。他忘不了她那端庄秀丽的面容和优雅的举止。无论是睡是醒，心爱之人的幻象总是浮现在他的眼前，而且随着时间流逝愈加鲜活。他一次次地向她写信作诗来求婚，但菖蒲对待他就像对待所有求婚者一样——没有回应。在三年的漫长时光里，源赖政等待着，希望着，绝望着，又等待着，希望着，只要能在不远处瞥见她一眼，他就心满意足了。尽管受到长期冷待，他还是矢志不渝地爱着她。

对源赖政坚定不移的爱有所耳闻的法皇，认为现在正是奖赏源赖政的英勇和菖蒲的美德的好时机，于是立刻派人召来他最喜爱的女官，以求让他们双双幸福。

菖蒲一到殿上，法皇就说："菖蒲，你真的收到了勇士赖政的许多信吗？是这样吗？"

听到这番话，菖蒲的脸红得像晨光下的桃花，她犹豫片刻，回答道："愿天子屈尊召赖政前来相问！"

法皇命她退下，立刻召源赖政前来。

此时正逢五月初五的春祭，源赖政身穿节日盛装来到皇帝坐着的高台下方，跪倒在玉座前。

"闻卿爱慕菖蒲，可是真的吗？"法皇微笑着说。

源赖政被这个突如其来的问题弄得不知所措，也不知该如何回复。因为他知道依照宫廷礼仪，是严禁给宫女写情书的，而他却一直在这么做。

法皇看到源赖政的局促不安，突然觉得有些对不起他。

法皇突然想到一个好主意，想要考一考源赖政，同时寻得一些乐趣。他低声向首席礼官下了命令。

不一会儿，三位宫女在随从的宣告声中走了进来，穿过大殿内的席子。源赖政见她们的穿着甚至发型都完全一样，任何一个不熟悉她们的人都不可能区别开。

她们是谁？其中有菖蒲吗？

出现的这三位少女都如天仙般高贵，华丽的衣服引人注目。她们是如此相似，且美丽非凡，源赖政把她们比作从窗口看到的枝头上的梅花。

"菖蒲就在其中。"法皇说，"卿若能从三位宫女中选出她，便可娶之。"

源赖政伏跪在地，他被法皇的亲切与仁慈征服了，但同时觉得这项考验太难了。作为一名武人，源赖政在宫中地位较低，从未有机会面对面看过任何一位宫女。他只是在菖蒲穿过宫殿的回廊时，有时候能从他驻守的中庭瞥见一眼。在一次受洪恩被邀请参加的诗会上，他看见她在大殿的另一端，穿着拖地的礼袍，从绸帘后面走到她的座位上。在这种聚会上，妇女们总是会被绸帘挡在视线之外。这就是他对她的所有印象，所以他此时很难把她和其他宫女区分开。

"我是一位武人，不是朝臣，"源赖政心想，"我不能冒昧地把目光投向云上（指宫中）的女士，也不能确定哪一位是菖蒲。如果我选错了人，这将是我一生的耻辱和遗憾！"

内心的困惑立刻涌上唇边，于是他作了一首短歌，吟咏道："五月雨下，水漫池堰，不知该取哪株菖蒲。"[13]

源赖政所咏"五月雨"指的是他三年来无望的求爱。吟咏中，他的眼睛被失望的泪水模糊，再也看不清楚谁是他的意中人了。他就这样为自己的愚笨辩解，并表现出一种谦虚谨慎的态度，取悦了在场的所有人。

源赖政在和歌上的才思赢得了法皇的赞赏。法皇威严的眼中噙满泪水，因为他想到源赖政对菖蒲的深沉爱意，以及在漫长的求爱和等待中的悲伤与坚忍。法皇从玉座上起身，走下高台，来到菖蒲面前，拉着她的手，把她领向源赖政。

"这就是菖蒲，朕将她赐予卿！"这是法皇的金口玉言。

这对源赖政来说实在是喜出望外，他几乎不敢相信是真的。他人生中最大的奢望是法皇亲自赐予的！

之后，源赖政带走了他美丽的爱人，并娶了她。听闻他们俩像水中的鱼儿一样幸福，心心相印，琴瑟和弦。这桩美

---

13 原歌为"五月雨に 沼の石垣 水こえて 何かあやめ 引きぞわづらふ"。菖蒲（あやめ），本义为一种生长在沼泽地、溪流或水田边的植物。

事让整个宫廷变得其乐融融，所有朝臣都在称赞这首歌的妙处，它赢得法皇的特别赞誉，并最终把菖蒲赐予源赖政。这对幸福的新人收到了法皇、皇后、朝臣和许多贵族的祝贺，以及无数的新婚贺礼。整个日本没有比源赖政更幸福的人了。

许多关于源赖政的故事告诉我们，他不仅是勇士、学者和歌人，而且是一位能凭自己的意愿驾驭他人的有城府的人。

一日，一群愤愤不平的僧人来到源赖政值守的宫门前，要求进宫。在那个时代，京都的僧人大多是野蛮且无法无天的，过着常常令佛教徒蒙羞的缺德生活。他们住在城外的比叡山[14]，在那里建立了自己的要塞。他们忘记了身为出家人的尊严，在战争和政治斗争中选边站。他们给那些掌权者，尤其是厌恶他们的人制造麻烦。他们总是把微末之事作为携带刀与弓箭的理由，而且习惯像士兵一样装备好武器去打仗。

源赖政见僧人们都带着兵器，急忙以此为由拔刀出鞘。他们趾高气扬地抬着寺院里的神舆——据说他们供奉的神就栖身在里面。伴随着大声叫喊和野蛮的武力炫耀，僧人们拥着神舆向前冲去，时而把它举过头顶，时而被它的重量压得摇摇晃晃，似乎要被压倒在地。

那日的源赖政丝毫没有争斗之心，他觉得不值得让自己的手下们——国内最优秀的武士和弓手——去对付他能在几分钟内赶走的几个僧人。此外，这些来自比叡山的僧人都是麻烦家伙，他不希望引起他们的敌意。于是他暗自笑了起来，要拿他们来消遣一把。

当僧人的队伍在宫门前停下时，源赖政和他的卫队长们向喧闹的人群冲去，来到神舆前，缓缓向其鞠躬行礼。

预想将面临艰难阻挠并为此做好准备的僧人们感到万分

14　比叡山，位于京都东北，别称叡山、北岭、天台山等。

惊讶。经过一番谈判，他们的代表上前请求进入宫门，说有一份请愿书要呈给天皇。

源赖政指派他的卫队长上前去。

"我家大人欢迎你们，"卫队长说，"并吩咐我告诉你们，他崇拜的神和你们供奉的一样，因此不愿用弓箭攻击神舆。除此之外，我们兵微将寡，与我们相斗会玷污你们的名声，你们会被人称为懦夫，因为你们选择攻击宫中守卫力量最薄弱的地方。下一道门由平氏士兵把守，他们的人数比我们多得多。你们到那边去斗一场怎么样？与他们交手一定会让你们载誉而归。"

僧人们因这番奉承话得意起来，没有意识到这是源赖政摆脱他们的计谋，并利用他们去骚扰他的对头。源赖政满足了他们最大的虚荣心，因为日本的武士道教导人们，在两个敌人之间做选择时，必须舍去弱者。

源赖政礼貌地回应了几句，然后僧人们抬着神舆，像来时一样趾高气扬、吵吵闹闹地离开了，去往由平氏把守的下一处宫门。这次他们被拒之门外，冲突随即爆发。僧人们被一顿痛打，仓皇逃回了山上。

所有这些故事都告诉我们，源赖政足智多谋，但这没有将他从最后的不幸中挽救回来。当读到他不幸死亡的故事时，我们心中充满悲伤。在这个世界上，事情并不总是如人们所希望的那样，源赖政没有得到与其声望相称的命运。

此时，平氏专横无德的领袖平清盛[15]已是太政大臣，平氏权势如日中天。平清盛把朝廷的所有重要官职都交给了儿孙和亲族——在这种情况下，他们认为自己的一切都归功于平清盛，于是以君主事之。他不公地对待所有不属于平氏的

15　平清盛(1118—1181)，日本平安时代末期武将、公卿、政治家。他在"平治之乱"中打败源义朝，是平氏政权的开创者。

武士，甚至把不喜欢的人投进狱中，不管他们是无辜的还是罪有应得[16]。作为竞争对手源氏的将领，源赖政遭受了不公待遇。他看到平清盛及其三子平宗盛的傲慢举止，便渴望能惩罚他们，让整个平氏得到报应。他在为此思考谋划着。

最终，平氏变得飞扬跋扈、权倾朝野，以至于敢做出犯上乱政之事。平清盛将后白河法皇[17]幽禁于鸟羽殿[18]，并直接操纵皇位继承[19]。

得知平氏幽禁法皇，源赖政再也忍不住了，决心为匡扶正道而冒险一搏。他劝说后白河法皇的三子高仓宫亲王[20]以其名义起兵反抗平氏。

但是源氏的兵力远不如平氏，而且令人遗憾的是，源赖政的反抗失败了。源赖政带领残兵逃命，避难于宇治川边的平等院[21]。

平等院是京都附近的一处庞大建筑群，保存至今。在这

---

16 1179 年（治承三年），平清盛亲率大军自福原（今神户）进京，发动政变，史称"治承三年政变"。平清盛将反对平家的 39 位公卿近臣全数罢官，并任命亲平家的公卿取而代之。

17 后白河天皇（1127—1192），鸟羽法皇的第四子，日本第七十七代天皇，1155 年至 1158 年在位。1155 年，近卫天皇去世，崇德上皇想自己复位或立其皇子重仁亲王为天皇，遭到鸟羽法皇反对。鸟羽法皇将皇位授予后白河天皇。1156 年（保元元年）7 月鸟羽法皇去世，崇德上皇欲起兵争夺皇位，引发"保元之乱"。

18 1158 年，后白河天皇将皇位让与守仁亲王（二条天皇），自为法皇，开始院政。院政是日本古代的一种特殊政治体制，由白河天皇（第七十二代天皇）创立。白河天皇为对抗摄关政治（即"外戚干政"），退位为上皇，居住于白河院，依靠中下层武士招募军队、建立朝廷百官，频频颁布院宣，成为政务的仲裁者。后任天皇多遵循此例。后白河法皇的院政持续了二条天皇、六条天皇、高仓天皇、安德天皇与后鸟羽天皇五代，只在"治承三年政变"时被平清盛中断。

19 1180 年，平清盛迫使高仓天皇将皇位传给年仅两岁的安德天皇（高仓天皇与平清盛之女平德子所生之子），平家独揽朝政。

20 高仓宫亲王，即以仁王（1151—1180），因其府邸位于三条地方的高仓，故也被称为"高仓宫亲王"。1180 年，以仁王在源赖政的劝说下决定起兵反抗平家夺位，自称"最胜亲王"，向关东源氏各族发出讨伐平家的令旨。

21 平等院，位于今京都府宇治市的佛寺，兴建于 1053 年。

里，源赖政做了最后的抵抗，以给高仓宫亲王留出逃跑时间。他将士兵分为两队，一队在寺院前作为后备，一队沿河列阵。在被追击之时，他们为阻止敌军过河，把宇治桥的桥板拆掉了，此时只剩纵梁和几根横木。然后他们稍作休整，等着看接下来会发生什么。

很快，紧跟其后的平氏军队就出现了。先来的是将领们，后到的是士兵，总计二万八千人。他们向着宇治桥进发，但当看到源氏机智的做法后突然停了下来。几分钟后，他们也面向敌军沿河列阵。

两支军队站在宇治川两岸互相对阵。与此同时，源氏和平氏的将领们都发出了战斗命令，随之而来的是双方的漫天箭雨。

然后，源氏队伍中冲出一位身材高大的僧人，名叫田岛牟（当时的僧人经常参加战斗），他挥舞着一把巨大的薙刀，独自冲上只剩纵梁的桥。平氏士兵认为他是一个活靶子，就向他射了一阵箭，可他一点儿也不怯战。当箭射向头部时，他便俯身让箭从身体上方过去；当箭射向腿部时，他便高高跃起，让箭从身下飞过；当箭射向躯干时，他便用薙刀把箭拨到一边。他就这样躲过了所有伤害。他的动作是那么敏捷，过桥时保持平衡的方式是那样神奇，似乎生来就有比常人更大的能量。不仅是自己的战友，连敌军都在钦佩地望着他。

然后，源赖政的另一位手下，也是一位僧人，名叫净名，受田岛牟的启发冲了出来，站在桥头，把箭搭在弓上，在一眨眼的时间里连续射中十来个敌人。

"这太麻烦了！"净名大喊一声，扔掉弓箭，从另一根纵梁上走过去，用刀把射向他的箭拨到一边。

这时，另一位以力大闻名的僧人也冲了出来，跟在战友们身后过桥。他很快就追上了净名，但由于纵梁太窄，他无法超过去。他停下片刻想了想该怎么办，然后伸出双手轻按净名的头盔，轻巧迅捷地从其头上跳了过去。桥上立刻挤满了源氏士兵，他们发出震天的喊杀声，开始攻向平氏，后者的进攻被完全阻止了。在这几分钟之内，平氏士兵被打得措手不及，不知如何是好。

一位勇敢的平氏青年眼看如此困境，知道此时需要有人勇敢地带头，于是跃马至平氏军队阵前，大声喊道："既然到了这一步，就没有别的办法了！"说着，他跃马冲入河中。此时正逢雨季，水位比平时高，水流也比平时急。河水在河道里打着漩涡。

没有什么壮举比得上年轻士兵赶马跃进汹涌的河水，向对岸蹚去。他的战友们不能眼睁睁看着他冒险，无数平氏士兵被他的勇气感染，喊着"吾亦同往"，跟着他冲锋。没过一会儿，源氏士兵就惊讶地看到有三百名敌军跟随英勇的年轻人蹚过激流，来到了河的另一边。他们一鼓作气地清除了面前的所有障碍，突破了源氏的最后防线，攻入平等院。以源赖政为首的源氏已身处绝境。源赖政的养子源兼纲——一位勇敢的年轻武士，看到养父身陷重围，立即冲进厮杀最激烈的地方试图保护他。一位平氏队长带着十五名手下冲上来抓住源兼纲，砍下了他的脑袋。

源赖政的小队没有一个人转身逃跑。他们虽然知道已无力回天，但还是和敌人面对面战斗，因为按照武士的传统，即便后背受伤也是一种耻辱。一位古代名将曾下过这么一道命令：前额中箭者有赏，后背受伤者处死。

源氏的兵将们一个接一个倒下，不是死于刀下就是被箭射死。源赖政身体多处受伤，明白再打下去也毫无意义，一切都结束了。还在拼死抵抗的源氏兵将们勇敢地立于他们的首领周围，牵制住敌人，源赖政则悄悄跑到寺院里的高仓宫亲王的所在之处，恳求他趁还有安全逃离的时间，赶快走。

看到高仓宫亲王安全逃走后，源赖政撤退到庭园内部，坐在一棵大树下，拔出佩刀准备切腹自尽，因为武士的荣誉不容许他在战败后活着。源赖政叫来家臣渡边唱——他没有受伤，也从来没有离开过家主身边——吩咐由他在切腹仪式中介错[22]。之后，源赖政默默地脱下盔甲，写了一首歌[23]。他把自己比作一根永远不知道开花是何等快乐的阴沉木，因为他从未实现的自己的雄心壮志——击垮他的敌人。"我的结局竟是如此悲惨"是这首歌的最后两行，也是他留下的最后一句话。

他拔出胁差刺进腰间，像一位勇敢的武士那样一声不吭地死去了。在他的身后，作为介错人的渡边唱砍下了家主的头颅。为避免源赖政的头颅被敌人发现，作为战利品带走，渡边唱把它和一块大石头绑在一起，怀着悲伤、崇敬的心情，将它抛进河里，看着它沉在水中消失不见。

源赖政就这样死了，他的追随者中没有被敌人杀死的也都随他自尽了。高仓宫亲王逃往奈良，在途中被平氏追上并杀害。

源赖政享年七十六岁。尽管正如他在最后一首歌中哀叹的那样，他没有实现惩罚平氏的雄心，但多年之后，他未竟的事业得以完成，平氏被源氏的伟大首领源赖朝彻底消灭。

源赖政虽然一生不得志，但他的名字被永远记录在日本史册中。

22　介错，指在日本切腹仪式中为切腹自杀者斩首，以让切腹者更快死亡，免除痛苦折磨的行为。

23　这首歌原文为"埋もれ木の　花咲くこともなかりしに　身のなる果てぞ　哀れなりける"。

源为朝

源为朝

很久很久以前，日本有一位名叫源为朝[1]的男人，他是当时全日本最善射的弓箭手。他又被叫作"八郎为朝"，是因为他是源为义[2]的第八子。后来成为日本历史上伟大人物的源义朝[3]是他的长兄。他也是幕府将军源赖朝和英雄源义经的叔父。他确实出身于一个显赫的家庭。

源为朝还是个孩子时，就立志要成为一个十分强壮的男人。长大之后，他的愿望实现了。他很早就表现出对拉弓射箭的热爱，他的左臂比右臂长四寸，没有人比他拉得更好，也没有人比他射得更远。源为朝生来就是个粗野孩子，不知恐惧为何物，总是爱找哥哥们打斗。随着年龄增长，他变得

1　源为朝（1139—1170），日本平安时代末期武将，也被称作"镇西八郎"。

2　源为义（1096—1156），日本平安时代末期武将，河内源氏首领。

3　源义朝（1123—1160），日本平安时代末期武将，东国武士集团首领，源赖朝和源义经的父亲。他在"保元之乱"中为朝廷立下大功，后因发起"平治之乱"而以叛臣身份留名史册。

越来越狂野，到最后，他的举止极其粗鲁任性，不尊重也不服从任何地位在他之上的人，甚至连父亲都觉得管不了他。

在源为朝十三岁那年，一位名叫藤原信西[4]的学者来到天皇的宫殿讲书。他在讲书过程中说，整个日本都找不到一位武士，能在箭术上与平氏领袖平清盛或者源氏武士源赖政相提并论的人。这两位武士虽在不同的氏族，却是全国最好的射手。八郎听到这番话后，当场蔑视地大笑起立，用每个人都能听到的声音说："藤原信西对赖政的评价恰如其分，但是称他的死对头——清盛懦夫是一个善射之人，只显露了藤原的愚蠢无知。"

这番粗鲁的言论激怒了藤原信西，因为它完全违背了年轻人要在长辈面前保持谦敬沉默的日本礼仪。讲书结束时，藤原派人叫来八郎，严厉斥责了他的言行。然而，胆大的八郎不仅没有为自己的粗鲁行为感到羞愧，在学者面前俯身道歉，反而将他的话当作耳旁风，吵嚷着宣称自己没说错。藤原绝望地放弃了对八郎的矫正。

不过，八郎的父亲源为义在听说此事后勃然大怒，因为儿子竟敢与长辈和上级争辩，尤其是在皇宫那样的神圣地界。父亲实在是太生气了，最后都不想再见到八郎，也不让他住在家里，而是把他送到九州岛以示惩戒。

此时的源为朝就是一个倔强任性的孩子，他对于被放逐一点儿也不介意，反而觉得自己像一只没有束缚的猎犬。尽管惹恼了父亲，但他还是为获得自由而高兴。

到达九州岛后，源为朝去了丰后国[5]，最后定居于熊本平原。他发现自己可以随心所欲地做事了，对与人较量的渴

---

4 藤原信西（1106—1160），日本平安时代末期贵族、学者、僧侣，俗名藤原通宪。

5 丰后国，日本古代令制国之一，领域大约为现在大分县北部以外的大部分。

望强烈得不能自已。他召集了一群同他一样粗野的武士，然后向周围各国的勇士挑战，让他们出来和他较量。在接下来的二十场战斗中，八郎未尝败绩，因为他不仅身强力壮，在指挥士兵方面也机智过人，尤其善于蚕食敌人的部队。八郎把周围国家的勇士打了个遍，直到将所有人都收入麾下。到十五岁时，他已成为一群草莽之士的首领，他们以不计后果的胆量而闻名。八郎与他的手下们一起控制了日本西部的整个九州。正是由于征服了西方，他才有"镇西"这一名号。

在那个时代，消息传播得很慢，因为当时没有由铁路和电报组成的跨越全国、快如闪电的通信网络，所有消息都是由信使徒步传递的。所以，直到很久之后，京都的朝廷才听说源为朝所做的无法无天的粗野之事，决定干预并制止他目无法纪的行为。朝廷派了一支大军，要他们对八郎穷追到底，务必将他俘获。但八郎和他的队伍不仅强大无畏，而且机智灵活，在遭遇战中总能取得胜利。最终，官军放弃了俘获八郎的任务，因为他们发现自己既战胜不了他，也没有办法让他投降。于是，领兵的将军回到都城，承认远征失败了。朝廷决定逮捕八郎的父亲源为义，并试图以此要挟八郎。因此，源为义作为一个屡教不改的抗命者的父亲，被抓了起来并受到惩罚。

即便是任性的源为朝，在听到父亲的遭遇时也深感忧虑。他虽然天生桀骜不驯，反抗一切权威，但内心深处仍怀有对父亲的孝道，他的对手正是利用了这一点。他知道，让父亲因他的过错而受罚是不可原谅的。他一接到这个消息，便毫不犹豫地放弃了花费数年时间、历经艰苦战斗从九州原住民手里夺来的所有领地，只带着十个手下，以最快的速度赶往京都。

刚一进城，源为朝就递交了一份用他的血签名盖章的文书，请求朝廷宽恕他此前犯下的所有罪行，并恳求立即释放他的父亲。然后，他平心静气地等待着惩罚的宣布。

当权者们看到了源为朝的孝心和悔改之意，都不忍心严厉对待他了。

"这个做事如恶鬼一般的人，也知道可怜他的父亲。"当权者们说。于是，他们只是斥责源为朝的不法行径，将他移交给了已被释放的父亲。

就在这时，鸟羽法皇去世，他的两位皇子为争夺皇位而爆发"保元之乱"。在此之前，由于鸟羽法皇的偏袒，长兄崇德天皇[6]被迫让位于幼弟近卫天皇[7]。近卫天皇死后，崇德上皇又在与弟弟后白河天皇的皇位争夺中落于下风。鸟羽法皇在临终之前，就预料到会发生兄弟阋墙的情况，于是留下一封密诏以防万一。等到密诏被打开之时，人们发现里面有一条给所有主将的谕旨，要求他们支持后白河天皇。

因此，包括平氏领袖平清盛和源为朝的长兄源义朝在内，所有声名显赫的武士都支持后白河天皇。而那些对战争一无所知的贵族，例如藤原赖长[8]和藤原实清等人则站在了崇德上皇一边。据说，藤原赖长连自己的马都骑不上去[9]。事实上，在崇德上皇这边，只有源为义和他的六个儿子[10]率领的部队有一战之力。洗心革面的反叛者源为朝就在其中。崇德上皇

6　崇德天皇（1119—1164），鸟羽法皇的长子，日本第七十五代天皇，1123年至1142年在位。1142年，鸟羽法皇胁迫崇德天皇退位，让位于年幼的近卫天皇。退位后的崇德被称作上皇。

7　近卫天皇（1139—1155），鸟羽法皇的第七子，日本第七十六代天皇，1142年至1155年在位。

8　藤原赖长（1120—1156），日本平安时代末期的公卿。

9　在遭到后白河天皇派系的袭击时，藤原赖长是被家司（掌管家政的职员）藤原成隆抱上马逃走的。

10　六个儿子分别是四子源赖贤、五子源赖仲、六子源为宗、七子源为成、八子源为朝、九子为仲。

被告知源为朝是一位孔武有力且技艺娴熟的射手，并建议加以委任。于是，源为朝被召唤到崇德上皇面前。

这时的源为朝刚刚十七岁。他身高超过七尺，眼睛像鹰一样锐利，举手投足带着傲然之气。踏入白河北殿[11]的源为朝是那么强壮、勇敢，一看就是一名悍将。崇德上皇对他充满信心，毫不迟疑地向这位年轻武士请教即将来临的大战。

源为朝告诉崇德上皇，他在被父亲流放西部的时候，过了很多年亡命之徒的生活——在这期间，他亲手对付每一个与他作对的人，与所有反对他成为九州霸主的人作战一直被他视为乐趣和消遣。他说，他和他的队伍之所以能够常胜，是因为他们总是在夜间作战。他献上一条自认为绝妙的计策——让崇德上皇和他的手下夜袭后白河天皇的皇宫，在宫殿三面放火，而将士兵埋伏在没有放火的一面，在后白河天皇和他的党羽试图逃生时抓捕他们。源为朝说，如果崇德上皇采纳他的计策，他确信能赢得胜利。

藤原赖长听到源为朝的计划后，摇了摇头表示不以为然，说源为朝的袭击计划太低级了。在他看来，夜袭是懦夫的诡计，勇敢的士兵更应该在白天光明正大地战斗。源为朝意识到他的提议被否决了，而崇德上皇的军事会议也不会采纳他的战术，便离开了宫殿。

回到家后，源为朝将刚才发生的一切告诉了手下，并怒斥藤原赖长那个自负的家伙，对战斗一窍不通，竟敢用他那毫无价值的意见反驳自己——平生未遭败绩的源为朝。发泄完失望情绪后，怒气消散的源为朝坐在席子上叹息道："我只担心崇德上皇会在将来的斗争中落败！"

如果源为朝的战术被采纳，日本历史肯定会被改写，因

11　白河北殿，崇德上皇的皇宫。该殿建于白河天皇（日本第七十二代天皇）时期，"保元之乱"中被烧毁。

为平清盛和源义朝（他此时是支持平清盛的，尽管后来与这位平氏首领分道扬镳）正是用这样的计策取得成功的。

当夜，在没有任何预警的情况下，敌人向崇德上皇的皇宫发起进攻。

然而，机警的源为朝已经预料到了敌人会来夜袭，于是便在南门站岗。当看到平清盛和他的队伍靠近时，源为朝喊道："你们这群弱虫！我来送你们一份大礼！"随后拿起弓箭，射穿了一个名叫伊藤六的武士的胸膛。这支箭射得那么精巧，那么有力，它直接穿透武士的身体，从他的背后穿出，刺入了骑马紧跟其后的兄弟伊藤五的袖甲。

当伊藤五看到这支箭的准头和力度时，他就知道他们要对付的敌人非同一般。他惊恐地把箭拿到将军平清盛那里请他过目。平清盛仔细查看了这支箭，发现它远比寻常的箭要粗，它用一根粗壮的竹子制成，而它的金属箭头则像一个大凿子，真是一件可怕的武器！它是如此之大，与其说是一支箭，不如说是一支矛，即便是令人敬畏的平清盛，在看到它时也会颤抖。

"此箭不似凡人所用，更像是鬼族的。我们另寻一处敌军较弱、守将非神射手的地方进攻吧！"他说。

随后，平清盛率队离开了南门。

当源义朝听说弟弟源为朝的举动后，他说："为朝或许是个胆大鲁莽之人，他的射术也相当高超，但他肯定不会拿起弓箭对付他的兄长。"于是，他接替平清盛，继续进攻源为朝把守的皇宫南门。

接近那座高大的冠木门[12]时，源义朝向源为朝大声喊道："为朝，是你在把守这里吗？你与长兄为敌，这着实是一件

---

12 冠木门，日本古代的一种大门，样式为左右门柱上端插一横梁（冠木），梁柱均为矩形，有的冠木门上有瓦檐。

不义之举啊！快开门让我们进去。为朝！你听到了吗？我是义朝啊！离开这里！"

源为朝在长兄的命令下大笑起来，大胆地回应道："大哥，如果我拿起武器对付你是不义的，那么你拿起武器反抗父亲，岂非不孝之子？"（他的父亲源为义是站在崇德上皇一边的。）

源义朝无言以对，沉默不语。源为朝看到长兄在门外取得了不错的战绩，便非常想要朝他射一箭。虽然他们因战争而互为敌手，可毕竟是一母同胞，杀死或伤到自己的兄长都是昧良心的事，因为他如果认真瞄准目标，肯定会射中的！然而，乐于消遣的他，还是决定向源义朝展示自己是一个多么出色的射手。源为朝瞄准源义朝的头盔，举起弓，一箭射向头盔顶端那颗星的正中央。箭刺穿了那颗星，从另一边飞了出来，然后击穿了一扇五六寸厚的木门。

源义朝对弟弟展现出的射术感到惊讶。不过，他依旧率领着士兵向前进攻。

崇德上皇的兵力远少于敌军，敌军以压倒性的数量优势横扫皇宫。虽然源为朝战斗勇猛、武艺高超，但他个人的勇武也抵挡不住压上来的大军。敌军一寸一寸地占领阵地，最后攻破大门，如虎狼般攻入宫殿。灾祸接踵而至，敌军在宫殿多处放火，大混乱随之而来。

崇德上皇试图和藤原赖长逃跑，却没有成功，结果被俘获[13]。看到此时已无力回天，源为朝和父亲源为义以及其他忠于崇德上皇的兄弟们只得突围出去，逃往近江国。

源为义年岁已高，无法忍受被追捕的生活。他意识到自己难以远逃，便对儿子们说，既然崇德上皇已经被俘，且目

---

13 在"保元之乱"的真实历史中，崇德上皇逃往仁和寺，寻求胞弟觉性法亲王收留，却被觉性收押，后被流放至赞岐国（日本古代令制国之一，领域大约为现在的香川县）过着软禁生活，8 年后死于此地。藤原赖长头部中箭，逃至奈良，向已退隐的父亲藤原忠实求救，遭到拒绝，失意而死。

前已无望东山再起，那么对他们来说，返回京都向胜利者平氏投降，将会是更明智的选择。除了源为朝，他的其余儿子们都同意了这个建议，于是老将军源为义和他的其余儿子便回到了京都。

源为朝留了下来，孤身一人的他决心要为崇德上皇再战一场。他伤心而决绝地离开了父亲和兄弟们，向着东部诸国而行。不幸的是，他因最近战斗中所受的伤而疼痛难忍，于是在沿途的温泉旁停了下来，希望能用泉水治愈伤口——在日本，温泉被认为能医治百病。但就在他疗伤之时，敌军突然袭来，将他俘虏并押回京都。

当源为朝抵达京都时，他的父亲和兄弟们已被处死。很快，他就被告知将面临同样残酷的命运。

但无论是敌是友，无畏的勇气总能激发起人们心中的武士之道。在源为朝的对手们看来，处死这样一位勇武之士似乎太可惜了。毕竟在整个国家，没有一个人能在射术上比得过他。所以在最后一刻，大家决定饶他不死。不过为了阻止他施展射术来反抗，他们砍断了他肘部的肌腱，把他流放到临近伊豆国海岸的大岛[14]。他们怕他在路上逃跑，就捆住他的手脚，装进驾笼里，并派五十个护卫将其团团围住。他身大体沉，竟需要二十个脚夫来抬。

尽管遭遇种种不幸，被流放海岛，但源为朝仍然保持着与往常一样的勇气，一样坚忍乐观的心，一样的狂野不羁。当那二十个脚夫用驾笼抬着他走的时候，他为了取乐，便不时使出全身力气向下压。他的身体是如此沉重，以至于二十个脚夫都摇摇晃晃地倒在地上。他的怪力惊动了那五十名押送的士兵。他们担心他会变得更狂野，更难以对付，以至于

---

14 大岛，位于伊豆诸岛北部，是伊豆诸岛中最大的岛屿，现属东京都大岛町。

超出了他们的控制能力，于是便待他如狮子、老虎那样。一路上，他们试着不惹他生气，竭尽全力使他保持愉快的心情。

最后，他们到达了伊豆国海岸，必须在这里渡海上岛。他们租了一条船，把源为朝小心翼翼地抬到船上，把他带往最终的目的地，并把他留在那里。

虽然源为朝被流放到这个岛上，但他一到那里，敌人们就让他自由行事了。他没有被当作普通囚犯对待，而是被当作一个勇敢的对手。淳朴的岛民认为他是一个了不起的人，愿意按照他的意愿行事，倾听他说的一切。因此，他的日子过得无忧无虑，除了作为一名流放之徒的苦闷——但他的天性就是有什么样的日子过什么样的日子的人，对自己无能为力的事情毫不在意。

一日，源为朝正站在海滩上眺望大海，想着他过去的许多冒险经历，想着命运是否会改变他现在的平静生活。突然，他看见一只海鸟从海面飞过。起初，源为朝敏锐的眼睛只看到远处有一个小点，然而小点越来越大，最后海鸟出现了。源为朝猜想，海鸟飞来的方向应当有一座小岛。于是他登上一艘船，开始了探险之旅。

不出所料，他从日出一直航行到日落，果真找到了一座小岛。令他惊奇的是，他发现这个地方居住着与人类迥然不同的生物。它们的脸是深红色的，蓬乱的鲜红色头发垂在前额和眼睛上，看起来就像鬼族。在源为朝登岸的时候，一群看上去就很吓人的家伙正站在海滩上，一看见他，就狂乱地说着话，做着手势，带着凶狠的神色向他冲来。

源为朝立刻看出它们想要加害自己，但他并没有被吓倒。他走到附近的一棵大松树前，双手一握，像拔野草一样将树轻松拔起，然后举过头顶挥舞着，大声威胁道："来吧，你们这群鬼，要战就战。吾乃镇西八郎为朝，日本的神射手。

你们如若从今以后做我的仆人，皆奉我为主人，那便最好不过。否则，我就把你们打得粉身碎骨。"

鬼族见识到源为朝的神力和勇气后，纷纷颤抖起来。它们进行了短暂商议，然后鬼王走上前，后面跟着它的队伍。它们来到源为朝面前，跪倒在他面前的海滩上，尽数投降。于是，源为朝骄傲地占领了这个鬼岛，将目之所及均纳入自己统辖之下。收服鬼族之后，他带着这个消息回到大岛。岛上所有人都对他的功绩大加赞扬。

此后不久，源为朝正沿着海滩走着，突然看见在浪尖上有一个小老头向他漂来。源为朝几乎不敢相信自己的眼睛，他平生从未见过如此奇怪的事。他揉了揉眼睛，他想自己一定是在做梦，然后看了又看。浪尖上果然有一个小个子男人，身高不过一尺五寸，正优雅地坐在一张蒲团上。

源为朝走到海滩边，当这个小个子随着浪头漂得更近时，他问道："你是什么人？"

"我是疱疮神[15]。"面生的小个子回答道。

"我能问一下，你为什么要来这个岛吗？"源为朝问道。

"我以前从未到过这里，我来这里，一是为了观光，二是想抓一些居民……"小个子回答道。

还未等他说完，源为朝便怒气冲冲地说："你这可恶的瘟鬼，住口！我不是别人，正是镇西八郎为朝！立刻滚回去，远离这里，否则，我定会教你后悔来这里。"

就在源为朝说话时，疱疮神开始缩小，从一个一尺五寸的小男人最后缩到只有豌豆大小，留在蒲团中央。在越变越小的同时，这个小东西说他很后悔闯入这个岛，他并不知道这里是源为朝的领地。随后，他乘着蒲团漂回大海，就像他

15　疱疮神，日本民间将天花（日语称为"疱瘡"）神格化而生的凶神。

来时一样迅速而神秘。

大岛一直以来都没有人染过天花，直到今日。岛上居民都把他们免受瘟疫之苦归功于源为朝——当可恨的疱疮神登陆岛上时，是源为朝赶走了他。

此时，源为朝已经收服了邻近岛屿上的鬼族，赶走了大岛的疱疮神，他被淳朴的岛民视为国主。每逢他出行的时候，他们就俯伏在地上，向他表达最崇高的敬意。

最后，这一事态被上报给了朝廷。国务大臣们认为让这种情况继续下去是危险的。如此受欢迎且有实力的英雄是朝廷的威胁，必须毫不迟疑地除掉神射手源为朝。于是朝廷宣布了诛杀源为朝的命令，并派信使将密令送达伊豆国的武将工藤茂光[16]那里，让他和他的部下起航前往大岛，制服源为朝。

一日，源为朝像往常一样，站在海滩上愉快地看着不断低语的海水在阳光下欢笑，闪着波光。这时，他看到五十条战船[17]正朝大岛驶来。站在甲板上的士兵全副武装，擂着鼓，唱着军歌。看到这支舰队向他一个人冲来，源为朝笑了，他知道他们摆出这种阵势是来做什么的。

"现在，"他骄傲地对自己说，"我有机会再试一试我的弓箭本事了。"他将弓挽成满月，对准最前面那艘船，一箭射入船头。那艘船顷刻间就翻倒了，士兵们被抛入大海。

直到那一刻前，源为朝还在担心他的手臂已不再有巅峰时的万钧之力，因为他肘部的肌腱早已被敌人切断了。然而事实与之相反，他发现他的手臂不但和以前一样强壮，而且还更长了一些，让他能把弓拉得更满了。这一发现让他高兴得直拍手，大声喊道："这真是一件幸事！"

16　工藤茂光（？—1180），日本平安时代末期的武将、豪族，在源为朝被流放伊豆大岛期间负责监视他。1170年，工藤茂光率兵讨伐源为朝，迫使其自杀。

17　关于战船的数量，日本民间故事中另有"二十条""百余条"之说。

（此图出自1902年出版的《启蒙插画日本外史》。）

　　然而，此时的源为朝想到，如果他反抗朝廷派来的人，那只会给岛民们带来麻烦。他们对他非常友善，庇护了被流放的他。他回想起他们是如何崇敬自己，几乎把自己当作神一样的英雄，并尊他为他们的首领。不，他不愿意，不能给这些善良的人带来战争、麻烦和惩罚。所以为了他们，他决定不再反抗。他带着凡人在生死存亡之际会有的那种敏锐思绪回顾过去，想起自己在"保元之乱"中被俘后，是如何获得特别宽恕而活下来的。从那时起，他享受了十多年的快活人生。作为一个坚强勇敢的人，他不会为即将失去它而感到愤懑。他已经让自己当上了这些岛屿的主人，岛民们称他为国主。他觉得，当他在自己荣耀的顶峰时死去并不可耻，也不遗憾。于是他没有一丝犹豫地决定慷慨赴死。他立即从海滩撤退到自己家里，在那里切腹自尽[18]。这样，他避免了所有的耻辱和带给岛民的一切麻烦。他去世时只有三十一岁。他的死让所有爱他的人都深感遗憾，但他的荣耀没有和他一同死去。后来，人们把他尊奉为大英雄。

以上是关于源为朝的故事，然而民间传说创造了另一个关于他的更有趣的故事。在那个传说里，源为朝没有自杀，而是逃离大岛，来到了赞岐国。在这里，他拜谒了崇德上皇的陵墓。之后，他相信自己能够施展抱负的日子已经不再，准备自尽。忽然，他就像在梦中一样，似乎在云端看到了崇德上皇、藤原赖长、父亲以及所有在"保元之乱"中战死的同袍，他们用警告的手势阻止他进行可怕的切腹行为。当源为朝惊奇地凝视着这不可思议的景象时，挂在崇德上皇辇舆前的竹帘被掀开了，当陛下爽朗、优雅的微笑洒在源为朝身上时，他手中刀的滑落，心中求死的念头消失了。源为朝谦卑地跪倒在地，当他再次抬起头时，那幻影已消失在云间，把他从自我毁灭中拯救出来的人们已消失得无影无踪。

这次奇妙的拜谒改变了源为朝的想法。他放弃寻死的念头，离开赞岐国，前往九州，在木原山[19]定居。他在那里召集了一群随从，然后和他们一起登船，打算前往京都，再次向篡权的平氏发起攻击。但不幸接踵而至。他们遇上了风暴，船只沉没，随从们损失惨重，只有源为朝侥幸漂到琉球，得以保命。他发现琉球国的百姓人心惶惶，因为一群叛军正在

18　日本民间故事中另有源为朝屡战屡败，杀掉九岁的儿子源为赖，而后切腹自尽的版本。

19　传说源为朝在木原居住时，曾用 64 人才能拉动的强弓射落飞过山顶的鸿雁，于是鸿雁们再也不敢从木原山飞过，纷纷绕行避开。因此，木原山后来被改名为雁回山。该山位于今熊本市南区富合町。

造反，使国王落入危难之中。源为朝冲到两军阵前，救出已经被俘的国王，击败叛军，使这片动荡的土地恢复了平静。因为这些功劳，国王把他收作养子，并把一位公主嫁给他。

时光荏苒，源为朝也成了一个老头子，过着安宁幸福的晚年生活。有一天，他正在宫殿宽敞的露台上散步，他的随从注意到有一朵云向着他们的主人飞来。源为朝只被云碰了一下，便开始在他们惊讶的目光中往天上升去。随从们被惊得说不出话来，看着这位英雄越升越高，直到云朵把他团团罩住，彻底从视野中消失为止。

这是民间关于勇敢的射手源为朝结局的美丽传说。他是日本历史上最具吸引力的人物之一，他战胜了年少时的不幸，赢得了功成名就的美好日子。

源义经

源 义 经

二十一

就在牛若丸想知道这意味着什么时,一个身高超过十尺的巨人站在了他的面前。

在七百多年前的日本古代,平氏和源氏两大氏族之间爆发了一场激烈的战争。这两家著名的氏族总是为争夺政治权力和军事霸权而互相争斗,国家因数不胜数的激烈战斗而被撕裂成两半。事实上可以这样说,日本历史中有很长一段时期是这两家强大的军事氏族的斗争史,有时是源氏胜利,有时是平氏胜利,视情况而定,他们的刀从没有放下。终于,源氏崛起了一位强壮勇敢的将军,他的名字叫源义朝。这个时候,有两位觊觎皇位的人,一位是平氏支持的后白河天皇,另一位是源氏支持的崇德上皇,内战在京都爆发。源义朝虽然出身源氏,最初却站在平氏一边反对崇德上皇。但当他看到平氏首领平清盛是那样残忍无情时,转而反对平氏,并号召所有追随者聚集在源氏大旗周围,为击垮平氏而战[1]。但命

---

1 1160 年(平治元年),源义朝认为自己在"保元之乱"中劳苦功高,不满其封位比平清盛低,乘平氏家族离开京都参拜神社之机,联合藤原信赖杀死天皇的亲信,拘禁后白河上皇和二条天皇。史称"平治之乱"。

运与源义朝——这位英勇善战的武士的想法背道而驰，他在平氏手下遭遇惨败。源义朝及其家臣镰田政清在敌人严加戒备的情况下逃走，却在避难途中被叛徒杀死[2]。二人的首级被送至京都，悬在城门上示众。

源义朝留下了年轻美丽的侧室常盘和八个孩子。年长的孩子中有五个由正室由良所生，其中三子赖朝后来成为日本镰仓幕府首任征夷大将军。而第八个也是最小的儿子是牛若丸[3]，本篇讲的就是关于他的故事。牛若丸和英雄义经[4]是同一个人。牛若丸是他的幼名，意思是牛犊（"若"在日语里是"年幼"的意思），因为他从小就力气惊人。义经是他成年后的名字。

在父亲去世的时候，牛若丸还只是一个躲在母亲常盘怀抱里的婴儿，一旦被父亲的死对头发现，他必死无疑。

击败敌对氏族之后，平氏在一段时间内几乎一手遮天。平清盛对反对他的人恨之入骨，所以源氏成员但凡落入他手，都会被立即处死。此时的源氏正处于绝境之中，有着被灭族的危险。

意识到形势危如累卵，源义朝的遗孀常盘对孩子们的安危充满恐惧和焦虑，于是带着牛若丸和她的另外两个孩子（全成、义圆）悄悄躲在乡下。源义朝的其他儿子、族亲以及效忠者们或是被平氏杀害，或是被流放到偏远的岛上。但尽管进行了严密的搜索，平清盛和他的手下们始终没找到常盘母

2　源义朝被率兵回京的平清盛击败后，与镰田政清逃往尾张国野间（今爱知县知多郡美浜町），投靠政清的岳父长田忠致。被平清盛收买的长田忠致趁源义朝入浴时将其杀害。忠致的儿子景致趁镰田政清醉酒将其杀死。

3　实际上，源义朝共有九子一女，分别为义平、朝长、赖朝、义门、希义、范赖、全成、义圆、义经（牛若丸）、坊门姬。其中义平、朝长皆死于"平治之乱"。牛若丸当为源义朝的第九子。本篇采用的是《义经记》的说法：幼子牛若丸本是源义朝的第八子，为避讳他的叔父源为朝（八郎为朝）的名号，而改成为"九郎"。

4　义经，即源义经（1159—1189），日本平安时代末期的武将。

子们的下落。

平清盛下定决心要杀光源义朝一家，对其野心因一个妇人受阻而气愤。他最终想出了一条毒计，并确信这条计谋能将常盘从她的藏身之处引出来。平清盛下令把美妇人常盘的母亲关屋抓来，带到他面前。他声色俱厉地告诉关屋，如果她愿意透露女儿的藏身之处，就会好生对待她；但如果她拒不配合的话，就会受到严刑拷打并被处死。在老太太宣称她不知道常盘躲在哪里后（事实上她真的不知道），平清盛将她关进大牢，日复一日地虐待她。

平清盛之所以要寻找常盘母子，是因为只要源义朝的子嗣还活着，他和平氏一族就无法彻底安全，毕竟每个日本人心中都有着根深蒂固的伦理——恪守孝道。"杀父之仇，不共戴天"，日本武士在遵守这条他们认为的至高伦理时，丝毫不考虑生与死、家与爱的因素。妇人们在为其父亲或丈夫报仇时，也燃烧着同样的热血。

藏在乡下的常盘听说了母亲的遭遇，内心悲苦异常。她坐在席子上大声悲叹道："让无辜可怜的母亲为了救我和孩子们而受苦，都是我的错。但如果我去自首，平清盛一定会夺走义朝大人的儿子，并且杀掉他们。我该如何是好？啊，我该如何是好？"

可怜的常盘，她在母亲和孩子之间左右为难。她真是令人怜悯。最后她下定决心，不能在这种情况下保持沉默。她是无法忍受眼睁睁看着母亲遭受迫害的，于是怀抱着裹在衣服下的婴儿牛若丸，牵着他的两个哥哥（一个七岁，一个五岁）的手，启程前往京都。

那时候没有火车，普通人远行只能一路徒步。只有大名和伟大而重要的人物可以坐在驾笼里被人抬着。更艰难的是，因为她是源氏的人，所以路途中完全指望不上遇到友善或者好客的人——平氏一手遮天，任何敢收留源氏逃亡者的人，都必死无疑。所以，常盘需要面对千难万险。但她是一位有武士精神的女性，对自己的职责——不管它是多么艰难，都毫不畏惧。困难越大，她就越有勇气面对。最终，常盘开始了她那家喻户晓的远行。

当时正处冬季，白雪铺满大地，寒风刺骨，路况糟糕。常盘，一个原本声名显赫的女人，此时却不得不遭受着寒冷和疲劳之苦、孤独和恐惧之苦以及为幼子们焦虑之苦。她害怕自己抵达京都太晚，救不了老母亲，以致老母亲死在残酷的折磨之下，或是被盛怒之下的平清盛处决。她也担心自己在抵达京都之前就被平氏的人抓住，那么她为追求孝道而做的计划就会落空。

所有痛苦都是不堪言状的。有时候，痛苦的常盘会坐在路边，哄着怀抱里哭泣的婴儿，或者让那两个疲惫虚弱、饥肠辘辘的小儿子休息一下。她不停地走，并尽其所能地安慰孩子们，直到抵达京都。此时她已疲惫不堪，腿脚酸痛，内心几乎崩溃。尽管她的身体已在超负荷的消耗下筋疲力尽，但她的意志从未被击倒。她立刻前往敌人的营地，请求见平清盛将军。

当常盘被带到那个可怕的人面前时，她拜倒在他的脚前，说自己是来自首并换取母亲自由的。

"我是常盘——源义朝的遗孀。我带着三个孩子来恳求您饶了我母亲的性命，放了她。我可怜的老母亲没有做错任何事。我为把自己和孩子们藏起来而深感愧疚，谦卑地祈求您大人有大量，饶恕我们。"

她叩心泣血的哀求，让平清盛对她的孝行——日本人最推崇的美德——大为赞赏。他由衷地为愁苦的常盘感到难过，他坚硬的心被她的美貌和泪水融化。平清盛向常盘承诺，如果她愿意以身侍奉他，他不仅会饶她母亲的性命，还会放过她的三个孩子。

为了挽救孩子们的性命，这个伤心的女人答应了平清盛的求欢。将身体交给了义朝大人的敌人，这对她来说一定痛苦至极。但一想到这样做可以救下孩子们，他们将来一定会为父亲的惨死奋起复仇，回报她的牺牲，她的心就感到宽慰。

平清盛向常盘展示了他从未向他人表达过的善意，允许她把还是婴儿的牛若丸留在身边。他把两个大一点儿的男孩送到寺院，让僧人负责监护他们，作为沙弥来培养。

平清盛觉得，生活在远离尘世的寺院中，他们成年后便不会对自己构成威胁。纵观历史，我们知道他犯了多么严重的错误——源义朝的两个儿子虽然被放逐多年，但他们在寺院里默默积蓄力量，然后如疾风骤雨般奋起为父亲报仇，把平氏从这片大地上赶尽杀绝。

时光流逝，当牛若丸终于长到七岁时，平清盛也把他从母亲身边带走，送到了僧人那里。常盘失去了她和义朝大人的最后一个孩子，其悲痛之情无法描述。然而在这之前，在她那华贵的囚笼中，即便是平清盛也无法剥夺她仅剩的一丝无可比拟的母性之力，这种力量影响了牛若丸的一生，直至他生命的尽头。这个小家伙日日夜夜躺在母亲的臂弯里，她用低沉的歌声哄他入睡，教他走路，还总是在他耳边低声念叨着源义朝的名字。

终于有一天，常盘的耐心得到了回报，牛若丸清楚地念出了父亲的名字。这时，常盘骄傲地把他抱在胸前，流下了夹杂着喜悦和悲伤的泪水，因为她没有一天不思念着源义朝。随着牛若丸逐渐长大，他能够更好地理解母亲所说的话，常盘开始每天低声说："记住你的父亲——源义朝！你要变得强壮起来，为父亲的死复仇，他死在了平氏手中！"常盘日复一日地给牛若丸讲他那伟大善良的父亲的故事——他在战斗中勇猛无畏，他孔武有力、精通剑术。她叮嘱牛若丸要记住父亲，并以他为榜样。在多年的痛苦忍耐中，常盘用喃喃细语和泪水播下的种子，结出了远超她希望和梦想的果实。

时间回到牛若丸七岁的时候，他被平氏从母亲身边带走，送往鞍马山[5]鞍马寺的别当[6]东光坊那里，作为僧人培养。

牛若丸虽然年幼，却聪颖过人，求知若渴地阅读着各种经典。他的勤奋和过目不忘的天赋让僧人们惊叹。他是个天性高傲的孩子，从不听从管教，讨厌在任何事情上屈从于他人。几年过去，牛若丸长大了，他从老师和同学们那里听说了父亲源义朝和他的家族源氏被平氏瓦解的事情。巨大的悲伤和痛苦充斥着他的内心，无论是睡是醒，这些事永远在他脑中挥之不去。幼时母亲每日在耳边的喃喃细语再次在他脑海里浮现，他第一次明白了它们的全部意义。在那个孤独的夜晚，他仿佛又一次感觉到母亲的热泪落在脸上，听到她清晰地重复着："记住你的父亲——源义朝！你要变得强壮起来，为父亲的死复仇，因为他死在了平氏手中！"

终于在一天晚上，牛若丸梦到了母亲，她美丽而悲伤，就像幼时记忆中的一样。母亲来到他的床边，泪流满面地对他说："牛若丸，为你的父亲报仇！你要记住我的遗言，否则我无法在墓中安息。我快死了，牛若丸，你要记住！"

牛若丸惊醒了，他痛苦地大哭道："我会记住的！敬爱的妈妈，我会记住的！"从那天晚上起，他的内心开始燃烧，家族的火与母亲的爱唤醒了他的灵魂。对家族所受冤屈的愤懑，让他的心中燃起了强烈的复仇欲火，他最终决定放

---

5 鞍马山，位于今京都市左京区。

6 别当，总掌寺务的僧官。

弃修行佛法，立志成为像父亲那样伟大的将军，讨伐平氏。牛若丸的雄心壮志如熊熊烈火般升腾而起。一想起幼时可怜而不幸的母亲常盘为他做的一切，他的意志就变得坚定起来。常盘所受的苦没有白费。从此，牛若丸每天晚上都会等着寺里其他人睡熟。在听见僧人们开始打鼾后，他便悄悄溜出寺院，沿着山坡进入山谷。在那里，他会抽出木刀练习剑术，把树木和岩石想象成死敌平氏来击打。就这样，经过夜以继日的练习，他感到自己变得强壮了，也学会了如何熟练地挥刀。

一天晚上，牛若丸像往常一样来到山谷里，勤奋地挥舞木刀。他一心扑在剑术上，反复呼喊着战歌的片段，击打着树木和岩石。突然，一大片乌云笼罩了天空，瞬时大雨倾盆，电闪雷鸣，一声巨响穿过山谷，好像所有的树都被连根拔起，拦腰折断。

就在牛若丸想知道这意味着什么时，一个身高超过十尺的巨人站在了他的面前。巨人的眼睛又大又圆，像铜镜般闪闪发光；鼻子是鲜红色的，大概有一尺长；双手如同鸟爪，每只手仅有两根手指；身体两侧有着长长的翅膀，上面的羽毛从袍子下露出来——看起来就像一个巨大的妖精。这个怪家伙的确可怕，但牛若丸是一位英勇的少年，是武人的儿子，不会被吓倒。他脸上的肌肉没有一丝颤抖，反而把刀握得更紧了，直白地问道："你是什么人？"

妖精大笑道："我是山精天狗的王，多年来我一直把这个山谷当作自己的家。你为了练习剑术夜夜来到这里，我很钦佩你的毅力。我来见你，是为了把我知道的所有剑术传授给你。"

牛若丸听后高兴极了，因为天狗神通广大，被它们施与恩惠的人也非常幸运。他向这个巨大的妖精道谢。接着，他

把刀舞得浑圆，开始攻击天狗。但天狗以闪电般的速度挪动，从腰间取出一把用七根羽毛做成的扇子，巧妙地挡下了牛若丸疾风骤雨般的攻击。这彻底激起了牛若丸的兴趣。他每天晚上都出来学剑，无论冬夏，没有一天缺席。通过这种方式，他掌握了天狗教给他的全部剑术。

天狗是一位优秀的师父，牛若丸也是一位聪明的弟子。他已精通剑术，一眨眼工夫就能击倒十只或十二只小天狗，对于刀剑技法的运用已炉火纯青。天狗还赋予了他过人的机警与敏捷。这些都帮助他在之后的生涯中名声大噪。

时光飞逝，此时的牛若丸大约十五岁，已经成长为一名清秀少年。那时候，京都城外的比叡山上住着一个名叫武藏坊弁庆的野蛮僧人，他是一个无法无天、到处惹是生非的人，因其暴行而臭名昭著。城里到处都是关于其恶行的故事，他变得妇孺皆知，百姓们听到他的名字就会害怕得发抖。

弁庆突然打定主意，要从武士们手中夺一千把太刀。他觉得这是很有意思的事。

这个疯狂的想法一出现，弁庆就开始将其付诸实践。每天晚上，他都会漫步到京都的五条桥上，当武士或任何佩太刀的人经过时，他就会夺取别人的刀。如果太刀的所有者将其拱手让出，弁庆就会让他们毫发无伤地通过；但如果不给，他就会用手中的大薙刀将其一刀砍死。弁庆力大无穷，总是能战胜被他抢劫的人——抵抗是徒劳的。一夜接着一夜，有时一人，有时两人在五条桥上死于弁庆之手。就这样，弁庆得到了一个可怕的恶名，远近的人都害怕遇见他。天黑以后，没有人敢靠近那座桥，因为这个夺刀者在传言中是那样可怕。

最后，这件事传到牛若丸耳中，他自言自语道："这肯定是一个有趣的家伙！如果他真是僧人，那一定是个怪僧。他只抢夺别人的太刀，不可能是一个普通强盗。这样一名壮汉如果能成为我的手下，肯定能成为我讨伐死敌平氏的强援。好！今晚我就去五条桥，试试这个弁庆的身手！"

牛若丸是一个有过人之勇的少年，当晚就出发了。这是一个美丽的月夜，他带着心爱的笛子，漫步穿过城市中的沉睡的街道，来到五条桥。紧接着，桥对面出现了一个高大的身影，看起来似乎触到了云。这个陌生人穿着一套炭黑色的盔甲，手握一把巨大的薙刀。

"这一定就是夺刀者！他可真壮！"牛若丸自言自语，但是他一点儿也不害怕，继续平静地吹笛子。

不一会儿，这个全副武装的巨汉停了下来，望着牛若丸。弁庆显然认为牛若丸只不过是个少年，决定让他过桥——当牛若丸从他身边走过时，弁庆连一只手也没有抬起来。弁庆的冷淡态度不仅让牛若丸失望，而且激怒了他。我们的英雄发现等这个陌生人主动出手是白费力气，于是他走近弁庆，抱着挑起事端的目的，突然将他手中的薙刀踢掉。

弁庆起初是想放过牛若丸的，因为他还年少。但当自己被一个小家伙羞辱时，弁庆非常生气，怒吼着"臭小鬼！"，举起薙刀朝牛若丸横砍过去，想把他拦腰斩断。但少年武士敏捷地避开了这致命一击，向后跳出几步，将铁扇狠狠地朝弁庆的脑袋掷去，并挑衅似的发出一声大叫。铁扇正中弁庆的前额，让他疼得发疯。弁庆怒火中烧，还了牛若丸势大力沉的一击，就好像在用斧子劈一根原木。这一次，牛若丸跳到了桥的栏杆上，拍了拍手，嘲笑道：

"我在这儿！你没看见吗？我在这儿！"弁庆再次受挫。

在此之前，弁庆从未想过自己会有失手的时候，此刻却接连两次都没抓住这个敏捷的对手。他因恼怒和困惑而发狂，向四面八方猛烈挥舞着大薙刀，直到它看起来像一台转动的水车。弁庆疯狂地攻击牛若丸。然而鞍马山的天狗王向这位少年武士传授了无数技法，对于笨重的弁庆来说，牛若丸的动作太快了。当弁庆正面攻击时，牛若丸便闪到他的背后；当弁庆朝后面攻击时，牛若丸则冲到正面。牛若丸如猴子般灵活，如燕子般迅捷，避开了所有攻击。意识到自己无法战胜对手后，连弁庆都觉得累了。

看到弁庆已经筋疲力尽，牛若丸继续与他斗了一会儿，然后改变战术，抓住机会打掉了他手中的薙刀。就在弁庆弯腰捡兵器之时，牛若丸跑到他身后，干净利落地将他绊倒。壮汉弁庆四肢着地倒在那里，牛若丸敏捷地骑到他的背上，压着他，问他喜不喜欢这种挑战。

这个敢于向比自己高大得多的人挑战并出击的少年，让弁庆感到震惊。但现在更让他不可思议的是牛若丸惊人的力量和敏捷的身手。

"你方才所做之事真的让我倍感震惊。"弁庆说，"你究竟是何人？我和很多人在这座桥上战斗过，但你是第一个展现出如此实力的对手。你是神还是天狗？你肯定不是凡人！"

牛若丸笑道："那么，你是第一次体会到恐惧吗？"

"是的。"弁庆答道。

"你愿意从今以后做我的家臣吗？"牛若丸问。

"我非常愿意追随您，但我可以知道您的尊姓大名吗？"弁庆谦卑地问。

牛若丸确信弁庆是认真的，于是让他站起来，对他说："我没有什么可瞒你的。我是源义朝最小的儿子，我叫牛若丸。"

听到这番话，弁庆大吃一惊："我听到了什么？您真的是源氏义朝大人的儿子吗？怪不得我们初见的那一刻起，我就觉得您的举止不似寻常人。能作为您这样出身高贵而又意气风发的少年武士的家臣，我真是太高兴了。如果您允许的话，我从此刻起，将视您为家主追随。这是我最大的荣耀。"

就这样，在银月挥洒的五条桥上，僧人弁庆立誓要成为少年武士牛若丸的家臣，至死都忠心耿耿地侍奉他。从那时起，弁庆收起了他无法无天的做派，全身心地侍奉牛若丸。牛若丸也为自己得到这样一位强大的家臣而喜不自禁。

尽管牛若丸已经收下了弁庆，但他们毕竟只有两个人，就算再勇武，也不可能去与平氏战斗。因此二人决定，必须等源氏的力量更强大后，才能实施他们的复仇计划。在等待的过程中，他们听到一个消息，藤原秀乡的后裔——一个名叫藤原秀衡[7]的人，现在是奥州（陆奥国）一带有名的将军，实力强大，没有人敢与他为敌。牛若丸觉得去拜访这位将军是个好主意，如果可能的话，设法让其对源氏的复兴大业出力。他征求了弁庆的意见，弁庆支持这位少年武士去投靠秀衡将军。于是两人秘密离开京都，以最快的速度赶往奥州。

途中，牛若丸和弁庆来到了热田神宫[8]。牛若丸实在太年

7　藤原秀衡（1122？—1187），日本平安时代末期武将，奥州藤原氏第三代族长，镇守府将军、陆奥守。

8　热田神宫，位于爱知县名古屋市热田区的一座神社。

轻了，必须让他看起来更成熟一些，于是他在神宫里举行了元服礼[9]。这是日本古代的一种仪式，当少年即将成年的时候，他们必须剃掉前面的头发，并且废掉幼名，改用新的名讳。牛若丸现在的名字是义经。他是源义朝的第八个儿子，本应以"八郎"为名，但因为他的叔父源为朝——你已经读过他的故事了——又叫"八郎为朝"，所以他特意不用这个名字。从那时起，我们的英雄就被称为义经，他的许多英勇事迹和这个名字一起传唱千古。在日本历史上，他是无所畏惧、无可非议的勇士，备受百姓喜爱——对他们来说，义经几乎成了广受欢迎的战神八幡神的化身。至于弁庆，日本历史上再也找不到比他更忠诚的家臣了。他是义经的得力助手，凭借他的勇武和智慧，帮助义经成功化解了许多次可怕的危机。

从京都到奥州有大约三百里的漫长行程，经过长途跋涉，义经和弁庆到达了他们的目的地，并渴求秀衡将军的帮助。他们惊喜地发现，秀衡是源氏的衷心拥护者，他和他的家族曾受到已故源义朝大人的极大恩惠。因此，当秀衡得知义经是源氏领袖的儿子时，他欣喜若狂，热情地欢迎义经和弁庆，把二人视为重要的贵宾。

与此同时，义经被流放到伊豆岛的三哥赖朝召集了一支大军，举起了反击平氏的大旗。当义经得知赖朝的消息时，他高兴极了，向平氏报仇的时刻终于到来了。

在秀衡和忠实的弁庆的帮助下，义经召集了一小队武装，立刻向三哥在伊豆的营地进发。他派了一位信使先去通知赖朝，说现在名为义经的幼弟将会来助其对抗平氏。

听到这个意想不到的好消息，赖朝高兴极了，每多一份

---

9 元服礼，日本古代的成人礼，源自中国唐朝，一般在十一岁至十七岁之间举行。"元"指头部，"元服"即"戴冠"之意。少儿在行元服礼至后，就要将发型、服饰、名字改为成人的，并开始戴冠。

力量，都能使他向仇敌平氏集团复仇的日子更早到来。义经一到伊豆，赖朝就立即安排与他会面。虽然二人是兄弟，但他们在父亲被杀、骨肉分离之时还是孩子，义经那时只是母亲怀里的婴儿。因此，这是他们成年后第一次见面，赖朝对弟弟的性格一无所知。

与义经一同前来的还有他的六哥范赖。作为一位精明的将军，赖朝想要试他们一下，看二人的意志是否坚韧。赖朝命随从取来一个装满沸水的铜盆，然后先让年长的范赖把铜盆端到他那里。黄铜很容易导热，所以铜盆非常烫，愚笨的范赖承受不住，让它掉了下来。赖朝命随从再次把铜盆装满沸水，并吩咐义经给他端来。义经俊秀的脸庞上没有一丝颤动，他端着那烫得让人难以承受的铜盆，以得体的礼节缓步穿过房间。赖朝对义经表现出的勇气和毅力深感钦佩，也被义经坚毅的性格深深打动。

赖朝请求义经做他的得力助手，并积极投身到他的反平大业中。义经宣告说，自打记事起，反抗平氏就始终是他一生的抱负——因为他们有着同一个父亲，所以他们的事业和命运是一样的。赖朝任命义经为军中大将，并以父亲源义朝的名义命令他讨伐平氏。

义经高兴得无以言表，紧锣密鼓地为行军做着准备。他在整个童年和少年所盼望的、渴望多年的那个时刻终于来临了。现在，他可以去实现母亲的遗言了，可以去清算平氏对源氏所做的恶行了。年少时的种种野性与躁动，曾驱使他在鞍马山山谷中挥舞木刀击打岩石，并在五条桥上与弁庆较量。对一个生来具有武士之心的人来说，战斗是他发泄情感的最佳途径。义经率领数千士兵向京都进发，开启了与平氏的战争，并在经过一系列辉煌的战斗后击败了对方。

如秋风扫落叶般被击溃的平氏一族在复仇大军的阵前逃

窜，义经则把他们赶向大海。平氏在坛浦[10]做了最后的抵抗，但一切都是徒劳的。平氏的霸道领袖平清盛已经死了[11]，在接下来混乱的撤退中，他们因为群龙无首，形同一片散沙。在义经的突袭之下，包括幼小的安德天皇和妇孺在内，平氏一族及其舰队几乎全部覆灭。只有寥寥数人幸存下来，讲述了他们在海上遭受的可怕攻击。

就这样，义经成了一位杰出的武士和将军。他凭借此战实现了自己年少时的雄心壮志，也为父亲源义朝的死报了仇。因为非凡的勇气和接连不断的胜利，整个日本都没有人比得上他。他深受百姓崇敬，成为人们最为喜爱的英雄，受到歌颂。

直到今日的日本，也无一人没听过义经的名字。接下来的《武藏坊弁庆》，会告诉你更多关于义经的故事，包括他二人经历的危险、苦难和挫折，共同赢得的荣誉，共同分享的欢乐和胜利——这些都将被人传颂并永远铭记。

---

10 坛浦，位于今山口县下关市。1185 年 4 月 25 日，平氏与源氏在这里进行了一场海战，即坛浦之战。平氏全军覆没。

11 1181 年 3 月 20 日，平清盛因热病去世。

武藏坊弁庆

武蔵坊弁慶

弁庆背着七件武器，双手握着大薙刀，一动不动地站在那里。

那些读过武士义经的故事的人一定还记得，义经的家臣弁庆是一个身材高大的僧人，他的力气和他原先的性格一样引人注目。在义经的故事中很少会提及弁庆，因此，你或许想听到更多关于这位名人的故事。他是深受日本孩子喜爱的英雄，因对家主的忠诚而在日本备受尊敬。

弁庆的父亲名叫弁胜[1]，是古时候熊野一座供奉权现[2]的名寺的别当。弁庆的母亲是一位大纳言的女儿。

弁庆生来不凡。大多数孩子在母亲怀胎十月时就会降生，弁庆却让母亲等了一年零六个月。他生下来就长着牙齿和浓密的毛发，体格粗壮，不用教就会走路，而大多数孩子要两到三岁才会走。

1　关于弁庆父亲的名字，本篇采用的是《义经记》中的"弁しょう"，译为"弁胜"。另有《弁庆物语》中的"弁心"，以及传说中的"湛增"。

2　权现，日本神的神号之一。受"本地垂迹"思想影响，权现代表大乘佛教中的佛菩萨，经由示现化身方式，以日本神的形态出现。供奉熊野权现的是熊野三山（熊野本宫大社、熊野速玉大社、熊野那智大社）。

全家人都惊呆了，但他们的惊奇很快变成惊慌，因为生下弁庆没多久，母亲就去世了。父亲弁胜为此怒不可遏，对这个男孩厌恶至极，说他就是一个大灾星。弁胜甚至想要彻底遗弃他，因为弁胜相信，这个一出生就让母亲付出生命代价的男孩，在之后的岁月里只怕会成为这个家庭的诅咒。

男孩的叔母（她嫁给了一个名叫山井的人）听了这番话，很同情她的小侄子，便走到兄长面前说："如果你想残忍地对待这个孩子，甚至将他遗弃，那就把他给我吧。我没有孩子，我会把他当作自己的孩子抚养成人。他对母亲的死没有责任。这就是命，没办法的！"

弁胜答应了她的请求，说："只要不让这个孩子出现在我的视线内，我不在乎他将来会怎么样，我再也不想见到他了。"于是，叔母收养了这个男孩，并把他带到京都。

作为对叔母照料的回报，这个男孩出人意料地长成了一个棒小伙。他非常健壮，五六岁时的力气就比得上十一二岁男孩的，并且展露出非凡的聪明才智。遗憾的是，他的脸看起来像鬼一样凶恶丑陋，以至他得了一个绰号——鬼若，意思是年幼的鬼。

没过几年，叔父认为是时候送鬼若上学了，于是把他送到比叡山的寺院，让名僧宽庆来教导他。当时的日本和中世纪的英国一样，知识都掌握在僧侣手中，寺院是唯一的学校。

来到宽庆的寺院后，鬼若开始学习读写汉文。他听话、勤奋，服从一切安排，老师对他很满意，表扬了他的勤奋。但过了一段时间，他对新环境的束缚感到厌烦，开始惹麻烦。他自己不守规矩还不够，还把其他沙弥领到山里，和他们玩各种粗野的游戏。当然，他生来就比任何一个玩伴都要强壮、高大，谁也敌不过他。因此，每一场游戏总是他获胜。他为此非常高兴，满脑子想的只有游戏和胜利。他荒废了功课，日复一日地不务正业。

鬼若的老师宽庆听闻这个少年所做的粗野之事，认为他有失体统，于是派人找他，告诉他这些事不仅让照顾他的人难过，也让这座清净的寺院蒙羞。但鬼若对那人的斥责置若罔闻，一句也没有听进去。他在被训斥时会装作非常恭敬地听；但只要老师一转身，他就立马变回粗野的样子。他的行为越来越顽劣，最后宽庆失去耐心，将他禁足在寺院里，惩罚他不服从管教。

一天夜里，鬼若避开看守的监视，悄悄溜出寺外，捡起一根大木头，疯狂地破坏一切。他先打烂寺门，然后打翻大殿周围的栅栏，接着打破雨户和障子，几乎毁掉了所有够得到的东西。熟睡的僧人们被仿佛一群强盗洗劫寺庙的声音惊醒，他们都吓坏了，没人敢去阻止这场旋风般的破坏。在这场疯狂的破坏之后，鬼若认为比叡山肯定容不下他了，于是逃离了那个地方。他此时只有十七岁，自称武藏坊弁庆。

鬼若自称武藏坊弁庆，表现出他的一种幽默感。从前，有一个叫武藏的人住在比叡山，他年轻时放荡不羁，后来成了名僧，一直活到六十一岁。鬼若听说了这个大名鼎鼎的人物，决定要像他一样，所以他叫自己"武藏坊[3]"，也就是僧人武藏。"弁庆"则取了父亲名字"弁胜"的首字和老师名字"宽庆"的末字，为自己起了新名字——"武藏坊弁庆"。

大闹寺院之后，弁庆没脸回家见叔父叔母，便决定周游四方，就像同一时期的德国学徒那样[4]。弁庆离开京都来到大阪，再从大阪来到四国岛的阿波国[5]，又从那里回到本州的播

3　"坊"在日语里有僧人的意思。

4　在中世纪的德国，行业工会不允许刚出师、缺乏经验的新手工匠晋升为师傅。大多数新手工匠会选择在城镇之间旅行，在不同工坊里积累经验。

5　阿波国，日本古代令制国之一，领域为今德岛县。

磨国，最终来到书写山上一座叫圆教寺[6]的寺院。这座寺院和比叡山上的一样大，弁庆想要在那里学习一段时间。方丈同意了他的请求，弁庆被录用为寺院的沙弥。

在寺院众多沙弥中，有一个叫信浓坊戒圆的人，他同弁庆一样喜欢惹是生非，周围人都知道他是个爱惹麻烦的家伙，无论老幼，没有人能逃过他的捉弄。在弁庆来后不久的一天，戒圆发现这个新人正在睡觉，他为了好玩，就在弁庆的脸颊上写了"木屐（下駄）"二字。

当弁庆醒来走进院子时，他注意到每一个人似乎都在笑他，尽管没有人说为何发笑。

弁庆猜想自己脸上肯定有什么奇怪的地方，他朝水里看了一眼，立刻明白了他们为何要笑。他对这种戏弄感到愤怒，抄起一根粗木棍，冲到那群沙弥中间大喊："你们这群泼皮！我猜你们在我脸上乱写的时候，一定以为自己很聪明吧。现在你们挨个到这儿来，跪下来求我原谅。如果不照办的话，你们很快会后悔的。"

弁庆火冒三丈，语气也很凶，大部分沙弥都被吓坏了。不过，有四五个胆大的沙弥回嘴道："你这是什么意思？你这大懒汉，居然抱怨别人在你大白天睡觉时捉弄你。如果再听到你的抱怨，我们就把你赶出寺院。"

他们试图用这种方法吓住弁庆，但他不为所动，唯一的回答就是举起的木棍，那四五个回嘴的沙弥被打翻在地。

见此情形，这一切麻烦的始作俑者戒圆冲上来，说："你这个懦夫，竟然殴打没你一半高大的人，换我跟你打一架！"

说罢，戒圆环顾四周寻找武器，他看到附近篝火上有一根粗木棍，就捡了起来，面对被激怒的弁庆说："是我在你

6　圆教寺，位于今兵库县姬路市书写山的天台宗寺院，始建于996年，被称为"西部比叡山"。

脸上乱写的。如果你生气了，来吧，和我战个高下！"

二人立刻缠斗在一起。过了一会儿，弁庆打得不耐烦了，他抓住戒圆的衣襟和腰带，把他举了起来。其他沙弥见此情形，惊叫道："戒圆被举起来了，他现在失去反抗能力了！"

然后他们朝戒圆喊，要他道歉求饶。

"饶了我吧！饶了我吧！弁庆！求求你！"戒圆尖叫着，对自己愚蠢的行为痛悔不已。

弁庆没有理会戒圆求饶的叫声，他就像一个疯子，几乎不知道自己在做什么，戒圆的嘲弄和这场打斗使他热血沸腾。

"你去死，"弁庆尖叫道，"你这个无礼的懦夫，我说你去死，你的尸体就该被乌鸦分食！"他一边说着，一边无情地将戒圆扔到十四五尺高的佛堂房顶。戒圆从瓦片上滚落，最后撞在庭园的一块石头上，当场死亡。当这个愚蠢而不幸的家伙被弁庆扔到房顶上时，他的手里还握着那根冒烟的火棍。掉在屋顶的火棍突然烧了起来，点燃了佛堂。一阵小风吹过，把火势吹得更加猛烈。火苗从房顶上蹿起，火花落在五层宝塔的飞檐上，落在寺门上，落在僧房和经堂上，最后整个寺院都烧成一片火海。所有沙弥都惊慌失措，喊着："着火啦！着火啦！"他们中的一些人跑去井边打水，另一些人往着火的建筑上撒沙子。在这片慌乱中，人们忘记了引起这场灾难的弁庆。

在这场巨大的混乱中，弁庆暗自笑了起来："哈哈！看这火和我惹出的麻烦！我之前从没见过这群懒惰的僧人如此慌张，这在某种程度上对他们有好处！"

说完他就溜出寺院，踏上了返回京都的路程。

虽说弁庆无法无天，但我们不能用今天的行为规范来评判他。那个时代与现在差别很大，年轻人被鼓励通过暴力来展现他们的勇武，如果在战斗中杀死对手，就更能提高他们的声望。按照古时的惯例，年轻武士在获得一把刀后，会到路口试刀[7]。过路人会惨遭飞来横祸，他们的血会被用来为武士的刀施洗。这种训练塑造了一种尚武的精神，并培养出了像弁庆一样无所畏惧、残忍冷酷的勇士。

此时的弁庆厌倦了学习和枯燥的僧侣生活，决心要继续四处流浪，寻求冒险。他决定，如果找到一个比自己更强的人，他就做那个人的家臣，并改掉自己的粗野行为，做一个称职的武士，忠诚于家主。但这一切的前提是，他必须找到一个比他更强，让他垂下高傲头颅的人。他渴望找到一位值得尊敬的家主。如何找到这样的人呢？最后他想到一个主意——既然他决心加入武士的行列，所以他必须得到一把好刀。他还是跟以前一样暴力而冲动，为了达到目的，他发誓要从京都住民那里取得一千把刀。为了实现这一疯狂的计划，他每天晚上都会去五条桥上，当有佩刀的人经过时，他就会突然冲出来夺走那人的刀。他从不追那些落荒而逃者，因为他觉得他们是懦夫，不值得他浪费时间和精力；对那些抵抗者，他会用大薙刀将其一击砍倒。就这样，他杀害了不知道多少人，夺走了九百九十九把刀。在这无数场较量中，他未逢敌手。

相应地，弁庆收集的刀都是些劣等货，因为弱者不会佩好刀。这些粗制滥造的钝刀对他毫无用处。他彻底失望了，他想或许还是放弃这个徒劳的计划为好。他决定最后再夺一把刀，因为这样就能凑齐他定下的一千把刀的目标了。尽管已经心灰意冷，但他还是告诉自己，此时放弃是愚蠢的。

一决定这么做，弁庆又打起了精神，并且因为某种不可名状的缘由，他觉得这最后一次肯定会走好运，得到一把好刀。他焦急等待着傍晚的到来，暮色一降临，他就做好准备，

---

[7] 这一行为被称作"辻斩"，在日本中世，特别是战国时代至江户时代前期较为常见。1602年，江户幕府禁止了这一行为，并对此进行严厉处罚。

像往常一样去往五条桥。此时正逢八月十五夜，美丽的圆月爬上静谧的天空，高悬于群山及高大黝黑又如天鹅绒般柔软的松树和柳杉之上，世界沐浴在柔和的银光里。弁庆倚着大桥栏杆站了好长一段时间，他被月光之下的美景迷住了，暂时忘记了自己的目的。突然，一阵笛声打破了夜色的宁静，让弁庆从遐想中惊醒。笛声越来越近，接着他看到一个瘦小的身影从桥的另一端走来。这个人戴着白色面纱，穿着高齿的黑漆木屐，一边散步一边吹笛子。弁庆一眼就看出这不是普通的过路人。

起初，弁庆认为来者肯定是一个女人，因为其行走的姿态在月光下显得那么优雅；再近一些时，他看到了一张年轻又高贵的脸。他狠不下心去袭击这个神秘且优雅的陌生人，决定不管是男是女，都让他平安无事地过去。然而，这个过路人突然走到他面前，踢了一脚他手中的薙刀。

"你在干什么？"弁庆从惊讶中回过神来，怒气冲冲地喊道，然后重新握好薙刀，扯下了对方的面纱。令他惊讶的是，他发现这个大胆的陌生人竟是一个英俊少年。随后，弁庆的目光落在少年佩在腰间的镶金宝刀上。他自言自语道，自己没有白等，今天晚上真是幸运，有这么一只鸟儿自投罗网。这些想法在脑海里闪过时，弁庆已将手伸向了少年的宝刀。但少年远比其看起来要强，就在弁庆伸手之时，少年甩出一把沉甸甸的扇子砸在他的脸上，说："你不是自认为很勇敢吗？"然后迅速闪到他的攻击范围外。

这让弁庆更加愤怒，他大声恐吓着，举起薙刀向少年劈去。然而少年比弁庆敏捷得多，像灵活的猴子一样跳来跳去。弁庆无论怎样朝他挥砍，都碰不到他。弁庆从未见过身手如此敏捷之人。少年时而出现在他面前，时而出现在他身后，辗转腾挪，好不灵活。终于，弁庆感到了疲倦，一种敬畏之

（本图为歌川国芳绘《义经与弁庆五条桥之战》）

感开始在他的脑海中涌现，他觉得这个少年一定是仙人或者是天狗，定非凡人。这种感觉越来越强烈，他开始失去信心，知道自己不再像以前那样不可战胜了。这时，一直处于守势的少年开始进攻，击破了他的防守，打掉了他的武器。

可怕的弁庆——他在此前的人生中未尝败绩——发现自己就这样被轻描淡写地击败了，惊讶极了。他跪在桥上，向少年深深俯首，谦卑地说："您能屈尊告诉我您是谁的儿子，以及您的名讳吗？我能感觉到您不是普通人！"

英俊的少年笑着答道："我是源义朝的第八子，也是他最小的儿子，我叫牛若丸。"说完，他让弁庆站起来。

"我听到了什么？"弁庆惊呼道，"您真的是我久闻大名的少年武士牛若丸吗？我从一开始就觉得您是个卓尔不凡的人。至于说我，我就是武藏坊弁庆。我花了不少工夫来寻找比我更强的人，并愿意尊其为家主。虽然之前我过着任性妄为的日子，但如果您愿意接受我的侍奉，我会成为一个规矩且忠诚的家臣。"

牛若丸早就听说过弁庆的非凡实力，之所以会来五条桥夜会这个恶名昭彰的男人，就是希望能赢得其支持。他感到非常高兴，答应让弁庆侍奉自己。就这样，勇敢的少年和强壮的僧人成了主从。

从那时起，弁庆的性格彻底变了。他收敛了粗野的性格，开始一心一意侍奉他的年轻家主——他找到的唯一能战胜自己的力量和意志的人。他竭尽全力地为家主效命，在一之谷和坛浦这两场著名战役中浴血奋战。

义经赢得了一次又一次胜利。他的死敌平氏一族被赶向大海，在坛浦悲惨地覆灭。那些对他的无双战绩感到惊讶的人，都觉得他一定是战神八幡神的化身。

义经受到日本各地百姓的赞颂和喜爱，他们此前从未见过或听说过如此英俊勇敢的人。看到弟弟受到众人喜爱，此时的源赖朝开始起了猜忌心。源赖朝手下有个叫梶原景时[8]的武将，曾被义经公开指责懦弱，因此义经遭到他的憎恨。景时抓住机会，向源赖朝暗示义经的目的是夺取他的大权，让他对弟弟心存防范。不幸的是，源赖朝相信了这恶毒的诽谤。因此，当身负荣耀的义经押解着作为战俘的平氏首领平宗盛及其儿子凯旋时，他发现源赖朝已在镰仓城外的腰越附近设了关卡。源赖朝派了一名亲兵在这里接收战俘，并当场宣布义经犯了叛逆之罪，禁止进入镰仓城。义经对这不公的罪名进行了抗议，结果是徒劳的；他写了一封感人至深的信，发誓对源赖朝的爱与忠诚从未改变，结果还是徒劳的；他述说了自己作为一位富有武士精神的武将，在兄长统领的一系列战斗中经历的所有艰辛，结果依旧是徒劳的。他没有得到信

8　梶原景时（1140？—1200），日本平安时代末期至镰仓时代初期的武将。

任，忘恩负义是他投身兄长事业的唯一回报。在这之后，义经成了流亡者，整个日本没有一处地方能让他安居，因为源赖朝对他下了抓捕令。当困境到来时，弁庆不知疲倦地保护义经免于危险。他跟随家主过着逃亡的日子，从未离开。

此时，义经已回到京都有一段时间了。在他抵达后不久，源赖朝派了一个名叫土佐坊昌俊[9]的人来结束他的性命。这个人和弁庆一样，以前也当过僧人，他声称自己是来京都的寺院朝拜的。

义经是一个多么机警聪明的武士，土佐坊对此清楚得很，他怀疑自己是否有能力处理好这次的任务。因此，他决定等到义经完全放下戒备时，再对其发动突袭。他把计划告诉手下，并秘密地为突袭做准备。

义经很快就得知了土佐坊的到来。年轻的将军知道土佐坊是效忠于源赖朝的，他把自己的担心告诉了弁庆，弁庆立刻自告奋勇要去叫土佐坊来家里问话。

义经同意了这一计划，弁庆立即动身前往土佐坊的住处。

"土佐坊，"弁庆说，"我家义经大人现在要见你，你必须马上跟我去一趟！"

弁庆的态度是那么凶狠坚决，土佐坊被吓得失去了勇气，假托有病在身。但弁庆没有被这愚蠢的伎俩骗到，大喊道："如果你不快点儿，我就把你抓回去，不管你愿不愿意！"他一把抓住土佐坊的腰带，将其像孩童一样拽了起来，夹在自己腋下，然后骑着马带走了。

弁庆来的时候，土佐坊的几个家仆也在场，但他们都吓得浑身发抖，更别提出手救主。

弁庆就这样强行把土佐坊带到了义经面前，之后，这对

9　土佐坊昌俊（1141—1185），日本平安时代末期的僧人、武将。

主仆对他进行了严格盘问。然而土佐坊是一个惯于扯谎的无赖，尽管他的确是被源赖朝派来当刺客的，却拒绝承认任何事情。他假装十分惊讶，说他只是一个侍奉源赖朝的可怜僧人，因为义经是他家主的兄弟，便也将其当作自己的主人。是斋戒和静修召唤他来京都的！

义经和弁庆没有抓到土佐坊计划谋杀的确凿证据，所以只得让他签下一纸声明自己并非刺客的文书，而后释放了他。实际上，他们都没有相信这个狡诈之人，只是把他看作一个不值得让自己担惊受怕的卑鄙敌人。他们断定，如果他和同伙计划在夜间发动袭击，这伙人会被轻而易举地击退。土佐坊为自己的机智而沾沾自喜，他回到家中，武装了手下，准备向义经的住所发动袭击。

当晚，义经认为敌人至少不敢前半夜突袭，便和所有部下一起尽情欢乐。他们整夜喝着琥珀色的酒，最后，义经因疲惫而休息了，他喝了很多酒，睡得很熟。义经有一位年轻貌美的妾，名叫静，曾陪着他四处漂泊。心忧的静不知道会发生什么，便独自守在义经的床榻旁。她是第一个听到土佐坊和他的士兵接近的人。她试图唤醒义经，叫他，摇他，但都没有用——他继续睡着。静急得要疯了。她听到敌人已经试图砸门而入。突然，她恍然大悟，想到对武士来说，最让他兴奋的就是盔甲碰撞的声音。她冲到箱子前，把那件对她来说十分沉重的盔甲抬了出来。她迅速把盔甲拖进卧房。然后在义经头上来回晃动。"铿锵"，盔甲响了起来。"铿锵"，武士跳了起来，抓住盔甲，在静的帮助下披挂好。这一切都是在沉默中进行的。弁庆带着其他士兵很快与他会合，敌人被吓跑了。土佐坊设法逃了出去，藏在京都附近的鞍马山中，但最终还是被抓住并处死了。

对义经和他的部下来说，除掉镰仓派来的刺客无疑是一场胜利。但当这件事传到源赖朝那里时，怒不可遏的他颁布了一项法令，完全断绝了与义经的关系，宣布其为国家公敌。

义经觉得，源赖朝的所作所为对自己极其不公，他知道自己被指控密谋反对源赖朝的统治是子虚乌有的事。但他的兄长是掌握日本兵权的将军，与他对抗毫无胜算，义经决定离开京都，逃往他处。因此，他打算坐船从摄津国去往西国[10]。但当他们到达坛浦——义经在这里最终征服并几乎消灭了平氏一族——的时候，持续一路的好天气突然变了，天空中乌云密布，大雨倾盆而下，狂风骤起，海浪一浪高过一浪，眼看着就要发生海难。四周越来越黑，他们什么也看不见，海面上传来奇异的声音——战斗的喧嚣声、船只在海上的颠簸声、人们的喊叫和踩踏声、箭飞在空中的嗖嗖声。随着船的疾驰，周围战斗的喧嚣声越来越大，义经觉得他又一次经历了那场可怕的、永生难忘的战斗。

紧接着，从那随时都可能将船吞没的滚滚波涛中，出现了一些苍白可怕的面孔。这些幽灵武士身披血淋淋的残破战甲，满身伤痕，举起骇人的双手，仿佛要阻止船只前进，同时迸发出绝望、低沉的哭泣和尖叫。在这支幽灵军队的最前排，有一个挥舞着巨大薙刀的幽灵，它靠近船只，朝义经喊道："啊哈！复仇！复仇！瞧啊！我就是被你无情消灭的平家武将平知盛[11]的幽灵！我在这里等你们很久了！现在我要把你们全部杀光！只有这样，被屠杀的平氏一族才会在他们的水下坟墓中安息。"

伴着周围呼啸的狂风，一种诡异的蓝色磷光出现，使海

10　西国，日本地理文化概念，与东国相对，指日本西部的一个地区。其指代的地区范围随时代不同而有所变化。西国最初特指九州岛地区。

11　平知盛（1152—1185），日本平安时代末期的平家武将，平清盛的第四子。在平家于坛浦之战中覆灭时，平知盛身着重甲、背负船锚投海自尽。

上的一切清晰可见，幽灵离船越来越近。然而义经一点儿也
不惊慌。他一如既往，勇敢无畏地站在船头，直面在那场可
怕的战斗中被他杀死的那些人的灵魂，亮出了锋利的长刀，
说："这么说，你们就是平家的幽灵吗？你们从海底浮上来，
难道是想阻碍我们前进，给我们带来灾祸吗？你们难道忘了，
自己生前是怎么被秋风扫落叶般驱赶的吗？你们没有吸取过
去的教训，真是可惜！我还以为你们不愿再见到我呢！"

　　说着，义经就要挥刀攻击。但博学又忠诚的弁庆走到
年轻的家主面前，握住他的手说："大人，请不要这样。用
刀来对付幽灵是无效的。激怒这些可怜的地缚灵是不明智
的。最好的办法是安抚它们，让它们得到安宁，回到自己
的地界。"

　　义经听从了弁庆的意见，自己让到一旁。这时，弁庆——
你们应该记得他以前是一个僧人——拿出随身携带的一串小
念珠，将其夹在双手手掌之间来回搓动，同时大声、虔诚地

念着祷词，用佛家圣语为愤怒的幽灵祈福。幽灵们停止了哭号、啸鸣与骚动，渐渐从大海上消失了。暴风雨停止，天空放晴，变得和之前一样宁静，义经一行人很快安全抵达彼岸。

之后，义经翻过大山，在经历无尽的冒险和逃亡后，决定向往奥州，向老朋友藤原秀衡寻求帮助。在前去的路上，他们来到加贺国的安宅关[12]。在日本封建时代，这座关卡是主要的边防哨所之一，过路者经过这里都必须表明身份。此时，源赖朝已经发布了抓捕义经的公告。因此，弁庆以及少数依然效忠于义经的追随者装扮成山伏模样，戴着长头襷[13]，背着箱笈，手握锡杖。义经则装扮成僧侣的随从。他们慢慢走着，一直走到关前，商量着怎样过关。因为他们听说守关的卫兵疑心很大，会仔细检查每一个过路人。前一日，就有三个乞丐因惹得卫兵疑心大起而被杀了。

义经的追随者中有不少勇敢、忠诚而又冲动的年轻人，他们都想冲进关卡，杀出一条血路。但弁庆强烈反对，他说："绝对不行！这场冲突会使我们中的一些人丢掉性命，我们的人已经不多了。这件事交由我去办，我会让你们过去的。"

当弁庆以这般自信的口吻说话时，没人会反驳他，因为他们都知道，在危急的时候，他总能展现出远超常人的力量和智慧。因此，弁庆一如既往地按自己的方式行事。弁庆让义经穿上苦力的衣服，给他戴上一顶斗笠，并让他把长袍扎进腰带里。之后，弁庆从容地走到关卡前，用极其冷淡的语气说："我们是游历各国的托钵僧，目的是募集善款以重建奈良东大寺的大佛。我们请求准许过关。"

---

12 加贺国，日本古代令制国之一，领域大约为现在的石川县南部。安宅关位于今石川县小松市。

13 头襷，戴在山伏或天狗的额头上的黑色冠帽。分为用一尺八寸的黑布卷成的小头襷，以及用五尺长布卷成的长头襷。

这里的守将是个非常聪明的人，且严守法令，不会让弁庆在未经彻底盘查的情况下通过。

"嗯，你说你们正在游历各国，以募集善款重建大佛，但你必须给我确凿的证据，来证明你所言不虚。"守将说。

听到这番话，弁庆愣了片刻。该怎么办？幸好，他是一个机敏的人，没有表现出丝毫意外，而是泰然自若地回答道："你说得对，那我把僧正亲自写的委任书念给你听吧，就在缘簿的头几页里。"

只一句话的交谈，弁庆就推测出守将见识浅薄，便郑重其事地拿出一个卷轴，在额前恭敬地展开，开始即兴发挥，朗读一封奈良东大寺僧正要求重建大佛殿的文书。一提到这位在全日本广受尊崇的高僧之名，守将就毕恭毕敬地跪倒，脸伏在地，充满谦卑和敬畏地聆听。弁庆演得非常好，守将认可了他们的身份，说："我相信你，你可以通过了！"

弁庆喜出望外，以为所有困难都被克服了。他走在队伍的最前头，义经假扮成随从跟在后面，正准备穿过关卡。突然，守将冲上前拦住义经，大声说："等一下，你这个苦力！停下！"

"我们被识破了。"弁庆想。即便是面对一切危险都不曾畏惧、沉着冷静的他，也在这个紧要关头惴惴不安，心脏剧烈跳动起来。

但现在不是犹豫的时候。弁庆意识到局面在这一瞬间发生了变化，他让自己振作起来，冷静地问道："你拦住这个苦力，是有什么话要问吗？"

"当然。"守将回答说。

"我能问一下你找他有什么事吗？"弁庆问道。

"这个苦力，"守将回答说，"我的哨兵说他很像源义经，所以我拦住了他，以便好好盘问。"

"什么！"弁庆思索片刻，假装笑出声来，"这个苦力很像源义经？哈哈哈！这真是太滑稽了！我从未想到你拦住他是因为这样一个荒谬的理由。事实上，他曾有好几次被人误认为源义经，你绝不是唯一一个怀疑过他的人。你看，这家伙长得很俊秀，皮肤白得像个贵族，但这就是他的全部优点了。正因如此，他给我们带来了不少麻烦。"

弁庆转向义经继续说："该死的家伙！都是你的错，让我们一直受到怀疑。你这样怯懦地拖着步子，摆出一副奇怪的架势，人们自然会怀疑你。以后要小心点儿，像个男子汉一样往前走，不要扭扭捏捏的，你这个傻瓜！"

弁庆假装发脾气，狠狠骂了义经一顿之后，还举起锡杖在他背上打了几下，让他跪下，不要直愣愣地站在守将面前。

守将观察了好一会儿，看到弁庆开始殴打义经时，他的疑虑完全消除了。因为他认为，如果这个苦力真的是义经，而托钵僧是其家臣，那后者不敢以这种方式攻击家主。

"啊！是我大意了。显然，如果我们认为这个苦力是源义经，那就大错特错了。这并不是这个可怜家伙的错，所以请不要再打他了！你们可以继续前行，带着他一起走吧。"

弁庆的计谋成功了。守将返回关卡，义经和随行者们终于畅通无阻地通过了那道戒备森严的大门。弁庆用一如既往的智慧救了义经。

如今有人说，守将没有被骗，他知道伪装的僧人和随从就是义经一行人，只是同情被追捕的英雄及其为数不多的勇敢追随者，所以允许他们通过。因为一个武士对这样的人必须表现出怜悯之心。他坚持严格检查是为了满足镰仓当局的要求而上演的一出闹剧。

义经及其追随者对弁庆的智慧充满钦佩，对他的赞美和感激之情溢于言表。但弁庆对他的家主充满崇敬与忠诚，对于迫不得已打了家主一事，他从未停止过自责，并非常谦卑地道歉。每当这件事被重提的时候，他都会流下悲伤的眼泪，并宣称自己宁愿被打死，也不愿再被迫打义经。

就这样，他在京都用武力赶走了那些想要暗杀义经的人；在坛浦通过诵经让平家武士的幽灵回归大海；凭借智慧带领一行人越过危险的边关。最终，他和挚爱的家主安全抵达了名将藤原秀衡的府邸。

弁庆认为所有麻烦都结束了。不幸的是，这件事很快传到了镰仓，源赖朝对义经的大胆行为感到愤怒，逼迫藤原泰衡出兵讨伐他[14]。当时，义经一行人住在衣川馆，藤原泰衡的军队如潮水般涌向这里，向这支勇敢但不幸的队伍射出了一支支箭。义经十数人完全无法面对这压倒性的大军，仓皇而逃，要么躲进附近的树林，要么躲进山里。但弁庆以逃跑为耻，拒绝挪动脚步，如磐石般站在原地，箭雨散落在他周围。最后，敌人看到弁庆背着七件武器，双手握着大薙刀，一动不动地站在那里。他们对眼前的景象感到惊奇，为了解开这个谜向他靠近。当他们靠近时，高大的弁庆仍然站着，他睁大双眼，恶狠狠地瞪着敌人，眼皮都不眨一下。难怪弁庆一动不动，因为他的全身已被箭刺透了，就像浑身长满刺的豪猪一样。很明显，他是站着面对敌人而死的。

这个故事在日本广为流传。你可以想象他是一个多么勇敢、坚强的武士，以这种方式战斗到了最后。

故事还有另外一个版本，敌人靠近弁庆后，发现这只是一个稻草人。弁庆通过这种方法为他挚爱的家主赢得了时间。他们一同逃往北方，把敌人远远甩在身后。

---

14 在义经投奔藤原秀衡不久，秀衡因病去世。他的继承者藤原泰衡屈服于源赖朝的威势，无视父亲保护义经的遗愿，派出五百骑兵袭击义经。义经的家臣全部阵亡，义经手刃妻女后自杀。

盆栽传奇

鉢 の 木 物 語

二十三 ——

他们围坐在地炉边，谈论过去的美好日子，互相讲些趣事来消磨时光。

很久以前，在后深草天皇[1]的统治时期，有一位名叫北条时赖[2]的著名执权[3]。在所有北条执权中，他是最聪明、最公正的，他的仁慈在百姓中家喻户晓。三十岁时，时赖辞去执权一职，让位于年仅六岁的儿子时宗[4]，之后在镰仓一座寺庙隐居多年。

但他时不时会听到一些关于官吏司法不公、残暴执法的传闻，便决定亲自弄清楚这一切是否属实。他毕生的愿望是看到国家得到智慧、公正的治理，无论贫富贵贱，赏罚一视

1 　后深草天皇（1243—1304），日本第八十九代天皇，1246 至 1260 年在位。

2 　北条时赖（1227—1263），日本镰仓时代镰仓幕府第五代执权。

3 　执权，镰仓幕府官职名，原为政所的辅佐官职，后来转为征夷大将军的政务佐理。初代执权为源赖朝的岳父北条时政，他确立了北条家在镰仓幕府中的权力地位，执权一职遂由北条家独占世袭。

4 　历史上，北条时赖并未直接将执权让与儿子时宗，而是先交由妻兄北条长时代理。1624 年，长时因病辞去执权职务并出家，由其叔父北条政村继任。1268 年，政村将执权交还给年满十八岁的时宗。

同仁。经过深思熟虑，他认为实现理想的最好办法是亲自体察民情。因此，他让人宣布自己已经死了，还假办了一场葬礼。由于他的地位崇高，葬礼办得非常隆重。然后他假扮成一个默默无闻的行脚僧离开镰仓。

在游历各地后，时赖来到了下野国[5]的佐野。此时正值隆冬时节，这一天，他碰上了一场暴风雪。附近没有可避风的房屋，他便爬上一座小山，但即使从这个高度看去，无论远近，他都没有看到人烟。他漫无目的地转了几个时辰，发现自己是在一个多山的地区。夜幕降临，他又累又饿，无奈之下只能选择在树下过夜。突然，他看见白色山坡上有一道扎眼的棕色，那是茅草屋的屋顶。他立马赶过去，敲响紧闭的雨户。

时赖听到屋里有人走动，然后脚步声来到玄关。雨户被推到一边，一个美丽的女人向外张望。

"我在暴风雪中迷了路，不知如何是好！您能否让我在贵处暂歇一晚？"时赖说。

女人从头到脚打量了时赖一番，说："很抱歉，虽然我也想给您提供方便，但我丈夫不在家，不能让您进来。您最好往前走到山本村，离这里很近，您能在那儿找到一家很好的客栈。"

"您说得没错，"时赖回应道，"可是，唉！我太累了，再也走不动了。可怜可怜我，让我睡在缘侧上或者仓库里吧。给我一个避风之处，我会感激不尽的。"

"真的很抱歉拒绝您，"女人回应道，"丈夫不在家，我不能收留陌生旅客。他如果在家，我们会很乐意收留您，让您住一晚的。您还是坚持走到下一个村庄吧。"

时赖被女人善良端庄的举止劝服了，他离开前鞠了一躬，

5 下野国，日本古代令制国之一，领域大约为现在的栃木县。

说："既然您今晚不能收留我，我就必须赶到山本村，别无他法了。"

于是，饥寒交迫的镰仓前任执权只得再次转身迎向恶劣天气。他按照女人指的方向，在雪地里吃力地走着。但是，唉！暴风雪越来越猛烈，雪越下越急，风呼啸着穿过白色的雪堆，在他脸上卷起一簇簇雪花。最后，他发现自己再也走不动了，就算用尽全身力气，也难以将一只脚挪到另一只脚前面，只能茫然无措地站在暴风雪中。正绝望的时候，他听到身后有个声音在叫他。

"停下！停下！"喊声起初模糊不清，后来渐渐接近，也更清楚了。

时赖好奇还有谁会在这样糟糕的天气里出来，于是朝喊声传来的方向转身，看见一个男人在招手叫他回去。

"您是在叫我吗？"时赖问。

"是啊，"男人回应道，"我是刚才那把您从茅屋撵走的女人的丈夫。很抱歉，刚才不在家，没能尽我所能招待您。请跟我回去。虽然我家只有小茅屋，但至少可以给您提供过夜的地方。您如果在暴风雪中继续走下去，会被冻死的。"

听到这番亲切话语，时赖非常高兴，在同这家主人回去的路上说了许多感谢的话。当他们走进玄关时，那个女人走上前来热情欢迎他，并为她之前的行为道歉。

"请原谅我刚才的无礼之言，"她深鞠一躬说，"现在我丈夫回来了，希望您能在寒舍过夜。请不要怪罪于我，因为您知道现在的风俗。"

"好心的夫人，不必提这些。"乔装成僧人的时赖回应道，"丈夫不在家时，您拒绝我入室是非常正确的。我佩服您的谨慎。"

就在时赖和女主人寒暄的时候，她的丈夫走进小客厅，在席子上摆好几张棉垫，然后走出来迎接客人。

"谢谢您。"时赖回应着，摘下落满雪的斗笠和蓑衣，脱下草履，进了屋子。

主人又转向客人说："您也看出来了，我们是穷苦人家，不能像富人那样给您提供丰盛的晚餐，只有粗茶淡饭。尽管如此，还是非常欢迎您。"

时赖深鞠一躬，说只要有食物能充饥，他就已经感激不尽了；他在寒风中走了一整天，清晨吃完早饭后就再也没有吃东西。

女主人在厨房里忙碌，因为差不多是日落时分。饭菜很快就准备好了。时赖注意到，碗里盛的不是稻米而是粟米，汤里连一星半点儿的鱼也没有，只有野菜。这位乔装的前任执权一生中从未吃过这样粗劣的食物，因为只有最穷的农民才吃粟米。但俗话说饥不择食，因此时赖惊奇地发现，摆在面前的东西让他吃得津津有味。他已经饿坏了，觉得从未吃过如此美味的食物。在很久以后，他还记得吃下第一口粟米时那种惊喜的感觉。根据日本习俗，在他们用餐时，女主人会在一旁侍候。

晚餐结束后，他们围坐在地炉边，谈论过去的美好日子，互相讲些趣事来消磨时光。时间过得很快，不知不觉已到午夜。因为疏于照看，炉火已经烧得很低了，他们冻得直哆嗦。主人转向柴筐，发现木炭和柴火都被烧完了。他站起来，不顾大雪和严寒走进庭园，从里面搬出三个盆栽。

"在这样的冬夜，旺火是招待旅者的必要条件。但是，唉！所有木炭都烧完了，家里没有多余的了。为了让您睡觉前暖暖身子，我要把这些树烧了！"

"什么！"时赖惊讶地说，他看出这些盆栽不是普通品种，且有些年头了，显然是有经验的园丁栽培的，"这些松、梅和樱的盆栽长得太好了，不能当柴火烧——它们都是精心栽培过的。不！不要！您千万不要为我把它们烧掉，它们太贵重了！"

"您不必忧心，"主人说，"我曾经很喜欢它们，那时我生活富足，有许多这样的珍贵盆栽。现在我已经倾家荡产，您说，活得这样可怜，这些盆栽对我有什么用呢？"说着，他开始砍那些盆栽，把树枝扔进炉火里，"如果它们会说话，我相信它们一定会说，很高兴能为您带来温暖，这是一个好归宿！"

时赖看着这个好心人砍掉他的盆栽，并添进炉火中。虽

（本图为佐野常世绘《教导立志基》）

然这所小小茅屋可以说家徒四壁，但他刚一踏入，就觉得这家主人并非普通农夫，肯定是家道中落了。

"我敢肯定，"时赖说，"您并非农民出身，我在您身上看到了武士的修养。您是否愿意告诉我您的本名？"

"唉，"主人回应道，"我没脸说。"

"您不必敷衍我，"时赖说，"我是真心想知道！告诉我您是谁吧。"

在如此诚恳的追问下，主人再也无法拒绝了。

"既然您诚心诚意地想知道我是谁，那我就毫无保留地告诉您，"主人回应道，"您猜对了，我其实不是农民，而是一名武士，名叫佐野源左卫门，讳名常世。"

"您真的是佐野源左卫门常世？我听说过你，知道您是一位身份尊贵的武士。您为何会落到这步田地？"

"唉，说来话长。"佐野回应道，"那是因为一个卑鄙狡诈的亲戚，他在我毫不知情的情况下一点一点地窃取我的财产，直到有一天我发现他把一切都拿走了。除了这处农舍和这块土地，我一无所有。"

"我为您感到难过，"时赖说，"可是您为什么不起诉那个亲戚呢？我相信您如果这么做，一定能夺回财产。"

"唉，是啊，我想过这一点。"佐野说，"可现在正碰上时赖执权去世，而他的继任者时宗还很幼小，朝政混乱，我觉得自己的诉求得不到回应，所以决定安于贫穷。我虽然像农民一样生活与劳作，但灵魂仍是武士的。一旦战争爆发或是听到参战的号令，我将第一个赶到镰仓——穿着我随时会裂开的破铠甲，拿着我生锈的薙刀，骑着我瘦弱得不像样的老马，再做一番光宗耀祖的事，以武士之道死去。我从未忘记过自己的抱负。"他抬头笑着看向听自己讲述的客人，愉快地补充道。

贰　武士之卷

"您的志向很了不起，称得上真正的武士。"时赖注视着佐野，微笑道，"我敢说，在不久的将来，您的人生会再上高峰。我相信我会在镰仓再见到您，并祝贺您达成心愿。"

就在他们谈话时，黑夜已过去，天开始破晓。此时雪已经停了，佐野和客人起身打开雨户，艳阳升起，照耀着银白的世界。

时赖披上蓑衣，戴好斗笠，说："谢谢您对我的好心款待。我要告辞了。既然暴风雪已经停止，我就不能再打扰您了。我得上路了！"

"哎呀，"佐野说，"您这么着急干吗？至少多在寒舍待一天吧。您在我心目中已不是陌生人了，而是朋友，我不愿意看着您这么快离开。"

"谢谢您，"时赖回应道，"但我必须抓紧时间了。不过我会带着坚定的信念离开，相信过不了多久，命运就会让我们再次相见。记住我的话。再见！"说着，时赖鞠了几躬，在玄关里转过身，踏入雪地之中。

时赖走后，佐野才想起忘了问这位过客的名字，他和妻子或许永远也不会知道这位相谈甚欢的陌生人是谁了。

次年春天，镰仓幕府发布了一则公告，号令所有武士在执权面前摆开战阵。听到消息的佐野源左卫门猜想一定是发生了非常事件，却想象不出究竟是什么。不过他作为一名武士，必须迅速响应召唤。对于在默默无闻和贫苦的环境中等待许久的他来说，这也许是一个可以证明其武士才能的机会。唯一让他沮丧的是他没有钱买一身新铠甲，也没有钱买一匹良马。然而他没有丝毫犹豫，就穿着一身破铠甲，手持一把锈薙刀，骑上一匹没有仆人侍候的瘦马，匆匆赶往镰仓。

到达镰仓后，佐野发现城里挤满了从各地赶来的武士。这里有数以千计杰出而显赫的武士，他们从头到脚都华丽无比，那是用金银点缀的铠甲、头盔和佩刀。这里有因出身和家庭而自豪的，有因地位和官阶而傲慢的，还有炫耀军功的。这里每一位武士的铠甲都由精致的铁片，以及朱红、翠绿、猩红、靛蓝或金色的丝线编织而成。每一位武士都穿着自己最喜欢的颜色，走在阳光下或来到树荫里，这支色彩绚丽的大军就像一条雍容华丽的锦缎之河。

当佐野披着他那套破铠甲，骑着那匹瘦马，穿过那群光鲜亮丽的武士时，他们都在嘲笑他和他的马。然而佐野并不在乎，他坚信自己同大多数武士一样优秀，这让他振作起来，反而暗笑他们的狂妄自大。

"这些人倒是披着精良的铠甲，"他自言自语道，"但他们失去了真正的武士之魂。他们的内心已经堕落，否则就不会如此炫耀外表。虽然我的铠甲不如他们，但就忠诚而言，我丝毫不比他们差。"

正当这些想法掠过脑海之时，佐野看见一位传令兵正在向那群欢乐的武士靠近。他骑着一匹披挂华丽的马，高举着印有执权家纹的旗帜。武士们左右分开，身上的铠甲和长刀叮当作响，给他让出一条路。他骑到武士们的队列中，大声喊道："执权召身披最破旧的铠甲、骑着最瘦弱的战马的武士觐见！"

听到这番话，佐野心想："这里除了我，没人身披破旧的铠甲。唉！长官肯定会斥责我竟敢以这样邋遢的形象应召。没办法，不管发生什么，我都要服从召唤——这是我的职责！"

于是，一身破甲的佐野心情沉重地跟随传令兵来到执权的府邸。传令兵通告：衣装最简陋的武士，佐野源左卫门已应召来觐见执权。

"我是这里最寒酸的武士，所以大人要见的不是别人，正是在下。"佐野一边说，一边向出来迎接他的家臣们鞠躬。

随后，佐野被领着穿过幽深的走廊和宽敞的房间。最后，领他进来的家臣跪在一间大屋外的光亮地板上，推开白障子，让他入内。佐野发现自己来到了英俊年幼的时宗执权面前。时宗头戴金角盔，铠甲上的铁片是用猩红色丝线串起来的。

这位年幼的执权向佐野鞠了一躬，以回应他的跪拜，然后说："你是武士佐野源左卫门常世吗？"

"是的，小人正是。"佐野答道。

"那么，"时宗回应道，"我得把你介绍给一个人！"他向一位侍者打了个手势。

紧接着，侍者推开一扇通向里屋的隔扇，露出了已被通告死去一年的执权北条时赖，他头戴白冠，铠甲外披着一件华丽的丝绸朝服。

佐野被自己遇到的奇异之事弄得不知所措，始终把脸贴在地上不敢抬起。他听到里屋传来铠甲的摩擦声，怀疑这是不是一场梦。

这时，一个声音响起："哎呀，佐野源左卫门——是你吗？我很久没见到你了！抬起头！不必害怕！你不认识我了吗？"

可怜的佐野立刻想起他以前听到过这个声音，终于鼓起勇气抬起头，望向那个与他说话的光彩夺目的身影。

佐野口中发出一声惊叫，因为他认出了同自己说话的人，正是一年前那场暴风雪中他招待过的僧人。

"您一定就是，"佐野停顿片刻继续说，"去年那场暴风雪之夜，在我家过夜的行脚僧，对吗？"

"是的，我就是那个僧人，也是执权北条时赖。"

"啊！"佐野惊呼一声，深鞠躬道，"请原谅我那天晚上对您的无礼，因为我不知道那位令人敬畏的客人是谁。"想到那晚的无礼之举，他心里充满恐慌。

前任执权又开口了，这次他郑重地说："佐野先生，你误会了，根本没必要道歉。还记得那天晚上暴风雪把我带到你家时，你对我说了什么吗？你告诉我，你虽然身处困境不得不像农民那样劳作，但只要遇到召唤，不管装备多么破旧，你都会响应号令，在死去之前，燃烧武士之魂再做一番光宗耀祖的事，以配得上你手中的刀！在此，我把你在佐野被不肖亲戚夺走的三十个村庄还给你。在那场可怕的暴风雪中，你为了让我舒适，烧掉了你珍贵的盆栽，那是你过去富足生活的最后纪念，你以为我已经忘记了你的善举吗？那火光直到今日还留在我的心中。为感激你在那个寒冷夜晚的盛情款待，作为回报，我将把上野国[6]的松井田庄送给你，这是对那棵松树的回报；加贺国的梅田庄则是对梅树的回报；至于樱树，你应该拥有越中国[7]的樱井庄。"

听见这些金玉般的话从仁慈的执权口中掉落，佐野觉得自己好像在做梦，这一切太出乎意料了。喜极而泣的他说不出话来。等他终于抬起头时，发现屋内只剩他一个人了，这才恍恍惚惚地走出执权府邸。他得到执权赏识的消息已经在外面传开，在他穿过武士们的队列时，之前嘲笑他的那些人此时都在向他优雅地微笑，恭敬地鞠躬。

于是，佐野源左卫门回到了上野国。这时的他已不再是一个穷苦农民，而是一位受执权青睐的领主。他以在逆境中的武士之道赢得了全体国民的尊敬。

所有人都为他的忠诚善良得到应有回报而欢喜，其中最欣慰的莫过于善良的时赖执权了。

---

6 上野国，日本古代令制国之一，领域大约为现在的群马县。

7 越中国，日本古代令制国之一，领域大约为现在的富山县。

寻刀

刀 を 探 す

去做一些配得上武士名号的事吧，然后我会把你召回来当我的侍从。

一

十郎兵卫很苦恼，除非他能弥补自己的过错，否则他守寡多年的老母亲是难以笑赴黄泉的。他知道，母亲和妻子由美每日都在神棚前为此祈祷。

等待许久，机会终于来了。各地的领主奉德川家康将军之命，一年中要有六个月居住在将军新建的都城江户。为此，一大群武士作为随从，陪同德岛大名前往江户，其中就包括大名的家老[1]——樱井主膳和小野田郡兵卫这俩死对头。

十郎兵卫像一条忠诚的看门狗，警觉地跟在主膳身后稍远的地方，生怕他在这个关键时刻从自己的视线中离开。对于卑鄙的郡兵卫来说，无论是声望还是在大名身边的地位，主膳都令他忌妒万分。多年来，郡兵卫一直在密谋取代主膳

---

1 家老，一个武士集团里地位最高的数位家臣，他们通过协商一致的原则，协助和管理集团内部的政治和经济事务。

的位置。十郎兵卫得知，凭借时刻保持的警惕心，主膳最近已经挫败了一些郡兵卫的阴谋。后者则发誓要立即展开报复。

当这一连串念头在十郎兵卫的脑中闪过时，他的灵魂开始燃烧起来。环绕在他身边的暴风骤雨，似乎与他内心汹涌澎湃的情感鸣奏在同一旋律上。

与以往任何时候相比，他都更有责任确保主膳万无一失。为此，他必须重新成为主膳的侍从。于是十郎兵卫下定决心，紧紧攥住伞柄，向前冲去。

就在这天，郡兵卫忌妒、愤怒和懊恼的情绪突然发作。他知道主膳在大名的府邸值班，可能会在夜幕降临后独自回家。于是，他命令三个手下埋伏在主膳家周围，企图在主膳回家的路上谋害他。

与此同时，十郎兵卫急匆匆赶到主膳家，在浓浓夜色中与埋伏在门外的刺客撞了个满怀。

"哪里逃！"刺客们怒气冲冲地嚷道，拔刀向他砍去。

十郎兵卫一听他们的声音，便立刻明白了自己的处境，随即喊道："你们是小野田的人！是来谋害我家主公的吗？"

"猜对了，我们就是为此而来的。"郡兵卫的手下回答道。

"你们杀了我吧，不要害我家主公。求求你们了。"

"我们是来找你家主人的，不过你的狗命也会一并取走。我可没有忘记七年前你是如何把我砍得遍体鳞伤的，我很有兴趣让你加倍偿还。"其中一个刺客恶狠狠地答道。

十郎兵卫跪倒在泥地上哀求："我不在乎你们让我怎么死，只求用我的性命换回主公的平安。恳求你们答应我吧。"

那个刺客没有答话，而是轻蔑地踢了他一脚。

十郎兵卫顿时怒火中烧，趁那人还没来得及把脚收回去，便一把死死抓住，如同被铸铁焊住一般，问道："那么你们是不打算答应我的请求了？"

"当然不！"刺客讥笑道。

十郎兵卫跳了起来，三个刺客拿起武器向他扑去。

暴风雨一阵猛过一阵。天河的闸门被打开了，雷声用沉闷的回响震动着大地，一条条张牙舞爪的银龙划破漆黑的天空，照亮了争斗者们的黑影和白色面庞，令刀刃上寒光闪烁。

十郎兵卫是一位身手不凡的剑客。他用高超凶猛的招式格挡，很快取得优势，攻击他的三个刺客则开始落于下风。没过多久，他们意识到自己敌不过强大的十郎兵卫，便转身

逃跑。但十郎兵卫的攻击更快更猛，且招招致命。有两个刺客来不及逃走，被砍倒在地，没过几分钟就断气了。

这时，暴风雨停歇了，乌云滚滚而去，只留下那广阔通透的天空。月亮射出银色的光辉，星星也闪烁着亮光。

十郎兵卫仰起喜气洋洋的脸，感谢众神赐予的胜利，让主公避免了一次生死危机。他觉得自己和由美所做的牺牲——离开故居、与他们的宝贝女儿和老母亲分别——并没有白费。他近来心神不宁，预感灾祸正威胁着主膳。这种预感已被证实，他阻止了郡兵卫的卑鄙企图。

此时，周围恢复了寂静，十郎兵卫的耳边传来了越来越近的脚步声。他转过身，在明亮的月光下，清楚地看见了心念的主公过桥的身影。

"噢，我的大人！是您吗？您平安吗？"

"是谁？"主膳吃惊地问，"啊，是十郎兵卫呀！你来这里干什么？"他注意到小路对面躺着两具死尸，厉声问道："这是什么意思？他们是你杀的？为什么？"

"他们是小野田派来的刺客，埋伏在此等您回来。我发现了他们，他们便袭击我。我杀掉了两个，可惜让另一个逃走了，懦夫！"

主膳反应过来，突然发出一声惊愕的喊叫。

"太可惜了，你怎么能在这个节骨眼儿杀了他们？"他沉思了几秒钟，凝视着想要谋害他的人的死相，"我认识这些刺客。我原先的目的是引诱他们到我这边来，然后劝服他们，让他们揭发小野田的罪行。"

十郎兵卫意识到自己犯了错，颓丧地跪在地上。

"下人的头脑是靠不住的，总会在不知不觉中做出错误的判断。"十郎兵卫懊恼地说，"我没有充分考虑这件事，唯一的想法是不惜一切代价救您的命。我杀死他们，铸成了大错。我今晚来这里，本来是要为从前的过错向您忏悔，这么多年来，那过错就像铐在我身上的沉重枷锁。杀这些人只是为了您的安危着想，恳请您原谅我的愚蠢，让我能以武士的身份死去。"

说着，十郎兵卫拔出短刀，准备切腹赎罪。

主膳一把抓住十郎兵卫的胳膊，拦住了他，说："现在不是寻死的时候，你的自杀将毫无意义。去做一些配得上武士名号的事吧，然后我会把你召回来当我的侍从。十郎兵卫，你生性莽撞，以后做事要三思而后行。"

"噢，大人，您真的原谅我了吗？您真的愿意宽恕犯下众多过错的我吗？"十郎兵卫松了一口气。

"当然。"主膳回应道，他知道主公和家仆之间的关系不会轻易割断，"你差点儿就因为自以为是的武士职责而丢掉性命。但无论如何，我都要赞扬这一点！我要告诉你的是，先等一等，直到你拥有真正的功绩。仔细听我接下来的话。"

"历代德岛大名都将他们最珍贵的传家宝——宝刀国次[2]托付给我们樱井家保管。然而就在去年年底，我在家里举行了一次宴会，招待了许多朋友。当大家都在一心一意侍候客人的时候，有盗贼进了屋子，把宝刀偷走了。

"我已经有了怀疑对象，但还没有证据。正当我考虑如何把这件盗窃案公之于众的时候，又遇到了一件麻烦事。

"据我所知，我们的死敌小野田正在策划一场谋害德岛大名阴谋，我必须把全部精力放在这里，要用非常巧妙的手段才能化解它，所以我现在无法在寻找宝刀的问题上分心。除了你，十郎兵卫，没有人能帮我完成这个重要的任务。如果你对我为你所做的一切心存感激，那就用你的生命，你的

2　国次，一位生活在镰仓时代末期的著名铸剑师的名字。

一切，去寻找那把丢失的宝刀吧。

"不能再浪费时间了！现在是一月，大名的生日是三月三日。每逢这喜庆的日子，宝刀都要被庄重地摆放在大名府中。那日宝刀若不出现，我定会蒙受极大的羞辱，我的家族也会遭受灭顶之灾。我在府里的职责使我无法去找寻它的下落，即使我可以自由地去寻找，也会埋下祸根，这正是我们的死敌郡兵卫所希望的。你现在是浪人，虽然没有了主人，但也没有了责任，无须维护外在形象。你不在我们中间，谁也不会感到难堪。所以我拜托你去将宝刀找回。如果你成功了，我会让你回到我的身边，就像从前一样。"

在这样的承诺下，主膳从腰带上取下佩剑，将其作为信物递给十郎兵卫。

十郎兵卫伸出双手，欣喜地接过它，虔诚地举到前额。

"您仁慈的话语深深打动了我，我就算粉身碎骨，也一定会找回宝刀。"

说罢，他开始检查死者，希望找到他们的钱袋。他在刚刚下定决心时，意识到寻找丢失的宝刀是急需用钱的。

"住手！"主膳责备道，"凡是不属你的，连一粒尘土也不要拿。"

"杀人劫财是武士的传统[3]，"十郎兵卫答道，"这自古以来就是武士的箴言。为了我的主公，我必将不择手段，甚至不惜成为强盗。为了表示我的决心，从现在起，我把名字改为银十郎。没有什么能阻止我去寻找宝刀，我会进入任何房屋，无论它们有多大、多宏伟。放心吧，大人，我会找到宝刀的。"

"够了！"主膳回应道，"你已经夺去了这两个人的性

3　这句话原文为"切り取り強盗は武士の習い"。

命——趁你还没有被抓住送去审判，赶紧逃走吧。"

"遵命，大人！在我找回宝刀之前，愿您一切顺利。"

"好，不必为我担心。你自己多保重，银十郎！"

十郎兵卫——应该改叫银十郎了——拜倒在主膳的脚下。

"告辞，大人！"

"再见！"

二

为了寻找丢失的宝刀，银十郎和妻子由美怀着坚不可摧的勇气，离开了江户。

然而，宝刀不是能轻易找到的。银十郎时刻保持着警觉，一天又一天地搜寻着，尽管一无所获，但他的热情丝毫未减。他下定决心，除非找回宝刀，否则绝不回去，毕竟那宝刀决定着他主公将来的命运。为了方便寻找，银十郎轮番扮演着海盗、盗贼和骗子的角色。封建时代的武士认为，只要是为了忠诚，任何手段都是正当的。他在寻找过程中遇到的困难足以使意志薄弱的人彻底气馁，却只会激起他的热情。

经过多次历险，以及千辛万苦逃脱官府追捕后，银十郎和由美终于来到了浪速城（今大阪）。为了便于搜寻，他们在城外租了一间小屋。银十郎在小屋会见了一位叫伊佐卫门的人，他效忠于樱井主膳的同僚——德岛大名的另一位家臣。

银十郎得知，德岛大名的一个同父异母的妹妹——他父亲与女仆的私生女，为了给贫困潦倒的母亲家筹钱，将自己卖身到一个声名狼藉的地方。她有一把小柄[4]作为出身高贵的证明，是父亲在她还是婴儿时送给她的。伊佐卫门发现了她

---

4 小柄，日本刀的附属品，是一种能插在刀鞘内侧的小刀。

的高贵身份，侠肝义胆地跟随着她。为了给这个不幸的女人赎身，他从一个叫豚六的人那里借了一笔钱。豚六是一个冷漠无情的卑鄙小人，不断地借债务问题骚扰、迫害伊佐卫门。银十郎为豚六对待他同门的态度感到愤怒，于是慷慨地承担了所有债务。然而此时债务已经到期，这笔钱必须还上。银十郎清楚地意识到，在天黑之前，他必须通过某种方式筹措资金，以满足贪婪的债主，否则自己和伊佐卫门都将为拖欠债务而吃苦头。

智穷才尽的银十郎一大早就出门了，留下由美一人在家。

他走后不久，家里收到一封信。那遥远的年代当然没有平常的邮政服务，只有紧急消息才会由信使传送。因此，寄来的信常被看作某种灾难的预兆。由美惴惴不安地撕开信封，发现自己的恐惧得到了证实——那是丈夫的追随者发出的警告。信中说同心[5]发现了他与同伴的密会地点，一些人已经被捕，其他人则设法逃脱了；与力也在追捕银十郎，请他赶快逃到安全的地方。

这个消息让由美很苦恼。"虽然我的夫君薪俸微薄，但他生来就是个武士。他之所以落到如此地步，是因为他将找回宝刀国次立为最大的心愿，忠诚让他必须时刻准备着为主公牺牲自己。但是，如果还没有找到宝刀，他就因为在寻找过程中犯下的罪行而被人发觉，那么他多年的流亡、贫困和苦难都将付诸东流。这真是让人痛心！不但如此，他的高尚品德会被人遗忘，甚至在死后被骂为强盗和罪犯。真是可悲的耻辱！噢，不，不可以！"

为了排解心中的忧愁，她转向墙角——那里立着一个供奉观音菩萨的小佛龛。她跪下去，怀着最后一线希望真诚祈

5　同心，日本江户幕府的下级官吏，负责町内的行政、司法、治安事务，相当于现在的警察。下文的"与力"相当于警长。

祷，愿大慈大悲的观音菩萨能保佑丈夫平安，直到他的任务完成，将宝刀安全地送回它高贵的主人那里。

就在她跪在神龛前时，一曲由孩童的甜美高音吟唱的梵音飘进了房间。

> 补陀洛[6]呀！
> 拍岸的波涛
> 是三熊野[7]中
> 那智[8]灵山里
> 鸣响的激流[9]

由美起身走到屋外，想知道是谁在唱歌。一个大约九岁的小女孩站在玄关处，肩上挂着一个朝圣者用的包袱。她又唱道：

> 离开故乡
> 千里迢迢来到这
> 纪三井寺[10]
> 花之都

6　补陀洛，梵文 Potalaka 的音译，亦译作补怛洛伽、普陀洛迦等，简称普陀，是观音菩萨的道场。日本和歌山县那智胜浦町有天台宗寺院补陀洛山寺，供奉千手千眼观音。

7　三熊野，即熊野三山，指位于和歌山县的熊野本宫大社、熊野速玉大社、熊野那智大社三座神社，以及青岸渡寺、补陀洛山寺两座寺院。

8　那智，即那智山，是那智胜浦町东北部内陆一带的群山总称，是观音菩萨的道场，山中有著名的修行圣地那智瀑布。这首歌中的"激流"指的就是那智瀑布。

9　这首歌原文为"補陀洛や　岸打つ波は　三熊野の　那智のお山に　ひびく滝津瀬"，是青岸渡寺的赞歌。

10　纪三井寺，日本和歌山县和歌山市的寺院，供奉十一面观音。

也在近旁[11]

小女孩看到有人出来，便停止了歌唱，可怜兮兮地说："发发善心，给一个可怜的小朝圣者一些施舍吧。"

"可爱的小朝圣者，我很乐意为你布施。"由美将几枚钱币放进一张折好的纸里，递给了她。

"衷心感谢您！"小女孩感激地回应。从说话的口吻来看，尽管小女孩穿着旅人的脏衣服，风尘仆仆的，但她显然不是普通的乞丐，而是一个美丽的、出身高贵的孩子。她皮肤白皙，眼睛清澈明亮，乱蓬蓬的头发又长又黑。朝圣的艰辛在孩子身上留下了印记，她很瘦，看起来很疲惫。由美的思绪回到了七年前，那时她和丈夫跟随主人樱井主膳来到江户，她不得不把幼小的女儿留在老家。

不知为何，眼前小女孩的苦境触动了由美的心弦，令她悲伤地想起自己的女儿——在那么遥远的年月，在那么小的年纪，她就失去了母亲的关爱——现在她的年龄和个子会不会和这个小朝圣者差不多呢？

"可爱的孩子，"由美说，"我猜你是和爹娘一起旅行的，能告诉我你们是从哪里来的吗？"

"我的家乡是阿波国的德岛。"小女孩回答道。

"什么？"由美喊道，"你是说德岛吗？那也是我出生的地方！能听到我的出生之地，真让我激动。所以你是在和爹娘一起朝圣吗？"

由美的疑问是合乎情理的，因为佛教朝圣者要在全国各地的寺庙间漂泊，朝拜他们信仰的佛祖和守护神。从位于四国岛的德岛到浪速城有一段漫长的距离，一个年纪这么小的孩子，不可能独自踏上这艰辛的路途。

11　这首歌原文为"ふるさとを　はるばるここに　紀三井寺　花の都も　近くなるらん"，是紀三井寺的赞歌。

然而小女孩摇了摇头，用一种凄凉的口吻回答说："不，我已经有七年没见过爹娘了。我离开在阿波的家，开始这漫长的朝圣之旅，完全是为了寻找他们。"

听到这些话，由美心里变得躁动不安——说不定这孩子就是自己的女儿呢！她靠近那个小朝圣者，急切地打量着她的脸，问道："你为什么要踏上这朝圣之路去寻找爹娘呢？能告诉我他们叫什么吗？"

"我才两岁时，爹娘就离开了家乡，我是由奶奶一手带大的。自从爹娘跟随我们的领主到江户以后，我有好几个月没有他们的消息了。他们似乎已经离开了江户，但没有人知道他们去了哪里。我正在四处寻找他们，我唯一的愿望就是今生能再看看他们的脸。我爹叫十郎兵卫，我娘叫由美。"

"什么？你爹叫十郎兵卫，你娘叫由美？你两岁的时候他们就和你分开了，你是由奶奶带大的吗？"

哦！没有什么可怀疑的了。一定是菩萨指引着这位小朝圣者流浪的脚步，因为这的确是她的女儿，是她婚后唯一的花朵。由美越是仔细地观察这个孩子，越是坚定这个想法。终于，她热切的目光中出现了能证明女孩身份的毋庸置疑的证据——额头高处的一颗小痣。

这位可怜的母亲几乎要哭出来了，她在心里惊呼："噢！你真的是我的女儿，阿鹤！"但经过一番痛苦的挣扎，她意识到这样的相认对孩子来说意味着什么。

"谁知道呢！"由美暗想，"我和夫君随时可能被捕，我已经做好了最坏的打算，但如果我把我的身份告诉阿鹤，她也必然会和我们一起遭罪。为了她的幸福，我不能告诉她真相。让她走吧，否则她就会陷入数不清的麻烦和耻辱之中。"

古时候的刑律规定，父母的罪行会牵连无辜的孩子，让他们遭受同样的刑罚。爱使由美的思路清晰起来，她立刻想起了正向他们逼近的危机和无情的律令。出于母亲的本能，她不由自主地张开双臂，想把女儿抱在怀里，但很快控制住了自己的情绪，平静地说：

"哦，是这样啊，我明白了。对于你这么年少的人来说，走的路已经很长很长了。你能独自徒步如此漫长的距离，真是太令人惊叹了。你的孝心太珍贵了，你的爹娘如果知道这些，肯定会喜极而泣。但是，在这个悲惨的世界上，诸事并非总如我们所愿，人生亦非如人心所愿，唉！你说你的爹娘不得不离开你。可是，你是他们的小宝贝，为了你，他们会甘愿牺牲自己的灵魂和肉体。可怜的孩子，他们一定是有什么非常急迫的事情才会离开你。你不能因此而感伤，也不能因此而怨恨他们。"

"我不会的，"小女孩答道，"即使做梦也不会这么想。我从来没有怨恨过爹娘，哪怕是一瞬间，因为他们并不是有意要抛弃我。可是，在我还是个婴儿的时候，他们就离开了我，我连他们的长相都不记得。每当我看到其他孩子被他们的娘亲珍爱、照料时，我就忍不住羡慕他们。从我记事起，我就一直渴望和祈祷，希望能与娘亲团聚，像其他孩子那样知道被爱、被珍视的感觉！唉，一想到可能再也见不到她，我就非常难过。"

这个孤零零的女孩一边哭，一边倾吐着内心深处的悲伤，眼泪止不住地滚落下来。

由美觉得自己的心都快碎了，然而当她回答时，母亲的心让她仿佛变成了残忍的怪物：

"今世的因缘里，没有什么比得上爹娘与儿女的关系。但儿女往往会失去爹娘，有时也会白发人送黑发人。这个世界就是这样。就像我刚才说的，心愿是很难满足的。你正在寻找爹娘，可是你甚至认不出他们的长相，完全不知道他们的下落。除非你能找到他们，否则这次朝圣的所有辛苦都将白费，但找到他们几乎是不可能的。听我的劝，不要再寻亲了，赶紧回家乡吧。"

"不，为了我深爱的爹娘，"女孩倔强地说，"如果有必要，我会用一生去寻找他们。不过，我在朝圣之旅中最苦恼的，是没有人愿意给我提供过夜的地方，因此我不得不睡在田野或者山坡上。我有时候会在屋檐下寻找一个勉强容身的地方，但也常常被人一顿痛打赶走。每当遭遇这些可怕的事情，我都会忍不住想，如果爹娘和我在一起，我就不会被这样无情地对待。唉，得有人告诉我他们在哪儿才行！我好想见到他们……好想……"可怜的小女孩突然大哭起来。

惆怅的母亲在爱与责任之间左右为难。她一时间失去了理智，不顾一切地把女儿紧紧搂在怀里。

她几乎要喊出来："可怜的傻孩子，我不能让你走！看着我，我是你娘啊！你能找到我，这难道不是菩萨显灵吗？"

然而，她只是默默嚅动着嘴唇，因为她不敢让孩子知道真相。她自己已经做好了接受任何命运的准备，无论多么痛苦，但必须保护好无辜的女儿，使她免受父母的连累。在这个决心的鼓舞下，这位坚毅的母亲恢复了理智，竭力克制住那几乎逼得她不顾一切暴露身份的强烈冲动。

她紧紧地把那小小身躯抱在胸前，温柔地说：

"我刚才认真听了你的故事，你的烦恼似乎感染了我，让我对你的悲惨境遇感到非常痛心和同情。然而，'有命才有一切'[12]，不要绝望，也许有一天你会和爹娘团圆。可是，如果你继续这场朝圣之旅，你的身体肯定会被将要经历的艰辛和劳累摧垮。对你来说，回到奶奶家总比你茫然地、毫无

12　原文为"命あっての物種"。

希望地寻找好得多。也许过不了多久，你的爹娘就会回家看你了。听我的没错，就算我求你了，赶紧回家吧，在家耐心等他们回来。"

于是，由美装出一副陌生人的样子，同时把母亲所能想到的一切都嘱托给她的亲生骨肉。但母性是掩盖不住的，尽管她自己并没有意识到，但一种爱与渴望的兴奋在她的声音和举止中激荡着，传递到了女孩的心里。

"真的很感谢您。看到您为我哭泣，我觉得您仿佛是我的亲娘。我不想离开这里了。"女孩用恳求的语气说，"求求您，让我和您在一起吧。自从我离开家，没有人像您这样对我好。不要赶我走。只要能让我留下来，我保证听您的话。"

"你想用你悲伤的话语让我落泪吗？"由美只能结结巴巴地说，她激动得声音都嘶哑了。片刻之后，她又说："我已经告诉过你了，我觉得你真的就像我的亲生女儿，我一直在想，是否有可能把你留在身边。但这是不可能的，我能告诉你的就是你不能留在这里，这是为你好。我希望你能充分理解，马上回家。"

由美说完这番话，就急冲冲地跑到里屋，从她的小钱匣里拿出全部银钱，交给女孩说：

"虽然你是在孤独无助的情况下旅行的，但你只要付钱，总能找到愿意提供住宿的人。拿着吧，虽然不多，但请接受我的心意。尽你所能利用这些钱，不要耽搁，赶紧回家乡。"

"您的好意让我很开心，不过就钱财来说，我有不少小判 [13]。我要走了，再次感谢您对我的帮助。"女孩伤心地回应着，同时摆手谢绝了由美的资助。

"就算你有不少钱，也带上这些作为我们相遇的纪念吧。

---

13 小判，一种江户时代流通的金币。

唉，你永远不会知道与你分别让我多么伤心，可怜的小家伙！"

由美弯下腰来，掸去女孩裙摆上的尘土。

"哎呀，你可不要认为是我想让你走……你的小脸蛋使我想起了一个人，一个我世上最珍爱的人，一个我可能再也见不到的人。"

炽热的母爱占据了由美的心，她把这个可怜的小女孩紧紧抱在怀里。小女孩依偎在自己的生母怀里，想的却是自己不过是一个陌生人，只是因苦难的经历唤起了这个女人的怜爱之心。

然而，女孩的善良天性在心中翻腾，一想到要离开这位新朋友，她就受不了。但是，既然她不可能和这个善良的女人待在一起，就只得离开了。她慢慢地、不情愿地从玄关走出来，一次又一次若有所思地回头望向那张和蔼可亲的脸。她一边沿着尘土飞扬的道路继续走，一边低声祈祷："唉，我能找到爹娘吗？大慈大悲的观音菩萨，恳求您听听我的祈祷！"她又唱起了赞歌，颤抖的声音因为希望而变得更响亮。

> 父亲母亲
> 恩情深厚
> 粉河寺 [14] 亦然
> 佛祖誓言
> 供人以身栖 [15]

此时，最后的晚霞已从天空退去，由美站在门口，用悲伤的目光追随着那个可怜的小身影，看着她消失在未知的道

14　粉河寺，和歌山县纪之川市的寺院，供奉千手千眼观音。

15　这首歌原文为"父母の 恵みも深き 粉河寺 ほとけの誓ひ たのもしの身や"，是粉河寺的赞歌。

路上，消失在渐浓的暮色中。在她听来，那首充满信念与希望的小曲就像一种嘲弄，她痛苦地用袖子捂住脸，抽泣着说：

"孩子——我的孩子——再回头让我看看你的脸吧！你漂泊的脚步，从遥远的海的那边，从遥远的山的那边，被引到这久违的避风港，真是个奇迹。啊！可我竟然会无情地把

贰　武士之卷

你赶走！我们前世的因缘一定有什么问题！这是报应啊！这一定是对我的罪业的惩罚！"

她断断续续地说出这些令她饱受折磨的想法，觉得自己的悲伤完全溢出来了。她的脑海里清晰地浮现出几年前离开故居、与她的小宝贝分别的苦痛，以及自丈夫被罢黜以来他们所遭受的不幸和贫困；数月徒劳地寻找那把丢失的宝刀的疲惫和失望；被残酷的环境驱逐出家乡、无法为家主效力的流亡者的乡愁；如今落到丈夫头上的耻辱……过去积累的所有痛苦都因必不可少的麻醉品——日日肩负的重担，以及被追捕生涯中不断出现的困难和危险而掩盖起来。所有这些残酷的景象，再度如幽灵般萦绕着这个不幸的女人。方才母爱被持续压抑的苦楚，使她更加敏感，无论是穿透未来阴云的希望之箭，还是逆来顺受的盾牌，都再也不能在这悲戚的时刻保护她了。突然，一个新决意促使她采取行动。"我再也忍受不了啦！"她疯狂地喊道，"如果我们现在分别，可能就再也无法相见了。我不能让她走！或许还有逃离劫难的办法。我必须找到她，把她带回来。"

她急忙卷起衣服的下摆，冲到稻田边长满黑色怪松的路上。夜风在重重枝丫间呜咽，使它们摇来晃去。在她的狂想中，这些树枝似乎在警告她折回去，并用凶相示意她后退。她沿着这条荒凉的小路不停奔跑，跑进幽暗的远景，而她的女儿就消失在后面的黑暗中……

三

就在银十郎闷闷不乐地往家赶的时候，寺庙响起了入夜的钟声，为伊佐卫门偿还债务而筹钱的所有尝试都失败了。他知道豚六是那种会无情报复的人，心情沮丧到了极点。

忽然，他看到一群乞丐围着一个朝圣者打扮的小女孩。乞丐们把她当作能轻易捕获的猎物，正在折磨这个可怜的小旅人，想抢她钱袋里的东西。但小女孩勇敢地保护着自己，以强大的意志抵抗他们的袭击。

看到这种情况，银十郎立即拿棍子赶走了乞丐。然后，为了避免小女孩被乞丐寻仇，银十郎拉着她的手，带她回了小屋。

哎呀！真是致命的灾难，他们选了与由美不同的路。

他们刚走到玄关，银十郎便喊起来："由美啊，我回来了！"

出乎他的意料，屋里没有人回应。他急忙走进来，发现屋里空无一人，一片漆黑。

"屋里怎么没人？都这时候了，由美还能去哪儿呢？"他一边嘟囔着，一边摸索着穿过房间，点亮那盏立着的灯笼。

借着暗淡的灯光，沮丧疲惫的银十郎心不在焉地瘫坐在席子上，严肃地考虑着他和妻子陷入的绝境：似乎已经到绝路了。他很清楚，敌人是不会宽恕他的，除非晚上能筹到一些钱。突然，他脑中闪过一个念头，示意那个小朝圣者靠近些。

"孩子，过来！那些无赖——我从他们手下救了你，他们是想抢你的钱袋吧。告诉我，你带了很多钱吗？"

"是的，我带了，是几位好心人给我的。"女孩回答道。

"给我看看你有多少钱？"

女孩拿出一个小包，不情愿地掏出几枚铜板。

"孩子，这就是你的全部家当吗？"他急不可耐地追问。

"不是，我还有好几枚小判呢。"女孩回答道，幼稚的想法让她夸大了数目。

"哦，真的，这么说你有很多小判？"银十郎沉思了几分钟。这真是一个意想不到的机会，可以用来满足豚六的贪欲。"让我来帮你保管小判吧，你带着它们上路太不安全了。"

说着，银十郎向她伸出了手。

"不行！"女孩断然摇头拒绝道，"奶奶临终时要我诚心诚意地向她保证，永远不要把钱给任何人看，因为它是和一件非常珍贵的东西绑在一起的。我不能把袋子给任何人看。"

银十郎料定，这孩子带的钱能让他从接手的债务中解脱出来，于是试图吓唬她，好让她把钱交出来。但她坚决地拒绝了，站起身来，想要摆脱逼迫她的人。

"哎呀，我再也不要在这儿待着了。你吓唬我！"她一边喊，一边向玄关走去。

银十郎唯恐最后的希望就此落空，一把抓住女孩的衣领。

"啊，啊，救命，救命啊！"女孩惊恐地大声尖叫。

"别喊，太吵啦！"银十郎恼羞成怒地吼道。他怕邻居们会无意中听到孩子的哭声，便用手捂住她的嘴，试图粗暴地阻止她的尖叫。

不幸的女孩使出浑身力气，拼命地想挣脱出去，如同一只被诱捕的鸟在网里扑腾。过了一会儿，她挣扎的劲头弱了下去，整个人变得安静了。

银十郎试图与她沟通，但没有松开手："没什么好害怕的！事实上，我急需一笔钱。我不知道你究竟有多少钱，不过，借给我几天吧。这段时间你就安静地待在这里。我会带你去拜访观音寺，我们每天都会去附近城市看风景，消遣游玩。别害怕，像个乖孩子一样，把你所有的钱都借给我吧。"

他一松手，女孩就倒在地上。

"你怎么了？"银十郎问道，焦急地俯身去看她小小的身体。

没有回应。她静静地躺着，一动不动，没有丝毫生命迹象。

"啊，哎呀！"银十郎喊道。他以为女孩昏过去了，就去端来水，洒在她苍白的脸上，试着从她紧闭的双唇间灌进几滴，然而连一丝反应也没有。

女孩躺在他面前死去了。朝圣之旅的艰辛与劳累使她疲惫不堪，她日渐衰弱的力气在最后一次挣扎中被耗尽了，就像狂风里的微弱火苗，摇摇曳曳地熄灭了。人世间的不幸被抛在身后，这个勇敢的小小灵魂已经踏上了去往冥途的漫长旅程。

银十郎完全慌了神。在那悲惨的时刻，他不知道该怎么办。然而，他听到了妻子回来的脚步声，急忙把尸体挪到房间的一边，用被子盖上。

由美忐忑不安地走进房间。

"哎呀，快帮我找找她，快帮帮我！今天下午你出去的时候，菩萨显灵了！除了我们自己的孩子阿鹤，还有谁会到这里来找我们呢？我多么渴望向她吐露心声啊，可怜的小家伙！可是，我知道万一我们被捕了，她肯定会被连累，我不得不在没有告诉她我是她娘的情况下把她送走。她走后，我一想到可能再也见不到她，就受不了啦，赶紧追着她跑，可是她不见了！她不可能走远，所以我回来找你。我们一起去找她吧。"

银十郎被这个晴天霹雳般的消息惊得目瞪口呆。他站起身来，仿佛已经准备好要冲进黑夜了。

"她作何打扮？穿着什么样的衣服？"他急匆匆地问。

"她穿着一件长袖长袍，上面印着鲜艳的春花图案，肩上挂着一个朝圣者的包袱。"

"她挂着朝圣者的包袱！"银十郎绝望地重复着，身上传来一阵恶寒。一个可怕的事实在他脑子里闪过，他意识到他杀死了自己的孩子！

由美对丈夫的犹豫感到奇怪，准备重新出发。"你不用去找我们的孩子，"银十郎声音沙哑地咕哝着，"她已经在这里了！”

“她回来了吗？”由美兴奋地喊道，“告诉我她在哪儿。”

“她就躺在那床被子下。”他指着尸体躺着的地方说。

由美赶忙穿过房间，掀开被子。“我的孩子！哦，我的孩子！终于，我终于可以这么叫你了！”她跪在地上，喜极而泣。

由美久久地、温柔地注视着那个趴在她面前的女孩。但奇怪的是，女孩的衣服没有解开，沉重的包袱也没有从疲惫的肩膀上取下来，小小的身子一动不动、毫无生气。由美摸了摸她的手，发现是冰凉的。她惊慌失措地把耳朵贴在女孩的胸膛上，却发现她的担忧得到了证实。

“啊——”由美恸哭道，“她死了！死了！”

她深深地震惊了，以至于眼泪都流不出来。

她转向丈夫，喘着粗气心乱如麻地问：“你一定知道她是怎么死的。告诉我！”

神情恍惚的银十郎尽可能详细讲述了这个灾难般的傍晚所发生的一切，最后说：“我用手捂住她的嘴，不让她大喊大叫，一松手她就倒在了地上。我没有想要杀她，也同情这个可怜不幸的女孩，虽然我不知道她是我的小阿鹤。我杀了我们的孩子，这一定是前世所犯罪业的恶果，唉！饶恕我吧，由美！饶恕我吧！”他绝望地失声痛哭。

“是你，她的亲爹，杀了她吗？”由美惊恐地喊道。

“啊，我的孩子——”她抽泣着，“这都是你的命啊，让你来找这样残忍的、不近人情的爹娘。当你告诉我你在寻找爹娘的路上遭受的艰辛时，我真是如万箭穿心般悲痛。当我忍耐着不让你知道我是谁的时候，我觉得我的心都要碎了。要是我把你留在这儿，惨剧就不会发生。都怪我把你赶走，才让这灾祸降临到我们头上。原谅我，啊，原谅我！阿鹤——”痛苦的母亲把死去的女儿抱在怀里摇来摇去。

"说什么都没用了。人死不能复生。要是我不知道她有那么多钱，可以帮我摆脱这场危机，悲剧就不会发生了。钱财真是万恶之源！"他一边时断时续地说着，一边从孩子衣服的褶裥里拿出钱袋。打开袋子，只露出来三两[16]金币。

"这数目真是少得可怜啊！这就是全部了吗？我错以为她带了很多钱。这一定是我前世恶行的报应。"

他的手继续在袋子里摸索，然后发现了一封信。他把信抽出来，念了起来：

"十郎兵卫及夫人亲启！"

"啊！这是我娘的笔迹！"

银十郎把信封撕开，信中写道：

"自从你们离开家的那天起，我们都在挂念着对方。这是父母与孩子之间的真情，所以我就不多写了。我只想告诉你写这封信的真正原因。

"据我所知，是小野田郡兵卫盗走了宝刀。我想要立刻得到此事的确凿证据，但转念一想，贸然行动可能会打草惊蛇。

"因此，我打算找到你们，让十郎去办这件事，于是我和阿鹤开始为这次旅行做准备。在临行之前，我突然得了绝症，不得不放弃动身去找你们的念头。取而代之，我写了这封信。你们一收到信就要马上回家。

"让宝刀物归原主，十郎就能博得晋升。我将在花草之下等待这一刻。"

"噢，"银十郎惊呼道，"原来是郡兵卫偷了宝刀。谢天谢地，我娘发现了这个重要线索。可我一想到再也无法对娘尽孝，心口就像挨了一记重锤。"

16　两，日文写作"両"，江户时代的金币单位。

由美从他手里接过信，继续大声读着：

"我现在最担心的是孤独无助的小阿鹤，她即将独自踏上旅程。如果她在菩萨的慈悲和帮助下平安到达你和由美的身边，你们一定要体贴用心地把她抚养成人。她是一个聪明的孩子，擅长针线活儿，能熟练地缝制绉布和丝绸的长袍，写字、弹琴也学得有模有样。我自己煞费苦心地教她，并以她为荣。你们要给她展示才艺的机会，好好夸奖她。

"她带着我为她找的药。一旦她感到不适，你们要立刻给她吃药。虽然啰里啰唆是令人厌烦的，但我再次求你们照顾好我宝贵的孙女。"

由美读不下去了，痛哭起来。

就在此刻，心狠手辣的豚六发现银十郎没有依照约定还清伊佐卫门的债务，火冒三丈。他知道官府已准备好随时抓捕银十郎，便恶毒地去告发了他的下落。

就在夫妻二人读完那封重要的信的时候，同心们带着巨大的嘈杂声、叫喊声和喧闹声来到屋外。

银十郎和由美抓住这片刻时间，抱着阿鹤的尸体，迅速躲进了密室。

同心进到屋里，随之而来的是一片混乱。他们自信能找到藏在橱柜里的猎物，于是拆毁了墙壁、隔扇、天花板，甚至是供奉观音的小佛龛。

转眼间，银十郎已经振作起来，准备进行一场殊死搏斗。他宁可战死，也不愿在完成寻找宝刀的使命之前被抓住。他如旋风般冲进敌人所在的屋子，在他们面前连续冲杀；又如狂怒的恶魔般攻向他们，猛砍每一个试图还击的人。

他奋不顾身地猛攻是那么可怕，劈砍的位置也是那么熟练精准，如有神通一般。他的对手们如同被猎物粗暴地撕碎蛛网的蜘蛛，吓得肝胆俱裂，纷纷夺路而逃，四散而去。

"趁现在，我们赶紧逃吧！"由美喊道。

两人随即从残破不堪的屋子里跑出来。

"我们忘了阿鹤啦！"银十郎上气不接下气地低声说。

"她再也不用我们操心了，再也不会遭受这个世界的苦难了。我们走之前把她葬在这里吧。"

他们急忙往回走，再次进到屋子里，拾起四散的木头，把它们堆在那小小的尸体上。他们花了一会儿工夫点燃木堆——这是他们唯一的选择，避免心爱的女儿遭受他人亵渎。

木头噼噼啪啪地燃烧起来，银十郎和由美并肩站立，看着熊熊烈火，双手合十，为逝去的灵魂祈祷。

四

春回大地，德岛城樱花盛开。三月二日到了，心怀邪念的小野田郡兵卫暗自欣喜，因为他让对手蒙羞的计划成功了。一旦樱井主膳离开仕途，自己的晋升将是毫无疑问的。明天，主膳必须把宝刀国次带到大名府邸，放在大名面前。拿不出宝刀的主膳必然会被怀疑监守自盗，而后被革职。

郡兵卫得意扬扬地阔步走在通往城西神社的路上，他那阴险的面容松弛下来，露出奸笑。

两个侍从恭敬地跟在他身后。

当他来到神殿外时，一个侍从急匆匆地赶来说："大人，您一直提防的十郎兵卫就在附近的茶馆，我刚才认出他了，听说他现在改名叫银十郎了。我们接下来该怎么办？"

"很好！"他的主人说，"你做得很好。我们先藏起来，他一起身离开，我们就冲上去捉拿他。"

不久，银十郎从茶馆走出来。他满脑子想的是必须在明天，也就是三月三日之前把宝刀夺回来。

当他心不在焉地向前走时，埋伏的敌人突然从背后向他扑来。多年来艰苦的浪人生涯让他磨炼出非凡的力量，在扭打中，他不出几回合就取得了胜利。

目睹了这场较量的郡兵卫拔出了刀。

银十郎注意到他的动作，抓住郡兵卫的一个手下，把他当作盾牌来抵挡攻击。

争斗的消息很快传到了主膳那里，他立即赶往现场，然后一下子认出了银十郎。他厉声喝道："你怎么敢攻击这位大人？立即束手就擒。"随后他转向郡兵卫，"让我来逮捕他，收起你的刀吧。"

银十郎知道这是他主人的策略，就顺从地让自己被绑了起来。随后，主膳把银十郎交给了郡兵卫，郡兵卫又把他交给手下，并吩咐他们把他押回家中。

郡兵卫为银十郎落在自己手中而欣喜。他命人把银十郎捆在内院的一棵树上，自己则站在树前嘲弄他。

"哟，十郎兵卫——要不我也叫你银十郎，我可是有一笔账要找你算的。三个月前，你为什么要杀害我的两个手下？"

"因为他们要谋害我家主公。"银十郎回答道。

"真是这样吗？我料想你就是偷宝刀的人，你家主人要为此承担责任了——哈，哈，哈！你是盗贼，你们一定共谋偷走了宝刀——承认吧！"

"对于我，你想说什么都行，不过你是在诬蔑樱井大人。而且，你是如何知道宝刀被盗的？"

郡兵卫和他的手下恼羞成怒，把他们带鞘的刀插到捆着十郎兵卫的绳子下面，一圈又一圈地转动着刀，挤压着他的肉，使受刑者遭受严酷的折磨。

话说，贵子——大名同父异母的妹妹、父亲的私生女——在银十郎的帮助下，被伊佐卫门从臭名昭著的地方救了出来，收留在樱井家。郡兵卫在樱井家偶然看到了贵子，于是疯狂地迷恋上她的美貌，打算让她做自己的小妾。有一天，趁主膳不在，郡兵卫派亲随土手付把她掳走了。

郡兵卫不知道贵子出身高贵，认为她是自己可以随意捉弄的猎物，否则绝不敢这么做。

贵子被软禁在郡兵卫家里，被迫面对他那无耻的求爱，不过到目前为止，她都设法拒绝了。她知道丢失宝刀的内情，计划利用现在这个机会，想办法拿到它。

贵子听到喧闹声，便打开障子，急切地朝发出声音的方向望去，然后认出了这个被绑着的人正是银十郎。想到自己能从悲惨的过去解脱出来，都要归功于他侠义地慷慨解囊，贵子的脑子里便闪过一个念头——假认银十郎是她的兄长。这种伪装的关系能为他们了解宝刀的事情以及脱困提供便利条件。她急匆匆走到缘侧边，真切地望着银十郎，哀怨地喊出来："哎呀！他是我的哥哥！啊！我可怜的哥哥！"

"真有趣啊！"郡兵卫奚落道，"你们真的是兄妹吗？"

贵子恳求郡兵卫放了银十郎。

"只要你听我的话，我就放了他。"郡兵卫回应道，贵子对他求爱的拒绝使他的欲火烧得更旺了，"不过，你若拒绝服从我，我就用水火之刑折磨他。"

贵子举着衣袖掩面而泣："你还算是个武士吗？你不知道同情，不知道怜悯吗？受不了啦！我实在不忍心看！"

"这说的是你自己吧，既不知道同情我，也不知道同情你哥哥。我跟你定了条件，你哥哥的命运完全取决于你。接受我的爱，你们就会获得自由。"

"这种事不能由我自己决定，我必须和哥哥商量一下。"

"那好吧，"郡兵卫回答道，"如果你不能自己定夺，那就和你哥哥商量一下，然后好好想想。我要离开一会儿。"

在郡兵卫的示意下，他的心腹放了银十郎。"劝你妹妹听我的话，我就原谅你所做的一切，让你自由。我一定要得到贵子的爱。好好想想，给我一个满意的答复。"

郡兵卫转向贵子继续说："如果你最终拒绝我的求爱，你们俩都会被处死。我在内室等你的抉择。"

说罢，郡兵卫便离开了。他的双眼被狂热的爱欲蒙蔽了，无法看出他们俩脸上流露出的决心。

贵子领着银十郎穿过缘侧，进入她被软禁的房间，然后坐了下来。

银十郎也在距离贵子得体的位置坐下，接着向她深深鞠了一躬，说："即使是为了寻找宝刀国次，您作为我们高贵大名的至亲，竟认我这种下人为兄，真是让您受辱了。"

"在宝刀还未找到的时候，为这些琐事烦恼是不值得的。不要想谁是主人谁是仆人，我们必须在今晚找到宝刀。"

"是的，"银十郎回答道，"我的目的和您一样。现在是个好机会，小野田疯狂地爱着您，请您去里屋假装同意他，然后趁机观察摆在屋里的刀——如果刀锎[17]是黄金的，上面雕刻着蝴蝶和花朵的纹饰，刀刃边缘的纹路是乱烧[18]，那么就是国次无疑。之后你就给我发信号，我会躲在附近等待。"

"好的，"贵子回答道，"虽然我讨厌小野田向我献殷勤，但为了找到宝刀，我有责任假装顺从他。这样樱井先生就得救了。让我们商定一个信号，我如果发现了宝刀，就会向庭园的小溪里扔一些樱花，然后重复这句话：

花中樱花，

17　刀锎，日本刀的部件之一，安装在刀身与刀镡（护手）接触部位的金属块。

18　乱烧，一种日本刀的刀文。不同的铸剑师为了区分各种所铸的刀，会用不同的锻接方法在刀上留下不同纹路，即刀文。乱烧是一条像海浪般起伏的线。

人中武士[19]。"

说罢，他们先后走出了屋子。贵子独自走进内室，摆在她面前的选择让她十分反感，但忧愁与沉思让她的容颜显得更加白皙高贵。

郡兵卫觉得她比之前任何时候都更加迷人，更加渴望占有她，心想："一定是银十郎已经说服她了，她将是我的女人！"

郡兵卫血脉偾张，情不自禁地上前拉住贵子的手，把她拉到身边，让她斜靠在自己膝上。然而，他却丝毫没有察觉到面前这个待宰的羔羊正在颤抖。

他如痴如醉地，用一种诱人的语调劝道："贵子，你不要再欺骗自己了。你的答案是愿意，对吗？我爱你美若天仙的容颜，你若顺从我，我就娶你为妻。只要听从于我，无论对于你自己，还是你的哥哥，都有莫大的好处。来吧！让我们比翼连枝！"

这时，贵子猛地挣脱开来，跑到了刀架前，伸手去拿架子上的刀。

"你要干什么？"郡兵卫从爱的迷梦中清醒了过来，厉声责问道。

"不要再想我了！我要削发为尼。你大可放心，终此一生，我不会让别的男人碰我。"说着，贵子试图把刀拔出来。

郡兵卫的欲火被浇灭了，他勃然大怒，粗暴地推开贵子。

"这么说，你是不屑于我的爱了？你这个冥顽不化的贱人！我不但不会放过你，还会折磨你的哥哥。你很快就会知道我的憎恨意味着什么了。"他拍了拍手，呼唤着亲随，"土手付！"

---

19 这句话原文是"花は桜木、人は武士"，意思是花中第一为樱花，人中第一为武士。

土手付来了，愤怒的郡兵卫给他下达了专横的命令："把这个贱人绑到庭园里的樱树上。"

土手付顺从地把贵子拖进庭园，用绳子把她绑在树上——不久之前，银十郎就这样被绑在同一棵树上。

郡兵卫在缘侧上看着他那无情的命令得以执行，之后退回房间，为他的失败闷闷不乐。他的心中痛苦、懊恼、欲念难解。

突然，一个面目狰狞的僧人从一扇小侧门走进来，他走到缘侧处，向郡兵卫行礼。

"按照您的心愿，我已连续七天诅咒德岛大名病入膏肓了。我的赏金在哪里呢？"

"不要这么大声，"郡兵卫责备道，"会被人听到的！你的工作稍后就能得到应有的报酬，但不是现在，赶紧回去！"

"好吧，我听您的，别忘了赶快把钱给我。"

这个叫加藏院的妖僧拨动念珠口念邪咒，像来时那样悄悄离开了。

此时，可怜的贵子被绑在树上，挣扎着想把双手从割伤她柔嫩肌肤的绳索中挣脱出来，但徒劳无功。

"我该怎么办？"她抽泣着说，"银十郎一定在等着我的答复。我必须想办法让他知道我的处境。我难道就没有办法逃离这里吗？我无力找到宝刀，也无力救樱井先生。"

她倚在树下拼命挣扎，痛苦地咕哝着："小野田肯定是个披着人皮的魔鬼，他窃取宝刀就是为了陷害他人。樱井先生将会失势，他的府邸也将被夷为平地——除非我们今夜能寻回宝刀。"

在她拼命挣脱的时候，樱树晃动了一下，几片樱花飘入小溪。落樱给贵子的内心带来了希望和安慰。

"慈悲的佛祖来帮助我们了，"她心想，"银十郎一定会

看到水中的樱花，并认为这是预先安排好的信号。"

此时，银十郎在他的藏身之处望着小溪，焦急地等待约定的信号。正当他为这漫长的等待心烦意乱时，他看见几片樱花顺着小溪漂流而下。

"啊，这么说小野田果然把窃取的宝刀藏在了内室。"

借着树影，银十郎蹑手蹑脚地来到庭园，朝那个他自以为能找到贵子的房间踱去。然而，他却发现贵子被绑在樱树上，惊讶万分！

"银十郎，你终于来了！"贵子气喘吁吁地说。

"贵子大人，发生什么事了？您为何被如此对待？"

"我受不了小野田那令人生厌的殷勤，"贵子抽泣着说，"帮帮我！"

银十郎开始解绳子，贵子重获自由。

"把这件事交给我吧！"银十郎劝慰她说，"我会想办法智取小野田的。"

随后，银十郎无畏地大步走进敌人的房间。贵子紧随其后，她尽力整理好自己凌乱的衣服。

屏风被推到一旁，露出了郡兵卫的身影。他恶狠狠地瞪着闯入的两人。

"你怎敢不经我的允许就放了这个女人？"

"我打算劝她遵从您的意愿，"银十郎答道，"所以我让她自由，把她作为我的妹妹献给您。"

"好啊，银十郎，你有能力说服你的妹妹，让她接受我的求爱吗？"郡兵卫用嘲弄的语气问道。

"是的，我都不知道我是谁了，是哥哥还是媒人？如果您还有别的工作要我做，我可以随时为您效劳。"

"哈哈！"郡兵卫冷笑道，"既然如此，我们现在就是一家人了。"说着，他突然拔出佩刀朝银十郎砍去。

银十郎鹰隼般的目光看穿了这一动作，作为一名技艺娴熟的剑客，他闪电般地抓起手边的水桶，举起来，用这个临时盾牌挡开了雨点般的劈砍。

"这是什么意思？"银十郎惊呼道，"即便是亲戚，这样的关心也太过头了，想必家人之间是不需要这么多礼节的。请把刀收回去吧。"

郡兵卫以一次猛攻作为回应，银十郎灵巧地避开了攻击。

当郡兵卫全神贯注地想要砍倒银十郎时，贵子悄悄溜到他的身后，把放在刀架上的长刀从鞘中抽了出来。

"这就是宝刀国次。"她高兴地叫道。

听到这句话，郡兵卫如狂怒的恶魔般转身向她扑去。

"即便你找到了，我也能杀了你们俩。"郡兵卫喝道。

但是，他的话音还未落，银十郎就从背后抓住了他。

土手付——樱井主膳的暗中支持者，他一直在充当细作，并在郡兵卫卑鄙的勾当中假扮同谋。此刻，他护送自己真正的主人来到现场。

主膳趾高气扬地向原形毕露的郡兵卫说："你的阴谋全都暴露了，已不可能逃脱制裁。忏悔一切罪行，祈求宽恕吧。"

郡兵卫怒气填胸，甩掉银十郎，冲向他痛恨的对手。

主膳熟练地闪过攻势，一把抓住郡兵卫，用尽全力把他扔到庭园里。

"土手付！"主膳喊道，"快来帮我们！"

"遵命！"土手付一边回答，一边向银十郎跑去，帮他压住郡兵卫。

郡兵卫惊讶万分。

"什么？你也是樱井家的人吗？"他气得咬牙切齿。

"你赢了！"他转向主膳，"我再想隐瞒真相也没有用了。是我偷了宝刀国次，我就是想以此毁掉你。我不多说什么了，拿着刀回家吧。这还不够吗？"

"窃取宝刀只是你所犯罪行的一小部分。听着，你这个小人！你犯了更大的错误。我们的主公德岛大名对你有大恩，而你却是卑鄙的叛徒，用谋害恩人的方式回报他的仁慈。"

"住口，樱井！不要信口雌黄。我的确憎恨你，把你当作死对头，可我绝对没有加害主公的想法。对于这种卑鄙的指控，你有什么证据呢？"郡兵卫目不转睛地盯着他的指控者。

主膳得意地拊掌而笑。作为对主膳传唤的回应，伊佐卫门带上来一个囚犯——妖僧加藏院。

"这就是我的证人，证明你在谋害德岛大名。"

郡兵卫意识到他已经一败涂地，继续说谎没有任何用处，他将被宣布为叛徒。在绝望中，他试图重整旗鼓，再次攻击樱井。但他瞬间就被抓住了，然后被再次扔了出去。

"小野田，你真是个恶徒。我们的主公必将审判你。"主膳随后转向其他人，吩咐道，"将他的手脚绑起来！"

就在备受羞辱的郡兵卫无助、畏缩地任人摆布之时，主膳转向他忠实可靠的家仆，对他说："十郎兵卫，你可以恢复自己的名字，继续为我效力了。你是一个忠诚的武士。让我们为胜利庆贺吧，我们的敌人将受到应有的惩罚！"

此时，贵子拿来宝刀，把它缓缓地、郑重地放在十郎兵卫面前。他拿他的性命、他的家庭、他的一切作为赌注，只为了这把宝刀。他甚至在这场悲剧中失去了唯一的孩子。

"我们及时找回了宝刀！"她说，"看，天已破晓！现在是三月三的清晨！"

十郎兵卫深鞠一躬，接过宝刀，然后他双膝跪地，双手高举，将宝刀献给他的主公。

"大名的宝刀终于又归您保管了！"

异人之卷

異人の巻

本卷所选的七篇故事，其主人公都有着神奇的经历，其中不乏桃太郎、一寸法师这些家喻户晓的人物。

山幸彦与海幸彦

山幸彦与海幸彦

很久很久以前，日本是由彦火火出见尊[1]统治的，彦火火出见尊是著名的天照大神的四世孙。他不仅长得跟祖先一样漂亮，而且身强力壮，勇猛无比，还是这片土地上最伟大的猎人。他凭借无与伦比的狩猎技巧被称为"山幸彦"，意思是"被大山眷顾的人"。

他的哥哥[2]是一位技术娴熟的渔夫，凭借远超所有人的钓鱼技术被称为"海幸彦"，意思是"被大海眷顾的人"。兄弟俩就这样过着幸福的生活，完全享受着各自的职业，他俩各干各的，一个打猎，一个捕鱼，日子过得很开心。

一天，山幸彦来到哥哥海幸彦身边说："嗨，哥哥，我看你每天拿鱼竿出海，回来时满载着鱼。至于我，我也很乐意

---

1 彦火火出见尊，日本传说中的苇原中国治天，地神五代之一，也是神武天皇（日本初代天皇）的祖父。《古事记》称其为火远理命，《日本书纪》称其为彦火火出见尊。

2 《古事记》称其为火照命，《日本书纪》称其为火阑降命。

带着弓箭到山上和山谷里猎野兽。长久以来，我们彼此都做着自己最喜欢的工作，你钓鱼，我打猎，所以现在我们俩一定都厌倦了。对我们来说，改变一下不是更好吗？你去山里打猎，我去海里钓鱼，好吗？"

海幸彦静静地听着弟弟的话，沉思了一会儿，回答道："噢，是啊，为什么不呢？你的主意不错。把你的弓箭给我，我这就去山里打猎。"

事情就这样定下来，两兄弟各自去做对方拿手的事。他们这样做是很不明智的，因为山幸彦对钓鱼一无所知，而脾气暴躁的海幸彦对打猎也知之甚少。

山幸彦拿起他哥哥非常珍爱的鱼钩和鱼竿走到海边，坐在礁石上。他给鱼钩上了饵，然后笨拙地将其抛进海里。他坐在那儿，盯着那只在水里上下浮动的小浮漂，盼望着能钓到一条好鱼。每次浮漂稍微动一下，他就把鱼竿拉上来，但每次拽上来的只有鱼钩和鱼饵。尽管他是这片土地上最伟大的猎人，但现在他是最笨拙的渔夫。

山幸彦手拿鱼竿坐在礁石上，徒劳地等待好运到来，一整天就这样过去了。最终，天色开始变暗，夜幕降临了，可他还是一条鱼也没钓到。他在回家前最后一次拉鱼线，却发现鱼钩不见了，而自己连鱼钩是什么时候不见的都不知道。

山幸彦非常焦急，他知道哥哥会因为他弄失鱼钩而生气。毕竟这是哥哥仅有的鱼钩，他把它看得比其他任何东西都重要。山幸彦开始在礁石和沙子中寻找丢失的鱼钩，偏偏这时哥哥海幸彦出现了。海幸彦打了一天猎，什么猎物也没打到。脾气暴躁的他看上去非常恼怒。他看到山幸彦在岸边到处找什么东西，便知道一定是出了什么事，立刻问："你在干什么，弟弟？"

山幸彦胆怯地走上前——他怕哥哥生气——说："唉，哥哥，我确实办了坏事。"

"怎么了？你办什么坏事了？"哥哥不耐烦地问。

"我弄丢了你宝贵的鱼钩——"

他还没说完，海幸彦就打断了他，气势汹汹地吼道："弄失了我的鱼钩，这正是我料想到的结果！正因如此，当你最初提出互换工作时，我确实心存反对，但你似乎很希望这样做，所以我让步了，让你按自己的意愿行事。但你做得很糟糕。在你找到我的鱼钩之前，我不会把弓箭还给你。你一定要赶快找到它，还给我。"

山幸彦觉得他应该为这一切负责，并以谦卑的态度来接受哥哥的责骂。他拼命地找那只鱼钩，可无论在哪儿都找不到。最后，他不得不放弃希望。于是他回到家，绝望地将心爱的十拳剑敲成碎片，做了五百个鱼钩。

他把这些鱼钩拿给生气的哥哥，请求他的原谅，并请他接受用这些鱼钩作为赔偿。但海幸彦没有答应他的请求。

山幸彦又做了五百个鱼钩，把它们拿给哥哥，请求原谅。

"即使你做一百万个鱼钩，"海幸彦摇头说，"对我来说还是没用。我不会原谅你，除非你把我自己的鱼钩带回来。"

山幸彦没能平息哥哥的愤怒，因为他的哥哥性情乖戾，并且总是因为弟弟的优点而忌恨他。现在他以弄丢鱼钩为借口，谋划杀死弟弟，并篡夺他作为日本统治者的地位。山幸彦知道这一切，但他什么也没说，因为他年纪小，应该听哥哥的话。于是他回到海边，开始再次寻找丢失的鱼钩。他非常沮丧，因为他已经对找到哥哥的鱼钩不抱任何希望了。正当他茫然地站在沙滩上，不知道下一步该怎么办时，一个手里拿着棍子的老翁突然出现了。山幸彦事后想起来，他根本没有看到老翁是从哪边来的，也不知道他是怎么突然出现在这里的——他碰巧在抬头时看到老翁向他走来。

　　"你是彦火火出见尊，也被称作山幸彦，对吗？"老翁问道，"你一个人在这种地方干什么？"

　　"是的，我就是，"这个忧愁的年轻人回答道，"真是倒霉啊，我在钓鱼的时候弄丢了哥哥的鱼钩。我找遍了这片海岸，可是，唉！我始终找不到它。我很苦恼，因为哥哥不会原谅我的，除非我把鱼钩还给他。话说回来，您是谁？"

　　"我是盐土老翁[3]，就住在这片海滩附近。听到你遇到了不幸的事，我很难过。你一定很着急吧。让我告诉你我的想法，鱼钩根本不在沙滩上——它不是沉在海底，就是在吞掉它的

3　盐土老翁，日本神话中的盐灶明神，又名盐椎神，掌管潮汐、航海、制盐。

鱼的肚子里，因此，就算你穷尽一生的精力来找它，你也找不到。"

"那么我能做什么呢？"苦恼的山幸彦问。

"你最好到龙宫去，把你的烦恼告诉龙王，请求他帮你找鱼钩。我认为这是最好的办法。"

"您的主意是极好的，"山幸彦说，"但我恐怕去不了龙宫，因为我听说它位于海底。"

"哎呀，去那儿一点儿都不难，"老翁说，"我只需片刻就能给你做个道具，让你乘着它穿过大海。"

"非常感谢您愿意帮我。"山幸彦说。

老翁立即开始动手，很快就做出一个无目笼[4]，并把它交给山幸彦。山幸彦欣喜地收下了，把它放到水里，准备乘着它出发。他向那位帮了他很多的好心老翁道别，并告诉老翁，一旦他找到鱼钩，就可以不用担心哥哥的怒火而回日本了。到时候一定会报答他的。老翁指了指他要去的方向，告诉他如何到达龙宫，并看着他乘着那像小船一样的无目笼出海。

山幸彦乘着朋友送给他的无目笼，尽可能加快速度。这艘奇怪的小船似乎能随心所欲地在水中穿行。航程比他预想的要短得多，因为没几个时辰，他就看见了龙宫的大门和屋顶。龙宫占地面积庞大，有无数的斜屋顶和山墙，雄伟的大门，还有灰色的石墙。他很快就上了岸，然后把无目笼留在岸边，走到大门口。大门的柱子是用美丽的红珊瑚制成的，而大门本身则装饰着各种闪闪发光的宝石，被参天的桂树遮蔽着。我们的主人公经常听说龙宫的奇观，但他听过的所有故事都与他看到的现实不一样。

山幸彦很想马上进门，但他发现大门紧闭，于是他停下

---

4 无目笼，一种编织紧密、没有缝隙的竹笼，外蒙兽皮，是远古时期的船。

来思考该怎么办。他注意到大门前的树荫下有一口井，井里是新鲜的泉水。他想，总会有人来井边打水。然后他爬到井边的树上，坐在一根树枝上休息，等待着时机。不久，他看到大门打开了，两位美丽的女子走出来。山幸彦一直听说龙宫是龙王的地盘，并想当然地认为住在这里的是龙和一些可怕的生物。所以，当他看到两位美丽的公主时——即使是在人类中，她们的美貌也是难得一见的——他惊诧万分，不知道这意味着什么。

不过他一个字也没说，只是隔着树叶默默望着她们，看她们会做什么。他看到她们穿着拖地长衫，手里提着金桶，优雅地走到井边，站在桂树荫下准备打水。山幸彦在树杈上藏得很好，她们完全不知道自己正在被一个陌生人注视着。

正当两位女子如平日里所做的那样，倚在井边放下金桶时，她们看到平静的水面上映着一张年轻俊美的脸，它正从大树的树杈里望着她们。她们从来没有见过凡人的脸，吓坏了，手里提着金桶赶紧往后退。然而，好奇心给了她们勇气，她们小心翼翼地向上瞥了一眼。她们看到山幸彦坐在树上，正俯视着她们。她们面对面看着他，惊讶得舌头都僵了，不知道该如何同他开口说话。

"我是一个旅行者，我实在太渴了，所以来到井边希望能喝口水解渴，但是我找不到用来打水的桶。于是我很为难地爬上树，等着有人来。就在我口渴难耐的时候，你们两位高贵的女士出现了，仿佛是在回应我的迫切需要。所以我求你们发慈悲给我些水喝，帮一帮我这个身在异地的口渴的旅行者。"

山幸彦跳下树来，用庄重而亲切的话语打消她们的顾虑，两人默默鞠了一躬，再次走到井边，放下金桶打了些水，然后倒进玉碗里，递给这个陌生人。

山幸彦双手接过玉碗，举到齐眉处以示敬意，然后迅速喝水，毕竟他真的太渴了。他一口气喝完，然后把玉碗放在井沿上，拔出短剑，从垂到胸口的项链上拆下一枚勾玉，放进玉碗里还给她们，深鞠一躬说："一点儿心意，权表感谢！"

两位女士拿起玉碗，想看看他往里面放了什么东西。她们大吃一惊，因为玉碗底部有一枚美丽的宝玉。

"没有一个凡人会如此轻易地舍弃一枚宝玉。你难道不愿意告诉我们你的名字，以示尊敬吗？"年长的女士说。

"当然可以，"山幸彦说，"我是四代神彦火火出见尊，在日本也被叫作山幸彦。"

"您真的是天照大神的曾孙彦火火出见尊吗？"年长的姑娘问道，"我是龙王的长女，我的名字叫丰玉姬。"

"我是她的妹妹玉依姬。"年轻的女士终于开口说话了。

"你们真的是龙王的女儿吗？我真是说不出见到你们有多高兴。"没等她们回应，他又说，"有一天，我拿着哥哥的鱼钩去钓鱼，却把它弄丢了，我也说不出来是怎么丢的。我哥哥把他的鱼钩看得比什么都重要，这是我遇到的最倒霉的事。除非我能把它找回来，否则我永远不可能得到哥哥的原谅，因为他对我所犯的错非常生气。我已经在海滩上找了无数次，但还是找不到它，所以很苦恼。我在苦苦寻找鱼钩的时候，遇到了一位智慧的老翁，他告诉我，我能做的最好的选择就是去龙宫找龙王，请他帮助我。这位好心的老翁还教我如何来这里。现在你知道我是怎样以及为何来这里的了。我想请教龙王，问他是否知道丢失的鱼钩在哪里。劳驾带我去见令尊好吗？"

丰玉姬听完这个长长的故事，说："您当然能见到家父，他也会很高兴见到您。他一定会说天降洪福，像您这样伟大而高贵的神明、天照大神的曾孙，竟然会屈驾海底。"

接着她转身对妹妹说："你不这样认为吗，玉依姬？"

"是的，的确如此，"玉依姬用她甜美的嗓音回答道，"就像您说的，我们知道没有什么荣耀比得上欢迎彦火火出见尊来我们家了。"

"那么，劳驾你们带路。"山幸彦说。

"欢迎光临，彦火火出见尊。"姐妹俩说着，深深鞠了一躬，领着他进了大门。

玉依姬离开了负责接待山幸彦的姐姐，加快步子往前走。她先一步抵达龙王的宫殿，并迅速跑到父亲的房间，把一切都告诉了他。龙王听到这个消息非常惊讶，因为在这几百年里，几乎没有人造访龙宫。

龙王立刻拍了拍手，把全体朝臣、宫廷侍从以及海中诸鱼的头目召集起来，郑重其事地告诉他们，天照大神的曾孙彦火火出见尊驾临宫殿了，他们必须隆重而礼貌地接待这位贵客。然后他命令所有人都到宫殿门口欢迎山幸彦。

龙王穿上礼服出去迎接。过了一会儿，丰玉姬和山幸彦来到宫殿入口，龙王和他的妻子深深鞠躬，感谢山幸彦的大驾光临。然后，龙王把山幸彦领进宫殿，把他安排在上座，恭敬地在他面前鞠了一躬，说："我是龙王，这位是拙荆。劳您不要忘了我们！"

"您真的是龙王吗？我必须为我突然来访给您带来的麻烦表达歉意。"他鞠了一躬感谢龙王的盛情招待。

"您不用客气，"龙王说，"我得为您的到来表示感谢。如您所见，虽然龙宫是个穷地方，如果您愿意在我们这儿多留些时日，我将不胜荣幸。"

龙王和山幸彦两人喜笑颜开，坐着聊了很久。最后，龙王拍了拍手，接着出现了一大群鱼，它们全都穿着礼服，鳍上顶着各式各样的托盘，上面盛着琳琅满目的海味，在龙王和他的贵客面前摆上了盛宴。服侍他们的鱼都是从大海中精挑细选出来的，宫殿里所有人都在竭尽全力地取悦他，让他明白自己是一位非常尊贵的客人。在长达几个时辰的宴会上，龙王命令他的女儿们演奏一些乐曲，两位公主进来弹琴，并轮流唱歌跳舞。山幸彦很愉快，似乎忘记了他的烦恼，忘记了他为什么要到龙王的地盘来，他全身心地享受着这个美妙的地方——鱼类的仙境！谁听说过如此神奇的地方？不过，山幸彦很快想起了他是为何要来龙宫的，于是对主人说："龙王，也许令爱已经告诉您，我来这里是想找回我哥哥的鱼钩，那是我前几日钓鱼时丢失的。我能否请您向您的全体臣民打听一下，它们是否看到了丢在海里的鱼钩？"

"没问题，"乐于助人的龙王说，"我马上把它们都召集到这里来，问问它们。"

龙王一发出命令，章鱼、墨鱼、鲣鱼、鳙鱼、鳗鱼、水母、虾、鲽鱼以及其他各种各样的鱼都进来排成整齐的队形，坐在龙王面前。这时，龙王郑重其事地说：

"坐在你们面前的是我们的客人——天照大神的曾孙，他的名字叫彦火火出见尊，是第四代神，他也被称作山幸彦。有一天，当他在日本海边钓鱼时，有人把他哥哥的鱼钩抢走了。他千辛万苦来到海底，来到我们王国，是因为他认为你们其中的某一条鱼，可能在玩闹时把鱼钩从他那里拿走了。如果你们当中有谁做了这样的事，必须马上把鱼钩还回来；或者如果你们当中有人知道那个小偷是谁，必须马上告诉我们它的名字以及它现在在哪儿。"

所有的鱼听到这番话都大吃一惊，一时间说不出话来。它们坐在那里互相看着，又看向龙王。最终墨鱼上前说："臣以为红鲷定是那偷鱼钩的贼！"

"你的证据何在？"龙王问道。

"从昨天晚上起，红鲷就一直吃不下任何东西，它的喉咙好像有毛病了。出于这个原因，臣想鱼钩可能卡在它的喉咙里。陛下最好立即派人宣它来！"

所有的鱼都同意这个建议，附和道："真是奇怪，只有红鲷没有听从陛下的召唤前来。恳请陛下宣它来调查此事，以证臣等的清白。"

"是啊，"龙王说，"真是奇怪，红鲷还没来，它应该是第一个到这儿来的。马上把它叫来！"

在龙王下令之前，墨鱼已经开始向红鲷的住处游去。不多时墨鱼带着红鲷回来了，把它领到龙王面前。

红鲷坐在那里，看上去又害怕又难受。它确实很痛苦，平日里红彤彤的脸显得苍白，眼睛几乎是闭着的，看上去只有平常的一半大小。

"回答朕，红鲷！"龙王喊道，"你今日为何不响应朕的召唤而来？"

"臣从昨天起就病了，"红鲷回答道，"这就是臣不能奉召的原因。"

"别再说了！"龙王生气地喊道，"你的病是神对你的惩罚，因为你偷了彦火火出见尊的鱼钩。"

"事实的确如此！"红鲷说，"鱼钩还在臣的喉咙里，臣竭尽全力想把它取出来，但都是白费力气。臣吃不下饭，几乎不能呼吸，每时每刻都觉得要被噎死了，有时还伴有剧痛。臣无意偷彦火火出见尊的鱼钩。臣见水里有个鱼饵，便心不在焉地咬了一口，谁承想鱼钩掉了，卡在臣的喉咙里。臣恳请陛下原谅。"

这时墨鱼上前对龙王说："陛下您看那鱼钩还卡在红鲷的喉咙里。臣恳请能当着彦火火出见尊的面把它取出来，然后我们就可以完好无损地还给他了！"

"啊，请赶快把它取出来！"红鲷可怜巴巴地叫道，它的喉咙又疼了起来，"臣真的很想把鱼钩还给彦火火出见尊。"

　　"好吧，红鲷。"墨鱼说着，然后把红鲷的嘴尽量张大，把它的一根触手伸进红鲷的喉咙里，轻而易举地把鱼钩从患者的大嘴里取了出来。然后它把鱼钩洗干净，呈给龙王。

　　龙王从他的臣民手中接过鱼钩，然后恭恭敬敬地将其还给了山幸彦。拿回鱼钩的山幸彦大喜，他再三感谢龙王，脸上洋溢着感激之情，并说多亏了龙王的睿智、威严与仁慈，他的寻找之路才能有完美的结局。

　　这时，龙王想惩罚红鲷，但山幸彦恳求他不要这样做，既然丢失的鱼钩已经被幸运地找回了，他就不愿再给可怜的红鲷添麻烦了。虽然的确是红鲷拿走了鱼钩，但它经已为此吃了不少苦头。毕竟它所做的事是无心的，不是有意为之。山幸彦自责道，如果他懂得怎样钓鱼，也不会把鱼钩弄丢了。因此，所有这一切麻烦的起因，是他想做一件他不知道该怎么做的事。于是他请求龙王原谅他的臣民。

　　谁能拒绝如此睿智而富有同情心的辩护呢？应这位贵客

的要求，龙王原谅了他的臣民。红鲷高兴极了，欣喜地摇了摇鱼鳍，它和其他所有鱼类都向它们的国王告退，并赞颂着山幸彦的美德。

现在，鱼钩找到了，山幸彦没有继续留在龙宫的理由了，他急于回到自己的国家，与愤怒的哥哥海幸彦重归于好。但是，龙王已经喜欢上了他，并且愿意把他当作儿子来对待。龙王请求他不要这么快就走，只要他愿意，就可以把龙宫当作自己的家，想住多久都可以。正当山幸彦犹豫之时，两位美丽的公主——丰玉姬和玉依姬来了，她们鞠躬时的迷人姿态和甜美的嗓音让山幸彦难以拒绝。所以，为了不让自己看上去有失礼貌，山幸彦没办法对他们说半个"不"字，只得再待上一段时间。

海底和陆地，在夜深之时并没有什么不同。三年时光转瞬即逝。当一个人真正快乐时，岁月过得飞快。这片梦幻的土地上每天都有新奇的事，龙王对山幸彦的善意似乎没有因为时间减弱，反而增强了。但随着日子一天天过去，山幸彦越来越想家。他无法压抑内心深深的思念，想知道在他离家这段时间，他的家、他的国家和他的哥哥怎么样了。

终于，他去跟龙王告别："同你们在一起非常愉快，你们对我的友善我感激不尽，但我统御着日本，尽管这里十分宜人，但我不能永远离开我的国家。我还必须把鱼钩还给哥哥，请求他原谅我这么长时间没有归还。我的确很舍不得你们，但我也必须要走了。请允许我今日就告辞。我期待有朝一日能再来拜访你们。请不要再挽留我了。"

龙王想到自己必须与朋友分别，不禁伤心欲绝。他泪如雨下地回应："我们真的很舍不得离开您，彦火火出见尊，因为我们非常享受和您在一起的时光。您是一位贵客，我们热情地欢迎您再来。我很理解，您统御着日本，您应该在那里，而不是在这里。尽管我们很想让您留下来，但我们也知道没办法让您在这里多待一段时间了。我希望您不要忘记我们。我们在机缘巧合之下相逢，我相信，由此开始的海陆之间的友谊，将比以往任何时候都更加长久和牢固。"

说完这番话，龙王吩咐他的两个女儿把两颗潮珠拿过来。两位公主深鞠一躬，走出殿厅。几分钟后，她们回来了，每人手里都拿着一颗闪闪发光的宝珠，宝珠照亮了整个房间。龙王取过宝珠，对他的客人说：

"这两颗珍贵的宝珠，是我们从远古时代的祖先那里继承下来的。我们现在把它们作为离别的礼物送给您，以表达我们对您的深厚感情。这两颗宝珠分别叫潮盈珠和潮干珠。"

山幸彦深深鞠了一躬，说："您对我如此之好，我感激不尽。您能不能再帮我一个忙，告诉我这两颗宝珠的神奇之处，以及我该如何使用它们？"

"潮盈珠，"龙王回答道，"拥有它的人可以命令大海在任何时候翻涌，淹没陆地。潮干珠，这颗宝珠可以平息海浪和波涛，甚至可以使潮汐退去。"

然后龙王挨个告诉他的朋友该如何使用法宝，并把它们交给他。山幸彦喜出望外，因为他觉得这两颗宝珠能保护他免受敌人威胁。他再三感谢好心的主人，然后准备离开。龙王、丰玉姬、玉依姬以及宫殿中所有的海族都出来向他告别。在最后的告别声消失之前，山幸彦从大门走了出来，经过水井——在这里他有着幸福的回忆——向岸边走去。

他没有看到来龙王地盘时所乘的无目笼，而是发现了一条大鳄鱼。他从未见过如此大的动物。它的尾巴末端到嘴巴前端足足有四丈长。龙王命令这只怪物把山幸彦送回日本。就像盐土老翁制作的无目笼一样，它的速度比现在的任何汽船都快，山幸彦骑在鳄鱼背上，以这种奇怪的方式回到了自己的土地。

鳄鱼一上岸，山幸彦就急匆匆地告诉海幸彦自己平安回来了，然后把在红鲷嘴里找到的鱼钩还给他，这个鱼钩曾给他们带来了那么多的烦恼。山幸彦恳请哥哥原谅，并告诉他在龙王宫殿里的奇妙经历。

但海幸彦早已以丢失鱼钩作为借口，把他的弟弟逐出了这个国家。

三年前的那天，弟弟离开了他，再也没有回来，他阴暗的内心高兴极了，立刻篡夺了弟弟的统御大权，并希望弟弟永远不要回来。现在，他正享受着不属于他的东西，可山幸彦站在了他面前。

海幸彦假装原谅他，因为他没有借口再次把弟弟打发走，但他心里非常生气，越来越憎恨弟弟。最终，海幸彦再也不能忍受日复一日地看到弟弟，于是计划伺机杀死他。

一天，山幸彦走在稻田里，他的哥哥拿着匕首跟在后面。山幸彦知道哥哥是打算杀死他，现在已是万分危急之时，是时候使用潮盈珠和潮干珠了。

于是，山幸彦从衣服前襟里拿出潮盈珠，把它举到额前。顷刻之间，潮水越过原野和农田滚滚而来。海幸彦惊恐地看着眼前的一幕，片刻之后，他开始在水里挣扎，喊着让弟弟救他，不要让他淹死。

山幸彦心地善良，他不忍看到哥哥受苦，于是立刻把潮盈珠收回去，把潮干珠拿出来。他刚把潮干珠举到额前，海水就退了，不久，汹涌的洪水消失了，农田、原野又像以前一样露出来了。

弟弟所做的不可思议的事给海幸彦留下了深刻印象。他现在才知道自己犯了一个致命的错误，那就是和他的弟弟作对。因为山幸彦变得如此强大，只要他一下令，海水就会涌来，

潮水就会退去。于是，海幸彦在山幸彦面前卑躬屈膝，请求他原谅自己对他所做的一切错事。海幸彦承诺会将权位归还给弟弟的。他还发誓说，虽然山幸彦作为弟弟，生来就应该听从哥哥，但从今往后自己会奉山幸彦为尊，并将他视为整个日本的统治者，对他叩拜。

山幸彦说，如果哥哥能舍弃掉邪恶的心，便原谅他。海幸彦答应了，于是兄弟俩言归于好。从那时起，海幸彦遵守诺言，成了一个好人，一个善良的哥哥。

现在，不用担心阋墙之争的山幸彦统治着他的王国，在很长很长一段时间里，日本都是和平的。在他家里所有的珍宝中，他最为珍视的便是龙王送给他的潮盈珠和潮干珠。

这便是这个故事的美好结局。

浦岛太郎

浦岛太郎

二十六 海岸和山丘还是老样子，但人们的面孔却都是陌生的。

很久以前，日本丹后国[1]的海岸边有一个叫水江的小渔村，村里住着一个叫浦岛太郎的年轻渔夫。他子承父业，不过他的本事比父亲厉害不止两倍。浦岛是村子里技术最娴熟的渔夫，他一天钓到的鲣鱼和鲷鱼比同伴们一周钓到的还要多。

不过，在这个小渔村里，他不单被人们看作一个技术娴熟的渔夫，更因为心地善良而出名。他长这么大，从来没有虐待过任何生灵，不管是大是小。在他小的时候，伙伴们总是嘲笑他，因为他从来没有跟他们一起捉弄过动物，反而总是试图阻止他们拿那种残忍的事寻开心。

一个夏日的柔和黄昏，浦岛结束了一天的工作，在回家路上遇到一群男孩。他们大呼小叫，扯着嗓子说话，似乎对于什么事情异常兴奋。他走到他们跟前，想看看是怎么一回事，发现他们正在折磨一只龟。第一个男孩这样拉它，然后

1　丹后国，日本古代令制国之一，原为丹波国一部分，713 年从丹波国分离成国。其领域大致为现在的京都府北部。

另一个男孩那样拽它，第三个男孩用棍子打它，第四个男孩则用石头砸它的壳。

浦岛为这只可怜的龟感到很难过，立刻决定要把它救出来。他对孩子们说："你们太残忍了，它都快死掉了！"

男孩们似乎喜欢以虐待动物为乐，他们没有理会浦岛温和的责备，而是继续捉弄那只龟。一个大男孩回应道：

"谁在乎它是死是活啊？反正我们不在乎。嘿，伙伴们，我们继续，继续！"

他们开始更加残忍地对待可怜的龟。浦岛思考对付这些男孩的最佳办法，他决定说服他们把龟给他，于是笑着说：

"我相信你们都是善良的好孩子！你们不愿意把龟给我吗？我非常想得到它！"

"不，我们不会把龟给你，"一个男孩说，"凭什么啊？这是我们自己抓的。"

"你这话说得没错，"浦岛说，"但我是不会让你们白给的。我会给你们一些钱——换句话说，叔叔会从你们这把它买下来。孩子们，这对你们来说不是挺划算的吗？"他把一串钱递给他们。"瞧，孩子们，你可以用这些钱买任何喜欢的东西。你们用这些钱能做的事，要比欺负那只可怜的龟有意思得多。让我看看你们这些孩子有多听话。"

这些男孩终究不是坏孩子，他们只是调皮捣蛋罢了。浦岛用他亲切的微笑和温柔的话语赢得了孩子们的心。孩子们渐渐向他靠拢过来，领头的孩子把龟递给他。

"好吧，叔叔，只要你给我们钱，我们就把龟给你！"浦岛接下龟，把钱给了男孩们，他们互相叫嚷着跑走，很快就离开了浦岛的视线。

浦岛一边抚摸着龟的背壳，一边说："哎呀，你真是可怜啊！可怜！瞧！你现在安全了！人们说鹳能活一千年，龟能活一万年。你是这个世界上最长寿的动物，然而你宝贵的生命差点儿被那些不知轻重的孩子夺去。幸好我路过救了你，我现在就带你回家，让你回到大海。不要再让自己被抓住了，因为下次可能就没人来救你了！"

善良的渔夫一边说着，一边大步流星地向海岸走去。他踩到礁石上，把龟放到水里，看着它消失了，这才转身回家。此时，太阳已经落山，他也累坏了。

第二天早上，浦岛像往常一样驾船出海。在清晨的薄雾中，蓝天碧海显得那么柔和。浦岛钻进他的船，一边向大海驶去，一边将鱼线抛进海里。没多久，他就超过了其他渔船，把它们甩在身后，直到它们消失在远方的地平线上。他的船在大海上越漂越远。不知为什么，那天早上，他总觉得有一种说不出的喜悦，他畅想自己能像前一天放生的海龟一样，活上几千年，而不是像人类一样匆匆过完自己短暂的一生。

突然，他从沉思中惊醒，听到有人在呼唤他的名字："浦岛，浦岛！"

那声音飘过海面，清脆如铃，柔如夏风。

浦岛站起身来，朝着四面八方张望，以为有船追上他了。但当他的目光越过辽阔的海面时，连一艘船的影子都没有看到，所以，那声音不可能是人类发出的。

他着实被吓住了，想知道是谁在呼唤他。他环顾四周，发现不知什么时候，一只龟游到了船边。令浦岛惊讶的是，他看到的正是前一天救出的那只龟。

"哎呀，龟先生，"浦岛说，"刚才是你在叫我吗？"

海龟点了几下头，说："是啊，是我。昨天托你的福，我才得救。我特地来向你表示感谢，想要告诉你我是多么感激你的善行。"

"你真是太客气了。"浦岛说，"到船上来，我请你抽烟，不过既然你是一只龟，肯定不抽烟吧。"渔夫被他自己讲的笑话逗乐了。

"呵呵呵呵！"龟也笑起来，"我最爱喝清酒了，但不喜欢烟草。"

"真是遗憾啊，"浦岛说，"船上没有清酒给你喝，不过你可以上来晒晒背，龟不是挺喜欢晒背的吗？"

于是，龟在渔夫的帮助下爬上了船。在彼此寒暄了一番之后，龟说："浦岛，你可曾见过海中的龙宫？"

"不曾见过。"渔夫摇摇头，答道，"我虽以大海为家，常听说海底有龙王之国，却无缘一睹仙境。如果它真的存在，那一定是在很遥远的地方！"

"你从未见过龙宫？那你可就错过了全宇宙最壮丽的奇景之一。它远在海底，不过如果我带你去，我们很快就能到达那里。如果你想看看龙王的领地，我愿意做你的向导。"

"我当然很想去那里。你愿意带我去，真是再好不过了。你别忘了，我只是一个凡人，没有本事像你那样游泳。"

还没等渔夫说完，龟就打断了他，说："你不必自己游泳。你只需骑到我的背上，我就能把你带过去，你不需要有任何疑虑。"

"你的背那么小，"浦岛说，"我怎么可能骑得上去呢？"

"这在你看来也许有些荒唐，但我向你保证，你能做到。试一下！来，骑到我的背上！"

龟说完这番话，浦岛就朝着它的背看了一眼，说来奇怪，龟背突然变得非常大，可以让一个人轻而易举地坐在上面。

"这真是太不可思议了！"浦岛说，"龟先生，如果你不介意，我这就骑到你的背上了。嘿哟[2]！"他一边喊着，一边

2　原文是"どっこいしょ"，是日本人用力时的口头语。

跳了上去。

　　龟似乎对这神奇的一幕习以为常，它不动声色地说："现在，我们要出发了。"

　　说完，龟就驮着浦岛跳进海里，潜入水中。这对古怪的同伴在海中穿行了好久，浦岛没有感觉到丝毫疲惫，他的衣服也没有被水浸湿。终于，远处出现了一座壮观的大门，后面是宫殿长长的斜屋顶。

　　"嘿，"浦岛喊道，"这看起来就像一座宏伟宫殿的大门！龟先生，你能告诉我，我们现在看到的是什么地方吗？"

　　"那是龙宫的大门，你看到的门后的建筑就是宫殿。"

　　"这么说，我们终于来到了龙王的领地？来到了他的宫殿？"浦岛说。

　　"是的，如你所言，"龟答道，"你不觉得我们来得很快吗？"说话间，龟到了大门旁边，"我们到了，不过从这里开始，你得走着过去了。"

　　龟对门卫说："这位是来自日本国的浦岛太郎。我很荣幸地邀请他来我国做客。请为他带路。"

　　门卫是一条鱼，它立刻领着他们穿过了大门。

红鲷鱼、比目鱼、墨鱼以及龙王的所有大臣们，此刻都彬彬有礼地鞠躬欢迎这位外来者。

"浦岛大人，欢迎来到龙王的府邸——龙宫。你来自如此遥远的国度，我们对你表示隆重欢迎。还有你，龟先生，我们非常感谢你把浦岛带到这里。"随后，它们再次转向浦岛说，"请随我们往这边走。"从这里开始，所有的鱼都成了他的向导。

浦岛只是一个穷渔夫，对他来说这里的一切都很陌生，但他并没有感到尴尬，反而从容自若地跟着好心的向导，一直走进内殿。当他走到门口时，一位美丽的公主带着她的侍女们出来迎接他。没有任何一个人类女子能比得上她的美丽。她穿着一件飘逸的长袍，上面点缀红色与浅绿相间的浪花纹饰，长袍里的金线透过褶裥闪烁着微光。她那一头乌黑的秀发如瀑布般披在肩上，就像几百年前的王室之女那样。当她轻启朱唇时，她的声音听起来就像音乐一样。浦岛一看到她便痴住了，连话都说不出来。片刻之后，他想起来他应该行礼，但在他还没来得及深鞠一躬的时候，公主就牵起他的手，把他领到一个华丽的大厅里，领到上座前，示意他入座。

"浦岛太郎你好，我叫乙姬，是龙宫的公主，欢迎来到我父王的国度。昨日你解救了一只龟，我请你来是为了感谢你的救命之恩，因为那只龟就是我化成的。如果你愿意，你可以永远生活在这片国度中，永葆青春。在这里，夏天永不消逝，悲伤永不到来。如果你愿意，我将做你的新娘，我们将永远幸福地生活在一起！"

浦岛听着乙姬的甜言蜜语，凝视着她的美丽容颜，心里充满了惊喜。他一边琢磨着这究竟是不是一场梦，一边回应道："对你的良言善语，我感激不尽。我常常听说这个美丽的国度，却从未亲眼见过。我很高兴能留在这里和你一起生活。这里是我见过的最美妙的地方，简直无法用语言形容。"

正当他说话之时，一群穿着拖尾礼服的鱼人出现了。它们迈着安静而优雅的步子，一个接一个地走进大堂，手中还端着珊瑚托盘，上面摆着用鱼和海藻做成的美味佳肴。在新娘新郎面前，一场奢华的盛宴已经准备就绪。这场婚礼办得光彩耀人，龙王的国土上处处洋溢着欢天喜地的气氛。当这对年轻的新人用酒杯行三献之礼[3]，许下誓言的时候，音乐响起来，颂歌唱起来，银鳞金尾的鱼人们从浪花中踏出，翩翩起舞。浦岛将自己的整个身心沉浸在欢乐中。

婚宴结束后，王子们问新郎是否愿意穿过宫殿，去参观别的地方。于是，幸福的浦岛跟随新娘，欣赏着这个神奇国度里的种种奇观。在这里，青春和欢乐总是形影不离，丝毫不受时间的影响。宫殿是用珊瑚建成的，装饰着珍珠，此处的美景与奇观如此夺目，甚至无法用语言来描述。

不过，对于浦岛来说，比宫殿更奇妙的是围绕它的花园。在这里，你可以同时看到四季风光，夏冬春秋之美立时展现在好奇的来访者眼前。

他首先向东望去，看到了梅花和樱花在盛开，夜莺在粉色的林荫大道上歌唱，蝴蝶在花丛中飞来飞去。

向南望去，树木似盛夏时郁郁葱葱，白天的蝉和夜晚的蟋蟀在高声鸣唱。

向西望去，秋枫如火，菊花也在怒放。

向北望去，景色的变换让浦岛猛然一惊，因为地面被皑皑白雪装点成了银色，树木和竹子也被雪覆盖着，池塘里结满了厚厚的冰。

---

3 三献之礼，日语称"三献の仪"，也称"三三九度"，是一种日本婚礼仪式。具体为新郎新娘一同用三个杯子喝九次酒（喝完一杯算一次）：首先是代表先祖的小杯，喝的顺序为新郎、新娘、新郎；其次是代表两位新人的中杯，顺序为新娘、新郎、新娘；最后是代表子孙的大杯，顺序是新郎、新娘、新郎。

对浦岛来说，这里每一天都有新的欢乐和惊喜，他过得开心极了，以至于忘记了一切，甚至是他的家、他的父母和他的国家。一晃眼三天过去了，他终于回过神来，想起了自己是谁，想起自己不属于这片神奇的国度，也不属于龙宫。他自言自语道："啊，哎呀！我不能待在这里，因为我家里还有年迈的父母。这段时间他们过得怎么样？这些天我没有回家，他们一定心急如焚。我必须马上回去，不能再多耽误一天了。"说罢，他开始匆匆忙忙地为归乡做准备。

他走到美丽的妻子面前，深深地鞠了一躬，说："说真的，在和你共处的时间里，我很幸福，乙姬殿下，你对我的体贴根本无法用语言表达。但是，我现在不得不辞别了，我必须回到我的老父母那里。"

听完这番话，乙姬哭了起来，温柔而又伤感地说："浦岛，你在这里过得不好吗？怎么这么快就要离开我？何必这么匆忙？只要再多陪我一天就好！"

然而浦岛想起了他的父母，在日本，没有什么事情比为父母尽孝更重要，哪怕是快乐和爱情。他没有选择留下，回应道："真的，我必须走了。不要胡思乱想，我并不想离开你，但我得回去看望年迈的父母了。等着我，我会回到你身边的。"

"既然如此，"乙姬悲伤地说，"我也不多说什么了。我今日就送你回父母那里，不再强求你多陪我一天。这个送给你，作为我们爱情的信物，记得把它带回来。"说着，她递给浦岛一个系着丝绳和红丝流苏的精致漆盒。

浦岛已经从乙姬那里得到很多东西了，他觉得受之有愧，于是说："你已经帮了我那么多，我再要你的礼物，似乎不太合适。不过这既然是你的心愿，我就收下了。能告诉我盒子里是什么吗？"

"这是玉手箱，"乙姬答道，"里面装着一些非常珍贵的东西。无论发生什么事，你都不能打开这个盒子！你一旦打开它，就会大祸临头！现在就答应我，你永远不会打开这个盒子！"

浦岛保证，无论发生什么事，他绝不会打开盒子。

然后，他向乙姬辞别，来到海边。乙姬和她的随从们跟在他的身后。他发现一只大龟正在那里等他。

他立刻骑到大龟的背上，穿过波光粼粼的大海，回到东方。他回头望向乙姬，朝她挥手，直到再也看不到她，龙王的国土和宫殿的屋顶都消失在视野中。然后，他满怀期待地把脸转向自己的家乡，寻找着前方地平线上升起的苍山。

终于，大龟把他带到了他熟悉的海湾，他回到了出发的海岸。当他踏上海岸，环顾四周的时候，乌龟也游回了龙王的国度。

然而，当浦岛站在那里举目四望时，他感到有一种莫名的恐惧袭遍全身。从身边经过的人为何目不转睛地注视着他？海岸和山丘还是老样子，但人们的面孔却都是陌生的。

他想弄明白这究竟是怎么一回事，于是快步往家里赶去，却发现房子虽然还立在原地，但其他地方看上去完全变了模样。他喊道："爹，我回来了！"正当他打算进去时，他突然看见一个陌生人走了出来。

"或许，父母趁我不在的时候搬去了别的地方。"渔夫想着，他心底生出一种奇怪的焦虑感。

"劳驾，"他对那个正盯着他看的人说，"我直到前几日还在这栋房子里住着。我的名字叫浦岛太郎。我父母曾住在这里，他们到哪儿去了？"

那人的脸上露出困惑的表情，依旧目不转睛地盯着浦岛的脸，然后开口道："什么，你是浦岛太郎？"

"没错，我是浦岛太郎！"

"哈哈！"那人笑道，"你可不能开这样的玩笑。的确，从前有个叫浦岛太郎的人住在这个村子里，但那是三百年前的事了。他不可能活到现在！"

听到这番奇言怪语，浦岛被吓坏了，说："拜托，请不要跟我开玩笑，我现在一头雾水。我真的是浦岛太郎，我肯定没有活过三百年。直到四五天前，我还住在这个地方。请不要再开玩笑了，把我想知道的事情告诉我吧。"

但那人的脸色越发严肃，他回复道："你或许是浦岛太郎，也或许不是，我无法确认。但是我听说的浦岛太郎是生活在三百年前的人。也许你是他的幽灵，来重游故居的吧？"

"你为何要嘲弄我？"浦岛说，"我不是幽灵，我是活人，你没看见我的脚吗？"他先用一只脚"咚咚"跺了跺地面，然后伸出另一只脚给那人看。

"但我只知道浦岛太郎生活在三百年前。这是写在村志里的。"那人坚持这么说，他不相信眼前人的话。

浦岛在困惑中迷失了自我。他站在那里，环顾四周，却如堕烟海。他看到的所有东西都和他离开之前的不同，他心中涌起一种可怕的感觉——那人说的或许是真的。他似乎是在一个奇异的梦境里。他在大海那边的龙宫里度过的也许根本不是几天，而是几百年，在这期间，他的父母去世了，他认识的所有人都去世了，村里人把他的故事写了下来。再待在这里也没有什么用了，他必须回到大海那边的娇妻身边。

他走回海滩，手里拿着乙姬给他的盒子。但究竟怎么回去呢？他根本想不出办法。猛然间，他想起了那个盒子。

"她给我这个永远不能打开的盒子时，告诉我里面装着非常珍贵的东西。可是现在，我无家可归，我在这里失去了所珍爱的一切，我的心因悲伤而越来越脆弱。此时此刻，如果我打开盒子，一定会找到某些能帮助我的东西，能让我跨过大海，回到她身边的东西。我现在别无选择。是的，我要打开盒子，看看里面有什么！"

他决定要违背誓言，他说服自己，这么做是对的。

慢慢地，非常缓慢地，他解开了红色的丝绳。慢慢地，满腹疑云地，他掀开了宝盒的盖子。他发现了什么？说来奇怪，盒子里只有一小团美丽的紫色云雾，化作三缕轻烟。刹那间，烟雾罩住了他的脸，在他身上飘摇着，似乎不舍得离开。然后，它如水蒸气一样在海面上飘走了。

在这之前，浦岛还是一个强壮英俊的青年，就在这一瞬间，他突然变得非常苍老。随着年龄快速增长，他的背驼了起来，头发变得雪白，脸上起了皱纹，最终倒在沙滩上死了。

可怜的浦岛！由于违反了约定，他再也回不到大海那边的龙宫，再也回不到美丽的乙姬那里了。

叁 异人之卷

桃太郎

桃太郎

在陡峭的海岸顶端，一座巨大的城堡俯瞰着大海。

很久以前，日本住着一对老夫妇，他俩都是农民，必须靠辛勤劳作换取粮食。老翁经常去帮周边的农民割草，在他外出工作的时候，老伴儿就做些家务，在他们家的小稻田里干农活儿。

一天，老翁像往常一样上山割草，老妇人拿了一些衣服到河边去洗。

夏日将近，两位老人走在去干活儿的路上时，看到田野里一片新绿，甚是美丽。河岸上的草像翠绿的丝绒，水边的柳树也在摇着柔软的流苏。

微风吹皱平静的水面，荡起细碎的浪花，抚摸着这对老夫妇的面颊。他们感到非常幸福。

老妇人终于在河边找到一处好地方，放下篮子准备洗衣服。她把衣服一件一件从篮子里拿出来，在河里洗，在石头上搓。河水清澈，她可以看到游来游去的小鱼，还有河底的卵石。

正当老妇人忙着洗衣服的时候，一个大桃子从小河上游漂下来。老妇人停下手中的活儿，抬头看到这个大桃子。她已经六十岁了，这辈子都没见过这么大的桃子。

"这桃子一定很好吃！"她自言自语道，"我一定要把它捞上来，带回家给老头子尝尝。"

她伸出胳膊想要抓住大桃子，但是够不着。她四处张望想找根树枝，可怎么也找不到。如果她再找下去，桃子就要漂走了。

她停下来思索片刻，想起一首古老的情歌。然后，她开始一边随着哗哗的水声拍手，一边唱起歌：

> 远水苦来近水甜，
> 经过远水来到甜。

说来奇怪，就在老妇人反复唱着这首歌的时候，桃子开始向河岸漂来，越来越近，最后停在她手能够到的地方。老

妇人高兴得都不想继续干活儿了，于是她把所有衣服都放回竹篮里，背上篮子，手捧桃子急匆匆地往家赶。

等待丈夫回家的时间十分漫长。太阳落山时，老翁终于回来了，他背着一大捆草——大得几乎把他盖住了，老妇人差点儿没看见他。他看起来很疲惫，用镰刀当拐杖拄着。

老妇人一看见他，就喊道："老头子！我今天等你回家等好久了！"

"怎么了？"老翁对她不同寻常的反应感到奇怪，问道，"我不在家的时候发生了什么事吗？"

"哦，没有！"老妇人回答说，"什么也没有发生，只是我给你找了一件不错的礼物！"

"那是挺好的。"老翁说着，在水盆里洗了脚，踏上缘侧。

老妇人跑进小屋，从壁橱里拿出大桃子，她感觉它比之前更重了。她把桃子举到老翁面前说："瞧这个！你这辈子见过这么大的桃子吗？"

老翁看了看桃子，惊讶地说："这确实是我见过的最大的桃子！你在哪儿买的？"

"这不是我买的，"老妇人回答说，"是我在洗衣服的河里发现的。"她把事情的经过告诉了老翁。

"你能找到这么大的桃子，我真为你高兴。我们现在就吃了它吧，我太饿了。"老翁说。

他拿出菜刀，把桃子放在案板上正准备切开时，突然发生了一桩奇事——桃子裂开了，一个清晰的声音说：

"等一下，老爷爷！"一个漂亮的小孩从桃子里走了出来。

老翁和妻子被眼前的景象惊得跌坐在地上。小孩又开口了："不要害怕，我不是鬼，也不是妖精。我告诉你们真相。你们日日夜夜哀叹没有孩子，你们的恳求已被上天听到，上天怜悯你们，派我来做你们的儿子。"

　　老翁和妻子喜出望外。他们因为孤独的晚年没有孩子照顾而日夜哭泣，此刻祈祷得到回应，他们哪能不高兴呢，手脚都不知道该放在哪里。老翁首先抱起了小孩，然后老妇人也抱了抱。他们给他起名叫桃太郎，因为他是桃子所生的。

　　时间过得飞快，桃太郎长到十五岁了。他比同龄男孩要高大强壮得多，有一张英俊的脸和一颗充满勇气的心以及非常聪明的头脑。这对老夫妇一看到他就眉开眼笑，因为他正好符合他们心目中的英雄相。

　　一天，桃太郎来到养父面前，一本正经地说：“父亲，我们在机缘巧合下成为父子，您对我的关爱，比您每天上山割的草还要多，比母亲洗衣服的河还要深。我真不知道该如何感谢您。”

　　“为何要这么说？”老翁回应道，“父亲抚养儿子是理所当然的事。等你长大了，就轮到你来照顾我们了——都是平等的。你竟会这样感谢我，真令我惊讶！"他看上去有些不耐烦。

"我希望您能对我耐心一点儿，"桃太郎说，"在开始报答您之前，我有一个请求，希望您能允许我做一切想做的事。"

"你想做什么就做什么，因为你跟别的孩子不一样！"

"那就让我立刻离开吧！"

"你说什么？你想离开父母，离开家？"

"我一定会回来的！"

"你要去哪儿？"

"您一定对我想要离开这件事感到奇怪，"桃太郎说，"因为我还没有告诉您原因。在离这里很远的日本东北的海上有一座岛，那是一群鬼族的巢穴。我时常听闻它们如何入侵这片土地，杀掠百姓，搜刮走所能找到的一切。它们不仅恶贯满盈，而且对天皇陛下不忠，不遵守陛下的律令。它们是食人魔，会杀害并吃掉一些不幸落入它们手中的贫苦百姓。这些鬼族罪恶滔天。我要去降伏它们，把它们从这片土地掠去的所有财物夺回来。所以，我想离开一小段时间！"

从一个十五岁的孩子口中听到这一切，老翁惊讶万分，不过，他觉得最好还是让桃太郎去。桃太郎强壮且无所畏惧，老翁知道他不是普通的孩子，而是上天赐给他们的礼物。老翁确信鬼族是没有能力伤害他的。

"你说的这些都令人振奋，桃太郎，"老翁说，"我不会妨碍你做的。你想去就去。你要速速前往岛上，除灭鬼族，为这片土地带来太平。"

"谢谢您。"桃太郎说。他在那天就准备出发了。他充满勇气，不知道什么是恐惧。

老翁和老妇人立刻开始在厨房的臼里捣米，准备给桃太郎做一些黍团子，让他带着在路上吃。

黍团子做好了，桃太郎也踏上了漫长的征途。

离别总是令人伤感，此刻更是如此。两位老人眼里噙满泪水，声音颤抖着说："一路小心，快去快回。我们期待着你的凯旋！"

桃太郎对离开年迈的父母感到非常难过，他想到自己离开后他们会多么孤独。但他还是勇敢地说了声"再见"。

"我现在就要出发了。我不在的时候，你们要照顾好自己。再见！"他踏出屋子，和父母默默地看着对方道别了。

桃太郎匆忙赶路，一直走到中午。他开始感到饿了，于是打开包裹，拿出一个黍团子，坐在路边的树下吃起来。就在他吃午饭的时候，一只几乎和小马一样大的狗从高高的草丛里跑出来，径直冲向桃太郎，露出牙齿，凶狠地说："你真是个粗野的人，未经允许就从我的领地经过。如果你把包里所有的黍团子都留下，我可以放你一条生路。不然我就咬你，直到把你咬死！"

桃太郎只是轻蔑地笑了笑："你在说什么？你知道我是谁吗？我是桃太郎，我要去征服日本东北的鬼岛。如果你胆敢拦我的去路，我就把你砍成两半！"

那只狗的态度立刻变了，它把尾巴垂到两腿中间，走到桃太郎跟前深鞠一躬，额头都碰到地上了。

"我听到了什么？桃太郎？您真的是桃太郎吗？我常听人说起您力大无穷。我有眼不识泰山，做了傻事，请原谅我的无礼。您真的要去攻打鬼岛吗？如果您能让我这样一个粗鲁的家伙做随从，我会非常感激的。"

"如果你想去的话，我可以带上你。"桃太郎说。

"谢谢您！"狗说，"顺便说一句，我饿极了，您能分我一个黍团子吗？"

"这是日本最好的黍团子，"桃太郎说，"我不能分你一个完整的，给你一半吧。"

"非常感谢。"狗说着，叼起扔给它的那一半黍团子。

随后，桃太郎站起来继续前行，狗也跟了上去。他们翻过高山，穿过峡谷，走了很长时间。突然，一只猴子从前面的树上跳下来，眨眼间就来到了桃太郎面前，说："您好，桃太郎！您在这片国土备受欢迎。请允许我和你们一起去讨伐恶鬼。"

狗忌妒地回应道："桃太郎已经有我这只狗陪着他了，像你这样的猴子在征战中有什么用？走开！"

狗和猴子开始又吵又咬，这两种动物总是互相仇恨。

"好了，别吵了！"桃太郎拦在它们中间说。

"有这样一个家伙跟在您后面，一点儿也不体面！"狗说。

桃太郎推开狗，对猴子说："你是哪位？"

"我是住在这山里的猴子，"猴子回答说，"我听说您要远征鬼岛，我是来和您一起去的。没有什么比跟随您战斗更让我高兴的了！"

"你真的想去鬼岛和我一同战斗吗？"

"是的，大人。"猴子回答说。

"我钦佩你的勇气，"桃太郎说，"这是我带的美味的黍团子。一道走吧！"

于是猴子也加入了桃太郎的队伍。狗和猴子相处得不太好，它们在赶路的时候总是互相撕咬。这让桃太郎很生气，最后他让狗举着旗子走在前面，让猴子拿着刀走在后面，自己则拿着一把铁军扇[1]挡在它们中间。

不久，他们来到一片广阔的田野。这时，一只鸟飞过来，

---

1 军扇，古代大将在战场上指挥士兵用的折扇，扇骨多涂黑漆，扇面上绘有日月星辰。

落在这支小队伍前。这是桃太郎见过的最美丽的鸟，它身披五色羽毛，头戴鲜红的帽子。

狗立刻向那只鸟扑去，试图抓住并咬死它。但是鸟踢了踢爪子，机敏地朝狗的尾巴飞去，两个家伙拼命厮打起来。

桃太郎在一旁看着，不禁赞赏起这只鸟来——它在战斗中表现了出极大的勇气，肯定会成为一名优秀的战士。

桃太郎走到交战双方面前，把狗拉回来，对鸟说："你这个无赖，妨碍我的征途。如果你立即投降，我就带你走；如果你拒绝，我就让这只狗咬掉你的头！"

于是，这只鸟立刻投降，请求加入桃太郎的队伍。

"我不知道该如何解释为何要跟这只狗——您的随从争斗，不过我真没看见您。我是一只脾气乖戾的鸟，叫雉鸡。您能原谅我的无礼并带我一起去，真是太仁慈了。请允许我在狗和猴子之后跟随您！"

"恭喜你投降得这么快。"桃太郎微笑着说，"来加入我们讨伐鬼族的队伍吧。"

"您要带上这只鸟吗？"狗打断了他的话。

"你为何要问这样一个不必要的问题？你没听到我说的话吗？我带着这只鸟，是因为我想带上它！"

"哼！"狗不悦道。

然后桃太郎站起来，下达了这样的命令："现在你们都必须听我的。军队里首要的是和谐。有句名言说：'天时不如地利，地利不如人和。'当我们彼此不能和平相处时，制伏敌人就不是一件易事。从现在起，你们三个——狗、猴子和雉鸡，必须成为同心协力的朋友。谁先动手，谁就将被逐出队伍！"

三个家伙都答应不再争斗。现在，雉鸡已经成了桃太郎队伍中的一员，并得到了半个黍团子。

在桃太郎的影响下，它们三个成了好朋友，在桃太郎的率领下匆匆前行。

他们日复一日地赶路，终于来到了东北海岸。然而，地平线上什么也看不见——没有任何岛屿的迹象。打破寂静的，只有海浪拍岸的声音。

狗、猴子、雉鸡一路勇往直前，穿过长谷，翻越山陵，但是它们从未见过大海。它们自出发以来第一次感到困惑——该如何渡海去鬼岛呢？

桃太郎为了考验它们，高声怒斥道："你们为什么犹豫？你们害怕大海吗？哦，你们真是胆小鬼！像你们这样弱小的家伙是不可能和我一起讨伐鬼族的，我一个人去要好得多。我现在就把你们全部遣散！"

听到这番严厉的责备，三只动物都吃了一惊，紧紧抓住桃太郎的袖子，求他不要赶走它们。

"求您了，桃太郎！"狗说。

"我们已经走这么远了！"猴子说。

"把我们留在这里太无情了！"雉鸡说。

"我们一点儿也不怕海。"猴子又说。

"请带上我们吧。"雉鸡说。

"求求您。"狗说。

现在它们有了一些勇气，于是桃太郎说："好吧，那我就带你们一起去，不过务必小心！"

桃太郎找到一艘小船，他们都乘了上去。这天风和日丽，小船像一支箭似的掠过海面。这是狗、猴子和雉鸡第一次来到水面上，起初，它们都被海浪和小船的颠簸吓坏了，但后来渐渐习惯了水，又高兴起来。它们每天都在小船的甲板上踱来踱去，急切地寻找鬼岛。

找烦了的时候，它们就互相讲一些引以为傲的事情，然后一起做游戏。桃太郎听着这三只动物的歌唱，看着它们的滑稽动作，觉得很有趣，他就这样忘记了路途的艰辛，忘记了航行中的倦怠感。

由于风向对他们有利，且没有遇到风暴，这艘船前行得很快。在一个阳光灿烂的午后，船头的四个瞭望者终于看到了土地。

桃太郎知道他们看到的是鬼族的据点。在陡峭的海岸顶端，一座巨大的城堡俯瞰着大海。此时，他的目标已经近在眼前，他双手托腮陷入沉思，不知该如何发起进攻。他的三个随从注视着他，等待着命令。最后，他对着雉鸡说：

"有你在，对我们来说是一个很大的优势，利用你的翅膀，立刻飞到城堡吸引鬼族的注意力。我们跟着你。"

雉鸡立刻照做，从船上飞起来，高兴地拍打着翅膀。它很快就飞抵小岛，站在城堡中央的屋顶上大声叫道："你们这群鬼族都听着！伟大的日本将军桃太郎来讨伐你们了，并且会荡平你们的巢穴。如果你们想活命，就马上投降！为了表示诚意，你们必须折断额头上的角。如果你们此时拒不投降，而是负隅顽抗，我们——雉鸡、狗和猴子，将会把你们全部咬死！"

长着角的鬼族抬头，只看见一只雉鸡，便大笑道："真的是一只野鸡啊！从你这卑鄙的家伙嘴里听到这样的话，真是可笑。等着挨我们铁棒的打吧！"

的确，这些鬼族非常生气。它们拼命摇着角，抖动着蓬乱的红发，急匆匆穿上虎皮裤，使自己显得更可怕。然后，它们拿出大铁棒，试图把雉鸡打下来。雉鸡飞到一旁躲过攻击，然后啄了第一个鬼的脑袋，接着又啄了另一个鬼的脑袋。雉鸡绕着鬼族飞了一圈又一圈，不停地猛拍着翅膀，鬼族们开始担心它们是否要与更多的鸟战斗。

与此同时，桃太郎也已经将船靠岸了。当他们接近时，他看到海岸如同悬崖，巨大的城堡被高墙和大铁门环绕，防御工事十分坚固。

桃太郎上了岸，沿着小路朝山顶走去，猴子和狗跟在后面。他们很快就遇到了两个在小溪里洗衣服的美丽少女。桃太郎看到她们衣服上血迹斑斑，眼泪顺着脸颊滚落，就停下来问她们："你们是谁？为何哭泣？"

"我们是被鬼王掠到这个岛上的。我们虽然是大名的女儿，却不得不做它的仆人。它总有一天会杀了我们，"少女们举起血迹斑斑的衣服，"然后吃了我们，没有人来救我们！"

想到这可怕的一幕，她们的眼泪再次涌了出来。

"我会救你们的，"桃太郎说，"别哭了，只要告诉我如何进入城堡就行。"

然后，两位少女领着路，把城堡最下面一层的一扇小后门指给桃太郎看。这扇门太小了，桃太郎差点儿就爬不进去。

一直在鏖战的雉鸡看见桃太郎和他的小队从后面冲了进来。桃太郎的攻击是如此猛烈，以至于鬼族无法抵挡。起初，它们的对手只有那只雉鸡，但现在，桃太郎、狗和猴子都来了。鬼族被打得晕头转向，因为这四个对手都能以一当百，他们是如此强大。有些鬼族从城堡的护墙上掉下来，落在下面的岩石上摔得粉身碎骨；有的掉进海里淹死了；还有许多被打死了。

最后只剩下了鬼王。它下定决心投降，因为它知道对手有着超出凡人的力量。

它恭恭敬敬地走到桃太郎面前，扔下铁棒，跪在胜利者脚前，折断头上象征力量和权力的角以示顺从。

"我惧怕您，"鬼王谦卑地说，"我不会反抗。只要您肯饶我一命，我愿意把藏在这座城堡里的所有财宝都献给您！"

桃太郎大笑道："鬼王，求饶不像你会做的事，不是吗？

不管你如何乞求，我都无法饶恕你邪恶的一生，因为你杀害与折磨我们的百姓，经年累月地劫掠我们国家。"

　　说罢，桃太郎把鬼王绑起来，交给猴子看管。然后，他走遍城堡里所有房间，释放被囚禁的人，搜集一切财宝。

　　狗和雄鸡带着战利品，桃太郎把鬼王作为俘虏，得意扬扬地押回了家。那两个可怜的少女——大名的女儿，以及其他被鬼族掳去做奴隶的人，都被安全送回了自己的家。

　　桃太郎凯旋时，全国上下都把他奉为英雄。那对老夫妻比以前更高兴了，桃太郎带回家的财宝足够他们安享晚年了。

懒太郎

物くさ太郎

懒太郎甚至没有从草席上起身向这位长官鞠躬,举止冷淡得如同主人跟仆人说话。

很久以前,信浓国[1]住着一个叫懒太郎的小伙子。他之所以有这个绰号,是因为他生性懒惰,连落在路上的东西都懒得捡。邻居们让他帮忙做些什么时,他会耸耸肩说"真是太麻烦了",然后走开。他从未对周围人表达过一丝善意。

最后,所有人都疏远他,不再和他来往。说来也怪,没有人知道他的父母是谁,也不知道他从哪里来。他似乎是一个游荡到信浓国的流浪儿,身上却有一种引人关注的气质。

懒太郎梦想住进一座大宅院里。他把这座宅院想象成大名的官邸,矗立在专属领地上,四面高墙合围,三面有高大的冠木门。在公园般的庭园里,东南西北四个方向各有一片小湖,湖心各有一座小岛,通过雅致的拱桥与湖岸相连。啊!这处庭园该是多么美丽,有着微缩的山丘和山谷,有着细竹丛和矮松林,有着溪流和山涧小瀑,里面还养着夜莺、云雀

---

1 信浓国,日本古代的令制国之一,领域大约为现在的长野县。

和布谷鸟等各种鸟儿。宅子本身也很大，宽敞的房间里挂着贵重的织锦，天花板上镶着用名贵木材做的精美花雕，支撑廊道的柱子必须用金银装饰。他会用最精致的瓷碟瓷碗吃饭，那些在房间里走来走去为他服务的仆人都是穿着丝绸、绉绸

（本图出自日本国立国会图书馆藏古本《懒太郎》）

和锦缎的美丽姑娘，她们都是世家大族的女儿，很乐意来他家里学习贵族礼仪。这就是懒太郎的白日梦。有一两次，他对一个给他送来食物和小礼物的好心邻居说起这些事，却遭到嘲笑，于是他从此保持沉默，不再和别人说自己的梦。

但他必须面对严峻的现实。他没有梦中的宏伟官邸，只好在路边搭窝棚；没有梦中官邸里华丽的廊柱，只好竖起四根竹竿；没有梦中高大的院墙，只好挂一些草帘；没有梦中双脚在上面轻轻滑过的乳白地垫，只好铺着寻常草席。无论日夜，他总是无所事事地躺着，既不工作，也不乞讨，反而做着不切实际的美梦——有钱后该做什么，会拥有什么。

某日，一位同情懒太郎的近邻派仆人给他送去五个萩饼。懒太郎非常高兴，什么都没想就吃了四个。他拿起最后一个萩饼时，不知怎的突然不愿意吃掉它了。他把萩饼拿在手里盯着看，花了很长时间决定是吃是留。最后，他决定留着这个萩饼，直到有好心人给他送来别的东西。下定决心后，懒太郎又躺回草席上，靠着对未来的愚蠢幻想，以及玩手里剩下的那个萩饼消磨时光。他把萩饼抛起来，一不留神让它从手里滑了出去，滚到了路上。

"真烦人！"懒太郎望着躺在土路上的萩饼说。然而他实在是太懒了，都不愿离开窝棚去捡萩饼。

"那太麻烦了，"懒太郎说，"肯定会有路人帮我把它捡起来的。"

于是他就躺在窝棚里，看着路上的萩饼。不过，当有狗或者乌鸦过来试图叼走萩饼时，他也会大声喊叫或者朝它们甩袖子，赶走它们。

三日之后，打猎归来的地头[2]经过这里。他骑着骏马，后

2　地头，日本镰仓幕府在全国庄园和乡村设置的地方下级官吏。主要职责是给幕府征收军粮，同时还代为本所或领家征收年贡。

面跟着一群随从。

躺在窝棚里的懒太郎看见地头一行人朝自己过来，自言自语道："真是太幸运了！"他并不在乎来者是官员还是大名。当骑着高头大马的地头路过窝棚门前时，懒太郎提高嗓门朝他喊着，让他帮忙捡起萩饼，给自己带过来。这支骑马的队伍缓缓经过窝棚，然而没有人注意到他。为了让他们听见，懒太郎喊得更响了。

"喂，看这儿！没人愿意照我说的做吗？从马上下来给我捡个萩饼，不会太麻烦吧！"

仍然没有人理睬他。

懒太郎气坏了，更大声地喊道："你们真是一群懒汉！"

懒太郎就这样傲慢地给别人挑刺，用这种讨人嫌的方式同那些比他年长、比他优秀的人说话，完全忘记自己才是最懒的。此时，地头终于注意到了路边窝棚里的人，他如果跟寻常官员一样，肯定会命令手下当场杀死这个放肆的家伙。因为在日本古代，一个身居高阶级的武士，对下层人拥有生杀大权。当领主或长官骑马外出时，所经之地的小老百姓都要在尘土中鞠躬行礼，他们怕得要死，连头都不敢抬。

但这位地头并非寻常官员，他善良温和的性情在整个信浓都是有名的。懒太郎的怪异举动引起了他的好奇心。他曾听说过奇怪的懒太郎，断定窝棚里的人就是他。于是他从马上下来，让一位家臣在窝棚对面摆了一张凳子，然后坐下问道："你就是人们谈论的懒太郎吗？"

懒太郎一点儿也不害怕，大胆回答说他就是，甚至没有从草席上起身向长官鞠躬，举止冷淡得如同主人跟仆人说话。

"真是个有趣的家伙。"地头问，"你是靠什么谋生的？"

"正如人们对我的称呼，"懒太郎答道，"我什么也不做，就是整日躺在窝棚里。"

"那你肯定没什么东西可吃！"地头说。

"你说得太对了！"懒太郎回应道，"邻居们给我食物，我就吃；没收到食物的时候，我就像现在这样整日躺在窝棚里，有时三四天，甚至五天都不吃东西！"

"看你挺可怜的。"地头说，"如果我给你一块土地，你愿意耕种它，自己种稻种菜吗？你不想要的东西可以卖给邻居，这样可以赚些钱。"

"你是个善心人，感谢你。"懒太郎回应道，"不过让我自己种稻米实在是太麻烦了。我靠别人给的东西就能活下去，为什么还要那样做呢？抱歉，我不能接受你的好意。"

"好吧。"地头说，"如果你不愿意耕地，我可以给你一些钱做生意，你看如何？"

"那也很麻烦，所以我还是保持现状吧。"懒太郎说。

善良的地头听到他的回答很惊讶，但他是一个非常有耐心的人，他为懒太郎感到遗憾："大家都说你是全日本最懒的人。然而我见过形形色色的人，却没有一个像你这样无忧无虑、逍遥自在——既然这就是你的本性，我想也难以改变了。你的处境很可怜。我不能让你在我的地盘上挨饿——如果再这样懒下去，你肯定会挨饿的。"

于是地头从袖子里掏出一张纸，用笔墨写下一道命令：在他管理的村子，村民们每天要为懒太郎提供两顿米饭，每顿三两；每天提供一壶酒供其怡悦心情；不愿服从的人必须立刻离开村子。随后，他的命令被传遍全村。

在村民们看来，这真是一道奇怪的命令。但不管有多奇怪，他们必须服从地头的命令。所以从那天起，懒太郎就再也不愁吃喝了。

村里的时间过得很慢，懒太郎就这样过了三年安逸满足的生活，像天上的鸟儿那样无忧无虑。从表面上看，他对自己懒散的生活十分满意，似乎不奢望有什么更好的东西了。

就在第三年年末，一直住在京都的信浓守二条大纳言发布告要招一个年轻力壮的男仆。一位好心邻居建议，这是让懒太郎开始工作的好机会，他该去应招。但其他人都在摇头，说懒太郎是个废物，什么也不会干，到哪里都只是个麻烦。

"想想吧，"他们说，"他是如何对待善良的地头的，他竟敢让那位大人捡起他掉在路上的萩饼。因为他太懒了，连走出窝棚去自己捡都不愿意！如果是遇上别的长官，他一定会被当场砍死的。"

但不管他人如何聒噪、抱怨，那个好心邻居依旧坚持他的想法：让懒太郎争取到一份工作是正确的。有人提出反对意见，他就聪明地回应道："你们难道没听过'笨蛋和钝剪刀也有用处'[3]这句俗语吗？所以，就算是懒太郎，如果他被带到京都工作，也可能就此变好。我们一起劝说他去应招吧，看在神明的分儿上，让他试一试。谁知道这会不会成为他人生的转折点呢？只要给懒太郎适当的机会，他迟早会成为勤劳有用的人。"

初次听到这个建议时，懒太郎很不情愿照他们说的去做。他说他连贵族家的规矩都不懂，怎么去干活儿呢？毕竟他是懒太郎，打生下来就没做过任何工作。但邻居朋友们坚决要他去，每天都到窝棚里劝他。最终，懒太郎想通了，说为了照顾他们的面子，他无论如何也得去拼尽全力试一试，如果他做不到，那也没办法了。懒太郎说完这话，朋友们高兴坏了，都说会帮他准备。他们给了懒太郎一身体面的衣服，好让他能在大名府中上得了台面，然后给了他一笔路费。

---

3 原话为"馬鹿と鋏は使いよう"，直译为"笨蛋和剪刀的用法"。意思是说哪怕是钝剪刀，只要用在合适的地方，也能发挥作用；哪怕是笨蛋，只要使用得当，也能派上用场。

就这样，懒太郎离开了生活多年的信浓乡下，前往京都。天皇住在富丽堂皇的宫殿中，皇宫周围则住着那些被家臣们簇拥着的大名。皇城的街道修得很漂亮，一尘不染，房屋也远比懒太郎想象的要气派——倾斜的大屋顶，彩绘的大门，公园般的庭园。京都的确与信浓大不一样。

就像日本人说的"月与鳖"[4]——还有什么比散发着迷人光辉、乘着云朵、被无数星辰簇拥的美丽夜之女神，与从烂泥里爬出来、在阳光下晒背的乌龟差别更大的吗？懒太郎走在京都的街道上，想起了这句古老的谚语，自言自语道："京都就是月亮女神，落后的信浓则是乌龟。"

懒太郎注意到他遇到的人都有白皙的皮肤，因为京都人以肤色白而闻名。有些人说是因为水的纯净，他们的皮肤才如此白皙；而另一些人说，他们和日本其他地方肤色发黄的人是不同种族。

懒太郎低头看了看自己，才发现自己的皮肤有多黑，指甲有多长，衣服有多粗糙。他有生以来第一次为自己感到羞愧，为自己过去的懒惰感到后悔。

懒太郎想起那位友善的、比别人想得更周到的邻居在他的竹筐里放了一套绸衣，说他到京都后肯定用得上。于是，懒太郎走进一家茶馆，把身上的布衣换成了绸衣，然后询问信浓守二条大纳言的府邸在哪，并前往那里。他走进大门，站在玄关处说自己是应信浓守征招仆人的告示而来的，请求被聘用。

信浓守听说有人从自己的领地来应聘家中空缺，就亲自出来见懒太郎，为他的长途跋涉表示感谢。

"勤勤恳恳干好活儿，你就不会觉得在我家工作是艰难

4　原话是"月と鼈"，意思是月亮和乌龟都是圆形的，但两者差距极大。

或糟糕的！"二条大纳言说。

说来奇怪，自从被这位大名收为仆人后，懒太郎就像变了一个人。他表现出极大的热情来取悦雇主，并且工作非常勤奋——主人们还没起床，他就起来打扫庭园；他办事比别的仆人都快，还经常熬夜看守大门；当二条大纳言要外出时，懒太郎会第一个把草履备好，并对陪同外出表现出渴望。他做任何事都勤勤恳恳、认认真真，他的忠心和勤奋给主人留下了深刻印象。

"'沙中黄金泥中莲'[5]，这句谚语说得真对啊。"二条大纳言说，"谁能想到这个来自乡下的仆人竟干得如此出色？他是一个聪明的家伙，不似我之前见过的任何乡下人。"

就这样，懒太郎得到了主人青睐，逐渐从一个低贱的仆人成为地位更高的侍从。

晋升后不久的一天，懒太郎被召到内室去侍候尊贵的小姐——二条大纳言的女儿。他在房间里穿行的时候，不小心摔倒在小姐的琴上，把它撞坏了。

日本人一直把压抑自己的情感视为美德，无论发生什么事，无论内心是欢喜雀跃还是痛苦难耐，他们必须学会对这个世界摆出一副冷漠表情，不使情绪流露出来，而是控制住它，将其化为一首歌或是俳句。这就是传统所灌输的教养和礼仪，尤其是在上层社会，这些规矩被严格遵守。

二条大纳言的女儿出身高贵，所以当她看到懒太郎弄坏了自己最喜欢的琴时，虽然非常伤心，却没有表现出任何愤怒或焦急，而是咏出一首即兴的歌来表达她的悲伤：

从今日开始

---

5 原话为"砂に黄金泥に蓮"，意思是即便在淤泥中也会盛开美丽的莲花，即便在沙砾中也会发现珍贵的黄金。比喻优秀的人才不论出身。

> 我想要解闷之时
>
> 该做些什么？ [6]

懒太郎对自己的过错感到非常愧疚，他知道自己肯定惹小姐伤心了。他心中一动，突然用小姐那首歌之后的格式 [7]，将自己的道歉和愧疚说了出来：

> 您说的当然在理（是琴坏了）
>
> 所以我无话可说 [8]

这句歌词有两层含义，因为第一个词"ことわり"有"事理"（理）和"坏掉的琴"（琴割り）两种意思。懒太郎的应答首先意味着小姐的悲伤确实有充分的理由，而他没有什么好反驳的；其次，琴是被他弄坏的，他无话为自己辩解。

坐在隔壁房间的二条大纳言听到懒太郎用和歌回应自己女儿，意识到他是一位大有才华的歌人时，非常惊讶地自言自语道："果然，外表是会迷惑人的。"

等到再次上朝时，二条大纳言想用懒太郎的故事逗朝堂上的人开心，便说自己头一回招了个"挖芋头的人" [9] 到家里干活儿，却发现他从粗野的乡下人变成了能干的仆人，证明了自身价值，然而最令人惊讶的是他居然还擅长诗歌。朝堂上的每个人都饶有兴趣地听着，说这个故事就像小说一样。

---

6 原歌为"今日よりは わが慰みに 何かせん"。

7 在和歌中，一首短歌分为五行，每行音节数分别为 5、7、5、7、7，共 31 音。其中前三行称为"上句"，后两行为"下句"。上下句分别由不同的歌人创作，称为连歌。

8 原歌为"ことわりなれば ものも言われず"。

9 日语为"芋掘り"，是对乡下人的蔑称。

最后，懒太郎的故事传到天皇耳中，天皇对这个擅长诗歌的乡下人很感兴趣，想见见他。因为在日本，有文学和诗歌才能的人会受到尊重，并以一种特殊的方式享受皇室优待。天皇派人通知二条大纳言，让他把懒太郎带到宫中。

于是二条大纳言要求懒太郎陪他一起上朝。懒太郎终于获得了凡人所能得到的最高荣誉——被威严的天皇召见。

天皇端坐在玉座之上，身前挂着金、紫色细绳编成的竹帘，确保他能看见下面的人，而下面的人看不到他。因为天皇被认为是至神至圣的，臣民的目光不允许落到他身上。

二条大纳言在玉座前行过三拜之礼，然后说他把懒太郎带到了。天皇终于屈尊从遮着他的竹帘后开口了，他是这样说的："朕听闻你是个歌人。所以，当场为朕作一首短歌吧！"

懒太郎毫不犹豫地照做了。他向四周看了看以寻找灵感，忽然瞥见庭园里一只黄莺落在开满花的梅树上开始鸣唱，于是便把黄莺和梅树作为短歌的主题：

> 那只黄莺的
> 叫声听起来湿润
> 只因为那把
> 梅树的花伞之间
> 漏下了滴滴春雨[10]

天皇很欣赏懒太郎的才华，于是又对他说："听说你是从信浓来的，你们那里怎么称呼梅树开的花？"

懒太郎再次用诗歌回答了天皇的问题：

10　原歌为"鶯の 濡れたる声の 聞こゆるは 梅の花笠 漏るや春雨"。

（本图出自日本国立国会图书馆藏古本《懒太郎》）

在信浓我们

把梅树上开的花

称呼为梅花

在都城里这种花

是怎么称呼的呢[11]

懒太郎就这样谦虚地承认他对京都一无所知。

"你真是一个有才华的歌人！"天皇说，"你一定是良家子弟，告诉朕你的父亲是谁。"

"我记忆里没有父母！"懒太郎说。

"朕责令信浓的官员调查你的身世。"天皇命令朝臣们派使者到遥远的信浓国，尽可能了解懒太郎和他父母的情况。

过了一段时间，信浓的官员从一位老僧那里得知了懒太郎的真实身份，这一发现令人吃惊。

很多年以前，一位皇子与他的妃子被逐出宫廷，来到了信浓的善光寺[12]。这对年轻的皇室夫妇为膝下无子而悲伤，为能有一个孩子而向上苍祈祷。一年之内，他们的祈祷得到回应，生下一个儿子——懒太郎。懒太郎三岁时，他的父母双亡，只得被老僧继续照料。懒太郎七岁那年离开寺院，不知所终。

这对皇室夫妇很好地保守了他们的秘密，直到老僧找出藏在佛坛后的一些信件，才发现懒太郎的身份。懒太郎是仁明天皇[13]的孙子，而仁明天皇则是嵯峨天皇[14]的次子。懒太郎的父亲因在朝中的不端行为而被驱逐[15]，远离了繁华的京都和所有认识他的人，在位于本州岛中央的信浓国隐藏自己的

11　原歌为"信濃には　梅花と言うも　梅の花　都のことは　いかがあるらん"。

12　善光寺，位于今长野县长野市元善町，始建于644年。

13　仁明天皇，日本第五十四代天皇，833年至850年在位。

14　嵯峨天皇，日本第五十二代天皇，809年继位，823年让位于三弟大伴亲王（即第五十三代天皇淳和），退位成上皇。

15　842年（承和九年）嵯峨卜皇驾崩，仁明天皇以谋反罪名撤换原来的皇太子恒贞亲王（淳和天皇次子），改立自己的长子道康亲王为皇太子。史称"承和之变"。懒太郎的身世当是由这一事件加工而来。

耻辱。因此没有人知道懒太郎从哪里来，他是谁，或者关于他的任何事情。他像村里人一样长大，不知道自己出身高贵，本该属于上流阶层。

你可以想象在得知懒太郎是皇室后裔时，天皇有多么惊讶——难怪他会表现出如此高贵的品质：忠心侍奉主人，热爱诗歌。天皇授予懒太郎从三位中将的官阶，并任命他为信浓国和甲斐国的守护。

懒太郎回到了信浓，这个曾在他贫穷之时庇护过他的地方。此时的懒太郎不再是那个住在窝棚里无所事事，靠邻居、朋友的施舍就能满足的废物，而是通过勤恳和忠心赢得二条大纳言的敬佩，并被召入朝堂的新任守护。他凭借诗歌天赋引起了天皇的兴趣，而那道调查敕令确定了他的高贵出身。

懒太郎的转变如此之大，他不再是一个在路边受人鄙视的乞丐，而是成为一个受人尊敬的人，成为被天皇任命的信浓国新守护。飞黄腾达的懒太郎没有忘记邻居、朋友们对他的恩情，报答了所有在他流浪日子里帮助过他的人，没有忘记任何一个——那些给过他米饭的人，那些鼓励他去京都的人，那些为他的旅途准备东西的人。懒太郎还拜访了他的老朋友，也是他的恩人——已经退任的前信浓守二条大纳言，并赠给他许多贵重礼物。二条大纳言则将自己的一个女儿嫁给了懒太郎。

懒太郎曾在白日梦中看到的宏伟官邸也成了现实。它有着倾斜的大屋顶，就像你在日本老照片中看到的那样。它坐落在美丽的庭园里，四周建有高墙。

懒太郎快乐地活到了一百二十岁，然后离开了这个世界。所有认识他的人都喜爱他，尊敬他，哀悼他。这就是懒太郎的美好结局。

开花爷爷

花咲か爺

很久很久以前，有一对老夫妇，他们靠耕种一小块田地养活自己，日子过得非常幸福。但他们一直有一个遗憾——膝下无儿了。他们唯一的宠物是一只名叫小白的狗，他们对它倾注了暮年所有的爱。他们非常喜爱它，每当有好吃的东西的时候，他们都舍不得自己吃，而是喂给小白。小白因它的毛色而得名。它是一只真正的日本犬，看上去很像一头小狼。

对老人和他的狗来说，一天中最快乐的时光就是老人从地里干活回来后，吃过简单晚餐，把他从这顿饭里省下来的食物放到窄窄的缘侧上，让小白吃小点心的时光。老人说："吃吧，吃吧！"小白就会坐起来求食吃，主人便把食物给它。在这对善良的老夫妇的隔壁住着另一对老夫妇，他们都是无耻而残酷的人，他们不遗余力地憎恨着善良的邻居和小白。每当小白碰巧进入他们的厨房时，他们就会踢它或朝它扔东西，有时甚至还打伤它。

有一天，老人听到小白在自家屋后的田里叫了很长时间，他以为是鸟儿在偷吃庄稼，就急忙跑出去看怎么回事。小白一看见主人，就跑过去迎接他，摇着尾巴，带他到了一棵高大的榎树下。然后，它开始用爪子使劲儿刨土，高兴地叫个不停。老人无法理解它的举动，站在那里茫然地看着。但小白继续拼命地叫着，刨着。

　　树下可能藏着什么东西，而小白嗅到了它的气味。老人终于明白过来。他跑回屋里拿来铲子，开始在那个地方挖土。挖了一会儿后，他挖出了一堆古老而值钱的金币，并且挖得

越深，金币就越多。老人挖得如此专注，他都没有看到邻居隔着竹篱笆向他窥视的那张脸。最终，他把所有的金币都挖出来，金币堆在地上闪闪发光。小白骄傲地挺直身子坐着，仿佛在说："你看，虽然我只是一只狗，但我可以报答你对我的恩情。"

老人跑去叫他的妻子，他们一起把财宝带回家。就这样，这个穷苦的老人在一夜之间变得富有了。他对这条忠实的狗感激不尽，比以往任何时候都更加宠爱它。

那位性格差劲的老邻居是一个嫉妒心很重的人，他自己也想要发现财宝。于是几天后，他来到老人家里，非常客气地请求老人把小白借给他一小段时间。

小白的主人认为这是个奇怪的请求，因为他很清楚，邻居不仅不喜欢他的狗，而且每当小白穿过邻居家的小路时，对方从不放过任何一个殴打折磨它的机会。但是这位老人心肠太好了，他不愿拒绝邻居，于是同意把小白借给他，条件是要好好照顾它。

邻居老头带着坏笑回到家，告诉妻子他是如何成功实现奸猾计谋的。随后，他抄起铁锹，迫不及待地往自家地里走，并强迫身不由己的小白跟着他。他走到一棵榎树前，立刻威胁小白道："如果你家主人的树下有金币，那么我家树下一定也有。你必须给我找出来！它们在哪儿？"

他抓住小白的脖子，把它的脑袋往地上按，于是小白开始又抓又刨，想从那个可怕的老头手中挣脱出来。

老头看到狗开始又抓又刨，高兴极了，认为小白跟上次一样嗅到了金子的气味。于是他把小白推开，自己挖起来，但是什么也没找到。他继续挖，一股刺鼻的臭味飘了出来，最后竟挖出一堆垃圾。

可以想见老头有多愤怒，但他没有把失望归咎于自己的贪婪，而是责怪那条可怜的狗。他一把抓起铁锹，用尽全身力气将小白当场打死，然后把尸体扔进他刚刚挖的洞里，并重新填上了土。之后他回到家里，没有告诉任何人他所做的一切，包括他的妻子。

等了好几天之后，小白还没有被送回来，它的主人开始着急了。这位善良老人去找了邻居，让对方把狗还给他。那个坏邻居竟恬不知耻地说，就是他杀了小白，因为那狗干了坏事。听到这个可怕的消息，小白的主人痛哭流涕。这对他来说真是晴天霹雳，但是他太善良老实了，没想责怪他的坏邻居。得知小白被埋在邻居家地里的那棵榎树下，他请求老头把那棵树让给他，以纪念他可怜的小白。

即使是那个无耻的老邻居也难以拒绝这样一个简单的请求，于是他同意把埋葬着小白的那棵树送给老人。小白的主人把树砍倒运回家，用树干做了一个臼。他的妻子在臼里放了一些米，之后他开始舂米，想做个祭品来纪念小白。

一件奇怪的事情发生了！他妻子刚把米放进臼里，米的数量就开始增加，直到增加到最初的五倍！然后年糕从臼里"跳"出来，仿佛有一只看不见的手在操作。

老人和妻子看到此景，明白这是小白对他们的爱的回报。他们品尝年糕，觉得比天下任何食物都好吃。从此，他们再也不用为食物发愁了，他们靠那个臼里不断供应的年糕就能生活。

贪心的邻居听到这个新的消息，像上次一样满心忌妒。他再次拜访老人，向他请求借用几天那个神奇的臼，他假装为小白的死感到悲伤，并希望做些年糕当作祭品。

老人一点儿也不愿意把臼借给那个残忍的邻居，但他太善良了，不忍拒绝对方。那个满心忌妒的人把臼带回家，然后就再也不还了。

几天过去了，小白的主人一直等着邻居还白，却迟迟没有结果，于是他找到邻居家，要求对方把它还回来。他发现邻居正坐在一堆篝火旁，地上散落着什么东西。面对老人的质问，那个无耻的邻居傲慢地回答道："你是来找我要白的吗？我把它劈碎了，这会儿正在拿劈开的木头生火，因为当我试着在里面舂年糕时，做出来的尽是一些难闻的东西。"

　　善良的老人说："真是太可惜了，如果你想要年糕的话，可以向我要啊，你要多少我给多少。现在请把白烧成的灰给我吧，因为我想把它们收好，以纪念我的狗。"

　　邻居同意了，老人提着一个装满灰的篮子回家了。

　　没过多久，老人不小心把一些白烧成的灰撒在庭园里的树上。当时已是深秋，所有的树都脱光了叶子，可是那灰一碰到树枝，樱树、梅树以及所有会开花的灌木就绽放出了花朵，老人的庭园里呈现出春意盎然的景象。老人高兴极了，小心翼翼地把剩下的灰保存好。

　　老人庭园里的故事轰动一时，远近的人都来看这一奇观。

　　过了没多久，有一天，老人听到有人在敲他家的门，他走到玄关去看来的是谁，发现门外站着一位武士。武士对老人说，他是一位大名的家臣，大名最喜爱的一棵樱树枯萎了，为了让它恢复生机，家仆们试遍了各种方法，但没有一个奏效。看到大名因失去心爱的樱树而闷闷不乐的样子，武士十分难受。就在这时，他们碰巧听说有一位能让枯树开花的神奇老人，于是武士的家主就派他来请这位老人到府中一见。

　　"如果您能即刻动身，我将不胜感激。"武士补充道。

　　听完这番话，善良的老人恭恭敬敬地跟着武士来到大名的府邸。

　　大名已经等得不耐烦了，一见老人便立刻问道："你是那个哪怕不在花期，也能使枯树开花的老人吗？"

老人鞠了一躬，回答道："我就是那个人！"

大名继续说："你必须用你那出名的灰，让我的庭园里那棵死去的樱树重新开花。我会在一旁观看。"

说罢，大名和他的家仆以及拿着宝刀的侍女都进了庭园。

老人卷起衣服，做好爬树的准备。他说了声"打扰"，拿起随身携带的那罐灰，开始爬树。每个人都饶有兴趣地注视着他的一举一动。

最终，老人爬到了樱树主干分杈的地方，坐下来，在树枝上撒满灰。

真的很神奇！那棵枯树立刻开满了鲜花！大名欣喜若狂，他站起来展开扇子，把老人从树上叫下来。他亲自递给老人一杯上好的清酒，并奖赏给他许多贵重礼物。大名下令，从

今以后，老人可以自称"开花爷爷"，而且所有人都要用这个名字来称呼他。于是，老人带着殊荣回家了。

听闻降临在善良老人身上的所有福运之后，那个无耻邻居跟以前一样抑制不住满心忌妒。他相信这一次肯定能成功，他只需要模仿老人在枯树上撒灰，让它们开花便可。

于是他忙活起来，从火塘里把那神奇的白烧剩的灰全都收集起来。然后，他出门去，希望能找到一个大人物来雇用他。他一边走，一边大声喊着：

"那个能让枯树开花的奇人来了！那个能让枯树开花的老人来了！"

大名在他的府邸听到这喊声，说："一定是开花爷爷路过。我今天无事可做，正好让他再试一试他的绝技，定会让我赏心悦目。"

于是家臣们出去将那骗子带到他们家主面前。我们可以想象出那老头志得意满的样子。

然而大名看着他的样子，觉得奇怪，因为他一点儿也不像之前见过的那个老人，于是问道："你就是被我赐名开花爷爷的人吗？"

邻居撒谎道："是的，大人！"

"真是奇怪啊！"大名说，"我以为世上只有一位开花爷爷呢！他现在收徒弟了吗？"

"我是真正的开花爷爷。先前到您府上来的只是我的徒弟！"老头又回答道。

"那么你的技艺一定更好，让我看看你会做什么！"

邻居跟着大名和他的随从进入庭园，走到一棵枯树旁，抓出一把随身携带的灰撒在树上。

然而这棵树不但没有开花，连花蕾也没有长出来。老头以为自己用的灰不够，便一把又一把地往枯树上撒灰，依旧一点儿效果都没有。试了几次后，灰被吹进了大名的眼睛。大名火冒三丈，命令家臣立即逮捕冒牌的开花爷爷，把他投进大牢，永远不得释放。他终于为他的所作所为受到了惩罚。

而开花爷爷依靠小白为他找到的金币，以及大名赏赐给他的金银，成了一个大富翁，过着幸福的生活，并且受到所有人的喜爱和崇敬。

摘瘤爷爷

こぶ取り爺

三十

他不停地轻拍自己的右脸，高兴得简直无法好好走路。

很久以前，有一个善良的老翁，他的右脸上长着一个网球大的瘤子。这个瘤子毁了他的容貌，他为此烦恼多年，花了很多时间和金钱想要摘掉它。他用尽一切办法，求遍远近名医，外用各种药物，但一点儿效果都没有。瘤子越长越大，最终几乎和脸一样大。他死心了，听任它在脸上挂一辈子。

一天，厨房的柴火用完了，老伴儿马上要做饭，老翁就拿起斧头，去离家不远的山林中砍柴。那是一个初秋的晴朗日子，老翁陶醉于清新的空气，并不急于回家。他专注于砍柴，很快，一下午就过去了，他已经收集了一大捆柴火。天快黑的时候，他才扭头回家。

老翁下山没走多远，天空就乌云密布，下起了倾盆大雨。他四处寻找躲雨的地方，但附近连一间烧炭工的小屋都没有。最后，他在一根空树干上发现一个大洞，洞口离地面很近。于是他爬了进去，坐下来，期盼天气快快转晴。

然而令老翁沮丧的是，雨越下越大，雷声大得吓人，天空似乎都被闪电撕裂了。老翁瑟瑟发抖地躲在树洞中，祈祷着神明的保佑。最后，天空终于放晴了，大地沐浴在落日余晖之中。老翁望着外面美丽的暮色，精神又恢复了。他正要从空树干里出来，耳边忽然传来声音——似乎是几个人正在接近的脚步声。他立刻想到是朋友们来找他了，能有几个朋友陪着回家，他心里美滋滋的。但是当他从树干里往外看的时候，他惊愕地发现向他走来的不是朋友，而是数百个鬼。他心惊胆战地继续躲着。这些鬼有的像巨人一样高大，有的长着与身体其他部分完全不成比例的大眼睛，有的鼻子长得出奇，有的嘴巴大得似乎从一只耳朵跨到另一只耳朵。相同的是，它们的额头上都长着角。老翁被眼前的景象惊呆了，他失去平衡，从树洞里掉了下去。幸运的是，那棵树并不显眼，那群鬼没有看到他。

正当他坐在树洞里，焦躁地想着什么时候才能回家时，他听到了欢快的音乐声，接着一些鬼开始唱歌。

"这些家伙在干什么？"老翁自言自语道，"我要瞧一瞧，听起来挺有趣的。"

老翁往外一看，发现鬼王居然正背靠着他藏身的树干坐着，其他鬼围坐在一旁，有的喝酒，有的跳舞。它们面前的地上摆着食物和酒，这些鬼正在尽情享乐。

看到它们古怪滑稽的动作，老翁笑了。

"真有趣啊！"老人自言自语笑道，"我活了这么大岁数，还从没见过这么古怪的事情。"

他兴致盎然地注视着这群鬼所做的一切，竟不自觉地从树干里走了出来，站在那里看着。

鬼王正拿着一大杯清酒，看一个鬼跳舞。过了一会儿，它厌烦地说："你跳得太单调了，我看腻了。你们中间没有谁比这家伙跳得更好吗？"

老翁一辈子都很喜欢跳舞，是这方面的行家，他知道自己会比鬼跳得更好。

"我能在这群鬼的面前跳舞，让它们见识一下人类的技艺吗？这可能很危险，它们也许会杀了我！"老翁自言自语道。

然而，他的恐惧很快就被对舞蹈的热爱所克服。他按捺不住，在这群鬼面前跳起了舞。老翁竭尽所能地施展舞技。

看到一个人无畏地参与到它们的宴会中，这群鬼起初感到非常惊讶，很快，惊讶就变成了钦佩。

"真奇怪！"长角的鬼王惊呼道，"我从没见过如此厉害的舞者！他跳得棒极了！"

待老翁跳完舞后，鬼王说："感谢你有趣的舞蹈。请赏脸与我们喝一杯酒吧。"说着，它把最大的酒杯递给了老翁。

老翁十分谦逊地道谢："没想到您是如此友好。只怕我跳得不好，打扰了你们愉快的宴会。"

"不必客气，"鬼王回应说，"你一定要常来为我们跳舞。你的舞蹈给我们带来了很多乐趣。"

老翁再次感谢它，并答应照办。

"那你明日还会来吗，老人家？"鬼王问。

"当然，我会来的。"老翁回答说。

"那你必须为答应我们的事留下信物。"鬼王说。

"你想要什么都行。"老翁说。

"我们要什么东西作为信物呢？"鬼王环顾四周，问道。

一个鬼仆跪在鬼王身后说："留给我们的信物必须是他拥有的最重要的东西。我看到这个老头右脸上有个瘤子。如今的凡人认为长这种瘤子的人很幸运。大人，您摘下老头右脸的瘤子，他为了拿回去，明日必定会来。"

"你真聪明。"鬼王说着，赞许地点了点头。然后它伸出一条毛茸茸的胳膊以及爪子一样的手，从老翁右脸上摘下那个大瘤子。说来奇怪，鬼一碰，瘤子就像一枚从树上掉落的熟李子一样，毫不费力地脱落了。然后，这群喝醉的鬼就突然消失了。

老翁被弄糊涂了。有那么一会儿，他几乎不知道自己身在何处。在弄明白自己身上所发生的事情后，他欣喜若狂，脸上那个让他烦恼多年的瘤子，真的被毫无痛苦地摘掉了。他举手去摸有没有留下疤痕，却发现右脸同左脸一样光滑。

太阳已经落山很久了，初升的月亮像一弯银钩。老翁意识到时间已经很晚了，便慌忙往家赶。他不停地轻拍自己的右脸，高兴得简直无法好好走路，边跑边舞地回了家。

他老伴儿非常焦急，想知道究竟是什么事让他这么晚才回来。他立刻把下午出门后发生的一切告诉了她。她和丈夫一样高兴，她在年轻时曾为丈夫的英俊相貌而骄傲，对她来说，每天看着那可怕的瘤子是一种痛苦。

在这对善良的老夫妇的隔壁，住着一个令人讨厌的坏老

头。他也被左脸上的瘤子困扰多年，也曾尝试过各种方法去掉它，但都没有用。

很快，他从仆人口中得知，邻居幸运地摘掉了脸上的瘤子。于是，他当晚就拜访邻居，请教去掉瘤子的方法。好心的老翁把身上发生的一切都告诉了邻居，并把藏身的空心树的位置告诉了他，建议他在黄昏时到那里去。

第二天下午，邻居就出发了。他四处找了一会儿，终于找到了老翁所说的空心树。他躲到里面，等待黄昏来临。

黄昏到了，那群鬼准时来到这里，开始了载歌载舞的宴会。过了一会儿，鬼王环顾四周，说："现在到了老人与我们约定的时辰，他怎么没来？"

那个坏老头听到这番话，从藏身处跑出来，跪在鬼王面前说："我等您发话等了好久！"

"啊，你就是昨日那个老人。"鬼王说，"谢谢你的到来，赶快为我们跳舞。"

老头站起来，打开扇子开始跳舞。但是他从没学过舞蹈，他认为随便跳跳就能取悦鬼，所以只是跳来跳去，挥挥手臂，踩踩脚，尽可能地模仿所见过的舞蹈。

这群鬼对此次表演很不满意，交头接耳道："他今天跳得真烂啊！"

于是，鬼王对老头说："你今日的表现跟昨日大不相同。我们不想再看这样的舞蹈了。我们会将你留下的信物还给你。你必须马上离开。"

它一边说着，一边从衣服褶裥里掏出昨天从老翁脸上摘下的瘤子，扔到站在面前的老头右脸上。那瘤子立刻牢牢贴在他的脸上，所有想把它扯下来的尝试都是徒劳的。这个坏老头不但没有像他希望的那样把左脸的瘤子去掉，反而右脸又多了一个瘤子。

鬼族都消失了，他除了回家之外无事可做。他的模样可怜极了，脸的两边各有一个大瘤子，看起来就像葫芦。

一寸法师

一寸法师

三十一

他看了又看，最后在玄关台阶上的一双木屐旁边，看到了一个人偶似的活物。

很久很久以前，在日本摄津国浪速城（今大阪）住着一对闷闷不乐的老夫妇。夫妇俩这辈子最大的心愿就是有个儿子来延续香火，在他们死后为他们的灵魂祈祷。他们对自己说，哪怕有个如拇指那么点大的孩子，也会心满意足。可是许多年过去了，这个心愿始终未能实现。

最后，夫妇俩决定向神明求助。老妇把屋里收拾整齐，榻榻米上没有一粒灰尘；老翁给小庭园做了最后的清扫，石板路上没有一片落叶。他们关好屋门走到院外，回头先看了眼玄关，再看了眼竹扉，才"咔嗒咔嗒"踩着木屐，消失在邻居的视野中。

就这样，夫妇俩启程前往供奉神功皇后的住吉大社参拜。到了那里，他们立刻朝神殿走去，跪在神坛前祈求神功皇后赐给他们一个儿子，哪怕只有一根手指那么大。

夫妇俩双手合十，虔诚地祈祷，希望神功皇后能同情他们。他们默默地跪拜着，心中热切祈求着，直到精疲力竭。

这时，他们听到竹帘后传来一个声音："既然你们如此恳切地希望有个儿子，那么我就送给你们一个，让你们安享晚年。"

老夫妇高兴极了，他们久久地跪在神坛前，感谢神的怜悯。然后他们站起身来，朝家走去。

多么快乐的回家之路啊！就连乌鸦的"哇哇"声，青蛙的"呱呱"声，在他们耳中都像音乐一样。老妇把红豆掺进大米里，做了一顿丰盛的晚餐，老翁去买了一壶清酒，他们要为从神明那里获得的承诺庆祝一番。

十个月过去，老妇果然生下了一个小婴儿。奇怪的是，这个婴儿还没有孩童玩的人偶大。

这对老夫妇惊讶地凝视着眼前这个小人儿，终于想起了他们祈祷时曾说的话：哪怕儿子只有一根手指大，也会心满意足。

"我们真是太傻了，对于神功皇后来说，给我们一个正常大小的婴儿和给我们这个小家伙一样容易，但已经没办法了。"他们只好微笑着接受了这一切。

老夫妇给这个小家伙起名"一寸法师"。尽管他的个头小得可笑，但他们用心把他养大，希望有一天他能成长为一个让他们骄傲的儿子。

可是，唉！一寸法师一直长不大，等到十三岁时，他的个头依旧和生下来时一样——只有父母的小指那么大。这对可怜的老夫妇失望极了，他们把一生的希望都寄托在这个老来子身上，如今这种失望的情绪超越了其他一切感情。他们一见那孩子就讨厌。有一天，老翁嘟囔道："虽然我们怀着万分的谦卑，祈求得到一个只有手指大的孩子，但我们并不想要一个像这家伙那样无法长大的畸形儿。"夫妇俩都觉得神功皇后的做法太儿戏了。

邻居们的嘲笑使这对老夫妇更加闹心。当这孩子走出家里的竹篱笆时，人们就会喊："瞧！一粒谷子在外面散步！"

人们听到孩子哭泣，就会笑道："怎么？小指头在哭呢！"

于是，这对不幸的老夫妇因为邻居的嘲笑而不愿让孩子在外面玩，也不愿看着他待在家里。他们最终决定抛弃他。

老翁把一寸法师叫来，说："一寸法师，虽然我们一直对你悉心照料，可你的个子一点儿也不见长，仍然和你出生时一样小得可笑。这是为什么呢？你是我们的儿子，所以我们不能说不再爱你，但你母亲和我都因你而感到耻辱。一寸法师，我的孩子，你得去别的什么地方生活了，好好照顾自己。你想去哪里就去哪里，只是别再打扰我们了。"

一寸法师虽个子矮小，却善解人意，对于父母的无情遗弃，他安静地接受了。

"好吧，父亲。"一寸法师说，"既然您让我走，我听您的，今天就离开家。但是，请给我一根针作为离别礼物，一根母亲用来缝纫的针。"

"你要针干什么？"老妇问。

"我要把它当剑用。"一寸法师说。

"啊，针的大小正适合你。"老妇惊叹道，给了他一根针。

随后，一寸法师拿一根麦秆做剑鞘，把剑插进腰间。

"母亲，"一寸法师说，"我还想求您一件事。请给我一个小碗和一根筷子，好吗？"

"你要碗和筷子干什么？"老妇问。

"我要把碗当船用，把筷子当桨用。"一寸法师回答。

"这是你要的。"老妇拿来碗筷说。

得到碗和筷子的一寸法师告别了父母，走向外面的世界。

一寸法师来到河边，把碗放到水中，用筷子当桨划走了。就这样，他离开了浪速城。

"该去哪里呢？"这是一寸法师想的第一个问题。然后，

他的小小脑海里突然闪现出京都这个地名。他经常听父母谈论这个美妙的城市，谈论那里的大寺院、戏院、宫殿和大贵族的官邸。那里确实有许多东西值得一看。可如何才能找到去京都的路呢？

"我必须先找人问路。"聪明的一寸法师说。

于是，一寸法师朝一个经过这里的船夫喊了一声。船夫告诉他，如果继续沿着河流前进，很快就会到达京都。

一寸法师划着小碗逆流而上。这对他来说是一件难事，因为他的船非常小，而河水湍急，他有很多次差点儿被冲走。

可是一寸法师已将这种种困难看作寻常事，他的胆识和意志比那小小身躯要大得多。一寸法师在面对困难时从不退缩，日复一日地划着他的船。需要睡觉时，他就把碗停靠在桥下、河岸凹陷处或者大石头上。这段航程花了他很长时间，出发一个月之后，他终于到达了京都。

那时的京都是日本首都，天皇就居住在这里。看着有生以来从未见过的大都市，一寸法师惊呆了。街道上人潮涌动，房舍宽敞精致。在他看来，所有行人穿的都是节日盛装，因为他们的衣服太美了。他走啊走，新奇的景象让他流连忘返。城市里干净整齐的街道、公园、寺庙以及欢乐的人群，与他的出生地浪速城大不相同。他对自己说，能到这里来真幸运。

一寸法师走着走着，来到一座带顶檐的大门前。他并不知道自己到了最有权势的公家之一——三条大臣的官邸。他本不打算把脚伸到大门里，可他被这个富丽堂皇的地方迷住了，便径直走进院子，走到宽阔的玄关前，大声喊道："打扰了！"

那一刻，三条本人恰巧就在入口处。

"哪里来的怪声音？"三条说着，朝外看了看。他没想到会有一寸法师这样的小矮人，所以一开始根本没看见。他觉得很奇怪，因为确实听到有人说话。他看了又看，最后在玄关台阶上的一双木屐旁边，看到了一个人偶似的活物。

"嘿，"三条喊道，"看这里，我发现了一件奇事！来啊，下人们，都来看看！"

然后他朝一寸法师问道："刚才是你在打招呼吗？"

一寸法师鞠躬回道："是的，是我！"

"真的吗？"三条惊讶地说，"你真是个小不点儿！我这辈子从没见过像你这么小的人。你叫什么名字？"

"我叫一寸法师，刚从浪速城来。"

"什么！你叫一寸法师！你肯定是因为个子小才被这样称呼的。你怎么到这儿来了？"

"我因为个子小被父亲赶出了家门。既然我无处可去，请让我留在你家吧，可以吗？"

三条想了一会儿，回答道："可怜的小家伙，我真为你难过。看到你的人肯定都会对你感兴趣的，因为全世界没有像你这么小的男孩了。是的，我会让你留下来。"

　　就这样，一寸法师住进了三条大臣的府邸。他尽管个子小得可笑，但非常聪明，从不忘记被告知的事情，也从不粗心大意。这个大宅院里的每个人都喜欢他。

　　年幼的三条姬——三条大臣的女儿比任何人都更喜欢这个小个子，让他做了自己的侍从。无论三条姬走到哪里，一寸法师都会跟着她。

　　在一寸法师融入这户富贵人家后不久，三条姬要去清水寺参拜。她经常去这座大寺祈求观音菩萨能让她的家庭免遭疾病和厄运，并保佑自己一生平安。去清水寺的路程不远，而且大多路都在父亲的领地，所以她只带着小侍从一寸法师出发了。

　　二人平安无事地到达清水寺，在僧人的诵经声中，三条

姬开始祈祷。祈祷很快就结束了，三条姬和一寸法师开始沿着殿前的宽阔石阶往下走。就在二人走到一半的时候，两只藏在阴影里的恶鬼突然向他们冲过来。

三条姬被这两只丑陋的恶鬼吓坏了，拼命地跑，然而一只恶鬼已经挡在了她的身前，马上要抓住她了。这时一寸法师跟了上来，从腰间的麦秆里抽出他那用针做的剑，在恶鬼面前挥舞着，使尽全力喊道："你这个瞎眼的蠢货，竟然敢对她下手！难道你不知道她是谁吗？我是效忠于名臣三条的一寸法师，由我随护的这位尊贵小姐正是三条大人的女儿。放开她！如果你敢动她一根手指，我就用剑刺穿你那粗野的身子。"

恶鬼大声嘲笑着面前的小家伙，笑声如同铜钵的敲击声。

"你这个豆子一样的小人儿！我要在她面前把你整个吞下去，就像河里的鸬鹚吞鳟鱼一样！"

说着，恶鬼一把抓住一寸法师，把他塞进嘴里整个吞了下去。恶鬼身躯庞大，而一寸法师又非常小，他没受任何阻碍地滑了下去，一直滑到恶鬼肚子里。下滑途中，他始终紧握着剑，一圈又一圈地划开恶鬼的食管。

　　"好疼！"恶鬼痛苦地叫着，然后用力把一寸法师咳了出来。

　　看到同伴受伤后痛苦地呻吟，另一只恶鬼怒气冲冲地朝一寸法师尖叫道："你别想从我手里逃掉！"说着，它也抓住一寸法师送进嘴里，想要吞下去。喜欢阳光的一寸法师不想再到恶鬼黑漆漆的肚子里去了，所以这次他没让自己滑下去，而是向上爬进了恶鬼的鼻腔，然后从鼻孔中爬了出来。他使出全身力气把剑刺进恶鬼的一只眼睛，又把剑拔出来刺进另一只眼睛。

　　伴随着刺痛，恶鬼的眼睛完全失明。恶鬼确信一寸法师是个会法术或妖术的家伙，它俩最好在被彻底杀死之前赶紧逃走。"快跟我跑！"它朝同伴大叫一声，拔腿就跑，另一只恶鬼也紧跟着它逃走了。

　　"哎呀！哎呀！你们这俩大块头的胆子可真小，竟从我这儿逃走了！"一寸法师在它们后面喊着，然后放声大笑。

　　在一寸法师勇斗恶鬼的时候，三条姬一直躲在角落里瑟瑟发抖。看着恶鬼从视野中消失，一寸法师走到三条姬面前，告诉她没什么好怕的了。

　　"您觉得您现在能够走回家吗？"一寸法师问道，"时候不早了，我们不能再耽搁了。"

　　"能平安无事真的太好了！"三条姬说，"你救了我的命，如果没有你在，我肯定就被那些丑陋的恶鬼害死了。等回到家里，我会把你的英勇表现告诉父亲，他肯定会给你丰厚奖赏的。"

他们往回走，三条姬看到路上有一柄木槌。

"看那儿！"三条姬说，"有一柄小木槌躺在路上，一定是恶鬼逃跑时掉落的。我们捡到宝了！"说完，三条姬把它捡了起来。

看到三条姬眉开眼笑地从尘土里捡起那柄看上去毫无价值的木槌，一寸法师觉得很奇怪，说："小姐，我能问您个问题吗？您刚刚捡到的东西叫什么？"

三条姬嫣然一笑说："噢，你连这个都不知道，看来还需要多多学习啊。"她举起木槌继续说："这是一件珍宝，能给拥有它的人带来无尽财富。你只需在脑中想一样东西，然后用木槌敲敲地，那东西就会凭空变出来。你从来没听说过万宝槌吗？"

"小姐，"一寸法师急切地说，"这木槌真的能满足人们的任何愿望吗？"

"没错，千真万确。当我还是个小女孩的时候，祖母经常跟我讲万宝槌的故事。无论是谁，只要拥有了万宝槌，就可以立刻得到他想要的任何东西。现在你的机会来了，一寸法师，如果你有想要的东西，告诉我，我给你敲出来。"

一寸法师向前走着，眼睛盯着地面陷入沉思。突然，他抬起了小脑袋，三条姬看见他的脸上写满了惊喜和期望。

"小姐，"他一字一顿地说，"我有一个很大的愿望，我想让自己的身体和其他人一样大。"

"对啊，"善良的三条姬说，"我早该想到这一点的。你的身体这么小，在这世间一定很不方便吧。这把万宝槌会带给你所渴望的东西——高大的身材。"

然后，三条姬举起木槌，敲在地上说："啊，变大吧！让一寸法师和普通人一样大。变大吧，变大吧！"

三条姬一边敲着木槌，一边看向一寸法师，发现他明显变大了，直到变得像正常的成年男子。一寸法师高兴地喊道："谢天谢地！我终于能和别人一样了。从今天起，我将不再被称为'小指头'或'一寸法师'了。"

一寸法师欣喜若狂，完全忘记了自己是小姐外出时的侍从。他高兴得跳起舞来，一手持剑，一手举扇，蹦来蹦去。三条姬没有责备他，因为她知道这是一寸法师生命中的重大转折。一寸法师很快镇静下来，向三条姬鞠躬道歉。

三条姬也为这从天而降的好运感到高兴。回到家后，她把所有人叫出来，向他们讲述了一寸法师是如何赶走恶鬼，救了她的性命的。随后，她把长大后的一寸法师介绍给家人，并讲述了自己是如何捡到万宝槌以及一寸法师是如何用它变高大的。

大家纷纷向一寸法师表示祝贺，三条大臣还命人为他做了一套华服。三条大臣再次上朝时，把这桩奇事讲给了天皇。

"朕对这个一寸法师很感兴趣。"天皇说，然后召一寸法师入宫面圣。

天皇是神圣的，对一个忠诚的日本臣民来说，能得到的最高荣誉就是一睹圣颜。这也是一寸法师最远大的志向。

天皇非常喜欢一寸法师，赏赐给他很多礼物，并授予他一个位阶颇高的官职。

就这样，在经历了许多艰难困苦之后，一寸法师终于迎来了人生的春天。他成了一个拥有众多随从的大领主，受到全国各地人们的尊敬。当他的好朋友三条姬被家人许配给邻国的公子时，她收到的最漂亮最昂贵的结婚礼物就是一寸法师送的。

在一寸法师到了可以娶妻的年龄时，三条大臣将最小的女儿嫁给了他。他们从此过上了幸福的生活。

肆

动物之卷

動物の卷

本卷选取的九篇故事均与动物有关，创作者们给这些动物赋予了更多的社会性，试图通过故事给人以启发。

闹貉的寺庙

狸 が 出 る の 寺

三十二

突然，他看到三个表演者都没有了脑袋！

很久以前，在日本南部的熊本城住着一位年轻武士，他非常热爱钓鱼。他常常一大早就出发，带着大篮子和钓具，用他最爱的消遣方式度过一整天，直到太阳落山才回家。

有一天，他的运气比平日要好。临近傍晚，当他检查篮子时，发现已经被鱼装满了。他对自己的大丰收感到高兴，优哉游哉地回家了，路上唱了几段欢快的曲子。

这时，天已经黑了，他碰巧路过一座荒废的佛寺。他注意到寺门半开着，松垮地挂在生锈的合页上。这座寺庙显得破旧不堪。

然而，这个年轻人看到了令人惊讶的一幕——一个漂亮的少女正站在寺门里，与破败的背景形成鲜明对比。

当他靠近时，少女走上前来，意味深长地瞥了他一眼，笑了笑，似乎想要与他攀谈。武士觉得她的举止有些古怪，一开始对她还保持着警惕。然而，一种神秘的力量迫使他停下脚步，他着魔一样站在那里，欣赏着那美丽而年轻的面容。

　　少女示意让他过来。她的魅力是如此之大，她微笑着勾了勾手，他就不知不觉地走上石阶，穿过半开的寺门，踏进院子里，少女正站在那里等着他。

　　少女恭敬地鞠了一躬，然后转身，领着他走上通往寺庙深处的石板路。整个寺院的情况非常糟糕，似乎已经荒废多年了。

　　当他们到达僧人曾经居住的屋子时，武士发现屋里的陈设要比想象中保存得好。他沿着缘侧走进前厅，这里的榻榻米还算看得过去，房间里放置着一扇六折屏风。

　　少女举止优雅地示意客人坐到凹间旁的上座。

　　"寺里的僧人住在这里吗？"年轻人坐下来问道。

　　"不是的，"少女回答道，"如今这里没有僧人了。我母亲和我昨天才来到这里。她去邻村买东西了，今晚可能回不来了。请你歇息片刻，我去给你拿些茶点来。"

少女走进厨房，显然是去泡茶，然而客人等了很长时间，也没见她回来。

这时月亮已经升起来，皎洁的月光照进来，让房间里亮如白昼。武士这才开始对这个少女怪异的行为感到怀疑。对方诱骗他到这里，结果却消失了，只留下他一个人。

突然，屏风后面传出响亮的喷嚏声，把他吓了一跳。他把头探出屏风，令他大吃一惊的是，走出来的不是那个美丽少女，而是一个身材高大、面色通红的秃顶和尚。那和尚肯定有两米多高，因为他的头几乎碰到天花板了。只见他举着一根铁杖，面相狰狞。

"你怎么敢未经我的允许，就闯进我的房子？"相貌凶恶的秃顶和尚吼道，"如果你不马上离开，我就把你打得皮开肉绽。"

年轻人吓得魂不附体，拔腿飞奔出去。他逃到院子时，身后传来大笑，直到他跑出寺门，那刺耳的笑声还在继续。这时，他才想起刚刚慌慌张张逃跑的时候，忘带上鱼篮，把它落在了寺里。他非常懊恼，因为他从来没有一天钓到过这么多鱼。可他不敢回去找，只得空手而归。

第二天，他把自己的奇怪经历告诉了几个朋友。他们都被这个奇闻逗乐了，其中有些人说，诱惑他的少女和气势汹汹的大汉不过是他清酒喝多了产生的幻觉。

最后，一个剑术高手说："哎呀，你一定是被垂涎你的鱼的貉[1]骗了。那座寺庙里没人住，打我记事起它就荒废了。今晚我就去那里，结束它的恶作剧。"

随后，他去鱼贩那里买了一大篮鱼，又借了一根钓竿。准备好这些后，他急不可耐地等着太阳落山。当夕阳西下时，

1　在日本的迷信和民间传说中，貉（日语写作"狸"）和狐都是爱捉弄人的动物。

他把刀挂在腰间，扛起装满鱼的篮子，朝寺庙走去。他自信地笑着对自己说："我要给那狡猾的东西一个教训！"

当他走近破庙时，他惊讶地发现那里站着三个少女，而不是一个。

"呵！它就是这样骗人的吗？不过，我不会被这狡猾的东西轻易捉弄的。"

三个美人一看见他，就用手势勾他进去。他毫不犹豫地跟着她们进了寺庙，大胆地坐在地上。她们把茶和糕点摆在他面前，然后拿来一壶酒和一个特别大的杯子。

剑客既不喝茶也不饮酒，而是机警地观察三个少女的一举一动。

其中最漂亮的少女看到他不吃她们提供的茶点，便生硬地问道："你为什么不喝点清酒呢？"

"茶和清酒我都不爱喝，"这位勇敢的客人答道，"不过，如果你有什么本事能让我高兴，比如跳舞、唱歌，我倒很乐意看看。"

"哎呀，你真是个讲究礼法的老古董！你要是不喝酒，肯定也不知道如何享乐，你的生活一定很无趣！不过，如果你愿意赏脸观看表演的话，我们倒是很乐意跳一小段舞，用我们拙劣的表演来逗你开心。"

少女们打开扇子，开始跳舞。她们的舞蹈技巧高超，舞姿优雅，让剑客大吃一惊，因为对于乡下女子来说，如此熟练的舞技是不可多得的。他看着她们，变得越来越入迷，渐渐地忘记他是来干什么的了。

他完全沉醉于她们的舞步中，就像日本说书人讲的，他进入了忘我的状态，被她们的舞蹈迷住了。

突然，他看到三个表演者都没有了脑袋！她们每个人都用手捧着自己的脑袋，然后把它们抛起来，在落下来的时候

接住。她们像小孩儿玩球一样，把脑袋来回传着抛。最后，三人中最大胆的那位把脑袋朝年轻的剑客抛去。脑袋落在他的膝盖上，那女孩的脑袋看向他的脸，嘲笑他。他对那个少女的无礼之举感到愤怒，厌恶地把脑袋扔了回去。趁那个妖精舞者顽皮地抛起脑袋又接住的时候，剑客拔出他的刀，几次想要砍倒那个妖精。

然而妖精比他更快，像闪电一样躲过攻击。

"你怎么就砍不中我呢？"她奚落道。剑客感到羞愧，又做了一次绝望的尝试，但她再次灵巧地躲了过去，然后跳到屏风顶上。

"我在这儿！这次你不来砍我了吗？"她继续嘲笑他。

剑客又一次向她冲过去，然而她实在是太敏捷了，他又失败了。

随后，那三个少女把脑袋安回各自脖子上，在他面前摇来晃去，伴随着一阵奇怪的笑声，从他的视线中消失了。

当剑客回过神时，他茫然地环顾四周，皎洁的月光照亮了破败的寺庙，寂静的午夜里只能听到清脆的虫鸣。他意识到此时已经半夜三更，一想到自己孤身待在这个诡异的地方，不由打了个寒战。他的鱼篮也不知所终。他明白自己也着了貉的道，就像他的朋友一样，被这个狡猾的家伙迷了心神。

尽管他为自己如此轻易地上当受骗感到懊恼，但也无心去复仇。他能做的最佳选择就是接受失败并回家。

剑客的朋友中有一位郎中，是个智勇双全的人。在听说了这个颜面扫地的剑客的上当经历后，他说："交给我吧。三日之内，我定会抓住那只貉，让它为所有恼人的恶作剧接受严惩。"

郎中回到家，准备了一道美味的菜肴，并在里面拌了些致命的毒药。然后，他为自己做了另一份无毒的菜肴。傍晚时分，他带着这两份分开装的菜肴和一瓶清酒，向破庙走去。

当他走进长满青苔的老庙院子时，他发现里面空荡荡的。他学着朋友那样走进僧房，好奇接下来会发生什么事。但房间里空无一人，一片寂静。他知道貉是十分狡猾的动物，无论多么谨慎的人，都很难逃过它们的幻术。

夜色迷人，一轮圆月在巨大的黑色斜屋顶上泛着银光，把一道道光束投进房间。郎中在耐心地等待神秘的敌人。时间一分一秒地慢慢流逝，半个时辰过去了，仍然没有来访者。最后，这个"不速之客"把酒瓶摆在面前，开始准备进餐，他想貉可能无法抗拒食物诱人的美味。

"没有什么能比得上独处，"他若有所思地大声说着，"多么完美的夜晚啊！我真是太幸运了，能找到这座空无一人的寺庙，在这里可以看到银盘般的秋月。"

他吃着喝着，像乡下的美食家那样咂着嘴享受美味。没过一会，令他高兴的事情发生了，他听到了脚步声。他望着房间入口，期待着那个家伙伪装成美人出现，用她的魅力对他施咒。

然而，令他吃惊的是，他看到的竟然是一位老和尚。和尚摇摇晃晃地拖着步子走进房间，疲惫地长叹一声，瘫倒在地上。他看起来有七八十岁，穿着一身饱经风尘的旧衣，干瘪的手里拿着一串念珠。对他来说，爬上台阶都是一件难事，他喘着粗气，看上去筋疲力尽。看着他那可怜的模样，郎中心里泛起了怜悯之意。

"敢问大师是何方人士？"郎中问道。

老人用颤颤巍巍的声音回答道："我是多年以前住在这里的僧人，那时的寺庙还很繁盛。我从小就被父母送到这里侍奉佛祖，年轻的时候在住持座下修行佛法。在西乡叛乱的时候，我被送到檀那寺[2]。唉！当熊本城被围困时，檀那寺被烧为平地。多年来，我四处流浪，久历风尘。在我年华垂暮、厄运缠身的时候，我的内心还是渴望回到这座寺庙，回到我作为弟子度过美好的青春岁月的地方。我希望能在这里走完生命的最后几日。你可以想象，当我发现这里被完全遗弃，陷入衰败的时候，我有多么悲伤。如今，我唯一的愿望就是筹集资金，修缮这座寺庙。可是，唉！年迈多病和食物短缺让我力不从心，我怕是永远也完不成我的心愿了。"说到这里，老人禁不住号啕大哭起来。

他一边用磨得破破烂烂的衣袖擦着眼泪，一边饥渴地望着郎中正在享用的食物和清酒，一脸馋相地补充道："啊，我瞧见你在一边欣赏着月下美景，一边享用美味，还有酒喝。

2　在日本，有一种维系寺院与信徒关系的檀家制度。"檀家"即归属于某一寺院的信徒家庭，有义务为寺院提供经济支持。这种檀家制度下的寺院则被称为"檀那寺"。

求你可怜可怜我吧，我多日未曾吃过饱饭，已经饿得半死了。"

一开始，郎中对这个故事信以为真，因为它听上去合情合理。他的内心充满了对老和尚的同情，因此认真聆听着，直到老和尚用一种异于人类言语的腔调渴求食物。

"这人是貉变的！我决不能让自己被骗！这狡猾的家伙打算拿它的惯用伎俩骗我，可惜它会发现我跟它一样精明。"

郎中假装相信老人的话，回应道："的确，我对你的不幸深表同情。欢迎你和我一起用餐——不，我很乐意把剩下的都给你。而且，我保证明天还会给你带些吃的。我也会把你想要修缮寺庙的计划告诉我的朋友和熟人，并在我力所能及的范围内，尽力帮你募集善款。"随后，他把那盘没有动过的下了毒的食物往前推了推，起身告辞了，并答应第二天晚上再来。

郎中的所有朋友都听说他在吹嘘自己比貉更精明，于是第二天一大早就来到郎中家，想知道他碰上了什么事。他们中的许多人对貉骗人的故事深表怀疑，认为被骗的人是因为喝多了酒。

郎中不愿意回答他们的疑问，只是请他们同去寺庙。

他们首先搜查了他昨晚坐过的那间屋子，除了他给自己和貉装食物的空篮子外，什么也没找到。他们继而把整个屋子翻了个底朝天，最后在寺庙一处阴暗角落里发现了一具老貉的尸体。它有一只狗那么大，毛也因为年岁的关系成了灰色。大家都相信它至少活了几百年。

郎中带着老貉的尸体得意扬扬地回来了。一连好几天，附近的人们成群结队地过来，只为看一眼那灰白的尸体，并怀着好奇心听那些老貉用幻术捉弄人的故事。

写下这个故事的人补充说，关于这座寺庙，他还听说过另一个关于貉的故事。附近的许多老人都记得那件事。

　　几年前，这座寺庙香火旺盛的时候，住持举办了一场盛大的法会，一连办了好几天。在众多朝拜的善男信女中，住持注意到一个十分俊俏的少年，他怀着无比崇敬的心聆听布道和祈祷——这种品质在一个年轻人身上是不多见的。在法会结束后，其他朝拜者都已离开，他却仍然徘徊在寺庙周围，似乎不愿意离开这片净土。住持对这个少年心生好感，从他那文雅端庄的外表来看，他一定是某个上级武士家的儿子，可能想要出家为僧。

　　住持对少年坚定的信仰深感欣慰，便邀请他到自己的禅房，给了他一些修行上的指导。整个下午，少年都在全神贯注地听着住持的高谈阔论，再三感谢他屈尊教诲。

　　夕阳西下，用晚膳的时间到了。住持让人端来一碗面给客人。少年果然食欲旺盛，饭量足足是成人的三倍。

　　吃完饭后，他非常礼貌地鞠了一躬，和住持告辞。在和少年道别之时，住持觉得他身上散发着一种奇特的魅力，便送给他一个金漆印笼[3]作为离别的纪念品。

小伙子感激地拜倒在地，然后便离开了。

第二天，庙里的杂役在打扫墓园时无意中发现了一只貉。它已经死了，身上盖着一层稻草，样子很像人的衣裳。它的腰间系着一个金漆印笼，它的肚子胀得圆鼓鼓的。很明显，这家伙是被撑死的。住持确定那个印笼正是他昨日送给英俊少年的，这才知道自己被貉的诡计骗了。

因此可以判断，这座庙曾有一对貉出没。而当这只貉死后，甚至寺庙都荒废后，它的伴侣依然继续住在这里。这家伙非常喜欢蛊惑路人，并且贪恋美食。它在用诡计和幻术迷惑人的同时，熟练地将他们的篮子或包袱一扫而空，靠偷来的东西过着舒服的日子。

3　印笼，一种小漆盒，源自中国，原本用来收纳印章；江户时代成为日本武士系在腰间的装饰物，里面分层装着药片、药粉之类的东西。

兔与貉

兔 と 狸

很久很久以前，在远离城镇的山里住着一位老农和他的妻子，他们唯一的邻居是一只作恶多端的貉。每天晚上，这只貉都会跑到农夫的田里，糟蹋他精心种植的蔬菜和稻米。貉不择手段，把田里的每一处地方都祸害了。本性善良的农夫忍无可忍，决心制止它。于是，他拿着一根大棍子日日夜夜守在田间，希望能抓到貉，可结果是白费力气。他只好为这只缺德的畜生设下陷阱。

农夫的坚持得到了回报。一个晴朗的日子，他在四处巡视时发现貉被困在他挖的陷坑里。看到仇敌被抓住，农夫大喜过望，用绳子把它捆得结结实实，带回了家。回到家后，农夫对妻子说："我终于抓住这只坏貉了。我出去干活的时候，你一定要看好它，别让它跑了，我今天晚上要拿它煮汤。"

说着，他把貉挂在仓库的椽子上，出门去田里干活了。貉惶恐不安，因为它不想被煮。它思索了很久，试图想出一个逃脱的办法。不过，在这种被倒挂着的难受姿势下，它很难有清晰的思路。它离仓库门口很近，能远远望见绿野、树木和明媚的阳光。农夫的老伴儿正站在旁边捣麦子，她看上去疲惫而苍老，布满皱纹的脸呈现出皮革样的褐色，她不时停下来擦拭脸上滚下的汗珠。

"尊敬的夫人，"狡猾的貉说，"你年纪大了，干这么重的活儿一定很累吧。不需要我来帮你吗？我的胳膊很壮实，能让你歇一会儿。"

"谢谢你的好意，"老妇说，"不过，我不能让你帮我干活，

因为我不能松开你，否则你就逃走了。如果我丈夫回家后发现你跑掉了，他会非常生气的。"

貉是最狡猾的动物之一，它再次用悲伤而又温柔的声音说："你太谨慎了。你可以帮我松绑，我保证不逃跑。你若怕你丈夫，可以等我把麦捣好后，趁他还没回来，再把我捆起来。我被这么捆着，又累又疼。如果你能把我放下来几分钟，我真的会感激不尽！"

老妇心地善良，天性单纯，对任何东西都没有坏想法。当她转过身来看着那只畜生时，也为它接下来的命运感到难过。它的模样看上去很凄惨——四肢被紧紧地绑在一起，从天花板上垂下来，绳子都勒进它的皮里了。于是，她怀着一颗善良的心，相信了那只畜生的话，解开绳子，把它放下来。

然后，老妇刚把木杵给貉，它立刻扑向她，用那沉重的木杵把她打倒在地。之后，貉杀害了她，把她切成碎块煮了汤，然后等着老农回来。老翁一整天都在田里辛勤劳作，他一边干活一边高兴地想，自己的劳动成果再也不会被那只害人的貉糟蹋了。

太阳快落山时，老翁放下手里的活儿回家。他累得筋疲力尽，但一想到美味的晚餐——热气腾腾的貉汤在等着他回去品尝，他就振奋起来。

貉一看到老农走近，便立刻假扮成老妇人的样子，走到小屋的缘侧上迎接他，并说："你终于回来了。我已经煮好貉汤，等你很久了。"

老农迅速脱下草履，坐在他的小餐盘前，立刻要了碗汤喝起来。这个单纯的人做梦也想不到，服侍他的不是妻子，而是貉。这时，貉突然现出原形，叫道："你这个吃老婆的老头儿！好好看看厨房里的骨头！"

貉大声嘲笑着从屋里逃了出去，跑回了它在山岭中的巢穴。孤零零的老翁几乎不敢相信自己眼前的一幕。他明白了整件事的真相后，惊恐万分，登时晕了过去。过了一会儿，他苏醒过来，开始放声悲号。他忠贞的妻子被貉杀害了，并且被煮成了汤，而当时他在田里安静地干活，对家里发生的事一无所知。这太可怕了，不可能是真的。啊！这太骇人了，他几乎把那畜生用他可怜老伴儿煮的汤喝完了。

"啊！天哪——"他大声恸哭。

当时，在同一座山上不远的地方，住着一只心地善良的老兔子。它听到老翁的哭泣，便马上出来看究竟发生了什么事。老人把发生的一切都告诉了它。兔子听完非常生气，告诉老翁它会为他妻子的死报仇。农夫一边擦干眼泪，一边感谢兔子在他陷入困境时的帮助。

看到农夫渐渐平静下来，兔子便回到家中，制订了惩罚貉的计划。

第二天，天气很好，兔子出去找貉。兔子在树林里、山坡上都没有看到貉。于是，兔子去了貉的老巢，发现它果然藏在那里。貉从农夫家逃出来后，就一直不敢露面，因为它害怕老翁的怒火。

兔子喊道："天气这么好，你为什么不出去呢？跟我出来，我们一起去山上割草吧。"

兔子是貉的朋友，它深信兔子，便欣然同意跟它一同出去。兔子领着貉去了离它们家很远的山上，那里的草长得又高又密又甜。它俩开始忙碌起来，想尽可能割更多的草带回家，储存起来作为过冬的食物。它俩割完各自所需要的草，打成捆背好，然后准备回家。这次兔子让貉先走。

它们走了一小段路之后，兔子拿出一块火石和一块钢，趁貉走到前面时，在它的背上击石点火，点燃了它背上的那捆草。貉听到声音，问道："什么声音？咔嚓咔嚓的。"

"哦，没什么。"兔子回应道，"只不过是我在说'咔嚓咔嚓'，因为这座山叫'咔嚓山'。"

火很快就在貉背着的干草堆里蔓延开来。貉听到草燃烧的噼啪声，问道："那是什么声音？"

"现在我们来到了'火焰山'。"兔子答道。

此时，那捆干草几乎全部烧了起来，貉背上的毛也全被烧掉了。貉这才意识到发生了什么事，疼得大叫起来，飞快地跑回洞里。兔子跟着它，发现它躺在洞里痛苦地呻吟着。

"你真是个倒霉蛋！"兔子说，"我真想不到怎么会发生这种事！我去给你拿点儿药来，很快就能治好你的背！"

兔子希望貉能因烧伤而死掉，谁叫貉造下杀孽，杀害了一个信任它的可怜的老妇。兔子回到家，把一些酱汁和红辣

椒混在一起，做成了软膏。

兔子把软膏拿给貉，还特意在为貉涂上之前告诉它，这将给它带来剧痛，但它必须忍受，因为这是一种治疗烧伤的神药。貉向兔子道谢，恳求它马上涂药。当红辣椒被涂满貉的后背时，没有任何语言可以描述它的痛苦。它翻来滚去，鬼哭狼嚎。兔子在一旁看着，觉得农夫妻子的仇终于报了。

貉在床上躺了大约一个月，但最终它不但没死，反而痊愈了。当兔子看到貉渐渐好起来时，它想到了另一个可以确保让貉死掉的计划。于是，兔子在某日去看望貉，祝贺它康复。

在交谈中，兔子说它打算去钓鱼，并向貉描述了在天气晴朗、风平浪静的时候钓鱼是多么惬意。

貉很乐意和兔子去钓鱼打发时间，心想，要是自己也能去钓鱼该多好啊！于是，貉问兔子，下次出去钓鱼时能否带它一起去。这正中兔子的下怀，它同意了。

兔子一回到家便开始造船，一艘是用木头造的，另一艘是用泥巴造的。

兔子约好带貉去钓鱼的那天到了。兔子把木船留给自己，把泥船给了貉。貉对船一窍不通，对它的新船十分满意，心想兔子真是太善良了，能把船给它用。它俩都上船出发了。行了一段距离之后，兔子提议应该试试它们的船，看看哪一条更快。貉同意了它的建议，于是接下来的一段时间，它俩开始拼命划船。比赛进行到一半时，貉发现它的船要散架了，因为水让泥巴变软了。它惊恐万分地叫兔子来救他。然而，兔子回应道，这是它的报应。一想到貉终于要为其所犯下的罪行遭受报应，兔子就觉得心里痛快。貉会被淹死的，没人会救它。然后，兔子举起桨，用尽全身力气朝貉打去，直到它随着泥船下沉，再也看不见。

这就样，兔子终于兑现了对老农的承诺。它把船划向岸

边，一上岸就急匆匆赶回去，把一切都告诉了老农。

　　老农眼含泪水地感谢兔子，说他这些日子一想到还没有为妻子的死报仇雪恨，就睡不着觉，白天也不得安宁。不过，从现在起，他可以像从前一样又吃又睡了。他请求兔子和他住在一起，共用他的房子。于是，从这天起，兔子就和老农住在一起了，他们成了好朋友，相依为命，直到生命的尽头。

文福茶釜

文福茶釜

文福大夫的名字如闪电般传遍整个城市，人们争先恐后来看它精彩的表演。

很久以前，在日本上野国一处叫馆林的地方，有一座叫茂林寺[1]的佛寺。茂林寺被高大的松树遮蔽着。每天清晨和深夜，都有一群漆黑的大乌鸦在树上开会。

茂林寺的住持是一位名叫守鹤的老僧，他每天都穿着飘逸的袈裟，戴着水晶做的大念珠，庄重地打理佛事，在释迦牟尼像前敬香。他教导名下的众多弟子信奉佛祖。寺里小和尚们的职责是跟在他的身后，替他脱去袈裟，在他到不同的佛坛前诵经时为他搬禅椅。

在结束寺里的工作后，守鹤会将大部分时间用来研习和实践复杂而古老的茶道仪式。这是他唯一的乐趣。

每当外出散步时，守鹤都会到古董店闲逛，寻找罕见而古老的茶具器皿——这是他的爱好。很快，他就成了有名的"茶道和尚"。一日，他站在一家古董店门前，犹豫

1　茂林寺，位于今日本群马县馆林市堀工町，始建于 1426 年。

着这里是否值得进去一看时，店主出来深鞠一躬说："大师，我今天有东西要给您看，希望您能抽出片刻宝贵的时间。"说罢，店主走到柜台后面，拿出一个看起来颇为怪异的水壶放在守鹤面前。

守鹤一看那只水壶，就知道他遇到了一件宝贝，那是他钟爱的茶道仪式上要用到的茶釜。这只茶釜看上去很有年头，因此格外珍贵，此外它的造型也很讲究。

"说不定我再也碰不到这么好的茶釜了。"守鹤自言自语道。他为自己有幸遇到一个宝贝而欢喜，于是将它买下带回寺里，和其他茶具一起摆在茶室中。

接下来的几日颇为忙碌，守鹤没有空闲去想他新收来的宝贝。直到一个安静的午后，他累得连散步的心思都没有了，遂坐在席子上小憩。突然，他笑了，阳光般的微笑驱散了脸上的疲倦，因为他想起了那只茶釜。于是他走到橱柜前，取出茶釜，把它放在桌上，越看越满意。

随后，守鹤从书桌抽屉里取出一支绉绸掸子和一根鹰羽，坐下来小心翼翼地擦拭着茶釜上的灰尘。直到他开始感到困倦，点头打瞌睡，最后终于睡着了。

这时，一件奇怪的事发生了，刚才还安安稳稳地放在守鹤面前的茶釜，突然开始自己动了。它伸出毛茸茸的脑袋，接着是四只脚，最后是一条毛茸茸的尾巴。它从桌子上跳下来，开始在茶室里走来走去。

守鹤继续睡着，对这一奇事毫无知觉。这只会移动的茶釜在茶室里漫无目的地走着，长尾巴生气似的拍打着隔扇和席子。

有几个小和尚正在隔壁禅房里做功课，他们听到守鹤房间发出的怪声，便透过隔扇朝里偷看。映入眼中的景象吓得他们直跳，他们看见一只长着貉腿的茶釜在走来走去，前面

是貉脑袋，后面是貉尾巴。

　　他们喊道："不好了！不好了！啊，看哪，看哪！太可怕了！茶釜被魔鬼附身了！我们该怎么办？"

　　听到他们的吵闹声，另一个和尚也跑来凑热闹："我们一定是在做梦，或者是魔怔了，才会看到这种东西——茶釜正在用脚走来走去！"

"看哪，看哪！太不可思议了！那东西朝这边来了。"一个和尚惊叫道，"小心，我可不喜欢这东西的模样！"

于是所有的小和尚都进到守鹤的房间里去叫他。

"师父，师父，请醒醒，有怪事发生。"

守鹤睁开眼睛，迷迷糊糊地说："怎么回事？你们可真能吵啊！"

最大胆的弟子说："您看那儿！茶釜长出脚了，正在房间里走来走去，看哪！"说着他指向房间另一边。

"你说什么？"守鹤迷惑不解地问，"茶釜里长出了脚！在哪儿？在哪儿？"

守鹤揉了揉眼睛，四下张望，想找到那只会走路的茶釜。可他却看见茶釜静静地摆在自己面前，还是原来的老样子。所以他不相信那些小和尚说的话。

"你们真是一群傻小子，"守鹤对那些小和尚说，"茶釜不就在我身前吗？"

两个小和尚望着茶釜，简直不敢相信自己的眼睛，齐声喊道："哎呀，哎呀，哎呀！这太奇怪了！它刚才的确在走，可是——"

"没什么可是的，"守鹤说，"它和之前一样。虽然俗话说'杵里有时会长出羽毛'，但哪国的茶釜里能长出脚来？你们给我讲了个假故事，把我美好的午觉给毁了。你们真是愚蠢！走开！赶紧走！"

小和尚们受到责备，只好回到他们的禅房，边走边抱怨——他们确信自己看到了长着貉腿走路的茶釜。

那天晚上，守鹤想要泡茶，就把他的宝贝茶釜装满了水，放在炭火上烧。

毫无预兆地，茶釜从火盆上跳了下来，叫道："烫死我了！烫死我了！"

守鹤被吓坏了，喊道："太可怕了！我的茶釜被魔鬼附体变成貉了！谁来帮帮我？"

　　听到守鹤的喊声，所有的小和尚都立刻冲了进来。然而奇怪的是，当他们抓住那只茶釜时，它毛茸茸的四肢、脑袋和尾巴像之前那样消失得无影无踪——抓在手里的只是普通的铁茶釜。他们用手指敲击茶釜，只能听到"铿铿"的金属声。

　　守鹤为怀疑他们而道歉。洗刷冤屈成功的小和尚们再次离开了，只留下守鹤一人和那只茶釜。

　　这时，守鹤开始坐下沉思，这件怪事让他心烦意乱。每当有什么心事的时候，他总是大声说出来。

　　"我做了什么？我买回来的是什么东西？我还没来得及为买到宝贝而高兴，就发生了这种意料之外的事。它显然被魔鬼附身了，会给我带来无尽的麻烦。我该如何处理这只茶釜呢？"

　　守鹤坐在那里揉着光秃秃的脑袋，苦苦思索，想找到一个摆脱困境的办法。房间里一片寂静，只有火盆里的木炭会突然噼啪作响，迸出明亮的火花。最后，他猛地站起来，脑中闪过一个念头：

　　"我知道了！我要尽快卖掉这只茶釜，这是最好的办法。这只怪异的茶具对我来说毫无用处。是的，是的，我要把它卖掉，这样我就不会再为它烦恼了。"

　　第二天早上，一名屑屋[2]来到寺庙。守鹤和这个人很熟，一看到他，就拿出茶釜，想把它卖掉。

　　这名屑屋是个实在人，他看到这只老旧茶釜后，说："大师，这只茶釜看上去完好无损，也很有价值，您究竟为什么要卖掉它呢？您没拿错吧？我敢确定，卖掉它您会后悔的。"

2　屑屋，指从事纸屑、废品回收生意的人。

"我没拿错。"守鹤说，"我本不想卖掉它的，但前几天我买到一只造型更好的茶釜，因为两只茶釜太占地方了，我就决定把这只卖掉。"

"哦，是这样啊。"单纯的屑屋说，"如果您真想把它卖掉，我就荣幸地收了。"

屑屋从腰间掏出钱袋，放下四百文钱，把茶釜带回了他在城里的住处。

当晚，守鹤平心静气地拨着念珠，感觉如山般的焦虑从背上卸了下来。

屑屋对此也颇为满意，这是笔十分划算的买卖，他知道自己能以十倍的价格卖掉茶釜。他越看茶釜心里就越高兴。

"很久没碰上这么好的交易了！"他自言自语道，"这笔交易也相当实在，毕竟我跟大师说过他要卖掉的是个稀罕物了。感谢佛祖带来的财运，我要出去买一些酒喝。"

喝完酒后，屑屋睡得很香，梦见了富士山和鹰，这是吉利的预兆。

睡到半夜，他被一阵刺耳的声音吵醒，有人在唤着他的名字："屑屋先生！屑屋先生！"

屑屋当即坐起来，惊恐地抓住他的小木枕，环顾四周。他震惊地发现，早上收的茶釜长出了四只脚，还有一个貉脑袋和一条貉尾巴。

没有什么词能形容出这个可怜人此时的惊恐相。他看了又看，越看越困惑，最后朝茶釜说："哎！哎！你是我几个时辰前带回来的茶釜吗？"

"嚓咚——嚓咚——"，那只怪异的茶釜从席子上向屑屋走来。

"你惊讶吗，屑屋先生？"闪着一双貉眼的茶釜问道。

"我难道不该惊讶吗？"被吓到的屑屋说，"我一直以为你是一只铁茶釜。半夜醒来，我发现你有头有尾，还有毛茸茸的脚，在房间里走来走去！看见像你这样的东西，谁不会被惊到呢？求求你告诉我，你是何方神圣吧。"

茶釜温和地笑道："我叫文福茶釜[3]，是由貉化身而成的。"

"哦，"屑屋说，"这么说来你根本不是一只真正的茶釜？"

"你猜的没错。"茶釜貉答道，"我虽然不是一只真正的茶釜，却比真茶釜对你更有用。"

"你指的是什么？"屑屋问。

"我与任何普通茶釜都不一样，"茶釜貉说，"如果拥有我的人对我尊敬友好，他肯定会交好运；但如果有人像那个不敬的茂林寺和尚那样使用我，他将一无所获。你知道那个和尚是怎么对待我的吗？他真的把我放在炭火上烧！甚至在我伸出美丽的尾巴之后（它左右摇摆着那骄傲的尾巴），他还叫别人来抓住我，打我！作为一只应该受尊敬的貉，我怎么能容忍这种行为？"

---

3 文福茶釜，在日本通常被写作"分福茶釜"。

愤怒至极的茶釜貉鼓起了身子。

屑屋说："但如果你被束之高阁，放在橱柜里，你会高兴吗？你对舒适和幸福的看法是什么？请告诉我。"

"啊！"茶釜貉说，"你的确是个聪明人。我如果被关在箱子里，当然是不能自由呼吸的。你知道，我是一个活物，有时会希望能出去走走，吃点儿美味的东西。"

"当然，"屑屋说，"我很同情你。"

"住在寺里的时候，"茶釜貉继续说，"我几乎忍不了饿，有时会爬出去找吃的。不幸的是，我有一次被小和尚们看见了，差点儿被打了一顿。然而你对我很好，我认为你我之间有某种神秘联系，所以我才会被送到你这里。我不知道是否可以信赖你，今后是否可以请你喂我吃东西？"

"当然可以。"屑屋说，"既然你信任我，我保证你每天都有足够的米饭吃。"

"如果你愿意这样做，我将万分感激。作为回报，我会向你展示我的本事。我当然是不希望自己不劳而食的。"有教养的茶釜貉说。

"你会做什么事吗？这听起来很有趣，我真想见识一下。你会些什么呢？"屑屋问。

"我什么都会，"多才多艺的茶釜貉回答说，"我可以变成杂技演员，我可以在拉紧的绳索上跳舞。"

"那太好了！"屑屋喊道，"那我就不用再收旧货了。我们可以办一场演出，你来当舞者和杂技演员！"

"这是个很好的计划。"茶釜貉说，"如果我拿出真本事去表演，全国的人都会来看的，你能赚到的钱将比现在这个低贱的工作多得多。"

"茶釜貉先生，如果你能说到做到，我可以让你每天吃得饱饱的。"

约定就这样达成了，屑屋决定尽快开始演出。

时间紧迫，第二天一早，屑屋就开始为这个计划做准备。他首先搭建了一个剧场，然后找了些会弹三味线的乐师，还在门口挂了一幅正在表演的茶釜貉的大画像。

当一切准备就绪后，他给自己穿上裃——一种江户时代的武士礼服，由同色的肩衣和裙裤组成，主持人在秀场和展览会上经常穿着它们——然后站在门口对着招牌挥舞扇子，招呼所有过路的人。

"瞧一瞧！看一看！这里有一位多才多艺的文福大夫，这是近年来最伟大的演员。如果您以为它是只会表演的狗或者会耍杂技的鸟，那您可就大错特错了。这是一只长着貉头、貉腿和貉尾巴的茶釜。它会跳舞，会在绳子上翻筋斗，除此之外还有其他绝活儿。从古到今，你都找不出这么了不起的演员！来看表演吧，您会笑个不停的。如果错过了，您将遗憾终身。来吧，来吧！抓紧啦，乡亲们，抓紧啦！现在不用考虑门票，您看了我准备的表演后，觉得满意再付钱。"

当观众们走进剧场时，另一位主持人欢迎道："女士们，先生们，接下来您要看到的是演员文福大夫不同寻常的表演。它是一个天才，即将首次向世人展现自己的才艺！首先，它将在绳索上跳一段舞，然后一个接一个地表演各种您从没见过的舞蹈。"

"空，空，空。"主持人拿一组拍子木[4]拍了拍。这时，演员文福大夫才正式登上舞台，向观众们深鞠一躬，然后开始在绳索上跳舞。

看到这个奇特的演员和它滑稽的动作，观众们都惊得屏住了呼吸，他们从没见过这样的表演，剧场里充满了惊叹声。

4　拍子木，用紫檀、黑檀、花梨、橡木等硬木制成的方形细长木棒，两根一组用绳相连。在歌舞伎演出开始或者结束时，会用一组拍子木相互拍击以做提醒。

　"真奇特啊！真有趣啊！真精彩啊！以前见过这么稀奇的家伙吗？一只长着茶釜身子的貉在绳索上跳舞！哎呀！"

　文福大夫的名字如闪电般传遍整个城市，人们争先恐后来看它精彩的表演。由于演出太过火爆，当地官员担心简易的剧场被人潮压塌，赶忙在剧场周围搭起了支撑用的脚手架。不到二十天，屑屋就凭借文福大夫的名气赚了一大笔钱。

但屑屋绝不是一个贪婪的人，他觉得拼命表演的茶釜貉太辛苦了。于是有一天，他们结束了一整日的演出，坐在一起喝茶的时候，屑屋对茶釜貉说："茶釜貉先生，正是在你的福泽之下，我才获得了这样的财富，我对此深表感谢。现在我有足够的钱了，我想你也一定厌倦了这没完没了的表演。从现在起，你就放弃这份工作，好好休息，怎么样？"

"好啊，"茶釜貉答道，"我赞同你的提议。"

"那么我们就这么定了。"于是屑屋停掉了演出，这让人们大失所望。

屑屋和茶釜貉一起休息了一周，尽情享受生活。

后来，他们一起去了茂林寺。屑屋把发生的一切都告诉了住持守鹤，并补充道："全靠您卖给我的这只招好运的神奇茶釜，我才发了大财，所以我特地来向您道谢，并将文福茶釜和靠它得来的一半收入捐给寺院。如果您以尊敬、体贴和友善的态度对待它，它就会一直陪伴您。"

守鹤鞠躬答谢，接过了茶釜和这笔钱——它们都装在用红白两色细绳捆扎好的箱子里。屑屋随后便离开了，他答应尽可能多地来看望好友文福茶釜。

从那以后，文福茶釜身上再也没有发生过不寻常的事了。直到今天，它仍被视为茂林寺的珍宝，放在金漆架子上。

聪明的猴子与野猪

賢 い 猿 と 猪

三十五　孩子在晨曦下愉快地轻哼着，在光影的游戏中轻拍着垫子。

很久很久以前，在日本信浓国有一个巡回表演的耍猴人，他带着一只猴子，靠演猴戏来谋生。

一天晚上，耍猴人怒气冲冲地回到家，让妻子第二天早上把屠夫叫来。

妻子很迷惑，问丈夫："你为什么要我去叫屠夫？"

"那只猴子再也派不上用场了，它太老了，记不住它会的戏法了。我使出浑身解数，拿棍子打它，但它就是跳不好舞。我现在要把它卖给屠夫，尽我所能从它身上榨出钱来。没有别的办法了。"

妻子很同情这个可怜的猴子，恳求丈夫饶它一命，但她的恳求是徒劳的，耍猴人坚持要把猴子卖给屠夫。

此时，在隔壁房间的猴子听到了他们对话的每一个字。它明白自己要被杀死了，自言自语道："我的主人真是残忍啊！我多年来一直忠实地侍奉他，他不但不让我舒舒服服地安度晚年，反而要让屠夫把我屠宰，我该怎么办呢？啊，我突然想到一个好主意！我知道附近森林里住着一只野猪，我常听人说起它的智慧。如果我去向它倾诉我的困境，也许它会给我出主意。我要去试试。"

不能再浪费时间了。猴子溜出房子，以最快的速度跑到森林里去找野猪。野猪正好在家，猴子向野猪讲述了它的悲惨故事。

"好心的野猪先生，我听说过您的绝顶智慧。我遇到大麻烦了，只有您能帮我。因为我老了，现在跳不好舞，我的主人竟打算把我卖给屠夫。您看我该怎么办？我知道您无比聪明！"

这番奉承让野猪很高兴，它决定帮助猴子。它想了一会儿说："你的主人没有孩子吗？"

"哦，有的，"猴子说，"他有一个还在襁褓中的儿子。"

"早上你的女主人在开始一天工作的时候，孩子会被放在门口吗？我一大早就去，一有机会就抢走孩子跑掉。"

"那又怎么样？"猴子说。

"孩子的母亲会陷入极度恐慌之中，在你的主人和女主人想到该怎么做之前，你一定要追上我救下孩子，并把他安全地带回家，带到他父母面前。然后等到屠夫来的时候，他们就不会忍心卖掉你了。"

猴子再三感谢野猪，然后回到家。你可以想象得到，那天晚上它没有睡多少觉，因为它一直在想着明天的事。它的性命取决于野猪的计划是否成功。

第二天清晨，猴子主人的妻子早早起床，她打开窗户让阳光洒进来。然后一切都按着野猪的计划发生了。母亲像往常一样把孩子放在玄关附近，然后收拾房间，准备早餐。

孩子在晨曦下愉快地轻哼着，在光影的游戏中轻拍着垫子。突然，玄关处传来一阵响动，孩子大哭起来。母亲从厨房里跑出来，刚好看到野猪抓着她的孩子冲出大门消失了。她绝望地大叫一声，猛地伸出双手，冲进里屋，她的丈夫还在熟睡着。

丈夫慢慢坐起来，揉着眼睛，生气地责问妻子为什么那么吵。当他意识到发生了什么事的时候，他们俩都跑出大门，但野猪已经逃得远远的了。他们看见猴子正在拼命追着那个窃贼。

夫妻俩都对这只猴子的勇敢行为感到钦佩，当忠诚的猴子把孩子安全带回他们的怀抱中时，他们感激不尽。

"瞧！"妻子说，"这就是你要杀死的猴子——如果它没在这儿，我们就要永远失去孩子了。"

"你说得对，夫人，"丈夫抱着孩子进了屋，"等屠夫来了，你可以把他打发回去，现在给我们准备一顿丰盛的早餐吧，包括那只猴子的。"

等到屠夫来的时候，他被一份晚餐用的野猪肉订单打发走了。猴子从此被这家人宠爱着，平静地度过了余生，主人再也没有打过它。

水母和猴子

海月と猿

三十六

龙宫的美远非言语所能形容——在我看来，它是世界上最迷人的地方。

很久以前，海洋之国由一位了不起的龙王统治着。他是海洋的统治者，拥有超凡的力量，掌管着潮盈珠和潮干珠。把潮干珠抛进海里，能让海水从陆地退去；潮盈珠能让海浪涨得如山一般高，像海啸一样涌向海岸。

龙王的宫殿位于海底，它是那么美轮美奂，即使在梦中也没人见过如此美景。那里有珊瑚做的墙壁，翡翠和绿玛瑙做的屋顶，极品珍珠铺的地板。尽管龙王拥有着辽阔的国土、美丽的宫殿和海洋中至高的权力，但他一点儿都不快乐，因为他是一位孤单的统治者。他想，只有结婚，生活才会变得幸福。所以他决定娶一个妻子。他把所有鱼仆召集过来，挑选了其中几位作为大使穿越大海，为他寻找一位年轻的龙公主做他的新娘。

最终，鱼仆们带着一位年轻美丽的龙公主回到宫殿。她的鳞片泛着绿光，就像夏日里甲虫的翅膀；她的眼睛射出火焰般的光芒；她的长袍雍容华贵，上面的所有海珠都是绣出来的。

龙王立刻爱上了她，随后他们举行了盛大的婚礼。从巨鲸到小虾，海中的一切生物都成群结队地向新娘新郎表示祝贺，祝愿他们美满幸福，白头偕老。在鱼的世界里，很少有这样的集会和庆典。为新娘抬嫁妆的轿夫，一眼都望不到边。每条鱼都提着一盏磷光的灯笼，身穿闪着蓝色、粉色和银色光芒的礼服。那晚，海波起伏、浪花破碎之时，能看到一团团白色和绿色的火焰在翻滚，那是磷光在不断地闪烁。

婚后，龙王和他的王后度过了一段非常幸福的时光。他们相亲相爱，龙王天天带着王后去看珊瑚宫里的奇珍异宝，和她一起漫步在那宽敞的大厅和花园中，从未感到厌倦。在他们看来，生活像盛夏一样美好。

两个月的时光就这样过去了。之后王后生病了，不得不卧床休息。龙王看到心爱的王后病得这么重，心急如焚，马上派人去请鱼大夫来给她开药。他特别嘱咐仆人们要小心照料，用心侍候，然而尽管仆人们尽心尽力地照料，大夫也开了药，但年轻的王后并没有康复的迹象，反而一天比一天糟。

龙王召见了鱼大夫，责备它没有治好王后的病。大夫胆战心惊，它为自己的医术不精找了个借口，说虽然它知道该给病人开什么药，但那药在海里是不可能找到的。

"你是想告诉朕，你在这里找不到药吗？"龙王问。

"正如陛下所言。"大夫答道。

"告诉朕，什么药才能救王后？"龙王问。

"臣需要活猴的肝脏！"大夫答道。

"活猴的肝脏！这的确是很难弄到的。"龙王说。

"只要我们能找到这个，王后殿下很快就会康复的。"大夫说。

"好吧，那我们必须设法得到它。但是，去哪里找猴子呢?"龙王问道。

大夫告诉龙王,在南边不远的地方有一个猴岛,那里生活着许多猴子。

"要是陛下能捉来一只猴子就好了!"大夫说。

"朕的臣民怎么能捉到猴子呢?"龙王不解地问,"猴子生活在岸上,而我们生活在水里,我们一旦离开水,就没什么力量了!朕不知道该怎么做!"

大夫说:"在陛下的无数臣民中,一定可以找到一位能上岸的勇士!"

"必须想个办法。"龙王说着,然后把总管叫来,和它商量这件事。

总管思索了一会儿,高兴地说:"臣知道该如何做了!有一只叫海月的水母[1],它虽然长得奇丑,却能用四条腿像乌龟一样在岸上行走。我们把它送到猴岛去抓猴子吧。"

随后,水母被召到龙王面前,并被告知要它去办的差事。

听到要派自己去执行这项任务,水母显得十分不安,它说自己从未去过猴岛,也从来没有捉猴子的经验,担心捉不到猴子。

"哎呀,"总管说,"如果你想依靠你的力量,那你永远也抓不到猴子。唯一的办法就是骗一个回来!"

"我怎么骗猴子呢?我不知道该怎么做。"不得要领的水母说。

"你只需这样做,"老谋深算的管家说,"当你接近猴岛并碰见猴子时,你必须努力和其中一只搞好关系。告诉它你是龙王的仆人,邀请它来参观龙宫。你要竭尽所能向它描述龙宫的宏伟和海中的奇观,引起它的好奇,使它渴望能看到

---

1 在日本民间,还有一种说法是派乌龟去的猴岛。

这一切！"

"可我怎么把猴子弄到这里来呢？您知道猴子不会游泳。"海月还是不太情愿。

"你得把它驮在背上。如果你连这种事都做不到，那你的壳又有何用？"总管说。

"它不会很重吗？"水母又问。

"你不必考虑这个，因为你是在为龙王工作，你会得到力量的。"总管回复道。

"我会尽力的。"水母说，然后游出了宫殿，朝猴岛游去。它游得飞快，没几个时辰就到达目的地，然后借着一个浪头上了岸。它环顾四周，看到不远处有一棵低垂的大松树，并在树上发现了它的目标——一只活生生的猴子。

"真是幸运啊！"水母心想，"我现在必须讨好这个家伙，设法引诱它和我一起回宫去，那样我的任务就完成了！"

于是，水母慢慢朝松树走去。只见一只长着四条腿和一个像乌龟一样硬壳的水母走到松树前，高声说："你好，猴子先生。今天天气真好，不是吗？"

　　"天气是挺好的。"树上的猴子回应道，"我以前从未在这里见过你。你是从哪里来的，叫什么名字？"

　　"我叫海月，是一只水母。我是龙王的众多仆人之一。我听说了许多关于你们美丽小岛的事情，所以我特地来看看。"水母答道。

　　"很高兴见到你。"猴子说。

　　"顺便问一下，"水母说，"你见过我所居住的龙宫吗？"

　　"我经常听说它，但我从来没有见过！"猴子答道。

　　"那你一定要来看看。你这一辈子要是没见过龙宫，就太遗憾了。龙宫的美远非言语所能形容——在我看来，它是世界上最迷人的地方。"水母说。

　　"真的有那么美吗？"猴子惊讶地问。

　　水母看到机会来了，便尽其所能描述龙宫的壮丽宏伟——那些白色、粉色、红色的奇特珊瑚树上，挂着如宝玉一样的硕大的奇珍异果。猴子越来越感兴趣了，它一边听着，一边爬下树来，走到水母身边，不想漏掉这个奇妙故事的任何一个字。

　　"我终于搞定它了！"水母心想着。

　　"猴子先生，我现在得回去了。既然你从未见过龙宫，何不利用这个大好机会跟我一起去呢？这样，我就可以给你当向导，把海中的所有景物都指给你看，这对一直生活在岸上的你来说是再好不过的机会了。"

　　"我很想去，"猴子说，"但是我怎么穿过这片水呢？我不会游泳，想必你是知道的！"

　　"这不算什么难事，我可以把你驮在背上。"

"那太麻烦你了。"猴子说。

"这对我来说很容易。我比你看起来更强壮，所以你不必顾虑。"水母说完，把猴子驮在背上，进入了大海。

"别乱动，猴子先生，"水母说，"你可不能掉到海里，我得负责把你安全送到龙宫。"

"请不要游得那么快，否则我肯定会掉下去。"猴子说。

它们就这样前进着。然而当它们行到一半时，对解剖知之甚少的水母才想起此行的目的——猴子有没有带着它的肝脏呢？

"猴子先生，告诉我，你带肝脏了没有？"

猴子被这个奇怪的问题吓了一跳，便问水母要什么肝脏。

"这是很重要的一件事，"愚蠢的水母说，"所以请回答我，你是否带着你的肝脏？"

"为什么我的肝脏对你这么重要？"猴子问。

"噢！你会知道原因的。"水母说。

猴子越来越怀疑，便催促水母告诉它原因。它对水母诚恳地说，因为水母提的问题，使它对此行的目的感到不安。

水母看到猴子一副焦急的样子，很同情它，便把一切都告诉了它。王后是怎样病倒的，大夫说只有活猴的肝脏才能治好她的病，龙王又是怎样派它去找猴子的。

"现在我已经按吩咐做了，我们一到龙宫，大夫就要用你的肝脏。"愚蠢的水母说。

听到这一切，可怜的猴子吓坏了，它气愤不已。一想到即将发生在自己身上的事，他就吓得发抖。

不过猴子是一种聪明的动物，它认为最明智的做法是先不要表现出恐惧的情绪，所以它努力使自己平静下来，想着该用什么办法逃走。

大夫想把我剖开，然后把肝脏取出来！我为什么要死呢？猴子想。最后，它灵机一动，笑逐颜开地对水母说："真遗憾，水母先生，在我们离开岛之前，你没有说起过这件事！"

"如果说出原委，你一定不会来的。"水母回应道。

"你完全想错了，"猴子说，"对我们来说，送出去一两个肝脏并非难事，特别是给龙后用的。要是早点儿知道你需要什么就好了，我应该带一个来的。我有好几个肝脏，但遗憾的是，由于你没有及时跟我说，我把所有肝脏都挂在松树上了。"

"你把肝脏留在岛上了吗？"水母问。

"是的，"机智的猴子说，"在白天，我通常会把肝脏挂在树枝上，因为当我在树木之间爬来爬去时，肝脏很碍事。"

听到这里，水母非常失望，它相信猴子说的每一句话。没有肝脏的猴子是无用的。最后，水母停了下来。

"好吧，"猴子说，"这个问题很好解决。想到你遇到的麻烦，我真的很难过。不过，只要你把我送回我们相遇的地方，我很快就能取回肝脏。"

水母一点儿也不想再回到岛上，但是猴子向水母保证，如果水母愿意驮它回去，它会把最好的肝脏送给龙后。水母听了这番话，便又转头游向猴岛。

水母刚一上岸，机智的猴子就从它背上跳下来，爬上高大的松树。因安全返家而感到高兴的猴子在树枝间摘下几个松球，然后看着水母说："真是麻烦你了，非常感谢！回去时请代我向龙王问好！"

水母惊惶地问猴子，他是不是要背弃承诺了？

猴子笑着答道，它不能失去肝脏，因为那对它来说太珍贵了。

"别忘了你的承诺！"水母恳求道，它此时十分沮丧。

"那个承诺是骗你的！"猴子答道。然后猴子开始嘲笑水母，说自己一直在欺骗它。

猴子不希望丢掉自己的性命，如果它去了龙宫，那它就完了。

"我不会把肝脏给你，你要是有能耐，就尽管来取吧！"猴子在树上嘲弄地补充道。

水母现在别无选择，只能为自己的愚蠢后悔。于是，它开始悲伤地慢慢往回游。离开小岛时，它还能听到猴子嘲笑它的声音。

与此同时，龙王、大夫、总管以及所有仆人都在焦急地等着水母回来。他们一看到水母，就高兴地向它打招呼。他们非常感谢它所付出的所有努力，然后问它猴子在哪里。

水母战战兢兢地讲着它所经历的事，讲它如何带着猴子游过一半的海，然后愚蠢地泄露了任务的秘密；猴子是如何欺骗它，让它相信肝脏被留在了岛上。

龙王大发雷霆，立刻下令严惩水母。惩罚是可怕的，它的所有骨头都会被活生生地从身体里取出来，然后接受廷杖。

　　可怜的水母心中有说不出的屈辱和恐惧，哭着请求原谅。但龙王的命令必须执行。宫中的仆人们立刻拿来木杖，把水母团团围住。它们取出水母的骨头后，再用木杖打它，然后把它丢出宫殿大门。水母为自己的多嘴多舌付出了代价。

　　在这个故事中，远古时期的水母曾经像乌龟一样有壳有骨，但自从水母的祖先受了龙王的惩罚，它的后代都变得柔软无骨了，就像你今天看到的被海浪冲到岸上的水母那样。

猴蟹相斗

猿 蟹 合 戦

三十七

猴子继续扯下青柿子，砸向毫无还手之力的螃蟹。

　　很久以前，在一个晴朗的秋日，一只红脸猴子和一只黄螃蟹在河边玩耍。它们跑来跑去，螃蟹找到了一个饭团，猴子找到了一颗柿子籽。

　　螃蟹将捡到的饭团给猴子看，说："瞧，我找到了一个多好的东西！"

　　猴子举起它的柿子籽说："我也找到了一个好东西！"

　　虽然猴子很喜欢吃柿子，但它不需要刚找到的柿子籽，因为那东西硬得像石头。出于贪婪的本性，猴子非常羡慕螃蟹的美味饭团，便提议交换一下。螃蟹当然不愿意用美味的饭团去换一颗硬如石头的柿子籽，所以不同意猴子的建议。

　　于是，狡猾的猴子开始劝螃蟹说："你真傻，不知道为将来着想！你若把这柿子籽种到地里，不出几年就会长成大树，每年都会得到一树成熟的柿子。要是我能让你看看那挂在枝头的黄果子就好了！当然，如果你不相信，我就自己种。我敢肯定，如果你不听我的劝，以后会后悔的。"

头脑简单的螃蟹没能拒绝猴子花言巧语的诱惑，最终同意了猴子的建议，用饭团换了柿子籽。贪婪的猴子很快就把饭团吃了个干净，然后不情愿地把柿子籽给了螃蟹。猴子想把柿子籽也留下，但它怕惹螃蟹生气，螃蟹那如剪刀般锋利的钳子它可惹不起。随后，它们便分开了。螃蟹一到家，就按照猴子告诉它的方法，把柿子籽埋在地里。

　　第二年春天，螃蟹高兴地看到一棵小苗破土而出。小树苗每年都在长大，终于在某一年春天开了花，次年秋天结了许多喜人的大柿子。柿子如金球一般，挂在宽阔光滑的绿叶之间，等它们成熟时，就会变成深深的橙色。小螃蟹日复一日地坐在阳光下，像蜗牛伸出触角一样伸出它的长眼睛，看着柿子渐渐成熟，这成了它的乐趣。

　　"它们该多好吃啊！"螃蟹自言自语道。

　　终于有一天，螃蟹的柿子熟了，它很想尝一个。但它好几次想爬上树，都失败了，因为螃蟹的腿不是用来爬树的，而是用来在水中和石头上跑的。在这种窘境下，螃蟹想起了

老玩伴猴子，它非常擅长爬树，找它帮忙一定行。

　　螃蟹跑过多石的河岸，穿过小路进入阴暗的森林，最后发现猴子正在它最喜欢的松树上午睡。猴子被螃蟹叫醒了，当听到它很久以前用来换饭团的柿子籽已经长成树，现在结出了喜人的柿子时，它高兴极了，因为它马上想出了一个诡计，能把所有柿子占为己有的诡计。

　　猴子同意和螃蟹一起去摘柿子，当它俩到达目的地时，猴子看见了那棵漂亮的柿子树，树上挂满了成熟的柿子。

　　猴子麻利地爬上树，以最快的速度摘下一个又一个柿子，然后吃掉。它都是挑长得最好的柿子吃，直到吃不下为止。它一个也不给在下面等着的可怜的螃蟹。等它吃饱后，树上只剩下又硬又不熟的柿子了。

你可以想象，可怜的螃蟹将柿子籽种下，等着树长大，等着果实成熟，最后却看到猴子把所有好柿子都吃光了，它有多失望！它绕着树跑了一圈又一圈，叫猴子履行它的承诺。猴子起初没有理会螃蟹的抱怨，到最后，它挑出最硬、最青的柿子，对准螃蟹的头砸去。刚结出来的柿子像石头一样硬，猴子扔出的柿子正中螃蟹要害，螃蟹被砸成重伤。猴子继续扯下青柿子，砸向毫无还手之力的螃蟹，直到螃蟹遍体鳞伤，倒地而死，死在它亲自栽的树底下。

无耻的猴子看到螃蟹被杀死了，便像懦夫一样，以最快的速度逃离现场。

这只螃蟹有个儿子，它和朋友就在离事发地不远的地方玩。在回家路上，它发现了死相极惨的父亲——头被砸得稀烂，外壳被砸碎好几处，周身还散落着未成熟的柿子。可怜的小螃蟹哭了起来。

小螃蟹忽地抬起头，抹去眼泪，对自己说，哭是没有用的，它要为父亲报仇。于是，它开始四处寻找凶手的线索。它抬头看到那棵树，发现树上最好的果子已经没有了，地上到处散落着果皮和种子，还有一些未熟的柿子。它明白了，猴子就是凶手，因为它想起了父亲曾给它讲过的饭团和柿子籽的故事。小螃蟹知道猴子们最爱吃柿子，它确信是猴子对柿子的贪欲导致了老螃蟹的死。唉！

小螃蟹气得火冒三丈，想立刻去找猴子报仇。然而它转念一想，觉得这样没什么用，因为猴子是一种老奸巨猾的动物，很难对付。它必须有一个周密的计划，并向朋友们寻求帮助，单凭它自己的力量是无法为父亲报仇的。

小螃蟹马上去找父亲的老友石臼，把一切告诉了它，祈求石臼能帮它报杀父之仇。听闻朋友去世的噩耗，石臼心如刀绞，立刻答应小螃蟹帮它报仇。石臼提醒小螃蟹必须小心行事，因为猴子是一个强大而狡猾的敌人。石臼派人去找蜜蜂和栗子（也是螃蟹的老友），和它们商议这件事。不一会儿，蜜蜂和栗子来了，它们在得知老螃蟹死的所有细节后，都同意帮助小螃蟹报仇。

它们讨论了很久如何实施复仇计划，之后便分开了。石臼先生带着小螃蟹回家，帮它埋葬了可怜的父亲。

猴子还在为它下手干净利索而沾沾自喜。它觉得把朋友的熟柿子抢光，然后将其杀死是一件乐事。不过，它内心隐藏着一丝恐惧——为恶行败露的后果而恐惧。如果它被揪出来了，螃蟹一家必定会怀恨在心，找它报仇。于是它不再出门，一连几天待在家里。不过，它觉得这种生活非常乏味，因为它已经习惯了在树林里的自由生活。最后它说："没人知道是我杀了螃蟹！我确信那老家伙在我离开之前就死了。死螃蟹是不能开口的，谁知道我是凶手？既然谁也不知道，何必把自己关起来，对这件事耿耿于怀？反正木已成舟！"

之后，猴子就溜到了螃蟹的栖息地，在螃蟹家附近蹑手蹑脚地探听消息。老螃蟹曾经是这个部族的首领，猴子想知道螃蟹们对它们首领的死是什么态度。然而它什么也没听到，于是自言自语道："它们都是傻瓜，它们不知道，也不在乎是谁杀了它们的首领！"

猴子根本没想到，螃蟹部落这种看似漠不关心的态度其实是小螃蟹复仇计划的一部分。小螃蟹故意装作不知道是谁杀了父亲，这样它就可以迷惑猴子，让对方放松警惕。于是猴子放心大胆地回家了，它觉得现在没什么好害怕的了。

某一天，猴子正在家里坐着，突然有一位小螃蟹派来的信使拜访。信使在猴子面前鞠了一躬，说："我的主人派我来告诉您，前几天，它的父亲在攀爬柿子树时掉下来摔死了。今天是头七，主人准备了一个简单的丧礼来悼念它的父亲。

您是死者生前最好的朋友之一，特邀请您来参加。"

听完这番话，猴子的内心深处充满喜悦，它对自己恶行暴露的担忧消失得干干净净。它对螃蟹的死讯装出万分惊讶的样子说："听说它去世了，我真的非常难过。你知道，我们是很好的朋友。我记得它曾经用一个饭团跟我换了一颗柿子籽。一想到这颗种子最终害死了它，我就非常难过。我接受你们的盛情邀请，非常感谢。我很乐意去悼念我可怜的老朋友！"它的眼睛里挤出了几滴假惺惺的泪水。

信使暗自发笑，心想："这只恶毒的猴子现在还掉着假惺惺的眼泪，过不了多久，它就要真的掉眼泪了。"

信使走后，恶毒的猴子放声大笑起来，它觉得小螃蟹太单纯了。它换上衣服，一本正经地去参加葬礼。

猴子发现螃蟹家的所有成员及其亲戚都在等候它的到来。丧礼一结束，它们就把猴子领到一个大厅。年轻的主祭前来迎接它，然后大家坐下来吃了一顿丰盛的大餐，螃蟹们把猴子当作贵宾招待。

宴会结束后，猴子被邀请去茶室喝茶。小螃蟹把猴子带到茶室，然后把猴子留在那里，自己退了出去。时间一点一点过去，小螃蟹一直没有回来。最后，猴子等得不耐烦了，自言自语道："茶道总是慢腾腾的，我等了这么久，都等烦了。我在宴会上喝了这么多清酒，渴死了！"

说罢，猴子朝烧着炭火的地炉走去，打算从开水壶里倒一些热水。突然，有什么东西从炭火灰里蹦了出来，"砰"的一声，正好打在猴子的脖子上。原来是螃蟹的朋友栗子藏在地炉里。猴子被吓了一跳，向后跳了几步，打算跑出茶室。

躲在屏风后面的蜜蜂飞出来，在猴子脸上蜇了一下。猴子痛苦难耐，它的脖子被栗子烫伤了，脸被蜜蜂蜇肿了。它一边气急败坏地尖叫，一边往外跑。

此时，石臼和另外几块石头一起藏在螃蟹家的房门上，当猴子夺门而出时，石臼和别的石头一起砸在了猴子头顶上。猴子被压得喘不过气，疼得死去活来，彻底站不起来了。就在猴子无助地躺在那里时，小螃蟹走过来，用它的大钳子夹着猴子，说："你还记得你杀了我父亲吗？"

　　"那你是……来找我……报仇的？"猴子断断续续地问。

　　"当然。"小螃蟹说。

　　"那是……你父亲自找的……不关我的事！"不思悔改的猴子喘着气说。

　　"你还在撒谎吗？我很快就会让你咽气的！"说完，小螃蟹便用它的大钳子夹断了猴子的头。就这样，恶毒的猴子受到了它应得的惩罚，小螃蟹报了杀父之仇。

因幡的白兔

因幡の白兎

三十八

所有的鳄鱼在海中排好队列，在淤岐岛和陆地之间架起了一座桥。

很久以前，所有动物都会说话的时候，日本因幡国[1]住着一只白兔。它的家在淤岐岛上，与陆地隔海相望。

白兔非常想去陆地上。它每天都走出家门，站在岸边，朝陆地的方向望去，日复一日地渴望找到渡海的方法。

一天，白兔像往常一样站在海滩上，望着对岸的陆地，突然，它看见一条大鳄鱼在岛的附近游弋。

"真是太幸运了！"白兔想，"我的愿望现在可以实现了，我要让鳄鱼驮我过海！"

不过，白兔不知道鳄鱼是否愿意驮它。于是它想，与其请求别人帮忙，不如试着用诡计达成目的。

白兔朝鳄鱼大声喊道："嗨，鳄鱼先生，今天天气真好。"

那天，鳄鱼独自出来享受明媚的阳光，它正觉得有些孤独时，白兔爽朗的问候打破了寂静，引起了它的兴致，它快

---

1 因幡国，日本古代令制国之一，领域大约为现在鸟取县的东部。

速向岸边游去。

"不知道刚才跟我说话的是谁！是你吗，白兔先生？你一个人肯定很孤单吧！"

"哦，不，我一点儿也不孤单，"白兔说，"今天天气这么好，我就出来玩了。你能不能和我玩一会儿？"

鳄鱼爬到岸上和白兔一起玩了一会儿。然后白兔说："鳄鱼先生，你住在海中，我住在这个岛上，我们不常见面，所以我对你知之甚少。告诉我，你认为你的同类比我的多吗？"

"当然，鳄鱼要比兔子多，"鳄鱼回答说，"你自己难道看不出来吗？你住在这个小岛上，而我住在覆盖整个世界的海洋里，所以如果我把所有住在海里的鳄鱼都叫到一起，你们这些兔子根本无法与我们相提并论！"鳄鱼很是自负。

白兔想捉弄鳄鱼，便说："你能不能召集足够多的鳄鱼，让它们排成一条能够连接这个岛与陆地的线？"

鳄鱼想了一会儿，然后回答说："当然，没问题。"

"那就试试吧，"机灵的白兔说，"我从这里开始数！"

鳄鱼的头脑很简单，它没有意识到白兔是想捉弄它。它说："稍等片刻，我这就回海里去，把我的同类们召集起来！"

鳄鱼跳进海里，消失了一段时间。白兔则在岸上耐心地等着。终于，鳄鱼出现了，并带来了数不清的同族。

"瞧，白兔先生，"鳄鱼说，"在这儿与陆地之间连成一条线，对我的朋友们来说并不算什么难事。这里的鳄鱼多得足够延伸到中国或印度。你见过这么多鳄鱼吗？"

于是，所有的鳄鱼在海中排好队列，在淤岐岛和陆地之间架起了一座桥。兔子看到鳄鱼桥，说："真壮观啊！但我不相信这真能连着陆地。现在让我亲自验证一下！如果你们允许我这么做的话，我想从你们背上走过去，所以请不要动，否则我会掉进海里淹死的！"

于是，白兔跳到不可思议的鳄鱼桥上，一边数着，一边从一只鳄鱼背上跳到另一只鳄鱼背上："请不要动，否则我就没办法数了。一、二、三、四、五、六、七、八、九……"

　　就这样，狡猾的白兔一跳一跳地到了对面的陆地上。它在实现愿望后仍不知足，开始嘲笑鳄鱼。它从最后一只鳄鱼背上跳下来，说："你们这些傻鳄鱼，现在没你们的事了！"

　　所有鳄鱼都明白了白兔的把戏，为的是踩在它们身上跨过大海。现在，白兔嘲笑它们愚蠢，让它们怒不可遏，决心报复。于是，鳄鱼们不等白兔逃掉，便把它团团围住，要把它全身的毛都拔光，以示惩罚。白兔大声哀号着，恳求鳄鱼们饶了它，但鳄鱼们每拔一撮毛，就说一句"活该"。

　　在拔掉最后一撮毛之后，鳄鱼们把可怜的白兔扔到沙滩上，笑着游走了。

　　此时，白兔的处境可怜极了，它漂亮的白毛被拔光了，光秃秃的小身子到处流血，痛得直哆嗦。它几乎动弹不得，只能无助地躺在沙滩上，为降临在它身上的不幸而哭泣。尽管这一切苦痛折磨都是它咎由自取，但任谁看见这个可怜的小家伙，都会为它感到难过，因为鳄鱼们的报复太过残忍。

　　就在这时，一群看起来像王公子弟的人碰巧路过，看到

躺在沙滩上哭泣的白兔，便停下来问是怎么回事。

兔子抬起头来，回答道："我和一群鳄鱼打了一架，但是打输了，它们拔光了我全身的毛，让我在这里受苦——这就是我哭泣的原因。"

其中一位性格凶狠恶毒的年轻人，装出友好的样子对白兔说："我真的很同情你。我知道一种能治好你身体疼痛的方法，只要你愿意一试。去海里洗个澡，然后回来坐在岸上，这会让你的毛重新长出来，你会和以前一样好看的。"

说罢，这群年轻人就走了。白兔很高兴，以为自己得到了治愈的方法。它在海里洗了个澡，然后坐到能吹风的地方。

然而，白兔浑身的海水被风吹干后，它的皮肤变得又干又紧，盐分使它疼痛加剧，它疼得在沙滩上打滚，号啕大哭。

这时，另一位王公子弟背着一个大袋子从旁边经过。他看见了白兔，就停下来问它为什么哭得这么大声。

可怜的白兔刚被人欺骗，并不想理他，只是继续哭泣。

这次来的人心地善良，他同情地看着兔子说："可怜的小家伙！你的毛被拔光了，皮肤光秃秃的。谁对你这么残忍？"

听到这番仁慈的话语，白兔非常感激，并被他温和的态度打动，于是将自己遭遇的一切告诉了他。这个小家伙对它的朋友毫无隐瞒，坦白了它是如何捉弄鳄鱼，又如何嘲笑它们愚蠢，而后鳄鱼们又是如何报复它的。接着，它又说自己是如何被一群人欺骗，落到这步田地。最后，白兔乞求那个人给它一些能治好它，并让毛重新长出来的药。

听完白兔的故事，那个人怜悯地说："我对你所遭受的一切感到非常难过，但是请记住，这都是你欺骗鳄鱼的报应。"

"我知道，"可怜的白兔回答说，"但是我已经悔悟了，我已经下定决心不再骗人了。所以我请求您告诉我，怎样才能治好我的身体，让毛重新长出来。"

　　"那我就告诉你一个好办法，"那人说，"先去那边的池塘好好洗个澡，把身上的盐都洗掉。然后摘一些生长在水边的蒲黄花，把它们铺在地上，你自己在上面打滚。只要你这样做，花粉会使你的毛重新长出来，过一会儿你就会康复。"

　　白兔听后，高兴极了。它到池塘里洗了个澡，然后摘了生长在水边的蒲黄花，在上面滚来滚去。它果然看到自己漂亮的白毛又长出来了，疼痛也消失了。它完全康复了。

　　白兔欣喜若狂地向帮助它的年轻人跳去，跪在他的脚下说："我无法用语言表达我的感激之情，我真诚地希望能做些什么来报答您。请告诉我您尊姓大名？"

　　"我不是你想的王公子弟，我是大穴牟迟神[2]，"那人回答说，"之前经过这里并且捉弄你的人是我的兄弟。他们听说因幡国有一位叫八上比卖的美丽公主，正去往寻找她的路

2　大穴牟迟神，即日本神话中的大国主神。

上，并请求她能嫁给其中一位。在这次远行中，我只是一个随从，所以我背着大袋子跟在他们后面走。"

在伟大的大穴牟迟神面前，白兔变得谦卑了，在因幡国，许多人都崇拜大穴牟迟神。

"啊，我不知道您就是大穴牟迟神。您对我太好了！那个让我去海里洗澡的坏家伙居然是您的兄弟，这简直令人难以置信。我敢肯定，您的兄弟要找的那位公主绝对不会做他们任何一位的新娘，而会因为您的善良更喜欢您。我确信，即便您无意赢得她的芳心，她也会要求做您的新娘。"

大穴牟迟神没有接白兔的话，只是向它道了别，继续赶路并很快追上了他的兄弟。他发现他们刚进公主的家门。

正如白兔所言，公主不愿成为他们中任何一位的妻子，但是当她看到善良的大穴牟迟神的脸时，她径直走到他面前说："我愿意委身于你。"于是，他们便结婚了。

故事到此结束。日本很多地方的百姓都崇拜大穴牟迟神，这只白兔也被称为"因幡的白兔"。

剪舌麻雀

舌切り雀

小麻雀低着小脑袋，表演了许多主人教它的把戏，它很高兴又能见到老朋友。

很久很久以前，在日本住着一位老翁和他的妻子。老翁心地善良，吃苦耐劳，但他的妻子是个脾气暴躁的人。她一天到晚总是发牢骚，赤口毒舌的她闹得家里不得安宁。老翁已经很久不理会她的坏脾气了。他白天大部分时间都在地里干活，因为膝下无子，为了回家后给自己找个乐趣，所以驯养了一只麻雀。他很喜爱这只小鸟，把它看作自己的孩子。

老翁在外面辛苦劳作一天，晚上回来后唯一的乐趣就是逗麻雀玩儿。他和麻雀说话，教它一些小把戏，它很快就学会了。老翁会打开笼子，让它在屋子里飞，然后他们一起玩耍。到了吃晚饭的时候，他总是从自己的饭里省下一口，用来喂麻雀。

一天，老翁去森林里砍柴，老妇留在家里洗衣服。她前一天熬了一些糨糊[1]，可是这会儿她去找的时候，发现连一滴

1　旧时人们会用糨糊给洗过的衣服、被单等纺织品上浆，使其结实耐用。

都不剩了，碗已经空了。

当她在想到底是谁用了或偷走了糨糊的时候，那只宠物麻雀飞下来，垂下它那长满羽毛的小脑袋——这是主人教它的一种把戏。那只漂亮的小鸟叽叽喳喳地说："是我吃了糨糊。我以为碗里是为我准备的食物，我把它吃光了。如果我犯了错误，恳请您原谅我！唧啾，唧啾，唧啾！"

麻雀是一只诚实的鸟，它那么有礼貌地请求宽恕，老妇应该愿意立刻原谅它。然而并非如此。

老妇从来没有喜爱过这只麻雀，经常因为这只被她叫作"脏鸟"的宠物而和丈夫争吵，抱怨这只鸟只会给她带来额外的活儿。此刻她高兴坏了，因为她有了可以惩罚这只宠物的理由，她开始咒骂它。麻雀在老妇面前张着翅膀，垂着头，来表达它的愧疚。老妇不满足只说些尖酸刻薄的话，盛怒之下，她一把抓住麻雀，拿来剪刀，剪断了可怜的小鸟的舌头。

"你就是用这条舌头把我的糨糊吞下去的吧！现在你知道没有舌头是什么感觉了吧！"她一边说着令人胆寒的话，一边把小鸟赶走。

老妇把麻雀赶走后，又熬了一些米糊，其间还一直为这麻烦事发牢骚。她把所有衣服上浆之后，铺在木板上晒干。

晚上，老翁回家了。他像往常一样盼望着当自己走到家门口时，能看到他的宠物飞过来，叽叽喳喳地迎接他，竖起羽毛来表达它的喜悦，最后落在他的肩膀上。但是今天，老翁非常失望，因为他连心爱麻雀的影子都没有看到。

他加快脚步，匆匆脱下草履，走上缘侧。然而，他还是寻不见麻雀。他心想，妻子肯定把麻雀关在笼子里了。于是他把妻子喊来，焦急地问："雀儿在哪儿？"

老妇起初假装不知道，回答道："你的麻雀？我当然不知道啊。噢，我这会儿想起来了，我整个下午都没见过它。

如果说那只忘恩负义的脏鸟飞走了，在你宠爱过它之后离开了你，我一点儿都不会觉得奇怪！"

但是，老翁不相信她说的话，于是一遍又一遍地问她，不让她消停。最终，她坦白了一切。她怒气冲冲地告诉丈夫，麻雀是如何吃了她为给衣服上浆而特地熬的米糊，以及当麻雀承认了它所做之事时，她一怒之下拿剪刀剪掉了它的舌头，最后将它赶走的事。

然后，老妇给丈夫看了麻雀的舌头，说："这是我剪下来的舌头！可恶的小鸟，它为什么要吃掉我所有的糨糊？"

"你怎么能这么残忍？啊，你怎么能这样狠心？"老翁只能如此回应。他太善良了，不会惩罚他的泼妇妻子，只会对他那可怜的小麻雀所遭受的一切感到痛心疾首。

"太惨了！我可怜的雀儿失去了舌头，"他自言自语地说，"它再也不能叽叽喳喳地叫了。舌头被粗暴地剪下来，它一定很疼吧，一定会生病的！我还能为它做些什么呢？"

在他那脾气暴躁的妻子入睡后，老翁泪流满面。他坚定了一个信念：他明天要去寻找麻雀。做出决定之后，他终于可以睡觉了。

天蒙蒙亮，他就起了床，匆匆地吃过早饭，然后翻山越岭，穿过树林，在每一丛竹子前停下脚步，喊道："在哪儿呢？我的剪舌麻雀在哪儿？在哪儿呢？我的剪舌麻雀在哪儿？"

他不停地走，走到一大片竹林附近时，已经到下午了。竹林是麻雀最喜欢待的地方。果然，在林子边缘，他看到了自己心爱的麻雀。他高兴得简直不敢相信自己的眼睛，急忙跑上前去和它打招呼。小麻雀低着小脑袋，表演了许多主人教它的把戏，它很高兴又能见到老朋友。令人惊讶的是，它还能像之前那样说话。老翁告诉它，自己对所发生的一切感到抱歉，并关切地问它的舌头怎么样了。这时，麻雀张开嘴，向他展示新长出来的舌头，并请他不必再为过去的事情伤心，因为它已经完全好了。随后，老翁才知道他的麻雀是一个仙女，而非普通的鸟。

老翁非常欢喜。他忘记了所有烦恼，甚至忘了自己有多累，因为他找回了失去的麻雀，而且它的状态很好。最重要的是，它是个仙女。

麻雀叫老翁跟着它，把他带到竹林中央的一栋漂亮的房子前。老翁走进房子后彻底惊呆了，这里简直太漂亮了！房子是用最白的木头建的，地上铺着的奶油色的软垫是他见过的最好的地毯，精美的花瓶和漆盒装饰着房间的角落。

麻雀把老翁带到上座，然后化为人形，坐在下首位置，彬彬有礼地向他深鞠几躬，感谢他多年来养育自己的恩情。

随后，麻雀夫人——我们现在如此称呼它——向老翁介绍了它的家人。它的女儿们穿着精致的绉纱长裙，用漂亮的旧式盘子端来各种美味的食物。在晚餐吃到一半的时候，麻雀夫人的几位女儿表演了精彩绝伦的舞蹈来取悦客人。

老翁从未像现在这样快乐过。麻雀仙女宴请他，服侍他，在他面前跳舞，这真是个令人着迷的地方！

时间过得飞快，夜幕降临，黑暗让老翁意识到他还有很长的路要走，必须要告辞回家了。老翁感谢麻雀夫人的盛情款待，并恳请它看在自己的面子上，忘掉它在他妻子手下所受的一切痛苦。他告诉麻雀夫人，能在这么漂亮的房子里找到它，知道它什么都不缺，这对他来说就是莫大的安慰和幸福。现在，他可以带着轻松愉快的心情回家了。如果它有任何需要他帮忙的事，只要派人去叫他，他就会立即过来。

麻雀夫人恳请他留下来多休息几日，好好享受一番。但

老翁说他必须回到老妇身边了，如果没有按时回家的话，她会不高兴的。况且他还得回去干活。所以，尽管他很想接受邀请，却不得不离开。不过，他已经知道了麻雀夫人住在何处，一有时间就会来拜访它。

麻雀夫人明白它无法让老翁多留几日，便吩咐几个仆人取来一大一小两个箱子，摆在老翁面前。麻雀夫人请他挑选一个，作为送给他的礼物。

老翁无法拒绝好意，便选了那个小箱子，说："我如今年老体弱，搬不动那个又大又重的箱子。既然你有如此好意，说我喜欢拿哪个就拿哪个，那么我就选小的，这样便于携带。"

随后，麻雀们帮老翁把箱子绑在他的背上，走到大门口为他送行，并且连连鞠躬向他道别，恳请他有时间再来。就这样，老翁和他心爱的麻雀幸福地分别了，麻雀对它在老妇手下遭受的一切不仁之举没有表现出丝毫怨气。实际上，它只是为老翁感到悲哀，因为他一辈子都得忍受妻子的坏脾气。

当老翁回到家时，他发现妻子的火气比平时更大了，因为夜色已深，她已经等了他很长时间。

"你这段时间都去哪儿了？"她大声问道，"为什么这么晚才回来？"

老翁给她看了他带回来的那箱礼物，想让她平静下来。然后，他把自己所经历的一切，包括在麻雀家受到的热情款待，一五一十地告诉了她。

"现在让我们看看箱子里装的是什么吧。"老翁说，"你得帮我打开它。"他俩在箱子前坐下，打开了它。

令他们目瞪口呆的是，箱子里装满了金币、银币和许多其他珍宝。他们把东西一件件地拿出来，小屋的草席上立刻发出了耀眼的光芒。看到此时此刻属于他的财富，老翁喜出望外。麻雀的礼物能让他无须工作便过上安逸舒适的日子，这是他万万想不到的。

他再三感叹道："感谢我好心的小麻雀！"

然而，当老妇的满足感消退后，她再也抑制不住本性中的贪婪，开始斥责老翁没有将那一大箱礼物带回家。因为老翁刚刚告诉她，自己是如何婉拒麻雀送给他的那一大箱礼物，而宁愿要小一点儿的箱子的，因为小箱子不重，便于携带。

"你这个蠢老头儿，你怎么不把那个大箱子带回来？想想我们失去了什么。我们可能有两倍于现在的金银。你真是个老蠢货！"她尖声抱怨着，然后气鼓鼓地上床睡觉了。

这个贪婪的老妇不满足于这意外降临在他们身上的好运。她下定决心，她要得到更多。

第二天一大早，老妇就起床了，并且让老翁描述去麻雀家的路。老翁意识到她想干什么之后，便试图阻止她去那里，但是没有用。他说的话她一个字也不愿听。令人作呕的是，老妇对于再次去见麻雀这件事竟然没有感到丝毫羞愧，即便她曾经残忍地剪掉了它的舌头。她的贪欲使她忘记了所有的事情。她甚至没有想过麻雀会生她的气。

自从痛哭流涕、口中流血的麻雀夫人回到麻雀之家，被家人们看到它这副惨相时起，它们除了议论老妇的残忍之外，就没做别的事。它们不理解："夫人怎么会因为误食米糊这样的小事而受到如此严厉的惩罚呢？"它们都很喜欢老翁，他不管遇到什么事，都会与人为善。但是它们恨透了老妇，决定一旦有机会，就要让她接受应有的惩罚。没等多久，机会就来了。

老妇走了几个时辰后，终于找到了她丈夫去过的那片竹林。"剪舌麻雀的家在哪儿？"她站在竹林前喊了好几遍。

终于，她看到了竹林中露出的房檐。她急匆匆走到门口，把门敲得震天响。

当仆人告诉麻雀夫人，它之前的女主人在门口求见时，它对这意想不到的来访略感诧异，但转念一想她丑恶贪婪的本性，便丝毫不为老妇敢冒险来这里感到奇怪了。不过，麻雀夫人是一只有礼貌的鸟，它念着老妇曾经是自己的女主人，还是出去迎接她了。

然而，老妇连打招呼的时间都不想浪费，直截了当地说："你不必像招待我家老头子那样招待我。我是来取那个傻瓜留下的大箱子的。你把大箱子给我，我马上离开。"

麻雀夫人立刻答应了，并吩咐仆人们把那个大箱子拿出来。老妇人迫不及待地抓起箱子，把它驮在背上，甚至没有感谢麻雀夫人，就迈开步子匆匆回家了。

箱子太重了，老妇根本走不快，更别说像她期望的那样跑起来了。她急着要回家看看箱子里装的是什么，可是不得不走一会儿就坐在路边休息一会儿。

她在重负之下步履蹒跚地前行，打开箱子的欲望强烈得难以抗拒。她再也等不下去了，因为她相信这个大箱子里装满了金银珠宝，就像她丈夫拿回家的那个小箱子一样。

最后，这个贪婪自私的老妇把箱子放在路边，小心翼翼地打开它。然而，箱子里的东西几乎把她吓晕了。她一打开盖子，一群面目可憎的妖怪就从箱子里跳出来围住了她。那令她垂涎的箱子里装着的，是她在噩梦中也从未见过的可怕生物：一个前额正中长着大眼睛的妖怪；一群张着大嘴的妖怪；一条盘绕在她周围发出咝咝声的巨蟒；一只呱呱叫着的硕大的青蛙。

老妇这一辈子从来没有如此害怕过，她用颤抖的双腿快速逃离，并庆幸自己能活着逃出来。她一回到家就瘫倒在地上，涕泗滂沱地告诉丈夫发生的一切，以及她是如何差点儿被箱子里的妖怪害死的。

然后，她开始指责麻雀，但老翁立刻阻止了她："不要责怪麻雀，你这是恶人有恶报。希望这件事能给你一个教训！"

　　从那天起，老妇开始为自己的粗暴无礼的行为忏悔，渐渐地变成了一个善良的老太太，和以前简直判若两人。夫妇俩在一起安度晚年，没有贫穷，没有烦恼，精打细算地花着老翁从他的宠物——剪舌麻雀那里得到的财宝。

老鼠出嫁

鼠 の 嫁 入 り

四十 —

你知道吗，老鼠是万物的主宰。

很久以前，在日本一栋大房子的墙壁里，住着一对家境殷实的老鼠夫妇。

它们已结婚多年，幸福地生活在一起。它们一生的骄傲便是美丽的女儿阿楚——它正在成长为一只可爱的老鼠。

阿楚的皮肤白得像雪，眼睛修长，瞳孔是美丽的粉色。它的叫声听起来就像风吹的"楚楚"声，于是便被叫作阿楚。

阿楚非常聪明，父母为它找了最好的老鼠教师，它很快就精通了"鼠界的高等学问"以及鼠国的诗歌与历史。它能流利地阅读，写信也很得体，这些都是一个日本老鼠小姐必须接受的教育。

其他的技艺也没有被忽视，阿楚会弹琴，会表演茶道，会插花，并且举止高雅。

阿楚的闺房紧邻父母的洞，你可以在里面找到一套精心挑选的书籍和几件乐器。在那个年代，再也找不到比阿楚更优秀的年轻老鼠了。

老鼠夫妇不吝巨资为女儿买了最好的绉绸和服。不仅如此，它的梳妆台是用精美漆器做的，它的铜镜本身就是一件传家宝。

老鼠邻居们尽管承认阿楚的魅力，却常嘲笑老鼠夫妇，认为它们对女儿的溺爱太荒唐了，而且它们与一般老鼠家庭不同，只有一个孩子。邻居们捻着胡须，来回摆动着尾巴，因为它们认为自己在养育小老鼠方面比这对夫妻更加高明。

可是谁也不能否认，阿楚现在正值青春，魅力四射。它的父母、叔伯、堂兄弟、姑姨们正在召开家庭会议，商量着为它们可爱的小老鼠挑选一位般配的丈夫。

没有哪个年轻老鼠配得上它们的女儿，这就是老鼠夫妇的结论。它们拒绝了所有热心亲戚的说媒，不愿把心爱的女儿托付给平庸的老鼠。哎呀，只有世上最杰出的老鼠，才配得上像它们女儿这样天生丽质、受过良好教育、多才多艺的音乐家。

于是，老鼠父亲回到自己的洞里，思考怎样才能找到一位佳婿。

老鼠父亲最后说："我必须找到世界上最伟大的存在来娶我的女儿。我所知道的是太阳大人和月亮大人。但是太阳大人太耀眼了，没有谁能接近它；月亮大人似乎很温和，它的光既柔和又明亮。我要去问问月亮大人，看它愿不愿意娶我的女儿。"

老鼠爸爸——它叫楚米——动身前往月亮大人住处。

楚米真的来到了那位浑身笼罩着柔和光辉的大人面前，它深鞠一躬说："月亮大人，您好！您尚未婚配，对吧？您愿意娶我的女儿吗？她会成为你的完美妻子！"

月亮发出刺眼的光芒。大地上的观星者们都在试图解释这一瞬间的闪亮。

　　"你说什么呢，老鼠先生？"月亮问，"这么多年来，你是唯一一个敢提议让我当女婿的'人'。非常感谢你的好意，但我无法接受，因为这片云将我与世间万物分隔开来，它将成为我与你女儿结合的不可逾越的障碍。

　　于是楚米走到云那里，把刚才向月亮提亲的那番话又对着云说了一遍。

　　云静静沉思了一会儿，然后回应道："没错，我是经常遮住月亮，让大地上的万物看不到它，成了它和你女儿结合的唯一障碍。但我也被束缚着，限制我行动的是风。所以很遗憾，即便是云也没有足够的自由来接受你的提亲。"

　　可怜的楚米几乎绝望了，但它还是鼓足勇气迎风跑去，问风愿不愿意娶它的女儿。风说："很抱歉，我和你女儿之间隔着一堵墙，墙是我最大的对手。"

　　楚米认为自己总算找对了目标，没有谁能比墙更强壮了。它一边走一边坚定着想法——墙就是它的佳婿。

　　可是当楚米拜访了墙后，它的热情被浇火了，胡须都软了下来。因为它收到了这样的回复："还要让我告诉你吗，楚米？我虽然能挡风，但在你们面前我什么都不是。我还没蠢到娶一只会害死我的老鼠。你们最爱的消遣不就是在我身上咬窟窿吗？你们的玩闹能害死我。我如果娶了阿楚，就得遭大罪了。"

"唉！"垂头丧气的楚米说，"你说得很对。我该回家好好想想了。"它鞠了一躬，朝自家方向走去。

楚米的夫人一直等着它回来。它迫不及待地跑到洞口迎接丈夫，想赶快知道结果。

楚米坐下，它不愿在妻子面前露出一丝沮丧的神情。它竖起耳朵，把胡子捋直了说："哎呀，亲爱的夫人，我们都是老鼠，应该感到自豪、幸福和满足吧！你知道吗，老鼠是万物的主宰，我会告诉你这是怎么一回事。前几天出发的时候，我相信月亮大人是世上最伟大的，它超越了一切。但你知道云能主宰月亮吗？当云遮住月亮的光辉后，月光就会很模糊。然而，云不是它自己的主宰。云的对手风能把它从天的这边吹到那边，吹到任何地方。而风在遇到墙的时候，也不得不转到一边去。夫人，你现在也许会认为能够挡风的墙才是世界的主宰。但如果我告诉你，我们老鼠能够把史上最伟大的墙咬得千疮百孔，让它倒塌，你会怎么说？所以，我们老鼠比谁都厉害！没有谁能与我们相比。因此，最好的选择就是把宝贝女儿嫁给我们的同类——年轻老鼠。"

老鼠夫人仔细听了这番长篇大论，它相信丈夫的决定是正确的，并赞同它的意见。

现在，焦急的阿楚父母把它们认识的每一只年轻老鼠，都拿来讨论是否有资格当新郎。

"你觉得住在屋顶上的楚丸先生怎么样？"老鼠父亲说。

"它的确是个不错的小伙子。"老鼠母亲回应说，"但你忘了它家附近住着一只猫。一想到阿楚的性命会受到一只猫的威胁，我就受不了。"

"我真蠢，竟然忘了这一点。那个碗柜里的楚九郎，它怎么样？"

"哦，不，那可不行，狗每天晚上都睡在那儿！"

为女儿找一个合适的丈夫真是太困难了，老鼠夫妇又烦恼起来。沉默了一会儿后，老鼠夫人站起来泡了些茶。它们俩都呷了一口茶，希望能从中得到一些灵感。

正当老鼠夫妇坐在那儿望着庭园，对这个难题感到困惑时，它们家的伙计——一个富有魅力且聪明的年轻老鼠走了过来。老鼠夫妇认识它已经很长一段时间了，经常称赞它。

"楚米，你瞧。"老鼠夫人说，"不必去那么远的地方找女婿了，把阿楚嫁给家里的伙计楚介吧。就是它了，它在那儿！我一看见它就想到了。说实在的，我们还能上哪儿找一个比它更合适的小伙子呢？它既稳重又勤奋，大家都说它会做得很好。除此之外，它心地善良，长得英俊。而且在阿楚很小的时候，它们就认识了。它们是朋友，了解彼此的性格。你觉得如何？"

楚米为夫人的想法感到高兴。

"这主意真不错！楚介的确是一个棒小伙，我相信它会成为最好的丈夫。米糕大神啊！我们怎么之前没想到它呢？"

当伙计楚介得知老板为它安排的美好姻缘时，高兴得尖叫不止。它说自己是最幸福的老鼠。

听到父母的心愿后，阿楚也很满意它们的选择。它对嫁给楚介感到很高兴，这样就不用远离父母了，因为楚介也住在附近。所以事情就这样解决了。

大家都在鼠洞里忙着给新郎准备礼物，为新娘准备新家。

几天后，鼠界举行了一场盛大婚礼。新娘阿楚坐在驾笼里，被抬到不远处的楚介家。一队脚夫抬着装满嫁妆的大箱

子走在阿楚前面，沿着房屋的椽子蜿蜒而行。新郎在它们新
家的门口迎接新娘，把它领到要举行三献之礼的房间。然后
这对幸福的新人就在双方父母面前拜堂成亲了。

楚米对女儿的婚姻非常满意，并给它的一些年轻单身的
朋友们讲了不少有价值的建议：

"我去拜访那些我认为伟大而有权势的家伙，真是白费
工夫，因为它们根本不愿接受我的提亲！然而我发现，和世
间万物相比，我们老鼠哪怕不是最好的，也不比它们差。我
学会了珍惜眼前'人'，发现它们的价值。你们，我亲爱的
孩子们，去做同样的选择吧。记住这句谚语：'走得越远，
情况越糟。'大黑[1]会保佑你们的，别忘了永远感谢它。"

1　大黑，这里指日本"七福神"里的大黑天，被认为是厨粮与财富之神。

伍

奇闻之卷

異聞の卷

本卷选取的七篇故事均属于奇闻怪谈，这些故事不是以人物或动物为核心讲述的，所以单独划分为一卷。

不想死的人

死にたくない 者

四十一　他们厌倦了漫长的生命，渴望去那片叫作极乐世界的幸福乐土。

　　很久很久以前，日本有一个叫钱太郎的人。他的名字意为"大富翁"，他虽然没有那么富有，但也不贫困。他靠从父亲那里继承的一笔小财产生活，日子过得无忧无虑，从未认真考虑过工作的事，直到他三十二岁的时候。

　　一天，他突然没由头地想到了死亡和疾病。一想到要生病或者死亡，他就非常难受。

　　"我想要活下去，"他自言自语道，"至少要活五六百岁，远离疾病。人的一生是非常短暂的。"

　　他想知道，如果自己从今往后节俭度日，能否如他所愿地延长寿命。

　　他听说过一些古代帝王活了千年的故事，而据最近的一个长寿的故事所说，倭姬命[1]活了五百岁。

　　钱太郎经常听说关于中国皇帝秦始皇的故事。他是中国

1　倭姬命，日本传说中古坟时代以前（约公元3世纪）的皇族，第十一代天皇垂仁天皇的第四皇女。

历史上最有才能、最有权势的统治者之一。他建造了极其宏大的宫殿，还有著名的长城。他拥有人世间的一切——美满的人生、富丽堂皇的宫殿、足智多谋的谋士、一统天下的荣耀。然而，尽管拥有一切，他还是忧心忡忡，因为他知道自己总有一天会死去，这所有的一切都带不走。

死亡的阴影始终缠着秦始皇，怎么也摆脱不掉。啊！如果能找到长生不老药就好了。

最终，秦始皇召集群臣，问他们能否寻到长生不老药。

一位名叫徐福的老侍臣说，在遥远的大海彼岸有一个叫扶桑的国家，那里住着一些隐士，他们知晓长生不老药的秘密，喝了这种神药的人能够永生。

于是，秦始皇命徐福前往扶桑寻找隐士，并给他带回一瓶神奇的长生不老药。秦始皇把最好的一艘船赐给徐福，为他召集人手，并为他准备了不计其数的珍宝，作为徐福送给隐士们的礼物。

徐福乘船驶向扶桑，但他再也没有回到等待他的秦始皇身边。不过，从那时起，富士山就被称为传说中的扶桑，是拥有长生不老药的隐士们的居所。

钱太郎决心去寻找富士山的隐士。如果可能的话，他也想成为一名隐士，这样就可以得到永生之水。他记得小时候有人告诉他，这些隐士住在富士山高耸入云的山峰上。

于是，在把老宅留给亲戚们照看后，钱太郎踏上了寻找隐士之旅。他走遍了日本的所有山脉，爬上了所有崇山峻岭的顶峰，却从未寻到一个隐士。

最终，他在一个陌生的地方游荡多日之后，遇到了一个猎人。

"你能告诉我，"钱太郎问道，"那些拥有长生不老药的隐士住在哪里吗？"

"抱歉，"猎人说，"我也不知道那些隐士住在哪里。不过在这一带有一个臭名昭著的强盗，据说他有两百名手下。"

这个驴唇不对马嘴的回答让钱太郎非常恼火，他觉得这样浪费时间去寻找隐士，实在是太愚蠢了。于是，他决定去徐福神社——在日本南部——寻找线索。

钱太郎来到神社，一连祈祷了七日，祈求徐福给他指引，让他寻到一个拥有长生不老药的隐士。

到了第七日午夜，正当钱太郎跪在神社里的时候，神龛的门突然被打开了，徐福在一团发着亮光的云雾中出现了。他叫钱太郎靠近一些，说："你的愿望太自私了，不可能轻易实现。你想成为一名隐士，以求得长生不老药，但你知道隐士的生活有多么艰辛吗？隐士只能以浆果和松树皮为食，并且必须让自己与世隔绝，这样他的心才能变得像金子般纯洁，远离尘世的一切欲望。在遵守这些严苛的戒律后，隐士将不再感到饥饿、寒冷或炎热。他们的身体将变得轻盈，甚至可以骑在鹤或鲤鱼上。

"钱太郎，你喜欢过舒适的好日子。你甚至不如一个普通人有毅力，因为你特别懒惰。你永远不能赤脚行走，或者只靠单衣过冬！你认为你能耐得住隐士的修炼吗？

"不过，为了回应你的祈祷，我会用另一种方式帮你。我将把你送到永生之国，那里没有死亡，人们长生不老！"

说着，徐福把一只小纸鹤放到钱太郎手里，告诉他坐在纸鹤背上，它会把他带到永生之国。

钱太郎照办了。纸鹤变得越来越大，足够让他舒服地骑在上面。然后它展开双翼，直冲云霄，飞过群山，飞向大海。

起初，钱太郎非常害怕，但他渐渐习惯了在空中快速飞行的感觉。这一飞就是几千里，这只鹤从未停下来休息或进食——它是一只纸鹤，不需要任何食物——可奇怪的是，钱

太郎也不觉得饿。

数日之后，他们来到一座岛上。

钱太郎刚从纸鹤背上下来，纸鹤就自动折叠起来，飞入了他的口袋。

钱太郎好奇地环顾四周，想看看永生之国究竟是什么样子。他先在乡间走了一圈，然后进入城镇。这里的一切让他感到陌生，跟他自己的国家迥然不同。这里的土地看上去很丰饶，百姓也富裕。他开始向往在这里生活，便选了一家客栈住下。

掌柜是个好心人，当钱太郎告诉他自己是个外乡人，准备来这里定居的时候，他答应帮助钱太郎与这座城的管理者沟通一切必要事宜，他甚至为钱太郎找了一栋房子。就这样，钱太郎实现了自己最大的心愿，他成了永生之国的居民。

在所有岛民的记忆中，这里从来没有死过人，疾病也闻所未闻。从印度和中国来到这里的僧侣们，给他们讲述了一个叫作极乐世界的美丽国度，但唯有死亡才能抵达它的大门。

在那里，人人心中洋溢着幸福、喜悦和满足。这个说法流传甚久，但没有人确切地知道死亡是什么。

岛民们对死亡并没有什么恐惧，相反，他们所有人，无论贫富，都把死亡当作一件美好而令人向往的事情。他们厌倦了漫长的生命，渴望去那片叫作极乐世界的幸福乐土。

钱太郎发现自己来到了颠倒的世界，一切都颠倒了。他曾希望能逃离死亡，怀着极大的喜悦之情来到这个永生之国，结果发现，那些永远不死的居民居然认为死亡是一种福气。

他们甚至把毒药当作美食来吃。每当其他国家的商人来到这里时，富人们就会争先恐后地冲到他们身边买毒药，然后急切地吞下去，期盼死亡的到来，好让自己去往极乐世界。

然而，致命的毒药在这个怪异的地方却不起作用。那些怀着希望吞下毒药的人发现，他们的健康状况非但没有恶化，反而更好了。

在药店里，有一种药一直很受欢迎，因为在服用一百年之后，这种药会使人们的头发稍微变白，并引发胃病。

钱太郎惊讶地发现，有剧毒的河豚在餐馆里被当作一道美味佳肴端上桌，街上的小贩们到处兜售用斑蝥做的酱汁。他从未见过有人在吃了这些可怕的东西之后生病，也从未见过有谁像他之前那样感冒。

钱太郎很高兴。他觉得自己永远不会对活着感到厌倦。他认为一心求死是对神灵的亵渎。他成了岛上唯一快乐的人。他希望能活上几千年，好好享受生活。他做起了生意，甚至连回乡的梦都没有做过。

然而，几年过去后，事情并不如他所愿。他在生意上损失惨重，邻居们给他惹了好几次麻烦。这都让他大为恼火。

他从早忙到晚，光阴真的如箭一般穿梭，三百年就这样单调地过去了。终于，他开始厌倦了在这个国度的生活，渴望看看自己的国家和他的老宅。

　　钱太郎想要逃离永生之国，他想起了徐福，对方曾在他想要逃脱死亡时帮过他。他向徐福祈祷，希望这位神明能再把他带回自己的国家。

　　他刚一祈祷，纸鹤就从他的口袋里飞出来。钱太郎惊奇地发现，这么多年过去了，它仍然完好无损。纸鹤又一次变得越来越大，大到足够他爬上去。他刚一上去，纸鹤便展开翅膀，迅速飞过大海，朝着日本的方向飞去。

　　钱太郎生性贪婪，他回头看了一眼，便对自己抛下的一切感到后悔。他试图阻止纸鹤继续飞行，但只是白费力气。

　　突然，暴风雨来了，这只神奇的纸鹤受潮了，皱成一团，掉进海里，钱太郎也跟着掉了下去。他一想到会被淹死，便惊恐万分，声嘶力竭地向徐福呼救。他向四周张望，却看不到一艘船。他灌了满肚子海水，这让他的处境更加凄惨。正当他挣扎着让自己浮在水面上的时候，他看见一条巨大的鲨鱼向自己游来。鲨鱼张开血盆大口，准备吃掉他。钱太郎感到自己死期将至，几乎被吓得不能动弹，竭尽全力地大声哭喊，求徐福求救。

"啊呀!"钱太郎被自己的尖叫声惊醒了。他发现自己在长时间的祈祷后在神龛前睡着了,他所有离奇、可怕的经历都只是一场荒诞不经的梦。他被噩梦吓得直冒冷汗。

忽然,一道亮光向他射来,亮光中站着一位信使。信使手里拿着一本书,对钱太郎说:"我是徐福大人派来见你的,他回应了你的祈祷,允许你在梦中看到永生之国。然而你厌倦了在那里的生活,祈求回到自己的国家。徐福大人为了试探你,便让你掉到海里,然后派一条鲨鱼去吞噬你。你并非真的渴望死亡,因为即使在那一刻,你也在大声呼救。

"你想成为隐士,找到长生不老药,这是白费力气。这些事情不适合像你这样的人——你的生活不够俭朴。你最好回到你父亲的家中,去过幸福的日子。祭祀祖先,为孩子的将来谋福是你的责任。这样,你就可以安享晚年,过上幸福生活,但不要再妄想逃避死亡了,因为没有人能做到这一点。现在,想必你已经意识到,即便是永生不死,也不会带来幸福。

"在我给你的这本书里,有许多对你有益的戒律——如果你用心研习它们,就能走上正路。"

说完话,神使便消失了,钱太郎把这个教训牢记在心。他拿着书回到老宅,放弃了所有幻想,努力地生活。从此,他的家庭便兴旺起来。

安达原的鬼婆

安達ヶ原の鬼婆

四十二

他用颤抖的手推开障子，朝里面看了看。

眼前的场景让他的血都要凝固了。

　　很久以前，日本陆奥国有一个叫安达原的平原。据说这个地方有一个化身为老婆婆模样的食人鬼出没，有许多旅行者因此失踪。当老妇人们围着炭盆取暖，姑娘们在井边淘米时，她们会低声讲着那些失踪者是如何被引诱到鬼婆的小屋并被吃掉的。那鬼婆只吃人肉。没人敢在日落之后去那个鬼婆出没的地方，旅行者们也被警告不要去那个可怕的地方。

　　某日太阳正在下山的时候，一位游方僧来到安达原。他迷了路，由于天色已晚，他找不到能给他指路的人，更没人提醒他要远离那个鬼婆出没的地方。

　　他走了一整天，此时又累又饿。深秋的夜晚很冷，他急于找一处能过夜的房子。他发现自己迷失在广阔的平原之上，徒劳地寻找有人居住的迹象。

　　在徘徊了几个时辰后，他看到远处有一缕微光，不禁高兴地喊道："啊，那里一定有村舍，我可以在那儿过夜！"

　　他拖着疲惫酸痛的双脚朝那个地方走去，不久就来到了一间看起来十分破旧的小屋前。这小屋看上去摇摇欲坠，竹篱笆已经裂开了，杂草从缝隙中钻了出来，障子上满是孔洞，小屋的柱子因年代久远而弯曲，似乎很难支撑起年头不短的茅草屋顶。小屋的门敞开着，在一盏旧提灯的火光下，有一个老婆婆坐在那儿勤奋地纺纱。

游方僧隔着竹篱笆对她喊道："老太太，晚上好！我是一个旅行者！请原谅我的打扰，我迷路了，不知道该在哪里过夜。我恳请您大发慈悲，让我在您家暂住一晚。"

老婆婆听到有人在喊她，立刻停止纺纱，起身向外走。

"我真为你难过。这么晚的天，你在这样偏僻的地方迷了路，一定很苦恼吧。遗憾的是我不能让你留宿，因为我没有床给你睡，这个寒酸的地方没办法给客人提供吃住！"

"哦，那没关系，"僧人说，"我只是想找个有房顶的地方过夜，如果您愿意让我躺在厨房的地板上，我将不胜感激。我今晚太累了，再也走不动了，所以希望您不要拒绝我，否则我将不得不睡在寒冷的平原上。"

老婆婆似乎很不情愿，但最终说："好吧，我让你留在这

里。我只能给你非常差的招待，不过先进来吧，我要生火了，因为夜里很冷。"

听到这些话，游方僧非常高兴，他脱下草履，进了小屋。老婆婆拿来几根柴生起火来，叫她的客人靠过来暖暖身子。

"你长途跋涉一定饿了，"老婆婆说，"我去给你弄些晚饭。"然后她就去厨房做米饭。

僧人吃过晚饭后，和老婆婆坐在火塘旁聊了很久。游方僧心想，他很幸运能遇到这样一位善良、好客的老婆婆。最后，柴火烧完了，火慢慢熄灭，他开始像刚到时一样冷得发抖。

"我看你挺冷的，"老婆婆说，"我要出去捡些柴来，因为我们的柴都烧完了。我不在的时候，你得留下来看家。"

"不，不，"游方僧说，"让我去。您这么大年纪，我可不想让您在这寒夜里为我出去捡柴。"

老婆婆摇摇头说："你必须老老实实地待在这里，因为你是我的客人。"说完她就出去了。

刚出去不久，老婆婆就折回来说："你坐在自己的位置不要动，无论发生什么事都不要靠近里屋，也不要朝里面看。记住我说的话！"

"我当然不会的。"

老婆婆又出去了，屋里只剩下僧人一人。塘火熄灭了，屋里只有一盏昏暗的提灯发出光亮。他觉得自己身处一个古怪的地方，老婆婆说的"无论如何也不要朝里屋偷看"让他既好奇又害怕。

那间屋里到底藏着什么不可告人的东西？他想到自己对老婆婆的承诺，一动不动地坐了一段时间，但最终还是忍不住好奇，朝那个地方偷瞟。

时间一分一秒地过去，老婆婆还没有回来，他开始感到害怕，也更想知道身后的房间里有什么秘密。他必须弄清楚。

"只要我不告诉她，她就不会知道我看过那里。在她回来之前，我就偷看一眼。"僧人自言自语道。

说着，他站起来，蹑手蹑脚地朝里屋走去。他用颤抖的手推开隔扇，朝里面看了看。眼前的场景让他的血都要凝固了！房间里到处都是人骨，墙壁上溅满了血，地板上也全是人血。在一个墙角，一个接一个的骷髅头堆到了屋顶；另一个墙角是一堆臂骨；另一个角落是一堆腿骨。那令人作呕的气味使他头晕目眩。他惊恐得向后倒退，吓得在地板上瘫坐了好一会儿，他浑身发抖，牙齿打战，真是一副可怜样。

"太可怕了！"他哭喊道，"我在旅途中撞进了个什么魔窟？佛祖保佑，否则我将堕入深渊。那个好心的老婆婆真的是食人鬼吗？她回来后肯定会露出真面目，一口把我吃掉！"

说完这番话，他恢复了体力，抓起斗笠和手杖，以最快的速度冲出屋子。他跑进了黑夜里，他唯一的想法就是尽可能地远离鬼婆的巢穴。他还没跑远，就听见身后有脚步声，一个声音喊道："别跑！站住！"

他假装没听见，加快速度继续跑。他一边跑，一边听见身后的脚步声越来越近，最后他听到了老婆婆的声音，她离得越近，声音就越响。

"别跑！你这个缺德的家伙，为什么朝禁室里看？"

僧人完全忘记了他有多累，比之前跑得更快了。恐惧给了他力量，因为他知道如果被鬼婆抓住，自己很快就会成为她的腹中之物。他一心一意地向佛祖祈祷："南无阿弥陀佛，南无阿弥陀佛。"

那可怕的鬼婆跟在他后面，头发在风中飞扬，脸被气得变成了原本的鬼样。她手里拿着一把血迹斑斑的刀，在他身后尖叫着："别跑！站住！"

最后，当僧人觉得他再也跑不动的时候，曙光出现了，鬼婆随着夜色一起消失了。僧人后来才知道他遇到的是安达原的鬼婆，他以前听说过这个故事，但从不相信它是真的。他觉得自己能脱险多亏了佛祖保佑，所以他拿出念珠，在太阳升起的时候低卜头，虔诚地祈祷、感恩。然后，他动身前往目的地，离开了那片鬼婆出没的平原。

提灯幽灵

提灯の幽灵

四十三

友三郎透过竹帘凝望，除了如墨的天空，他焦虑的目光中看不到任何东西。

大约三百年前，在甲斐国青柳镇住着一个名叫小春友三郎的人，他家世显赫，祖父曾是江户城的开创者太田道灌[1]的家臣，在其主公阵亡时自杀了。

故事开始时，友三郎已经和甲斐当地的一位女子结婚，恩爱多年，并且有个大约十岁的儿子。

有一天，他的妻子突然身患重病，卧床不起。他赶忙找大夫来看病，但他们对病人古怪的症状束手无策。为了减轻她的疼痛，大夫在她背部做了艾灸。但是半个月过去了，她身上的怪病并没有好转。她一天天地消瘦下去。

友三郎是个尽职的丈夫，几乎没有离开过她的病床。他日日夜夜温柔地照顾着生病的妻子，尽其所能缓解她的病痛。

一天晚上，精疲力竭的友三郎正坐着打盹儿，突然，那盏立在地上的提灯里的火光变了，发出灿烂的红光，这道光

---

1 太田道灌（1432—1486），室町时代后期武将，1457 年始筑江户城。

直冲屋顶，至少有三尺高。那红色光柱里显现出一个女人的身影。

友三郎目瞪口呆地盯着这个幽灵，只听幽灵对他说："我很清楚你在为妻子的病焦虑，所以我来给你出个好主意。她所遭受的苦难是对她品格中某些缺陷的惩罚，因此她被魔鬼附身了。你若拜我为神，我就帮你赶走那折磨人的魔鬼。"

友三郎是一个勇敢的武士，他根本不知道什么是恐惧。

他恶狠狠地盯着幽灵，有意无意地握紧武士唯一的护身法宝——他的刀，把它从鞘中拔出来。刀被日本武士视为神圣之物，拥有驱邪的力量。

看到他的举动，幽灵傲慢地笑道："我来此地，本是好心帮你排忧解难的，你却毫不领情，反而对我怀有敌意。那么你妻子的性命必将不保。"说完这些恶毒的话，幽灵消失了。

从那时起，友三郎妻子的痛苦就加剧了，她浑身疼痛，似乎就要断气了。

　　她的丈夫悲痛欲绝，意识到自己犯了天大的错误，竟以那样粗鲁的态度赶走了友善的幽灵。现在，他对妻子的绝望处境心急如焚，无论是多么奇怪的要求，他都愿意遵从。于是，他跪在神棚前虔诚地对提灯幽灵祈祷，谦卑地请求它原谅自己轻率无礼的行为。

　　从那一刻起，妻子的病情开始好转，一日好过一日，很快就恢复如初。在妻子痊愈之后的某个夜晚，夫妻二人坐在一起，高兴地谈论着她那堪称奇迹的康复。这时，提灯像之前那样亮起来，在那道明亮的光柱中，幽灵的身影又出现了。

"尽管我上次来的时候你对我很无礼，但我还是把魔鬼赶走了，救了你妻子的命。友三郎，作为回报，我请你帮个忙。"幽灵说，"我有一个女儿，她现在已经到了谈婚论嫁的年纪。我这次来的目的是想请你给她找个合适的丈夫。"

"可我只是一介凡人，"那个困惑的男人问道，"你们是幽灵！我们属于不同的世界，我们之间隔着宽广的、不可逾越的鸿沟。我如何依你的心愿行事呢？"

"这比你想的要容易得多。"幽灵回答说，"你要做的就是找几块桐木，把它们刻成几个小人。完成之后，我会将其中一个赠予我的女儿。"

"如果只是这样，我会依照你的心愿去做的。"友三郎同意了。幽灵刚一消失，他就立刻打开工具箱，忙起了幽灵交给他的工作。没过几天，他就按照理想中的新郎样貌，刻了几个惟妙惟肖的小雕像。当这些木偶完成后，他把它们排成一排摆在桌上。

第二天早晨，友三郎一醒来就迫不及待地想弄清究竟会有什么事情降临在这些古怪的小雕像身上。显然它们受到了幽灵的青睐，因为它们全部在夜里消失了。他现在希望这个奇怪的、不可思议的客人不要再来打扰他们了，但是当天晚上它又出现了："多亏你的好心帮助，我女儿的婚姻才得以安定。作为给你添麻烦的答谢，我们诚挚地邀请你和妻子一同出席婚宴。到时候一定要来，切勿失约。"

在这个时候，友三郎已经彻底厌倦了这个幽灵的造访，他认为与这些无形的东西为伍实在是令人厌恶。但他十分清楚它们有作祟的能力，因此不敢冒犯它们。他绞尽脑汁想从这个离奇的邀请中脱身，但是在他犹豫不决，还没想出合适的答复时，幽灵就消失了。

面对这种怪异的情况,这个不知所措的男人考虑了很久,但是他想得越多,就越加窘迫:他似乎无计可施。

次日夜里,幽灵又来了。

"我们已经准备好了一场宴会,希望你们能参加。一切都已准备就绪。婚礼已经举行了,大家都在焦急地等着你们到来呢。请立刻跟我来!"幽灵盛气凌人地示意友三郎和他的妻子跟随着她。它闪了一下,从提灯的火光中跃了出来,然后飘出房间,还时不时回头瞥一眼,看他们是不是跟在后面。于是,他们在幽灵的指引下,沿着走廊走到外面的门廊。

幽灵盛情的邀请让这对夫妇非常反感,但友三郎想到自己最初回绝这位幽灵访客的可怕后果,认为顺从它更为明智。他觉得拒绝这种恩惠既不得体,也显得自己忘恩负义。

当他们走到门口的时候,友三郎惊讶地发现那里有一支队伍——就像那些达官贵人的仪仗队——正等着他。身穿制服的轿夫们抬着两顶涂着金漆的华丽驾笼。与此同时,一位身穿礼袍的高个男子上前深鞠一躬,请他们不要有顾虑,说:"尊敬的阁下,这些驾笼是能体现您威严的代步工具,请您屈尊坐进去,我们好带您前往目的地。"

话音刚落,队伍的随行者和轿夫们都深鞠一躬,用一种奇怪的尖嗓音异口同声地重复着:"请您屈尊坐进驾笼!"

友三郎和妻子意识到发生在他们身上的事情诡异至极,然而,现在退缩已经太迟了,他们能做的就是尽可能地壮起胆来,服从这一安排。他们勇敢地坐进了精心装饰的驾笼里。

寂静的夜晚一片漆黑,厚重的乌云遮住了天空。友三郎透过竹帘凝望,除了如墨的天空,他焦虑的目光中看不到任何东西。

驾笼似乎被某种神秘力量推动着,如飞鸟般在空中掠过。过了一段时间,他们依稀看见下方一座大宅院弯曲的轮廓。

那宅院似乎坐落在一个占地宽广、草木茂盛的庄园里。

轿夫们抬着驾笼进入一座高大的冠木门，穿过庭园中间的空地，小心翼翼地把驾笼放在宅邸正门前，那里已有一群仆人和家臣在恭敬地等着迎接客人。友三郎和妻子从驾笼里下来，随后被领进一间富丽堂皇的客厅。他们刚在凹间旁的上座坐定，一群穿着礼服的美丽侍女就端上了茶点。待他们从舟车劳顿中缓过神来，一个引宾员走过来，向两位困惑的新来宾深鞠一躬，告诉他们婚宴即将举行，请他们及早入场。

他们跟随引宾员穿过各式各样的穿堂和走廊，宅邸内部的奢华陈设和精美装饰，令他们目不暇接。

过道的地板如镜子般闪亮，光滑的地板用的是上好的木材，天花板被装饰得五彩斑斓。有几根柱子是用树干化石加工而成的，每一处细节都体现着超凡的品位和无尽的财富。

友三郎顺从地跟在引宾员后面。当他们走进精致的客房时，一种怪异的、令人麻木的感觉在他的血管里蔓延。

友三郎仔细观察着周围那些飘来飘去的人影，突然感到一阵恐惧，他发觉这些面孔是自己熟知的。在那团幽暗的人影中，他认出了许多已故亲友的容貌。在通往主厅的过道里聚集着许多侍从——友三郎对它们的容貌都很熟悉，然而对方好像没有认出自己。他明白了，自己是在阴间游历，身边的一切都是虚幻的。他面如死灰，想知道参加这样一场虚幻的狂欢，自己会付出什么代价。婚礼的所有宾客似乎都是亡灵之国的居民！不过没有时间让他猜想了，他们一到接待室，就立刻被领进一个富丽堂皇的大厅。宴会的一切准备工作都已就绪，蓬莱台[2]和婚礼现场都按照婚礼习俗妥善布置好了。

新郎与新娘正襟危坐，穿着得体的华美婚服。在这桩前

2　蓬莱台，一种婚礼上的道具，是以蓬莱山为原型搭建的山形台子，上面有松、竹、梅、仙鹤、乌龟、老翁、老妪等装饰。

所未闻的婚姻中，友三郎扮演着十分怪异却非常重要的角色——他提供了这个荒诞的新郎。他目不转睛地盯着这位新婚丈夫，对方神情威严，浓密的黑发上戴着贵族的冠冕，新郎的容貌与友三郎前些天用桐木做的小人偶简直一模一样。

这对新婚夫妇正在接受三五成群的宾客们的祝贺。友三郎和妻子一走进大厅，参加婚宴的宾客们就全都拥上前来，一起向他们表示欢迎，并感谢他们的驾临。他们被隆重地请到上座，并被热情地邀请参加晚上的娱乐活动。

仆人们端着大贝壳样式的漆盘走进来，上面堆着各种诱人的美味佳肴。筵席摆开，客人们觥筹交错，欢声笑语连成一片，宴会厅里回荡着幽灵们的欢闹声。

友三郎的惶恐情绪在这种愉快的气氛中逐渐消散了，他开始无拘无束地享用茶点，沉浸在这狂欢之夜中。夜深了，当午夜钟声敲响时，宴会达到了高潮。

他们就这样闹了一宿，友三郎完全忘记了时间。突然，雄鸡清澈的啼叫声穿透了他那昏昏沉沉的大脑。他抬起头来，发现房间障子上的透绘[3]在蒙蒙亮的晨光中开始慢慢变白。友三郎和妻子被毫发无损地送回了自己的家。

他思来想去，这种离奇经历使他的心越来越不安。他决定不惜一切代价与这个纠缠不休的幽灵断绝来往。

几天过去了，友三郎没有再见到幽灵。一天晚上，他刚躺下休息，提灯又射出了那熟悉的光柱，幽灵出现在骇人的红光中。友三郎再也忍受不了，他恶狠狠地瞪着这位不受欢迎的客人，决心彻底摆脱她的纠缠。他抓起木枕，使出全身力气朝这个闯入者扔去。他扔得很准，不偏不倚地击中幽灵的前额，还打翻了提灯，使房间陷入一片漆黑。"哇，哇！"

3　透绘，日语称作"透かし絵"，指能够在画的背面透过光亮看到图案的画。

幽灵以一种微弱的声音抽泣着，声音越来越弱，直到它最终化为荧荧蓝烟消失得无影无踪。

从那时起，友三郎的妻子再次被之前的怪病折磨，病情在两天之内急剧恶化，她最终还是撒手人寰了。

悲痛欲绝的友三郎对自己的一时冲动懊悔不已，他忘记了过去从幽灵那里得到的恩惠。因此，他真诚地向被冒犯的幽灵祈祷，为他的暴虐和忘恩负义道歉。

可是提灯幽灵已经被彻底激怒了，再也不会回来了。这些伤心事使这位不幸的丈夫对他们的房子恨之入骨，他觉得那里一定是闹鬼了，于是决定尽快离开。

他一找到合适的新住处，就马上安排搬家。他找来搬运工帮他把家当搬到新居，然而每个人都被吓得惊慌失措——当他们试图搬动家具时，屋子里的所有东西都被某种无形之力牢牢地粘在地板上，靠人力根本移不动它们。

后来，友三郎的小儿子也因病夭折了。这也是提灯幽灵的报复。

壶坂灵验记

四十四 ————

吾爱如朝露，须臾必消散。

壶坂寺[1]，自古以来就以灵验而闻名。传说第五十代天皇桓武天皇[2]住在都城奈良的时候备受眼疾折磨，为使天皇康复，壶坂寺方丈道喜上人向慈悲的观音菩萨祈祷了一百零七天。祈祷很灵验，天皇的视力恢复了。从那时起，壶坂寺就被视为圣地，朝圣者们前往那里祈求保佑，尤其是在生病时祈求健康。

在日本大和国一个紧邻壶坂山的村子里，住着一个名叫泽市的盲人和他的妻子阿里。

泽市是一个诚实善良的男人，他靠教人弹奏三味线和琴勉强糊口。

阿里是一个可靠的女人，她靠洗衣、缝纫这样的零活挣了不少辛苦钱，用来维持他们那贫苦的小家庭的开支。

1　壶坂寺，即如今奈良县高市郡高取町壶坂山的真言宗寺庙南法华寺，据说始建于703年，供奉的本尊为十一面千手观音。

2　桓武天皇，781年至806年在位。

有一段日子，这对夫妇过得诸事不顺，他们变得越来越穷，甚至觉得连鸟儿的欢唱和附近寺庙的钟声都在述说着他们的不幸。

　　一天早晨，泽市拿出他的三味线，拨了几下弦，开始弹奏。

　　"嘿，泽市，你在做什么呢？"阿里说，"你今天精神好多了，我很开心。又能听到你弹三味线了，真是太好了。"她高兴地笑起来。

　　"唉，阿里，我看起来像在弹三味线取乐吗？我实在没有那种心情，我心里抑郁得都想死了。不，是我心烦意乱得透不过气，觉得自己好像要死了。阿里，我有一些话想要现在说，请坐下来。"

　　阿里在泽市旁边的垫子上轻轻坐下。泽市清了清嗓子，等了一会儿，接着说："时间过得真快，俗话说得好：光阴似箭。我们结婚已经有三年了，阿里，我几次想问你了！你为什么要对我隐瞒秘密如此之久？我们打小就订婚了，彼此都很了解对方，我们之间没有什么需要隐瞒的。为什么不把你的秘密坦率地告诉我呢？"

　　阿里盯着他，她一点儿也不明白这些话是什么意思。她犹犹豫豫地说："泽市，你今天怎么啦？你在说什么？我一点儿也不明白。在我们结婚后，我从来没有对你隐瞒过任何秘密。如果你觉得我有什么地方让你不满意，告诉我，我会尽力改正的。这不是夫妻之间的相处之道吗？"

　　"好吧，"泽市说，"既然你问我，我就把一切都告诉你。"

　　"都告诉我，"阿里说，"不管你在烦恼什么，我都不忍让你难过。"

　　"唉，阿里，我全都告诉你，我再也受不了啦，太令我心痛啦。听好了！我们结婚到现在才三年。每天凌晨三四点之间我醒来时，我都以为你躺在床上，我向你伸出双臂，可是从来没有碰到过你，一次也没有。我只是一个可怜的瞎子，还因为天花变得面目全非。你不会爱上我这样一个丑八怪，这再正常不过了。这事我不怪你。但如果你坦率地告诉我你爱着别人，我不会生你的气，只要你告诉我！我经常听到人们说'阿里是个美女'！因此，我想你自然应该有个情人。我已经认命了，不会吃醋，所以告诉我真相吧——知道真相会让我好受一些。"

这个饱受折磨的人看起来真是可怜，尽管他说得很平静，但内心的绝望却让泪水充满了他失去光明的眼睛。

丈夫的话刺痛了阿里的心，但阿里不忍心看到他被这种可怕的疑虑折磨，愁眉苦脸地依偎在他身边。

"唉，泽市！你的怀疑太绝情了！你认为我是那种会为了别的男人离你而去的女人吗？你说出这种话实在太不公道了。你知道，我的父母在我还小的时候就去世了，是我的叔叔，也就是你父亲把我俩一起抚养大的。你只比我大三岁。就在我们青梅竹马、两小无猜之时，你得了天花，眼睛也看不见了，唉！你的不幸越积越多。即便如此，当我们订婚时，我也愿意和你同甘共苦，永不分离。我想与你恩爱直到往生，而且我最大的心愿就是治好你的眼盲。为此，自打我们结婚那天起，天一亮我就悄悄起床离开房间。我不在乎那陡峭的山路，每天早晨在天色大亮时就爬上壶坂山顶，向观音菩萨祈祷，希望能让你重见光明。最近，我对观音菩萨感到失望了，因为我已经虔诚地祈祷了三年，但是我的祈祷从来没有得到回应。对这些一无所知的你，竟然指责我对你不忠，这让我太生气了，泽市！"可怜的阿里号啕大哭起来。

泽市意识到自己是多么愚蠢，他一句话也说不出来，只是可怜地支吾着。最后他终于开口说话了："唉，我的夫人，我的爱妻！我也不多说什么了。原谅我这个胡言乱语的可怜瞎子吧，原谅我吧！我怎么知道你心里在想什么呢？"他双手合十，做出哀求的手势，然后用袖子擦去脸上的泪水。

"啊——不！不——不用这样！不必请求你自己妻子的原谅，这样做过头了！"阿里痛心地说，"只要你能打消疑虑，我甚至可以面对死亡。"

"你说得越多，我在你面前就越觉得羞愧。阿里，虽然你祈祷得那么认真，但我的眼睛是永远无法复明的。"

"你说什么？哎呀，你在说什么啊？"阿里大叫道，"我忍受的这一切都是为了你，三年来，我每天赤脚走到观音菩萨的佛堂前，毫不在意风雪霜冻。"

"我真的很感激你的关爱。但我一直对你心存疑虑，把你的善举当作恶行，即使为我祈祷，我这样的人也只配得到惩罚，我的视力永远无法恢复了。"

"不，不要，泽市，不要说这种话。"阿里回应道，"我们同心同体，别再胡说八道了，你要坚定信念，跟我到观音菩萨那里去，让我们一起祈祷。"

泽市从垫子上站起来，泪水夺眶而出。

"啊，我的爱妻，我真是太感激你了。我跟你走。据说佛陀的恩典能使枯树开花。我的眼睛像一棵枯死的树……啊，啊，要是它们能重新绽放就好了！虽然我是一个大罪人……谁知道呢？也许业报会是下辈子吧？我的妻，请像以前那样牵着我的手！"

阿里赶忙打开衣柜，拿出泽市最好的衣服，帮他换好，同时说着鼓励的话。然后他们一起出发，泽市右手拄着手杖，攀爬着壶坂山的陡坡。

经过艰难攀爬，这对夫妇终于气喘吁吁地到达了寺院。

"泽市，我们到了，"阿里说，"我们到了寺院，现在在大门前……人们常说积郁成疾，如果你让自己如此消沉，你的眼睛只会变得更糟。所以，在这个时候，你觉得唱首歌让自己开心起来怎么样？"

"对，没错，阿里，就像你说的，为烦恼焦虑对我的眼睛不好。我要唱首歌。"

于是，他用手杖敲击着地面，开始哼哼："钦——钦——呲，钦——钦，呲——钦——钦——呲……"他在模仿三味线的声音。

泽市清了清嗓子，开始唱道：

苦乃爱之因？
抑或爱之果？
吾爱如朝露，
须臾必消散……
疼——

歌词突然被一声痛苦的喊叫打断——泽市刚进寺院大门就被石头绊了一下。

"哎呀，我差点被那块石头绊倒……我忘了这首歌后面的词了……现在又有什么关系呢……呵——呵——呵——"他对自己轻声怪笑了几下。

这时候他们已经站在了正殿外面，阿里凝望着佛坛，只见缭绕的香烟中，佛陀和慈悲的观音菩萨矗立在莲花座上。

"泽市，我们现在去拜观音菩萨。"

"哦，真的吗？我们已经到了吗？"泽市答道，"太感谢了！"然后把双目失明的脸转向佛坛，举起双手，恭敬地鞠躬，重复着佛号："南无阿弥陀佛！南无阿弥陀佛！"

"泽市，"阿里认真地说，"今晚我们待在这里，整夜不停地祈祷。"

他们开始祈祷，祈祷声在寂静的黄昏中清晰地回响。

突然，泽市停了下来，一把抓住妻子。

"唉，阿里，"他说，"我必须告诉你我的真实想法，我不相信这么做有用。我来这里只是因为这是你的愿望。不过我的视力永远恢复不了，这一点我敢肯定。"

"你为什么要说这些丧气话？"阿里紧握着他的双手，回应道，"桓武天皇在古都奈良的时候，他的眼睛跟你一样痛苦。然后他向观音菩萨祈祷，很快就痊愈了。所以，我们要不停祈祷。虽然我们像虫子一样可怜，但观音菩萨对天皇和我们是一视同仁的。善男信女们必须有耐心，慢慢前行，虔诚地相信观音菩萨的慈悲。菩萨大慈大悲，能听到所有祈

祷。敬拜！祈祷！泽市！祈祷！不要说废话浪费时间。"

泽市点点头回应道："你的话很有说服力。从今晚起，我要斋戒三日。你得回一趟家，关好门再来。接下来的三天将决定我的命运，不管我能否康复。"

"嗯，"阿里高兴地说，"你说得很有道理。我马上回去把家里的事安排妥当。但是，"她忧虑地补充道，"泽市，别忘了这座山很陡，再往上爬就到山顶了，你可能会掉下悬崖。你绝对不能离开寺院！"

"嗯，别担心，今晚我会用手臂环抱着观音菩萨，哈哈哈！"他笑道。

阿里没有琢磨她丈夫心里想的是什么，她满心欢喜地匆匆赶回家。

当泽市再也听不到妻子脚步声的时候，他知道这里只剩自己一人了。他倒在地上，在苦楚和阴郁中大声地喊叫：

"啊！我的妻，你永远不会知道我是多么感激你这些年来对我的关照。虽然我们渐渐陷入了贫困的境地，但你始终真心实意地爱着我这么一个可怜的瞎子。唉！对你心中所想一无所知的我甚至怀疑你的忠贞。请原谅我，阿里。请原谅我！如果我们现在分别，可能再也不会相见。啊，太遗憾了！"

泽市躺在地上，发泄着心中压抑已久的痛苦。过了一会儿，他抬起绝望的脸，大声说："我不会再伤心了。阿里虔诚地祈祷了三年，观音菩萨也没有听到她的祈求。再活下去有什么用？只有一件事可以向你表达我的感激之情，阿里！那就是自我了断，然后让你自由。祝你长命百岁，阿里！并且重新拥有一段美好的婚姻！我记得阿里说过山顶右边有一个很深的悬崖，那里是我最好的归宿。我若死在这圣地，来世也有望被救赎了。幸好夜已经深了，没有人在……哈哈！"

说着，泽市站了起来。黎明前最后的钟声在寂静中响起。

泽市知道不能再浪费时间了，他用手杖摸索着，匆匆爬上山顶。他停下来，听到远处山谷里的流水声，那声音在他听来就像是佛陀的召唤。他把手杖插在山坡上，嘴里念着"南无阿弥陀佛"，不顾一切地跳了下去。他坠下悬崖，片刻之后便传来坠地的回响声，那声音越来越弱，最后完全消失了，空荡荡的山又恢复了平静。

阿里对此一无所知，她急匆匆地欲赶回丈夫身边，在熟悉的山路上跌跌撞撞地行走，终于，来到了寺院。她焦急地环顾四周，可是哪里都寻不到泽市。

"泽市！"她一遍遍呼喊着，"泽市！"

她没有听到回应，于是在寺院里到处寻找，但依然没有结果。她害怕泽市会遭遇不测，便更加用力地喊道："泽市！泽市！"

她忐忑不安地从寺院里跑出来，一刻不停地跑到山顶，在那里被丈夫的手杖绊了一跤。这时，她终于明白丈夫做了什么。她疯狂地冲到悬崖边，朝悬崖下望去。在灰蒙蒙的晨光中，她看见了丈夫的尸体。

"啊！我该怎么办？这真是太可怕了！"她撕心裂肺地大声喊着。她痛得浑身发抖，呼唤着她的丈夫，但回应她的只有山的回声。

"啊！夫君，我的夫君！你太无情，太无义啦！我只是希望把你从失明中拯救出来，坚持向观音菩萨祈祷了那么久。唉！你这时候丢下我一个人，我该怎么办？现在我想起来了，你在山上唱那歌的时候嗓音有些奇怪。也许你那时已经下定决心要死了。可我怎么会知道呢？啊！泽市，我要是早些知道，就不会劝你来这个地方了。原谅我，啊，原谅我！世界上没有像我这么惨的女人了。你是个盲人，在这个世界上是看不见的，你一个人怎么在黑暗中走黄泉路呢？"

　　她伤心地抽泣了好一阵，终于定了心神，抬起泪痕斑斑的脸，望着无情的上苍。

　　"啊，啊，我不该再哀伤了。人生中遭遇的每一件事都是前世罪业的报复。我也不要活了，和泽市在黄泉相会。"

　　她双手合十，反复念诵着"南无阿弥陀佛"，然后用尽全身力气纵身一跃，从悬崖上坠了下去，随即便消失了。

　　二月的早晨天朗气清，昨夜发生的那场悲剧没有留下丝毫痕迹。太阳从东方升起，驱散了山谷里的雾气。突然，一件神奇的事情发生了。伴着破晓时喷薄而出的玫瑰色和金色的阳光，壶坂山谷的上空回荡着感人至深、美妙绝伦的旋律，充满怜悯与慈悲的观音菩萨在泽市和阿里的葬身之地现身了，在磅礴的光辉中闪闪发光。

"听着，泽市！"神圣的声音说，"你的失明是前世种下的恶果。虽然你们两人寿命已尽，但由于你妻子的信念和她不断祈祷积累的功德，你们的寿命才得以延长。因此，你们要皈依三宝，将余生投入到祈祷中，去三十三处圣地朝拜，在那里感谢佛陀的恩典。醒来吧，阿里！泽市！"

这些话一说完，神迹就消失了。寺院的钟声敲响了，到了做早课的时间，鸟儿开始歌唱，僧人们敲锣打鼓念诵佛经，山村和寺院里的众生苏醒，开始新一天的生活和劳作。

躺在山谷里的两人站了起来，不知道令他们复活的神迹是不是一场梦。

他们依稀记得那天晚上发生的事。阿里注视着泽市，说："泽市！我的夫君！你的眼睛睁开了！"

"是啊，是啊，我的眼睛真的睁开了！啊，啊，我能看见了，看见了，看见了！我终于能看见了！我简直不能相信。"泽市欣喜若狂地喊道。

"别忘了，这归功于观音菩萨的仁慈。"阿里说。

"我太感谢了，感谢，感谢！"泽市喊着，然后看着妻子问道："你是谁？"

"怎么了？我当然是你的妻子啊，阿里！"阿里答道。

"哦，你是我的妻子，真的吗？我太高兴了！这是我第一次看见你，这一切是多么美好。当我从悬崖上跳下去的时候，我心如死灰。直到观音菩萨出现在我面前，在耀眼而奇妙的佛光中告诉我，我的失明是前世罪业造成的。"

"我也一样，"阿里说，"我看见你一个人躺在山谷里，就随你赴死跳了下去。我什么都不知道，直到观音菩萨呼唤我。你的眼睛真的复明了，泽市！这难道不是一场梦吗？"

"不，不是，"泽市说，"这不是梦。大慈大悲的观音菩萨让我们复活，还奇迹般地让我复明了。哈哈哈！我对观音菩萨的感激之情如同海一样深。"

他们手挽着手，幸福地微笑着，然后爬上了昨天去祈祷的寺院。

这对可怜的夫妇幸运地重拾了生命、欢乐和希望，此时的壶坂山确实像是极乐世界。

菊花纹章

菊花紋章

你的美丽将永远留存在本国的纹章中，成为人们记忆的一部分。

　　很久很久以前，在日本的一片大原野上长着一丛野菊花。那时正值迷人的秋天，在蔚蓝的天空下，有两朵小花绽放在翠绿的叶子中间。她们是姐妹花，花冠上有着同样形状和同样数量的花瓣，简直像一对双胞胎。唯一不同之处在于她们的颜色：一株是白的，一株是黄的。于是，原野上的其他花儿便叫她们白姑娘与黄姑娘。

　　她们是快乐的小花，整日晒在太阳下，把花瓣伸展得越来越大，以迎接温暖的阳光。到了夜晚，她们一起喝着清新的露水。没过多久，她们就盛开了，而无论在何处都找不到比她们更完美的小菊花了。

　　某日，一位老翁来到原野，发现了角落里盛开的黄姑娘与白姑娘。他仔细观察了一会儿，然后对黄姑娘说："你长得真漂亮！愿意来我的花圃吗？我是一位花农。"老翁继续微笑着说，"如果你跟我回去，我会帮你长成一朵更大、更美丽的花；如果留在这里，你将永远看不到那一刻。"

"如果跟你回去，我真能像你所说的那样长大吗？"黄姑娘好奇地问，"你跟我说的是真的吗？我简直不敢相信！"

"哎呀，当然是真的。"老翁回答说，"我会给你好吃的，给你穿漂亮的衣服，这都是你在野地里做梦也想不到的。如此你就能长成更大更美丽的花了！"

被老翁这么一哄，黄姑娘就完全忘记了她的好姐妹，只想跟老翁回去。她爱慕虚荣且野心勃勃，渴望有机会到外面的大千世界展示自己。

"啊，"黄姑娘激动地喊道，"我很想跟你一起回去！"

"你愿意来，是吗？那我现在就带你走！"老翁高兴地说，然后将黄姑娘连根刨起，转身准备回家。

白姑娘一直在听他们讲话。在听到老翁邀请她的好姐妹一起回去后，她万分焦急，但她生性胆小，什么也没说。然而在看到老翁即将永远带走她的好姐妹时，她再也忍不住了。她伸出一根花枝，碰了碰老翁的衣服，说："啊呀，不要丢下我！老爷爷，如果您要带走我的姐妹，请把我一起带走！"

"不行，我不会带你走的！"老翁生气地答道，他正急着带新发现的宝贝赶回家去。

"可是老爷爷，您难道不知道我们是姐妹花，从记事起就并肩长大的吗？如果您把她带走，那就只剩下我一个了！请把我也带走吧！"白姑娘央求道，泪水顺着雪白的花瓣流了下来。

"不行。"老翁说，"你只是一株白菊。根据我的经验，你对我的回报不及你姐妹的一半。你最好留下来和这里的野草野花玩！你对我毫无用处！"说完这番话，他就走了。

老翁的花圃就在附近，他朝那里慢慢走着。没过多久，黄姑娘就到了新家。

老翁把黄姑娘放在小屋缘侧的对面，拿出他的小竹烟筒吸了两三口。老伴儿端着一杯茶走出来,老翁让她看自己的新收获。

"多漂亮的花啊!"老伴儿惊叹道,"你是从哪儿找来的?哎呀,真漂亮啊!"然后她光脚穿上木屐,啪嗒啪嗒地走到那株菊花跟前,想更近距离地观赏。一抹微笑浮现在她如干瘪苹果般布满皱纹的褐色的脸上。

老翁歇息片刻后就开始干活儿。他用木桶取了些水,小心翼翼地清洗黄姑娘的叶子和花瓣,并摘掉茎上他认为不必要的叶子和花蕾,这样所有来自根部的养分都将流向那朵正在盛放的花。做完这些,老翁给黄姑娘穿上漂亮的绉绸长袍,给她食物吃,然后把她移栽进一个阳光充足的花坛里,并用芦苇篷为她遮风挡雨。

没过几天,黄姑娘发生了巨大变化,她几乎认不出自己。在这个养菊能手一日日的照料下,她长成了一朵美丽的大菊花。她的花瓣又长又圆,花盘变得沉甸甸的,必须用杆子撑

　　　　　　　　　　　　　　　伍　奇闻之卷

起来。看着雍容华贵的黄姑娘，没人会认出她是来自原野的小野花。她很喜悦，也很满足，因为她实现了梦想，来到了故乡以外的美丽世界。然而，她有时会想起不得不留在那片荒原上的姐妹花。每当想起白姑娘临别时流下的眼泪，黄姑娘就会为自己享受着舒适安逸的生活而内疚。在这种时候，她就望着身边鲜艳的花朵，注视着花圃里进进出出的访客，试图以此来分散思想。她也会自我安抚，说这些都是命运使然。但在内心里，她知道自己做了一件多么绝情的事。可是她无法下定决心回到过去那种苦日子里。时间就这样过去了。

一天，花圃里发生了一件激动人心的事，老翁看见村长和两三位客人正朝这里走来，连忙跑出大门口迎接。老伴儿用一把时常插在头顶的小梳子匆匆梳理头发，然后套上一件丝绸羽织，泡好茶并端到铺着坐垫的缘侧上，准备招待贵宾。

"嘿，老人家。"村长沿着花坛间的小路走来，打量着那一排鲜艳的菊花，"我想知道，你这里有真正的菊花吗？"

"欢迎，村长大人！"老翁深鞠一躬表示尊敬，然后深吸一口气，疑惑地问，"您说的'真正的菊花'是什么意思？我已经培育菊花很多年了，可是还没有种出假菊花呢！"

"是吗？好吧，我来告诉你我的意思。"村长说，"本国大名想要找到一种完美菊花作为他的家纹的设计原型。但在他看来，那些所谓'好菊花'都太过怪异——花瓣要么太多，要么太长，要么太不规则，要么太卷曲。大名想要一种朴素且自然的十六瓣白菊，尽管我们努力寻找过，但到目前为止还未找到。我们问过遇到的每一个花农，但没有人有我们想要的菊花，也无人能告诉我们在哪里可以找到它。最后我打听到你是本国最好的花农，就来找你了。你是否碰巧有我描述的那种菊花？"

"村长大人，我这里没有。不过，我请求您到这边来，我将带您去看看真正美丽的菊花。"于是，老翁非常自豪地把客人们领到黄姑娘盛开的地方。

"看这朵花！"老翁接着说，"您再也找不到比这更好的花了——是的，全世界都找不到。您觉得这朵合适吗？"

但村长只是摇摇头说："唉，不行，我要的是真正的菊花。这朵菊花的确非常漂亮，但是太不自然了！麻烦你了，谢谢！"说完他就离开了。

村长回家的时候，碰巧穿过一片广阔的原野。在经过一簇菊花丛时，他听到了哭声，于是立刻停下来环顾四周，然后看到一朵白菊在哭泣。

"哎呀，可怜的菊花，"他和蔼地说，"你怎么了？"

"我叫白姑娘。前几天有一个老花农来这里，把我的姐妹黄姑娘带走了。我请求他带我一起走，但是他拒绝了，说不需要像我这样的白菊。我被独自留在这里，整日整夜都在哭泣。唉，我受不了这种孤独，只盼着早点儿死去，离开这个悲伤的世界！我祈求太阳炙烤我，祈求风吹断我的茎，祈求雨倾盆而下把我压倒在地。我不得不煎熬度日。"白姑娘又哭了起来，她那美丽的花冠越垂越低，几乎被绿叶遮住了。

善良的村长仔细打量了一番白姑娘，发现她圆如满月，有十六片完美的花瓣，生长得朴素而自然，正是自己长久以来在寻找的那种花。露珠般的眼泪从白姑娘愁苦的脸上滑落，使他想起了诗人的美丽比喻——雨中樱花似悲伤的美人。在他看来，端庄且天然的白姑娘，比他最近寻访过的众多花圃中的任何一朵菊花都要迷人。

"这一定就是大名多年来苦苦寻找的花。"村长自言自语道，然后走到白姑娘跟前说："别哭了！你是一朵美丽的花，不必感到愧疚。那个老花农在胡说八道。每个人的眼光都不一样，尽管他只在乎黄姑娘，但你对我来说也是很珍贵的。

我已经见过你的姐妹了，觉得她不及你一半美丽。别哭了，小姑娘！跟我走吧，你将过上一种有价值的幸福生活！你是为了迎接比在普通花圃中更好的命运才被留下来的啊！"

听着村长所说的内容，白姑娘抬起头来，简直不敢相信这位好心人的话，急忙问："啊，我真的对您有用吗？您同我说的是真的吗？还是我在做梦？"

"当然，你会大有用处的！我们大人会很乐意见到你的，因为你正是他想要的。他寻找像你这样的菊花已经很久很久了。你的命运将会与众不同，这是一个绝好的机会，你很快就会知道的。"

"你所指的命运是什么？请告诉我。"白姑娘央求道。

"好吧，你肯定猜不到，"村长微笑着说，"所以我不妨告诉你。你被选为我们大名的家纹了！你的美丽将永远留存在本国的纹章中，成为人们记忆的一部分。想想看，上天为你保留了多么光荣的使命啊。你应该庆幸没有同姐妹一起被带走，没有像千百朵别的菊花那样被栽在老花农的花坛里。你会看到未来的日子是多么美好！"

村长把白姑娘带回了家，让妻子和仆人帮她梳妆打扮，给她穿上漂亮的绉绸长袍。当一切准备妥当后，白姑娘被请进一顶漂亮的驾笼，如一位贵妇人般被送到大名的府邸。

大名看到白姑娘后高兴极了，说这正是他想要的家纹。这个大家族里的每一个人都在称赞白姑娘完美的容颜。她被移栽到大名房间对面花园的花坛里，好让大名在一天中的任何时刻都能看到她。全国各地的画家都被邀请来为大名绘制十六瓣菊花图案的家纹。这朵一直被轻视的菊花发现自己正日复一日地被一群欣赏她的画家围绕着，他们的唯一想法就是把她尽可能画得高雅美丽。

画家们研究了白姑娘在晴天、阴天、雨天的不同容貌，

在柔和的晨曦中，在正午的艳阳里，在暮色笼罩下时刻注视着她。

高贵的大名夫妇拿清澈的泉水给白姑娘喝，并擦去落在她身上的每一粒灰尘。他们邀请朋友们来欣赏她，所有人都喜爱白姑娘的优雅端庄。

终于，十六瓣菊花家纹被画好了。大名命人将其绘在府中所有的贵重物品上，用黄金镶嵌在他所有的精美漆器和盔甲上，用金线绣在丝绸被褥和坐垫上……直到今天，整个日本也没有比十六瓣菊花更有艺术感和美感的家纹了。

十六瓣菊花家纹的美让大名越看越满意，因为日本人总是倾向简单而非华丽。他吩咐用菊花家纹装饰其府邸，于是，他最爱的花朵形状，被用黑色、金色和银色线条勾勒在隔扇和小壁[1]上；被雕刻在漂亮的壁板和正门上，在屏

---

1 小壁，指传统日式房屋中门楣与天花板之间的墙壁部分。

风上，她或漂浮于溪流的浪花间，或随风穿行于云朵间，或在原野上肆意生长，

或被培养成倚靠竹篱的姿态。白姑娘的美名随着独特的家纹被广为传播，最终所有人都承认这是日本有史以来设计得最美的家纹之一。

就这样，耐心、善良、朴素的白姑娘，最终等到了能体现她价值的机会。

那么，黄姑娘又过得如何呢？她在老花农的花坛里盛开了几年之后，被一场严霜冻蔫了。老花农非常不情愿地把她连根拔起，扔在了垃圾堆里。黄姑娘就这么死去了，没有将任何记忆留在世上。而她那位被长期轻视的姐妹，将随着十六瓣菊花家纹永存于世，并将在日本的艺术领域和独特的家纹文化中永远占有一席之地。

所以说，美好事物总会降临到那些尽最大努力拼搏，并默默坚守希望的人身上。

坠星

落ちてくる星

四十六

那把看上去像扫帚的东西摇晃了一下，喷出一串火星，直冲云霄。

在夜晚，你可以看到千万颗美丽的星星在寂静的天空中如钻石般闪耀。但在白天，它们会完全从视野中消失，躲在云层后面睡觉，直到太阳下山才起床。

今天我要告诉你，星星们在安顿好自己，盖好漂亮柔软的云朵被子，进入甜美的梦乡后会看到什么。它们在黑天鹅绒般的夜幕中穿行，前去服侍皎洁的月亮女王；它们会给沉睡的世界带来光芒，给众多诗人和艺术家带来灵感；它们会看自己在江河湖海的宁静水面闪烁，为漂泊者们照亮回家的路；它们为水手们指引航线，指引他们穿越幽深的大海。

正当星星们在安静地睡觉，做着美梦时，一阵啾啾声把它们吵醒了。它们看到两三只小鸟在云层下兴奋地叽喳叫。一颗星星因为美梦被打扰有些恼火，它生气地闪了一下，说："你们这群鸟真讨厌！干吗到这儿来吵吵闹闹，打扰我们！"

小鸟们叽喳道："我们是云雀，你难道看不出来吗？我们就是会叽喳叫，所以本来就很吵。"

小鸟们的回答是如此无礼，星星大发脾气地喊道："我不管你们是云雀还是别的鸟，你们不应该在这里。这里是天空，是属于我们的。"

然而云雀没有那么容易被打发走。它们就这个问题争论起来："我们也不知道其他鸟会怎么做，但云雀在高空鸣叫是寻常事，所以我们才被叫作'云雀'！你这个虚度光阴的瞌睡虫，整天就知道睡觉？如果你不喜欢我们说话，那为什么不现在站起来闪烁一下表达你的愤怒？在我们看来，你或许只是一小块灰暗的铅！"

这番无礼的话彻底激怒了那颗星星，它开始拼命闪烁起来，发出点点微光。不过云雀一点儿也不惧怕这颗星星。相反，它们飞来飞去，更加大声地叽喳道："呸！谁会害怕星星说什么？星星都不敢在白天外出，又怎么能伤到我们？"

为了折磨这无能为力的星星，顽皮的云雀们飞了一圈又一圈，唱歌声也越来越大。此时，一颗在群星中很有影响力、很受尊敬的老彗星正静静地看着这一切，并自言自语道："哎呀！这群顽皮又狡猾的云雀，在我们休息时肆无忌惮地打扰。它们以为我们无能为力，才如此胆大妄为。我先吓唬它们一下，看它们能否安静一会儿！"

那位可敬的老彗星站起来，摆动着它那扫帚似的长发和胡须，喊道："你们这些没有教养的云雀，怎敢如此粗鲁？如果不立刻飞走，我就将你们的形神扫去，让你们彻底消失！"

说罢，老彗星开始把它的长发和胡须甩来甩去，如同驱赶蚊虫的拂尘。然而云雀们知道现在是白天，这颗老彗星的光芒都不足以吓退一只老鼠，所以它们一点儿也不害怕，只是对它疯狂而徒劳的努力感到好笑。

"看那颗老彗星，它是个多蠢的老头儿啊！哈哈！"云雀发出带着颤音的长长笑声，大声招呼朋友们来一起寻乐子。

　　许多云雀应呼唤而来，叽喳着飞来飞去。老彗星被激得忍无可忍，开始转着圈挥舞长发和胡须，直到脑袋转得像风车一样。但由于云雀数量太多，它的努力并未奏效。最终它转得头晕目眩，不但没有赶走云雀，反而从云上掉下来，"轰"的一声一头栽到地上，昏了过去。

　　看到老彗星发生意外，小星星们都吓坏了，云层上出现了巨大骚动。"哎呀呀！"所有星星都在说，"可敬的老彗星掉下去了。辉煌了一生的它竟落得如此不幸结局！"

　　然而星星们并没有能力帮助老彗星，它们唯一能做的就是躲在云层后哭泣，眼泪像雨点一样落在地上。人们抬头仰望，不明白为什么晴朗的天空突然下起了雨。

　　云雀又讥笑起来："啊哈！瞧瞧！它在下面是不是很傻？谁曾想过能看到彗星躺在这么低的地方？"

　　云雀们齐声唱着胜利之歌，飞回地面。

　　在都城之外的某个村舍里住着一位老农。他是一个简单的人，最大的幸福莫过于早餐后整理庭园时，寻找正月的第一朵梅花，或是四月的第一朵樱花。

这天，老农走过翠绿的稻田时，发现一个看起来像小桦木扫帚的东西，正躺在小路上。老农将其拾起，自言自语道："哎呀，不知道是谁把这扫帚落在这儿了！竟然是全新的！不过它放在这儿也没人要，我就拿回家用吧。正好我每天早上打扫庭园时用得上。"

说话时，他注意到扫帚柄上有一种美丽的光泽，就像金银那样闪闪发亮，顶端还有一颗大星星。

"哎哟！"老农说，"这可真是一把好扫帚，扫帚柄像金的，顶端像银的——它不可能是一把普通扫帚——绝不可能。我听说桃太郎从鬼岛带回日本的宝物中，有一套神奇的蓑衣和斗笠。如果这把扫帚是某种类似的神器，我也不会感到惊讶，因为它看起来就很神秘。好吧，我就用用它，看看有什么神通。"

说完，老农把扫帚带回家，开始用它打扫庭园。他发现这个新宝贝非常好用，比之前用过的任何一把扫帚都好。当老农感觉累了时，他就坐在树荫下，拿出烟斗点着，心旷神怡地抽着烟。然而被他扔掉的火柴棍碰巧落在扫帚上，接着便发生了一件令人惊讶的事——扫帚突然开始发亮并放射出炫目的光，同时伴随着爆竹似的噼啪声。老农差点儿被这意想不到的景象吓丢了魂，以最快速度从那里跑开了。

与此同时，那把看上去像扫帚的东西摇晃了一下，喷出一串火星，直冲云霄，并在身后留下一道宽宽的红光。

老农吓得张大嘴巴望着天空。最后，有几位邻居从附近小屋里跑出来，问他出了什么事，为什么看上去那么害怕。他这才回过神来。

过了好一会儿，老农才能清楚地说话，然而他回答邻居们的问话时，只是用"啊呀""谁能想到会有这种事"之类

的感叹。最后，一位邻居轻轻拉住老农还在发抖的手，把他领回家去。一进到小屋，老农就坐在席子上，再次点燃烟斗。他的老伴端来茶，老农喝下几口茶后，似乎恢复了精神。他环视聚在一起的邻居，向他们鞠躬，为自己的唐突之举道歉。

　　然后，老农开始讲述他那个奇幻的故事，时不时停下来擦额头，喝茶，抽烟斗。他讲述了自己是如何在田间散步时，发现了一个看上去像扫帚的东西；如何把它带回家并用它打扫花园；它是如何突然间燃起火花，闪着光芒，噼里啪啦地响着，然后如火箭般冲上天空，身后还拖着一道绚丽的云。

你可以想象，邻居们听完老农讲的故事后是多么惊讶，房间里充满了惊呼声。在很长时间里，这个故事一直是村里和附近的人们谈论的话题。远近的人们都来拜访老农，好奇地想知道故事的真相，并急于打探一些没听过的新内容。

那把奇特的扫帚，实际就是那颗试图赶走云雀，却不小心从天上坠落的老彗星。彗星本身就是由炽热的物质组成的，老农点烟斗时不小心扔出去的火柴就成了彗星的"补药"，使这个可怜的老家伙苏醒过来。如果不是碰巧被路过田间的老农捡到，碰巧老农要吸烟，碰巧被没燃尽的火柴撞上，那么老彗星要到晚上才能回家。

看到可敬的老彗星平安归来，那些闪烁的小星星们是多么高兴啊！听到老彗星说老农把它错当成扫帚时，它们发出了从未有过的欢笑。当太阳落山，黑夜召唤星星的时候，它们还在为这件趣事笑着。它们是如此欢乐，在那个夜晚发出了前所未有的光芒。

鬼瓦

四十七

鬼瓦所看到的一切都远远低于自己，都显得那么微不足道。

很久很久以前，在日本一处村落中有一座宏伟的寺院，它有着长长的斜屋顶和宽敞的庭园。园中的古老怪松虬枝峥嵘，将浓重的树影伸到肃穆的灰色墓碑上，伸到寂静玄关的小径石板上。

在普通路人看来，这座寺院并无任何特殊之处，但当地人讲述了一个不同寻常的故事：高耸的山形屋顶上寄居着一片巨大的鬼瓦，它能随心所欲地变幻成额头两侧长角的可怕怪物，闪亮的眼睛转来转去，如同阳光下冰冷的铜镜；它生气时总是皱着眉头朝村民们咧嘴笑，笑得是那么邪恶，以至于上学途经寺院的男孩女孩们都步履匆匆，以避开它骇人的模样和恶毒的目光。

在一个无风的晴朗冬日，鬼瓦在屋顶居高临下地向四周张望了一会儿，随即开始自言自语："啊，多好的天气啊！空气如此清新，阳光如此明媚。我可以看到方圆几里的地方。那边那根冒烟的大柱子是什么？哦，我明白了！那是一根烟

囱！我猜，这是西洋人从海外带来的新鲜玩意儿。那边是什么呢？它看起来像一架竖立的梯子，上面挂着一口小钟。哦，我知道了！这一定是火警钟，如果发生火灾，它就会"咣当咣当"地来警告人们，呼叫他们来救援。如果真的着了火，从这里看去一定是一幅壮观景象，我倒是挺期待的。但我不希望火灾离这里太近，因为这会给寺院带来危险，而我也会跟着遭殃。"

鬼瓦就这样自言自语地说了很多它看到的东西，然后再把脖子往上伸了伸，让视野更加开阔。鬼瓦所看到的一切都远远低于自己，都显得那么微不足道。于是，傲慢愚蠢的它开始为自己的地位而得意，认为自己比周围的一切人和物都优越。它自言自语道："在这辽阔世界，有谁能与我比肩？我比大地上的万事万物都高贵。没有什么能比我更高。我和天空之间没有丝毫阻隔，对我来说，爬到天界去是一件很容易的事。毫无疑问，我觉得自己是最卓越的存在。"

正当鬼瓦想着自己的高贵地位，说着这些可笑而自负的话时，它的脸突然被什么东西打得刺痛，鼻尖也变得冰冷。

原来是突然刮起的刺骨北风把沙砾吹到了它脸上。鬼瓦眨了眨眼，试图把落入眼中的尘土弄掉，然后大声抱怨风的无礼之举。但风神对鬼瓦的抱怨和咆哮无动于衷，反而把风袋口开得更大，放出一阵阵强劲刺骨的寒风。鬼瓦忍受着呼啸的寒风。终于，它怒不可遏地发出雷鸣般的可怕声音：

"喂，你这个风神，究竟为什么要到这里来扰乱大家的好心情？难道你不明白你正将这里的一切变得糟糕吗？你如果想刮风，就去高山大海，离城镇远点儿！"

风神鼓起巨大的风袋，寺院周围响起了更尖锐的呼啸声，它的怒吼也随之灌进了鬼瓦的耳中："你不能认为天气永远是好的。这是我在人世间的职责所在，不管你喜不喜欢，我都得去做。刮不刮风是我的事，与你无关。你要是觉得冷，为什么不躲到缘侧下面？你坐在屋顶上——那是最无遮无挡的地方。如果你觉得冷，那是你自己的问题。"

这番粗暴无礼的回复激怒了鬼瓦，它忍无可忍地反驳道："你这样侮辱我是什么意思？你这个粗鲁无知的家伙。你以为我是一块低矮的础石[1]吗？有谁曾听说过一块身份尊贵的瓦片——尤其是鬼瓦——会待在缘侧下？"

"随你怎么说，不过我可提醒你，我要更加用力地鼓风袋了！"

风神恶狠狠地把风袋口开到最大，可怜的鬼瓦浑身发抖，觉得自己要被冻死了。然而面对风神这个对手，鬼瓦什么也做不了，只能皱着眉头，忍气吞声。它意识到自己犯了错，惹恼了不该惹的对手。

风神继续吹了一阵儿，没过多久，它似乎也累了，朝另一个方向飘去。这让鬼瓦非常高兴，在确认自己安全后，它

---

1 础石，垫在房屋柱子底下的石头。

抬起头环顾四周，发现有一团看上去很可疑的云飘在空中。这些云被风吹得聚集在一起，天空渐渐变得越来越暗，眼看着好天气就要化为乌有，一切都将笼罩在阴郁和悲伤之下。

"啊呀，真讨厌。"鬼瓦说，"现在风停了，那些聚在一起的乌云挡住了阳光，一旦开始下雨，我还是会被淋得浑身湿透。"

话音刚落，天空中就开始飘起柳絮般的雪花。鬼瓦嘴里嘟囔着："啊，天啊！竟然开始下雪了。这真让人恼火——我该怎么办？"

鬼瓦缩回头来，默默等待着即将到来的痛苦。它已经绝望了，因为它在山墙顶端，只能尽量蜷缩身子，以免被雪盖住。

雪下得又急又密，细如粉末的雪一层一层越积越厚，渐渐地，鬼瓦的脑袋被染白了。

可怜的鬼瓦，它的脑袋被冻得生疼，牙齿咯咯作响，一对角晃来晃去。一想到自己还要忍受更长时间的折磨，它就感到痛苦万分。于是它计上心头，自言自语道："我不是鬼瓦吗？除了天空，没有比我更高的东西了。风和雪都是从天上来的，所以我要是也到天上去，就能和那些可恶的家伙处在同一位置，就不会面临如此糟糕的境况了。嗯，这真是个绝妙的想法！我现在就要试试看。我已经在这么高的位置了，从这里到天上应该不用费太多力气——只需猛地跳一下！"

说罢，自大而愚蠢的鬼瓦站了起来，稳住身形，数着"一、二、三"向上跳。它跳得很高，越过屋顶。但它很快就头朝下掉在地上，摔了个粉碎。

在缘侧下安眠的磉石被鬼瓦摔碎的声音惊醒，它懒洋洋地环顾四周，惊叫道："那是什么声音？"

在看到发生的一切后，磉石笑着对鬼瓦说："哎哟，鬼瓦兄！你是从屋顶上摔下来了吗？像你这样高傲的大人物居然想要跟普通的磉石交往，真叫我大吃一惊呢！你真的是自愿到这里来的吗？还是僧人修葺房顶，把你扔了下来？哈哈哈！"

你瞧，即便是一块鬼瓦，如果它变得太过傲慢，妄图对抗自然规律，也会失去它的高位。所以，我希望读者们能从这个小故事中得到警示，牢记"骄者必败"。

全国总经销

捧读文化
触及身心的阅读

出 品 人　张进步　程　碧

责任编辑　焦　旭

特约编辑　暴暴蓝

封面设计　陈旭麟

内文排版　杨瑞霖